노란 집

노란 집

가와카미 미에코 지음 · 홍은주 옮김

책세상

1장

재
회

• 각주는 모두 옮긴이 주다.

1

내가 몇 살이 되고 어디서 무엇을 하며 어떻게 살건, 그녀를 잊을 일은 없을 줄 알았다.

그러나 조금 전 우연히 가닿은 작은 인터넷 기사에서 그 이름을 볼 때까지, 그렇게 생각했던 것은 물론이고 그녀의 이름도 존재도 함께 보낸 시간도, 그리고 그곳에서 우리가 한 일도 말끔히 잊고 있었다.

요시카와 기미코.

동명이인일지도 모른다는 생각이 일순 머릿속을 스쳤지만, 기사 속 인물이 그 기미코 씨임을 나는 직감했다.

도쿄도 신주쿠구 맨션에서 작년 5월, 지바현 이치카와시의 20대 여성을 1년 3개월에 걸쳐 실내에 감금, 폭행해 중상을 입힘으로써 상해 및 협박, 체포 감금 혐의를 받은 도쿄도 신주쿠구, 피고인 요시카와 기미코(60·무직)의 첫 공판이 12월

23일 도쿄지방재판소에서 열렸다. 피고인 요시카와는 혐의를 부인, 묵비로 일관했고 변호인은 무죄를 주장했다.

기소장에 따르면 피고인 요시카와는 2018년 2월경부터 동거인 여성을 1년 3개월에 걸쳐 신주쿠구 맨션에 감금, 폭행을 가해 전치 1개월의 중상을 입힌 것으로 여겨진다.

검찰 측은 모두진술에서 2017년, 주소불명이던 피해자 여성이 피고인의 자택에서 동거를 시작했다고 설명. 당초에는 문제 없이 생활했으나, 피해자의 소지품과 교유 관계를 관리하는 등 행동을 감시하게 됐다. 이후 '밖에 나가도 어차피 살아가지 못한다' 등 협박을 반복해 공포심을 조장함으로써 여성의 도주 의지를 상실하게 했다. 또 여러 차례 폭행하고 불법으로 감금, 지배해 복종시켰다고 지적했다. 사건은 자력으로 탈출한 여성의 신고로 드러났다.

기사를 내리 세 번 되풀이해 읽고, 가슴 밑바닥에 쌓인 딱딱한 숨을 뱉었다. 손끝이 희미하게 떨리는 게 느껴질 정도로 심장이 쿵쿵거렸다. 기미코 씨다. 틀림없다. 그 기미코 씨가 체포됐다.

요시카와 기미코로 검색하니 비슷한 내용의 기사 하나와 몇 줄짜리 보고 기사가 떴다. 어느 쪽이나 작게 취급된 기사다. 나머지는 성명판단이나 획수로 푸는 사주, 여아 이름 추천 같은 페이지뿐이다. 기미코 씨 본인에 대한 정보는 내가 조금 전 읽은 사건 말고는 인터넷에는 존재하지 않는 듯했다.

나는 생각을 정리하려고 애썼다. 첫 기사 페이지로 되돌아가 날짜를 확인했다.

기사가 게재된 것은 2020년 1월 10일. 지금부터 3개월쯤 전이다. 사건이 일어난 것은 작년, 2019년 5월이다.

그러나 아무리 찬찬히 읽어도 그런 날짜가 무얼 의미하는지 잘 알 수 없었다. 첫 공판이 열리고 석 달 지났다는 것은 알겠는데, 피해자나 관계자의 현재 상황, 사건과 재판의 향후 전개 따위는 알 수 없었다. 지금, 기미코 씨는 어떻게 지낼까. 앞으로 어떻게 되는 걸까. 그런 것은 대체 어디서 알아보면 될까.

조사도 그렇고 구치소 등의 절차나 규칙도 그렇고, 도무지 상상이 되지 않았다. 내가 떠올릴 수 있는 것은 작고 살풍경한 회색 방, 수갑, 무표정한 재판관, 법정 화가가 그린 초상화 같은, 드라마나 뉴스에서 봤던 별것 아닌 이미지뿐이었다.

그리고 기미코 씨 얼굴.

지금부터 20년쯤 전, 내가 아직 젊었을 때 몇 년간 함께 살았던 기미코 씨. 기사에는 예순 살이라고 되어 있다. 그 기미코 씨가 예순 살? 믿기지 않았다. 평범하게 생각하면 실제로 그만한 시간이 흘렀고 나만 해도 마흔 살이 됐으니 당연하지만, 그래도 기미코 씨 이름 옆에 나란히 적힌 연령은 영 현실감이 없었다.

나는 눈을 감고, 괜찮다고 되뇌었다. 당연히 나는 이 사건과 무관하다. 걱정할 일은 아무것도 없다. 20년 동안, 기미코 씨가 어떻게 사는지 몰랐고 연락도 오간 적 없으며, 어떤 의미로도 우리는 더는 이어져 있지 않다. 그로부터 긴 시간이 흘러 모든 것이 지나갔고 끝난 것이다. 지금으로서는 이 사건 외에는—기미코 씨가 작년에 일으켰다는 감금 사건 외에 세간에서 문제 된 것은 아무것도 없다. 적어도 인터넷에는 올라와 있지 않다. 괜찮아—나는 몇 번이고 속으로 되뇌었다.

전화 화면에서 얼굴을 들자, 조금 전까지 기척조차 없었던 어둑한 석양빛이 방 안을 푸르스름하게 물들이고, 이것저것의 그림자가 한층 짙어져 있었다. 낮은 탁자 위에 레토르트 미트 소스를 끼얹은 스파게티가 놓여 있었다. 그러나 조금씩 다가오는 밤의 기척 안에서 그것은 왠지 음식처럼은 보이지 않았다.

밤에 몇 번이나 잠에서 깨어, 거의 눈을 붙이지 못한 채 아침이 됐다.

봄날 아침의 햇살을 머금은 커튼은 커다란 흰색 도화지 같았다. 부신 볕에 눈을 감자 갖가지 색깔이 번졌다 사라져갔다. 어두운 파랑, 짙은 빨강, 그리고 노랑—거기서 기미코 씨 얼굴이 머릿속에 떠올랐다.

기미코 씨는 등 한가운데쯤까지 내려오는 곱슬기 있는 검은 머리칼을 손으로 묶어 보이면서, 봐봐, 내 머리, 검은 고양이가 한 마리 들어앉아 있어도 모를걸, 하고 즐거운 듯 웃었다. 나도 웃고, 모두 웃었다. 오래된 집. 방은 좁고 물건이 많아서 정신 사나웠지만 현관은 늘 깨끗했다. 신발은 한 사람에 두 켤레까지만, 현관은 좋은 운기가 들어오고 화장실은 나쁜 것이 나가는 곳이니까 언제나 청결해야 한다는 게 규칙이었다.

나는 눈을 감고 돌아누워, 그런 식으로 머릿속에 떠오르는 장면을 뿌리치려 애썼다. 그렇지만 이미 오랫동안 떠올릴 일도 없었던 여러 가지가 손을 맞잡듯 차례차례 내 곁으로 찾아왔다. 군데군데 휜 복도의 삐걱거림은 우리의 웃음소리가 되고, 잠들기 전 올려다보던 천장의 나뭇결은 누군가의 담배 연기가 되어 내게 속닥거렸다.

거울 앞에 어질러져 있던 화장품, 벽장 속 공간 박스에 미어지게 들어찼던 옷들, 그리고 좁은 부엌의 바구니에 쟁여두던 컵라면이 머릿속에 떠오른다. 그것들은 우리가 살았던 그 나날의 냄새를 함께 불러왔다.

침대에서 이불에 감싸인 채 30분쯤 고민한 끝에, 아르바이트 단톡방에 메시지를 올렸다.

'안녕하세요, 이토인데요. 어제부터 기침을 좀 하네요. 열은 없지만, 혹시 모르니까 오늘은 쉬었으면 합니다. 죄송하지만, 잘 부탁드립니다.'

스케줄 관리 담당자에게서 바로 답이 왔다.

'그러세요. 다음 주 초엔 향후 방침이 결정되니까 다시 연락드릴게요. 세상이 이런지라 일단 본부에도 보고해둘게요. 몸조리 잘하세요!'

'감사합니다! 그냥 감기 같긴 한데요, 만에 하나 열이 날 경우 바로 연락드릴게요. 잘 부탁드립니다!'

지난달 중순까지만 해도 감염증에 대해 전체적으로 어딘지 반신반의하는 데가 있었다. 이러니저러니 시끄럽지만 결국 독감 같은 것이니 너무 겁낼 필요 없으며, 마스크는 의미 없다는 말도 많았다. 불안과 묘한 흥분이 뒤섞여 떠다니기는 했어도 아직은 일상의 오차 범위 이내라는 분위기였다.

그러나 해외 보도를 중심으로 차츰 무서운 얘기가 늘어나더니, 지난달 말부터 일본도 이달 초엔 마침내 락다운이 실시되리라는 소문이 돌았다.

그리고 닷새 전, 긴급사태가 선언되면서 그때까지 서서히 높아가던 긴장감이 단번에 폭발했다. 뉴스에서만 봤던 사재기가 동네 슈퍼마켓에서 실제로 벌어졌고, 드럭 스토어에서 마스크와 소독액과 화장실 휴지가 자취를 감추었으며, 길에 사람이 사라지고, 내가 일하는 가게에서도 대응에 부심하게 됐다. 나는 집에서 좀 걸어가면 나오는 상점가의, 대형 슈퍼마켓이 도내 여기저기에 출점한 반찬가게에서 판매 스태프로 일하고 있었다.

손바닥만 한 가게로, 30여 종의 반찬과 샐러드가 늘어선 판매대와 냉장 진열대 너머에서 손님이 주문하는 대로 일일이 도시락통에 담아 파는 시스템이다. 당일 아침 센트럴 키친에서 갓 만든 것을 가져다 판매만 하니까 조리실도 없고, 가게는 네 사람쯤 들어오면 꽉 찬다. 내가 아르바이트를 시작했던 3년 전부터 내내 비슷비슷한 메뉴를 되풀이하는 데다 매일 오는 단골손님도 많으니까 물리지 않을까 싶지만, 오히려 그것이 안심을 낳는지 매출도 좋아서 점심때와 저녁나절에는 반드시 대기 줄이 생기는 인기 가게였다. 그렇지만 지난달 말부터 어쩔 수 없이 손님이 격감하더니 갈수록 사태가 어그러졌다. 겨우 손님이 왔나 싶으면 자기들끼리 마스크를 쓰라 마라로 옥신각신하거나, 감염 대책이 불충분하다는 항의 전화도 걸려오게 됐다.

나는 누운 채 조금 전 라인 단톡방에서 기침 얘기는 괜히 꺼냈다고 생각했다. 왜 그런 거짓말을 했을까. 이런 때 일부러 기침 운운해서 어쩔 작정인지. 나도 모르겠다.

잠시 후 전화를 손에 들고 기미코 씨 기사 사이트로 가서, 다시 처음부터 시간을 들여 꼼꼼히 읽었다. 마음이 몇 번이나 어두워지고 손발이 무겁게 느껴졌다. 그리고 갖다 붙인 이유는 차치하고, 역시 일을 쉬기 잘했다 싶었다. 아무리 그저 서 있기만 한다지만 이 상태로는 정말이지 일은 무리였다.

침대에서 일어나 냉장고에서 보리차를 꺼내 마셨다. 그리고 벽장 선반에서 상자를 꺼냈다.

귀퉁이가 찌부러지고 뚜껑이 조금 찢어진 약간 큼직한 신발 상자로, 옛날 편지와 수첩, 공책 따위가 들어 있었다.

원래 진남색이었지만 이제 완전히 빛바랜 그 신발 상자는 옛날, 엄마가 어디선가 사 온 하이힐이 들어 있던 것이다. 엄마가 새하얀 하이힐을 신나서 방 안에서 신어보고, 얼마나 좋았으면 신은 채 방바닥에 앉아 인스턴트 라면을 먹었던 걸 기억한다. 나는 엄마에게 그 상자를 얻어 스티커나 만화 잡지의 소소한 부록, 학교 친구와 교환한 쪽지 따위를 넣었다. 그 뒤로도 그때그때 간직하고 싶은 물건을 보관했다. 여기저기로 이사 다니면서 물건들을 더러 버리고 잃어버리는 사이, 결국 이 신발 상자만 살아남았다. 그러나 평소에는 열어보기는커녕 상자에 손을 대는 일도 없다. 이렇게 보니, 왠지 버리지 못하고 지금껏 품고 있는 내 물건이건만 마치 누군가의 유품이라도 보는 기분이다.

뚜껑을 열자 구석에 작은 남색 폴더 휴대폰과 충전기가 보였다. 그게 내가 찾던 물건인데, 발견한 순간 흠칫했다. 아직 작동되는지 어떤지 모를 휴대전화에 충전기를 꽂아 콘센트에 연결하고, 30분쯤 기다렸다가 전원 버튼을 길게 눌렀다. 그러자 조그만 화면이 천천히 숨을 되찾는 것처럼 밝아지고 신호음이 울렸다.

아무와도 연락이 닿지 않게 나 자신은 전화번호도 바꾸어 전부 없던 일로 해놓고, 과거 지인들의 번호는 남겨둔 건 언젠가 이런 일이 생기리라 무의식 속에서 내다봤기 때문일까.

주소록에 등록된 번호는 열일곱 개뿐이었다.

가 행에 기미코 씨라는 글자가 보였다. 그보다 조금 위에 있는 가토 란이라는 이름을 선택해 번호를 띄웠다. 다음은 마 행으로 가서 모모코. 다마모리 모모코. 나는 지금 사용하는 전화기 메모란에 두 사람의 번호를 기록했다.

가토 란과 다마모리 모모코가 지금 어디서 어떻게 사는지는 모른다.

마지막으로 만난 것은 두 사람이 그 집에서 나갔을 때다. 우리가 스무 살 언저리였던 무렵. 그 이래 란과도 모모코와도 연락이 오간 적은 없다. 어제, 기미코 씨 기사를 우연히 발견하지 않았다면 둘을 떠올리는 일도 없었을지 모른다.

그 집에서 다 같이 보냈던 시간이 아무렇게나 이어 붙인 영상처럼 되살아난다.

불쑥불쑥 선명해지거나 흐릿해지면서 여러 목소리와 표정이 재생된다. 이 번호가 아직 살아 있을 리 만무하고, 나도 지금 와서 굳이 연락 같은 걸 하고 싶진 않았다. 그러나 기미코 씨 이야기를 할 수 있는 상대는 란과 모모코뿐이었다. 지금, 내가 안고 있는 불안을 공유할 수 있는 사람은 이 둘뿐이다.

나는 기미코 씨가 우리 과거를 이야기한 것은 아닐지 두려웠다.

조사 도중 기미코 씨 집에서 함께 살던 시절의 증거가 이것저것 발견됐고, 실은 물밑에서 수사가 시작됐는지도 모른다. 그렇게 생각하면 몹시 초조했다. 내게는 아직 아무 연락도 없지만, 혹시 란이나 모모코는 이미 불려가 참고인 조사 같은 걸 받았을 가능성도 있지 않나.

냉정하게 생각하면 우리가 한 일은 시효가 지났는지도 모른다. 대단한 중죄는 아닐지도 모른다. 나도 란도 모모코도 아직 어렸고, 기미코 씨가 하라는 대로 했을 뿐이니까. 하지만 그럼 고토미 씨는? 결국 고토미 씨는 누구 탓으로, 왜 죽었는가. 우리와는 관계없었다고, 정말 말할 수 있을까.

생각하면 할수록 공포와 분간할 수 없는 불안이 덮쳐왔다. 가슴께가 거대한 철판에 짓눌려 찌부러질 듯한 두려움에 눈물이 핑 돌았다. 어떡한다. 란이고 모모코고 괜히 긁어 부스럼 만들지 말고, 이대로 기사를 못 본 셈 치고 덮을까. 아니면 내가 알고 있는 사실을 경찰에 털어놓는 게 좋을까.

상상은 나쁜 쪽으로 나쁜 쪽으로 부풀며 시야를 가로막았다.

둘은 어떻게 살고 있을까. 지금 어디서 무얼 하고 있을까. 전화는 연결되지 않을 게 뻔하다. 어차피 그럴 거, 한 번 걸어보기나 할까—전화를 옆에 내려놓고, 이것도 저것도 지워버리려는 것처럼 이불을 머리끝까지 뒤집어썼다. 한낮의 빛이 사라졌고, 나는 미지근한 봄날의 어둠 속에서 한동안 눈을 깜박였다. 그러고는 까무룩 잠들었다.

종잡을 수 없는, 그러나 악몽이 틀림없는 꿈을 꿨다. 줄거리도 등장인물도 없고 오직 시간만 있을 뿐인데, 왜 악몽은 늘 그것이 악몽인 걸 알게 만드는지. 어둡고 무자비한 파도처럼 악몽은 집요하게 나를 쫓아왔다. 잠에서 깼을 때 가슴과 등이 땀으로 흥건히 젖어 있었다. 나는 가토 란의 번호를 떠올려 전화를 걸었다.

신호음이 여섯 번 울린 뒤 네에, 하고 밝은 목소리가 들렸다. 긴장해서 턱이 떨리는 걸 알 수 있었다.

"죄송한데요, 저기, 가토 란 씨… 휴대폰인가요?"

"네."

약간 낮아진 목소리로 저쪽이 대답했다. 란이다. 심장이 철렁하고 울렸다.

"저기, 하나예요."

"하나?"

"네, 저기, 저는 이토 하나라고, 예전에, 같이."

"하나,라면." 잠시 침묵이 흐른 뒤 란이 말했다. "…그 하나?"

"응, 하나야. 미안해, 갑자기." 나는 전화를 바꿔 들고 귀에 바짝 갖다 댔다. "설마 통화가 되리라곤 생각 못 해서. 미안해, 불쑥."

"…웬일이야, 번호는 어떻게 알았어?"

"옛날 휴대폰에, 남아 있었어."

"아아."

란이 작게 한숨을 쉬는 소리가 들렸다.

"정말, 느닷없이 연락해서 미안."

"아니, 그건 괜찮은데… 좀 놀라서. 뭐랄까 너무 옛날이라."

"그지, 미안. 전화한 건, 실은 기미코 씨 일로."

란의 목소리 뒤로 아이들이 즐겁게 소란을 피우는 소리가 들렸다. 여자들 말소리도 섞여 있었다. 소음이 조금 멀어진 걸로 보아 란이 장소를 이동한 것 같았다.

"…기미코 씨라니, 그 기미코 씨?"

"응."

"기미코 씨가 왜?"

"어제, 기미코 씨 사건을 발견해서."

"뭔데 그거."

"인터넷에서 봤어."

"사건이라니, 무슨?"

"기미코 씨가 체포됐어. 나도 놀랐어. 재판은 이미 시작됐고, 그래서 혹시나 하는 얘기지만 우리도 관계되는지 모른다는 생각이 들어서, 뭔지 란이랑 얘기하고 싶어서."

"잠깐." 란이 내 말을 가로막았다. "무슨 소리야? 무슨 말인지 전혀 모르겠는데. 기미코 씨가 왜 체포돼? 우리도 관계될지 모른다니, 뭐가? 기미코 씨가, 뭔가 얘기한 거야?"

"아니, 그게 아니라 기미코 씨, 자기 맨션에 여자애를 감금하고 다치게 해서… 체포됐대. 아마도… 그때랑 똑같은 일을 했고 그래서 체포된 거야. 어쩌면 과거 일도 문제 돼서 이것저것, 저, 발각될지도 몰라. 전혀 모르지만, 뭔가 무섭네."

나는 큰맘 먹고 물어보았다.

"…란한테는 아무 연락 안 왔어? 경찰이나, 그런 데서."

"올 리 없잖아."

란이 어이없다는 듯 웃었지만 희미하게 불안한 기미가 느껴졌다.

"나 어제부터 내내 불안해, 아무래도 경찰서 가서 얘기하는 게 좋으려나 싶고."

"뭐?" 란이 놀라서 되물었다. "얘기하다니, 뭘?"

"옛날 일이라든가, 내가 기미코 씨에 대해 알고 있는 일이라든가."

"좀, 농담은 하지 말자."

란이 소리를 낮춰, 단호하게 말했다. 그때 누군가 란을 불렀고 란이 오케이, 하고 밝은 목소리로 대답했다.

"저기, 지금 집에 누가 와 있거든."

"응, 그래, 미안."

"하나, 어디 살아? 도쿄?"

"응."

"잠깐 만나서 얘기하는 게 낫겠다. 코로나로 좀 그렇긴 한데… 가능하면 전화는 피하는 게 좋을지도."

"응, 나도 얼굴 보고 얘기하는 편이 좋을 것 같아…. 아 모모코, 모모코도 있었잖아. 모모코 전화, 아직 연결되는지 어떤지 모르지만 연락하는 게 좋겠지? 혹시 올 수 있으면."

"모모코는 무리." 란이 짧게 말했다.

"왜?"

"그것도 만나서 얘기할게―아무튼 경찰이라든가, 그런 거 하지 마. 절대로. 알았어?"

"알았어."

우리는 약속 날짜와 장소를 정하고 전화를 끊었다.

2

20년 만에 만나는 가토 란은 분위기가 사뭇 달랐다.

기억 속에서처럼 전체적으로 아담했지만, 살이 제법 쪄서 어딘지 균형이 맞지 않게 느껴졌다. 저쪽에서 먼저 손을 들지 않았으면 손님도 몇 안 되는 카페에서도 바로 알아보지 못했을 것이다.

란은 헐렁한 아이보리색 면 튜닉 블라우스를 입고, 얼굴 절반이 완전히 가려지는 큼직한 마스크를 쓰고 있었다. 밝은 갈색으로 염색한 머리를 뒤에서 하나로 묶었는데, 귀 옆에 붓이 한 번 지나간 듯한 흰머리 몇 가닥이 조명을 받아 옅게 번들거렸다. 진갈색 아이섀도에 마스카라를 듬뿍 칠한 눈가에 옛날 얼굴이 남아 있었다.

이마는 여전히 좁아서 언젠가 한밤중에 란과 모모코까지 셋이 이마와 눈 크기를 재본다며 수선 피웠던 것을 떠올렸다. 그러고 보니 그 무렵부터 란은 화장에 흥미가 많았고, 그런 데 둔감한 내 얼굴에 "잘 봐, 내 손을 거치면 어떻게 변신하는지" 하면서 다양한 화장을 해주곤 해서, 완성작을 보고 셋이 폭소한 적도 있었다. 그런 일을 떠올리면서 눈앞의 란을 보고 있으니 정말 긴 시간이 흘렀다는 실감이 들어 가슴 밑바닥이 약간 욱신거렸다.

'오랜만이야'도 '잘 지냈어?'도, 옛 친구와 재회해 나눌 법한 인사는 딱히 없이 각자 음료수를 주문했다. 마스크 때문에 란의 표정은 알 수 없었다. 무겁게 내려앉은 공기 속에서 우리는 한동안 침묵했다.

테이블에 아이스커피가 두 잔 놓이고 "란이 먼저 알아봐줘서 다행이야"라고 내가 운을 떼자, "입구에서 두리번거렸으니까"라는 짤막한 대답이 돌아왔다. 휴대전화를 만지작거리던 손을 멈추고 란이 벗은 마스크에 벽돌색 립스틱 자국이 선명히 묻어 있었다.

"기미코 씨. 뭔데, 무슨 사건인데? 검색해봐도 잘 모르겠던데."

란은 나의 긴장과는 상관없이 마치 지난번에 하다 만 이야기라도 하듯 말했다.

"뉴스에 나왔어? 뭐, 심각한 느낌이야?"

"뉴스라고 할까."

나는 즐겨찾기에 넣어둔 기사를 불러와 란에게 건넸다. 란은 진지한 얼굴로 전화를 지그시 바라보고 손끝으로 짧게 스크롤한 뒤, 다시 화면을 들여다보았다.

"이걸 어떻게 찾았어?"

테이블 위에서 미끄러뜨리듯 전화를 내 쪽으로 밀어내고 란이 물었다.

"야후였던가, 다른 큰 사건 기사를 무심코 읽고 있었더니 아래쪽에 비슷한 사건이 이것저것 뜨는 거야. 알고리즘으로. 몇 년 지난 사건이라든가, 이름도 모르는 지방신문의 작은 기사 링크라든가 그런 게 한가득. 그걸 몇 건 들여다보다가 이 기사와 맞닥뜨렸어."

"신주쿠라… 산자*의 그 집이 아니네." 란이 미간을 찡그리고 말했다. "기미코 씨, 60세라고 적혀 있었지…. 그럼 그 무렵 마흔 정도였단 말인데. 지금 우리 또래였다는 거잖아."

"응."

"생각해 보면 완전 머리가 이상했지."

란은 뱉어내듯 말했다.

"믿기지 않는다. 마흔이라면, 지금 우리가 스무 살 언저리 애들 데려다가 그런 생활 한다는 거잖아. 진짜 맛이 갔네."

그렇게 말하고 란은 작게 고개를 저었다.

"근데 이 기미코 씨 사건으로 왜 하나가 벌벌 떠는데? 관계없잖아? 게다가 사건 자체는 작년에 벌어졌고 재판도 이미 시작됐고."

나는 고개를 끄덕였다.

"우리가 같이 살던 때 – 뭐 하긴 위험하다 싶은 일은 있었지.

---

*   도쿄도 세타가야구 산겐자야를 줄여 흔히 일컫는 말.

근데 그거, 우리가 스무 살 무렵, 아득한 옛날이야. 그런 게 지금 와서 문제 될 리 없지 않아?"

"그래도 기미코 씨 집에, 이를테면 당시의… 그래, 카드 다발 같은 게 남아 있으면? 경찰 눈엔 이건 뭐지 할 수 있겠다 싶고. 그래서 혹시 기미코 씨가 얘기했으면, 죄는 물을 수 없다 해도 사정쯤은 들으러 올지도 모르고. 시효라는 게 있긴 하겠지만, 우리가 했던 일 중에 뭐랄까…. 뭐가 얼마나 문제가 되는지, 그런 걸 알 수 없어서."

"그래서 일부러 경찰서 가서 예전 관계자인데요 하고 털어놓으려 했다는 거야?" 란이 눈이 휘둥그레져서 어이없다는 양 말했다. "생각이 너무 갔네."

"그럴까?"

"그렇대도. 상상력이 너무 발동됐다고. 애초에 우리가 한 일이 뭐 그리 대단해서? 내 생각은 그래. 그런 거 20년이나 지나서 속 끓일 만한 일 전혀 아니거든? 요즘 젊은 애들, 훨씬 심각한 짓도 많이 해."

"그럴까?"

"그렇대도." 란은 조금 생각에 잠겼다가 말했다. "게다가 우린… 하라는 대로 한 거잖아."

"그래도 고토미 씨가 죽은 것도 실제로 무슨 일이 있었는지 모르고, 우리 일에 끌어들였다고 할까, 아무튼 결과적으로 그렇게 됐잖아."

"고토미 씨가 누구더라—아." 란이 작게 고개를 끄덕였다.

"그 사람? 네가 **원정** 갔던 긴자 클럽 호스티스."

"응."

"아니아니아니, 그거 관계없지 않아? 그건 100퍼센트 저쪽 사정이잖아…. 당시도 그렇게 결론 났고. 아냐? 하긴 놀라긴 했지만…. 뭐야, 하나, 혹시 아직 자기 탓이란 생각 같은 거 해?"

"그건 아니지만." 나는 고개를 저었다.

"그럴 리 없잖아. 그 사람들, 죄다 이상했다고."

란이 어깨를 조금 움찔해 보였다. "그러니까 좀 침착하라고. 기분을 밝게 가져. 그런 얼굴 하지 말고. 까마득한 옛날, 아무도 기억 못 하는 일로 뭣 하러 고민을 해? 그야 느닷없이 기미코 씨 이름이 튀어나오면 놀랄 만하지. 뭔지 여자애를 감금했다든가, 상황도 비슷하고. 그 심정은 알겠어. 근데 괜찮대도. 만에 하나 심각해질 거였음 일찌감치 경찰이 왔을걸. 아니 뭐랄까, 그런 거 그냥 흑역사거든? 젊은 객기, 흑역사."

"젊은 객기, 흑역사."

"그래, 그거. 그보다 코로나 쪽이 심각하잖아? 어때, 그쪽은? 우리 집은 아이도 학교를 못 가니까 지옥이야. 코로나 심각해. 넌 어떤 느낌이야?"

"나는." 코로 조그맣게 숨을 뱉고 말했다. "보통이야. 혼자 사니까."

란이 빨대로 아이스커피를 빙빙 휘저으면서 흐응, 하듯 고개를 끄덕였다. 우리는 지유가오카역 앞 카페에 있었다. 란은 도요코선이 지나가는 주변 어딘가에 사는 모양으로, 전철 한 번이면 오니까 편리하고, 나온 김에 볼일도 있다면서 이곳을 지정했다. 전면 통유리창인 프랜차이즈 커피집. 란은 내가 어디 살며 무슨 일을 하는지, 그리고 그때 이후 어디서 어떻게 살아왔는지 일절 묻지 않았다.

"한산하네. 평소엔 굉장한데. 자숙 심각하다."

하긴 길을 봐도 지나가는 사람이 뜸했고, 아침부터 하늘이 흐린 탓도 있어서 거리 전체가 어둡게 가라앉은 분위기였다.

"그나저나 시간 참 잘 간다. 우리가 벌써 마흔이야. 너랑 이렇게 또 볼 줄은 생각도 못해봤는데. 헤어질 때, 뭔지 뿔뿔이 흩어졌고."

"란, 전화번호 그대론데, 그 뒤 기미코 씨에게서 연락 같은 거 없었어?"

"전혀. 이제 별로 자세히 기억도 안 나고 떠올리기도 싫지만…. 그때 우리, 시끌시끌한 와중에 정신없이 나왔잖아? 그걸로 끝. 근데 너야말로 힘들지 않았어? 제일 귀염 받았으니까…. 아니 솔직히 기미코 씨, 체포될 만하다고 할까, 무섭잖아. 머리가 한참 이상했다고. 우린 아직 어렸으니까 전혀 몰랐지만, 꽤 위험했잖아?"

"있지, 전화로도 잠깐 얘기했지만. 모모코 말인데…. 모모코는 무리라니, 무슨 일 있었어?"

"아아, 모모코." 란이 작게 고개를 저었다. "기억해? 모모코, 심각한 여동생 있었잖아. 죽을 만큼 예쁘고 죽을 만큼 이가 더러웠던 애. 그 집에도 찾아온 적 있었지 왜. 동생이랑 동생이 만

나던 남자랑 돈 문제로 시끄럽다가 결국 행방불명됐어, 잘 모르지만. 그런 소문 들었어. 나, 거기서 나오고도 모모코하고는 한동안 연락 오갔는데, 갑자기 사라졌어."

나는 한숨을 뱉었다.

"아니, 뭔지 죄다 머리가 좀 이상한 사람들 아니었어? 우리가 뭘 너무 몰랐을 뿐이고."

란의 목소리가 갑자기 높아져 어딘지 대사 연습이라도 하는 것처럼 과장되게 울렸다. 넓은 가게 안에 사람은 별로 없었고, 드문드문 떨어져 앉은 손님은 모두 혼자였고 마스크를 썼으며, 천장 어디에 있는지 모를 스피커에서 보사노바풍 음악이 작게 흘러나왔다. 카운터 너머 주방에서 그릇 부딪히는 소리와 점원들의 목소리가 들렸다. 우리 말고 이야기하는 손님은 없었다. 조금 떨어진 자리에서 노인이 탁 소리를 내며 신문을 펼치고 이쪽을 흘금 본 순간 눈이 마주쳤다. 나는 물을 한 모금 마시고, 턱에 걸친 마스크를 손끝으로 확인했다.

"뭐 아무튼 끝난 일이야. 누차 말하지만 옛날 일. 그냥 과거. 네가 걱정할 일은 없다고⋯. 그니까 하나."

란은 눈도 깜박이지 않고 나를 똑바로 건너다보며 말했다.

"진짜 절대 경찰이라든가 그런 거 없다. 완전 의미 없으니까. 100퍼센트 쓸데없는 일이거든. 진짜 하나, 그건 잘 좀 하자. 괜찮지? 나 이렇게 오늘, 얘기 제대로 들어줬잖아. 이제 잊어. 진짜로."

나는 고개를 끄덕였다.

"진짜 괜찮은 거지?"

"응."

우리는 한참 동안 침묵했다. 란은 한숨을 쉬고 등을 둥그렇게 구부린 채 테이블의 어딘가 한 점을 응시했다. 표정에 피로의 빛이 보였다. 나는 눈앞의 란에게 말해야 할 다른 무언가가, 중요한 무언가가 있는 듯한 기분이 들었다. 그리고 란도 어쩌면 똑같이 느끼는지도 몰랐다. 그러나 그게 무엇이고, 어떻게 하면 그것이 올바른 어휘가 되어 내 입에서 나올지 알 수 없었다.

"그럼 난 슬슬—맞다, 하나."

란이 생각난 것처럼 허리를 펴고 마스크를 하면서 말했다.

"그거 말인데, 내 휴대전화 번호, 지워줄래? 나도 너한테 온 착신, 틀림없이 지워둘 테니까."

내가 아무 말 하지 않자 란은 계산서를 집어 들어 확인하고, 테이블 위에 자신이 마신 음료수 값을 놓고 가방을 어깨에 메고 일어났다.

"먼저 간다. 코로나 조심해."

그 말을 남기고 란이 가게를 나가버린 뒤에도 나는 자리에서 바로 일어날 수 없었다. 생각해야 할 일이 그 밖에도 있을 텐데 머리가 잘 돌아가지 않았다. 식욕은 없었지만, 아침부터 내내 빈속이니까 뭐라도 주문해서 먹어야 하지 않을까, 그런 걸 멍하니 생각했다.

사진이 붙은 탁자 위의 작은 메뉴를 보고 있으니 묘한 소리가 들렸다. 밖에서, 어딘가 멀리서, 무거운지 가벼운지 확실치 않으나 무언가 거대한 것을 천천히 굴리는 듯한 소리가 울린다. 잠시 후 그것이 천둥소리임을 알아차렸다. 유리창 너머 먼 곳을 쳐다본 순간, 파열음과 함께 일제히 비가 쏟아졌다. 빗방울이 손에 잡힐 것처럼 큼직했고, 행인 몇 명이 가방과 손으로 머리를 가리고 뛰어갔다. 이윽고 빗줄기는 더욱 드세져, 대각선 건너편 가게의 차양과 아스팔트를 사정없이 때리고 튀어 오르며 부연 물보라를 피워 올렸다.

2장

금운 金運

1

처음 기미코 씨를 만난 것은 열다섯 살 여름이었다.

중학교 마지막 여름방학이 시작된 직후 어느 아침, 옆에서 자고 있어야 할 엄마 대신 모르는 여자가 자고 있었다.

얼굴은 보이지 않았고 엄마 잠옷을 입고는 있었지만, 등을 돌리고 쿨쿨 숨소리를 내며 깊이 잠든 여자가 엄마가 아니라는 것은 바로 알았다.

나는 팔꿈치로 윗몸을 지탱한 채 조금 뒤로 물러났지만, 금세 아무 일 아니라고 생각을 고치고 다시 잤다. 근처 스낵바*에서 일하는 엄마가 가게 동료나 친구를 집에 데려와 재우는 일이 그때까지도 심심찮게 있었던 까닭이다.

다음에 잠에서 깼을 때 여자의 모습은 보이지 않고, 삼단으로

---

* 마마라 불리는 점주와 호스티스가 손님과 대화하며 술과 가벼운 식사를 파는 업소.

갠 이불 위에 얌전히 접은 잠옷이 놓여 있었다. 엄마가 몇 년째 입는 낡은 잠옷이 옷집에서 파는 것처럼 예쁘게 개어진 것이 신선해서 한동안 가만히 바라보았다.

세탁한 옷은 창문 커튼레일에 내려뜨린 옷걸이에 널었다가 마르는 대로 걷어다 입고, 방은 잡다한 물건들로 늘 어질러져 있었으니, 단정한 그 광경이 흡사 지저분하게 필기한 공책 한 귀퉁이를 지우개로 깨끗이 지워 생긴 여백처럼 보이는 것도 무리는 아니었다.

나와 엄마가 살던 집은 히가시무라야마시 변두리 동네, 바깥 길에서는 보이지 않는 작고 오래된 문화주택*이었다.

도로를 바라보는 단독주택들 사이에 폭 3미터 정도의 비포장 골목이 있고, 그 안쪽으로 들어가다가 왼쪽으로 꺾으면 공동 현관이 나온다. '청풍장淸風莊'이라는 글자를 간신히 알아볼 수 있는, 불길한 동굴처럼 낡고 어둑한 입구. 그 너머에 있는 조도 낮은 전구가 몇 개 내려뜨려진 복도는 화창한 대낮에도 침침했다.

2층 목조 건물로 1층과 2층에 똑같은 구조의 집이 네 채였지만, 2층 안쪽에 집주인 중년 여자가 살고 있을 뿐 다른 입주자는 없었다. 허술하기 짝이 없는 나무 미닫이문을 열면 손바닥만 한 현관이 있고, 올라서면 바로 3조**짜리 부엌, 그 뒤로 4조 반짜리 방 두 개가 세로로 이어져 있다. 1층 안쪽에 있는 공용 화장

---

*   1950년대 이후 지어진 집합주택의 하나.
**   다다미 한 장 넓이를 세는 단위로, 다다미 2조가 약 1평 넓이다.

실을 우리가 독차지해 쓰고 있었다. 사방이 건물에 둘러싸여 창문을 열어도 콘크리트 벽만 보이고 빛은 거의 들지 않았다.

우리는 1층 두 채를 빌려 살았다. 청풍장 입구에 서면 바로 좌우에 보이는 방으로, 나와 엄마는 주로 오른쪽을 썼다.

왼쪽은 아버지 전용이었지만, 텔레비전과 이불, 옷 몇 벌이 벽장에 걸려 있을 뿐 생활감은 없었고, 애초에 아버지는 집에 거의 붙어 있지 않는 사람이었다.

무슨 일을 하는지 당시에는 잘 몰랐다. 체격이 다부지고 피부가 늘 구릿빛으로 그을려 있었으니 아마 토목 현장에서 일하거나 트럭을 몰았지 싶은데, 때로 오랫동안 다른 지방에 머물며 날품 노동도 했던 것 같다(초등학생 때 학교에서 돌아오는데 대형 트럭 운전석에서 아버지가 나를 부른 적 있다). 한때는 똑같은 작업복을 입은 동료들을 데려와 집에서 전골을 해 먹거나 고기를 구워 술을 마셨던 시기도 있었지만, 그것도 오래 가진 않았다.

이따금 생각난 것처럼 돌아오는 아버지는 늘 기분이 좋아 보였다. 배드민턴 세트나 인형뽑기 기계에서 뽑아 왔을 성싶은 인형 따위를 내 손에 쥐여주거나, 잠든 나를 오밤중에 굳이 깨워 맛있다면서 초밥을 먹이기도 했다.

그런 아버지가 싫진 않았지만, 아무튼 같이 보낸 시간이 짧고 무슨 말을 해야 할지 모르니까, 아버지가 집에 있으면 묘하게 긴장되고 신경 쓰여서 내심 빨리 가주기를 바라곤 했다. 그리고 그 속마음을 아버지가 눈치챌까 봐 전전긍긍했다. 아무리 다른 집 아버지들 같지 않은 아버지라 해도, 자기 딸에게 그런 취급을 받는 건 역시 안됐다는 마음도 막연히 있었고, 그것이 또 다른 긴장과 자기혐오를 불러왔다.

초등학교 고학년 무렵 아버지가 본격적으로 돌아오지 않게 됐고, 그 이래 만난 기억은 없다. 지금은 어디서 어떻게 사는지 모른다. 나중에 어렴풋이 안 일인데, 당시 아버지에게는 다른 곳에 다른 가족이 있었던 듯했다.

엄마와 둘이 사는 것은 마음 편하다면 편했지만, 말하자면 아무것도 없는 것과 비슷했다. 엄마는 재밌는 일과 술 마시는 걸 (썩 세지도 않으면서) 좋아했고, 친구도 많았으며 귀가 얇은 편이었다. 그 지역 상업고등학교를 졸업하고 스타킹 공장 정사원으로 일했는데, 본부의 높은 사람들이 시찰 왔을 때 당당히 다리 모델로 나선 적 있다는 게 자랑이었다. 그러나 첫 직장을 몇 년 못 가 때려치우고, 그 뒤로는 친구와 동네 스낵바를 전전하는 생활을 했고, 그러는 사이 내가 태어났지 싶다.

엄마는 다른 집 엄마들에 비하면 상당히 젊어 보이고 화려해서, 딸인 내가 봐도 보통 엄마 느낌은 아니었다. 아담한 체구에 동안이고, 아무튼 잘 웃는 낙천적이고 명랑한 성격이었지만, 술을 마시면 거의 어김없이 울었다. 딱히 사연이나 이유는 없고 그저 술이 들어가면 우는 사람이라고 할까, 엄마에게 술 마시고 신나서 노는 일과 우는 일은 거의 동격인 듯했다.

아버지에게도 집착이 없었는지 불평이나 험담을 들어보지 못했고, 집에 아예 발길을 끊은 후로도 특별히 관심 없는 눈치였다. 때로 절연했다는 엄마의 엄마 그러니까 외할머니가 얼마나 지독한 사람이었는지 농담처럼 들려주는 일은 있었지만, 그나마도 술 마시고 흥에 겨워 감상에 빠졌을 때뿐이었다.

엄마는 기본적으로 나와 단둘보다는 누구라도 데려와 같이 지내기를 좋아했다. 호스티스 동료나, 손님이 소개했다는 누군가를. 오랜 동네 친구와 특별히 이유도 없이 어영부영 붙어 지내는 일도 심심찮게 있었으므로, 오히려 엄마와 단둘이 되면 나도 살짝 긴장했다. 엄마는 내가 학교 간 사이에는 자고 오후에 일어나, 해 질 무렵 화장을 하고 일하러 가서 한밤중에 귀가했으므로 생활이 늘 엇갈렸다.

근처에 처지가 비슷한 아이가 한 명 살아서 친하게 지냈다. 그 애나 나나 초등학생 때부터 귀가 시간이란 것이 없었으므로, 가서는 안 되는 장소가 있거나 저녁 식사 시간이 정해져 있는 집의 부모들은 자기 아이가 필요 이상 우리와 어울리는 걸 곱게 보지 않는 눈치였다. 적어도 우리들 집에 놀러오는 것은 금지였다. 학교에서는 멀쩡히 대하다가 방과 후엔 다른 무리 아이들과 사라져버리는, 비교적 좋아했던 한 친구에게 한번은 이유를 물었다. 그러자 "하나네는 이상한 어른들이 드나들고 제대로 된 집이 아니니까, 가면 안 된대"라고 약간 말하기 거북한 투로 알려주었다. 그리고 그것은 악의에 찬 소문이나 거짓말이 아니라 엄연한 진실이니 별수 없었다.

중학교에 들어가자 친구의 얼굴이나 태도, 그 밖의 여러 가지가 한층 뚜렷이 느껴졌다. 누가 평범한 집 자녀이고 누가 아닌지, 색깔 다른 모자라도 쓰고 있는 양 한눈에 알 수 있었다. 평범한 집에서는 아침에 일어나보니 옆에 모르는 여자가 자고 있는 일은 없다. 이불과 잠옷이 반듯이 개어져 있는 것만으로 기분이 환해지는 일도 없고, 그 광경을 오래도록 바라보고 싶어지는 일도 아마 없을 것이다.

나는 내 이불도 똑같이 삼단으로 개어, 먼저 개어져 있던 이불과 나란히 두었다. 방에는 나뿐이고 부엌에도 아무도 없어서, 샌들을 꿰어 신고 복도를 훌쩍 건너 건너편 방문을 열었다. 소란한 텔레비전 소리가 들리고, 안으로 들어가자 누워서 종합 정보 쇼를 보고 있는 여자의 뒷모습이 보였다. 오래된 선풍기가 덜덜거리며 돌아가면서 한 번씩 크게 삐걱거렸다.

인기척을 느꼈는지 여자가 얼굴만 이쪽으로 돌렸다. 그러고는 생긋 웃었는데, 그 웃음이 어찌나 자연스러운지 일순 전에도 만난 적 있는 사람인 줄 알았다. 그러나 모르는 여자였고—지난밤, 같은 방에서 나란히 이부자리를 펴고 잤는지 모르지만, 적어도 이렇게 얼굴을 마주하는 건 처음이었다. 여자는 다시 얼굴을 돌리고, 화면 속의 환성에 작게 어깨를 들썩이며 즐거운 듯 웃었다. 나는 부엌과 방 사이에 선 채 텔레비전과 선풍기와 여자를 바라보았다.

"뭐 좀 먹을까?"

프로그램이 끝나고 광고가 흘러나오자, 여자가 기지개를 켜면서 말했다.

"배고프지?"

우리는 좁은 부엌에 서서 봉지 라면을 끓였다.

여자는 나보다 키가 한 뼘 이상 컸고 팔다리도 길쭉길쭉했다. 하나로 묶은 풍성한 검은 긴 머리가 목덜미에서 출렁이고, 영어가 프린트된 큼직한 흰 티셔츠에 머리끝이 흩어져 있었다. 나는 조금 떨어져 서서, 양은 냄비에 넣은 2인분의 물이 끓는 것을 가만히 바라보았다.

여자는 요령 좋게 봉지를 찢어 면을 물에 넣어 풀고, 분말 수프를 넣어 쓱 휘젓고는, 내가 나란히 놓은 대접에 각각 라면을 나누어 담았다. 냄비 가장자리에 붙은 완당을 나무젓가락으로 집으려 했지만 잘 떨어지지 않자, 뭐 됐어, 가서 먹자, 하고 명랑하게 말하면서 방을 가리켰다. 나는 벽에 기대두었던 고타쓰* 탁자를 펼쳤고, 마주 앉아 라면을 먹었다.

"여름방학인데 어디 안 가?"

나는 대답 같은, 대답 같지 않은 모호한 소리를 냈다. 조금 전까지 별로 더운 줄도 몰랐는데 갑자기 땀이 뱄다. 나는 리모컨으로 손을 뻗어 냉방 전원을 넣고 강 버튼을 눌렀다.

"아이愛 씨하고, 어디 가고 그래?"

아이는, 엄마 이름이었다.

"어, 별로요."

"흐응. 이름이 뭐야? 난 기미코."

"하나요."

---

* 열원이 달린 나무 틀에 이불을 씌우고 그 위에 상판을 덮어 몸을 녹이는 난방 기구. 겨울 외에는 이불을 빼고 좌탁처럼 사용한다.

"하나구나. 누가 지었어? 아이 씨가?"

"잘 모르는데요." 내가 작은 목소리로 대답했다.

"그렇구나."

"저기요, 엄마 친구시죠?"

"응, 응."

대화가 끊어졌고, 우리는 말없이 라면을 먹었다. 텔레비전에서는 퀴즈 프로그램이 흘러나오고 오래된 에어컨 모터가 붕붕 소리를 냈다. 잠시 후 밖에서 구급차 사이렌이 희미하게 들렸고, 소리가 좀 가까워지나 싶더니 다시 멀어졌다.

"하나는, 한자 있어? 어떻게 써?"

"흔한, 꽃[花]이요."

"나는 노랑[黃]에 아름다운[美] 아이[子], 해서 기미코黃美子."

나는 다시 모호하게 고개를 끄덕거리고 국물을 마셨다. 대접을 든 채 슬쩍 얼굴을 들자, 먼저 다 먹고 탁자에 팔꿈치를 얹고 있던 기미코 씨와 눈이 마주쳐서 나도 모르게 눈을 돌렸다. 그리고 다시 대접 너머로 기미코 씨 얼굴을 흘금거렸다. 그 얼굴은 그때까지 내가 봤던 어떤 얼굴과도 달랐다.

그야 사람은 다 다르게 생겼으니 당연하지만, 그럼에도 그 얼굴에는 당시 내 어휘력으로는 잘 설명할 수 없는 존재감 같은 것이 있었다. 막 일어나서 민낯일 텐데 눈썹이 짙고 쌍꺼풀은 깊었으며 속눈썹이 한없이 길고 눈썹과 눈 사이가 좁았다. 콧날은 보기 좋게 높고, 관자놀이에서 귀밑털로 이어지는 머리카락이 땀에 젖어 곱슬곱슬 말려 있었다.

예쁘다거나 미인이라는 말보다 강하다는 말이 어울리는 얼굴이었다.

그 얼굴은 초등학교 때 선풍적인 인기여서 나도 푹 빠졌던, 고대 이집트와 현대를 무대로 한 소녀만화의 주인공인 젊고 늠름한 파라오를 연상시켰다. 기미코 씨가 텔레비전을 보면서 목을 꺾어 뚝뚝 소리를 내거나 자세를 바꾸는 걸 보고 있으면 얼굴 비스듬히 위쪽에 주인공의 대사가 든 말풍선이 떠오르는 것 같아서 나는 조금 즐거워졌다.

"사이다 먹고 싶다. 같이 사러 갈래?"

그릇을 싱크대로 옮기고 방으로 돌아온 기미코 씨가 내게 물었다. 우리는 집에서 입던 옷 그대로 밖으로 나가 편의점까지 걸었다.

"아이 씨네는 두 채를 쓰는데 따로따로 안 자는구나."

"아까 라면 먹었던 데가 텔레비전 방이고요, 또 하나를 이불 방이라고 부르니까 그냥 어쩌다가."

"거실인 거네?"

"그렇게 그럴싸한 건 아니고요." 나는 고개를 숙이고 말했다.

"혼자 자는 것보다 좋지."

여름 볕은 무심코 실눈을 뜰 만큼 날카로웠고, 숨 쉴 때마다 뜨거운 기운이 살갗을 파고들었다.

내가 살던 문화주택은 다니던 중학교 바로 뒤쪽에 있었다.

학교 건물을 둘러싼 긴 회색 담장을 따라 200미터쯤 가다가 모퉁이를 왼쪽으로 돌아 조금 더 가면 교문이 있었다. 편의점은 도로를 사이에 두고 딱 그 건너편이다. 교복 차림으로 편의점에 출입하는 것은 교칙으로 금지되어 있었지만, 그런 걸 지키는 아이들은 거의 없었다. 학교에 심어진 이름 모를 나무들이 좁은 보도 쪽으로 진초록빛 잎사귀와 가지를 내밀어 아스팔트 바닥에 짙푸른 그림자를 드리웠다.

교문에 가까워지자 몇 명이 모여 소란을 떠는 것이 보였다.

여름방학이라고는 해도 특별활동이 있으니 학생들이 드나들었지만, 거기 모여 있던 것은 그런 학생들이 아니라 품행이 불량한 이른바 양키였다.

그중 둘은 나와 같은 3학년이고, 나머지는 니커보커스*를 입고 머리를 밀짚색으로 탈색한 남자, 눈썹을 곤충 더듬이처럼 가늘게 밀고 역시 비슷하게 탈색한 앞머리를 사과머리로 묶은, 악명 높은 여자 졸업생과 그 추종자들이었다.

고등학교에 진학하지 않고 폭주족이나 동네 공사판의 도비공** 남자들과 어울려 다닌다는 그 여자 선배는 언제 어디서나 루즈삭스를 신는 걸로도 유명했다. 헐렁한 트레이닝복에도 루즈삭스, 샌들에도 루즈삭스인지라 필시 잘 때도 신을 거라는 소문도 돌았다. 팔에는 지금껏 사귄 역대 남자친구들 이름을 새겼고, 친언니가 시부야109***의 유명 옷집에서 일한다는 사실도 한몫해서 아무튼 무섭고 굉장하기로 타의 추종을 불허했다.

---

*   바지 끝자락을 무릎 밑에서 잡아 맨 골프용 바지의 일종.
**   토목 건축 공사의 노무자, 특히 높은 비계 위에서 일하는 사람.
***   주로 젊은 세대가 많이 이용하는 백화점.

나는 최대한 눈을 마주치지 않으려 했지만, 같은 학년 아이 하나가 재빨리 알아차리고 까불대며 큰 소리로 말을 걸어왔다. 나는 눈을 내리깐 채 입을 꾹 다물었다. 가정환경으로 말하자면 그쪽이나 이쪽이나 오십보백보였는데, 나는 그들처럼 불량한 쪽으로 빠지지도 못했고, 그렇다고 방과 후엔 학원을 다니고 때마다 온 가족이 외식하러 가는 아이들과도 당연히 다른지라, 학교 안팎에서 어딘지 모두에게 소외되고 좀 불쌍히 여겨지는, 그런 존재였다.

하필 집도 학교 바로 뒤라 반 아이들 대부분이 우리 집을 알았고, 몇 명은 대놓고 구경을 다녀간 일도 있었다. 물론 유복한 집 아이들만 있는 건 아니었고 단지나 조촐한 아파트에 사는 아이도 꽤 됐지만, 나처럼 목욕탕도 없고 화장실도 공용인 나가야* 같은 문화주택에 사는 아이는 적어도 우리 학년에는 없었다.

"친구?" 기미코 씨가 웃으면서 물었다.

"으응, 아닌데요."

"뭐라 뭐라 하는데?"

"으응, 아닌데요."

"그래?"

우리는 편의점으로 들어갔고, 기미코 씨는 사이다 말고도 감자칩과 오징어 따위를 바구니에 담고, 하나도 좋아하는 거 적당히 넣어, 아이스크림도 있다, 하고 말했다. 나는 사이다를 사겠

---

*   칸을 막아서 여러 가구가 살 수 있도록 길게 만든 집.

43

다는 기미코 씨를 별생각 없이 따라왔을 뿐이지 뭔가 살 생각은 없었고 돈도 가져오지 않았다. 게다가 교문 앞 양키들이 집적거리는 바람에 가슴속이 어두워져서 주스에도 아이스크림에도 감흥이 없었다.

"아이 씨 말이야, 당분간 안 들어올지도 모른다는 말, 들었어?"

기미코 씨가 빵 판매대를 둘러보면서 물었다.

"못 들었는데요."

"평소엔 삐삐*?"

"용건 있으면 가게에 전화하기도 하고, 삐삐도 있고요. 당분간 안 들어온다니, 가게도 안 나간다고요?"

"뭔가 여행 같은 거라던데. 아이 씨 전화한댔어. 근데 밥은, 어떻게 해?"

"어, 라면이나 뭐."

"사다 먹어?"

"집에 깡통이 있거든요, 엄마가 거기 적당히 돈 넣어두면 알아서 써요."

"안 모자라?"

"네."

"전기 같은 거, 안 끊겨?"

"네. 고지서 나오면 내가 내러 가요."

---

*   1990년대에 널리 쓰인 수신만 가능한 무선 통신 기기.

편의점을 나오니 볕이 더 따가웠다.

거리 건너편 양키 무리는 그새 늘어나 더한층 소란을 떨고 있었다. 생활지도 담당인 폭력 교사가 뛰어나와 싹 걷어차 쫓아주면 속이 후련하련만, 그런 일은 일어나지 않는다. 철권제재로 모두를 떨게 하는 몇몇 교사는 무늬만 불량이지 맞서 덤빌 배짱은 없는 애들만 안심하고 팬다. 폭주족과 이어져 있을 법한 무리를 상대로는 어디까지나 말 잘 통하는 선배 시늉이나 할 따름이다.

아까 그 아이가 또 나를 보고 킬킬대며, 이번에는 몸짓을 섞어 비빈바, 하고 큰 소리로 불렀다. 가슴에서 쿵 소리가 나서 나도 모르게 눈을 질끈 감았다. 나는 멜라닌 색소가 많다고 할까 까무잡잡한 피부로, 햇볕에 유독 잘 탔다. 특별활동도 하지 않고 밖에 나도는 일도 딱히 없건만 1년 내내 까맸다. 그리고 그로 인해 심술궂은 일부 아이들 사이에 '비빈바'('빈보*와 발음이 비슷한 것도 그들 마음에 들었으리라)라는 별명이 정착해 있었다. 비빈바는 초등학생 때부터 유행했던 마스코트 캐릭터**였다. 학교 안팎에서 그들은 나를 발견하면 비빈바, 비빈바, 때로는 비빈보,라고 불러대고 신나게 불춤 흉내를 내며 놀리곤 했다.

"비빈바라면, 그, 먹는 비빔밥?"

---

*　가난하다는 뜻의 일본어.
**　1985년 산리오가 발매한 캐릭터로, 흑인 차별이란 문제가 제기되어 판매가 중지됐다.

기미코 씨가 양키들 쪽을 흘금 보고 내게 물었다.

대답은 고사하고 고개조차 저을 수 없었다. 요즘 세상에 초등학생도 하지 않을 유치한 장난에 매번 상처받는 자신이 한심해서 속상했지만, 그보다 오늘 처음 만난 사람 앞에서 이런 꼴을 들킨 것이 죽을 만큼 창피했다. 당장 어디로 꺼져버리고 싶을 만큼 창피했다. 얼굴이 뜨거워지고 콧속이 매큼해졌다. 조금이라도 긴장을 풀면 눈물이 왈칵 쏟아질 것 같았다. 나는 샌들 코에서 튀어나온 발가락을 내려다보며, 참았던 호흡을 조금씩 코로 내뿜으면서 걸었다.

"비빈바, 어이, 빗비비, 비빈바."

멜로디를 붙인 누군가의 목소리에 왁자하게 웃음이 터졌다. 평소 노는 물이 전혀 다르다고 할까 안중에도 없으면서, 하필 오늘 같은 날 왜 저럴까. 속이 말이 아니었지만 못 들은 척하고 걸음을 재촉했다. 얼른 그곳을 통과하고 싶었다.

겨우 모퉁이까지 와서 슬쩍 곁눈으로 보니, 있어야 할 기미코 씨가 없었다.

얼굴을 들고 돌아보니 흰색 편의점 봉지를 흔들면서 거리를 건너, 양키들 쪽을 향해 걸어가는 기미코 씨의 뒷모습이 보였다. 나는 기겁해서 눈을 부릅떴다. 뭘 어쩔 작정인지. 기미코 씨는 마치 왔던 길을 되밟아가듯 자연스럽게 양키들에게 다가갔다.

나는 몇십 미터 떨어진 장소에서 목을 빼고 숨을 삼켰다. 우리가 편의점에 있는 사이 전동 바이크나 변형 자전거를 타고 다니는 멤버도 합류했고, 그뿐인가, 필시 무언가를 마시거나 흡입하거나 해서 뜻 모를 괴성을 내지르는 인간도 있었다. 멋모르고 접근했다가 얻어맞진 않을까, 라이터로 머리카락을 지지기라도 하면 어쩌나, 아니 그보다 기미코 씨는 몇 살일까 같은 생각이 뒤죽박죽으로 머릿속을 채웠다.

그러나 이쪽이 가슴이 벌떡벌떡할 만큼 걱정하거나 말거나─처음에는 경계하는 눈치이던 양키들이 하나둘 웃는 얼굴이 되더니, 무슨 영문인지 기미코 씨와 주거니 받거니 대화를 나누는 기색이다. 내 쪽에서는 기미코 씨 얼굴이 보이지 않았지만, 한쪽 다리를 삐딱하게 내밀고 서 있는 뒷모습이 사뭇 편안한 느낌이거니와 몇 분 뒤엔 웃음소리까지 들렸다. 혹시 저 안에 누구 아는 사람이 있었나? 설마, 그럴 리가.

작열하는 한낮의 빛 속에 뻣뻣이 서서 나는 기미코 씨가 양키 무리와 유쾌하게 떠드는 광경을 바라보았다. 양키들은 느닷없는 손님이랄까, 자신들에게 관심을 품은 낯선 어른의 등장이 재밌기도 하고 조금 흥분한 것처럼도 보였다. 10분쯤 지나 그럼 또 보자, 하는 것처럼 기미코 씨가 손을 흔들고, 역시 편의점 봉지를 흔들거리며 돌아왔다. 기미코 씨의 등을 향해 사과머리 루즈삭스 선배가 익살맞게 두 팔을 쳐들고 농담을 던졌고, 와르르 웃음이 터졌다. 기미코 씨도 웃으면서 손을 흔들었다.

"젊다, 젊어."

어느새 내 옆으로 온 기미코 씨가 싱긋 웃고, 사이다가 미지근해졌네, 하고 이번에는 소리 내어 웃었다. 새까만 귀밑머리가 땀 흘린 이마와 목덜미에 달라붙어 있었다.

2

그날부터 여름방학 한 달을 기미코 씨와 둘이 지냈다.

엄마는 가끔 전화를 해왔고, 세 번쯤 돌아와서 그때마다 다 함께 스키야키를 먹거나 했다. 그러고는 다시 여행이라도 가듯 집을 나갔다.

내게는 확실히 말하지 않았지만, 그 무렵 엄마에게는 도로스케라는 남자친구가 있었는데(행동이 굼뜨고* 발음이 나빠서 주변에서 그렇게 부르는 듯했다), 그 남자 집에서 살다시피 하는 눈치였다.

야무진 구석이라고는 없는 엄마일망정 집을 며칠씩 비우는 일은 없었기에, 한동안 돌아오지 않을 거란 말을 편의점에서 처음 전해 들었을 때는 불안이 스쳤다. 그러나 기미코 씨가 집에 머문 덕도 있었는지 그것도 바로 익숙해졌다.

---

* '도로이とろい'는 뭉근하다, 멍청하다는 뜻.

마음 놓고 남자친구에게 가기 위해 엄마가 기미코 씨를 불렀는지, 기미코 씨 쪽에도 무언가 사정이 있었는지는 모른다. 엄마도 기미코 씨도 그에 대해서는 아무 말도 하지 않았다. 사흘째 되던 날, 기미코 씨는 좀 다녀오겠다며 점심 전에 집을 나서더니 큼직한 갈색 인조가죽 보스턴백을 들고 해 질 무렵 돌아왔다. 그날 밤은 둘이 돼지고기 덮밥을 만들어 먹었다.

기미코 씨는 엄마가 일하는 역 앞 스낵바의, 이제 환갑을 바라보는 마마와 옛날부터 아는 사이로(몇 번 만난 적 있는 그 마마가 나는 왠지 거북했다), 마마를 통해 몇 년 전 다른 술집에서 우연히 엄마와 알게 됐고 최근에 다시 만났다고 한다. 엄마보다 두 살 아래인 서른다섯 살로, 둘이 같이 일한 적은 없는 모양이다.

두 사람이 얼마나 친한지는 몰라도 기미코 씨는 엄마를 아이 씨, 아이 씨 하며 따랐고, 엄마도 기미코, 기미코 하면서 귀여워하는 기색이었다. 그러나 엄마가 나이가 위라는 걸 알고 보니까 그렇지, 실제로 둘이 얘기하는 걸 옆에서 보면 시시한 연애 상담이나 신세 한탄, 손님이 이렇고 호스티스 동료가 저렇다 따위 두서없는 말을 언제까지고 늘어놓는 쪽은 엄마였고, 귀찮아하는 기색도 없이 맞장구를 쳐주는 쪽은 기미코 씨였다. 기미코 씨와 같이 있으면 외모도 포함해서 엄마는 더욱 어린애 같고 미덥지 못해 보였다.

"아이 씨, 참 좋아."

어느 날 밤, 불을 끄고 이불 속에 들어간 뒤 기미코 씨가 말했다. 우리는 평소 엄마와 내가 그렇게 했듯이 '이불 방'에서, 이부

자리를 나란히 펴고 잤다.

"상냥해."

지금까지 집에 드나들던 엄마 지인이나 친구들은 나와 좀 친해졌다 싶으면 으레 비슷한 불만이나 의문을 토로했다. 노골적인 험담은 아니고, 나에 대한 동정이 섞인 쓴소리 같은 것이다. 하나, 사실은 외롭지? 아이 씨 재밌긴 한데, 그래도 딸내미를 너무 혼자 놔두네, 아이 씨, 트릿한 면이 있으니까—그들도 자식을 키우는 입장인지 어떤지 모르겠으나, 어차피 거기서 거기인 생활을 하며 남의 집에 슬렁슬렁 드나드는 처지에 우리 엄마한테는 엄마 자격이 없다고 말하고 싶은가 보았다. 그럼에도 진심으로 나를 안됐다고 여기는 마음은 전해졌기에, 그때마다 대답이 궁색했다. 그러므로 생각지도 못한 엄마 칭찬을 듣자 조금 놀랍고 낯간지러웠다.

"그래요?"

"그럴걸. 뭔가, 사람이 좋아."

"사람이 좋은 건가요?"

"응. 남의 말, 무척 귀담아듣잖아."

"그런 면은 좀 있죠."

"아이 씨, 지금 이름, 알아? 가게에서 쓰는."

"어, 또 바꿨어요?"

"응, 맞다, 아이루, 사랑〔愛〕에 눈물〔淚〕, 해서 아이루."

"엄마가요, 성명판단이나 점 같은 거 워낙 좋아하거든요. 근데 아이루라면, 다들 아이쨩이라고 부르지 않을까요? 그거, 바꾼 의미 있어요?"

"응, 다들 아이짱이라고 불러. 그래도 점 보는 사람 말이, 이름은 역시 획수가 중요하대. 아이 씨, 점집 같은 데서 무슨 말 들으면 곧이곧대로 따르잖아."

"기미코 씨는, 그런 식으로 뭐 믿는 거 있어요?"

"으음…. 풍수는 조금?"

"풍수? 그게 뭔데요?"

"동서남북에 각각 색깔이 있어서 거기 맞추면 좋다는 거. 남쪽은 초록색, 북쪽은 흰색이던가."

"색깔이 정해져 있어요?"

"응."

"그걸 맞추면, 어떻게 되는데요?"

"운기가 좋아지지."

"어떤 집이나 그렇다고요? 단독주택 아니라도, 좁아도?"

"응. 아마 그럴걸." 기미코 씨가 웃었다. "그것 말고도 현관과 물 쓰는 곳은 깨끗하게 한다든가. 그리고 노란색. 서쪽에 노란색을 두면 금운이 따라와."

"금운…."

"응, 금운."

"있죠 기미코 씨."

"응?"

"기미코 씨 이름에도 노란색 들었잖아요, 그거 금운으로 보면 좋은 느낌 아니에요?"

"그럴지도 모르겠네." 기미코 씨는 웃었다.

"기미코 씨가 머리 노랗게 염색하고 서쪽 동네 어딘가에 살면, 엄청 부자 되는 걸까요?"

"글쎄."

나는 외국인 같은 금발이 아니라 크레용의 노란색으로 머리를 염색한 기미코 씨를 상상하고 소리 없이 웃었다. 어린애가 대충 그린 사자 같고, 해바라기 같고, 그리고 진한 눈매도 확 살겠지.

그러고는 우리 집에 어떤 색이 있는지 떠올려봤다. 그러나 아무 색도 떠오르지 않았다. 대신 그러고 보니 기미코 씨가 온 후로 여기저기가 깨끗해졌음을 깨달았다. 딱히 변한 건 없는데 기미코 씨는 현관을 쓸거나, 마른 빨래를 개거나, 쓰고 난 그릇을 바로 씻부셔 제자리에 넣곤 했고 그 덕에 집안 곳곳이 환해진 것이다.

그때까지는 이를테면 싱크대가 가득 차야 설거지를 하고, 이부자리 펼 곳이 없어야 옷을 개는 식이었기에 기미코 씨가 해주는 일 하나하나가 신선했다. 공용 화장실 청소는 줄곧 집주인 담당이었고, 집 앞에 비질 한 번 해본 적 없었지만, 그래도 밖에서 돌아왔을 때 샌들이 가지런히 놓여 있고 먼지 한 톨 없는 말끔한 현관이 눈에 들어오면 뭐라 할 수 없이 기분이 좋았다.

"있죠 기미코 씨, 나랑 엄마요, 다른 데 살면 좋을 것 같지 않아요? 뭐 좀, 더 제대로 된 데요."

나는 예전에 반 아이들 몇이 집 구경을 다녀갔던 일을 떠올리면서 물었다.

"글쎄."

"나는, 가끔 생각하거든요."

"그래?"

"우리 집은 엄마 외벌이지만, 그래도 열심히 하면 아파트라고 하나, 하이츠*라고 하나요? 좀더 보통 느낌 나는 데서 살 수 있을 것 같아요."

"응."

"근데 엄마는 돈을 딴 데 써버리거든요. 옷이나. 술이나."

"응."

"남자친구나."

"응."

"그래서 집은 뒷전이라고 할까, 어차피 잠만 자는데 어디든 어떠냐는 거죠. 그리고 이사도 가기 싫은 거예요. 귀찮아하는 스타일이거든요. 여태 이렇게 살았는데 뭘 또 굳이,랄까 집에는 전혀 흥미 없다고요. 아예 관심 자체가 없어요. 뭐 엄마는 집에 없으니까요. 늘 다른 데 갈 데가 있으니까, 맞다면 맞는 말이지만."

아무에게도 말한 적 없는 속마음을 털어놓고 있는 걸 깨닫고 뺨이 뜨끈해졌다.

기미코 씨는 맞장구치는 듯한 소리를 내고 뒷말을 기다려주는 기색이었다. 그러나 나는 가슴이 먹먹해져서 말을 이을 수 없었다. 지금이 밤이어서, 방이 어두워서, 기미코 씨에게 내 얼

---

* 일본에서 2층짜리 공동주택 명칭에 널리 쓰는 어휘의 하나.

굴이 보이지 않아서 다행이라고 생각했다. 그러고는 그대로 잠들었다. 이튿날 아침, 잠에서 깨니 기미코 씨가 반듯하게 개어둔 이불이 보였다. 왠지 마음이 놓였고, 그 기분을 품은 채 다시 눈을 감고 잠에 빠졌다.

그때까지와는 전혀 다른 여름방학을 나는 기미코 씨와 보냈다.

좁은 부엌에서 닭튀김을 만들었다. 기미코 씨가 빻은 마늘을 조금 넣으면 맛있다고 알려주었다. 평소에도 나 혼자 먹을 간단한 음식이라면 곧잘 만들었지만, 요리하는 데 마늘을 사용하기는 처음이었다. 마늘 냄새가 밴 손끝을 서로 코앞에 갖다대며 웃음을 터뜨렸다.

산책도 자주 했다. 기미코 씨는 예전부터 알고 지내는 마마를 만나러 엄마가 일하는 스낵바에 몇 번 와본 적은 있어도, 이 동네에서 이렇게 오랫동안 지내기는 처음이라고 했다. 집에서 걸어서 30분쯤 걸리는 역 앞에 늘어선 여러 가게를 어슬렁어슬렁 기웃대고, 거기서 더 가면 나오는 아무것도 없는 주택가를 땀 흘리며 걸었다. 어디를 걷건 여름 볕은 따가웠고, 귀를 갖다대면 피부가 지글지글 타는 소리가 들릴 것 같았다. 그렇게 정처 없이 걷다 돌아오는 길에는 대중목욕탕에 들렀다. 늘 다니는 곳뿐만 아니라 우연히 찾아낸 목욕탕에 훌쩍 들어가보는 것도 즐거웠다. 기미코 씨는 내가 무슨 말을 하건 응, 응 하고 고개를 끄덕였고, 재미없는 농담에도 소리 내어 웃어주었다. 나는 내가 어둡고 침침한 아이인 줄 알았는데, 기미코 씨와 같이 있으면 세상 명랑했다. 쉴 새 없이 할 말이 떠올랐고, 내가 한 말에 웃고 기미코 씨가 한 말에 웃느라 수다를 멈출 수 없었다. 왠지 내가 다른 사람이라도 된 듯한 기분이었지만, 기미코 씨의 웃는 얼굴을 보고 있으면 이쪽이 진짜 나라는 생각이 들 만큼 매일 즐거웠다. 대개는 국수를 먹거나 도시락을 사다 먹었지만, 기미코 씨가 역 앞 선술집에 데려가 닭꼬치를 실컷 사주기도 했다. 그곳에서 난생처음 바다포도를 먹어봤다. 기미코 씨는 지갑을 지니지 않고 늘 바지 주머니에 지폐 몇 장과 동전을 넣어 다녀서, 저러다 잃어버리진 않을까 나는 은근히 걱정했다.

밥을 먹고 돌아오는 길에 몇 번인가 엄마가 일하는 스낵바 앞을 지났지만, 들어가지 않았다. 왕왕대는 가라오케 에코 소리를 타고 여자의 노랫소리가 흘러나왔는데, 엄마인지 아닌지는 알 수 없었다.

근처 신사에서 밤 노점이 열리고 있었다. 만나기 싫은 얼굴들과 마주칠까 봐 썩 내키지 않았지만, 기미코 씨에게 이끌려 따라갔다.

한낮의 열기가 희미하게 남은 석양을 덮으며 밤이 조금씩 내려앉는 시간 속에서 — 여러 가지가 작게, 강하게 빛나고 있었다. 물속에서 한들거리는 금붕어들의 수채화 물감 같은 빨강, 색색의 고무공, 덧없는 추억처럼 부푸는 솜사탕, 사격 놀이장의 총소리와 터져 나오는 환성. 주변에 가득한 여름밤의 호기심과 활기가 가슴을 설레게 했다.

자유로운 밤공기 덕인지 개방감도 한몫했는지, 그곳에서 마주친 아이들은 모두 평소보다 싹싹하게 말을 걸어왔다. 우리는 신사 돌계단에 앉아 빙수를 먹었다. 내게 친구들한테 가보라고 하고는 멀찍이 있던 기미코 씨가 어느새 무리 속에 들어와 자연스럽게 이야기에 동참해 아이들 모두에게 소스 전병과 주스 따위를 사주었다. 기미코 씨는 자신을 내 친척이라고 설명했다. 그럼 하나가 조카라고요? 뭔지 이모라기보다 언니 느낌인데요? 나도 이런 언니 있음 좋겠다─동경이라고 해도 좋을 눈빛으로 다들 나를 바라보았다.

야키소바를 먹자는 기미코 씨 말에 모두 신나서 따라나섰다. 한 아이가 불쑥 내 팔짱을 꼈다. 처음 느껴보는 뿌듯함에 가슴이 벅차서, 나는 여느 때 없이 많이 웃고, 우스갯소리를 연발해 아이들을 웃겼다. 즐거웠고, 기미코 씨가 있었고, 앞으로도 계속 이렇게 지내면 좋겠다고 진심으로 생각했다.

그러나 그렇게 되진 않았다.

여름방학이 끝나고 맞은 개학 첫날, 학교에서 돌아오니 기미코 씨가 없었다. 갈색 보스턴백도 없었다. 아무리 기다려도 기미코 씨는 돌아오지 않았다.

자정이 넘어갈 무렵 배고픔을 더 참을 수 없어 편의점에 도시락을 사러 갔다. 기미코 씨가 걷고 있지 않은지 주위를 유심히 둘러봤지만, 어디에도 없었다.

집으로 돌아와 도시락을 펼쳤지만, 한숨만 나오고 밥이 넘어가지 않았다.

고타쓰 탁자도 거칠거칠한 모래벽도, 전등갓도 텔레비전도 선풍기도, 이것도 저것도 꿈쩍 않고 그대로건만, 전부 변해버린 느낌이었다.

　방 한구석에 무릎을 세우고 가만히 앉아 혹시 작은 소리라도 들리지 않는지, 기척이 없는지, 온몸의 신경을 집중했다. 다녀왔어, 하면서 기미코 씨가 문을 열고 들어오는 광경을 몇 번이고 떠올렸다. 그러나 그런 일은 일어나지 않았다. 눈을 깜박일 때마다 가슴이 무거워지고, 나를 포함해서 방이 통째로 아득히 어둡고 깊은 곳으로 가라앉는 것만 같았다.

　뺨을 감싸고 심호흡을 했다. 그리고 두려움과 불안을 떨쳐내듯 고개를 몇 번 흔들었다. 조금 지나자 심한 갈증을 느꼈다. 부엌으로 가, 찬물을 꺼내려고 냉장고 문에 손을 갖다 댄 순간, 무언가가 평소와 다른 느낌이 들었다. 문을 열자 – 늘 휑하게 비어 있던 냉장고에 햄과 소시지, 어묵, 참치 통조림과 복숭아 통조림, 빵이며 주스가 빽빽이 들어차 있었다.

　나는 냉장고 문을 붙든 채 주저앉아, 그것들을 뚫어져라 바라보았다.

　기미코 씨다. 오늘, 내가 학교 간 뒤에 기미코 씨가 슈퍼마켓에서 전부 사다가 채운 것이다.

　뭔지 몰라도 기미코 씨는 아마 처음부터 오늘 떠날 작정이었고, 혼자 남을 내가 배고플까 봐 여기, 이렇게, 먹을 것을 하나하나 채워둔 것이다, 먹을 것을, 나에게—그렇게 생각한 순간 가슴이 욱신거렸다. 나는 냉장고에서 흘러나오는 연노란색 불빛을 바라보면서 언제까지고 그 자리에서 움직일 수 없었다.

3

기미코 씨가 갑자기 사라지자 엄마가 돌아왔다.

마치 기미코 씨와 지냈던 한 달 따위 없었던 것처럼, 나와 엄마는 허탈할 만큼 간단히 이전 생활로 돌아갔다.

기미코 씨가 어디로 갔는지, 어떻게 해야 연락이 되는지 물어도 엄마에게서는 번번이 종잡을 수 없는 답만 돌아와서 속이 탔다. 애초에 기미코 씨는 어디 살며, 왜 느닷없이 나타나서 눌러앉았다가 왜 말도 없이 사라졌는지. 엄마 말로는 "그야 기미코도 살 데가 없으니까 여기 있었겠지? 그리고 살 곳이 생겨서 거기로 간 거 아냐?" 란다. "그러다가 또 훌쩍 놀러온대도."

엄마가 알려준 삐삐 번호로 연락도 숱하게 해봤지만 답이 없었다.

평일은 집에 있는 시간이 서로 달랐고, 모처럼 휴일에 얼굴을 마주해도 엄마와 나는 딱히 할 말이 없었다. 나는 텔레비전 방을 내 방으로 삼아 이불을 옮기고, 거기서 생활했다. 이따금 같이 먹던 밥도 완전히 따로 먹었다.

동네를 걷다가 양키들과 마주치면 기미코 씨 안부를 물어왔다. 여름방학 동안 어슬렁대는 그들과 마주칠 때마다 잠깐 서서 얘기하거나 농담을 주고받는 것이 자연스럽게 정착한 결과다. 한번은 밤에 다 함께 불꽃놀이도 했다. 이따금 기미코 씨가 그들에게 편의점 주먹밥이나 커틀릿 따위를 사주기도 했다. 그 덕에 나도 어쩐지 같은 편 취급을 받게 됐다. 루즈삭스 선배는 내게 루즈삭스를 주기도 했다. 길에서 나를 보면 이름을 부르며 손을 흔들었다. 그런 관계가 은근히 알려졌는지 전처럼 나를 비빈바라고 놀리는 아이들은 이제 없었다.

"뭐야, 그니까 완전히 사라졌다고?"

나는 모호하게 대답할 수밖에 없었다.

"꽤 재밌는 사람이었는데, 아냐?"

그렇게 말하고 양키들은 누군가 던진 농담에 낄낄 웃으면서 멀어졌다.

별것 아닌 나날이 별것 아닌 계절 위를 흘러갔고, 나는 아무 준비 없이도 들어갈 수 있는 공립고등학교에 입학했다. 집에서 자전거로 편도 20분쯤 걸리는, 열 개 학교 중 레벨이 끝에서 세 번째쯤 되는, 다녀도 그만 안 다녀도 그만인 학교였다.

그 무렵 엄마는 2년쯤 사귀었던 도로스케와 헤어지고 다른 사람을 만나고 있었다. 사이타마에서 부동산중개업을 한다는 나이 많은 남자로, 우리 동네 역 앞에도 사무소를 가지고 있다고 했다.

남자는 엄마 가게의 손님이었으면서도 엄마가 물장사를 한다는 건 못마땅한지, 가게를 그만두고 자신이 경영하는 부동산 사무소에 나와 사무를 보라고 성화라는 얘기를 평소처럼 친구들을 집에 데려와 술을 마시던 엄마가 하는 걸 들었다. 사무를 봐? 아이짱이 무슨 재주로? 누군가 말하자 왜 못 해? 내가 이래 봬도 산수가 특기거든? 하고 엄마가 되받았고, 또 누군가가 뭐라고 농담해서 왁자한 웃음이 터졌다.

나는 학교만 졸업하면 바로 집을 나갈 생각으로, 그 자금을 모으기 위해 자나 깨나 아르바이트에 몰두했다.

과장도 뭣도 아니고, 학교에 있는 시간, 등하교 시간, 목욕하는 시간과 잠자는 시간만 빼고 모든 시간을 역 앞 패밀리 레스토랑 아르바이트에 오롯이 바쳤다.

학교가 끝나기 무섭게 사람들이 뒤돌아볼 만큼 맹렬한 기세로 자전거 페달을 밟아 가게로 직행해, 밤 10시까지 서빙 일을 했다. 방학 때는 아침부터 밤까지 "아니, 제발 적당히 좀 하자"라며 점장님이 고개를 설레설레 저을 정도로 극한 스케줄을 편성받아 말 그대로 쓰러지기 직전까지 일했다. 시급 680엔, 난생처음 월급을 받았을 때는 스스로도 놀랄 만큼 감동했다.

엄마에게는 돈을 요령 있게 쓴다거나 계획을 세운다든가 하는 개념 내지는 생각이 전혀 없는지라, 어렸을 때부터 우리 집에는 따로 '가계'라 할 것이 없고 둥근 쿠키 캔에 생각났다는 듯 돈을 넣고(많을 때도 있고 적을 때도 있었다), 다 쓰면 또 채워두는 식이었다. 저금은 고사하고 은행 계좌도 없으며, 광열비는 늘

고지서나 독촉장이 날아온 후에야 내가 내려 가곤 했으니까 우리 인생에서 돈이란 엄마의 지갑과 둥근 캔 두 가지밖에 존재하지 않았다.

나는 열심히 일해서 내 손으로 한 달에 몇만 엔을 벌 수 있다는 것이 진심으로 기뻤다. 내가 강한 사람이 된 기분이 들었다. 첫 월급으로 산 지퍼 달린 지갑에 소소한 쇼핑이나 목욕값 등 생활비로 5000엔만 넣고, 나머지는 저금 명목으로 봉투에 넣어 초등학생 때부터 지녀온 남색 신발 상자 바닥에 소중히 보관했다.

학교는 따분했고, 즐거운 일이라고는 없었다. 패밀리 레스토랑도 나로서는 마음에 짚이는 게 없건만 왠지 먼저 말을 붙여도 줄기차게 무시하는 심술궂은 아르바이트 여학생이 들어온 탓에 이것저것 삐걱거렸다. 그러나 나는 돈을 모으려고 여기 온 거라고 내심 선을 긋고, 내가 할 일만 변함없이 성실히 해나갔다.

나는 어느덧 고등학교 2학년이었다.

공부는 학교 밖에서는 일절 하지 않았고, 그나마 수업 중에도 거의 졸기만 했지 교과서도 제대로 펼치지 않았으니, 시험은 낙제나 간신히 면했고 성적은 처참했다.

내 착각이었는지 모르겠으나 사실 반 전체가 거의 비슷한 분위기로, 열심히 대입 준비 학원에 다니는 아이들은 많지 않았다. 대개 조리사나 경리 전문학교 지망이거나, 일부 눈에 띄는 아이들은 디자인 학교가 목표였고, 나머지는 연예인 얘기나 떠들며 시간을 보냈다.

밤늦도록 일하고 낮에는 꾸벅꾸벅 조는, 친한 친구 하나 없는 내가 왜 학교에 계속 다니는지 문득 궁금할 때가 있었다. 여기 있다고 뭐가 되는 걸까. 이런 학교라도 졸업하면 고졸 학력이 생기고, 그나마 없는 것보다야 있는 게 좋다는 건 알겠는데, 대체 얼마나 **좋다**는 건지 모를 일이다.

내년에 학교를 졸업한들 어딘가에 취직하는 모습은 그려지지 않고, 장래의 꿈 같은 건 생각해본 적도 없다. 내 머릿속에는 지금의 아르바이트를 가능한 한 오랫동안 계속해 이사 자금을 한 푼이라도 더 모으겠다는 생각뿐이었다.

코앞에 닥친 여름방학이 몹시 기다려졌다. 점장님은 또 고개를 흔들지 모르지만, 방학하면 하루 종일 원 없이 일할 수 있다. 시급이 더 쏠쏠한 단기 아르바이트를 따로 물색하는 것도 좋을지 모른다. 그런 생각을 하면 늘 기분이 눈곱만큼 밝아졌다.

봐도 그만 안 봐도 그만일 기말고사가 끝나고 종업식을 며칠 남긴 무렵이었다. 평소에는 학교에서 패밀리 레스토랑으로 직행하지만, 잊어버린 것이 있어서 집에 들렀다. 시급이 오르는 관계로 서류에 필요한 도장을 가져가야 했다.

통로에 자전거를 세웠는데, 공동 현관이 보이는 언저리에서부터 이미 느낌이 이상했다.

엄마 친구가 와 있거나 텔레비전 소리가 들려오는 것은 과거에 이불 방이라 불렸던—지금은 엄마 혼자 쓰는 오른쪽 방이어야 할 텐데, 어째선지 내 방, 그러니까 왼쪽 문 너머에서 소리가 들려왔다. 그것도 엄마와 남자가 언쟁하는 듯한 큰 소리여서, 온몸의 털이 곤두설 만큼 긴장했다.

문을 열고 들어가니 방 안에서 팔짱을 지르고 서 있는 엄마와 눈이 마주쳤고, 이쪽을 등지고 서 있던 남자가 돌아봤다. 모르는 남자였다. 일순 지금 사귄다는 부동산중개업자인가 했지만 그러기엔 좀 젊었다. 엄마와 남자는 내 방에 서서 내내 노려보고 있던 기색이었다.

헐렁하고 꾀죄죄한 검은색 바지 밑단으로 드러난 남자의 발 뒤꿈치가 얇은 내 쿠션 귀퉁이를 밟고 있는 걸 보고 화가 치밀었다. 왜 남의 방에 멋대로 들어오는데요? 나가요! 하고 소리치고 싶었지만, 예기치 못한 사태 앞에서 손끝이 희미하게 떨렸고, 실제로 입 밖으로 흘러나온 것은 "왜 여기 있어?"라는 작은 목소리였다.

"저 방은 에어컨 상태가 나쁘니까 그렇지!"

엄마가 성가시다는 양 뒤통수를 긁으면서 내뱉었다. 남자는 흥분을 진정시키려는 듯 어깨를 들썩이며 식식거렸다.

귀 위는 짧게 쳐올리고 뒷머리는 꽁지깃처럼 기른 기묘한 헤어스타일의 남자였다. 한껏 내려 입은 바지의 벨트 선에 체인이며 장식 따위를 주렁주렁 늘어뜨렸다. 티셔츠 밑으로 보이는 앙상한 팔뚝에는 가느다란 핏줄들이 지나가고, 고등학생인 나보다도 작지 않나 싶게 체격이 왜소했다.

"나가서 얘기해, 아니면 엄마 방으로 가든가."

그렇게 말하고 일단 엄마 방으로 가서, 잡동사니가 들어찬 서랍장을 뒤져 도장을 찾아내 다시 내 방으로 돌아갔다. 두 사람은 여전히 같은 구도로 서로 노려보고 있었다.

"그만 나가줘, 얼른."

나는 가능한 한 감정을 죽이고 말했다.

"알았다니까 그러네!"

엄마가 벌컥하면서 이번에는 양손으로 정수리를 벅벅 긁었다. 엄마의 그런 태도를 보는 건 처음인 것 같았다. 천성이 온화하고 낯가림이 없어 누구하고든 쉽게 친해졌지만, 근본적으로 남에게 깊은 관심이 없는지라 감정적으로 뾰족하게 구는 일도 좀처럼 없었다. 그러고 보면 집에 드나드는 것도 거의 여자 친구들이라, 이 집에서 남자를 본 일은 한 번도 없다. 그렇다면 이 남자는 분명 초대받지 않은 손님이고, 느닷없이 들이닥치거나 해서 엄마가 당황했고, 그래서 화가 났을 테다. 그렇다면 이 남자는 얼마 전에 헤어진 도로스케인지도 모른다.

"미안한데 저 방은 에어컨이 이상하다니까! 바로 나간대도!"

나는 엄마의 기백에 눌려 뒷걸음질 쳤다.

하긴 날이 무더웠고, 나도 겨드랑이와 등에 땀이 흥건했다. 그래도 엄마 방 에어컨이 상태가 나쁘다니 금시초문이었다. 어쩌면 엄마는 이 남자를 자신의 방에 들이기 싫은지도 모른다. 최근 예의 부동산중개업자와 잘 되는 중이라 특히 신바람 난 엄마로서는 미련을 못 버리고 추근대는 도로스케가 진심으로 민폐이리라. 자세한 사정은 모르겠지만 아마 불쑥 찾아왔을, 이제는 아무것도 아닌 과거의 남자를 자기 방에 데려가기 싫은 기분은 어딘지 알 것 같았다.

"…그럼, 정말 빨리 나가줘."

아르바이트에 지각만큼은 하기 싫어서, 그 말만 남기고 패밀리 레스토랑을 향해 자전거를 달렸다. 두 사람만 두고 가도 될까, 저러다 얘기가 틀어져 도로스케가 폭력을 휘두르진 않을까. 일순 불안이 스쳤지만, 내 방에는 칼 같은 것도 없거니와 그런 최악의 사태로 번질 듯한 분위기는 아니었다.

게다가 언제부터 시작된 싸움인지 몰라도 내가 돌아왔을 때는 이미 저렇듯 대치 상태였고, 무엇보다 도로스케가 워낙 약체인 듯하니 설령 치고받는 사태가 벌어져도 큰 비극은 일어나지 않는다고 스스로를 납득시켰다. 아르바이트에서 돌아와 엄마 방을 들여다보니, 언제 무슨 일이 있었냐는 듯 이불 위에 드러누워 텔레비전을 보면서 소리 내어 웃고 있었다. 그렇게 여름방학이 시작됐고, 나는 지금까지 이상으로 땀 흘려 일했다.

엄마는 스낵바를 그만두고 부동산중개업자의 원대로 역 앞 사무소에서 일하기 시작했다. 같이 차를 타고 빌딩 내람에 동행하거나, 도코로자와에서 새로 개발하는 주택지 건으로 의논도 해왔다며, 사무원이라기보다 비서에 가깝다고 흐뭇한 표정으로 말했다.

그러나 가게를 그만둘 때 마마와는 꽤 옥신각신한 모양이었다. 가게 형편도 고려하지 않고 느닷없이 그만둔다고 선언하고 그 길로 나가지 않은 데다, 예의 부동산중개업자는 애초에 마마의 손님이었다. 엄마는 이른바 물장사 업계의 전형적인 뒤통수 치기를 저지른 셈이었고, 그걸로 한 친구에게 적잖이 싫은 소리를 들은 눈치였다.

"하나, 그래도 그건 사실 질투라고 하더라고? 지금까지 친구라고 생각했는데, 자기보다 아래로 봤는데 갑자기 행복해지는 게 배 아파서 그런 거래. 추월당했다고 생각한다잖아."

엄마 편을 들어준 친구도 있었는지, 부엌에서 소시지를 굽는 나에게 엄마는 술을 마시면서 진지하게 이야기했다.

"인생 간단치 않다, 굽이굽이 꼬부랑길이야. 앗 하나, 굽이굽이 꼬부랑길이라는 말, 알아? 아아, 정말이지 이름 아이루로 바꾸길 잘했어. 산전수전에 응, 말 그대로 공중전까지 겪었지만."

엄마는 뺨을 붉히고 아련한 투로 말했다.

"내 인생, 뭔가 바뀔 듯한 예감이야."

그러나 인생이 바뀔 일이 덮친 것은 내 쪽이었다.

무슨 일이 있었는지, 무슨 일이 벌어지고 있는지 알 수 없었다. 내가 지금 보는 광경이 대체 무얼 의미하는지 이해할 수 없었다.

돈이, 사라졌다.

7월 말, 월급을 받고 집에 돌아와 평소처럼 지갑에 생활비 5000엔을 넣고, 나머지를 저금하려고 상자를 열었는데 봉투가 통째로 사라져 있었다.

얼굴에서 핏기가 걷히고 턱이 덜덜거려서 나는 털썩 주저앉았다. 맥박이 경종 울리듯 빨라졌고, 그 진동으로 시야가 흔들릴 지경이었다.

돈이 없다. 전부. 봉투가 사라졌다. 왜? 뭐지? 의미를 모르겠다.

나는 목에 손을 갖다대고 심호흡을 몇 번 되풀이했다. 그리고 떨리는 손끝으로 상자 속을 다시 뒤졌다. 돈과 관련된 것은 명세서 다발만 남아 있을 뿐, 봉투는 흔적도 없다.

빈집털이? 말이 안 된다. 누가 이런 집을 노리랴. 게다가 뒤진 흔적도 없다. 그럼 엄마가? 엄마가 가져갔을까? 아니, 엄마는 그런 일은 하지 않는다. 부동산중개업자 남자친구가 있거니와 딱히 돈이 무척 아쉬운 것도 아니다, 엄마는 아니다. 그렇다면 누가, 대체 누가 내 돈을, 대체 누가? 그 순간, 쇠몽둥이로 뒤통수를 세차게 얻어맞은 듯한 충격이 찌르르 전신을 관통했다―도로스케다.

틀림없다, 달리 누가 있으랴. 그놈이다, 도로스케 짓이다. 그놈밖에 없다. 비유가 아니라, 눈앞이 완전히 깜깜해지고 입에서 나도 처음 들어보는 신음이 흘러나왔다. 나는 엄마 방으로 소리치며 뛰어들었다.

"뭐야, 뭔데?"

"뭔데가 아냐, 도로스케 어딨어!"

"뭔데, 무슨 소리야?"

"뭔데가 아니야! 돈! 도로스케가 전부 가져갔다고!"

"잠깐 하나, 침착해! 누구 돈? 무슨 돈?"

"내 돈! 내가 지금껏 피나게 모은 돈! 차곡차곡, 차곡차곡 모은 돈!"

나는 부르짖으면서 울고 있었다.

"도로 군이란 걸 어떻게 알아? 뭐, 얼만데? 어디 놔뒀는데?"

"큰돈이라고, 엄청 큰돈, 상자라고, 상자에 넣어놨다고. 그 인간 말고 없잖아! 그날, 그 인간이 왔던 날, 빨리 나가라고 말하고 난 아르바이트 갔잖아, 그 뒤에 둘이 뭘 어떻게 했는데? 뭘 했냐고!"

"뭐 하긴, 그냥 있었지!" 엄마는 눈을 활짝 뜨고 말했다.

"뭐가 그냥이야, 이거, 완전 정상 아니잖아!."

나는 울며 소리쳤다.

"잠깐만 하나, 생각 좀 할게, 생각 좀 하자니까."

그제야 사태의 심각성을 알아차린 엄마가 머리를 양손으로 감싸고, 미간을 찡그리며 중얼거리기 시작했다

"…그날 …응, 우린 헤어졌는데, 도로 군이 역시 다시 만나자면서 느닷없이 집으로 찾아왔단 말이지…. 그래서 옥신각신하다가, 하나가 돌아왔고…. 그리고 하나가 아르바이트 갔고, 그 뒤에도 계속 그런 상태로, 나는 그냥, 뭔가 죄다 신물이 나서."

"도로스케는!"

"응, 아니 뭐랄까 나도 도로 군한테 미련 같은 거 전혀 안 남았고, 난 나대로 다른 인생을 선택한 거잖아."

"도로스케는!"

"응, 그러니까 좀처럼 돌아가질 않고. 엄청 기가 죽어서는. 뭔가, 나는 왜 이런 남자를 사귀었담 같은 생각도 들고."

"도로스케는!"

"맞다, 그래서, 나도 약속이 있었거든."

"도로스케!"

"응, 그러니까, 그냥 두고 외출했지….."

나는 양손으로 얼굴을 가리고 방바닥에 엎어져 울었다. 그러고는 부르쥔 주먹으로 내 허벅지를 때렸다. 한 번이 세 번이 되고, 연타가 되었다. 퍽, 퍽, 하는 둔탁한 소리가 갈 곳 없는 억울함과 분노를 더욱 가속시켰고, 나는 두 주먹으로 허벅지를 계속 때렸다.

"그만둬, 하나!" 엄마가 외쳤다. "자신을 상처 내는 건 안 돼, 절대!"

"당신이, 내 마음을 알아?"

"알아!"

"뭘 알아!"

"안다고!"

"알긴 뭘 알아!"

"그럼, 몰라! 그런 거 모르지만! 그래도!"

"그래도 뭐!"

"일해서 모았으면, 또 일하면 되잖아!"

나는 집이 통째로 뒤흔들릴 만큼 문을 부서져라 닫고 내 방으로 뛰어들었다. 그리고 머리부터 이불을 뒤집어쓰고 오열했다.

분해서, 슬퍼서, 앞으로 어떻게 살아가야 할지 알 수 없어서, 무서워서, 어떻게도 할 수 없었다. 억울해서, 한심해서, 현실을 받아들일 수 없어서, 목이 찢어질 것 같고 딸꾹질이 멈추지 않고 머리가 깨질 것처럼 아픈데, 그런데도 눈물은 주룩주룩 주룩주룩 멈추지 않고 흘러나왔다. 그날 밤은 한숨도 자지 못했다.

4

이 사건 이래 모든 의욕을 잃은 나는 그렇게 악착같이 계속했던 아르바이트도 그만두고 말았다.

무슨 일이냐고 점장님이 걱정했지만, 사실을 이야기할 수도 없는 노릇이라 집안 사정이라고만 말하고, 그동안 신세 많이 졌다는 인사와 더불어 고개를 숙였다.

도로스케는, 당연히 행방을 알 수 없었다. 엄마도 아무래도 책임을 느꼈는지 친구나 지인을 통해 이리저리 수소문했지만 헛수고였다. 내가 1년 반 들여 피나게 모았던 72만 6000엔은 도로스케와 더불어 사라져버렸고, 두 번 다시 돌아오는 일은 없을 듯했다.

한여름, 볕이 거의 들지 않는, 푸르스름하고 습기 찬 방에 드러누워 멀거니 천장을 올려다보면 이것저것이 떠오르거나 생각났다. 아버지도 여기 이렇게 누워 있던 일이 있었지, 하는 생각도 했다.

그러나 어느 것도 대단하지는 않았다. 나에게는 떠올려야 할 추억 같은 것은 특별히 없었고, 생각해야 할 일은 있었는지 몰라도 방법을 알 수 없었다. 그러므로 그것은 무언가를 떠올리거나 생각하는 게 아니었는지도 모른다. 그럼에도 이렇게, 자는 것도 아니고 그저 가만히 눈만 뜨고 있으면 여러 가지 영상이 찾아왔다.

하나같이 뭔지 쓸쓸하긴 해도 나쁜 느낌은 들지 않았다. 나는 그것들을 천장 얼룩이나 무늬 위에 띄워도 보고, 달리게도 해보고, 반짝이게도 해보았다. 말로 잘 표현할 수 없지만 그것들은 아마 평소에는 그리움이나 냄새나 촉감이나 온도 같은 감각과 동류인, 눈에 보이지 않는 무언가일 텐데, 분명 무슨 이유인가로 지금 이렇게 눈앞에 나타나는 것이리라. 눈을 깜박이면, 뭔지 쓸쓸하긴 해도 나쁜 느낌은 들지 않는 그것들은 모습을 바꾸거나 사라지거나 도망쳤으므로, 나는 더 버틸 수 없을 때까지 눈을 뜨고 있으려고 노력했다. 눈이 아리고 눈물이 가랑가랑 고였다가 흘러내렸다.

8월도 중순을 넘겨, 앞으로 열흘 후면 개학이라고 생각하면 우울했다.

그렇다고 마냥 집에 있고 싶은 것도 아니고, 돈을 모아 언젠가 나만의 집을 얻겠다는 꿈도 단절되고 말았다. 새 아르바이트를 시작할 기력도 없었다. 요컨대 나는 이제 갈 곳이 없었다.

엄마가 깡통에 넣어두는 돈을 꺼내 슈퍼마켓이나 편의점에 가서 식재료를 사다가 거의 매일, 국수와 닭튀김을 먹었다.

오전에는 어디선가 비둘기가 구구 울었고, 오후에는 무수한 방울이 일제히 흔들리듯 매미가 울었다. 다시 패밀리 레스토랑에서 일하면 어떨까 생각해봤다. 식기를 치우고 원을 그리듯 테이블을 닦는 속도감, 레지스터에 금액을 찍는 손가락의 움직임, 미끄러워 보이지만 좀처럼 미끄러지지 않게 가공된 바닥을 꾹꾹 눌러가며 걷는 감각이 되살아나, 지금이라도 몸이 절로 움직일 것 같았다. 그러나 전부 끝난 일이었다. 그러고 보니 예비용 제복 블라우스를 아직 가지고 있는 것이 떠올랐다. 세탁은 해두었으니 반납하러 가야 한다.

찜통더위를 뚫고 30분쯤 걸어서 가게로 갔다. 자전거는 얼마 전 체인이 풀어진 이래 수리도 하지 않은 채였다.

땀을 뻘뻘 흘리면서 도착해보니 점장님은 마침 휴가라 가게에 없었다. 조금 안도했다. 마흔 살 언저리인 그는 아무리 출근이 이른 날도 반드시 7 대 3 가르마의 리젠트* 스타일로 나타나는 쾌활하고 친절한 사람이었다. 혼잣말처럼 아재 개그를 끈덕지게 풀어놓아 모두의 흥을 깨놓기 일쑤였지만, 나는 꽤 좋아했다. 혹시 얼굴을 봤더라면 근황이며 앞으로의 일을 걱정하며 이것저것 물어봤을 것이 분명했다. 나로서는 할 말이 하나도 없었으므로 얼굴을 못 보고 끝나서 차라리 다행이었다.

휴게실에서 최근 1년쯤 같이 일했던 파트타이머 아주머니가 마침 쉬고 있어서, 가볍게 잡담을 주고받았다. 올겨울 딸이 결

---

*　앞머리를 세워 위로 빗어 넘기고 옆머리를 뒤로 붙인 남자 헤어스타일.

혼하는데 기둥뿌리가 뽑힐 지경이라며 한숨을 섞어 토로했다.

"그동안 신세 많이 졌습니다." 내가 인사하자, "이토 씨는 젊은 사람이 고생하면서도 참 부지런해, 정말 장해"라는 덕담이 돌아왔다. 나는 고개를 꾸벅하고, 가게를 나왔다.

가게는 냉방이 너무 강해서 추울 정도였는데, 밖에 나오니 순식간에 온몸의 모공이 느슨해지고 피부가 욱신거렸다. 아르바이트는 이미 2주일 전에 정식으로 그만뒀는데, 블라우스를 반납하자 무언가가 정말 끝난 것 같아 마음이 불안해졌다.

태양은 아직 하늘 높이 걸려 있고, 열기가 눈과 살갗을 파고들었다. 역 앞 상점가를 걷고 있으니 길 건너편이 흔들흔들 일그러져 보였다. 벌써 며칠째 비가 내리지 않아 습도는 높은데 먼지가 많았고, 가게 앞에서 웃고 있는 저 사람도, 막 빵집에서 나온 저 사람도, 건너편에서 자전거로 달려오는 저 사람도, 나하고는 관계없다. 사막이 꼭 이런 느낌일까. 고등학생이 된 후로 오로지 학교, 집, 패밀리 레스토랑 세 지점 사이만 자전거로 오갔기에, 이렇게 정처 없이 걷자니 뭔지 방향도 시간도 존재하지 않는 꿈속을 나아가는 듯 신기한 감각이 되었다.

도시락 가게, 약국, 파친코 가게 따위를 바라보면서 걸었다.

조금 더 가면 오른쪽에 엄마가 일했던 스낵바가 나온다. 그러고 보니 마마와 한 말썽 있었다고 했는데 그 뒤 원만히 해결됐을까. 하지만 해결이란 무엇일까. 용서를 구하고, 그리하여 상대의 용서를 받는 일일까. 하지만 용서란 또 무엇일까. 나는 도로스케를 떠올렸다. 나는 그 인간을 용서하지 않는다. 절대, 평생, 용서하지 않겠다. 하지만 내가 도로스케를 용서하지 않는 것이 대체 누구의, 무엇이 되는 걸까. 용서하지 않았다고 해서 돈이 돌아오는 것도 아니고, 도로스케가 고통을 받는 것도 반성하는 것도 아니다. 더위로 멍해진 머리를 안고, 나는 관자놀이를 흘러내리는 땀을 몇 번이고 손등으로 닦았다.

엄마가 다니던 스낵바 앞을 막 지나치려는데 문이 열렸다.

안에서 나온 사람을 보고, 나는 우뚝 멈췄다.

기미코 씨였다.

우리 사이를 후끈한 바람 한 자락이 지나가, 역시 문 앞에 멈춰 서서 나를 바라보는 기미코 씨의 검고 긴 머리칼을 부드럽게 부풀렸다. 기미코 씨였다. 우리는 그대로 꼼짝도 하지 않고 몇 초 동안 서로 바라보았다.

"하나."

기미코 씨가 얼굴에 붙은 머리카락을 걷어내면서 내 이름을 불렀다. 나는 침묵한 채 기미코 씨를 바라보고 있었다.

"하나."

기미코 씨가 다시 내 이름을 불렀다.

"하나, 듣고 있어?"

"듣고 있어요."

목소리는 희미하게 떨렸으나 가슴속은 기묘하게 조용했고, 눈은 기미코 씨를 똑바로 향했다. 눈을 깜박이자 온몸이 흔들리는 것 같았다. 기미코 씨가 있다. 2년 전 오늘처럼 무더운 날, 갑자기 찾아왔고 갑자기 사라졌던 기미코 씨가, 지금, 눈앞에 있다.

투명한 얼음이 천천히 녹으며 반짝이는 것처럼 여러 장면이 되살아났다.

기미코 씨가 사라진 뒤 삐삐를 수도 없이 울렸던 것. 기미코 씨가 걷고 있지 않은지 동네 골목골목을 찾아다녔던 것. 밤이 늘 어두웠던 것, 그럼에도 초록이 무성했던 것. 닭튀김의 갈색, 국수의 흰색, 웃었던 것, 소녀만화의 말풍선, 패밀리 레스토랑의 제복, 일, 일, 일, 봉투, 울었던 것, 두들겨댔던 문의 감촉, 엄마, 엄마가 울었던 것, 햄과 소시지 사이에서 새어나오던 연노란색 불빛.

"뭔지, 하나."

기미코 씨가 웃었다.

"어른스러워진 것 같다."

나는 아무 말도 하지 못하고, 고개를 숙인 채 손끝으로 눈을 비볐다. 그리고 손바닥으로 얼굴을 가리고 하염없이 흐르는 눈물을 손등으로 훔쳐 턱과 목덜미로 밀어냈다. 화났는지 놀랐는지, 속상한지 괴로운지, 슬픈지 기쁜지, 대체 어떤 기분이 내게 지금, 이토록 눈물을 쏟게 하는지 알 수 없었다.

"하나."

기미코 씨가 조금 더 큰 소리로 나를 불렀다.

얼굴을 들고 기미코 씨를 바라보았다.

"나랑 같이 갈래?"

"갈래요." 내가 말했다.

"기미코 씨랑, 같이 갈래요."

3장　　　　　축
　　　　　　　개
　　　　　　　업

1

　'레몬(檸檬)'과 '레몬れもん'과 '레몬レモン'을 놓고 기미코 씨와 나는 며칠이나 고민을 거듭했다.

　한자로 써도 당당하고 뭔지 근사했지만, 첫눈에 읽을 줄 아는 손님은 그리 많지 않을 것 같았다. 나도 기미코 씨도 검색해볼 때까지 당연히 한자는 쓸 줄 몰랐고, 가타카나로 하자니 아무래도 주방 싱크대에 놓인 식기용 세제가 떠올랐다.

　자, 우리가 한잔 더 하고 싶은 손님이야, 건물 사이를 기웃대다가 간판에 '檸檬'과 'れもん' 두 개가 있다면 어느 쪽에 들어갈 것 같아? 하고 상상해봤다. 그리하여 가게 이름은 'れもん'이 되었다.

　애초에 과일 레몬은 어떠냐고 제안한 건 나다.

　기미코 씨 이름과도 이어지는 노란색이고, 어떻게 표기할지는 둘째 치고 레몬 그림이 머릿속에 휙 떠올랐을 때 무척 좋은 아이디어 같았다.

간판은 기미코 씨 지인이라는 업자에게 부탁해 싸게 제작했다. 며칠 후, 저쪽에서 제안한 디자인 몇 개를 보여주면서 기미코 씨는 내게 선택권을 주었다.

"어때, 좋지? 레몬 그림도 작게 들어가 있어."

보는 각도에 따라서는 회색도 조금 비치는 검은색 무광 보드. 가느다란 연노란색 필체로 '레몬'이라고 적혀 있고, 같은 터치의 그림이 곁들여져 있다.

"좀 감자 같아." 기미코 씨가 웃었다.

"감자? 감자는 더 뭉툭하죠."

"뭐 레몬이라고 적혀 있으니까."

"그죠, 풍수 면에서도 최강의 노란색이고요." 나는 조금 으쓱대면서 말했다.

"음, 그거랑 상관없이, 나는 마음에 들어."

"레몬요?"

"응. 하나가, 이름을 잘 지었어."

다음 주 초로 다가온 스낵바 '레몬'의 개점을 앞두고 우리는 준비에 박차를 가했다. 그렇다고는 해도 몇 달 전까지 그 자리에서 다른 스낵바가 영업을 해왔으므로, 내부 장식도 조명도 가라오케도 유리잔도 기본적으로는 그대로 두고, 이름과 간판만 바꾸어 송두리째 물려받는 형태였다.

큰 짐을 옮기거나 움직일 일은 거의 없었지만, 조명을 전부 밝히고 점검해보니 주방과 화장실 등 물 쓰는 곳을 비롯해 여기저기가 예상외로 지저분했다. 카펫은 군데군데 벗겨지고 변색했으며 뭔지 모를 얼룩이 많이 있었다.

제대로 하자면 전문 청소업자를 불러야 할 테지만, 그런 금전 여유는 없었으므로 둘이서 고무장갑을 끼고 아침부터 밤까지, 종류별로 사들인 세제로 며칠을 들여 쓸고 닦고 털었다. 가라오케 레이저 디스크 한 장 한 장, 유리잔 하나하나까지 반짝반짝 광을 냈다.

산겐자야역에서 몇 분 걷다가 길 하나를 들어간 곳에 있는 작은 잡거빌딩.

1층에는 나이 든 주인장 혼자 꾸리는 '후쿠야'라는 일품 요릿집. 2층에는 언제 여는지 모를 타투 가게가 있고, '레몬'은 3층에 있었다.

한 층에 가게 하나씩인 조촐한 만듦새의 오래된 빌딩. 세월의 때가 묻은 '후쿠야'의 붉은 등롱이 늘어뜨려진 입구 옆, 길쭉한 간판 세 개가 붙은 작은 현관을 지나면, 안쪽에 덜걱덜걱 불길한 소리를 내는 성냥갑 같은 엘리베이터가 있다. 이 일대는 대개 비슷비슷한 건물과 가게가 옹기종기 어깨를 맞대고 있는데, 양쪽 건물 역시 스낵바와 술집의 크고 작은 간판이 요란한 색깔을 뽐내며 정신 사납게 들어차 있었다. 낮은 낮대로 사람의 왕래가 많은 동네지만, 밤이면 온갖 취객이 가세해 한층 소란스럽고 떠들썩해진다.

기미코 씨가 '레몬'을 인수하게 된 계기는 사실 거의 우연에 가까웠다.

기미코 씨는 '레몬'의 전신이기도 한 그 스낵바에 가끔 손님으로 드나들다가 마마와 꽤 친해졌다. 기타큐슈 출신의 쉰 살 남짓한 담백하고 시원시원한 성격의 마마였다. 스무 살 안팎에 상경해 가메아리의 술집에서 시작해 다마치, 신바시를 거쳐 고탄다에서 처음 자기 가게를 냈다. 그리고 지금부터 10년 전 이곳 산겐자야로 옮겨와, 앞으로 딱 10년만 더 여기서 애써보자 했는데 몇 년 전 유방암이란 사실을 알았다. 치료를 받아가며 조심조심 영업한다고 했지만 몸에 무리가 왔고, 결국 여동생 부부가 사는 고향으로 돌아가게 됐다.

건물주로서는 비록 낡은 건물이라도 세금은 꼬박꼬박 들어가니까, 마마가 가게를 빼면 되도록 생돈 들이지 않고 가능한 한 빨리 세를 주고 싶었다. 하지만 대도시에는 별별 사람이 다 있는지라, 부동산에 내놓으면 아무리 수수한 물건이라도 값만 물으며 들쑤시고 다니거나, 어디서 뭘 하다 왔는지 모를 인간들이 꾀기 마련이다. 그들을 일일이 상대하자면 품도 들거니와, 과거에 세놓았던 다른 물건은 주인 허락도 없이 세입자가 멋대로 가게를 또 세놓아 불법 영업을 하는 통에 곤욕을 치렀다. 그런 성가신 일을 피하기 위해—기왕이면 아는 사람에게, 그리고 방화 대책이니 내진 설비니 까다롭게 따지지 않는 사람에게 이대로 스르르 세놓을 방법은 없겠느냐는 하소연을 들은 마마가, 그렇다면 혹시나 하고 그 얘기를 기미코 씨에게 가져왔다.

건물주는 가게에서 기미코 씨를 몇 번 만난 것을 기억하고 있었고, 그때 술자리에서 인상이 무척 좋았다는 것도 한몫 거들어

마음이 동했다. 그래서 원래 월세 15만 엔에 관리비 7000엔을 받아야 하지만 만 엔 깎아서 14만 7000엔, 거기다 6개월 치 보증금을 5개월로 해주마고 제안했다.

기미코 씨는 지금까지 어디서 어떤 일을 해왔는지 내게 자세히는 말하지 않았다. 그렇지만 엄마처럼 젊었을 때부터 줄곧 물장사로 살아온 사람이란 것은 어쩐지 알 수 있었다.

엄마와 살던 집에 드나들던 물장사 여자들은 얼굴도 성격도 나이도 제각각이었지만, 무언지 콕 집어 설명할 순 없어도 모두에게 희미하게 공통되는, 도저히 잘못 알아볼 수 없는 무언가가 확실히 있다는 걸 나는 늘 느꼈다.

기미코 씨에게도 그것이 있었다. 눈빛도 말투도 습관도 아니고, 옷차림이나 돈 씀씀이나 웃는 스타일이나 체취도 아닌 무언가가. 내가 자랐던 집 그리고 어울려 살아온 사람들에게 들러붙어 떼어낼 수 없는 그것은, 대체 무엇일까.

기미코 씨의 설명은 앞뒤가 뒤바뀌거나 해서 잘 모르는 부분도 있었지만, 아무튼 건물주와 마마까지 동석해 몇 번 의논한 끝에 초기 자금도 준비할 필요 없이 레지스터도, 전화도, 이전 가게 설비 중 쓸만한 것은 고스란히 물려받는 형태로 가게를 인수하게 되었다. 기미코 씨는 마마가 가게를 접기 두 달쯤 전부터 종종 아르바이트로 투입되어 단골손님과 낯을 익히고, 보틀도 그대로 보관해 불편이 없게 했다. 원래 있던 호스티스 두 사람은 가게를 옮겼지만, 마마가 앞장서서 기미코 씨를 근처의 잘나가는 가게에 일일이 데려가 인사를 시키고, 몇 번 더 왕래하면서 이웃 가게 마마와 손님들에게도 개업 소식을 알렸다. "마마가 잘 해주셨어." 그렇게 말하고 기미코 씨는 웃었다.

열쇠를 건네받은 것이 8월 중순. 내가 제복을 반납하러 패밀리 레스토랑에 갔다 돌아오는 길에 기미코 씨와 마주친 것은 그 조금 뒤였다.

'레몬' 개업일은 9월 마지막 월요일, 벌써 다음 주로 다가와 있었다.

나와 기미코 씨는 가게 건물에서 큰 거리로 나와 횡단보도를 건너, 차자와 거리를 곧장 가다가 오른쪽으로 꺾어지면 바로 나오는 아파트에 살았다. 외부 계단이 달린 아담하고 조촐한 2층 건물로, 군데군데 녹슨 여섯 개의 우편함에는 대부분 이름표가 붙어 있지 않았다. 기미코 씨는 2년 전에 이곳으로 이사 왔다고 했다.

흰색 칠이 벗겨진 계단을 올라가 문을 열면, 작은 부엌과 유닛 배스가 달린 8조쯤 되는 방이 나왔다. 창밖에 빨래를 널 수 있는 난간이 있을 뿐, 베란다는 없었다.

꽤 구축인데도 처음 이 집에 왔을 때 하얀 벽지가 얼마나 눈부시던지. 다다미방에서만 살다가 난생처음 보는 마룻바닥과 유닛 배스. 마치 텔레비전이나 만화 속 등장인물의 방에 들어온 듯한 기분이었다. 철들고 보니 살던 문화주택과는 달라도 너무 달라서, 지금부터 여기서 산다고 생각하면 기쁘기도 하고 부끄럽기도 했다. 텔레비전, 수납장, 접이식 탁자 같은 최소한의 가구만 있는 정갈하고 깨끗한 집이었다.

"드디어 모렌가. 뭔지 긴장돼요."

토요일 오후, 요시노야에서 기미코 씨가 사온 소고기덮밥을 먹으면서 우리는 텔레비전을 보고 있었다. 종합 정보 쇼에서는 휴대전화 신기종을 소개하면서 착신 멜로디를 작곡하는 요령을 친절히 알려주고 있었다. 그 뒤 화제는 '다마고치'*의 고액 전매나 사기로 옮겨가고, 패널들이 과열되는 붐에 대해 농담을 섞어 저마다 한마디씩 논평했다.

"긴장 안 해도 돼." 기미코 씨가 말했다.

"그럴까요?"

"패밀리 레스토랑 쪽이 더 힘들걸."

"그래요?"

"그럼. 내내 서 있어야 하고 기억할 것도 많고."

"스낵바는 기억할 게 없어요?"

"딱히 없어, 그냥 자연스럽게 하면 돼."

"그렇구나."

"응."

"나요, 패밀리 레스토랑밖에 모르지만. 일하는 거, 좋아요."

흐응, 하는 것처럼 기미코 씨가 나를 바라보았다.

"더구나 이번에는 시급제가 아니잖아요. 패밀리 레스토랑도 열심히 하면 나름대로 보상이 돌아왔지만, 아무래도 한계가 있

---

* 달걀처럼 생긴 기계 안에서 가상의 애완동물을 키우는 게임.

었거든요. 시프트제*였고, 집에 목욕탕도 없었고, 다음날 학교
도 있었고. 하지만 지금부터는 시간 신경 안 쓰고 원 없이 일할
수 있는 거죠?"

"뭐 그렇지."

"그래서, 열심히 하면 할수록 돈이 들어오고요."

"그렇지."

"나요, 엄청 열심히 할 수 있을 것 같아요."

일요일도 오전부터 '레몬'에 가서 안주와 병맥주, 무제한 코
스용 위스키, 그리고 담배 몇 종류를 사다 두고, 혹시 빠진 것이
없는지 주의 깊게 점검했다.

구석구석이 처음보다 확연히 깨끗해 보였고, 그게 다 나와 기
미코 씨가 일일이 정성을 다해 쓸고 닦고 광낸 결과라고 생각하
면 흐뭇했다. 열 평 될까 말까 한 가게 구석에 문 달린 작은 전화
부스가 있었는데, 원리는 잘 모르겠지만 전화가 울리면 부스 귀
퉁이에 달린 전구가 번쩍거렸다. 나는 그걸 보는 재미에 몇 번
이나 기미코 씨 휴대전화로 전화를 걸어보았다.

전부 세 개인 작은 박스석의 진홍색 소파의 보풀이며, 무수
한 홈집이 난 카운터 모서리며, 유리장에 보관된 위스키와 브랜
디 병과 유리잔을 바라보고 있으면 아직 일도 시작하기 전인데

---

*   근무 시간을 고정하지 않고 본인이 원하는 요일과 날짜를 반영해 할당하
     는 형식.

하나하나에 소소한 애착 같은 것이 느껴졌다. 기미코 씨는 언제 봐도 숱이 많은 머리를 오늘은 높이 올려 묶고, 청소를 잊은 곳이 없는지 꼼꼼히 확인해나갔다. 물수건 소독기의 전원이 제대로 들어오는지, 제빙기가 틀림없이 작동해 얼음이 만들어졌는지 확인했다.

가게에 온 지 두 시간쯤 흘렀을까. 문득 배고파서 몇 시쯤 됐나 하고 얼굴을 들었다가, 그러고 보니 어디에도 시계가 없음을 알아차렸다.

나는 손목시계가 없어서 기미코 씨에게 물었다. 막 정오를 넘긴 참이었다.

"근데 기미코 씨, 가게에 시계가 없는데요?"

"술집에는 보통 시계를 안 걸어."

"왜요?"

"손님이 시간을 모르는 편이 좋대."

"무슨 말이에요?"

"오래 있으면 있을수록 더 마시잖아. 그러니까 필요 없겠지. 이크, 시간이 벌써 이렇게 됐나, 하면 집에 가는 손님도 있으니까."

"호."

그때 자동문 열리는 소리가 들려서 우리는 동시에 돌아보았다. 문 앞에서 웬 남자가 고개를 꾸벅하고 가게로 들어왔다. 나는 얼떨결에 자리에서 일어났다.

"빨리 왔네. 우리, 점심 먹으러 가려던 참인데."

기미코 씨가 남자를 향해 말하고, 눈썹을 올리며 웃었다.

눈이 마주쳐 내가 고개를 숙이자, 저쪽도 다시 고개를 살짝 숙였다. 보아하니, 남자는 163센티미터인 나보다 키가 조금 큰 것 같았다. 약간 구겨진 검은색 셔츠에 검정 바지와 갈색 벨트. 옆구리에 검은색 인조가죽 파우치를 끼고 있었다. 빡빡머리까진 아니고 전체적으로 짧게 쳐올려 마치 촘촘한 잔디밭 같은 검은 머리가 털이 새까만 카이견甲斐犬을 연상시켰다.

나는 어렸을 때부터 개를 좋아했다. 당시 동네에는 떠돌이 개나 유기견이 많이 돌아다녔다. 데려다 키우고 싶은 마음은 굴뚝같았으나 굳이 엄마한테 물어볼 것도 없이 무리란 것도 잘 알았다. 저학년 때나 그보다 더 어렸을 무렵, 하굣길에 남겨 온 급식 빵을 주거나, 비 오는 날 근처 단지의 자전거 보관소 구석에 골판지 상자로 어설픈 잠자리를 만들어주기도 했지만, 해가 지나면서 개들은 어느새 다 사라졌다.

때로 도서실에서 도감을 펼쳐 세계의 온갖 개들을 들여다보았다. 우아한 개, 털 무늬가 화려한 개, 특수한 임무를 수행하는 개, 털 색깔이 복잡한 개, 영리해 보이는 개, 품종 개량된 개. 크기와 특징이 제각각인 그 개들에게는 저마다 출신지와 이름이 붙어 있었다. 동네에서 늘 본 개들은 잡종이라고만 적혀 있었는데, 내 눈에는 그 옆에 일본 개라고 소개된 개들과 분간되지 않았다. 그중에서도 카이견이라는 개가, 내가 잠깐 돌봐줬던 폰타라는 검정 떠돌이 개와 닮은꼴이었다. 무척 영리한 개였다. 어쩌면 그 애는 사실은 카이견이었는지도 모른다. 어린 나는 도감 속 사진을 보면서 왠지 그런 생각이 들었다. 눈앞의 남자는 내게 그런 몇 가지 기억이 섞인 카이젠을 떠올리게 했다.

"이쪽은 영수." 기미코 씨가 나를 향해 말했다.

"영수 씨."

내가 되풀이하자 남자는 눈을 맞추지 않은 채 고개를 까닥였다.

"안영수. 한자는." 기미코 씨가 남자 쪽을 보고 말했다. "안심하다〔安〕에 영화〔映〕랑 물〔水〕이지?"

安映水, 라는 한자를 나는 머릿속에 떠올렸다.

"영수는 내 친구야. 이것저것 도와주고 있어."

"아, 네."

기미코 씨가 카운터로 들어가 레지스터 밑 수납장에서 여벌 열쇠를 꺼내, 카운터 너머로 영수 씨에게 건넸다. 영수 씨는 그 것을 바지 주머니에 넣고 나서도 소파에 앉을 생각이 없는 눈치여서 나도 그냥 서 있었다. 가게 한복판까지 온 영수 씨가 주위를 슥 둘러보았다.

"영수, 밥은?"

"아직 안 먹었어."

짧은 대답이지만 나도 모르게 얼굴을 쳐다볼 정도로 인상적인 목소리였다.

명료하고 매끄러운, 귀에 닿는다기보다 마치 머릿속의 조용한 장소에 살그머니 물건이 놓이는 듯 신기한 무게감이 있는 목소리였다. 나는 내가 받은 인상이 틀림없는지 확인하고 싶어서 영수 씨가 몇 마디 더 해주길 기대했지만, 아무 말도 없었다.

우리는 '레몬'을 나와, 역 앞 밥집으로 갔다. 나와 기미코 씨는 카레를 주문했다. 메뉴에 썩 관심이 없는 듯한 영수 씨에게 기미코 씨가 똑같은 걸로 시킬지 묻자, 영수 씨는 목을 긁적거리며 고개를 끄덕였다.

점심때라 가게가 붐볐다. 작업복을 입은 사람, 젊은 사람, 옷을 비슷하게 맞춰 입은 남녀, 슈트 차림 회사원으로 만석이었고, 종업원 둘이 좌석과 좌석 사이 좁은 통로를 쉴 새 없이 누비며 요리와 물을 날랐다. 이 밥집도 그렇지만 산겐자야는 전체적으로 시끌벅적하고, 소란스럽고, 잡다한 가게와 사람이 모여 있어서 내가 태어나 자란 동네와는 딴판이었다. 히가시무라야마와 사이타마의 경계선에 있는 그 동네 밖으로 나간 일이 나는 거의 없었다. 초등학생 때 사회 견학으로 국회와 도청을 방문한 것과, 엄마와 엄마 친구들 틈에 끼어 우에노 동물원에 간 것 말고는 신주쿠에서 영화를 본 정도일까. 가게 손님에게 얻은 티켓이 있어 다 같이 외출했었다.

그때 본 영화가 〈마녀 배달부 키키〉. 마법을 쓰는 여자애가 빗자루를 타고 고양이와 함께 집을 나와, 모르는 동네 빵집에서 택배 일을 한다는 이야기였다. 영화를 본 뒤 엄마와 엄마 친구들은 "저렇게 하늘을 날 수 있으면 좋겠다!" 같은 말을 하며 웃었지만, 나는 딱히 하늘은 날지 않아도 되니까 주인공처럼 집을 나와 마음껏 일할 수 있으면 얼마나 좋을까 생각했다.

돌아오는 전철에서도, 돌아온 후에도, 영화관에서 본 첫 영화의 흥분은 조용히 계속되어 밤잠을 설쳤다. 선명한 색색과 스크린 속에서 움직이던 여러 가지가 반짝이며 되살아날 때마다 가슴속이 어둑해지고 무거워졌다. 무엇을 보건, 그곳에서 어떤 마법이 어떻게 빛나건, 이곳에 있는 나와는 아무 상관없고 변할 것 또한 없다는 사실을 뼈저리게 깨달은 기분이었다.

"고토미는, 내일 온다던데."

영수 씨가 말했다. 조금 전 가게에서 느꼈던 인상과 하나도 다르지 않은 목소리였다. 기미코 씨는 머리를 다시 묶으면서 말했다.

"그래? 몇 시쯤 오려나? 걔도 내일은 가게잖아."

"출근 전 아닐까?"

카레가 세 그릇 나왔고, 우리는 은색 숟가락을 물컵에 한 번 담갔다가 밥을 떴다. 젓가락도 숟가락도 이렇게 물에 적시면 밥알이 안 달라붙는다는 기미코 씨 말에 몇 번 따라 하는 사이 나도 습관이 되었다. 영수 씨도 마찬가지로 컵에 숟가락을 담가 휘저었다. 달가닥거리는 소리에 옆자리 남자가 흘금 이쪽을 봤지만, 바로 눈을 돌렸다. 우리는 별말 없이 먹는 데 집중했다. 나도 기미코 씨도 먹는 게 빠른 편이었지만, 영수 씨의 속도는 놀라울 정도였다. 셋 다 묵묵히 번개처럼 먹어치우고, 기미코 씨가 계산하고 가게를 나왔다.

"영수, 열쇠는 두 벌 더 필요해. 하나에게도 한 개 줘야 하니까."

영수 씨는 고개를 끄덕이고, 옆구리에 끼고 있던 파우치에서 흰 봉투를 꺼내 기미코 씨에게 건넸다. 기미코 씨는 알맹이도

확인하지 않고 봉투를 반으로 접어 바지 주머니에 넣었다. 돈이
다, 나는 직감했다. 기미코 씨가 딱히 숨기려 한 것도 아닌데 나
는 왠지 못 본 시늉을 했다.

"영수, 또 전화할게."

영수 씨가 지하로 이어지는 계단을 내려갔고, 우리는 귀퉁이
에 서서 배웅했다. 뒷모습이 완전히 보이지 않을 때까지 어쩐지
그 자리를 떠날 수 없었다.

2

"하나는 파운데이션은 필요 없어. 파우더만 두드리고, 나머지
는 속눈썹, 눈 그리고 립스틱."

기미코 씨가 내 앞에 앉아 눈을 감으라고 말했다. '레몬' 개업
첫날. 해가 기울 무렵, 가게에 나갈 준비를 시작했다.

눈을 감자 살짝 긴장됐다. 기미코 씨는 향 좋은 파우더를 이마
와 콧등과 뺨에 톡톡 두드린 뒤, 눈썹을 따라가며 펜슬을 가느다
랗게 그렸다. 아이섀도 팁이 눈꺼풀 위를 몇 번 왔다 갔다 하고,
찬 손끝이 눈가를 누르고 서늘한 금속이 속눈썹을 집자 눈꺼풀
이 파들거렸다. 그게 재밌는지 기미코 씨가 조금 웃었다.

됐어, 하는 소리에 눈을 떴다. 욕실로 뛰어가 세면대 거울을
들여다봤다. 눈이 커지고 눈썹도 두툼하고 짙어져서 뭔가 좀 놀
란 얼굴처럼 보였다.

어렸을 때부터 엄마가 화장하는 모습을 매일 곁에서 봤지만,
흥미를 품거나 나도 좀 해보고 싶다고 생각한 적은 한 번도 없

었다. 기미코 씨가 해준 화장은 간단했지만, 처음 보는 내 얼굴이 신선해서 짙은 눈썹과 눈두덩에 얹힌 갈색 그림자를 요리조리 각도를 바꾸며 관찰했다. 방으로 돌아오자 이따 가게에 도착하면 발라, 하면서 기미코 씨가 립스틱을 건넸다.

내가 준비를 마치자, 기미코 씨는 검고 긴 머리를 해초 덩어리라도 가르듯 요령 좋게 몇 다발로 나누어 브러시로 착착 빗었다. 거기에 핫 컬러를 감고, 머리카락에 열이 전달되는 사이 화장을 했다. 기미코 씨가 단장하는 모습을 보는 것은 처음이었다. 안 그래도 입체감 있는 얼굴이 원래 진한 눈썹과 갈색 아이섀도 덕에 눈매를 중심으로 한결 골이 깊고 날카로워 보였다.

멋지다. 나는 내심 감탄했다. 마스카라를 바른 속눈썹은 날렵한 커브를 그리며 시원하게 뻗었고, 빨간 입술은 무언가의 징표처럼 보였다. 이윽고 머리를 말았던 핫 컬러를 툭툭 떼어내 꼬불꼬불 말린 여러 개의 컬을 양손으로 비벼 풀어낸 뒤, 안에서 밖으로, 옆에서 뒤로 쓸어올리듯 몇 번 빗질하고 긴 털 짐승의 몸뚱이를 빗듯 계속 부풀려나갔다. 마지막으로 얼굴이 일순 보이지 않을 만큼 대량의 VO5 스프레이를 뿌렸는데, 그 바람에 나는 약간 콜록댔다. 흰 안개 속에서 모습을 드러낸 머리는 모근부터 어깨 밑까지 탐스럽게 물결쳤고, 형광등 불빛 아래서도 몹시 윤택한 걸 알 수 있었다.

"봐봐, 내 머리. 안에 고양이 한 마리 들어앉아 있어도 모르겠지?"

"응, 고양이랑 숲이 합체한 것 같아요."

싱긋 웃는 기미코 씨의 뚜렷한 눈매를 바라보면서 2년 전, 한여름 부엌에서 인스턴트 라면을 먹으며 자꾸만 쳐다봤던 얼굴을 떠올렸다. 고대 이집트의 젊은 파라오 같다고 생각했었다. 그때는 민낯이었고 내가 늘 보는 것도 민낯의 기미코 씨인데, 지금 이렇게 처음 보는, 음영이 확실한 얼굴과 풍성한 머리칼이 지금껏 봐온 어느 기미코 씨보다 기미코 씨답게 느껴지는 것이 신기했다.

해가 기울고도 아직 한낮의 열이 사방을 후텁지근하게 달구고 있었다. 축축한 땀을 흘리면서 우리는 '레몬'까지 걸었다. 기미코 씨에게 얻어 입은 검은 레이온 원피스가 등에 달라붙어서, 앞가슴 목깃을 몇 번이고 펄럭여 바람을 넣었다. 기미코 씨는 광택 있는 흰 블라우스에 자잘한 라메가 들어간 바지 차림이었다.

나는 가게에 도착하자마자 화장실로 가서 빨간 립스틱을 발랐다. 단번에 인상이 변해서 흠칫했다. 화려하다든가 어울리지 않는다든가 이전에 그냥 웃기는 사람이 돼버린 느낌이었지만, 기미코 씨는 응, 좋아, 하는 것처럼 웃었다. 처음 한 30분은 입술이 미끈거리는 게 영 어색해서 수시로 화장실에 가서 얼굴을 확인했지만, 한 시간쯤 지나자 익숙해졌다.

가게 안 여기저기 전원을 켜고 레지스터에 현금을 넣자 대충 준비가 끝났다. 개점 시간인 8시까지 앞으로 한 시간. 그때 기미코 씨 휴대전화가 울렸다.

"여보세요, 지금? …응, 거기로 똑바로 들어와서 막다른 데…응, 아직 안 열었을지 모르는데 1층에 '후쿠야'라는 요릿집, 응, 거기 3층."

몇 번 맞장구를 치고 전화를 끊더니 기미코 씨는 내게 두 사람분 세트를 만들라고 하고 화장실에 갔다. 얼음을 넣은 아이스 페일과 10단이라 불리는 사이즈의 유리잔 두 개, 종이 코스터, 재떨이, 그리고 작은 접시에 마른미역과 감씨 과자 등 마른안주를 담아 박스석 테이블로 옮겼다. 그와 거의 동시에 자동문 열리는 소리가 났다.

"어서 오세요."

돌아보니, 여자가 서 있었다.

호리호리하고 아담한 체형. 흰색도 연분홍색도 아닌 재킷에 실크처럼 보이는 매끈한 동색 계열 플레어스커트를 입은 그 여자는 나를 보더니 생긋 웃었다. 글로스를 듬뿍 바른 도톰한 입술 사이로 희고 가지런한 이가 보였다. 앞가르마를 타 뒤로 넘긴 결 좋은 밤색 쇼트헤어, 시원하게 드러난 크고 둥근 이마, 완벽한 아치를 그린 눈썹 아래서 왕방울 같은 눈동자가 반짝였다. 그리고 그 빛나는 이목구비 하나하나가 집약된 얼굴은 말 그대로 딱 주먹만 했다. 그 일대만 후광이 떠 있는 듯한, 비현실적일 만큼 미인이었다. 연예인 같아─나는 무의식적으로 뒷걸음질 쳤다.

"고토미."

돌아온 기미코 씨가 이름을 부르자, 고토미 씨는 "찾기 힘드네" 하고 웃으면서 뒤를 돌아보았다. 그러자 또 한 사람, 한눈에도 무척 고령의 남성이 느릿느릿 걸어 들어왔다.

우리는 남성이 한 걸음씩 옮기는 광경을 경건한 의식이라도 되는 듯 지켜보았다.

남성 역시 나라도 한눈에 알 수 있는 고급 슈트를 입고 있었다. 푸른 빛이 감도는 회색 슈트에 연노란색 셔츠를 받쳐 입고, 무슨 색인지는 모르겠으나 아무튼 고급품이 분명한 폭 좁고 시크한 넥타이를 매고, 숱 없는 백발을 단정히 빗어 넘겼다. 뺨이 푹 꺼진 얼굴에는 숱한 주름이 패고 기미도 사방에 앉아 있는 노인이었지만, 그 완벽한 패션의 두말할 나위 없는 소화력 속에서는 그런 늙음의 징표마저도 화사해서 뭔가 사치품처럼 보였다.

"곤짜마*, 이쪽은 기미코. 기미코, 이쪽은 곤짜마."

셋 있는 작은 박스석 중 제일 안쪽 자리에 남성과 나란히 앉은 고토미 씨가 기미코 씨와 곤짜마를 향해 양손을 획획 펼치며 소개했다. 아름다운 실크 스커트로 감싸인 고토미 씨 무릎 위에 아마 곤짜마 것일 큼직한 진녹색 악어가죽 지갑이 놓여 있었다.

"곤짜마, 어서 오세요." 기미코 씨가 웃으면서 말했다.

"후옷, 후오후옷."

대체 뭐라는 건지. 답답해서 기미코 씨를 쳐다봤지만, 기미코 씨는 웃으면서 고개를 끄덕일 뿐, 신경도 쓰지 않는 기색이다.

---

* 짜마ちゃま는 우리말 '님'에 해당하는 사마様의 친숙한 표현. 여성이나 아동이 많이 사용한다.

주름을 칼같이 세운 바지 속에서 헤엄치다시피 하는 가느다란 다리를 꼬고 소파에 깊이 몸을 묻은 곤짜마는 솜을 충분히 넣지 못해 배가 납작한 인형 같달까, 서 있을 때보다 전체적으로 한 사이즈쯤 작아 보였다.

"고토미, 뭘로 할까?"

"곤짜마는 따뜻한 차. 나는 음, 맥주라도 좀 마실까? 걸었더니 목마른걸."

"걷다니, 자동차 아냐?"

"맞아, 내려서 말이야, 길에서 여기까지."

"1분도 안 되잖아." 기미코 씨가 웃었다. "하나, 맥주. 큰 병으로 하자. 우리 잔은 10단. 그리고 따뜻한 차 줄래?"

음료수와 유리잔을 챙겨 자리로 돌아와, 다 같이 건배했다. 고토미 씨는 당연하다는 듯 내게도 맥주를 따라주었다.

어렸을 때, 아직 집에 아버지가 있었고 이따금 같이 일하는 동료들이 몰려와 전골을 해 먹던 무렵, 엄마가 마시던 맥주를 장난삼아 한 모금 맛본 일은 있어도 이렇게 제대로 마시는 건 처음이었다. 맥주는 쓴맛이 났고 목이 드르르 흔들렸지만, 싫은 느낌은 아니었다. 두 모금째도 같은 맛이었는데 첫입에는 느끼지 못했던 풍미가 혀에 남았다. 흠, 이렇게 계속 마시다 보면 지금은 희미하게 느껴지는 이 풍미가 주역이 되고, 쌉쌀함이 풍미를 도드라지게 해 진짜 맥주 맛을 알게 되는 거구나. 나는 유리잔을 또 입으로 가져갔다. 그리고 혹시 나는 술이 센 게 아닐까 생각했다.

"근데 가게 이름이 귀엽네. '레몬'이라니."

"하나가 지었어."

"그쪽이, 하나 씨?"

고토미 씨가 나를 지그시 바라보았다. 그리고 얼굴을 살며시 기울이고는—왼쪽 눈을 찡긋 감았다가 천천히 떴다. 그것은 가 벼운 충격이라고 할까, 실로 윙크의 정석이라 해야 할 완벽한 윙크여서 가슴에서 철렁하고 소리가 났다. 세상에, 윙크 같은 걸 하는 사람이 있다니…. 지금껏 만화에서나 봤지 실제로 보는 건 당연히 처음이다. 더욱이 눈을 어디 둬야 할지 모를 만큼 미 인에게 받은 느닷없는 윙크다. 겸연쩍고 쑥스러워서 나도 모르 게 눈을 내리깔았다.

"하나, 레몬 좋아해?"

"어, 좋다기보다 싫진 않은데요, 레몬의 노란색이 좋아요."

내가 허둥대면서 대답했다.

"노란색 좋아하는구나."

"네, 밝고 강한 느낌이 들어서, 좋아해요."

"나도 노란색 좋아해."

"그리고 풍수적으로도 좋다고 하니까요."

"풍수라니, 그거? 방향이나 색."

"네, 노란색은 금운이 좋아져요. 기미코 씨 이름에도 들어 있 고요."

"그렇구나, 그래서 레몬이구나."

"네."

"그럼 차라리 '샛노랑'이라고 지었으면 좋을걸."

"네?"

"농담이야." 고토미 씨가 웃었다. "그럼 기미코, 오늘은 개업 축하니까—그렇죠, 곤짜마?"

고토미 씨가 곤짜마의 앙상한 무릎에 손을 내려놓고 생긋 웃자 곤짜마는 후오후오옷, 하며 고개를 끄덕였다.

"그럼, '레몬'에서 제일 좋은 걸로, 부탁합니다아."

어느 틈에 준비해뒀는지 기미코 씨가 가져온 것은 한눈에도 위풍당당한 헤네시 XO라는 브랜디였다. 은색 유성 매직펜도 같이 건네자, 고토미 씨가 받아 들고 병의 투명한 부분에 동글동글한 글씨로 '곤짜마☆고토미 미인'이라고 썼다.

"보세요, 곤짜마. 지금부터 고토미 미인에게 열심히 달리게 하자구요."

"후옷후옷."

"아주 많이 벌어들일 거예요, 나처럼!"

"후옷!"

그때 또 자동문 열리는 소리가 났다. 좀 이르지만 실례해요, 하면서 야구모자를 쓰고 무슨무슨 건설이라는 흰색 글자가 가슴 주머니에 수 놓인 작업복 차림 남자를 데리고 들어온 이는 1층 '후쿠야' 주인장이었다. 우리는 개업 준비로 '레몬'에 올 때마다 '후쿠야'에서 곧잘 밥을 먹곤 해서 최근에는 제법 친해진 터였다.

여기서 20년째 영업 중이라는 '후쿠야' 주인장 엔 씨는 칠십

줄로도 육십줄로도 보이는, 흰머리를 보라색으로 염색하고 말 끝에서 더러 간사이 억양이 묻어나는 밝고 선량한 사람이었다.

어서 오세요, 하고 기미코 씨가 일어나 엔 씨에게 갔다.

"저기, 브랜디, 미즈와리*로 할까요?" 내가 물었다.

"아냐, 됐어. 따지 말고 그냥 둬. 축의금이니까." 고토미 씨가 말했다.

"아 그렇군요."

"응. 하나는 맥주면 돼?"

"네, 이대로 마시겠습니다."

나는 맥주를 꿀꺽 마셨다. 10단 유리잔의 내용물이 3분의 1쯤으로 줄자 고토미 씨가 빙그레 웃고 잔을 다시 채워주었다.

"좋네. 한 병 더 줄래?"

새 맥주를 고토미 씨 유리잔에 따르고, 우리는 또 잔을 맞부딪쳤다. 맥주는 여전히 쓴맛이 났고 삼킬 때 목에 희미한 저항 감 같은 것이 느껴졌지만, 그 쌉쌀함과 저항감 너머에는 분명 내가 모르는 무언가가 있었고, 나는 어서 그것에 가닿고 싶어 살짝 흥분했다. 곤짜마는 차에는 손대지 않고, 눈을 감고 소파 에 몸을 묻은 채 때로 생각난 것처럼 입을 오물거렸다.

"기미코랑 살지?"

"네."

"할 만하겠어?"

* 물을 타서 묽게 만든 술.

나는 고개를 끄덕였다.

"하나, 몇 살이야?"

"여기선 스무 살로 해두기로 했는데요, 사실은 열일곱 살요."

"어리네, 나랑 기미코가 만났을 때 나이다."

고토미 씨가 가방에서 담배를 꺼내 작은 금색 라이터로 불을 붙였다. 한숨 쉬듯 연기를 뱉으며 실눈을 뜨고, 유리 재떨이를 끌어당겨 재를 털었다.

"그렇게 옛날부터 친구세요?"

"그러게. 영수 왔지? 어제."

"왔어요."

"안영수."

고토미 씨는 연기에 눈을 가느다랗게 뜨면서 그 이름을 입에 올렸다.

"우리, 그때쯤부터 친했어."

"같은 학교 다니셨어요?"

"설마." 고토미 씨가 웃었다. "우리 학교 같은 거 안 다녔어. 가게에서 만났지. 한참 옛날, 가부키초* 시대다. 하나는 어디야?"

"저는 히라시무라야마 안쪽이요."

"아 그런가. 준코 마마 가게에 있었댔지. 거기, 가게 이름이 뭐였더라…. 뭔가 길지 않았나?"

---

* 도쿄 신주쿠역 북동부에 위치한 일본 최대의 환락가로 음식점과 유흥업소가 밀집해 있다.

"네, '마돈나들의 자장가'요. 엄마는 일했지만 저는 중학생이어서."

"맞다 맞다, '마돈나들의 자장가'. 길다. 준코 씨, 그 사람도 옛날에 가부키초에 있었어. 가게 닫을 때는 꼭 그 노래 부르잖아. 안 부르면 아무도 집에 못 간다면서. 하나, 무슨 노랜지 알아?"

"네, 엄마가 곧잘 불러서 저도 부를 줄 알아요."

"뭔가 웃기는 노래지."

고토미 씨는 재떨이 귀퉁이에 담배를 조심스럽게 끄고, 입술 끝을 쓱 올려 웃었다. 포스터나 텔레비전 안에 있는 사람처럼 생겼어, 하고 나는 새삼 생각했다.

"항상, 그렇게." 나는 침을 한 번 삼키고 말했다. "예쁘다고 할까, 그런 느낌이세요?"

"얼굴이? 옷이?"

"둘 다요."

고토미 씨가 소리 내어 웃었다.

"꾸미는 거야, 전부. 세수하면 딴사람, 마른 멸치 같아. 집에서는 트레이닝복. 이런 옷은 일할 때만. 오늘도 이따 출근이거든."

"지금부터 일하시는 거예요?"

"응, 기미코 개업 축하잖아…. 그래서 곤짜마 모시고 왔어. 조금 전 긴자에서 밥 먹고, 지금부터 다시 긴자로 돌아가야지."

"긴자에 있는 가게예요?"

"응, 맞아, 흔한 말로 클럽."

"클럽은, 어떤 곳인데요?"

"어떤 곳이냐." 고토미 씨는 내 말을 음미하듯 되풀이했다. "그러네, 술이 있고, 넓고, 그랜드피아노가 있고, 여자애들이 매일 머리를 꾸미고 드레스나 기모노를 입고, 밤이면 밤마다 부자 손님이 술 마시러 오는 곳?"

"클럽은, 예를 들면 그, 이런 스낵바하고는, 다른가요?"

"술 마신다는 점은 같지만, 테이블에 앉으면 얼마, 라는 단가가 일단 다르지. 그리고 스낵바는 여자애가 손님 옆에 앉으면 안 된다는 규칙이 있을걸, 아마? 클럽은 옆에 앉아서 접객해. 그러니까 하나, 만일 동반해주는 손님이 있어도 옆에는 앉을 필요 없어, 지금처럼 건너편에 앉아."

"동반이 뭔데요?"

"손님이랑 좀 일찍 만나서 밥 먹고 그대로 같이 출근하는 거?"

"같이 출근하면, 좋은 건가요?"

"좋고 뭐고, 일이니까."

"호스티스는, 모두 동반이란 걸 하나요?"

"클럽 호스티스는 그렇지. 할당량도 있고."

"고토미 씨는 매일 동반하세요?"

"물론이지. 나는 벌써 나이가 있으니까, 필수지. 더블 동반이나 트리플 동반도 흔한걸. 난 현재는 '담당'이 아니니까."

"담당? 그게 뭔데요?" 나는 궁금한 게 많아서 몸을 앞으로 내밀고 잇따라 질문했다.

"하나, 관심 있구나. 무슨 인터뷰하는 것 같아서 재밌네. 말하자면 클럽은 회사랑 비슷해. 경영을 관리하는 사무실이 있고,

대장 마마가 있고, 우린 규모가 커서 대장 밑에 마마가 넷. 사천왕이지. 이 넷이 다달이 매상을 겨뤄. 그리고 네 마마 외에도 자기 손님을 보유하는 호스티스가 있는데, 이걸 전부 뭉뚱그려서 '담당'이라고 하지. 시급이나 일당만이 아니라 말 그대로 자신이 담당하는 손님이 치른 술값에 따라 본인 수입도 늘어나는 시스템이야. 뭐랄까, 큰 가게에서 방 하나를 빌려 자기 장사 하는 느낌? 나머지는 '헬프'라고 해서, 여러 마마나 담당 호스티스 테이블에 합석해서 시급 받고 일하는 애들. 삼십 명쯤 있는데 남자가 일곱 명쯤 되나? 업계 용어로 '검은 옷'*이지. 검은 옷에도 서열이 있어, 사장, 전무, 부장, 과장, 주임, 그 밑이 평사원. 그리고 나는 세상 마음 편한 슈퍼 헬프. 옛날엔 담당이었는데, 날리는 바람에 호되게 곤욕 치렀으니까."

"날려요?"

"그래, 나도 담당으로 잘나가던 시절이 있었어. 조금만 더 하면 마마를 바라볼 정도로 매상을 올렸지만, 큼직한 걸 몇 건, 한번에 날렸지 뭐야."

"먹고 튀었단 말인가요?"

"맞아." 고토미 씨가 웃었다. "보통 가게와 달리 클럽은 회원제고, 기본적으로 청구서로 거래하거든. 개인 신용으로, 사인 하나로, 돈을 계속 쓰게 만드는 거야. 매상 올리면 올리는 만큼 실질적인 수입이 들어오지만, 대신 책임도 담당이 전부 지는 거야."

---

* 　구로후쿠黒服. 밤 업소에서 호스티스를 관리하고 홀 업무도 맡는 스태프.

"전부 책임을 져요?"

"응. 지불 책임. 손님과 연락 끊어지거나 도산하거나, 아니면 처음부터 속일 작정으로 엉터리 명함 만들어서 섞여드는 손님도 있고, 심지어 꼴 보기 싫은 동료 호스티스 물먹이려고 일 꾸미기도 하고. 뭐 별별 인간이 다 있거든. 그래서 회수 못 하면 담당이 가게에 물어내야 해. 에누리 없이 전액. 샴페인이나 와인은, 정말 믿기지 않을 만큼 비싸거든."

"그렇게 굉장한 금액이에요?"

"그러네, 지불 기한이 두 달이거든. 있어, 유예가 두 달. 그러니까 두 달분이 꽉꽉 차면 상당한 액수야. 난 생일 달 끼고 있어서 로마네에 돔 페리뇽에 호기롭게 마구 넣었을 때라, 난감했지."

"그런 때, 가게 사람들은 도와주지 않고요?"

"처음엔 같이 돈 받으러 가주지, 상대가 아예 잠적하지 않은 경우라면 교섭은 아무래도 남자가 나서는 게 효과 있고. 하지만 안 되는 건 안 돼. 한계가 있고."

"그, 깎아준다거나 좋게좋게 봐주고 넘어가거나, 그런 건 없어요?"

"없어." 고토미 씨는 유쾌한 듯 웃었다. "날린 게 확정된 순간부터 가게는 즉각 쫓아오는 쪽으로 바뀌거든. 그래서 호스티스도 잠수 타든가, 그럴 근성이 없으면 어찌어찌 다른 가게로 옮기고 일단 가불해서 갚거나. 뭐 어느 쪽이건 빚더미지."

"그런 일이, 곧잘 있어요?"

"뭐 그렇지."

"호스티스가 잠수 타는 건, 어떻게 해요?"

"음."

고토미 씨는 내 얼굴을 바라보았다.

"사라져."

"사라져요?"

"응, 사라져. 아무도 못 쫓아올 곳으로."

나는 잠자코 맥주를 마셨다. 두 자리 건너 박스석에서 엔 씨가 손짓을 해가며 즐겁게 이야기하는 것이 보였다. 고토미 씨는 손목에 찬 금색 체인 손목시계를 흘금 보고, 남은 맥주를 마셨다.

"시간이 금방 갔네, 슬슬 가볼까. 최근, 지각하면 시끄러워서."

"네, 기미코 씨 불러올게요."

"아냐, 괜찮아."

고토미 씨가 무릎에 놓인 반짝거리는 악어가죽 지갑을 집어 들어 곤짜마에게 보이고, 금색 버클을 풀어 안을 들여다보았다.

"아무거나 괜찮아요?"

곤짜마가 고개를 끄덕이자, 고토미 씨는 누구로 할까, 하고 귀엽게 망설이더니 금색 카드를 한 장 꺼내 내게 내밀었다.

"20으로 끊어줄래?"

"20요?"

마침 기미코 씨가 돌아와 고토미 씨 옆에 앉더니, 둘이 몇 마디 속삭인 뒤 카드를 들고 계산대로 갔다.

"곤짜마, 슬슬 갈까요—있죠 곤짜마, 오늘 축하 보틀, 정말 고마워요. 하나도, 고마워. 우린 긴자로 돌아가서, 샴페인 마셔요."

그렇게 말하고 고토미 씨는 매직 펜으로 이름만 쓰고 뚜껑도 따지 않은 보틀을 양손으로 쥐고 얼굴 옆으로 들어올렸다.

"그럼, 고토미 미인, 앞으로의 활약에 건배. 그 아이, 귀엽죠. 그리고 강해 보여요."

"저기, 고토미 미인이란." 내가 물었다. "고토미 씨 말하는 거죠?"

"말〔馬〕이야, 말."

"네?"

"곤짜마는 마주馬主 님이셔. 유명한 말이 많지. 지난번에 한 아이가 새로 들어왔는데, 그 아이한테 내 이름을 붙여주셨어. 좀 있으면 데뷔. 그쪽 고토미도 이쪽 고토미도 많이 벌어야죠, 그렇죠, 곤짜마!"

"후옷!"

고토미 씨는 명세서와 영수증을 손에 들고 고맙다고 말하는 기미코 씨에게 됐어, 나오지 마, 라고 말했고 기미코 씨는 내게 아래까지 배웅하라고 말했다.

곤짜마의 팔짱을 끼고 천천히 걷는 고토미 씨 뒤를 따라 길로 나가자, 푸르스름하게 내려앉은 밤의 어둠 속에 검게 번쩍이는 대형 승용차가 보였다. 운전사가 재빨리 내려 뒷좌석 도어를 열었고, 곤짜마가 둘로 접히듯 차내로 슥 들어갔다. 고토미 씨도 뒤따라 타자, 운전사는 머리끝부터 발끝까지 정중한 각도를 유지한 채 조용히 도어를 닫았다. 뒤이어 난생처음 들어보는 쾌적

한 소리를 내며 짙은 선팅이 된 창이 내려가고, 고토미 씨가 얼굴을 내밀었다.

감사했습니다, 하고 고개를 숙이는 나를 고토미 씨가 손짓으로 불렀다.

"하나."

"네."

"또 올게."

"네."

"기미코 잘 부탁해."

고토미 씨가 2초쯤 내 눈을 지그시 바라보고 빙그레 웃었다. 두 사람을 태운 차가 사라지자 갑자기 주위가 소란해져서, 어디서 싸움이라도 벌어진 줄 알고 휘둘러보았다. 그렇지만 아무 일도 일어나지 않았다. 쉴 새 없이 차가 오가고, 웃고 떠드는 많은 사람이 여느 때처럼 밤거리를 지나가고 있을 뿐이었다. 신호등 불빛이 번들거리는 거리에 혼자 서 있으니 조금 전 운전사가 끼고 있던 새하얀 장갑이 유독 눈에 남았다. 나는 왠지 불안해져서 가게로 달려갔다.

그날 '레몬'은, 근처 스낵바 마마와 호스티스들이 저마다 손님을 데려와준 덕에 시끌벅적한 첫날이 되었다. 건물주도 얼굴을 내밀었다. 계산을 마치고 나갔던 손님이 한 시간쯤 지나 지인이라면서 남녀를 데려오기도 했다. 열 평도 안 되는 '레몬'은 밤새 사람과 훈기로 가득했다. 날짜가 바뀌고 새벽 2시가 될 때까지, 술을 마시고, 누군가는 마이크를 붙잡고 노래를 부르고,

또 누군가가 마이크를 이어받고, 차츰 두꺼워지는 담배 연기와 가라오케의 에코 속에서 수다를 떨고, 소문을 옮기고, 누군가의 넋두리를 듣고 누군가의 농담에 웃고, 탬버린을 두들기고, 그리고 또 술을 마셨다.

예감은 적중했다. 나는 술이 셌다. 다 해서 큰 병으로 맥주 다섯 병은 마셨을 텐데 갈수록 기분이 좋아질 뿐, 불편함도 불쾌감도 전혀 없었다. 의식도 기억도 명료했다. 기미코 씨는 완전히 취해버려서, 내가 어깨를 부축하고 깔깔대면서 집으로 돌아갔다. 그날의 매상은 26만 3500엔. 내가 패밀리 레스토랑에서 넉 달 일해야 간신히 손에 넣을 수 있던 금액이었다.

4장 예감

1

처음 가토 란을 만난 것은 길에서였다.

손님을 배웅하러 내려가거나 가게를 닫고 돌아갈 때, 큰길 쪽에서 전단을 나눠주며 손님을 끄는 여자애가 늘 몇 명 있었는데, 그중 하나가 란이었다.

체격이 아담하고, 볼 때마다 라인스톤이 박힌 진분홍색 통굽 샌들을 신고 있었다. 머리는 금발에 가까운 갈색이고 이마가 무척 좁았다. 눈썹을 한없이 가늘게 그린, 눈가가 하얗게 뜬 화려한 화장이 인상적이었다.

"안녕, 춥다. 자주 보네?"

12월 초순 무렵, 먼저 말을 걸어온 것은 그 애였다.

"오늘은 혼잔가 봐?"

나는 기미코 씨 부탁으로 늦게까지 영업하는 약국에 융켈*을 사러 가는 참이었다. 9시경. 그 애는 딱 붙는 검은색 캐미솔 원피스 위에 헐렁한 흰색 블루종을 걸쳤는데, 추운지 몸을 오스스

떨었다.

"응, 나만 지명이 없어서. 오늘 어째 사람이 별로 없다? 그쪽도, 일이지?"

나는 고개를 돌려 건물 쪽을 가리키며 "저기 3층 스낵바에서 일해"라고 대답했다. 마침 '후쿠야' 주인장 엔 씨가 손님을 배웅하는 것이 보여 손을 흔들자, 엔 씨도 손을 흔들고 가게 안으로 사라졌다.

"스낵바? 이름이 뭔데?"

"'레몬'이라고."

"호, 몰랐네."

"새로 생겼다고 할까, 개업한 지 몇 달밖에 안 됐어."

"나는 저쪽으로 들어가면 큰 빌딩 있잖아, 천장 높은. 거기 2층 캬바쿠라**."

"캬바쿠라가 있구나."

"있어, 손님은 그쪽이랑 안 겹칠지 모르지."

찬 바람 한 자락이 그 애와 나 사이를 지나갔다. 다음에 보자, 하는 느낌으로 내가 웃었고, 그 애도 팔짱을 지른 채 살짝 구부린 몸을 손 흔들 듯 흔들어 보였다.

"기미코 씨, 이 근처에 캬바쿠라도 있던데요? 몰랐네."

용켈을 건네자, 기미코 씨는 소파에 기대어 앉은 채 느릿느릿

---

*   일본의 자양강장제 음료.
**   '캬바레'와 '클럽'을 합친 조어. 여성이 손님 옆에 앉아 이야기하며 술 마시는 영업장으로 대개 시간제로 운영된다.

뚜껑을 비틀어 몇 번에 나눠 마셨다. 지난주부터 감기 기운이라, 밤에는 시판 약과 자양강장제로 버티고 낮에는 집에서 누워 지내는 날들이 이어졌다.

"으아, 달다―뭐더라, 캬바쿠라? 있었던 것도 같고."

"조금 전 밑에서, 거기 여자애랑 얘기했어요."

"오늘은 어디나 한가한지도 몰라."

"아직, 힘들어요?"

"관절이 마디마디 쑤셔."

"주말에도 컨디션 안 돌아오면 병원에 가보는 게 좋지 않아요?"

"뭐, 봐서."

이번 달 말이면 '레몬'을 연 지 꼭 채워 석 달이다.

일도 꽤 손에 익었고, 가게도 전체적으로 순조로웠다. 이전 가게 때부터 드나들던 단골손님 말고도 새로운 손님이 생기기 시작했다. 손님 구성으로 말하자면, 6할이 동네 토박이인 비교적 고령 남성. 3할이 훌쩍 들렀다가 다음에도 불쑥 생각난 것처럼 찾아오는 대체로 젊은 뜨내기손님. 그리고 나머지 1할이 근처 동업자 아닐까. 그래서 손님들끼리도 서로서로 안면이 있었고, 찻집에 신문이라도 읽으러 오듯 얼굴을 내놓는 사람도 많았다.

술값에도 몇 가지 패턴이 있었다. 가라오케를 포함하는 무제한 코스면 기본요금 4000엔으로 출발해 호스티스 술값이 더해져서 대개 두 시간 머물면 6000엔 전후. 보틀을 보관하는 손님은 매회 지불액은 그리 크지 않지만 방문 빈도가 높아서 일주일에 세 번쯤 오는 사람도 몇 명 되었다. 나머지는 하나하나 단품으로 쓰고 가는 고객. 서비스료 3000엔에 가라오케 대금과 음료수가 전부 가산된다. 결과적으로 돈을 제일 많이 써주는 것은 이 타입 손님이었다.

나는 그새 맥주 맛에 완전히 눈떠서, 술을 자꾸 권하는 인심 좋은 손님이 오면 내심 팔을 걷어붙일 정도였다. 중간 병이 한 병에 800엔. 세 병 마시면 2400엔. 과거에 일했던 패밀리 레스토랑 시급으로 환산하면 네 시간이 좀 안 되는 금액이다. 가만히 앉아서, 게다가 혀에 착착 감기는 맥주를 마시는 것이 그대로 돈이 된다니 얼마나 신기한가. 잘나갈 때는 그런 손님 한 사람이 만 엔에서 2만 엔을 쓰고 가는 일도 드물지 않았다.

날씨나 기분과 마찬가지로 그날그날 차이는 있지만, 평균하면 '레몬'은 하루 매상 3만 엔 전후를 유지했다. 거기에 고토미 씨가 한 달에 두 번꼴로 긴자에서 레벨이 다른 손님을 데려와 왕창 써주니까, 실제 한 달 매상은 좀더 컸다.

게다가 스낵바에 오는 손님들에게는 특유의 분위기가 있었다. 동업자도 포함해 그 자리에 있는 모두가 어우러져 즐기는 데 익숙해서, 눈앞에 호스티스가—요컨대 나나 기미코 씨가 있어도 없어도 그만인 사람이 대부분이었다. 카운터석 네 자리에 작은 박스석이 세 자리니까 만석이라도 손님은 열 명 남짓. 그런 조촐하고 아담한 공간에서 태어나는 일체감인지도 몰랐다. 그렇다고 해도 기껏 마시러 왔는데 호스티스 코끝도 못 보는 건 무슨 경우냐며 발끈해서 환불해내라고 억지를 쓰는 사람도 가끔 있었다. 그런 뜨내기손님을 기미코 씨는 특별히 개의치 않고 늘 적당히 달래서 돌려보낼 뿐이었다. 상대할 것 없다며 기미코 씨는 웃어넘겼지만, 나는 번번이 마음에 걸려 이것저것 생각하느라 잠을 설쳤다.

"근데 기미코 씨, 지금은 우리 둘이 그럭저럭 돌리지만, 예를 들어 둘 중 하나가 앓아눕거나 급한 일이라도 생기면 곤란하지 않아요? 이대로 가도 괜찮을까요?"

"사람을 늘리자는 말이야?"

"네, 아르바이트가 한 명쯤 들어와도 좋지 싶어요. 지금요, 새 손님도 좀 늘었고, 화내고 가버리는 손님, 좀 아깝거든요. 어쩌면 단골 될 사람이었는지도 모르는데. 올해 안에 사람 찾기는 무리겠지만, 해 바뀌고 나서부터?"

"그러게."

기미코 씨에게 몇 번 운을 떼봤지만, 썩 내키는 기색이 아니라고 할까 관심 없는 눈치였다. 기미코 씨는 돈에 대해서도 그런 부분이 있었다. 이번 달은 이 정도 매상을 올렸고 이 정도 남았어요, 하고 내가 살짝 흥분해서 말하면 물론 같이 기뻐하긴 하는데, 내가 맛보는 달성감을 기미코 씨도 똑같이 느끼느냐 하면 꼭 그렇지도 않았다.

다달이 들고나는 돈도 어쩌다 보니 내가 관리하고 있었다.

그렇다고 딱히 어려운 일은 아니고, '레몬'과 아파트 월세, 물수건 값과 술값, 공공요금 등 경비를 합쳐서 지불처 계좌 번호를 가지고 은행에 가서 각각 현금을 입금할 뿐이다. 우리 월급에 대해서도 특별히 상의한 바 없었다. 나와 엄마가 그랬듯이, 텔레비전 선반 귀퉁이에 동그란 통을 하나 놔두고 각자 적당한 타이밍에 적당한 금액을 생활비로 넣고, 없어지면 그때그때 채워가며 썼다. 나는 지갑에 늘 5000엔은 넣어두었고, 기미코 씨는 변함없이 1000엔짜리 지폐나 동전을 이 주머니 저 주머니에 넣어 다녔다.

그렇게 하고 남은 돈은 전부, 뚜껑 있는 튼튼한 골판지 상자에 보관했다. 도로스케 건도 있었기에 은행에 맡기는 게 안전할 성싶었지만, 집을 나올 때 내가 가져온 것은 옷 몇 벌과 속옷 몇 장, 그리고 예의 남색 상자뿐이었다. 애초부터 나는 은행 계좌도 신분증도 없고, 기미코 씨도 비밀번호를 잊었다나 도장이 없어졌다나 해서 우리가 사용할 수 있는 계좌는 하나도 없었다.

예전 집과 달리 집에는 늘 나와 기미코 씨뿐이니까 크게 불안해할 필요는 없었지만, 나는 가게에서 돌아오는 길에 어느 집 처마 밑에 굴러다니던 꽤 그럴싸한 누름돌 비슷한 걸 주워다 욕실에서 깨끗이 닦아, 만일에 대비해 골판지 상자 위에 올려두었다.

12월은 순식간에 지나갔다. 거리도 사람도 시간의 흐름도, 그곳에 있는 모든 것이 연말을 향해 일제히 우르르 쏟아지는 듯 활기로 가득했다. 어디를 걷고 있어도 무언가가 깜박깜박 빛났고, 그 빛과 빛 사이를 메우는 것처럼 떠들썩한 음악이 울려 퍼졌다.

대도시는 굉장하구나, 나는 들뜬 거리를 걸으면서 생각했다. 내가 자란 동네나 그 부근의 그나마 번화가와는 무언가가 본질적으로 다른 느낌이었다. 산겐자야가 이 정도니, 이 시기, 이를테면 신주쿠나 시부야 센타가이* 같은 곳은 대체 얼마나 소란할까. 지리적으로 매우 가까운 산자에 살게 된 후에도 번화가에 대해서는 가끔 텔레비전에서 보는 교차점 영상이나 보도 이상은 어째 이미지가 잘 그려지지 않았다. 그런 화려함이나 현실감 없는 이것저것이 머릿속을 스칠 때면 곧잘 고토미 씨를, 그리고 그녀가 일한다는 밤의 거리를 떠올렸다. 나는 도쿄에 대해 아는 게 없었고, 긴자는 구체적으로 어디서 무슨 전철을 어떻게 갈아타고 가야 닿는지도 몰랐다. 믿기지 않을 정도로 씀씀이가 좋은 손님을 데리고 '레몬'에 찾아오는 고토미 씨는 머리끝부터 손끝 발끝까지 무슨 마법의 가루라도 뿌린 것처럼 빛났는데, 긴자는 고토미 씨 같은 사람이 평범하게 우글거리는 장소일까. 그럴 테지, 나는 생각했다. 어지간한 사람 한 달 급여와 맞먹는 가격이 붙은 샴페인이며 브랜디가 테이블과 테이블 사이를 어지러이 오가고, 누군가는 큰돈을 내고 누군가는 그것을 받는다. 그게 한 군데가 아니라 수많은 가게에서 동시에 일어나는 것이다.

여자들, 웃음소리, 그랜드피아노의 음색, 돈다발, 잘 모르겠지만 검게 번쩍거리는 대리석, 그리고 거품이 보글보글 올라가는

---

* 원래 거리 중심에 있는 상점가를 일컬었으나 현재는 주로 시부야역 서쪽의 번화가를 가리킨다.

샴페인 따위 눈부신 이미지가 혼연일체가 되어 머릿속에서 넘실거려서 나는 한숨을 뱉었다.

단가는 전혀 다를지언정 '레몬'의 첫 크리스마스도 무사히 끝나고, 그로부터 며칠 후에는 올해의 영업을 마감했다. 나와 기미코 씨는 가게 말고는 갈 데도 없고 할 일도 없으니 연말연시에도 얼마든지 가게를 열 수 있지만, 물수건 가게도 주류점도 휴무인 데다 아무래도 무슨 손님이 있으랴 싶어 쉬기로 했다.

"새해 연휴, 아이 씨한테 안 가?"

기미코 씨가 마른행주로 벽을 닦으면서 물었다. 나름대로 연말 대청소라고 생각하는 모양인데, 애초에 물건도 별로 없고 평소 부지런히 쓸고 닦는 터라 손댈 곳이 벽 정도뿐인 듯했다. 개어둔 이불에 등을 기대고 다리를 쭉 뻗은 채, 나는 기미코 씨가 작은 원을 그리며 팔을 움직이는 모습을 바라보았다.

"안 가요."

"그렇구나. 아이 씨랑 얘기했어?"

"아뇨. 전화 안 해요. 용건도 없고. 전화비 아까워요. 기미코 씨한테는 전화 오지 않아요?"

"안 와."

"흐응… 뭐 그럴 테죠."

여름이 끝날 무렵 집을 나온 이래, 엄마와는 연락이 없는 상태다.

그날, 기미코 씨와 재회한 여세를 몰아 그대로 집을 나온 셈인데, 흥분한 마음 뒤쪽에서 혹시 내가 지금부터 터무니없는 일을 저지르려는 건 아닌가 살짝 두렵기도 했었다. 속수무책 갈팡질팡 제멋대로 사는 것처럼 보이는 엄마지만, 그래서 더욱 미덥지 못하고 걱정스러운 면도 있었다. 집을 나옴으로써 왠지 엄마를 버렸다는, 나만 그 생활에서 도망쳤다는 죄책감 비슷한 것도 다소 있었다.

엄마가 집으로 다시 들어오라면 어쩐다. 나는 진지하게 고민했다. 이것저것 재고 따지고 궁리하는 사이 가슴이 먹먹해져서, 앞으로 엄마 혼자 잘 해나갈 수 있을까, 성가신 일에 말려들진 않을까, 지금쯤 심히 내 걱정을 하진 않을까 갖가지 불안이 찾아와서, 말없이 집을 나온 걸 자책하기도 했다. 그러나 전부 부질없었다. 내가 집을 나간 것을 엄마는 일주일이 지나서야 겨우 알아차린 것이다.

기미코 씨에게 걸려온 엄마의 전화를 두근거리면서 받자, 엄마는 여느 때와 하나도 다르지 않은 말투로 수다를 떨었다. 운전면허를 딸 생각이라는 둥, 합숙이 어떻고 새로 생긴 펫샵에서 본 고양이가 어떻다는 둥, 순 그런 말만 늘어놓았다. 듣다못해 "나 기미코 씨랑 여기서 살려고"라고 큰맘 먹고 통보하자 "그래? 하나가 그러기로 했다면 된 거 아냐?"라고, 마치 "그 헤어스타일도 좋지 않아?" 정도의 가벼운 반응이 돌아왔다. 학교는 어쩔 셈이냐, 어떻게 먹고살 거냐 같은 말은 한마디도 없었다. 아무리 그래도 이건 아니지, 일단 집으로 들어와, 얼굴 보고 얘기하자 같은 말도 물론 없었다. 슬퍼하지도 화내지도 않았다. 하나는 원체 야무진 데다 이제 다 컸으니까 뭐. 기미코도 옆에 있겠다, 무슨 일 있으면 전화해—엄마는 해맑은 목소리로 그렇게 말하고 전화를 끊었다.

"새해 연휴, 긴데. 일 쉬는 사람들은 다들 뭘 할까요?" 나는 짐짓 하품을 하며 말했다.

"글쎄? 가족이랑 시골에 가거나 하지 않을까?"

"가족도 없고 시골도 없는 사람은요?"

"친구랑 놀지 않을까?"

"친구도 없고 놀러 갈 돈도 없는 사람은요?"

"흠, 집에서 멍하니 보내지 않을까?"

"집이 없는 사람은요?"

"그런 사람은, 새해 연휴 같은 거, 관계없지 않나?"

"그럴까요?"

"그럴걸."

기미코 씨는 행주를 뒤집어 반으로 접더니 고타쓰 탁자 위를 정성껏 훔쳤다. 그리고 상판을 들어내 벽에 기대어 세우고, 고타쓰의 온기가 남은 이불로 다리를 뻗고 누운 나를 폭 감쌌다. 갑자기 아늑한 동굴에 들어온 것 같아 나도 모르게 와, 기분 좋다,라는 소리가 나왔다.

"좋아? 기분."

"네."

엄마 생각에 침울해졌던 마음을 어루만지듯 행복한 기운이 서서히 번져서 나는 숨을 크게 뱉었다.

"이불 동굴이다."

"이불 동굴?"

"네, 뭔지 마음이 몽글몽글해졌달까. 이불 동굴, 좋아요!"

기미코 씨가 덮어준 이불 속에서 눈을 감았다. 아직 따뜻한 이불에서 그리운 냄새가 났다. 나는 가만히 웅크리고 있었다.

"나한테는요." 잠시 후 이불에서 얼굴을 내밀고 내가 말했다. "기미코 씨가 있잖아요—"

기미코 씨가 손을 멈추고 나를 바라보더니 씩 웃었다.

"뭐야, 그거."

"아니, 그렇잖아요. 나한테는 기미코 씨가 있다고요."

나는 갑자기 겸연쩍어져서 이불을 걷어내고 휙 돌아누워, 기미코 씨 쪽을 흘금 보았다.

"아닌가요…? 나한테는 기미코 씨가 있잖아요."

"뭐 그렇지."

"거기다, 돈도 있어요."

"뭐 지금으로서는."

"'지금으로서는' 같은 말 하지 말고요." 내가 입을 비죽 내밀었다. "'줄곧'이라고요. 괜찮아요. 그죠, 지금 페이스로 계속 모을 수 있으면, 우리 굉장하잖아요."

나는 골판지 상자 속에 조용히 누워 있는 86만 엔을 떠올렸다. 우리 둘이 요 석 달, '레몬'에서 일해 모은 돈이었다. 그것을 떠올리면 달성감과 안도감이 찾아왔지만, 동시에 상자와 현금이라는 조합은 도로스케를 떠올리게 했다. 도로스케—그 불쾌한 이름이 머릿속에 울리면 반사적으로 어금니에 힘이 들어가고, 분노와 혐오가 치밀어 숨도 쉬기 힘들었다. 그런 때면, 목 안에서 소용돌이치는 그것을, 도로스케의 얼간이 같은 헤어스타일이며 주렁주렁 매달린 키링이며 내 쿠션을 밟고 있던 발뒤꿈치 따위 잔상과 싸잡아 모조리 끌어내 발로 지근지근 밟은 다음, 뚜껑 위의 누름돌로 사정없이 내리찍곤 했다.

"맞다, 하나, 휴대전화."

"앗! 어떻게 됐어요?"

나는 벌떡 일어나 기미코 씨를 쳐다봤다.

"영수가 가져온대."

"우와!"

"내일, 영수도 불러서 전골이나 해 먹을까?"

"좋죠!"

"걔는, 술 먹으면 좀 재밌어."

"호."

영수 씨는 그로부터 이따금 우리를 찾아와 점심을 같이 먹거나, '레몬' 영업 중에도 훌쩍 얼굴을 내밀곤 했다. 그리고 헤어질 때는 어김없이 흰 봉투를 기미코 씨에게 건넸다. 지난번에 만났을 때, 영수 씨 휴대전화가 근사하다는 말끝에 내가 갖고 싶어 하던 것을 떠올린 기미코 씨가 하나쯤 마련해줄 수 없는지 물었다. 그리고 오늘, 승낙이 떨어진 모양이다. 보호자도 신분증도 없으니 개통은 아예 포기했었는데, 영수 씨가 무슨 재주를 어떻게 부렸는지 몰라도 아무튼 내게도 휴대전화가 생긴다. 걸 사람도 걸어올 사람도 없지만 얼마나 들뜨고 설레는지, 괜히 몸 여기저기가 가려운 느낌마저 들었다.

"이게 다 노란색 덕이지 뭐에요."

나는 방 서쪽 선반에 만든 '노란색 코너'를 바라보며 말했다.

그즈음 나는 동네를 걷다가 100엔숍이나 잡화점에서 노란색 소품이 눈에 띄는 대로 사 모았다. 저금통, 인형, 젓가락, 파우치, 필통, 봉투, 수첩, 스티커, 털실, 갖가지 크기의 상자, 열쇠고리, 조화, 리본, 마네키네코*—노랑 일색의 물건이 빽빽하게 늘어섰고, 거기에 새로운 품목이 하나씩 늘 때마다 미래가 장밋빛으로 물드는 듯한, 행운의 눈금이 한 단 더 올라가는 듯한 기분이 들었다.

개나리색, 병아리색, 바나나색, 레몬색. 노랑에도 여러 노랑이 있었다. 그러나 그것들 모두의 공통점은 아무튼 다 노란색이란 것, 그리고 노란색은 노란색인 것 자체로 우리에게 용기와 안도감을 주는 특별한 색이라는 것이었다.

이튿날 저녁 7시쯤 영수 씨가 와서, 내 얼굴을 보더니 말없이 은색 휴대전화를 내밀었다. 나는 고타쓰를 박차고 달려가 본체와 충전기를 받았다. 화면에 표시된 내 번호를 보자 기뻐서 가슴이 터질 것 같았다. 보글보글 끓는 전골도 먹는 둥 마는 둥 하고 휴대전화를 들여다보며 버튼을 차례차례 눌러보았다.

---

* 한쪽 앞발을 들고 서 있는 고양이 장식품. 흔히 재물과 손님을 부른다고 여겨진다.

"영수 씨, 돈은 어떻게 하면 돼요?"

문득 정신이 들어 영수 씨에게 묻자, 적당히 해둘 테니까 됐다는 말이 돌아왔다.

"아니, 그래도 본체와는 별도로 다달이 내는 요금이 있잖아요? 그건 만날 때 주면 될까요?"

"아니, 그것도 됐어."

"됐다니, 영수 씨가 내준다는 거예요?"

"아니, 내가 내는 건 아니고. 뭐 적당히."

"적당히 누가 내는데요?"

"너 자잘한 일 신경 쓰는 타입이구나." 영수 씨가 쓴웃음을 지었다. "회사라고 할까, 이쪽에서 합쳐서 내니까 걱정 안 해도 돼."

"회사? 영수 씨, 회사 운영해요?" 나는 잇따라 질문했다.

"뭐 영수가 됐다니까 됐잖아. 하나, 그쪽 고기 익었어, 얼른 먹어―영수도 먹고."

"정말? 영수 씨 괜찮아요?"

영수 씨는 나를 보지도 않고 고개를 까딱하고, 국자로 전골을 덜어 먹기 시작했다. 나는 그런 영수 씨를 물끄러미 쳐다보면서 지금껏 맛본 적 없는 만족감이라고 할까 기쁨이 꿈틀거리며 올라오는 것을 느꼈다.

그것은 휴대전화가 생겨서가 아니라, 뭐라고 할까―누군가가 나를 위해 무언가를 마련해줬다는 사실, 그리고 실은 내가 져야 할 책임의 일부를 떠안아주고 아무 걱정 말라고 말해준 사실에 대한 안도와 감사가 뒤섞인 감정이었다. 왠지 보호받은 것 같다—적절히 표현할 수 없었지만, 그때 내가 느낀 것은 그런 기분이었다. 나는 영수 씨에게 몇 번이고 고맙다고 말했다.

"고작 휴대전화 갖고 야단스럽긴."

영수 씨가 어이없다는 듯 말했다.

"고작 휴대전화 아니거든요."

나는 가슴이 벅차서 그 말밖에 하지 못했다.

마음이 딴 데 가 있어서 무슨 전골인지도 모르고 먹었다. 폰즈*에 적시면 고기도 채소도 다 맛있었다. 나는 쉴 새 없이 떠들고, 도중에 다시 전화를 집어 들어 기미코 씨와 영수 씨 번호를 등록했다. 그리고 각각 한 번씩 전화를 걸어, 착신 멜로디를 두고 무어라 농담해서 두 사람을 웃겼다. 기미코 씨는 집인데도 드물게 맥주를 마셨고, 영수 씨도 자신이 가져온 막걸리를 마셨다. 방은 따뜻하고 분위기는 훈훈했다. 텔레비전에서는 야단스러운 연말 보도특집이 흘러나왔는데, 홍콩이 중국에 반환된 것이며 대형 증권회사가 도산한 것, 그리고 영국의 다이애나비가 교통사고로 남자와 같이 사망한 것 등을 충격도에 순위를 매겨 내보내고 있었다. 나는 이날 이때까지 신문이라고는 제대로 읽은 적 없거니와 어쩌다 뉴스나 종합 정보 쇼를 봐도 '굉장하네'라든가 '큰일인걸' 정도로 엉거주춤 생각하곤 끝이었는데, 이날 밤의 뉴스는 더더욱 머릿속에 하나도 들어오지 않았다.

---

* 간장과 감귤류 과즙을 섞은 조미료.

"고춧가루 없을까?" 영수 씨가 물었다.

"시치미*는 있는데."

기미코 씨가 대답하자, 영수 씨는 역시 고춧가루가 좋다면서, 맥주도 살 겸 다녀오겠다고 몸을 일으키려 했다.

"앗, 내가 갈게요."

"됐어."

"아뇨, 내가 다녀올게요, 고춧가루랑, 맥주는 아무거나 괜찮죠?"

"그럼, 그 김에 '유키노야도'**도 사 오든지." 기미코 씨가 말했다.

"오케이."

휴대전화를 챙겨 점퍼를 걸치고 밖으로 나왔다. 새 휴대전화가, 나만의 휴대전화가 주머니 속에 들어 있다는 것만으로 늘 걷던 밤길이 고대했던 어딘가로 이어지는 반짝이는 활주로처럼 느껴졌다. 나는 설레는 기분과 어깨동무라도 하듯 걸었다.

'레몬'에서 가까운 슈퍼마켓에 닿자, 조금 떨어진 곳에서 지난번 그 애가 전단을 나눠주는 것이 보였다. 눈에 익은 흰색 블루종을 걸치고 진분홍색 샌들을 신은 그 애는 오가는 행인들 사이에서 혼자 동그랗게 떠 있었다. 나는 달려가서 말을 걸었다.

"안녕, 오늘도 아직 가게야?"

---

* 고춧가루에 향신료를 넣은 일본 조미료.
** 일본의 인기 있는 쌀과자.

"안녕." 그 애도 나를 알아보고 웃었다. "응, 오늘까지."

"일 많이 하네, 우린 휴문데."

"그렇구나, 하긴 28일이니까. 이 근처 살아?"

"응, 차자와 거리 쪽."

"나도 뭐 대충 근처야, 칸나나* 너머, 역으로 따지면 세 정거장 간 곳. 가끔 걸어갈 때도 있어."

"그쪽은 안 가봤는데. 새해 영업은 언제부터야? 역시 5일부터겠지?"

"가게는 그럴걸. 몰라. 근데 나 오늘이 마지막이야. 그만둬."

"어, 그만둬?" 예상외로 큰 소리가 나오는 바람에 나는 놀라서 주위를 둘러보았다. "왜?"

"이유는 뭐 여러 가진데, 빡빡해, 할당량이. 그리고 캬바는 적성에 안 맞나 싶고. 나 지명을 못 따. 인기 없어."

"이 일을 그만둔다는 거야? 아님 다른 데로 옮겨?"

"몰라, 아직 아무것도 결정 안 했어. 뭔가 우울해서. 그래도 나 이쪽 일 말고는 할 줄 아는 게 없거든."

"캬바는 어떻게 돌아가는지 전혀 모르지만." 슈퍼마켓에 드나드는 손님이 늘어나서 우리는 길 한구석으로 이동했다. "몇 시간 일해서 얼마 받아? 그, 지명이란 걸 못 받으면 금액이 낮아? 일당이 바뀌어?"

"그건…." 그 애는 난처한 웃음을 짓고 말했다. "그러네, 느닷

---

* 도쿄도 23구를 순환하는 일반도로 중 가장 바깥쪽 도로.

없이 돈 얘기라 좀 그렇지만… 기본급만 나오는 거지, 역시. 터놓고 말해서… 7000엔이라든가? 기적이 일어나서 2만 엔까지 가본 적 있지만, 최근엔 없어. 아, 그래도 다른 애들은 전혀 달라, 꽤 벌어. 내가 지명이 없어서 그렇지. 의욕도 없고."

"어, 의욕이 없어?" 나는 또 질문을 쏟아냈다.

"없다고 할까, 있긴 있는데 뭔가 인간관계라든가? 일단 인원도 많고 왠지 좀 그래. 지난번 가게에선 그나마 나았지만."

"가게마다 분위기가 다르구나."

"응, 그건 있지."

바로 옆을 지나가던 남자들 중 한 명이 이쪽을 보고 뭐라는지 모를 말을 던졌고, 다른 남자가 그의 뒤통수를 때리면서 언니들, 미안해요, 하고 장난스럽게 사과했다. 전원 완전히 취해 있었다. 그 애는 적당히 웃음을 지어 보이며 한 사람 한 사람에게 전단을 건넸다. 그 애가 웃자 좁은 이마가 확 줄어들었고, 그 순간—딱히 닮은 곳 하나 없건만 왠지 초등학생 때 유일하게 친했던 아이가 떠올랐다. 다른 애들이 이제 집에 가야 된다면서 하나둘씩 사라져도, 란도셀을 짊어진 채 어둑해진 동네를 나와 같이 타박타박 걷던 아이. 단지나 신사나 비상계단 등 곳곳의 계단에 나란히 앉아 있던 아이. 남자들은 뭉쳤다 흩어졌다 하면서 큰길 쪽으로 사라졌다.

"있지, 전화번호 가르쳐줘. 휴대전화 있어?" 나는 주머니에서 휴대전화를 꺼내 보여주었다. "이거, 내 전화야. 새해 연휴도 괜찮고 그 뒤도 좋아. 만나자. 집도 가깝겠다."

"좋지."

"참, 이름이 뭐야? 난 하나. 이토 하나."

"란이야, 가토 란."

그리하여 나는 그 애의 이름을 처음 알았다. 란의 휴대전화 스트랩에는 알록달록하고 귀여운 액세서리가 몇 개나 달려 있었다. 하긴 '노란색 코너'에 폭신폭신한 느낌의 열쇠고리 같은 것이 있었을 테다. 나도 내일, 이렇게 전화에 달아볼까.

"그럼, 연락하자. 나 슈퍼 들렀다 갈게. 열심히 해."

"고마워."

슈퍼마켓 안은 냉동고처럼 하얀 빛이 쏟아졌고, 나는 목이 싸해서 점퍼 앞깃을 여몄다. 24시간 영업하는 가게여서인지 손님이 꽤 많았다. 잰걸음으로 가게 안을 이동해 고춧가루와 맥주와 유키노야도를 사서 밖으로 나오니, 가토 란의 모습은 없었다. 마지막 손님을 찾았는지도 모른다. 휴대전화를 손에 넣었다는 흥분은 식을 줄 몰랐고, 나는 주머니 안에서 꽉 쥐어보기도 하고 손끝으로 여기저기 더듬기도 하다가, 다시 꺼내어 빛나는 액정 화면을 들여다보고 이것저것 기능을 체크하며 밤길을 걸었다.

집에 도착하니 기미코 씨가 텔레비전을 보다 말고 어서 와, 하고 말했다. 영수 씨는 보이지 않았다.

"어, 영수 씨는요?"

"응, 하나 나가고 바로 전화가 와서, 가봐야 한다더라고."

"아까 그, 회사에 불려갔어요?"

"글쎄."

"기껏 고춧가루 사 왔더니."

"다음에 쓰면 되잖아."

"연말인데. 아직 할 일이 있구나."

"연말이라 할 일이 있는 거 아니야?"

기미코 씨는 기분 좋게 취해 허리까지 고타쓰에 들어가 느긋하게 눈을 감고 있었다. 나는 전골을 조금 더 먹고, 탁상용 가스버너의 불을 껐다.

텔레비전에서는 예능 프로그램이 흘러나왔고, 누가 한마디 할 때마다 전원 일제히 손뼉을 치며 폭소를 터뜨렸다. 연예인은, 세상에 몇 명쯤 있을까. 나는 막연히 생각했다. 이런 프로그램에 한 번 출연할 때마다 얼마쯤 받을까. 짐작도 할 수 없었다. 잠시 화면을 바라봤지만, 전혀 재밌다는 생각이 들지 않아서 볼륨을 낮추고 채널을 돌렸다. 어디나 비슷비슷했다.

"하나."

졸리는 목소리로 기미코 씨가 불렀다. "나 조금만 잘게. 한 시간 있다 깨워줘. 설거지하고 여기도 치우게."

"내가 할게요."

"아냐아냐. 내가 할 거야. 요령이 다 있어."

그렇게 말하고 기미코 씨는 그대로 잠들고 말았다.

기미코 씨에게는 청소 전반에 대해 독특한 고집 같은 것이 있어서, 내가 관여하는 것을 은근히 싫어했다. 아니, 싫어한다고 할까 불편해한다고 할까. '레몬' 개업 준비 때야 별수 없이 손을 나누어 여러 곳을 청소했지만, 기본적으로 청소를 도맡고 싶어 했다. 둘이 하면 빠르지 않냐고 말해도 요령이 다 있다는 대답만 돌아왔다. 나는 어렸을 때부터 어질러진 집에서 자란 탓도 있어서 청소와는 연이 없다고 할까 관심이 없었고, 기미코 씨가 말하는 요령이란 것이 무엇인지도 도무지 몰랐다. 기미코 씨는 매일, 아무튼 틈만 나면 행주를 손에 쥐었다. 그러고는 얘기를 하면서도 텔레비전을 보면서도, 딱히 더럽지도 않은데 여기저기 쓱쓱 훔치는 게 일이었다. 그 모습이 좀 신기하긴 했지만, 누군가가 쉼 없이 마음을 쏟고 품을 들이는 정갈한 집에 사는 것은 의외로 기분 좋은 일이었다. 기미코 씨는 세탁에는 청소만큼 흥미가 없는 눈치였으므로, 빨래를 널고 개는 일은 내가 가능한 한 열심히 하려고 했다.

기미코 씨는 쿨쿨 숨소리를 내며 자고 있었다.

깨지 않게 살며시 다가가 얼굴을 들여다보았다. 살짝 벌어진 입가에 침이 희미하게 번들거렸다. 나는 소리 없이 웃고, 다시 기미코 씨 얼굴을 지그시 바라보았다.

2년 전 여름 기미코 씨와 만나지 않았더라면. 그리고 그 뒤 재회하지 않았더라면. 그런 '만일'에 대해 생각했다. 분명 지금도 그곳에 살면서, 자전거를 타고 재미없는 학교에 다니고, 아무리 열심히 해도 1000엔도 안 되는 시급을 받으며 아침부터 저녁까지 악착같이 일해 돈을 모으고 있을 테지. 나는 철들 무렵부터 얼마 전 여름까지 살았던―요컨대 인생 대부분을 보냈던 문화 주택의 온갖 곳을 선명히 떠올릴 수 있었다. 금 간 모래벽, 어두컴컴한 복도에 늘어뜨려진 전구, 공동 현관으로 들어오면 바로 좌우에 나타나는 작고 얄팍한 문, 청풍장이라는 오래된 글자. 습기를 흠뻑 머금은 여러 가지가 생생히 다가오는 듯했다. 나는 고개를 젓고 방 안을 둘러보았다. 눈앞의 벽은 하얬다. 지금은 익숙해졌지만, 처음 이곳에 왔을 때는 너무 하얘서 눈이 따끔거릴 정도였다. 나를 둘러싼 네 벽을 가만히 바라보고 있으니 차츰 기묘한 감각에 휩싸였다.

여기서 지금 기미코 씨와 살고 있는 나는 상상 속의 나고, 진짜 나는 아직 저 문화주택에 있는 게 아닐까. 저 텔레비전 방에서 꼼짝 못 한 채 천장을 멀거니 올려다보는 게 아닐까. 지금 여기 있는 나는, 기미코 씨가 떠나서, 피나게 모은 돈을 도로스케가 전부 들고 가서 절망하는 내가 '이랬으면 좋을 텐데' 하고 꿈처럼 상상하는 영상이나 무언가가 아닐까—그런 영문 모를 감각이 찾아와서 무서워졌다.

아니, 지금은 여기. 나는 지금 여기 있고, 기미코 씨는 지금 저기서 자고 있으며, 현실의 나는 이 나다. 나는 양손으로 얼굴을 감싸고 손바닥에 감촉이 있음을 확인했다.

게다가 지금은 여름이 아니다. 겨울이다. 나도 지금도 하나뿐이고, 하나뿐인 나와 지금은 다른 어느 곳도 아닌 여기와 지금에만 존재한다. 이것이 진짜 나다. 가슴속의 숨을 전부 뱉고 나 자신에게 고개를 끄덕인 뒤, 다시 기미코 씨 얼굴을 들여다보았다.

눈을 감은, 어딘지 맹한 느낌의 그 얼굴에는 평소 눈에 띄지 않던 작은 잡티가 여기저기 보이고, 미간과 눈 밑과 입가에도 잔주름이 꽤 있었다. 힘이 빠진 기미코 씨 얼굴을 보고 있으니 왠지 콧속이 시큰하고 욱신거렸다. 그리고 '레몬'을 더 열심히 하자는 생각이 들었다. 지금도 열심히 하고 있지만 그래도 더, 더더욱 열심히 하자—한동안 잠든 기미코 씨 얼굴을 바라보다가 화장실에 가려고 일어난 순간, 왼쪽 머리맡에 놓인 흰 봉투가 눈에 들어왔다.

영수 씨가 늘 주고 가는 봉투다. 아마 오늘도 건네받아 대충 놔둔 것이리라.

잠시 흰 봉투와 기미코 씨 얼굴을 번갈아 바라보았다. 기미코 씨는 아까보다 더 곤히 잠든 것 같았다. 나는 침을 한 번 삼키고, 봉투에 천천히 손을 뻗었다. 밀봉되어 있지 않아서 열어보니 만 엔짜리 지폐의 갈색이 보였다. 세어보니 열다섯 장이었다. 반으로 접힌 쪽지도 들어 있었는데 '오치 유스케 5 야마타쿠 7 요시미 3'이라고 휘갈겨 적혀 있었다. 영수 씨 글씨를 본 적은 없지만 아마 영수 씨가 썼을 것이다. 무슨 돈인지 몰라도 짐작건대 이 15만 엔의 내역이리라. 나는 돈과 종이를 봉투에 넣어 제자리에 살며시 돌려놓았다.

2

대낮에 보는 가토 란은 화장은 여느 때와 같은데, 옷 때문인지 햇볕 때문인지 분위기가 좀 달랐다.

란은 폭신폭신한 검은색 쇼트코트 안에 새틴 셔츠와 미니스커트를 입고, 평소보다 굽이 더 두툼한 흰색 부츠를 신고 있었다. 1월 3일. 산겐자야역 앞에서 만나 시부야로 향했다. 그새 몇 번 통화했는데, 란이 〈타이타닉〉을 보러 가자고 했다. 〈타이타닉〉은 티켓 사는 줄도 장사진이었지만 영화 자체도 길었다. "레오 님 굉장하더라" "레오 님 한 번 더 봤으면" "레오 님 너무 좋아"라고 한숨 흘리는 여자들 틈에 끼어 엘리베이터를 타고 지상으로 내려왔다. 문이 열려 떠밀려 나온 곳에도 발 디딜 틈 없이 사람들이 몰려 있었다. 인파를 헤치며 나아가 횡단보도를 건너, 영화관 맞은편 게임 센터에서 15분쯤 줄을 서서 프리쿠라*를 찍고, 새해 첫 세일을 알리는 처절한 고함이 날아다니는 109 백화점을 곁눈질하며 더 많은 사람으로 북적이는 센타가이 맥도널드에 줄 서서 들어가 늦은 점심을 먹었다. "암초에 충돌할 때 굉장했지?" "그거 실화라잖아" "우리라면 살아남았을까?" 같은 감상도 조금 주고받았다. 그사이에도 사람들이 끊임없이 들어왔고, 나는 그것이 신경 쓰여 사방을 힐금거렸다. 누구나 큰 소리로 웃고 쉴 새 없이 떠들어서 정신이 혼미할 지경이었다. 조바심이 피로를 불러오고, 피로가 긴장을 불러와 몸 여기저기가 삐걱대며 아프기 시작했다.

썩 맛있게 느껴지지 않는 콜라를 마시면서 내심 이 상태는 무언가와 비슷한걸, 이 불편한 느낌 뭔가 익숙해⋯ 싶었는데, 역시나 바로 짚이는 게 있었다. 학교였다. 맥도널드에 있는 손님은 너나없이 젊었고, 그 젊음이 모여 뿜어내는 공기가 내게 다짜고짜 학교를 상기시켰다. 목소리 톤도 말투도 머리 색도 화장도 복장도 조금씩 달랐지만, 이곳에 있는 아이들은 모두, 알맹이가 똑같은 것이다.

한자리에 모인 또래 아이들이 발산하는 나른함, 경계심, 활기가 뒤섞여 전체적으로 도전적으로 곤두선 이 분위기가 나는 몹시 거북했다. 형제자매도 없고, 철들 무렵부터 좁은 집에서 엄마와 엄마의 호스티스 친구들 사이에서 자랐던 나, 학교에도 반 아이들에게도 끝내 익숙해지지 못했던 나에게 이런 공간은 자극적이다 못해 고통스러웠다.

---

* 프린트 클럽의 일본식 조어. 인스턴트 사진을 촬영해 스티커로 만들어주는 기계.

"란, 시부야 자주 와?"

"응. 옷이나 화장품 살 때. 신주쿠는 안 갈걸."

"사람 많은 곳 괜찮은 편이야?"

"글쎄? 적은 편이 쾌적하겠지만, 그런 거 생각한 적 없는데."

"그렇구나— 우리 이거 다 마시면 산자로 돌아가지 않을래? 거기 역 앞 맥도널드는 한가할 것 같아. 집도 가까워지니까 여유 있게 시간 보낼 수 있고."

"그러지 뭐."

올 때와 반대 방향인 전철을 타고 산자에 도착하자, 나는 가슴에 쌓였던 숨을 전부 토해내고 심호흡을 몇 번 되풀이했다. 지상으로 나와 바로 보이는 맥도널드로 들어가 오렌지주스, 콜라, 프렌치프라이를 주문하고 자리를 잡았다.

"산자가 역시 맘이 편하다." 나는 진심으로 말했다.

"하나, 이 동네 산 지 오래됐어?"

"아니. 여름부터."

"어, 원래 집은 어딘데?"

"히가시무라야마. 란은?"

"난 삿테."

"삿테? 그게 어딘데? 멀어?"

"아마 모를걸, 삿테시. 사이타마 귀퉁이야. 거기가 본가. 처음엔 거기서 다녔어. 나 고등학교 중퇴하고 전문학교 다녔거든. 미용."

"그러고 보니 란, 몇 살이야?"

"열여덟. 해 바뀌었으니까 이제 열아홉이네. 하나는?"

"내가 한 살 아래다, 올해 열여덟 됐어. 나도 학교 관뒀고. 관뒀다고 할까 그냥 안 가게 된 거지만. 란은 그럼 낮에는 그 미용학교 다녀?"

"아니." 란이 빨대에 시선을 떨어뜨리고 말했다. "이제 안 다녀. 초기엔 열심히 다녔는데 집이 워낙 멀어서. 아침 5시 기상, 자전거로 역까지 가서 전철 타고, 학교 끝나면 친구들이랑 좀 놀잖아? 그리고 집에 와서 목욕하고 어영부영하면 자는 건 매일 밤 1시라든가. 왕복 세 시간. 처음엔 완전 여유라고 생각했는데, 해보니까 완전 무리야."

"세 시간은 심하다."

"심하지. 이쪽에서 자취라도 했음 좋은데, 우리 집 그런 여유 없거든. 학교 그만두고 전문학교 가고 싶댔더니 그럴 돈이 어딨냐고 부모님이 펄펄 뛰는 거야. 그냥 동네에서 일하라는 둥 잔소리가 어마어마했는데, 내가 강행했어. 할아버지한테 사정하니까 어찌어찌 학비 내주셨는데, 지금 와서 통학하기 힘드네 뭐네 입 안 떨어지는 분위기. 그리고 학교 친구들은 대개 여유 있는데 나만 돈이 전혀 없단 말이지. 옷이나 화장품 살 돈."

"친구들은, 부모님한테 용돈을 받아?"

"응, 필사적으로 아르바이트 뛰는 애는 없었어. 대개 본가가 도내였고. 잘 모르지만 다들 평범하게 돈 있는 집 애들이었어. 그러니 걔들한테 맞춰서 한 번 노는 것만으로 돈이 훅 깨지거든. 그래서 어떡할까 궁리하다가 일주일에 한 번, 전철 막차 시간까지만 할 생각으로 밤 아르바이트 시작한 거지."

"학교 끝나고?"

"처음엔 완전히 아르바이트 느낌이었는데, 역시 돈이 되니까 출근이 차츰 늘었어. 나 고등학교 그만두고 동네 약국에서 상품 진열도 해보고 슈퍼마켓 계산원도 해봤는데, 죽어라 일해도 한 달에 10만 엔도 안 됐거든? 근데 밤은 확실히 다르더라고. 물론 재수 없는 손님도 있지만, 뭐 대낮에도 머리 이상한 손님은 흔하게 있으니까. 그래서 일주일에 세 번쯤 나가게 되니까 매일일일이 삿테까지 돌아가는 게 무리잖아? 멀기는 겁나 멀고 그냥 잠만 자는데. 뭐 하러 집에 가는지 의미불명이란 말이지."

"그건, 그렇지." 나는 신음을 흘렸다.

"응, 너무 멀어. 갈수록 집에 가기 버거워져서, 가끔 혼자 자취하는 친구한테 가서 자거나. 근데 옷만 해도 돈이 상당히 들어가잖아? 그렇다고 촌티 내긴 싫고, 노는 데도 돈 들고. 한동안 낮과 밤―학교와 가게 말이야, 어찌어찌 둘 다 열심히 했는데, 역시 무리였어. 아침에 못 일어나서 걸핏하면 지각하고, 시험이나 학점도 진짜 말이 아니고. 그러면 학교도 점점 가기 힘들어진단 말이지. 밤 아르바이트하는 건 나뿐이니까 혼자 붕 뜨고, 같이 놀자는 얘기도 점점 없어지고. 센스 왜 저래, 물장사가 다 뭐야, 뒤에서 무시하는 것도 알았고. 그래서 그만둔 느낌? 계속 다녔으면 올봄에 국가시험 치렀겠지만."

"부모님은 뭐라셔, 그런 때?"

"뭐라긴, 험악했지. 너는 정말 뭘 시켜도 안 되는구나, 어찌 그 모양일까 등등 아주 귀에서 피가 날 지경. 그래도 솔직히 가슴 쓸어내리는 눈치더라. 전문학교 학비가 꽤 세잖아. 할아버지 쌈짓돈이라지만 결국 집 돈 나가는 거고, 2년째는 안 대줘도 되니까 그건 그것대로 홀가분해하는 분위기더라고. 그럼 지금부터 어쩔 작정이냐, 말은 하면서도 진심으로 걱정은 안 하는 느낌? 전문학교 친구랑 월세 분담해서 도쿄에서 아르바이트하면서 살겠다고 하니까 딱히 아무 말 없었어."

"친구랑 살아?"

"아니, 남자친구랑."

"뭐?" 놀라서 나도 모르게 눈을 크게 떴다. "남자친구 있구나."

"응."

"그렇구나."

나는 콜라를 한 입 머금고, 느슨해진 탄산이 입 속에서 오글오글 터지는 것을 느끼면서 천천히 삼켰다. 왜 그렇게 놀랐는지 나 자신도 알 수 없었다.

"같이 산 지 한 8개월? 이미 한계가 왔다고 느끼지만. 속박도 엄청나고."

"…란은, 왜 미용사가 되려고 생각했어?"

"왜였지…. 일단 기술이 있어야 할 것 같아서? 사실 애견 미용 쪽도 고민했는데. 한때 유행했잖아…. 그리고 도쿄에 있으면 어떻게 되겠지랄까 일단 도쿄로 나오는 게 기본이라고 생각했으니까. 하나는 왜 이 동네로 옮겨왔어?"

"옮겨왔다고 할까 뭐라고 할까."

나는 내가 자란 집과 동네 분위기, 2년 전 여름 기미코 씨와 만난 일, 그리고 지난여름 재회해서 그대로 집을 나온 사연을 대충 들려주었다.

"뭔지 쿨한데?" 란이 감탄한 듯 말했다. "그 사람, 기미코 씨라고 하는구나."

"어, 알아?"

"응, 둘이 걸어가는 거 몇 번 봤어. 항상 같이 퇴근하잖아. 키가 크던데. 그럼, 그 사람이 가게 마마구나."

"딱히 마마라기보다는 둘이 같이 하는 느낌…. 그래도 기본적으로 나한테 맡겨주고 있달까, 내가 전부 해. '레몬'이라는 이름도 내가 붙였고."

"아 그래? 굉장하다." 란이 살짝 소리를 높였다.

"노란색이 우리 럭키 컬러거든. 풍수, 알아? 서쪽에 노란색 물건을 장식하거나 놔두면 금운이 쑥쑥 올라가. 기미코 씨 이름에도 노란색이 들어가고 레몬도 노란색이잖아. 노란색 파워, 장난 아니야."

"풍수라면 들어봤는데… 텔레비전에서도 봤을걸? 뭐였더라, 그거잖아, 닥터 뭐라나 하는 아저씨가 열심히 전도하는 거 아니었나?"

"아니… 그거랑은 아마, 다를지도." 나는 헛기침을 하고 말했다.

"그래? 뭔가 본 것 같은데." 란이 고개를 갸웃했다. "하나, 텔레비전 안 봐?"

"응, 별로 안 봐. 기미코 씨가 낮에 틀어놓긴 하지만."

"음악은? 노래방 안 가? 잡지 같은 거 뭐 봐?"

"음악도 전혀. 노래는 가게에서 손님이 부르는 건 듣지만 나는 안 불러. 못 부르고. 잡지도 안 봐. 기미코 씨가 가끔 읽는 주간지가 방에 돌아다니지만. 여성 어쩌고라든가."

"우와— 학교 다닐 때, 하나, 친구랑 뭐 했던 거야?" 란이 농담처럼 말했다.

"내내 아르바이트. 그리고 친구 없었고. 프리쿠라도 오늘 처음 찍었어. 재밌었어."

"진짜?"

"진짜."

"너무 의외다. 하나, 이렇게 재밌는데."

"어, 내가 재밌어?" 나는 놀랐다.

"응, 재밌어."

"거짓말."

"어, 정말."

"어디가… 어디가 재밌는데?" 나는 두근두근하면서 물었다.

"음…. 뭔지 전체적으로 재밌어! 그리고 좀 개성적이지. 화장도 안 한 거지? 눈썹도 두껍고 머리도 완전 까맣고. 스낵바라는 것도 왠지 레어하고. 옷도… 무슨 계열에 넣어야 할지 모를 타입. 좋아하는 연예인도 없어?"

"없어. 전혀 몰라."

"취미라고 할까, 쉬는 날엔 뭐 하는데? 뭘 좋아해?"

"아무것도 안 해. 좋아하는 건—"

나는 란의 질문을 머릿속에서 다시 생각해봤다. 내가 좋아하는 것. 내가 좋아하는 것은 무엇일까.

"좋아하는 건, 일하는 게 좋아… 라고 할까, 돈 버는 게 좋아."

"호, 하나 역시 재밌네." 란이 깔깔 웃었다.

"그래? 그래도 돈 안 벌면 살아갈 수 없잖아."

"그건 그래, 돈 중요하지…. 하나, 그 스트랩 귀엽다, 완전 노랑이네. 어때? 금운, 효과 있어?"

"있는 것 같아." 나는 꼬리털 같은 키홀더를 손끝으로 쓰다듬으면서 말했다. "우리 9월 말에 오픈했는데 지금까지 내내 좋은 느낌."

"손님 많이 와?"

"주로 단골이지. 물론 신규도 오긴 하는데, 매일 꼬박꼬박 오는 건 할아버지들, 이 동네 토박이들. 근데 이 사람들이 비교적 돈을 쓰거든. 물론 개중엔 구두쇠도 있지만."

"동네 할아버지들?"

"응. 땅 주인이라고 하나? 그런 사람이 많아."

"아— 알겠다." 란이 입을 벌린 채 고개를 끄덕였다.

"가끔 있잖아, 도무지 장사 되는 분위기가 아닌데 계속 영업하는 가게라든가. 밥그릇, 슬리퍼, 장식품 같은 거 아주 먼지가 뽀얀데 안 망하는 가게라든가. 그거, 세금 대책도 되고, 단순히 가게 접는 게 귀찮아서 그냥 놔두는 거래, 하나도 안 팔려도 아쉬울 것 없대. 그것 말고도 건물, 가게, 맨션에도 토지를 빌려주는 모양이야. 나 있잖아, 이 동네 적당히 걸어가다가 문패 보면 왠지 성이 똑같은 집이 많다고 생각한 적 있거든? 우연인 줄 알았는데, 거기 우리 가게 할아버지 손님 집이라잖아. 땅 주인. 친척이라고 할까, 예전부터 이 일대에 일족이 다 살고 있대. 하나같이 호화 저택. 굉장하지 않아?"

"굉장해."

"이젠 늙은이라 전부 자식들이 관리하니까 집에서도 있을 곳이 마땅찮다, 며느리가 깐깐하다, 손자가 시끄럽다, 뭐 여기밖에 올 데가 없다, 그런 얘기 했었어."

"호. 우리 가게에는 그런 할아버지들은 안 왔는데. 모르지, 내가 합석을 못했을 뿐인지도."

"아냐, 아마 캬바와 스낵바는 뭔가 다를걸. 그 할아버지들도 원래 '레몬' 전에 영업했던 가게 손님이지 신규는 아니고. 뭐라고 할까, 술과 가라오케가 있는 집회소? 그런 느낌. 뭐 자잘한 것 안 따지고 돈 써주니까 고맙지만." 나는 프렌치프라이를 집고 말했다. "그래도 굉장하지 않아, 토지라는 게? 가만히 있어도 다달이 엄청난 수입이 들어오잖아. 죽을 때까지 꼬박꼬박이니까 아무 걱정 없이 사는 거야. 아니 뭐랄까, 토지는 애초 누구 것이지? 땅바닥이잖아? 그러게, 처음엔 임자가 없었을 거잖아?"

"그거 아냐? 전쟁 끝나고 불탄 벌판에서 '저기서부터 여기까지 내 거'라고 먼저 말한 사람 차지였다든가, 들은 적 있는데."

"왜 그게 됐던 사람과 안 됐던 사람이 있는 걸까."

"머리가 좋았던 건가? 기회 붙잡는 쪽으로." 란이 고개를 갸웃했다.

"죽을 때까지 돈 걱정 안 해도 되는 집에서 태어나 자라는 건 어떤 기분일까."

"알게 뭐람, 부자의 기분 같은 거."

"그래도 란네도, 그렇게 가난한 건 아니잖아."

"천만에. 집은 좁고 낡아빠졌고, 아버진 몇 년 전 일하다 꽤 크게 다쳐서 지금은 누워 지내다시피 하는 무직, 엄마는 아침부터 저녁까지 파트 뛰고, 모아둔 돈도 없어. 말 그대로 빈털터리. 다쳤을 때 보험금이 나왔고, 집이 원래 할아버지 소유라 월세가 안 나갈 뿐. 허덕허덕 사는 느낌이지. 내 밑으로 남동생 둘 있고. 지난번에 전화 왔는데, 이제 본가에 내 방도 없다는 거야. 뭐 방이라고 해도 4조 반짜리 창고 같은 거지만. 일단, 더는 돌아갈 곳 없어."

"문제네?"

"문제지." 란이 웃었다.

"우리, 좀 비슷한지도 모르겠다." 나도 웃었다.

"응…. 나 우리 집 얘기 누구한테 한 거, 생각해 보니 처음인지도 몰라."

우리는 잠시 침묵한 채 음료를 마시고 프렌치프라이를 입으로 가져갔다. 가게 안은 거의 만석이었는데, 옆자리에서는 전신 시커멓게 입은 남자가 이어폰을 꽂고 몸을 격렬히 흔들었고, 그 옆자리에는 코트를 입고 팔짱을 지른 채 아까부터 미동도 하지 않는 여자도 있었다. 앞머리가 얼굴을 다 가리고 있어서 눈을 떴는지 감았는지는 알 수 없었다.

"란, 지금부터 어떻게 할 거야? 일."

"캬바밖에 갈 데 없으니까 또 면접 보지 않을까? 산자가 좋지만, 별로 없단 말이지."

"그럼, 결정될 때까지 우리 가게에 아르바이트로 들어와라."

"어?"

"지금 우리, 기미코 씨랑 둘인데, 살짝 감당하기 벅찰 때 있거든. 기미코 씨한테 얘기해볼 테니까 다음 일 찾을 때까지만이라도 아르바이트해. 시급도 상의해서 정하고."

"그렇다면야… 완전 고맙지, 근데." 란은 그렇게 보아서인지 뺨을 붉히고, 하나하나 단어를 확인하듯 말했다. "…할당량 같은 거 없어? 사람도, 하나랑, 그 기미코 씨뿐이고?"

"할당량 없고, 나랑 기미코 씨뿐이야. 참, 술은? 좀 마셔?"

"마시지. 아니 뭐랄까 완전 술술. 가게에서 제일 셌어."

"대박!" 나는 눈을 크게 떴다. "우린 기미코 씨가 약해서, 나 혼자 마시니까 별로 전력이 안 됐거든. 란이 들어와주면 활활 갈 수 있겠는데?"

"활활 마실게."

"너무 믿음직한걸."

"술탈 한 번 안 나봤어."

"대박! 우리 엄청 잘될 것 같은 예감이다. 기미코 씨한테 물어보고 바로 전화할게."

우리는 그 뒤 치킨너겟과 콜라를 각각 추가 주문하고, 두 시간쯤 더 수다를 떨었다. 란이 곧잘 하는 눈가를 하얗게 칠하는 화장법과 눈썹 뽑는 법, 내후년인 2000년은 밀레니엄이라고 해서 뭔가 일이 터지네 마네 말이 많다는 것, 그리고 우리가 어렸을 때 유행했던 노스트라다무스의 대예언 따위로 이야기꽃을 피웠다.

맥도널드를 나오니 밖은 이미 캄캄했다. 적막한 겨울 냄새 속에서 반짝이는 신호등이며 가게 앞 조명이며 가로등 불빛이 유난히 선명하게 느껴졌다.

나는 또래 여자애와 이런 식으로 시간을 보내는 것이 처음이었고, 즐거워서 헤어지기 아쉬웠다. 횡단보도를 건너 상점가를 걷고, 잡화점을 기웃거리고, 서점에도 들렀다. "봐, 이거 아니야?" 하면서 란이 가리킨 책을 보니, 표지가 위로 가게 쌓아둔 풍수 입문서였다. 화제의 베스트셀러라는 광고문과 함께 닥터 코파라는 아저씨의 번쩍이는 웃는 얼굴이 눈에 뛰어들었다. 몇 장 넘겨보니 풍수에는 노란색이 가져다주는 금운 외에도 건강, 가족, 이직, 만남, 연애, 결혼 등 다양한 효능이 있는 듯했다. 그러나 내게, 나와 기미코 씨에게 필요한 것은 금운이었다. 오로지 그것뿐이었다. 다른 색은 필요 없다. 없어도 된다. 우리는 이대로 노란색 하나로 밀고 가리라 야무지게 다짐하고 책을 내려놓았다.

집에 돌아오니 기미코 씨는 없었고, 나는 욕조에 뜨거운 물을 받아 오랜만에 몸을 덥혔다. 기미코 씨는 오늘은 저녁나절부터 고토미 씨를 만나니까 늦어질 거라면서 먼저 자라고 했다. 기미

코 씨가 없는 집은 왠지 낯설었지만, 익숙지 않은 하루를 보내
느라 생각보다 피곤했는지 금세 곯아떨어졌다.

그날 밤, 꿈에 레오나르도 디카프리오가 나왔다. 우리는 암흑
의 바다를 가르며 나아가는 거대한 호화 객선의 갑판 끝에 서서
세계의 종말에 대해 이야기하고 있었다. 나는 그를 레오 님이라
고 부르면서 노스트라다무스의 대예언이 어떤 것인지 손짓발
짓해가며 설명했다. 레오 님은 그런 나를 상냥한 눈길로 바라봤
고, 그것이 기뻐서 나는 내가 느끼는 이것저것을 알아줬으면 하
는 심정으로 더욱 열심히 얘기했다. "나는 지금부터 저 사치스
러운 변덕쟁이 여자애와 사랑에 빠지고 죽을 운명이지만, 그건
내가 결정한 일이 아니야"라고 레오 님은 말했다. "무슨 말이에
요?" 내가 물었다. "스스로 결정한 인생을 사는 인간은 세상에
없다는 말이지. 그걸 모두에게 알려주기 위해서 나는 여기 있는
거야." "뭔가 어려운 얘기지만, 그렇군요." 나는 고개를 끄덕였
다.

"그래. 나는 저런 여자애, 전혀 좋아하지 않아. 인생이 뭐고 인
간이 뭔지, 이쪽이 다 서글퍼질 정도로 아무것도 모르는, 뇌세
포가 솜사탕과 설탕물로 만들어진 것 같은 저런 여자애." 내가
잠자코 있자 레오 님은 맑고 푸른 눈동자를 빛내며 나를 똑바
로 바라보았다. "난 알아, 네가 얼마나 노력가인지. 그리고 네가
얼마나 총명하고 멋진 여자앤지도." 나는 감격한 나머지 눈물
이 핑 돌고 쾌감으로 몸이 부르르 떨렸다. "레오 님, 레오 님, 죽
지 말아요. 그 결정 누가 했는지 몰라도 죽을 것 없어요. 무섭지

않아요? 바닷물 완전 차가워 보이는데. 즉사라고요." 내가 애원
했다. "고마워, 하나. 너 상냥한 아이구나. 그런데 죽는 것 자체
는 무섭지 않고, 별수 없는 일이야. 사람은 반드시 한 번은 죽는
존재니까." 레오 님이 한 손을 뻗어 내 뺨을 감쌌고, 살며시 다
가온 장밋빛 입술을 바라보면서 나는―거기서 눈이 딱 떠졌다.
여기가 어디고 몇 월 며칠인지 잠시 머릿속이 멍해졌다. 한 박
자 늦게 가슴이 두근거리기 시작했고 그제야 꿈이었음을 깨달
았지만, 묘하게 생생해서 안절부절못하다가 당장 〈타이타닉〉을
한 번 더 보러 가리라 마음먹었다. 그러나 그대로 다시 잠들어
버렸고, 그러는 사이 이것도 저것도 깨끗이 잊었다.

5장   청
          춘

1

'레몬'에 경찰이 찾아온 것은 2월 중순 무렵이었다. 개점까지 한 시간쯤 남아서, 기미코 씨는 청소기를 돌리고 나는 레지스터의 돈을 세고 있었다. 자동문 열리는 소리에 돌아보니 건장한 경찰관 한 명이 서 있었다. "실례합니다"라고 말하면서 안을 들여다보고 머리를 숙이는 그 사람 몇 발짝 뒤에 또 한 명, 체격이 조금 더 작은 경찰관이 진지한 표정으로 서 있었다.

"바쁘신 때 죄송합니다, 산겐자야 파출소 사노라고 합니다."

기미코 씨가 문 쪽으로 나갔고, 나도 카운터를 벗어나 다가갔다. 파출소 앞에 서 있거나 자전거를 타고 가는 경찰관을 더러 보거나 스쳐 지나간 적은 있어도, 이렇게 가까이서 마주하기는 처음이었다. 진짜 경찰이다―왠지 심장 고동이 확 빨라져서 나는 눈을 거듭 깜박였다. 동시에 들켰구나, 하고 반사적으로 생각했다. 대체 누구의 무엇을 들켰는지는 아는 바가 전혀 없었지만, 그럼에도 아무튼 무언가를 들킨 거네―하는 충격이 온몸을 훑고 갔다.

"죄송하지만 어, 그러니까 마마 되시나요?"

"네." 기미코 씨는 여느 때와 같은 느낌으로 대답했지만, 목소리가 약간 딱딱하게 들렸다.

"이미 아시는지 모르겠는데 오늘은, 2층 가게 말입니다. 타투 가게 일로."

"2층요?"

"네네. 지난주 일요일인가요, 강도가 들어서…. 빈집털이라고 해야겠죠."

금시초문이라 나와 기미코 씨는 놀라서 얼굴을 마주 보았다.

"최근 들어 좀 늘어나는 추세라서 말이죠…. 일요일은 여긴, 휴무시죠?"

"저희는 토요일까진데요." 기미코 씨가 말했다.

"그러시군요. 범행 시간대는 아직 모르고요. 자세한 피해 사항도 현재 조사 중입니다만."

사노라는 경찰관은 전신에서 뿜어나오는 위압감과는 달리 마치 잡담이라도 하듯 어딘지 정감 가는 어투로 말했다. 나는 조금 안도하고, 천천히 가슴속 숨을 토했다.

"잡혔나요, 범인은?"

"아뇨아뇨, 아직입니다. 전부 지금부턴데요, 다만 이 건물이 좀 외진 데 있잖습니까? 가게도 한 층에 한 채씩이고, 방범 카메라도 없고요." 경찰관이 난처한 웃음을 지었다. "그래서, 실은 얼마 전에도 상해 사건이 있었단 말이죠. 같은 타투 가게 주인이 손님에게 폭행당한 일이 있어요. 뭐, 범인은 그대로 도주한 상태고요. 이번 건과 연관성이 있는지는 아직 모릅니다만."

"에엣." 기미코 씨가 낮은 신음을 냈다. "무서워라."

"물론 뭔가 목격하셨다거나 하는 일은 없으시겠지만, 뭐라도 좋으니까 혹시 마음에 짚이는 게 있으면 언제든지 연락 주십사 하는 거랑, 또 방범 확인 강화도 부탁드릴 겸 이 일대를 한 바퀴 도는 중입니다. 특히 열쇠요. 큰 탈은 없겠지만, 가게 하시는 분들, 열쇠를 가스 검침기 안이라든가 발 매트 밑이라든가, 가게 밖에 두시는 일이 아주 많습니다. 사실 그거는요, 도둑놈한테 어서 오세요, 하는 거나 마찬가지거든요."

기미코 씨가 팔짱을 낀 채 고개를 끄덕였다.

"그리고 저희가요, 순회 연락표에도 힘을 넣고 있어서요. 혹시 괜찮으시면 성함과 연락처를 등록해주십사 하고요. 그러면 비상시 신속 대응이 가능합니다만."

"그건, 다음에."

기미코 씨가 웃고 그렇게 말하자, 그저 형식적인 절차였는지 사노 경찰관은 미련 없이 고개를 끄덕이고, 마지막으로 절도 있게 허리를 숙이고 돌아갔다.

경찰이 돌아가고 나서도 나와 기미코 씨는 왠지 그 자리에 서 있었다. 그러자 또 한 번 갑자기 자동문이 열려서 화들짝 놀랐다.

"여기도 왔다 갔지?"

교대하듯 들어온 이는 '후쿠야' 주인장 엔 씨였다.

"깜짝 놀랐잖아요!" 내가 가슴을 누르고 말했다. "완전 움찔했다고요."

"움찔은 왜?" 엔 씨는 조그맣게 고개를 흔들면서 타박타박 걸어와 박스석에 몸을 내려놓고, 땅이 꺼지게 한숨을 쉬었다. "가게, 열려면 아직 좀 있어야지? 맥주 좀 줘봐."

나와 기미코 씨도 마주 앉아, 셋이 맥주를 마셨다. 엔 씨 말로는 '후쿠야'에도 30분쯤 전 사노 경찰관 콤비가 순회와 보고를 겸해 다녀갔다는데, 일단 같은 건물에서 영업하는 가게에서 사건이 두 건이나 일어난 데 적잖이 충격받은 기색이었다. 아직 이른 시간인데도 이미 몇 잔 마시고 왔는지 눈가가 불그스름했다.

"엔 씨, 2층 가게 사람 아세요?" 기미코 씨가 물었다.

"아니, 거의 몰라. 모르지만, 무섭잖아. 도둑 들고, 그전에는 폭행도 당하고."

"뭐 그렇죠."

"어쩌다 2층이었지만, 그게 나나 자기네 가게였어도 이상하지 않았다고. 그 생각을 하면 뭐, 그냥 다 싫어지네."

"그래도 아무 일 없었잖아요." 기미코 씨가 말했다.

"아니, 그러니까 그건 어쩌다 그런 거였는지 모른대도? 일요일이라잖아. 그게 내 가게였을 가능성도 있는 거잖아. 물론 훔쳐가면 곤란한 물건 같은 건 없지만서두. 그래도 딱 맞닥뜨리기라도 했어봐. 우연히 가게에 나와 있다가 돈 될 만한 것 없다고 분풀이로 얻어맞거나, 또 알아, 살해당했을지? 실제로 그렇게 죽는 사람 많대도? 그런 거 생각하면 아주 소름이 쫙쫙 끼친다니까."

"무슨 그런." 기미코 씨가 웃었다.

"무슨 그런이 아니야. 아니, 자기는 안 무섭나?"

"나는, 잘 몰라요."

"바로 옆에서 일어났다고, 강도랑 폭행 사건이."

"뭐 그런데요, 우린 아무 일 없었잖아요."

"그러니까 용케 운이 좋았을 뿐이고, 실은 우리가 당했을지도 모른대도. 그게 무섭다는 말이잖아."

"그런 거, 어려워요."

"자기야 뭐—그럴 테지." 그 순간 엔 씨는 왠지 자신이 한 말로 인해 표정이 어두워진 것처럼 보였고, 이내 덮어쓰듯 말을 이었다. "—하나, 한 잔 더 줘봐."

"경찰은, 어디까지 해요?" 엔 씨의 유리잔에 맥주를 따르면서 내가 물어봤다. "잡아요? 제대로."

"잡기는 개뿔. 몇 년 전, 저 건너 길에서도 한 건 있었지. 그때도 지문 채취네 사정 청취네 하고는 감감무소식. 그냥 잊어버리고 끝."

나는 내 돈을 도둑맞은 일을 떠올리고 있었는데, 그때는 경찰에 신고한다는 생각도 못 했거니와 가령 신고했다 해도 분명 별수 없었을 테다. 돈에 이름이 적혀 있는 것도 아니고, 애초에 얼마 있었는지 증명할 길도 없다. 지문을 조사한들 도로스케가 옷으로 문질러 지웠다면 어쩔 도리 없고, 실제로 나는 한동안 돈이 사라진 것도 몰랐었다. 엄마가 의심받을 가능성도 있었을지 모른다. 어차피 울며 겨자 먹기로 단념할 수밖에 없었다고 생각하니 기분이 어두워졌다.

"뭐 그냥, 살아 있다는 게 신물 나." 엔 씨는 한숨을 쉬고 말했다. "먹기 위해 사는지, 살기 위해 먹는지."

"엔 씨, 마음이 약해지셨네요." 기미코 씨가 말했다.

"그야 그렇게 돼. 자기들은 아직 몸이 쌩쌩하고 젊잖아, 나도 자기들 나이 때는 아무 생각 안 해도 됐다고. 그런데 이젠 좋은 일은 아무것도 안 일어나. 어두운 일 천지란 말이지. 나만 그런 게 아니고 사회가 전부, 세상이 죄다 이상해졌어. 지난번에도 그런 거짓말처럼 큰 지진*이 일어나고. 봤어? 고속도로가 엿가락처럼 휘어 뒤집히고 불바다 된 거. 그런가 하면 머리 이상한 인간들이 하나로 뭉쳐서 여기저기 독 뿌리고**, 뭐 엉망진창이야, 이게 다 만화가 아니고 뭐야."

잘 마시고 잘 떠드는 엔 씨가 오늘따라 딴사람처럼 침울했다.

"일본은 아직 돈 있는 나라고 치안도 좋다고들 하지만, 난 아니라고 봐. 지금부터 갈수록 험한 일이 터져서 갈수록 나빠질 걸. 나라나 인간이나 매한가지야. 호시절은 잠깐이지. 태평하게 웃을 수 있는 청춘은 한순간이라고. 순식간에 끝나버려. 수명이 길어지면 뭘 하나, 치매 걸려서 정신은 오락가락, 몸뚱이는 제 맘대로 안 되는 기간만 느는 건데. 나도 앞으로 몇 년이나 더 가게에 나올 수 있을지. 몸이 어디 한 군데라도 고장나면 끝. 연금

---

*   1995년 고베 지역에 큰 피해를 가져온 한신·아와지 대지진.
**   1995년 옴진리교가 도쿄에서 일으킨 대규모 지하철 화학 테러 사건.

이 있나 저축해둔 게 있나, 가족이 있나. 요전번에도—" 엔 씨는 단숨에 말하고, 또 깊은 한숨을 쉬었다. "…오래된 단골 중에 욧시라고 있는데 요즘 통 얼굴이 안 보인다 했더니, 글쎄 죽었더라고."

"네?" 놀라서 큰 소리가 나왔다.

"혼자. 집에서 죽었어. 목욕하고 나와서."

"혼자 살았어요?"

"뇌혈관 터져서 그대로 갔대. 한 20년 알고 지낸 사인데. 마지막에 왔을 때 한바탕 했단 말이야. 뭐 입씨름은 수시로 했지만 서두 그러다가 평소처럼 스르르 풀어지려니 했는데, 느닷없이 죽어버렸지 뭐야."

"왜 싸웠는데요?" 기미코 씨가 물었다.

"요즘 들어 조림이 짜네, 맛이 옛날 같지 않네, 구시렁거리잖아, 나는 아무것도 바꾼 게 없다고 했더니 '맛국물 우리면서 술 마시니까 맛이 이상해지지' 하면서 낄낄 웃대? 성이 나서 뭐라 했더니 저쪽도 발끈하고, 이쪽이 또 뭐라 하니 저쪽도 지지 않고, 됐어, 그럼 오지 마, 응, 안 와, 그러고는 그대로."

엔 씨는 한숨을 뱉었다.

"그래도 그거, 맞는 말이거든. 술 때문에 이상해진 거야, 머리도 혀도. 다른 손님한테 물어봤더니 거북한 얼굴로 다들 '얼마 전부터 맛이 좀 달라졌단 생각은 들었다'라는 거야. 그야 그럴 테지, 대낮부터 이리 마셔대니 왜 아닐까. 그래도 그렇게 가버릴 줄이야. 뭐 병 얻어서 몇 년씩 고생하다 가는 것보다는 나은지 몰라도. 그렇게라도 생각하지 않으면 참, 너무 허망하잖아. 거둘 사람이 없어서, 장례식도 비슷한 시기에 죽은 사람 몇 명 모아서 화장만 했다네. 그냥 태우고 끝이라고."

우리는 말없이 맥주를 마셨다.

"자기들한테 이런 말 좀 그렇지만, 물장사란 게 비참해. 젊을 땐 괜찮지. 그래도 살다 보면 누구나 나이 먹잖아? 나이 먹어볼 때까지, 나이 먹는 게 어떤 건지 몰랐네. 열심히 한다고 했는데 아무것도 안 남았어."

"엔 씨, 기운 내세요." 기미코 씨가 말했다.

"자기들, 내 말 들어서 손해날 거 없으니까, 지금 확실히 돈 모아두라고. 아니면 부자 남자 붙잡아서 편히 살든지…. 아니다, 돈 가진 사내치고 쓸만한 놈 없지. 자기 돈 차곡차곡 모으고 모아서 살짝 흘러넘치는 거 할짝할짝 핥으며 사는 정도가 딱 좋아, 아무 보증도 약속도 없는 게 이 길이니까. 동료가 있건 친구가 있건, 돈 없으면 같이 망하는 거야, 돈 없으면 머리도 둔해진다는 말이 괜히 있는 게 아냐, 하나둘 저세상 가버리고, 남은 사람은 죄다 마지막엔 외톨이 신세. 그때 가서 돈 없는 게 얼마나 비참한지 알아? 돈 깔고 앉아 있어봤자 죽을 때 가져갈 거냐고 떠드는 인간도 있는데, 아니 누가 가져가래? 남으면 놓고 가면 되잖아. 인간은 나이 먹고 죽지만, 돈은 나이도 안 먹고 죽지도 않으니까."

그때 전화부스가 번쩍거려서, 나는 자리에서 일어나 전화를 받았다. 란이었다. 란은 새해 연휴가 끝나고부터 '레몬'에서 일했는데, 열이 나서 지난 주말부터 쉬고 있었다. 목소리가 기운을 좀 되찾은 듯해서 마음이 놓였다. 열은 내렸지만 목 상태가 아직 별로라면서, 혹시 모르니까 오늘도 쉬겠다는 얘기였다. 내일 다시 통화하기로 하고 자리로 돌아왔다.

가게 조명 탓도 있는지 엔 씨는 낯빛이 영 어두웠고, 기미코 씨도 딱히 말이 없었다. 기미코 씨가 더 마시겠냐고 묻자 엔 씨는 됐어, 그만 가봐야지, 하고 일어섰다. 주섬주섬 동전 지갑을 꺼내는 엔 씨를 둘이 웃으면서 만류하고, 내일 일찌감치 저녁을 먹으러 가마고 말했다.

"맛이 옛날 같지 않지만." 엔 씨가 피식 웃었다.

"늘 맛있어요." 기미코 씨가 말하고, 나도 고개를 끄덕였다.

엘리베이터가 덜거덕대며 도착하자 엔 씨가 천천히 올라탔다. 어둑한 회색 조명 아래, 이쪽으로 돌아서서 버튼을 누른 엔 씨가 힘없이 한 번 웃고 눈을 감았다. 문이 닫히는 순간, 나도 모르게 관을 상상하는 바람에 당황해서 생각을 털어냈다. 그날은 뜨내기손님만 두 명 다녀가서 매상은 1만 4600엔이었다. 11시가 지나 가게가 비자 달리 손님이 올 기미가 없어서, 12시쯤 간단히 정리하고 나왔다.

집에 돌아오자 기미코 씨는 배가 고프다며 미역 라면을 먹으면서 텔레비전을 봤다. 나는 누워서 휴대전화 착신 멜로디를 이것저것 시험했다. 둘이 차례로 샤워를 하고, 2시가 넘어서 이불 속으로 들어갔다.

"있죠 기미코 씨." 불을 끈 뒤 기미코 씨에게 말을 걸었다. "엔 씨, 엄청 어두웠죠? 친구도 죽었고."

"응. 충격이 컸던가 봐."

"나도 충격이었는데. 경찰 왔을 때… 뭔지 '들켰구나' 했지 뭐예요."

"뭘?"

조금 뜸을 두었다가 기미코 씨가 말했다.

"모르겠는데, 반사적으로 그렇게 생각했어요." 나는 조금 두근두근하면서 말했다. "일하면서 대체 뭘 들켰다고 생각했을까 계속 생각해봤는데, 내가 미성년인 거라든가 또 뭐 가출한 거나 다름없다, 같은 거?"

"그런 거, 아무도 몰라." 기미코 씨가 돌아눕는 것을 알 수 있었다.

"그럼 다행이지만… 경찰을 그렇게 가까이서 보는 거 처음이었어요. 권총도 갖고 있던데요? 그리고 옷 속에 방탄조끼도 입었을까, 일하면서 이것저것 생각했어요."

문득 기미코 씨가 영수 씨를 만날 때마다 받는 봉투를 떠올렸다. 이름 몇 개와 숫자가 적힌 종이도. 그건 무슨 돈일까. 속 시원히 물어보고 싶은 기분도 들었지만, 멋대로 봉투 속을 들여다봤다는 말은 할 수 없고, 그렇다고 지금 뜬금없이 봉투 얘기를 털어놓는 건 좀 위험한 느낌도 있었다. 기미코 씨가 봉투를 주고받는 걸 감춘 것은 아니다. 하지만 내게 사정을 들려준 것도 아니다. 얘기를 꺼내면 어떤 반응을 보일지 가늠할 수 없었다. 어색해질까, 무시할까, 아니면 웃고 설명해줄까. 어쩌면 기미코 씨가 내게 처음으로 화를 내게 될지도 모른다. 이런저런 상상을 하다 보니 마음이 차츰 무거워졌다. 거기다 경찰이 왔을 때의 충격이라든가, 나이 먹는 것이며 돈에 대한 엔 씨의 절박한 이야기도 역력히 되살아났다.

누구나 반드시 나이 든다는 것. 그리고 나이 드는 데도 돈이 필요하다는 것. 몸이 고장 나면 끝이고, 도와줄 사람이라고는 없고, 우리 생활은 아무 보증도 없는 비참한 삶이라는 것. 그런 말을 구구절절이 늘어놓던 엔 씨의 표정과 목소리가 생생히 몸에 새겨져, 그 모두가 움직일 수 없는 진실임을 내 앞에 들이밀었다. 덜컥 무서워져서 나도 모르게 기미코 씨를 불렀다. 기미코 씨는 졸린 것처럼 신음을 냈다.

"기미코 씨는— 안 무서워요?"

"뭐가?"

"엔 씨가 오늘, 했던 말…. 나요, 왠지 겁나요. 사건도 그렇지만 그보다 돈이나 장래 일이라고 할까…. 뭔지 남 일 같지 않아요. 앞으로 수십 년은 살아야 할 텐데 어떻게 살아가나. 그런 심란한 생각 들고. 물론 가게는 열심히 할 거예요, 그래도 뭔가 더 근본적인 불안이라고 할까…. 기미코 씨는 그런 생각 안 해요?"

"안 해."

"왜요?"

"그런 거 모르니까." 기미코 씨가 몹시 성가시다는 양 말했다. "난 그런 어려운 얘긴 몰라."

"어려워요?"

"응."

"뭐가요?"

"그러니까 모른대도."

거기서 이야기가 툭 끊어져서 나는 조금 어리둥절했다. 대화가 다시 이어지기를 가만히 기다렸지만, 잠시 후 기미코 씨의 숨소리가 들려왔다.

나 혼자 버려진 기분이었다. 나도 이유를 모를 만큼 마음에 상처가 났고, 실제로 가슴께에 아린 통증이 느껴졌다. 내 질문에, 아니 나에게 기미코 씨가 저렇듯 귀찮다는 태도를 보인 것이, 내가 그런 대접을 받은 것이 몹시 속상했다.

기미코 씨의 세상 귀찮은 듯했던 말투가 머릿속에서 자꾸 되살아났다. 나를 덮친 불안과 두려움을 털어놨을 뿐인데, 우리 둘의 앞날이라든가 그런 중요한 일을 얘기하고 싶었는데, 기미코 씨 속마음도 듣고 싶었는데, 그런데 기미코 씨는 그깟 게 뭐냐는 양 나를 밀어냈다. 그 사실이 가슴을 할퀴고 갔다. 처음에는 그저 가슴이 조여들고 서글펐는데, 차츰 얼굴이 달아오르고 목이 갑갑해졌다. 이윽고 그것은 분노와 노여움이 뒤섞인 감정으로 변했고, 뜨거운 눈물이 가득 고이더니 눈가에서 귓속으로 흘러 떨어졌다. 내가 얼마나 쓰라린 심정인지도 모르고, 아무것도 알려고 들지 않고, 기미코 씨는 바로 곁에서 자고 있었다. 나는 어둠 속에서 보이지 않는 천장의 한 점을 노려보면서 마음이 가라앉기를 기다렸다.

2

경찰 소동이 있었던 것이 2월 중순, 그로부터 열흘쯤 지난 월말, 아직 이른 시간에 손님이 두 사람 왔다. 문이 열리고 그들이 들어섰을 때, 나는 움찔하며 란과 얼굴을 마주 보았다.

동업자도 많으니까 남녀가 같이 오는 경우는 드물지도 않았지만, 한쪽이 교복 차림 여고생이었던 것이다.

여고생은 남색 블레이저에 자주색 넥타이를 약간 헐렁하게 맸고, 어깨까지 내려오는 머리는 결이 좋고 윤기가 감돌았다. 키는 나보다 조금 작을까. 전체적으로 다부진 체격에, 짧은 타탄체크 스커트 밑으로 드러난 두 다리가 심상치 않게 근육질이었다. 앞머리 때문에 얼굴은 잘 보이지 않았다. 무릎 아래까지 오는 딱 붙는 남색 양말에 로퍼를 신고, 어깨에 멘 가방 손잡이에는 대량의 열쇠고리가 치렁치렁 매달려 있었다. 그중 하나는 도시락통만 한 키티 얼굴이었다. 남자는 무제한 코스를 1인분 주문하고, 여고생에게 무엇을 마실지 물었다. 우롱차,라고 여고생이 대답했다.

"그런데 여기, 전부터 있던 가게던가요?" 남자가 물었다.

"아뇨, 장소도 알맹이도 그대론데, 바뀌기는 했어요. 이름이랑 사람이."

"그죠? 나 전에도 한 번 와봤지 싶은데, 이름이 달랐던 것 같아서."

"작년 가을부터예요, 바뀐 거."

"그러니까, 그러니까."

란이 음료수를 테이블에 세팅하자, 남자는 여고생에게 기운찬 목소리로 수고 많았어, 하고 잔을 부딪쳤다. 여고생은 허벅지가 반쯤 드러난 다리를 바꿔 꼬고 수고하셨어요오, 하고 작게 대답했다. 여고생의 무릎은 무심코 눈이 갈 정도로 거대했고, 벌레 물린 듯한 자국이 몇 개 있었다. 그것을 쳐다보는 사이, 그러고 보니 나도 작년 여름방학 전까지는 교복을 입고 있었다는 사실이 떠올랐다.

"자기들도, 마시지?"

"그럼, 맥주로 하겠습니다."

남자는 살집이 있는 데다 피부가 흰 떡처럼 뽀얘서, 뒤에서 작게 묶은 머리가 유난히 새까매 보였다. 눈썹은 거의 없지만 눈이 크고 부리부리했으며, 멀리서 봐도 보풀이 꽤 일어난 빨간 스웨터를 입고 있어서, 화려한지 수수한지 잘 모를 인상이었다.

"아니 그런데, 자기들 어리지 않나? 몇 살?"

"저희, 스무 살요."

우리는 누가 나이를 물으면 무조건 그렇게 대답했다.

"호, 그럼 다마모리짱보다 세 살 위네?"

남자가 말하고 옆에 앉은 여고생을 쳐다봤다. 다마모리짱이라 불린 여고생은 긴 앞머리에서 하관만 내놓듯 하고 우롱차를 마시면서 고개를 끄덕였다.

"가게, 둘이 하는 거야?"

"마마가 있는데요, 오늘은 늦게 나와요." 내가 대답했다.

"아아, 말 편하게 해도 돼, 나한테는."

남자가 나일론 가방을 버스럭대며 뒤져 우리에게 각각 건넨 명함에는 검은 바탕에 흰 글씨로 '라이터·나가사와 네코타猫太'라고 적혀 있었다.

"자기들은, 이름이 어떻게 돼?"

"란이에요."

"하나예요."

"오― 란짱 하나짱? 란과 하나. 란카蘭花라…. 뭔지 '람바다' 같은데?! 하면 역시 너무 올드한 개그겠지? 아하하하하. 뭐 좌우지간 여자애들은 다들 '야옹이 오빠'라고 부르니까, 자기들도 그렇게 불러!"

야옹이 오빠가 맥주를 꿀꺽 삼키고, 우리에게도 자, 자, 마셔, 하면서 잔을 가득 채워주었다.

"이쪽은 다마모리 모모코 양. 현역 여고생, 곧 3학년!"

야옹이 오빠는 흥 많고 유쾌한 인물로, 술 마시는 페이스도 빠르거니와 놀랄 만큼 수다스러웠다. 나이는 서른한 살, 얼마 전까지 잡지와 책을 만드는 편집 프로덕션에 근무했는데, 최근에 독립해서 프리랜서가 되었다고 한다.

이런 잡지에도 글을 썼고, 저런 특집도 기획했고, 누구누구도 취재했고, 고스트 라이터로서 베스트셀러도 한 권 냈고, 인기 절정의 뭐라뭐라는 밴드와는 데뷔 전 그들이 선술집에서 아르바이트하던 시절부터 알고 지내는 사이라며 야옹이 오빠는 이름을 몇 개나 꼽았지만, 나는 하나도 알지 못했다.

텔레비전에 나오는 연예인은 아니어도 시부야에서 노는 젊은이들 사이에선 인기 있는, 요컨대 뭘 좀 아는 사람이나 평론가가 인정하는 멋진 컬처를 주도하는 이들을 취재하는 게 전문이라는 이 야옹이 오빠는 그쪽 업계에서는 꽤 알아주는 존재인 듯했다. 이번에 자신이 독립한 것도 "시대가 그걸 원했는지도 모르지…" 하고는 좀 멋쩍은 웃음을 짓고 맥주를 꿀꺽꿀꺽 마셨다. 우리도 같은 페이스로 따라가서 큰 병으로 두 병 추가했다. 야옹이 오빠는 "오! 좋아, 좋아!" 하고 기뻐하면서 자신의 활약상에 대해 빠른 템포로 설명했다. 듣자 하니 현재 야옹이 오빠가 지대한 관심을 품고 있는 것은 이른바 '여고생들의 종언 終焉'이라는데, 요 10년 동안 도시권을 중심으로 일었던 장렬한 여고생 붐도 조만간 완전히 종말을 고할 터라, 이쯤에서 한 번 종합적으로 정리해야 할 단계라는 것이다.

텔레비전 정보 쇼나 엄마 방에 있던 주간지에서 여고생 붐이라는 말을 접한 적은 있지만, 그런 붐이 어디에 있었는지, 얼마 전까지 여고생이었고 지금도 나이로 따지면 여고생이어야 할 나로서는 전혀 와닿는 게 없었다. 란도 비슷한지 "우리요, 얼마 전에 졸업했지만 별로 관계없었는지도 몰라요"라고 말하자, "그야 그럴걸, 붐이다 뭐다 해도 매스컴이 떠드는 건 결국 그게 국지적 현상일 뿐이라 그렇거든? 일부라고, 일부"라고 야옹이 오빠는 말하고, 텔레폰 클럽, 삐삐, 브루세라*, 원조교제, 실존 형식, 내적 윤리, 자기 결정권, 자아 찾기… 같은 나도 들어본 듯한 단어와, 어려운지 아닌지 아리송한 어휘를 구사하며 요란한 제스처를 섞어 해설해나갔다.

"그래서 말이지, 나는 소설을 쓰기로 하고."

한숨 돌리고 야옹이 오빠가 말했다. 우와, 굉장하다, 하고 나와 란이 작은 탄성을 올리자, 야옹이 오빠가 실눈을 뜨고 고개를 끄덕였다.

"나는 있지, 그녀들을 존경하거든…. 그녀들이야말로 진정한 전사라고 생각한단 말이지. 전후의 낡은 이항 대립에 얽매여 구구절절이 설교하는 재주뿐인, 잘난 체하는 아재들한테 자신들을 파는 척하면서 실은 매우 영리하게 그걸 이용하고, 대놓고 기회주의를 드러내는 자학적 역사관을 정면에서 걷어참으로써 현실과 허위의 정당한 르상티망 요컨대 가치 전도를 일단 사회 규모에서 실현해버렸으니까."

"그게 무슨 뜻인데요?" 나는 떠오른 의문을 무심코 입에 올렸다.

---

* 여고생이 입었던 체육복이나 교복, 속옷 등을 판매하는 포르노숍의 일종.

"아니…. 그러니까 지금 다 설명했는데."

야옹이 오빠는 짧게 헛기침을 하고 말을 이었다.

"좌우지간 나는 리얼을 쓰고 싶은 거야, 붙잡고 싶은 거야….
아니, 물론 여고생 문화라든가 브루세라라든가 원조교제라든가
내가 좀 전에 말한 것에 대해서는 이미 할 말은 남들이 다 했다
고 할까, 책이나 논문도 진짜 허다하게 나와 있지만. 데이터나 분
석도 뭐 엄청나고… 그치만 그런 건 말이지, 정말 머리 좋고 자
신만만한 니힐리스트들? 똑똑한 사회학자나 연구자가 앞으로도
열심히 해주면 되니까 난 됐고. 나는 좀 더, 흠… 몸으로 부딪치
고 싶다고 할까? 나한테도 이 세계에도 픽션이 필요하다 그거지.
요컨대 조작한 이야기밖에 쓰지 못하는 시대의 진실, 실존의 에
센스라는 게 있는데 나는 그걸 파헤치고 싶다고, 여고생으로서."

"여고생으로서?" 내가 물었다.

"맞아…. 서른한 살 먹은 야옹이 오빠가 아니라, 여고생으로
서 쓰고 싶어. 그것도 확실히 끝나가는 여고생으로서… 젊은이
의 소리를 대변한다 운운 흔해 빠진 거 말고, 안쪽에서 얽히고
같이 녹으면서 영혼 레벨에서 공명하고 싶단 말이야. 벌써 펜네
임이랑 상세한 프로필도 만들어뒀거든. 1장 초고도 완성했고.
그치만 내가 제일 원하는 건 내 소설을 여자애들이 읽음으로써
본인들도 알지 못했던 진실을 터치하는, 그런 순간을 낳는 거.
막상 쓰기 시작했더니 장난 아니라니까, 싱크로율이. 아재들은
소위 마음의 소리 듣겠다며 지금도 열심히 '자아 찾기' 중이지
만, 중요한 건 '자아 잃기'란 말이야? 그런 의미에서 나는 완전

히 아야나미*, 여자 편이거든. 뭐 소설 자체는 지금부터지만. 뭐니 뭐니 해도 소설은 디테일이 생명이니까. 그래서 다마모리짱에게도 협조를 받아 갖가지 리얼에 대해 듣는 중이고."

야옹이 오빠의 열변에 우리는 "그렇구나…"밖에 할 말이 없었고, 잠깐씩 찾아오는 침묵을 맥주의 연속 원샷으로 메워나갔다. 야옹이 오빠에게 협조하고 있다는 다마모리 모모코는 맞장구치듯 웃을 뿐 거의 말이 없었고, 때로 삐삐를 꺼내 만지작거렸다. 휴대전화가 아니고 삐삐인 게 좀 의외였다.

"어, 그래서…" 야옹이 오빠가 갑자기 목소리를 높이고 눈을 크게 떴다. 이야기만 들어서는 잘 몰랐는데 실은 꽤 취한 눈치로, 뽀얗던 얼굴이 울긋불긋했다. 야옹이 오빠는 오늘 여기 온 데는 이유가 있다고 말했다.

"2층 타투 가게 알지? 빈집털이 들었잖아. 일 관계로 예전부터 신세 진 사람이야." 야옹이 오빠는 상심한 듯한 표정을 지었다. "진짜 재난이지 뭐야. 폭행당해, 도둑 들어. 기계도 전부 당해서 꽤 처참한 상태인가 봐. 그래서 본인은 정신적으로 무너져서 입원한 거 있지."

"안됐네요." 란이 말했다.

"목말라서 여기 먼저 들렀지만, 열쇠 받아왔거든, 이것저것 부탁받은 게 있어서. 그럼 나, 다녀올 건데— 다마모리짱은 어떻게 할래? 같이 갈 거야? 여기서 기다릴 거야?"

---

* 일본 애니메이션 〈신세기 에반게리온〉의 여성 캐릭터.

171

"여기서 기다릴래요." 다마모리 모모코가 말하자, 야옹이 오빠는 "오케이예용. 그럼 짐은 그냥 두고 간다" 하면서 나갔다.

다마모리 모모코는 또 삐삐를 만지작거리면서 왠지 말 걸지 말라는 듯한 분위기를 뿜어냈다. 그러나 여고생이라고는 해도 어쨌거나 손님이니까 모른 체 할 순 없는데, 하고 내심 생각하는데 란이 우롱차를 더 따라주면서 말을 붙였다.

"양말 귀엽다. 뭔지 신선하네요. 루즈삭스는 이제 한물갔나요?"

다마모리 모리코가 얼굴을 들어 이쪽을 보고 보일락 말락 웃었다. 앞머리 사이로 드러난 이마에 여드름이 많았는데, 그중 몇 개는 크기도 컸지만 노랗게 곪고 빨갛게 부어 있었다.

"아직 신고 다니는 애들도 있어요…. 랄프랑 헤인즈, 반반쯤이려나?"

다부진 체격에 비하면 좀 의외일 만큼 낭랑하고 귀여운 목소리였다.

"야옹이 오빠, 기세가 굉장하네요." 내가 웃었다.

"음… 아, 나한테도 말 놔도 괜찮은데요."

"아, 알겠어요…. 야옹이 오빠에게 이것저것 알려준다고 했는데, 오래됐어?"

"한 3개월? 야옹이 오빠, 여러 명 취재하는데 나는 그중 하나."

"취재라니, 굉장하다."

"굉장하지 않을걸, 전혀."

"야옹이 오빠 이야기도, 어렵지만 굉장한 느낌이고."

"굉장하지 않을걸, 야옹이 오빠도 딱히." 다마모리 모모코는 작게 말했다. "나 투박하고 못생겨서 상대해주는 사람이 야옹이 오빠밖에 없으니까 만나는 거고. 어차피 나도 거짓말만 잔뜩 하지만."

나도 란도 할 말을 찾지 못해 거북한 침묵이 흘렀다.

"괜찮은데. 내 입으로 자학 개그 할 만큼 익숙하니까." 다마모리 모모코가 키득 웃었다.

우리는 살짝 안도하고, 학교며 봄방학이며 친구 등에 대해 가볍게 이것저것 물었다. 다마모리 모모코는 무엇을 물어도 응, 응 하고 모호하게 대답하더니, 잠시 후 "…그보다 두 사람 얘기가 더 궁금한데. 맥주도 당기고"라고 중얼거렸다. 그리하여 우리는 다마모리 모모코에게도 맥주를 따라주고, 농담을 적당히 섞어 각자의 사연을 들려주었다.

집이 가난했던 것, 아버지는 각각 행방불명이거나 자리보전 중이란 것, 양키와 비빈바, 미용학교에서의 따돌림, 지명을 통받지 못해 해고되다시피 그만둔 캬바쿠라, 엄마의 전 남자친구가 들고 사라진 돈, 우리에게는 특별한 노란색, 그리고 기미코 씨에 대해… 도중에 앞뒤 짜맞추는 게 귀찮아져서 에라 모르겠다 하고 실은 다마모리 모모코와 나는 동갑이고, 란은 한 살 위라고 털어놓았다.

"굉장하다." 다마모리 모모코가 진지한 표정으로 말했다. 기분 탓인지 아까보다 눈빛이 살아 있었다. "리얼로 이런 얘기 듣는 거, 처음인 것 같은데."

"다마모리 씨네는, 어떤 집이야?" 내가 물었다.

"그냥… 흔한 악취미 가족. 아오바다이 집에서 할머니랑 한 살 아래 여동생, 셋이 살고, 부모님은 거의 가루이자와 별장에 있어."

"악취미라니, 어떤?"

"크리스찬 라센 직필 사인이 들어간 실크스크린이 여섯 장쯤 걸려 있고, 엄마가 이세이미야케 옷만 입고, 어딜 봐도 트라우마뿐인 집."

"트라우마가 뭐야?" 란이 물었다.

"절대 지워지지 않는 마음의 상처." 다마모리 모모코가 피식 웃었다. "최근 유행 중."

"그래도 별장이 있다니, 부자구나?" 내가 말하자, 그 사람들은 부모 회사와 토지를 물려받아 적당히 굴리고 있을 뿐이라면서 다마모리 모모코는 어깨를 들썩해 보였다.

그러고는 정말 한심하지만, 이라고 몇 번이나 강조하면서, 자매가 나란히 도내의 편사치 낮은 중고 일관 기독교계 여자학교에 재학 중이라는 것, 부모님은 서로 원수지간임에도 순전히 남의 이목과 오기 때문에 이혼하지 않는다는 것, 여동생은 자신과 딴판으로 미모가 아이돌급인데, 부모님이 따로 사는 걸 기화로 걸핏하면 집에 남자를 데려와서 완전 성기시다는 것, 그래도 이를 닦지 않아서 충치와 입 냄새가 지독하고, 그 점을 지적하면 진심으로 폭발한다는 것, 할머니가 아무래도 치매 초기가 아닌지 의심스럽다는 것, 반에서 잘나가는 애들이 브루세라숍을 구경 간대서 따라갔는데 자신만 철저히 소외되는 바람에 대기실에서 세가 새턴*만 줄기차게 했고, 그 결과 모두에게 웃음거리가 되고 별명도 '고릴라'에서 '고릴라 새턴'으로 바뀐 것, 방과후 같이 놀 친구는 없고 그나마 만날 사람이 야옹이 오빠 정도뿐이란 것 등을 이야기했고, 띄엄띄엄 끊기지만 묘한 현장감이 있는 에피소드 하나하나에 우리는 흠뻑 빠져 귀기울였다.

"다마모리 씨, 완전 재밌다." 나도 란도 흥분한 기색으로 말했다.

"그쪽 두 사람이 레어하고, 굉장하지." 다마모리 모모코는 고개를 저었다. "재밌다는 말은 들어본 적 없어. 같이 다니는 애도 없고."

"나도 딱히 친구 없는걸. 매일 여기서 기미코 씨와 란이랑 일하고, 쉬는 날도 만나는 느낌. 란도 그렇지?"

"응. 나도, 하나밖에 친구 없어."

손님이 올 기미는 없었다. 우리는 맥주를 콸콸 마셨고, 셋이 수다를 떠느라 일도 잊을 만큼 즐겁고 마음이 몽글몽글했다. 이윽고 가라오케로 넘어가는 분위기가 됐다.

"뭐 좋아해?" "주로 뭐 불러?" "아니 웬 수동 레이저 디스크?" "이전 가게 때부터 있던 거라. 자동은 렌트하면 비싸거든" 같은 말을 주고받으며 키득키득 웃고, 살짝 취한 란이 아무로 나미에, 도리카무, 가하라 도모미를 기분 좋게 불렀고, 몸을 좌우로

* 일본의 가정용 게임기.

흔들면서 가사를 좇고, 곡이 끝나면 요란하게 손뼉을 쳤다.

"다마모리 씨는 누구 좋아해?" 란이 물었다.

"나는—" 다마모리 모모코가 머뭇거리면서 고개를 저었다. "좀 별나다고 할까, 옛날에 노래방에서 불렀다가 혹평받아서 좀 그런데."

"뭐 어때, 불러봐." 우리가 졸라댔다.

"아니, 역시 무리일걸."

"아니, 왜애? 듣고 싶은데."

"아니, 그래도."

"어때, 불러보래도!"

"…진짜?"

"진짜!"

다마모리 모모코는 작은 결심이라도 하듯 두툼한 가라오케 선곡집을 부여잡고 진지한 얼굴로 페이지를 넘겨, 쪽지에 번호를 적어 란에게 건넸다. 잠시 후 가라오케 화면에 'X JAPAN 쿠레나이紅'라는 글자가 떠오르고, 발라드풍의 중후하고 서글픈 느낌의 전주가 흘러나왔다. 이윽고 천천히 영어 가사가 표시되고 다마모리 모모코가 노래를 시작했다. 순간, 나와 란은 저절로 얼굴을 마주 보았다. 우와, 하고 탄성이 튀어나올 만큼 아름다운 목소리였다.

영어라서 뜻은 알 수 없었지만, 나는 그 압도적인 가창력에 입을 반쯤 벌린 채 화면에서 눈을 떼지 못했다. 발라드 부분이 끝나고 곡이 어떻게 될까 생각한 순간, 드럼이 어마어마한 연타를 울렸고—그때부터 다마모리 모모코는 가히 상상을 초월했다.

뭐가 뭔지 모르게 격렬한 소리의 회오리에 휩싸이면서 다마모리 모모코의 목소리는 거침없이 쭉쭉 뚫고 나갔다. 그 목소리에는 빛난다는 말로는 충분하지 않은, 한없이 투명하고 덧없는, 찬란하고 굵직한 파이프가 목에서 나와 끝없이 뻗어가는 광경을 보는 듯 오싹한 영상미가 있었다. 이것이 뭐라는 종류의 연주이고 악기가 무엇이며 어떤 장르의 음악인지 전혀 몰랐지만, 그곳에서 울리는 모든 소리가, 다마모리 모모코의 목소리가, 내 정수리를 꽝꽝 내리쳐 몸을 와들와들 떨게 했다.

어렸을 때 텔레비전 명작 애니메이션에서 봤던, 모세였는지 그리스도였는지 몰라도 아무튼 바다가 쩍 갈라지고 빛이 비치는 장면이 눈앞에 펼쳐지고, 동시에 무수한 별들이 가슴속으로 와르르 쏟아져 들어왔다.

> 너는 달려간다 무언가에 쫓기는 듯
> 내가 보이지 않는 거니 바로 곁에 있는데
>
> 붉게 물든 나를
> 위로할 녀석은 이제 없어

노래를 마친 다마모리 모모코가 테이블 위에 마이크를 살며시 내려놓았다. 나도 란도 넋이 나가 '굉장해'라는 말밖에 나오지 않았다. 다마모리 모모코의 노래도 노래였지만, 조금 전 화면에서 본 가사가 눈앞에서 지워지지 않았다. 멋지다고, 나는 속으로 50번쯤 부르짖었다. '내가 보이지 않는 거니 바로 곁에 있는데'—그 구절을 되새김질하자 가슴이 욱신거렸다. 그 아픔에는 기억이 있었다. 경찰이 왔던 밤, 기미코 씨가 귀찮은 듯 돌아누워 얘기를 끊어버리고 옆에서 먼저 잠들었던 밤에 느꼈던 아픔이다.

"아니… 다마모리 씨, 진짜진짜 굉장하다." 나는 가까스로 중얼거렸다.

"고마워…. 모모코라고 불러도 돼."

그 뒤 우리는 눈도 깜박이지 않고 화면을 응시한 채 모모코가 부르는 노래를 차례차례 들었다. 전부 'X JAPAN'이라는 밴드의 곡이었는데, 나는 한 곡 한 곡에 진심으로 감동했다. 모모코 말로는 이미 해산한 밴드라는데 그 또한 안타까웠다. 격렬한 곡도 훌륭했지만 〈ENDLESS RAIN〉이라는 발라드에는 눈물이 나왔다. 노래가 끝나지 않으면 좋겠다고 몇 번이나 생각했다. 후렴에 유일하게 들어가는 '마음의 상처에'라는 일본어 구절을 노래할 때 백조의 절창 같은 모모코의 목소리, 피 흘리며 미소 짓고 어깨를 힘차게 부둥켜안아주는 듯한 기타, 그리고 끝날 때쯤 울리는 드럼의 박력과 슬픔의 연타는 그야말로 숨이 막 끊어지면서 다시 소생하려 하는 영혼을 미주히는 듯한 순간 그 자체였다.

그런 시간을 보낸 뒤, 용건을 마치고 온 야옹이 오빠와 모모코는 돌아갔다. 대금은 2만 3000엔이었다. 셋 다 취했고, 흥분을 삭일 수 없어 마지막에 '레몬' 한복판에서 얼싸안았다.

　그다음 주부터 모모코는 이른 시간에 혼자 '레몬'에 놀러오게 되었다. 대금을 받기 망설여졌지만, 내 돈 아니니까 신경 쓸 것 없어, 할머니는 어차피 금액 같은 건 보지도 않아, 하면서 신용카드를 꺼내 매번 만 엔을 결제하고 갔다. 나는 'X JAPAN'의 곡에 푹 빠져서 리사이클 숍에서 800엔에 CD 워크맨을 사고, 앨범도 역시 중고로 구입해 손님이 없을 때 은밀히 〈쿠레나이〉의 가사를 '노랑'으로 바꿔 부르거나 했다.

　그리하여 우리는 친구가 됐다. '레몬' 밖에서도 만나서 프리쿠라를 찍거나, 맥도널드에서 시간을 보내거나, 이곳저곳에서 언제까지고 수다를 떨었다. 기미코 씨도 같이 밥을 먹고, 휴일에는 고토미 씨가 합류하기도 했다(휴일의 고토미 씨는 전혀 마른 멸치가 아니었다). 한밤중, 갖가지 빛이 여기저기서 깜박이는 산겐자야에서, 패밀리 레스토랑을 나와 다섯이 거리를 걸을 때, 나는 문득 행복을 느끼고 발을 멈추었다. 그리고 가슴에 손을 갖다 댔다. 청춘 같다고 생각했다.

6장

시
금
석

1

무서운 꿈을 꿨다.

나와 기미코 씨가 테니스 코트 옆을 걷고 있다. 커다란 테니스 코트로, 두 사람이 시합을 하는 중이다. 관객인 듯한 사람들은 다 자리에 앉아 있는데 우리만 코트에 바싹 붙어 걷고 있어서, 신음을 흘리며 라켓을 휘두르는 선수의 땀방울이 보일 정도다. 이렇게 가까이 지나가도 되나 생각하면서 걷다 보니, 어느새 모래톱으로 변해 있었다. 물가에 일어나는 하얀 거품을 바라보면서, 바다는 살아 있는데, 그걸 바다는 모르는구나 생각했다.

날은 덥고 하늘은 맑았다. 바닷가에는 나와 기미코 씨 말고는 인적이 없고, 그것이 왠지 불안했다. 그러는 사이 기미코 씨가 쭈그려 앉아 모래를 만지작거리기 시작했고, 바람이 기미코 씨의 검은 머리를 자꾸자꾸 부풀렸다.

우리는 무언가를 찾는 듯했는데, 한참을 파내려간 곳에서 이윽고 그것을 발견했다. 기미코 씨가 늘 손에서 놓지 않는 마른

행주였다. 기미코 씨는 짧은 탄성을 올리며 기뻐하고, 모래를 말끔히 털어낸 뒤 행주를 움켜쥐었다. 나도 기뻤다. 그런데 어느새 행주가 칼인지 나이프인지 모를 은색 날붙이로 변해 있었고, 알아차린 순간 기미코 씨가 그것으로 내 배를 찔렀다.

나는 비슬거리며 모래톱에 쓰러져 굴렀다. 기미코 씨는 아무 말도 하지 않았다. 나를 보고 있는지 어떤지도 알 수 없는 표정을 짓고 있었다. 몸에 칼이 들어온 것은 처음이었다. 크기며 재질이 맞지 않는 물건, 뭔가 잘못된 물건이 잘못된 방법으로 둔하게 밀고 들어오는 듯 불쾌한 감촉이었다. 그 불쾌함의 테두리가 차츰 뜨거워지며 면적을 넓히는 것이 느껴졌다. 나는 상처를 양손으로 눌렀다. 피가 꿀럭꿀럭 흘러나왔지만 신기하게 고통은 없었고, 그저 칼에 찔렸다는 사실 자체에 대한 공포로 몸이 움직이지 않았다. 그러자 기미코 씨가 이번에는 칼날이 위로 향하게 바꿔 쥐고 다가오는 것이 보였다. 무언가 착각한 게 아닐까 싶어 기미코 씨, 나예요, 하나라고요, 하고 소리치려 했지만, 소리는 목이 아니라 상처에서 피와 함께 흘러나왔고, 그것을 손바닥으로 막으려다가 잠에서 깼다.

시계를 보니 낮 11시를 조금 지난 참으로, 목덜미가 땀에 흥건히 젖어 있었다. 기미코 씨는 보이지 않고, 평소처럼 단정히 갠 이불이 옆에 놓여 있었다. 조금 뒤, 기미코 씨가 아침부터 외출한다고 했던 것을 떠올렸다. 고토미 씨가 이사를 생각 중이라며 부동산에 같이 가달라고 부탁했던 것이다.

꿈의 타격이 온몸에 남아 있어서 칙칙한 기분으로 샤워를 하고, 보리차를 천천히 마신 뒤 다시 이불 속으로 들어갔다. 조금 전 꿈속의 감각이며 장면이 생생히 되살아나 몇 번이고 돌아누웠다.

그 꿈은 뭐였을까. 평소 꿈을 거의 꾸지 않는데, 더욱이 그런 무섭고 소름 끼치는 꿈이라니. 뭘까. 이건 무언가 의미가 있을까? 의문이 끊임없이 솟구쳤다. 그저 꿈이라기에는 너무 생생해서, 떠올리면 심장 고동이 희미하게 빨라질 정도였다. 나와 기미코 씨. 여느 때처럼 걷고 있었는데 테니스 코트가 왠지 모래톱이 되고, 물가에 파도 거품이 일어나고, 행주가 칼이 되고. 그리고 기미코 씨가 내 배를 찔렀다.

이 꿈, 뭔가 의미가 있나? 암시라든가 전조라든가, 잘 모르겠지만 계시라든가? 곰곰이 생각해봤지만, 뭘 어떻게 생각해야 할지 모르겠고, 머릿속에 남은 장면이 불안과 더불어 점점 선명해질 뿐이었다. 나는 '노란색 코너'를 지그시 바라보았다. 옷을 갈아입고 역 앞 서점에 가보기로 했다.

서점은 한산했고, 나는 아직 춥던 무렵, 가토 란과 함께 풍수 책을 구경했던 코너를 찾아보았다. 곧바로 발견한 그 코너는 무언지 전체적으로 힘이 더 실린 느낌이었다. 혈액형 점, 사주풀이, 타로 점, 성명판단, 육성六星 점술에 수비술數秘術, 손금·관상, 성좌, 트럼프, 영감 점술, 책장에도 진열대에도 갖가지 점술 책이 빽빽이 놓여 있고, 어느 표지에나 '행복을 붙드는 법' '최고의 운명' '당신을 인도한다' '초대형 개운開運' '빛나는 미래' 같은 문구가 영롱한 서체로 적혀 있었다.

나는 책장 귀퉁이에 몇 권 꽂혀 있던 꿈풀이 책 중에서 믿기지 않게 두꺼운 《꿈풀이 대사전》을 꺼내 들었다. 띠지에 '호화 결정판! 100만 명의 꿈 철저 분석. 8000종류의 꿈으로 알 수 있는 당신의 진실'이라고 적혀 있고 가격은 2800엔이었다.

100만 명이니 8000종류니 하는 숫자가 많은지 적은지도 잘 와닿지 않았지만, 더욱이 테니스 코트 같은 구체적인 내용이 실려 있을까 반신반의하면서 책장을 넘겨나가자, 놀랍게도 테니스에 관한 항목만도 예를 들어 '연인과 테니스 치는 꿈' '테니스 대회에서 우승하는 꿈' '테니스 라켓이 손에 익지 않는 꿈' '테니스 관객이 소란스러운 꿈' 등 세세하게 나뉘어 있었다. 과연 두꺼운 만큼 다르네, 하고 감탄하면서 한 줄씩 눈으로 훑자 '테니스 코트 꿈'이라는, 내가 꾼 꿈에 딱 맞는 항목이 있었다.

'…테니스 코트는 인간관계나 일터를 나타낸다. 면적은 당신의 마음을 표시한다. 또한 면적이 크면 클수록 운기가 상승하는데' …내가 본 테니스 코트는 컸다. 그렇다면 내 마음이 넓으며, 일터인 '레몬'의 인간관계, 요컨대 내 생활의 모든 운기가 상승한다는 말일까. 나는 테니스 코트의 의미를 머릿속에 넣고, 다음엔 '모래톱'을 찾아봤다.

'…모래톱 꿈은 운기가 상승하고 의욕도 기력도 넘치는 상태. 모래톱을 누군가와 걷는 꿈이라면 그 사람과 적당히 좋은 관계를 맺고 있다는 증거. 당신이 고독하지 않으며 평온한 상태임을 나타낸다. 만일 모래톱에서 무언가가 나왔다면 당신이 여러 사물과 일의 본모습이나 진실을 받아들일 준비가 되었음을 의미

한다. 대길몽.' 이게 뭐지. 모래톱도 좋다는 거야? 함께 걸었던 사람은 기미코 씨였고, 모래 속에서 물건도 나왔다. 본래의 자신을 만날 수 있다고?―갑자기 뺨이 뜨거워졌다. 모래톱 항목은 이렇게 계속됐다.

'…조만간 능력을 발휘할 기회가 온다. 새로운 일을 찾거나 책임 있는 지위에 앉게 될 듯.' …능력 발휘, 새로운 일, 책임 있는 지위…? 그것이 무엇을 의미하는지 잘 상상할 수 없었지만, 아무튼 전혀 나쁜 느낌이 아닐뿐더러 의외일 만큼 좋은 말만 적혀 있어서, 좀 얼떨떨해서 사전을 양손에 든 채 괜히 주위를 두리번거렸다. 이윽고 꿈속에서 가장 인상에 남았던 저 무시무시한 장면을 떠올렸다. 기미코 씨에게 찔린 부분이다. 사전에는 '칼에 찔리다'라는 항목이 있었고, 두근두근하면서 거기 적힌 한 줄을 읽은 순간 나도 모르게 헉, 소리를 흘릴 뻔했다.

'…칼에 찔리는 꿈은 대단히 큰 금운의 신호. 인생을 개척하고 무언가 새로운 일로 성공한다는 암시. 큰 부자를 만나 하루아침에 팔자가 바뀔 가능성도 기대해볼만 함. 단―' 거기서 문장이 끊어져 있어서 얼른 페이지를 넘겼다. '출혈은 들어오는 돈과 나가는 돈 양쪽을 의미한다. 또한 찔려도 아픔을 느끼지 않는 꿈은 당신에게 냉정한 판단력이 갖춰져 있음을 암시한다. 인생을 좌우할지도 모르는 판단이 필요할 때도 자신을 가져도 괜찮다. 또한 이성異性이나 마음을 주고 있는 사람에게 찔린 경우, 그 사람과의 유대가 더한층 깊어진다.'

나는 '테니스 코트' '모래톱' '칼에 찔리다' 항목을 암기할 정도로 되풀이해 읽은 뒤 책장에 다시 꽂았다. 한 걸음 물러나 책장 전체를 보니, 그 코너에는 수제 장식이라고 할까 독특한 데코레이션이 되어 있고, 커다란 광고판에 '당신의 마음을 사랑해 주세요~치유의 시대 특집'이라고 적혀 있었다.

《꿈풀이 대사전》으로 알게 된 각각의 의미를 조합해, 그 꿈이 드러내는 바를 이것저것 상상하면서 나는 걸었다. 책에 적혀 있던 꿈의 메시지를 내 나름대로 종합해보면 '우여곡절 있었으나 지금부터는 꽃길'이라는 말이었다. 틀림없었다.

안심하고 한숨을 한 번 뱉자, 그것이 신호탄인 양 조금 전까지 나를 감싸고 있던 어둠은 쓱 물러나고, 갑자기 깡충거리고 싶을 만큼 기분이 들떴다. 물론 꿈은 그저 꿈이고, 점이란 것도 귀에 걸면 귀걸이 코에 걸면 코걸이라 할 수 있으며, 출혈이 의미하는 '나가는 돈'이라는 말이 조금 신경 쓰이긴 했지만, 그래도 한 꿈에 등장했던 전부가 강렬한 행운을 암시하는 요소였다는 데는 역시 의미가 있지 않을까. 100만 명이라고도, 철저 분석이라고도 적혀 있었고. 어쨌거나 맞고 안 맞고를 현시점에 증명할 수 없다면 내가 믿고 싶은 것을 믿어서 손해는 없으리라. 노란색만 해도 그렇다. 내가 믿음으로써 힘이 솟거나 안심할 수 있다는 것, 그게 중요할 테다. 실제로 아까 잠에서 깼을 때는 세상 어둡고 침울했는데, 지금은 이렇게 팔팔하지 않은가. 온몸 구석구석에서 밝은 에너지가 꿈틀거려 어째 곧장 집으로 돌아가기 아쉬웠다.

평소에는 가지 않는 거리의 가게, 지금껏 지나치기만 했던 가게로 들어가 잡화와 옷을 구경하고, 이것저것 손에 쥐어도 봤다. 귀여운 장식이 달린 초커를 발견하고 란, 모모코 것까지 세개 살까 하다가, 그 둘의 옷 취향이 좀 다른 것이 떠올라 그냥 내려놓았다. 결국 란에게는 지금 제일 인기라는 눈썹 펜슬을, 모모코에게는 그 애의 최애 캐릭터 키티의 비닐 파우치를 사서 각각 선물 포장을 해달라고 했다. 요시노야에서 소고기덮밥을 먹고, 한동안 즐거운 기분으로 여기저기를 기웃거렸지만, 훌쩍 들어간 캐럿타워의 커다란 유리문에 혼자 비친 내 모습을 보자 갑자기 기미코 씨가 떠올라 마음이 쓸쓸해졌다.

그래야 할 이유라고는 없는데, 유리문에 비친 푸르스름한 내 그림자 앞에서 한동안 움직일 수 없었다.

하루는 막 시작됐을 뿐이다. 나도 따라갈걸, 하고 잠시 후회했다. 그래도 저녁까지는 돌아온다고 했으니까. 문득 기미코 씨가 엔 씨 가게에서 늘 먹는 반찬을 떠올렸다. 매콤달콤한 곤약 조림을 기미코 씨는 무척 좋아했다. 나는 요리가 서툴러서 성공할지 어떨지 자신 없었지만, 기미코 씨가 돌아와서 곤약 조림을 보면 기뻐할 것 같아 슈퍼마켓에 들러 곤약을 사서 돌아갔다.

1998년 봄에서 여름이 끝날 때까지는 이런저런 일이 있었다. '레몬'에서는 젊은 신규 손님이 만취하는 바람에 감당이 되지 않아 영수 씨를 불러야 했고, 수도가 망가졌다. 그리고 나와 기미코 씨가 사는 아파트에도 변동 사항이 생겨서 다른 집을 구해야 했다. 그 사실을 알려준 것은 영수 씨였다. 다달이 월세는 우리가 냈지만 알고 보니 원래 영수 씨가 살던 집이고, 그런데 계약자 명의는 영수 씨 지인이며 아파트 주인은 영수 씨의 또 다른 지인이라고 했다. 요컨대 빌린 집을 두 다리 건너 빌린 상태를 묵인받는 형태로 우리가 살았던 모양이다.

"뭐 어쩔 수 없지." 영수 씨가 말했다. "건물을 허문다니까."

"언제까지 나가야 하는데?" 기미코 씨가 물었다.

"콕 집어 말하진 않았지만, 연내에는 비워주는 게 좋지 않겠어?"

기미코 씨는 시큰둥한 느낌으로 고개를 끄덕였지만, 나는 느닷없는 사태에 불안해졌다. 집을 빌리자면 전부 얼마 정도 필요할까. 아니 그보다 제대로 빌릴 수는 있을까. 어쨌거나 나는 거의 가출 상태인 미성년자고, 휴대전화도 영수 씨에게서 어영부영 빌려 쓰는 셈이다. 그나저나 이 집이 빌린 집을 또 빌린 집인 줄은 몰랐다.

다음엔 어떻게 될까, 기미코 씨가 새집을 빌리는 걸까? 번듯이 계약서를 쓰고 도장도 찍는 절차를 거쳐서—그 순간 '하지만 그런 일을, 기미코 씨가 할 수 있을까?'라는 생각이 떠올라 스스로도 놀랐다. 왜 그런 생각을 했을까. 허투루 쓰지 않고 매월 착실하게 돈을 모아왔고, 기미코 씨는 말할 필요도 없이 어른이며, '레몬'도 애초에는 기미코 씨가 시작한 가게고, 집을 빌리는 것 정도의, 아마 어른이라면 평범히 가능할 일을 못 할 리 없는데, 왠지 반사적으로 그런 생각을 하고 말았다.

"기미코 씨, 어떻게 할 거예요?" 나는 아무것도 아닌 척 물어보았다.

"뭘?"

"네?" 놀라서 소리가 나왔다. "아니, 지금 영수 씨가 말했잖아요, 집요."

"집이라. 다음에, 어디 보러 가야지."

"그러니까요…. 괜찮아요?"

"뭐가?"

기미코 씨가 신기한 듯 되물어서 나는 입을 다물고 말았다.

"내일 당장 나가라는 말도 아니니까 그렇게 딱한 표정 지을 거 없어. 집 같은 건 언제라도 빌릴 수 있을 테지." 영수 씨가 웃었다.

"그럼 다행이고요." 어쩐지 분위기를 맞출 수밖에 없어서 나도 웃었다.

기미코 씨, 영수 씨와 그런 이야기를 한 것이 4월 말경이었다. 그대로 '레몬'도 대형 연휴에 돌입했는데, 5월로 접어들고 바로, 모모코가 밤에 울면서 전화를 걸어왔다. 산자역 앞인데, 동전이 없어서 끊어질지도 모른다며 서럽게 울어서, 대체 무슨 일인가 싶어 마침 함께 있던 란과 데리러 갔다.

모모코는 얼마나 울었는지 통통 부은 눈을 앞머리로 감추고 우리에게 달려와, 어깨에 얼굴을 묻고 엉엉 울었다.

전 'X JAPAN' 기타리스트가 느닷없이 사망했다고 한다. 란과 나는 할 말을 잃고, 아무튼 집으로 가자고 달래 모모코를 데려왔다.

물을 마시고 조금 차분함을 되찾은 모모코가 코를 훌쩍이면서 자초지종을 천천히 들려주었다. 기타리스트의 죽음을 안 것은 해 질 무렵, 갑자기 흘러나온 뉴스 속보를 보고도 처음에는 화면에 적힌 글자가 무슨 의미인지 알 수 없었다. 그냥 몰래카메라 같은 실없는 얘기겠거니 했다. 그러나 다른 방송사에서도 일제히 보도가 시작되고, 어디서나 같은 말이 되풀이되는 것을 보고 무릎이 떨리기 시작했다. 모모코는 작년 말에 혼자 갔던 도쿄 돔 해산 콘서트에서 알게 된 아이의 삐삐와 휴대전화에 몇 번이나 연락해봤지만 답이 오지 않았다.

충격과 두려움으로 눈물이 쏟아졌고, 망연자실해 거실 텔레비전 앞에 앉아 있자니 동생과 그 추종자 한 무리가 돌아와서 울고 있는 모모코를 보고 낄낄 웃었다. 게임을 하겠다며 방으로 들어가라는 동생의 말을 거절했다. 그때만큼은 텔레비전의 정보를 좇는 것 말고는 기타리스트와 이어질 길이 없었기에 모모코는 자리를 뜨고 싶지 않았다. 걸리적거린대도? 싫어! 방에 들어가라고! 무리!를 몇 번 되풀이한 뒤 "자살이라니 얼마나 못나빠진 거냐고, 우와, 음침해" 하고 동생이 웃었다. 그 순간 모모코가 냅다 동생을 걷어찼고, 그때부터 서로 치고받는 싸움으로 번졌다. 그리고 집을 나와, 아오바다이에서 여기까지 걸어왔다는 얘기였다.

"자살 아니야, 절대 그럴 사람 아니야."

모모코는 몇 번이나 되뇌었고, 우리는 그때마다 고개를 끄덕였다. 밤 뉴스와 정보 프로그램은 전부 그 사건 일색으로, 지금은 보도를 너무 보지 않는 게 좋겠다고 말해봐도 모모코는 눈 밑을 수건으로 누르면서 화면에서 눈을 떼지 않았다. 그러는 사이 기미코 씨가 돌아왔고, 사정을 이야기하자 저런, 어째, 하면서 모모코의 머리를 쓰다듬었다. 그러고는 배고프지 않은지 물었다. 모모코는 아침에 식빵을 먹은 이래 빈속이었고 우리도 먹은 게 없어서, 근처 국숫집에 배달시켜 다 함께 먹었다.

모모코가 당분간 집에 가기 싫다고 하자, 그럼 여기 있으면 된다고 기미코 씨가 말했다.

"학교는 어떡하고? 수업 있을 거 아냐." 내가 물었다.

"몰라." 모모코가 꺼질 듯한 목소리로 덧붙였다. "아무튼 돌아가기 싫어."

그로부터 한동안 모모코는 우리와 같이 지냈다. 사건 이튿날부터 사망한 기타리스트에 대한 보도는 더 과열됐고, 모모코는 텔레비전 앞에서 움직이지 않았다. 모모코가 슬퍼하는 것을 보고 있으면 모모코가 알려줬던, 이미 해산했다는 이 밴드의 곡이 훌륭하다고 생각해서 듣고 있을 뿐, 멤버에 대해서는 아는 바가 없었던 나는 왠지 떳떳지 못하달까 같이 슬퍼할 자격이 없는 기분이 들어서, 모모코에게 무어라 위로해야 할지 알 수 없었다. 낮에는 란도 집으로 와서 기미코 씨, 모모코와 넷이 함께 지내고, 관계자만 모여 치른 장례 영상과 쓰야*, 그리고 고별식 모습을 텔레비전으로 봤다. 5만 명을 넘는 팬이 절 주변과 길거리 몇

---

*　죽은 이의 유해를 지키며 하룻밤을 보내는 의식.

킬로미터에 걸쳐 이별을 고하러 찾아와 대단히 소란스럽고 혼란스러운 상태라고 리포터가 흥분한 기미로 말했다. 그의 팬이라면 누구라도 찾아가 헌화할 수 있다는데, 모모코는 아무래도 갈 자신이 없다고 말했다.

우리는 되풀이되는 정보 쇼 영상을 잠자코 봤다. 실로 많은 사람이 온몸을 떨며 울고, 도로에 누워 몸부림치며 그의 이름을 외치고, 땅이 무너진 듯 처절한 소리를 쥐어짜냈다. 별별 사람이 다 있었지만, 모두 깊은 고통과 견딜 수 없는 슬픔에 휩싸여 있었고, 그것이 하나같이 진심임이 고스란히 전해져서 이쪽도 절로 눈물이 번졌다. 취재에 응하는 사람들은 입을 모아 그에게 구원받았다고, 그가 있었기에 자신도 살아올 수 있었다고 오열하고 흐느꼈다. 그들의 절규를 들으면서, 나는 이토록 많은 사람의 진심과 감정과 인생의 무게가 오직 한 사람을 향하고 있다는 데, 그리고 그런 일이 지금까지도 일어났다는 데 뭔지 터무니없이 무서운 것을, 굉장한 것을 목격하는 기분이 들었다.

지금 화면에 비치는 것은 분명 그 일부일 뿐인데, 그럼에도 전해지는 이 어마어마한 양의 에너지를 한 인간이 받아들여 짊어지는 일이 어떻게 가능한지. 사람과 사람 사이에는 어째서 이런 일이 일어날까. 음악을 듣는 것만으로 눈물이 나고, 만난 적도 없는 누군가가 있다는 사실만으로 구원받고, 용기가 생기고, 자신도 그 일부가 되고 싶다는 기분을, 어찌하여 사람은 느끼는 걸까. 화면을 보면서 말로 잘 표현할 수 없는 여러 생각이 머릿속을 뛰어다녔다. 나는 그들을 잘 알지 못했지만 그들의 음악이 좋았다. 모모코의 진심의 깊이와는 비교도 할 수 없는 이 무책임한 모래알 같은, 그렇지만 그들의 음악이 좋다는 이 마음은, 죽어버린 그 사람의 어디에 어떤 식으로 가닿았을지 혹은 가닿지 않았을지. 나조차 그런 것을 생각하지 않을 수 없었다.

모모코는 주말에 아오바다이 집으로 돌아갔고, 그 뒤 한동안 학교를 다녔지만 6월 말부터는 결석이 잦아지더니, 교복 차림인 채 산겐자야로 와서 오후를 우리와 함께 지내는 일이 많아졌다. "집도 부모님도 학교도 죽을 만큼 따분해"라는 것이 모모코의 입버릇으로, 마침 그 무렵 란도 상황이 비슷했다. 동거 중인 남자친구와 에어컨 청소 문제로 입씨름하다 크게 싸웠는데, 처음으로 상대에게 손찌검을 당했다.

"어쩌다가라면 어쩌다가였지만." 란이 어두운 목소리로 말했다. "그래도 얼굴이었고. 완전 짜증 나지 않아?"

"완전 짜증 나지. 그래서, 어떻게 됐어?" 모모코가 물었다.

"저쪽도 좀 졸긴 했는데, 그러게 왜 사람 열받게 하느냐고 되레 신경질 내더라."

"최악이네. 뭐 하는 사람이랬지?" 내가 물었다.

"지금은 선술집에서 아르바이트. 자칭 카리스마 점원이라신다."

우리가 친구가 됐던 첫 여름은 그렇게 시작됐다. 셋이 구립 수영장에 가거나, 기미코 씨와 함께 엔 씨 가게에서 밥을 먹거나, 변함없이 맥도널드에서 끝없이 수다를 떨거나 했다. 란에게 화장을 배웠고, 내 머리 스타일이 무겁다며 섀기 헤어로 해보래서 상점가 미용실로 다 같이 몰려가 잡지를 보여주고 똑같이 해달라고 했다. 예전에는 1년 내내 까만 피부가 콤플렉스였는데, 어느새 나 자신도 그리 신경 쓰지 않는 걸 깨달았다. 모모코는 오랜만에 만난 부모님이 사줬다는 휴대전화를 보여주었고, 부잣집 딸이 왜 지금껏 휴대전화가 없었느냐고 묻자, 학교에서도 누구나 지닌 게 아니라며, "내 레벨의 인간이 갖고 다니면 건방 떤다는 말 나와서 성가시니까, 삐삐로 타협했던 거지"라고 말했다. "그래도 이제 그런 거, 알 게 뭐야 싶어서"라고 덧붙이며 모모코는 이마의 여드름에 스테로이드 연고를 톡톡 발랐다. 여름방학이 되자 '레몬'에도 빈번히 찾아와 카운터 안에서 일을 도와주곤 하더니, 그대로 자고 가는 일도 잦아졌다(우리는 대형 슈퍼마켓에서 이불을 한 채 더 샀다). 슬픈 일이 있었고, 란도 남자친구와 썩 순조롭지 않았지만, 모모코도 조금씩 기운을 되찾았고 란도 우리 앞에서는 농담을 연발해 모두를 웃겼다. 이래저래 매일 즐거웠다. 고토미 씨가 이사한 집에 모두 한번 놀러갔다. 온통 새하얀 널찍한 맨션으로, 가구도 모조리 새것이었고, 세탁소에서 직접 옷을 가져다주는 걸 보고 굉장하다고 생각했다.

아무것도 아닌 일로 아무것도 아닌 때 함께 웃고 있으면, 문득 다 같이 살면 즐겁겠다는 생각이 들곤 했다. 다 같이라고 해도 고토미 씨에게는 남자가 있는 눈치고(현관 구석에 놓여 있던 가죽 구두와 세탁소에서 가져온 옷 가운데 넥타이가 있었던 걸로 보아), 산다면 나와 기미코 씨와 란, 그리고 모모코까지 넷이려나. 올해 안에 지금 집을 비워줘야 하고, 그렇다면 어딘가 널찍한 곳을 빌려 함께 산다든가? 란의 남자친구가 시끄럽게 굴지 않을까. 게다가 모모코도 학교가 있고, 이러니저러니 해도 부모님도 계시고. 영수 씨는 뭐, 가끔 와서 밥을 같이 먹는다든가. '레몬'은 물론, 계속하고.

기분 좋게 공상이 부풀라치면 어김없이 현실을 자각하는 순간이 찾아와 낙담하곤 했지만, 어쨌거나 상상은 즐거웠다. 노란색 소품을 사 모으는 것도 여전했고, 봄이 끝날 무렵 꿨던 꿈의 생생함은 사라졌지만 그럼에도 꿈풀이 결과는 뇌리에 또렷이 새겨져 있었다. 나는 때로 서점의 '힐링 코너'로 향해 예의 《꿈풀이 대사전》을 꺼내 들고 지그시 바라보며 확신을 더욱 굳혔다. 특히 마음에 드는 것이 '모래톱'에서 '칼에 찔리다'로 넘어가는 흐름이었다. '여러 가지 일의 진실을 알고, 능력을 발휘, 그리고 하루아침에 팔자가 바뀔 수도 있을 만큼 폭발적인 금운이 찾아온다'—나는 이미 누군가에게 그런 약속을 받은 듯한 기분이었고, 그렇게 되면 좋겠다고 생각했으며, 실제로 강렬히 염원도 했다. 그것이 좋은 일이었는지 나쁜 일이었는지, 지금도 나는 알 수 없다. 그러나 결과적으로는 꿈에서 봤던 모든 것은 현실이 됐다.

2

발단은 장어구이였다.

8월 오봉* 휴가 전에, 엔 씨가 장어구이를 가져왔다. 끓는 물에 데워 먹는, 진공 팩에 든 작은 것 하나가 2000엔이 넘는 고급품이었다. "처음 보는 손님이 주고 갔는데, 난 이제 장어는 너무 느끼해서 못 먹으니까, 자기들 먹고 기운 내라고" 하면서 건네준 것을 '레몬'의 냉장고에 넣어두고 깜박했었다. 그게 생각난 것이 연휴 마지막 일요일. 휴일은 오늘까지니까 딱히 내일이라도 좋았지만, 왠지 깜박했다는 사실을 떠올린 것과 동시에 그 고급 장어가 신경 쓰여서, 아무래도 그날 저녁에 꼭 먹고 싶어졌다. 받은 지 일주일이 다 되어가거니와, 모르긴 해도 소비 기한도 좀 걱정이었다.

기미코 씨는 11시쯤 일어나 인스턴트 커피를 마신 뒤, 평소처

* 양력 8월 15일을 전후로 조상의 명복을 비는 기간.

럼 여기저기 행주질을 하고 다녔다. 그러고는 오늘 낮에는 성묘를 간다고 말했다. "누구요?"라고 묻자 "아버지"라고 했다. 기미코 씨 입에서 가족 얘기가 나온 게 처음이라, 어머니는요? 하고 물을 뻔했지만 그냥 삼켰다. 그러고 보면 비단 가족에 한해서가 아니라 기미코 씨는 자기 얘기를 통 하지 않았고, 나 또한 나에 대해 할 만한 얘기는 아무것도 남지 않은 느낌이었다. 평소 우리는 어떤 이야기를 나누었더라. 잠시 생각해봤지만 알 수 없었다. 그저 같이 밥 먹고, 일하고, 돌아와서 잠자고, 란과 모모코도 끼어서 실없는 수다를 떨며 웃을 뿐이었으나, 그것만으로 충분히 즐거웠다.

일요일 오후에 '레몬'에 가는 것은 무언지 신선했다. 해가 있느냐 없느냐로 여러 가지가 전혀 달리 보인다. 저 건물 저렇게 낡았구나 싶고, 도로에 뭔지 모를 무수한 쓰레기가 붙어 있는데 그게 제법 컬러풀하게 보이기도 하고, 좁은 통로에 안장 없는 자전거가 버려졌거나 빈 병이 산더미처럼 쌓여 있기도 하고, 평소에는 밤이 덮어씌워 볼 수 없던 것이 생생하게 눈에 들어왔다. '후쿠야'의 셔터도 아래쪽이 썩어서 갈색으로 변색해 있었고, 이르거나 늦은 시각, 손을 뻗어 그것을 열심히 올리고 내리던 엔 씨의 작은 뒷모습이 머릿속에 떠올랐다.

입구에서 버튼을 누르고 엘리베이터가 덜거덕거리며 내려오는 소리를 들으면서, 아직 시간도 있겠다 오랜만에 노래 연습이나 할까, 하고 나는 느긋한 생각에 빠져 있었다. 콧노래를 흥얼거리며 엘리베이터에 올라타 3층 버튼을 누르고, 그러고 보니 장어 팩에 양념장도 들어 있었던가, 분명 네 장쯤이었는데 란도 부를까 같은 생각을 하면서 3층에 도착해, 짧은 복도 모퉁이를 돌아 '레몬'의 열쇠 구멍에 열쇠를 꽂아 돌릴 때, 뭔가 이상한 느낌이 들었다.

어라, 생각한 순간 자동문이 열리고 가게 안이 보였다.

그곳은 분명 '레몬'이었지만 여느 때의 '레몬'이 아니었다. 담배 냄새가 훅 달려들고, 대각선 안쪽으로 보이는 박스석에 모르는 남자가 앉아 있었다. 요란한 색상의 셔츠를 입은 덩치 큰 남자로, 그 옆에도 처음 보는 남자가 있었다. 남자들은 제각기 휴대전화를 귀에 갖다대고 큰 소리로 뭐라고 떠들고 있었다. 더 앞쪽에 앉아 있는 남자와 눈이 마주쳤지만, 남자는 움찔대지도 않고 나를 빤히 쳐다보며 계속 떠들었다. 이윽고 그 자리에 굳어져 꼼짝도 할 수 없는 나와 '레몬'을 차단하듯 자동문이 소리를 내며 닫혔다.

무슨 일이 일어나고 있는지 이해할 수 없었다. 몇 초쯤 거기서 있었는지 모르지만, 도망쳐야 하는 거 아닌가 싶었다. 영문은 몰라도 아무튼 관계없는 인간, 수상한 인간이 가게에 있다. 그 순간 얼굴에서 핏기가 물러나고 겨울에 순회 왔던 경찰관 얼굴이 떠올라, 엘리베이터 버튼을 마구 눌렀다. 등 뒤에서 자동문 열리는 소리가 들렸다. 이런, 늦었다, 생각한 순간 이름을 불렀다. 영수 씨였다.

"얼음 다 녹는다. 마셔."

영수 씨가 테이블에 그대로 놓여 있는 아이스티를 가리키며 말했다. 우리는 '레몬'에서 가까운 오래된 찻집에 마주 앉아 오랫동안 침묵을 지키고 있었다. 나는 무릎 사이에 끼운 양손을 가만히 내려다보았다. 마음은 제법 가라앉았지만, 몸에는 아직 조금 전 동요의 여운이 남아 있었다.

잠시 후 영수 씨가 물었다.

"기미코는?"

"성묘 갔댔어요."

생각보다 쌀쌀맞은 목소리가 낮게 흘러나왔고, 나는 물을 한 모금 마셨다. 그리고 벌써 몇 번째인지 모를 한숨을 뱉었다.

쉼 없이 부푸는 파도 같은 한숨에는 여러 감정이 깃들어 있었지만, 그중에서도 불쾌감이 엄청났다. 숨도 쉬기 힘들 정도였다. 영수 씨가 뭘 하고 있었는지는 모르고, 지금부터 아마 들려줄 테지만, 그래도 무엇보다 우리 '레몬'에, 더욱이 개점 전, 우리 말고는 아무도 들어갈 수 없을 시간대의 '레몬'에 정체불명 남자들이 멋대로 들어와 당연한 얼굴로 앉아 있던 광경이 충격이었다. 떠올리는 것만으로 속이 느글거려서 나는 어금니를 꽉 물었다.

"성묘면, 어디?"

"몰라요."

"그렇군."

영수 씨는 아이스커피에 빨대를 꽂아 조금 마셨다. 유리잔 위쪽의 갈색이 약간 묽어져 있었다. 몇 번 들어도 역시 좋다고 느

끼는 순간이 반드시 있는 영수 씨 목소리에도 지금은 아무 감흥
도 없었다.

"아까 그거. 그건, 일이야."

"무슨 일요?"

"무슨 일이라니, 내 일이지."

"아니 그러니까, 영수 씨 일을 왜 '레몬'에서 하는데요?"

다시 짧은 침묵이 깔리고, 영수 씨는 눈언저리를 문지르듯 긁
었다. 어디서부터 이야기할까 망설이는 눈치였다. 확인하고 싶
은 것이며 묻고 싶은 것이 아까부터 목에서 와글거렸지만, 나는
영수 씨가 입을 열기를 기다렸다.

"오늘 그거는… 도박장이라고 할까, 그런 느낌이야."

"도박장?"

"야구. 야구 도박이라는 거야."

"하아." 나는 미간을 찡그렸다. "뭔데요, 그게?"

"야구하잖아, 매일. 텔레비전에서도 중계해주고. 프로야구.
자이언츠나 한신이나 야쿠르트나, 시합하잖아."

"그래서요?"

"그걸로 내기하는 거야. 돈 끌어다가, 여러 가지로."

"그게 일이에요?"

"그 일만 하는 건 아니지만."

거기서 다시 둘 다 입을 다물었다. 야구 도박—처음 듣는 단
어였다.

"그거, 게임이나, 그런 거하고는 다른 거죠?"

"게임이냐고 물어보면 뭐 게임이라고도 할 수 있고, 그렇지 않다고도 할 수 있지."

"아무튼 암거래라고 할까, 나쁜 거? 범죄?"

"그건 어떨지." 영수 씨는 고개를 갸웃했다. "생각하기 나름 아닐까?"

"아뇨, 생각하기 나름 아니죠. 나쁜 거잖아요. 괜찮아요, 솔직히 말해줘요. 조금 전 언뜻 봤던 남자들, 전혀 평범한 느낌 아니던데요. 완전 아웃이란 느낌, 굉장하던데요? 아니 그보다 내가 지금 생각하는 건요, 그 영수 씨 일이 뭔지 몰라도, 내가 정말 화난다고 할까 짜증 나는 거는요, 멋대로 '레몬'을 사용한 거요. 몰랐잖아요. 뭐예요? 언제부터? 최악 아닌가요? 기미코 씨도 알아요? 아니 뭐랄까, 나 지금 멀쩡히 얘기하는 것처럼 보일지 몰라도, 아까 엄청 무서웠거든요? 만일 내가 그길로 경찰서 갔으면 어떻게 되는데요?"

"하나. 너, 너무 몰아붙이지 마라. 뭐든 단숨에 말할 수 있는 거 아니잖아, 이렇게 불쑥."

"나야말로 이렇게 불쑥,이거든요."

나는 영수 씨를 똑바로 건너다보았다. 영수 씨가 말하는 야구 도박이란 무엇일까. 설명 들을 필요도 없이 직감했다. 건실한 일이 아니다. 나쁜 일이다. 그래도 얼마나 건실하지 못하며 얼마나 나쁜 일일까? 나는 다 제쳐놓고 그것 먼저 물었어야 했는데, '레몬'을 멋대로 사용했다는 사실과 부조리한 공포를 맛보았다는 분노로 다른 생각을 할 여유가 없었다.

영수 씨가 오른손에 찬 손목시계를 흘금 보았다. 그리고 완전히 묽어진 아이스커피를 빨대로 섞고, 다시 눈언저리를 긁었다. 빨대는 작은 소용돌이 속에서 빙그르르 회전한 뒤 천천히 멈췄다. 영수 씨는 콧숨을 크게 뱉고 장소 옮기자,라고 말했다.

우리는 찻집을 나와, 골목을 더 안쪽으로 빠져나가 다른 거리로 나가서, 낮부터 영업하는 외국풍 선술집으로 들어갔다. 입구에 야자나무 같은 인조 식물이 몇 개 놓여 있고, 밝고 신나는 음악이 큰 음량으로 흘러나왔다. 가게 밖의 색깔이 화려한 테이블 석에서 학생으로 보이는 그룹이 술을 마시며 즐겁게 떠들었다. 우리는 제일 안쪽 자리에 앉았다. 커다란 드레드록스 머리를 산뜻한 헝겊으로 감싼 점원이 리드미컬하게 몸을 흔들면서 다가왔고, 영수 씨는 생맥주를, 나도 같은 것을 주문했다. 내온 맥주는 조명 아래 날카롭게 빛났고, 나도 모르게 미간에 힘이 들어갔다. 우리는 건배도 하지 않고 잠자코 마셨다. 영수 씨가 첫 잔을 금세 비우고, 점원을 불러 두 잔째를 주문했다. 그러고는 무릎 위에서 맞잡고 있던 손을 풀고, 내 눈을 2초쯤 들여다보았다. 이윽고 다시 눈언저리를 손끝으로 더듬듯 긁고, 영수 씨는 이야기를 시작했다.

3

영수는 기미코, 고토미보다 두 살 아래인 스물여섯 살, 도쿄 서민 동네에서 나고 자랐다. 부모님은 두 분 다 일본에서 태어난 한국인으로, 다섯 살 위 형이 있었다. 집안에서는 아무도 한국어를 쓰지 않았고, 가족 중 누구도 일본을 한 번도 벗어난 적 없었다.

할아버지 할머니는 일본어가 그리 능숙하지 못한 듯했고 발음도 모호했다. 만날 때마다 이야기가 통하는 건지 아닌지 알쏭달쏭했고, 왜 피를 나눈 그분들이 쓰는 말이 다른지 어린 마음에도 신기했다. 두 분 다 줄곧 건강이 좋지 않아 거의 누워 지내다시피 한 탓일지도 모른다고 생각했다.

일본에서 태어났고 일본어밖에 모르는데 일본인이 아니라 한국인이고, 학교에서나 동네에서나 혼자만 좀 다른 **범주**에 속한다는 사실을 알아차린 것은 우선 이름 때문이었다.

그리고 조부모님 댁에서 쓰던 화려하고 광택 있는 이불, 설날이나 제사 때 나오는 요리나 그릇의 느낌. 일본풍 물건뿐인 영수네와 조부모님 댁 사이에는 무언가 본질적인 차이가 있는 듯했다.

아버지는 동네의 작은 공장에 다녔고, 어머니는 빌딩과 식당에서 아침부터 밤까지 청소 일을 했다. 살림은 팍팍했다. 부모님은 성실하고 근면했지만 형편은 도무지 펴지지 않았다.

"딱히 대단한 세간도 없는데 손바닥만 한 집에 네 식구가 사니까, 형도 나도 새우잠을 자곤 했어." 영수 씨가 말하고 피식 웃었다.

부모님은 할아버지 할머니 생활비도 대면서 거액의 빚까지 갚고 있었다. 젊은 시절 일찍이 일본으로 건너온 조부모님은 함께 온 이들과 어찌어찌 자리 잡은 동쪽 동네에서 음식점을 시작했다. 냉면 맛이 입소문을 타서 몇 년 만에 동네 제일의 한국요리점으로 성장했다. 두 분은 씀씀이도 좋았고, 고용이며 거래 면에서도 지역에 톡톡히 공헌했지만, 긴 전쟁의 영향으로 기울어진 가게를 다시 일으키지 못하고 결국 쓰러졌고, 빚도 그때 졌던 듯했다.

초등학교 2학년 때였나, 몇 달이나 학교에 급식비를 내지 못했고, 판잣집에 살며 늘 허름한 옷에 이름마저 특이해서 놀림을 받곤 하던 영수는 생각다 못해 어느 아침, 가뜩이나 쪼들리는데 왜 할아버지네 빚까지 갚아야 하느냐고, 언제까지 그래야 하느냐고 물어본 일이 있었다. 아버지는 과묵하고 점잖은 사람이었지만, 두 아들의 예절 교육은 물론이고 어머니에게도 엄해서,

206

폭력을 휘두르는 일도 종종 있었다. 그런 당돌한 질문을 하기에는 꽤 용기가 필요했다. 불벼락이 떨어질까 봐 긴장했지만, 아버지는 아들 얼굴도 보지 않은 채 "부모 봉양은 자식 된 도리다"라고만 말하고 여느 때처럼 공장으로 향했다.

일에 쫓기는 부모님 대신 어린 영수를 돌본 것은 다섯 살 위 형 우준雨俊이었다.

"울보 꼬마였던 나와 달리 형은 덩치도 크고 싸움도 잘했어. 뭐든지 잘하는 자랑스러운 형이었지." 동네 애들한테 '김치'라고 놀림받고 훌쩍거리고 있으면, 그럴 땐 시끄러워, 단무지 녀석들아,라고 맞받아치면 돼, 하고 웃으며 영수를 쓰다듬고, 부엌에서 물을 끓여 따끈한 것을 먹였다. 고학년이 될 때까지 천식이 있었던 영수가 발작을 일으키면, 한밤이건 새벽이건 둘러업고 동네 진료소로 달려가 문을 두드렸고, 받아온 약을 정성껏 먹이고 가슴에 파스를 붙여주었다. 기침 때문에 잠들지 못하는 밤이면 등을 쓸어주며 그날 있었던 일이나 누군가 저지른 바보짓 따위를 재미나게 들려주곤 했다.

영수가 여덟 살이던 여름에 할아버지가, 열 살이던 여름에는 할머니가 세상을 떠났다. 우준은 열다섯 살이었다. 조부모님의 조촐한 장례식에는 예상외로 많은 사람이 찾아왔다. 자기 가족을 걱정하는 사람은 세상천지에 없는 줄 알았던 영수는 내심 놀랐다. 생판 모르는 사람들이 입을 모아 고인에게 신세졌다며 눈물을 훔치는 광경을 보면서, 왜 살아생전에 그 말을 해주지 않았을까 궁금했다. 병석의 조부모와 곤궁했던 자기 가족을 한 번도 들여다보지 않았던 그들이 지금 와서 그런 말을 한들 무슨 소용인가.

"두 분의 최후는 비참했어. 돈이 없어서 치료다운 치료 한 번 못 받고 헌 골판지 상자 찌부러뜨리듯 간단히 죽어갔으니까."

사람은 죽으면 불에 타서 뼈와 재와 연기가 되어 사라지지만, 빚은 남았다. 학교 선생님이었는지 누구였는지, 형태가 있는 것은 모두 지워져 무無가 된다고 말했던 것 같은데, 다 틀린 말이었다. 돈은 죽지도 사라지지도 않았다.

그러는 사이 아버지가 술을 입에 대기 시작했다. 오랫동안 일한 공장에서도 종종 다툼을 일으키게 됐다. 거나하게 취한 아버지가 어머니를 앉혀놓고 넋두리인지 설교인지 모를 이야기를 하고 또 했고, 일로 녹초가 된 어머니가 조금이라도 대충 대답하면 화를 폭발시켰다.

아버지가 집에 틀어박히는 시간이 늘었고, 그에 비례해 어머니의 건강이 나빠졌다.

집에서는 이유 불문 아버지가 왕이고 거역은 용납되지 않는다고 배운 아들들은 아버지가 공장을 쉬건, 엄마가 한 시간 몇백 엔의 시급으로 애면글면 벌어온 생활비로 술타령을 하건 파친코를 가건, 취해서 성질을 부리건 폭언을 내뱉건 묵묵히 견뎠다. 그것은 아버지가 가족을 위해 밤낮없이 몸이 부서져라 일해온 모습을 기억하기 때문이기도 했다. 그러나 어느 날, 취한 아버지가 라면을 먹다 말고 벌컥해 엄마에게 뜨거운 그릇을 던지는 것을 본 영수가 반사적으로 아버지 팔을 붙잡아 냅다 밀어뜨렸다. 아버지는 격노해 영수의 뺨을 올려붙였고, 그러자 이번에는 우준이 아버지 어깨에 주먹을 날렸고, 어머니가 울음을 터뜨렸고, 집안은 엉망진창이 됐다.

중학교를 졸업한 우준은 학교에 가는 대신 동네 친구들과 무리 지어 다녔고, 영수도 그런 형을 따라다녔다. 배고프고, 먹을 것은 없고, 돈도 없다면, 있는 곳에서 훔칠 수밖에. 여러 가지를 훔쳤다. 이른 아침 슈퍼마켓 반입구 앞에는 빵 상자가 쌓여 있었고, 아이들의 작은 손은 자동판매기 음료수를 간단히 빼낼 수 있었다. 가까운 동네 먼 동네 할 것 없이 원정 가서 좀 말쑥하다 싶은 학생들을 골라 돈을 빼앗고, 전철을 누비며 소매치기를 했다. 돈이 될 만한 물건은 뭐든지 훔쳐서 내다팔았다. 뭉쳐 다니는 친구들이 차츰 늘어 제법 집단을 이루었고, 소문을 들은 다른 동네 불량배가 찾아와 치고받는 싸움이 되풀이될 때마다 유대도 끈끈해졌다.

우준과 역시 한국인인 어릴 적 동무 지훈志訓이 리더 격이었고, 일대에서 나쁜 짓깨나 한다는 아이들이라면 누구나 그들을 알았다.

우준은 강했고 적 앞에서는 몸을 사리지 않았지만, 무슨 일이 있어도 후배를 보호하고 한 사람 한 사람의 이야기에 귀 기울여서 모두가 따랐다. 지훈도 강했지만 성격은 대조적이라, 우준이 발끈하면 일단 달래고 보는 부드럽고 온화한 면이 있었다. 철들 무렵부터 늘 곁에 있었던 지훈은 영수에게 이야기도 들려주고 노래도 가르쳐주고 놀아주면서 친동생처럼 귀여워했다. 영수는 그런 두 형이 자랑스러웠다.

어느덧 우준과 지훈은 열여덟 살이, 영수는 열세 살이 되었다. 최소한 중학교는 마치라고 형은 말했지만, 가끔 얼굴을 내미는 학교는 지긋지긋했다. 누구 하나 영수에게 진정으로 관심을 주는 교사는 없었고, 겉으로는 조심스럽게 구는 아이들이 뒤에서는 '저 혼자선 아무것도 못 하는 형님의 금붕어 똥'이라고 비웃는 것도 알고 있었다. 그나마 유일하게 친했던 아이가 시시한 일로 언쟁한 끝에 '한국인 주제에'라고 내뱉었던 것을 영수는 잘 기억한다. 그 뒤로도 무언가 문제를 일으킬 때마다 '이러니까 한국인은'이라는 말을 숱하게 들었다. 어쩌다가 일본인으로 태어나, 돈 있는 부모 품에서 아무 부자유 없이 살아가는 아이들과 무슨 볼일이 더 있을까. 이곳에는 자신의 자리가 없다고 영수가 확신하는 데는 그리 오래 걸리지 않았다.

여름이 되자 곧잘 무리 지어 시간을 보내던 신사의 축제나 야간 노점에서 낯을 익힌 데키야* 남자가 우준과 지훈을 자기 조직의 노점 일에 끌어들였다. 마침 그 무렵, 동네에서도 경찰서를 들락거리거나, 나이 많은 건달들과 시비가 붙어 협박을 당하거나 다치는 후배들이 나오기 시작했다. 거기다 지금껏 안면이 없던 먼 동네 폭주족, 소년교도소 출신의 악명 높은 무리가 느닷없이 공격해오는 성가신 사건도 잦아졌다. 우준과 지훈은 자

---

* 축제일이나 번잡한 거리에서 조악한 물건을 파는 장사꾼. 대개 폭력 조직이 뒤를 봐주는 경우가 많다.

신들의 그룹에 이름도 붙이지 않고 그저 동네에서 살아남기 위해, 자신들의 방식으로 친구들과 뭉쳐 지냈을 뿐이다.

그러나 그런 생각이나 의도와 관계없이 별도의 무언가가, 거칠고 어두운 무언가가 그들 앞에 입을 벌리고 있었다. 두 사람은 차츰 막연한 불안에 휩싸였다.

도쿄는 컸고, 사람은 끊임없이 뒤끓었다. 충돌이나 사건이 일어날 때마다, 나쁜 짓에도 교활함에도 강함에도, 뛰는 놈 위에는 늘 나는 놈이 있다는 걸 배웠다. 어떡해야 할까. 어디로 어떻게 나아가야 할지 알 수 없었다. 두 사람이 아는 것은 아무튼 멤버와 자신들을 지켜야 한다는 것뿐이었다. 그러자면 더 강해져야 했다. 강함이란 무엇인가. 우준은 시비를 걸어오는 녀석들을 속속 때려눕혀 그룹의 몸집을 키워야 한다고 으르댔지만, 지훈의 생각은 달랐다. 머릿수를 늘리고, 쩨쩨한 도둑질이나 하고, 저쪽이 걸어온 싸움에 맞붙어 이긴다고 강해지진 않는다. 강함이란 첫째 돈을 지니는 것, 그리고 자신들이 그 일부임을 드러내는 것만으로 상대가 선뜻 덤비지 못하는 어른들과 손잡는 것이었다.

데키야 사람들은 너나없이 입이 험하고 거칠었지만, 그곳에는 몰라볼 수 없는 뜨거움 같은 것이 흘렀다. 조직에는 부모 자식의 엄한 예절이 있고, 처음 보는 돈의 흐름이 있었다. 그들은 우준과 지훈에게 예의와 청소를 철저히 교육하고, 훔치지 않고 배를 불리는 법, 요컨대 물건을 들여와 팔아서 돈을 버는 노점 장사의 기본을 가르쳤다.

우준과 지훈은 세 살 많은 나루 형님 밑으로 들어가 날이면 날마다 오징어에 간장을 발라 굽고 또 구웠다. 많은 사람이 드나들었다. 손가락이 잘린 사람, 잘 웃는 사람, 술내를 피우는 사람, 등과 팔을 문신으로 도배한 사람, 과묵한 사람, 한국 사람, 중국 사람, 사투리를 쓰는 사람, 인정 많은 사람, 인정 없는 사람, 한 번 보고 끝인 사람도 있나 하면 늘 얼굴을 보는 사람도 있었는데, 어쨌거나 그곳을 일관되게 지배한 분위기는 서로 과거는 건드리지 않는 것이었다.

술이 들어가서 농담이 오가는 장면에서도, 아무리 허물없는 사이가 되어도, 이를테면 무슨 사연으로 손가락을 잘랐는지, 지금껏 어떻게 살았고 가족은 어디서 뭘 하며 지내는지, 신상 이야기는 일절 묻지 않는다는 암묵의 규칙이 있었다.

일하기 시작하고 석 달쯤 지나, 어느 대규모 축제의 노점 배치를 결정하는 중요한 '자리 배정' 현장에서 처음 본 두목에게는 실로 범접할 수 없는 카리스마가 있었다. 그저 가만히 앉아 지켜볼 뿐인데 현장에 모인 모든 사람의 표정과 눈빛, 작은 몸짓 하나까지 여느 때와 판이했다. 흡사 폭풍 전의 고요 같은 기이한 긴박감을 피부로 느끼면서, 지금까지 자신들이 얼마나 작은 세계에서 우쭐했는지 한순간에 깨달았다. 두목은 과묵했다. 우준과 지훈에게 나이와 이름 말고는 아무것도 묻지 않았다.

학교와 완전히 멀어진 영수는 두 형을 따라 축제와 밤 노점을 돌아다니며 장사의 규칙을 몸으로 배워나갔다. 조직에서도 젊은 축인 나루 형님은 앞니와 옆니 몇 개가 없어서 진지한 이야기를 할 때도 어딘가 익살맞은 느낌을 주는 재미있는 사람이었다. 가끔 용돈을 쥐여주거나 밥을 사주었고 영수도 챙겨주었다. 언제였는지, 이른 시간에 단둘이 목욕탕에 간 일이 있었다. 그의 등에는 구름에 올라탄 도깨비 문신이 새겨져 있었다. 나란히 앉아 몸을 씻으면서 우물쭈물 고맙다고 말하는 영수에게 그는 "당연한 거야. 조직에 발을 들이면 그때부턴 여기가 진짜 집이니까. 두목이 부모나 다름없어. 우준과 지훈이 내 동생이 됐으니, 너도 동생이다"라고 말하고 웃었다.

"그래도 그 녀석들, 재밌는 콤비야. 생긴 것도 알맹이도 딴판이란 말이지. 너, 걔들끼리 진짜로 싸우는 거, 본 적 있냐?"

없다고 대답하자 나루 형님은 그렇지, 그렇지, 하며 웃고 머리부터 물을 뒤집어썼다.

"키는 둘 다 크지만, 우준인 성질이 드세고 체격도 다부져. 지훈인 딱 기생오라비 같고. 눈치는 빠르지만 말은 느릿느릿. 그 녀석 주먹은 좀 쓰냐?"

둘 다 잘 쓴다고 대답하자 호, 그렇군, 하고 나루 형님은 씩 웃고, 나는 싸움은 젬병인데, 설마 그 녀석들 감방까진 안 가봤겠지? 뭐 좌우지간 경찰서 유치장에서 멈출 수 있으면 그게 제일이지, 하면서 자신이 과거에 일으킨 상해 사건과 절도 사건, 체포되어 소년교도소에서 보낸 10대 시절의 이모저모, 어쩌다가 지금의 조직에 흘러들어와 정착했는지 재미나게 들려주었다. 그리고 인생은 성실함이 제일이지이, 하고 홍얼거리며 온탕 속에서 문어처럼 익살맞게 손발을 흔들었다.

영수는 형들에게 방해가 되지 않게 눈치껏 조심하면서 바닥에 떨어진 고무줄 하나 놓치지 않고 꼼꼼히 쓰레기를 줍고, 손님 끌기며 잔심부름도 열심히 했고, 어른들이 요놈 싹수 있네, 하고 칭찬하면 기뻐서 얼굴을 붉혔다. 밝고 떠들썩한 축제 장소에서 좀 떨어진 데 세워둔 트럭으로 심부름을 가면, 때로 영수보다 한참 어린 아이들이 컴컴한 짐칸과 타이어 주위에서 그림자처럼 놀고 있었다. 부모를 따라 여기저기 전전할 터인데, 방학이 긴 여름은 그렇다 쳐도 대체 학교는 어떻게 하는지 문득 궁금해서 묻자, 아이들은 부끄러운 듯 몸을 맞붙이고 가끔 가요, 안 가요, 몰라요, 하고 작은 목소리로 대답하고는 어둠 속으로 돌아갔다.

우준과 지훈이 데키야의 일원이 됐다는 소문이 퍼지자 바로 변화가 찾아왔다. 후배들은 변함없이 둘을 따르며 더 든든한 방패가 생긴 양 기뻐했지만, 그런 흥분은 오래가지 않았다.

이따금 만나서 술과 밥을 사주고 실없는 소리를 하며 같이 웃고는 있지만, 중요한 무언가가 조금씩 어긋나가는 것은 명백했다. 1년 뒤에는 적대 관계였던 낯익은 패거리도 자취를 감추고, 모르는 어린 멤버들의 이름이 귀에 들어오고, 어디선가 요란한 싸움이 벌어져도 나중에 알게 되는 일이 많아졌다. 세대교체였는지도 모른다.

데키야 일은 고되었다. 젊은 두 사람이 녹초가 되어 이튿날 일어나지 못하는 일도 곧잘 있었다. 보이지 않는 인간관계로 말썽도 일었고, 조직의 막내 특유의 긴장감도 늘 있었다. 그럭저력 일도 손에 익고 우준과 지훈 밑에도 신입이 들어왔을 즈음, 아버지가 죽었다.

한밤중에 동네 다리에서 떨어졌다고 했다. 만취 상태였고, 사고였는지 자살이었는지는 알 수 없었다. 영수가 열여섯, 우준이 스물한 살이 된 해 겨울이었다. 둘은 지훈의 집과 사무실과 데키야 동료의 집을 전전하면서 가끔 집에 돌아가 어머니에게 돈을 건네고 아버지와도 얼굴을 마주했지만, 서로 치고받은 이래 거의 말을 하지 않은 채 영원히 이별하게 됐다. 동네 한구석에 있는 작은 집회소에서 치른 쓰야에는 공장 시절 동료가 찾아와, 천성이 성실한 사람이었지, 아직 젊었는데 유감이네, 하고 어깨를 떨어뜨렸다. 조문객이 돌아간 뒤 어머니와 아들들은 둘러앉았다. 지훈도 그 자리에 남아 아버지와 남편을 잃은 세 사람에게 술을 따랐다.

한동안 소리 없이 운 뒤, 우준이 물었다.

"아버진, 마지막에 뭐라셨어요?"

"암말 없었어."

침묵이 깔렸다. 형광등 불빛 아래에서 보는 어머니의 초췌한 얼굴이 마치 동네를 배회하는 낯선 노인 같아 영수는 가슴속이 어두워졌다. 흐르는 눈물을 닦으면서 슬며시 눈을 돌렸다.

"나는 자고 일어나 아침에 그대로 일 나갔는데, 저녁에 경찰이 왔더라, 그래서 알았다."

"혹시… 스스로 목숨을 끊은 건가요?"

"모르지. 그래도 산책 나갈 시간은 아니잖니. 음, 내내 술 마시고 잠만 잤던 양반인데."

"돈 문제는, 아니죠? 우리도 조금씩이나마 보태드렸으니까." 우준이 물었다.

"아닐 거야."

"험하게 구는 일도 없었던 거죠, 최근엔?"

"없었어…. 너희 덕이다, 왜 있었잖아, 집이 아주 난장판 된 일. 그 이후로 그 버릇은 없어졌어. 내가 일 끝나고 돌아와 밥상 차려주면 한술 뜨고, 술 마시고, 그러고 나면 조용했어. 요 몇 년 새 술이 갈수록 늘었지. 아침에 눈 뜨면 술부터 찾았다. 언젠가 한 번은 한밤중에 혼자 울고 있더라." 어머니는 짧은 콧숨을 쉬었다. "취해서 횡설수설하더라만, 어머니 얘기였네, 너희 할머니 말이다. 제사 얘기도 하고, 인생 뭐 이리 한심하냐며 넋두리도 하고. 그 양반, 큰 소리 낼 때도 있었지만, 겁쟁이에 쫄보였다."

"아버님, 분명 실수로 떨어지셨을 거예요." 지훈이 술을 따르며 말했다. "그 다리, 난간이 낮아요. 밤엔 안 보여요. 가로등도 없고. 제 친구놈 하나는 술도 안 먹고 맨정신에 까불다가 떨어졌는걸요. 뼈가 몇 군데 부러졌는지 몰라요."

"저런, 안 죽었어?"

"정신력으로 헤엄쳤다나 뭐라나요. 시간도 꽤 일렀고요. 지나가던 사람이 다들 피하니까, 별수 없이 쫄딱 젖은 채 만신창이가 된 몸을 질질 끌고 걸어서 병원 갔다던데요." 지훈이 웃었다. "그리고 거기 운하, 물이 더럽잖아요. 하도 마셔서 정신없이 토

하고 죽도록 설사했대요. 골절보다 그게 더 괴롭더래요."

"심했다." 우준도 웃었다.

"그래도 살았다니 다행이네." 내리깔았던 눈을 들고 어머니도 조금 웃었다. "—지훈이도, 다 컸구나."

"그래요?"

"저번에 봤을 땐 어린애였는데."

"우준이도 저도, 벌써 스물한 살이에요."

"그래? 세월 참 빠르다." 어머니는 입가에 미소를 떠올리고 고개를 저었다.

"—어른이나 아이나, 눈 깜짝할 새 나이를 먹네."

어머니가 잠자리가 마련된 방으로 들어가자, 아들들은 바람을 쐬러 나섰다. 셋이 말없이 걷기 시작했다. 지훈이 담배를 꺼내 불을 붙였다. 적막한 한겨울 공기 속을 가느다란 흰 연기가 잠시 떠돌다가 사라졌다.

"아버진, 뭐였을까."

우준이 혼잣말처럼 중얼거렸다.

"무슨 말이야?" 지훈이 물었다.

"아니— 아침부터 밤까지 뼈 빠지게 일만 하고도 평생 가난을 면하지 못했잖아. 판잣집에서 술독에 빠져 지내다 마지막이 결국 이건가, 뭐 그런 생각 들어서."

지훈이 고개를 끄덕였다.

"우리 아버지, 별수 없는 구석도 있었지만 그래도 성실한 사람이었거든. 누굴 속인 적도 없고 매일 묵묵히, 사치 한 번 안 부리고 공장에서 일만 했던 인간이라고. 그런데도 이렇게 끝나는 구나 싶어서, 당신도 당신 인생 억울하실 테지. 정작 아들 놈은 근성도 없고 대단한 벌이도 없이 어정쩡하게 살고 있고. 그래서 뭔지 잘 모르겠지만—뭣 때문인지 아무튼 전부 말할 수 없이 화가 난다."

작은 자갈이 깔린 길에 세 사람의 발소리만 울렸다.

"야, 지훈아, 이런 말 해도 소용 없지만. 아버지가 일본 사람이었으면 뭔가 달랐을까?"

"글쎄다."

"저런 인생이 아니라, 더 괜찮은 인생이었을까?"

"우준이 네 생각은 어떤데?"

"나는."

거기서 말이 끊어지고, 우준은 침묵한 채 눈앞의 어둠을 노려보았다. 잠시 후 지훈이 말했다.

"일본인이 아니어도, 잘 해내는 사람은 있으니까."

"그런가? 그렇지. 그럼, 우리는 대체 뭐가 나빴던 거야?"

지훈은 그 말에는 대답하지 않고 피우던 담배를 손끝으로 튕겼다. 작고 빨간 불이 반원을 그리며 어둠 속으로 사라졌다.

"야, 지훈아. 이런 때는, 어떻게 생각하는 게 맞아? 우리만 찌꺼기 같은 인생 사는 거 아니니까 별수 없다고 얼른 잊어? 아니면 언젠가 다 갚아줄 테니 두고 보라고 이 악물어?"

"글쎄."

"아니면, 돈이니 운이니 하는 거, 처음부터 우리하고는 인연이 없다고 체념해?"

"뭐가 정답인지 몰라도, 처음부터 결정된 건 있겠지? 커다란 건 아무것도 선택할 수 없어. 부모도, 세상에 태어나는 것도. 자기 자신도."

"피라는 게, 뭘까?"

잠시 후 우준이 말했다.

"어렸을 때부터 물리게 들어왔지만 사실 난 모르겠다. 쟤네들이 말하는 피가 뭔지. 피에 더럽다 깨끗하다 잘났다, 그런 게 있어? 진짜, 쟤들 무슨 뜻으로 말하는 거야? 가령 그런 게 있다 치자, 그걸 뭘로 구분하는데? 삼시 세 끼 먹는 음식? 태어난 장소? 부모가, 그리고 또 부모의 부모가 해온 일? 얼굴? 아니면 이름? 뭐냐, 그 피라는 거."

"저들도 모를걸. 모르니까 그런 말을 할 수 있겠지."

"무슨 소리야? 어째서 자기들도 모르는 걸 말할 수 있는데?"

"인간은 저도 모르는 걸 말할 때 제일 우쭐할 수 있잖아."

"우쭐?" 우준은 지훈의 얼굴을 보고 고개를 갸웃했다. "뭐야, 우쭐함의 문제라고?"

"그래, 우준아." 지훈이 웃었다. "대개는 우쭐함의 문제야. 이유라든가, 사실은 어떠냐라든가, 그런 건 아무도 관심 없어. 우쭐한 녀석 옆에 있으면 자기도 덩달아 잘나가는 느낌이 들거든. 기분 좋아지고 만사 순조롭다고 착각하지. 다들 그게 좋은 거야. 그래서 우쭐대는 놈에게 사람도 돈도 운도 모여들어. 힘을 갖게 된다고. 그러니까 제일 우쭐대는 놈이 하는 말이, 그때 제일 옳은 말이 되는 거야."

"어렵다, 어려워." 우준이 머리를 긁었다. "우쭐대는 놈이 잘
되는 거라면, 우린 언제 우쭐댈 수 있는데? 어떻게 해야 우쭐댈
수 있냐고? 나도 우쭐대고 싶다, 야."

"아하하, 우린 무리야."

"왜?"

"아무튼."

그렇게 말하고 웃는 지훈에게 우준은 처음에는 알 수 없다는
표정을 지었지만, 어느새 덩달아 얼굴을 풀었고, 마지막에는 셋
이 소리 내어 웃었다.

세 사람은 태어나 자란 동네를 밤새도록 걷고 이튿날 장례식
에 나갔다. 세 아들이 관을 짊어졌다. 옆 동네 화장장에서 화장
이 끝나기를 기다리면서 우준은 어머니를 대기실 의자에 앉히
고 어깨를 주물렀다. 지훈은 영수에게 옛날이야기를 몇 개나 들
려주었다. 자세한 내용은 잊었지만, 동물들이 나오는 신기한 이
야기였다. 이윽고 새하얀 재 속에 흩어진 뼈에 대한 설명을 들
으면서 아버지의 웃는 얼굴을 떠올렸다. 웃으면 눈썹이 처지고
덧니가 드러나는 그 얼굴을 보면 영수도 덩달아 기뻤다. 학교에
서 돌아와 판잣집 대문 앞에 설 때면 결심하곤 했다. 어른되면
돈 많이 벌어야지, 온 가족이 넓은 집에 살게 해줄 거야. 아직 어
렸을 때, 다 같이 댐을 구경하러 갔던 일이 떠올랐다. 어머니가
만든 주먹밥을 먹고 강가에서 물수제비를 떴다. 돌아오는 길에
장대비가 쏟아져서, 아버지가 두 아들을 점퍼 속에 품어 안고

좌우로 몸을 흔들어대서 모두 웃음을 터뜨렸는데, 그건 분명 어느 해 초봄의 일이었다. 영수는 그런 생각에 잠겨 유골함을 안은 형의 뒤를 걸어, 넷이서 왔던 길을 되짚어 집으로 돌아갔다. 시리도록 파란 겨울 하늘에 작은 숨결 같은 구름 조각이 언제까지고 떠 있었다.

"벌써 20년도 전이지만, 형들이 이 얘기 저 얘기 하면서 밤새 걸었던 그날은 지금도 종종 떠올려. 장례식 아침도. 그대로 데키야 일을 계속하던지, 아니면 어디 다른 데서 적당히 일하면서 그 동네에 머물렀으면 좋았을걸. 하지만 그때는 몰랐어. 지금도 마찬가지지만, 나는 개똥만큼도 쓸모없고 머리 나쁜 어린애였고, 형들만 따라가면, 형들만 있으면 된다고 생각했으니까. 괜찮다고 생각했으니까. 지금 와서 이런 말 다 소용없지만. 그래도 때때로 생각난다."

영수 씨는 한숨 돌리고, 잔에 남아 있던 맥주를 입에 머금고 천천히 삼켰다.

"말이 많았네. 아무리 술이 들어갔다지만, 이런 얘기, 한 번도 한 적 없는데." 영수 씨가 어이없다는 듯 웃었다. "술이 문제야, 항상."

나는 입을 다문 채 고개를 몇 번 끄덕였다. 벽시계를 보니 3시가 조금 지난 참이었다. 가게에 들어온 게 몇 시였지? 생각이 나지 않았다. 두 시간쯤? 어쩌면 더 긴 시간이 흘렀는지도 몰랐지만, 얼마나 이야기에 몰입했는지 시간도 장소도, 내가 지금 이렇게 소파에 앉아 있는 것도, 현실의 여러 감각이 마비된 듯 기묘한 느낌이었다. 분명 도중에 주문을 두 번 더 했을 텐데, 눈앞의 맥주잔은 비어 있었다. 한 잔 더 마시겠냐는 말에 나는 고개를 끄덕였다. 영수 씨가 종업원을 불러, 같은 것을 또 주문했다.

"기미코와 고토미를 만난 건 그 뒤야. 살던 동네를 떠나 신주쿠에서 시노기*를 시작했어. 가부키초도 지금처럼 엉망진창이 아니고 한결 알기 쉬웠던 시대. 아직 얼굴이 보였던 시대였지."

"기미코 씨와 고토미 씨는, 그때 이미 함께였어요?"

"둘이 같은 술집에서 일하면서 같이 살았어. 우린 가까운 카지노에 있었고. 자연히 낯을 익혔고, 바로 친해졌지."

"카지노라면, 붙잡히는… 거죠."

"뭐 그렇지."

"데키야에서 카지노로 옮겼어요?"

"아버지가 죽고 반년쯤 지났을 때인가, 집에 분쟁이 났어. 집이라는 건, 우리가 신세 지던 데키야가 속한 조직. 우리 같은 피라미들한테는 상세한 내막은 알려지지 않지만, 아무튼 후계자 건으로 어수선했지. 그래서 현장이 백팔십도 바뀌어서 따라가기 힘들어졌어. 쥐어짜이는 거야 뭐 평소에도 다반사였지만, 제일 컸던 게, 새로 우리 위로 온다는 조직원에게 나루 형님이 반죽음당한 것. 나루 형님도 다소 잘못은 있었는지 몰라도 아무려면 너무 심했거든. 잘 알지도 못하는 사람한테 그렇게까지 당하

---

*   야쿠자의 수입 또는 수입을 얻기 위한 활동을 뜻하는 은어.

고, 책임지겠다 나서는 형제도 아무도 없고, 그건 좀 이상하잖아. 결국 나루 형님이 집을 나가게 됐는데, 신주쿠에 예전 형제들이 있어서 거기 큰형님이랑 연락해 그쪽과 일하게 됐어. 그간 신세 졌던 두목은 대代가 바뀌고, 여러 의미로 그만 빠질 때다 싶었어. 게다가 신주쿠는 규모가 달라. 그만큼 위험한 일도 많지만, 어차피 어디나 마찬가지고. 그보다, 큰물에서 더 크게 벌수 있다는 데 마음이 들썩인 거야. 그래서 우린 신주쿠로 옮기게 됐어.

나루 형님의 큰형님이 연결해준 건 덩치 큰 조직이 회계를 총괄하는 도박장이었어. 딱히 드문 일은 아니고, 데키야도 데키야 나름이지만 아무튼 야쿠자와 연이 없진 않으니까. 전혀 모르는 세계랄 순 없었지. 우린 변두리 데키야 출신 신출내기니까, 쪽방에서 새우잠 자면서 가게 열 땐 주방에서 일하고, 물건이나 돈 배달하고, 망보고, 뭐 주로 잔심부름이지. 그러는 사이 회수에 따라가게 됐는데, 처음엔 솔직히 이거 발 잘못 들여놨다 했어. 그렇게 살벌한 현장은 난생처음이었고, 이건 나한테는 무리겠다 싶었어. 나야 아직 어렸으니까 직접 관련될 일은 없었지만, 형들은 바로 삼켜졌지.

어떤 의미로는 나루 형님도. 사는 곳부터 면허, 자동차, 세끼 식사는 물론, 꽤 목돈까지 지원받았고, 여자도 그쪽과 얽히는 경우가 많아져서 간단히 발을 뺄 수 없어졌어. 그러는 사이 바카라*뿐 아니라 다른 시노기도 차츰 늘고, 금액 큰 회수도 맡아서 경험 쌓고, 결과 내놓고. 우준 형과 지훈 형은 즉각 이름이 팔렸고, 내 편도 남의 편도 눈덩이처럼 불어났지. 어디서 그만뒀더라면 좋았을까. 지금도 가끔 생각하는데, 그렇다고 그때로 되돌아간들 역시 모를 것 같다."

"우준 씨와 지훈 씨, 야쿠자 된 거예요?"

"조직에 드나들게 돼서, 결국 술잔 받고**, 뭐 그렇게 됐어."

"영수 씨도요?"

"난 술잔은 안 받았어. 아직 열여덟 살이 안 됐던 것도 있지만, 형들이 나만큼은 '일반인'으로 살아야 한다고 끝까지 우겨서. 나는 형들이랑 똑같은 게 좋았고, 어린애 취급받는 게 억울했지만, 어렴풋이 알긴 했을 거야. 나한텐 야쿠자를 할 만한 주변머리가 없다는 거. 결국 옛날처럼 형들 옆에서 잔심부름이나 하면서 어정쩡하게 돈을 벌었어. 하지만 점점 멀어지는 건… 어쩔 수 없어. 주위의 인간이 바뀌고, 움직이는 돈의 종류와 규모가 바뀌고, 그 때문에 또 인간도 바뀌고, 형들도 자기들 상상보다 훨씬 빠르게 떠밀려간 거야. 지방에서 돈을 움직이는 일도 많아져서 오랫동안 돌아오지 않는 시기도 있었고. 그러는 사이 나루 형님이 사라졌어. 형들은 자세한 말은 하지 않았지만 나루 형님, 일찍부터 각성제를 취급했는데, 물건도 돈도 크게 유용했

---

*　카드 두 장을 더한 수의 끝자리가 9에 가까우면 이기는 도박.
**　술을 나누어 마시고 야쿠자 조직에 입단하는 의식을 의미한다.

던 모양이야. 신주쿠로 옮겨오고 채 2년도 지나기 전에. 눈 깜짝할 새지. 난 주로 잔일뿐이니까, 카지노나 다른 업장에서 당번도 하고, 파친코 기계 놀릴 애들* 조달하고, 가게 자릿세 걷고. 술집, 물수건집, 유흥업소 한 바퀴씩 돌면서. 그 밖에 싸구려 위조 상품 관련."

나는 맥주를 마시고 고개를 끄덕였다.

"그런 잡다한 일 하면서 그 주변을 어슬렁거렸어. 기미코와 고토미 집에 가서 밥도 많이 먹었다."

"처음부터 사이좋았군요?"

"당시엔 우준 형이랑 기미코가 사귀었고, 지훈 형이랑 고토미도 그런 사이였으니까 뭐, 친한 동생 같은 느낌?"

"에엣." 나도 모르게 소리가 튀어나갔다.

"뭐야, 그렇게 놀랄 일이야?" 영수 씨가 눈을 휘둥그레 떴다. "비교적 보통 아냐?"

"아니, 아뇨아뇨." 나는 소파에서 고쳐 앉았다. "뭔지 기미코 씨와 그런 일이, 연결이 안 돼서."

"그래?"

"응, 뭐." 나는 맥주를 꿀꺽 삼켰다.

"그때만 해도 아무것도 없던 시절이니까, 연락 수단이 집이나 가게나 사무실 전화뿐이거든. 가게 닫혀 있고 내가 일이 없을 때는 기미코네서 전화 당번도 꽤 했다. 형들이 언제 전화할지

---

* 우치코打ち子. 파친코에서 개인이나 조직이 고용해 플레이하게 하는 사람.

모르고, 둘 다 일일이 부재 메시지 남기는 스타일이 아니니까."

"뭔지, 그런 건 평범한 연인들이라고 할까."

"뭐, 그래서 가끔 얼굴 마주하면 사이좋게 지낼 것이지 그 사람들 엄청 싸운단 말이야. 그 사람들,이라고 해도 형이랑 고토미. 왠지 번번이 그 둘이 싸우고, 지훈 형과 기미코가 말렸다고. 이러면 조합이 틀리잖아, 하고 늘 생각했지만." 영수 씨가 웃었다. "고토미는 지금이야 차분해졌다고 할까 나긋한 느낌이지만, 옛날엔 기가 세고 말발도 좋았어. 지훈 형은 너글너글한 데가 있어서 무조건 알았어, 알았어 하면서 웃어넘기고 상대를 안 한단 말이야. 그러면 형이, 너 아무리 그래도 말이 너무 심하지 않냐, 뭐 이러면서 둘 사이에 끼어들거든, 지훈이는 네 남자이기 이전에 내 형제라는 걸 잊지 말라는 둥. 그럼 고토미가 발끈해서 싸우는 패턴. 그래서 실컷 옥신각신하다가 마지막에는 모두 밥 먹으러 나간다는."

"다들 사이좋았구나." 내가 웃었다. "기미코 씨는, 우준 씨와 안 싸웠고요?"

"그쪽이 싸우는 건 본 적 없어. 뭐 기미코는 기미코대로 사정이 있으니까. 형은 늘 그걸 걱정했지."

"사정요?"

내가 묻자, 영수 씨는 내 눈을 지그시 들여다보고 맥주를 한 모금 마셨다.

"사정이, 뭔데요?" 내가 초들어 물었다.

"사정이라고 할까―" 영수 씨가 눈언저리를 비볐다. "하나,

너 기미코한테, 뭔가 그런 느낌의 얘기 못 들었어?"

"무슨 얘기요?"

"그렇군. 어머니 일은?"

"기미코 씨 어머니요? 들은 거 없는데요. 오늘은 아버지 성묘 간다던데, 가족 얘기 나온 건 처음이었고."

"아니, 딱히 대단한 건 아닌데."

"뭔데요?"

영수 씨가 자신의 손끝을 가만히 바라보고, 짧게 말했다.

"기미코 어머니, 교도소에 있어."

"교도소?" 나는 영수 씨의 말을 되풀이했다. "지금요?"

"응."

"혼자서요?"

"아니, 교도소는 보통 혼자 아닌가?" 영수 씨가 조금 웃고, 나를 건너다보았다. "뭐, 안에는 몇 명이나 있지만."

"그랬네, 미안해요." 나는 입을 일자로 다물었다.

"뭘. 아무튼 기미코 어머니는 교도소에 있어. 뭐 옛날부터야. 계속 들락날락."

"뭣 때문에, 들어갔는데요?"

"최근엔 좀도둑질이나 각성제일걸. 처음 들어간 건, 각성제랑 절도, 방화."

"방화?"

"딱히 좋아서 남의 집에 불 지른 건 아니고. 덫에 걸렸지. 저 가게 불 지르고 오면 빚 탕감해준다는 말에. 보험금 노리는 거니까 상대 가게 쪽과도 합의됐고, 각본도 다 짜여 있다는 말 믿고 저질렀는데, 거짓말이었어. 열 살 언저리였던 기미코도 엄마 따라서 같이 불 지르러 갔어."

나는 영수 씨 얼굴을 쳐다봤다.

"아버지는 예전에 돌아가시고 친척도 없어서, 시설 같은 데 전전하면서 자랐어. 뭐 드문 일은 아니지만, 어떤 생활이었을지 상상이 가지. 먹을 게 없는 일도 다반사. 게다가 기미코는 그것도 있으니, 꽤 지독하게 당했을 거야."

"그것이라뇨?"

영수 씨는 내 얼굴을 지그시 바라본 채 눈을 몇 번 깜박였다.

"그건." 거기서 일단 말을 끊고, 영수 씨는 벽 쪽을 쳐다보았다. 뒤에서 흐르던 음악이 일순 커진 듯한 느낌이 들었다.

"아니, 기미코의 그 느낌 있잖아. 너도 같이 사니까 알 테지만, 다르잖아, 기미코는 좀."

나는 영수 씨가 하는 말의 의미를 이해하려고, 눈에 힘을 넣고 영수 씨를 바라보았다.

"보통이라고 하면 보통이지만, 겉에서 보면 보통인데, 그래도 뭔지, 그런 장면 있잖아. 말이 통하는 건지 아닌지 알 수 없어질 때. 이 장면에서, 너 왜 이래, 하는 때가."

"있어요." 반사적으로 소리가 나왔다.

"못 하는 것도, 이것저것 있고."

지금까지 여러 상황이나 이런저런 대화 때 신기했거나 의아했던 기미코 씨의 반응이며 행동이 하나하나 떠올라서, 나는 손끝으로 눈꺼풀을 눌렀다.

"있지?"

"있어요."

"그다지 앞일이라든가—이를테면 돈 문제도 그렇지만, 그런 거, 생각 못 한다고 할까."

"응."

"그거, 일부러 그러는 게 아니야. 하지만 단순한 성격 문제도 아니고, 기미코는 그런 사람이야. 있었잖아, 옛날에 학교 같은 데도. 물장사나 뒷골목 세계에는 기미코 같은 사람이 많이 흘러 들거든. **나쁜 인간**이 보면 최상의 호구지. 남자건 여자건."

"호구?" 내가 중얼거렸다.

"어. 기미코 같은 사람은, 마음대로 할 수 있거든. 가족도 없고, 낮의 세계와도 이어져 있지 않고, 신분도 대충이고, 오늘 갑자기 사라져도 아무 문제도 되지 않을 사람. 그런 사람이 밤의 세계에는 많아, 어떤 의미로는 물건 같은 거지. 쓰임새가 다양한 물건. 날려버리는 것도 담그는 것도 제일 만만한. 그런 세계야."

나는 눈을 크게 뜬 채 영수 씨 얼굴을 바라보았다.

"더 말하자면, 그런 걸 전문으로 찾는 놈들도 있어. 신속 확실하게 돈이 되니까. 따질 줄도 모르고 어디 하소연할 데도 없고. 원래 세상은 그런 사람을 없는 셈 치는 곳이야. 비실비실하는 사람한테 접근해 좀 달콤한 말로 토닥토닥 해주면 간단히 손아귀에 떨어지지. 염려하는 척하면서 빚 얻어 쓰게 만들고, 이자다 뭐다 하면서 그때부턴 무한대로 쥐어짜는 거야."

"기미코 씨는." 나는 모르는 사이에 입을 가리고 있던 손을 내렸다.

"이런 풍파 저런 풍파 겪었을 거야." 영수 씨가 나를 똑바로 건너다보며 말했다. "처음 만났을 때 기미코가 열여덟 살이었던가. 딱 지금 네 또래? 그때는 이미 고토미도 함께였고. 지금껏 나도 너무 멀지도 가깝지도 않은 거리에서 지켜보고 있지만, 누구한테 쥐어짜이거나 하는 일은 없어. 착실히 물장사만 했지, 요란한 곳에 드나드는 일도 없고. 하지만 어렸을 땐 아마 힘들었을 거다. 기미코는 별말 안 하지만."

"나요." 나는 떠오르는 대로 말했다. "전에, 겨울에요, 영수 씨 전골 먹으러 왔을 때요, 아니 뭐랄까, 영수 씨 늘 기미코 씨에게 봉투 건네잖아요, 봉투라고 할까, 돈."

"어."

"나 그거, 기미코 씨한테 아무 말도 들은 거 없는데, 그때 멋대로 봐버렸어요. 돈이 들어 있던데, 그건."

"어머니 빚 갚는 돈."

"기미코 씨 어머니요?"

"응."

"아까 그 야구 도박 돈이에요?"

"아니, 그건 또 다른 거. 이것저것 있으니까."

"기미코 씨도 알아요?"

"아니, 기본적으로 내가 기미코에게 그냥 건네줄 뿐."

"영수 씨가, 기미코 씨 어머니 빚을 갚아준다고요?"

"뭐 그런 셈이지만." 영수 씨가 눈언저리를 긁고 말했다. "그래도 별것 아니랄까, 그냥 보험이야. 상해 보험. 보험회사와 병원의."

"보험요?"

"보험에 몇 명 가입시키지, 다달이 몇천 엔 코스 같은 거. 그 뒤 약간 다쳤다 뭐 그렇게 되잖아? 그럼 연계하는 병원에 간다고. 통원하면 하루에 뭐 계약에 따라 다르지만 만 엔 전후 나오지. 아무튼 아르바이트처럼 매일 보낸다고. 일단 가면 기록이 남으니까. 그걸로 최대한 끌어. 대개 두 달, 60일이 목표. 보험금 나오면, 나누고."

"들키면요?" 내가 물었다.

"진단서 써주는 의사도, 심사하는 보험회사도 다 짜고 치는 판이야. 서로 겹치지 않게 그룹이 몇 개 있고, 멤버도 정기적으로 바꾸고, 보험회사 담당자가 스톱 걸면 멈춰. 기미코에게 가는 돈은, 거기서 나와."

"만일, 붙잡히면요?"

"이깟 시시한 건으로는 딱히 뭐."

침묵이 깔리고 각자 맥주를 마셨다. 영수 씨도 붙잡힌 경험이 있는지 물어볼까 일순 망설였지만, 왠지 그러지 않는 편이 좋을 듯했다. 긴 침묵이 이어졌다.

"어머니 빚, 많아요?"

"각성제도 쌓이면 액수가 커지니까. 전에 사채업자 돈도 갖다 쓴 게 있어서, 기미코가 어렸을 때부터 부지런히 갚고 다녔어."

"기미코 씨." 나는 가슴속의 숨을 뱉고 손바닥으로 얼굴을 문질렀다. "어릴 때부터, 그런 식으로 살아왔어요?"

"기미코 오른손에, 뭔가 커다란 점 같은 거 있지?"

"어, 몰라요." 나는 얼굴을 들었다.

"있어. 엄지 밑에. 몇 번을 가르쳐줘도 기미코가 오른쪽 왼쪽을 구분 못 하니까 어릴 때 먹으로 새긴 거야. 아무 바늘이나 가져다가. 이쪽이 오른쪽이라고 딱 보고 알 수 있게."

"누가요?"

"어머니랑 어머니가 만나던 남자지."

나는 말을 잃었다.

"하나." 잠시 후 영수 씨가 말했다. "산자 같은 동네야 뭐 딱히 위험한 장소는 아니지만, 그래도 무슨 일이 있을지 몰라. 가출했다든가, 부모와 연락 없이 지낸다든가, 자기 얘기 일일이 안 하는 게 좋아. 누가 어디서 어떤 그림을 그릴지 모르니까. 호구되는 일 없게 해라, 눈독 들이는 놈 없게."

너무 활발히 움직였는지 둔해졌는지, 관자놀이가 지끈지끈 소리를 내며 아파서 나는 고개만 간신히 끄덕였다. 영수 씨는 남은 맥주를 마저 마시고, 잠시 내 얼굴을 바라보았다. 그리고 슬슬 나갈까, 하고 작은 소리로 말했다. 나는 잠자코 머리를 꾸벅했다. 영수 씨가 손을 들자, 레게 머리에 산뜻한 헝겊을 감은 점원이 와서 계산서를 건넸다. 내가 지갑을 꺼냈지만 영수 씨가 제지하고 전부 계산했다. 점원이 쾌활하게 인사하고 생긋 웃었다. 이 점원은 가게에 들어왔을 때부터 내내 같은 사람일 텐데,

몇 번이나 맥주를 가져다준 그 사람일 텐데, **실은 다른 사람**이 아닐까, 그새 알맹이가 바뀐 게 아닐까, 그리고 모두 사실을 알면서 모르는 척하는 게 아닐까, 문득 두려움과 불안으로 가슴이 쿵쿵거렸다.

밖으로 나오니 여름이 가는 냄새가 났다. 나는 어째서 이 냄새를 알고 있을까, 어디서 맡은 적이 있을까 멍하니 생각하며 영수 씨와 나란히 걸었다. 말은 없었지만 역으로 향하는 듯했다. 계절의 냄새란, 그러고 보니 신기했다. 계절은 어디서 정해질까. 무엇이 계절을 만들까. 꽃이나 잎사귀나 바람이? 인간은 관계없을까? 몇 살이건, 어디 있건, 같은 계절이라면 같은 냄새가 날까? 뭔지 그런 뜬금없는 생각이 들었다.

"기미코, 돌아오겠지?"

"네?" 내가 얼굴을 들었다. "왜요? 안 돌아올지도 모른다는 거예요?"

"아니, 깊은 뜻은 없어, 몇 시에 돌아오냐고." 영수 씨가 내 얼굴을 엿보았다. "뭐, 왜?"

"몇 시라는 말은 없었지만." 덜컥 불안해져서 처량한 목소리가 흘러나왔다. "돌아오죠."

"도박장 일은 미안했다. 느닷없어서 너도 졸았을 거야. 나도 졸았지만, 넌 더 졸지."

나는 그 말에는 대답하지 않았다.

"지금 과도기거든. 이런 일에 과도기도 뭣도 없지만. 아무튼 오늘은 어쩌다 그렇게 됐어. 잠깐 빌렸을 뿐이야."

빌딩과 빌딩 사이 하늘에 작고 검은 새들이 몸을 붙이고 날아
가다가, 이내 흩어져 어디론가 빨려들어가듯 사라졌다.

"영수 씨 형님은, 어떻게 지내요?"

"형은 죽었어." 영수 씨는 조금 뜸을 두고 말했다. "스물일곱
에. 뭐, 젊은 사람부터 죽어가는 거지."

역 개찰구로 이어지는 계단까지 와서 영수 씨는 "꽤 마셨네,
넌 정말 술이 하염없이 들어가는구나" 하고 웃더니, 들고 있던
파우치를 옆구리에 끼었다가 다시 손에 고쳐 들었다.

"지훈 씨는요?"

"지훈 형은." 영수 씨는 콧숨을 내쉬고, 손끝으로 눈썹을 긁
었다.

"흔한 말로 행방불명. 징역 사는 것도 아니고, 죽었다든가 당
했다든가 하는 얘기도 없으니까 그냥 오리무중. 아무리 그래도
너무 오래 무소식이지만. 마지막에는 금고랑 은행 쪽도 맡았더
랬어. 지훈 형은 외모가 훌륭해서 야쿠자로는 안 보이니까 그쪽
에서도 귀중한 존재였지. 형이나 지훈 형이나 두목 마음에 들어
서 줄곧 곁에 있었으니, 돈에도 조직에도 너무 깊숙이 관여한
거야. 또 모르지, 의외로 야무지게 일반인으로 돌아가 평범하게
살고 있는지도. 뭐, 그렇게 쉽진 않을걸. 어떨까. 아무튼 좀처럼
찾을 수 없네."

"찾고 있어요?"

"글쎄." 영수 씨가 웃었다. "뭐, 형이니까."

영수 씨와 헤어진 뒤 정처 없이 산겐자야 거리를 걸었다. 횡단보도를 건너 상점가를 똑바로 지나 그대로 집에 가면 좋았을 테지만, 어쩐지 그럴 수 없었다. 눈앞에 이어진 회색 길을 걸어가, 막다른 곳에서 오른쪽으로 꺾어졌다가 다시 왼쪽으로 접어들기를 몇 번 되풀이하는 사이, 정신이 들고 보니 다시 역 앞의 황혼 속에 서 있었다. 어두워지려면 아직 시간이 있었지만, 그럼에도 거리를 오가는 사람들의 발걸음에 밤으로 향하는 흥분 같은 희미한 열기가 느껴져서 나는 어디를 보며 걸어야 할지 알 수 없어졌다. 차츰 무거워지는 몸을 억지로 움직여, 횡단보도를 두 번 건너 또 다른 상점가를 빠져나갔다. 한동안 나아가자 큰 나무가 있는 공원이 나와서, 빈 벤치에 몸을 내려놓았다. 아이들, 노인, 데이트하는 남녀, 아기를 달래는 엄마. 일요일 오후가 끝나가는 시간 속에서 여러 사람의 모습이 왠지 조금씩 흐릿해졌다. 무언가 생각해야 할 것 같았는데, 어떻게 하면 그것을 생각할 수 있는지 알 수 없었다.

어두워질 때까지 공원에 앉아 있다가 집으로 돌아가 문을 열자, 기미코 씨가 있었다. 여느 때처럼 행주를 들고 여느 때처럼 벽을 닦고 있었다. 나를 보더니 활짝 웃으며 손을 멈추고 현관으로 나왔다.

"하나, 어서 와."

"다녀왔어요."

"다코야키 사다 놨어."

"우와—"

어째선지 기미코 씨 눈을 마주 볼 수 없어서 짐짓 기운차게 대답했다.

"성묘 간 데서 작은 축제를 하고 있더라고."

"우와— 진짜요?"

나는 눈을 피한 채 부엌으로 가서 손을 씻고, 숨을 가다듬고 방으로 들어갔다.

"이거 다 닦고 먹을까?"

"좋죠."

팔을 둥글게 돌리면서, 더럽지도 않은 벽을 언제까지고 열심히 닦는 기미코 씨의 뒷모습이 내 눈 속에서 몇 번이고 작은 어린애가 되었다. 나는 그 광경을 잠자코 바라보았다.

"됐다, 하나, 먹을까?"

낮은 탁자에 다코야키를 펼치는 기미코 씨의 오른손 엄지손가락에 영수 씨 말대로 콩알만 한 푸르스름한 자국이 있었다.

"맛있어요." 나는 다코야키 두 개를 입 속에 밀어넣었다.

"어라, 하나, 왜 울어?"

"네?" 나는 얼버무리며 말했다. "어—, 내가요?"

"응." 기미코 씨가 신기한 듯 말했다. "울잖아. 무슨 일 있었어?"

"없는데요. 다코야키가 맛있잖아요."

"그래?" 기미코 씨가 웃었다. "노점 것은 맛있지. 언제였더라, 하나하고도 갔잖아, 밤 노점."

"갔다, 갔다." 나는 입을 우물우물 움직이면서, 흘러내리는 눈물을 뺨에 문지르고 말했다. "기미코 씨랑, 같이 갔다."

다코야키를 먹는 나는 먼 여름밤 속에 있었다. 어느 여름도, 그 여름도, 반짝이는 사과 사탕과 솜사탕, 물속에서 하늘하늘 헤엄치는 빨간 금붕어, 알록달록한 고무공, 흙냄새, 소스 냄새. 쉴 새 없이 올라가는 연기와 사람들의 환성이 뒤섞여 밤은 한없이 부풀어갔다.

어둠 속에서 어둠보다 짙은 그림자를 드리우며 아이들이 달려갔다. 애들아, 밤은 무서워, 그쪽이 아니야. 몇 번을 말해도 아이들은 깔깔거리고, 그게 밤이란 걸 모른다, 밤이 무엇인지 모른다, 아무도 모른다. 그럼에도 저 앞쪽에 어렴풋한 빛이 보이고―그것은 냉장고에 가득한 소시지와 빵과 통조림 사이에서 새어 나오는 정겹고 흐릿한 빛이고, 정신이 들고 보니 기미코 씨가 내 얼굴을 바라보고 있었다.

"기미코 씨." 쉰 목소리가 나왔다.

"다시는, 전처럼 갑자기 없어지거나 하지 말아요."

"그러고 보니, 그랬네." 기미코 씨가 웃었다.

"웃지 말아요. 줄곧 같이 있는 거예요."

텔레비전을 보면서 다코야키를 먹었다. 교대로 샤워를 하고, 불을 끄고 이불 속에서 조금 이야기했다. 나는 오늘은 내내 집에 있다가 해 질 무렵 동네를 한 바퀴 돌고 왔다고 말했고, 기미코 씨는 묘지에서 본 길고양이 얘기를 들려주었다. 기미코 씨는 이내 고른 숨소리를 냈지만, 나는 쉽사리 잠들지 못한 채 방 안 여기저기에 떨어진 푸른 그림자를 멍하니 바라보았다.

7장

일
가
단
란

1

"좀 쉬자, 아사 직전이야."

란이 더는 무리라는 듯 팔다리를 뻗고 다다미 바닥에 엎어졌다. 시간이 벌써 그렇게 됐나 싶어 휴대전화를 들여다보니 오후 2시를 넘어선 참이었다. 하긴 아침에 편의점 주먹밥을 먹은 후 꽤 시간이 흘렀다. 기다렸다는 듯 뱃속에서 꾸르륵 소리가 났다. 정신없이 정리하느라 배고픈 줄도 몰랐다.

"뭐 먹을래?" 안고 있던 묵직해 보이는 골판지 상자를 내려놓고, 기미코 씨가 물었다. "다들 뭐가 좋아?"

"뭐든 좋은데, 빠른 거요."

란이 벌렁 드러누운 채 말했고, 나도 모모코도 아무거나 다 좋다고 소리를 맞추었다.

"그럼, 역 앞까지 가서, 보고 정할까?"

우리는 아직 덜 익숙한 주택가를 15분쯤 걸어, 국도를 하나 건너 여느 때의 산겐자야역 앞으로 나왔다. 몇 군데 기웃대며 고민하다가, 결국 전에도 여러 번 갔던 중화요리점으로 정했다. 미닫이문을 드르륵 미는 순간 볶음밥과 만두와 기름 냄새가 달려들고, 뱃속이 꼬일 듯한 맹렬한 허기가 올라와 침이 고였다. 제일 빨리 나온다는 그날의 정식으로 메뉴를 통일하고, 추가로 만두도 두 판 주문했다. 곧바로 나온 고기볶음과 흰밥을 제각기 부지런히 입으로 가져가고, 한숨 돌린 참에 모모코가 웃었다.

"좀 심한데? 누가 쫓아오냐고. 이거 많이 먹기 선수권 예선이야? 아니 뭐랄까, 다들 벌써 밥이 안 남았거든? 너무 먹는다—"

"나 요새 한창 흰밥에 꽂혔어." 란도 웃었다.

"그보다 밥은, 왜 이렇게 달아? 무한히 들어갈 것 같아."

입 안에서 육즙과 부추와 어우러져 감칠맛을 내는 밥을 천천히 씹으면서 내가 말했다. 거기에 한눈에 보아도 파삭한 갓 구운 만두가 테이블 한복판에 놓이자 모두 작은 탄성을 올렸다.

"정리, 대충 끝나가지? 2층은 커튼만 달면 되고, 그지, 하나? 이불도 벽장에 들어갔고." 란이 만두를 간장에 적시면서 말했다.

"응, 사이즈가 걱정이었는데, 전부 합격이었어. 커튼레일 고리도 충분했고."

"다다미방이 우리 방이지? 옆방은 한동안 짐 놓는 방인가? 옷이 꽤 될지도 모르고."

"맞아, 자는 방은 조금이라도 넓은 게 좋지. 참, 세면대 타일 봤어? 낡았다면 낡았지만 꽤 귀엽지 않아? 뭔지 아기자기해, 색깔도…"

"귀여워!" 모모코와 란이 동시에 말했다.

우리는 늦은 점심을 배불리 먹고 편의점에 들러 음료수를 샀다. 11월의 맑은 일요일. 간간이 지나가는 가벼운 바람에 아직 더 기다려야 할 겨울의 냉기가 어렴풋이 섞여 좋은 냄새가 났다. 무척 상쾌한 가을 오후였다. 여느 일요일보다 붐비는 거리 구석구석까지 햇살이 쏟아졌고, 오가는 사람들의 얼굴은 한껏 밝았다. 이삿짐 정리가 남아 있었지만, 우리는 사람들의 흐름에 섞여 괜히 역 앞을 어슬렁어슬렁 걷기 시작했다.

산자에 온 지 1년 남짓. 어지간한 가게들은 낯이 익었지만, 오늘은 유독 인테리어 용품과 꽃병, 간단한 수납장과 의자와 거울 따위, 집에 관련된 물건이 눈에 들어왔다. 이것도 저것도 반짝이면서 다정하게 나를 환영하는 것 같았다. 내 집을 위해, 좋아하는 가구나 물건을 구경하고, 마음에 들면 그리고 크게 비싸지 않으면 살 수도 있다—그렇게 생각하면 가슴속이 기쁨으로 간질거리고 입가에 웃음이 번졌다. 물론 불안도 없진 않았지만, 그래도 그것은 내가 처음 맛보는 고양감이었다.

기미코 씨와 살던 아파트를 비워줘야 한다는 사실을 안 것이 4월. 처음엔 아직 여유 있다고 생각했는데 그것도 잠시, 여름에 이것저것 일이 터지고 눈 깜짝할 새 시간이 흘러 새집 찾기가 코앞에 닥쳤다. 생각해야 한다고, 제대로 처리해야 한다고 머리로는 아는데, '레몬' 영업도 있고, 기미코 씨가 배탈 감기로 드러 눕거나 란과 모모코와 노느라 이러니저러니 매일 바빠서 뒷전으로 밀려난 상태였다.

그러는 사이 우리 말고 유일하게 남아 있던 주민이 아파트를 나가서, 가을 냄새가 나기 시작할 무렵 나는 본격적으로 초조해졌다. 이 또한 처음부터 알고 있던 사실이지만, 나는 집을 빌리려면 무엇을 어디서부터 시작해야 하는지도 잘 몰랐다.

일단 부동산 사무실은 가야 할 터다. 나는 '레몬'에 출근하는 길이나 쉬는 날, 거리 이곳저곳에 있는 부동산 사무실의 유리문에 나붙은 임대 정보와 배치도와 숫자 하나하나를 눈이 빠지게 훑었다. 당연하지만, 그럼에도 단 한 번도 가게 문턱을 넘지 못한 채 돌아섰고, 매번 들여다본 물건 숫자만큼 한숨을 쉬면서 집으로 돌아갔다.

금전적으로는 가능하다. 모아둔 돈도 있고, '레몬'도 문전성시는 아니어도 큰 문제 없이 영업 중이고, 집세가 밀릴 일은 없을 것이다. 집주인에게도 누구에게도 폐 끼치지 않고 건실하게 살 수 있을 테다. 그럼에도, 그 출발점에 서기 위한 신용 같은 것이 우리에게는 없었다. 나는 아직 보호자가 필요한 미성년자고, 신분 증명이 될 만한 것이라고는 하나도 없으며, 다달이 수입을 증빙할 자료도 없었다. 기미코 씨는 어른이지만, 나와 별반 다르지 않았다.

마침 그 무렵, 란은 동거하는 남자친구와 갈수록 싸움이 잦아졌는데, 한 달 전에는 남자가 과호흡 비슷한 걸 일으켜 경련하는 바람에 구급차를 부르는 소동도 있었다. 대체 뭐가 어떻게 돌아가는지, 좋았다 미웠다 하는 일이야 늘 있었다지만 최근에는 흥분하면 서로 주먹과 발부터 나가는 일도 빈번해, 이 생활도 이제 한계에 다다른 것 같다는 말도 나왔다. 모모코는 모모코대로 집에는 용건이 있을 때나 잠깐잠깐 돌아가고 학교도 거의 결석해서, 부모님과 갈등이 깊어지고 동생과도 최악의 분위기라, 여전히 대부분의 시간을 우리와 보내고 있었다.

그래서 연내에 새로 집을 알아봐야 한다고 하자 "그럼, 다 같이 살자!" 하고 곧바로 들썩했지만, 그것도 그때뿐이지 구체적으로 뭘 어떻게 해야 하는지는 아무도 몰랐다.

나도 란도 본가에 손 벌릴 형편은 아니고, 모모코는 부잣집 딸이고 부모님도 훌륭한 분들일 테지만 일면식도 없는 우리와는 당연히 관계없다. "할머니를 써서 어떻게 안 될까—"라고 모모코는 농담처럼 말했는데, 물론 현실성은 제로다. 신분증이 있건 없건 우리는 버젓이 살아 있는데, 뭔지 근본적으로 절반은 살아 있지 않다고 할까, 살아 있는 방식이나 남들에게 받는 취급이 보통 사람들과 다르다는 걸 절감하는 나날이었다. 미성년이란 으레 이런 건가 싶었지만, 나이는 관계없는지도 모른다. 기미코 씨도 매한가지였으므로.

언젠가 고토미 씨가 산자에 놀러와 다 같이 밥을 먹었을 때—그렇다, 식후에 커피를 마시던 고토미 씨가 한숨처럼 천천히 담배 연기를 뱉는 순간 눈이 마주쳤고, 그러자 평소처럼 희미하게 웃어줬는데—나는 고토미 씨가 때로 보여주는, 웃고 있지만 어딘지 쓸쓸한 그 표정이 좋아서 볼 때마다 왠지 울고 싶어지는데, 그날도 그 얼굴을 본 순간 팽팽했던 불안의 고삐가 풀어지면서 지금 안고 있는 걱정을 죄다 털어놓을 뻔했다. 하지만 안 그래도 한 달에 두 번은 출근 전에 긴자의 손님을 데리고 '레몬'을 찾아와 우리를 위해 많은 돈을 써주는 고토미 씨에게 집 문제까지 신세 지는 건 너무 염치없는 짓 같아서 꾹 참았다.

어쩌면 기미코 씨가 운을 떼주면 자연스러웠을 테지만, 기미코 씨는 그런 데는 전혀 생각이 닿지 않는 눈치였다. 그렇다고 내가 먼저 '고토미 씨에게 부탁 좀 해봐요'라고 쑤석거리는 것도 아닌 듯해서, 여러모로 어려웠다.

영수 씨를 의지하는 것도 내키지 않았다. 그날—야구 도박 현장과 맞닥뜨렸던 날 들었던 이야기는 내 안에 깊이 뿌리 내린 채 문득문득—실제로는 내가 겪었을 리 없는 여러 장면이 되살아나서 슬픈지 괴로운지 모를 심정이 되곤 했다. 그 뒤, 영수 씨는 여느 때의 과묵한 사람으로 돌아가 '레몬'을 변함없이 드나들었지만, 영수 씨와 만날 때도 만나지 않을 때도, 무슨 일을 할 때도 하지 않을 때도, 이야기 속 풍경이며 사람을, 그때그때 영수 씨가 눈과 가슴에 담았을 것들을 불현듯 떠올리게 되었다. 영수 씨와 기미코 씨 사이의 정을 생각하면 어떻게든 해줄지도 몰랐지만, 나는 이미 휴대전화도 빌려 쓰는 형편이었고, 이 이상 부담을 끼칠 수는 없었다. 게다가 영수 씨가 상황을 어떻게 해결해주건 분명 **건실한 방법은 아닐** 테고, 어쨌거나 영수 씨는 정말 마지막 가능성으로 남겨둬야 한다고 생각했다.

히가시무라야마로 돌아가 뭐라도 신분 증명이 될 만한 것을 찾아볼까. 하지만 뭐가 있는데? 대체 무엇이, 나의 무엇을 증명해준단 말인가. 그런 것은 아무것도 없다. 생각해 보면 비단 집에만 해당하는 일이 아니었다. 이를테면 내가 지금 사고를 당하거나 병이라도 난다면? 병원이나 갈 수 있을지, 보험도 뭣도 없는 내가 치료비를 감당할 수 있을지—눈앞에 느닷없이 시커먼 구덩이가 나타나 머리부터 빨려들어갈 것만 같아 나는 고개를 세차게 저었다. 그게 아니야, 지금은 아무튼 집 문제에 집중하라고. 살 집을, 너는 대체 어떡할 셈이니.

최악의 경우 나와 기미코 씨 둘이라면 '레몬'에서 사는 것도 가능할까. 잠은 소파에서 자고, 박스석 하나를 희생시켜 짐을 놓고 헝겊으로 덮어둔다거나? 아니면 모모코를 통해 야옹이 오빠에게 사정해 2층 타투 가게 열쇠를 빌려 이불만 가져가 당분간 몰래 지낸다거나? 밤낮으로 쉴 새 없이 그런 궁리를 하느라 머리가 이상해질 지경이었다. 기미코 씨는 변함없이 벽에 행주질을 계속했다. 란도 모모코도 태평하다고 할까, 내가 집 문제로 이렇게 피가 마르는 줄은 꿈에도 모르는 눈치였다. 그렇다, 란도 모모코도 "다 같이 살자!"라고 말은 하지만, 어디까지나 느긋한 희망 사항이랄까 그렇게 되면 좋을 거란 얘기였지 내 절박함은 누구와도 공유할 수 없었다. 내가 해결해야 한다. 기미코 씨와 나의 생활을, 내가 어떻게든 해야 한다. 하지만 어떻게? 좁은 상자 속에 갇힌 채 산소가 점점 희박해지는 듯 막막한 심정으로 몇 주일을 보내고, 마침내 막다른 골목이다, 영수 씨에게 상담할 수밖에 없다고 체념했을 때—구원의 손길은 전혀 예상치 못한 곳에서 뻗어 왔다. '레몬'의 건물주였다.

"시모우마에, 한 채 있는데."

간사이 지방에서 태어나 자란, 부드러운 오사카 사투리를 쓰는 진 할아버지의 본명은 진노 씨였지만, 우리는 허물없이 진 할아버지라고 불렀다. 진 할아버지는 '레몬'을 마음에 들어 해서, 한 달에 한 번, 혼자 훌쩍 찾아왔다. 오래되고 낡긴 했어도 이만한 건물을 소유했으니 상당한 부자이련만, 가탈을 부리거나 잘난 체하는 일이 전혀 없어서(같은 부자나 땅 주인이라도 변덕스럽고 심술궂은 단골손님은 제법 있다), 진 할아버지가 오는 날은 왠지 운 좋은 날이랄까 기분이 좋아진달까, 아무튼 매우 모범적인 손님이었다.

스스로 진 '할아버지'라고 자기소개를 한 만큼 백발이 성성한 '노인'이지만, 피부에 윤기가 있고 혈색은 볼 터치라도 한 듯 연분홍빛이며, 무엇보다 등이 꼿꼿하고 동작이 빠릿빠릿해서 활기 넘쳤다. 진 할아버지는 '레몬'에 오기 전 반드시 미리 전화를 걸어 안쪽 박스석이 비어 있는지 확인했다. 자리에 앉으면 우선 맥주부터 주문하고 우리에게도 권한 다음 본인은 미즈와리로 넘어가는데, 적당히 취기가 돈다 싶을 때 가라오케로 옮겨가 귀에 익은 십팔번으로 첫 곡을 시작했다. 이윽고 가슴 주머니에서 작은 수첩과 노안경을 꺼내, 준비해 온 곡명을 체크했다. 매번 어김없이 진 할아버지 나름대로 신곡에 도전하곤 하는데, 그날 밤의 도전곡은 J-WALK의 〈아무 말도 못 하고… 여름〉이었다.

노래를 마치고 한숨 돌린 진 할아버지가 내가 어째 시들시들하다 싶었는지 "그래, 요즘 별일 없고?" 하고 물었고, 여차여차해서 살 곳이 없어질 위기라고 털어놓자 "시모우마에, 한 채 있는데"라고—그야말로 귀를 의심하고 싶은 말을 툭 내뱉었다. 그날 '레몬'은 만석이라 소란했지만, 그 말을 들은 순간 주위의 소리가 쓱 사라지고, 진 할아버지의 목소리가 마치 두툼한 구름장을 뚫고 내려오는 한 줄기 빛처럼 내 어둠을 밝혀주었다.

"낡긴 했는데, 있어. 뭐 오랫동안 들여다보지 않았지만." 진 할아버지는 소금에 절인 다시마채를 집어 입에 넣으면서 말했다. "그거, 어느 점포에 내놨더라? 좌우지간 영 감감무소식이네. 세입자가 통 나서질 않아서 그냥 밀어버리고 토지를 처분할까 했는데, 그것도 까먹고 있었군. 거기면 되지 않겠나?"

상담할 사람 하나 없이, 살짝 구역질이 날 정도로 혼자 고민했던 문제의 해결 실마리가 지금, 눈앞에 나타났는지도 모른다—뺨이 확 뜨거워지고 나도 모르게 몸이 앞으로 나갔다.

"하지만 진 할아버지, 저 신분증 같은 거 없거든요, 계약이라든가, 아마 절대 무리일 것 같은데요."

"여기는, 어찌했지? 어찌했더라?"

"어, 어찌—"

"세 놓은 게 많아서, 여긴 어찌했는지 갑자기 생각이 안 나네."

"저는 나중에 합류해서, 어찌했는지 자세히는 모르는데요." 조급한 마음에 말투가 진 할아버지를 따라가는 바람에 나는 멋쩍게 입술을 핥았다.

"그래도 여기, 제대로 했었는데? 비교적 순탄했을걸?"

"제대로 했어요?"

"그럴걸? 아, 맞네…. 기미짱이 예전에 여기서 영업했던 아쓰

코 마마랑 아는 사이라. 응, 아쓰코 마마가 오래 이 자리에 있었
는데, 기미짱을 무척 잘 봤단 말이지. 그래서 나하고도 알게 됐
고. 난 말이야, 생판 모르는 사람은 싫거든. 가끔 엉뚱한 짓 저지
르는 녀석이 있으니까. 삐끗하면 아주 골칫거리예요. 당신들은
월세도 따박따박 보내고, 응, 말하자면 청소야. 청소가 세상 바
지런하단 말이지. 문제없지 않나? 내가, 최종적으로는 변소 보
고 결정할 때가 많거든."

"변소요?"

"암. 누구든 입으로는 번드르르한 말을 왜 못 해. 나는 말이
야, 자동차 살 때도 돈 빌려줄 때도 아무튼 마지막엔 거기 변소
보고 결정하네. 여긴 언제 봐도 깨끗해. 장사는 전부 변소에서
나오는 법이야." 진 할아버지는 엄지와 검지에 묻은 소금을 차
례로 핥으면서 말했다. "그러니까 기미짱과 자네가 산다는 거잖
아? 됐어, 그럼."

"앗, 그게요, 기미코 씨와 둘이라고 할까, 란과 모모코도요, 다
같이 살기로 해서요, 월세도 딱딱 나눠 내서."

"거기, 네 명이나 살 수 있을라나—기억이 가물가물한데….
아, 위층에 방 둘, 아래층에 거실이랑 다다미방 하나였나. 어떻
더라. 원체 구옥이고 한참 비워둬서 집이 상했을 테지만."

"단독주택이에요?" 나는 눈을 크게 뜨고 물었다.

"몇 평이더라, 20평쯤 아닌가?"

"월, 월세는 비싼가요?"

"아—" 진 할아버지가 노안경과 수첩을 주머니에 넣으면서

말했다. "얼마였더라? 확실히 기억 안 나니까, 내일 사람 시켜서 연락함세. 뭐 그리 비쌀라구. 여기 월세랑 같이 입금해주면 돼. 가만둬도 결국 헐어버려야 할 집이고, 마음대로들 써. 그보다 일단 집을 한 번 봐야 하지 않나? 살게 될지도 모르는데. 아, 열쇠가 있어야지? 그럼 그것도 연락하라고 일러두지."

나는 얼굴뿐 아니라 손발과 목덜미와 등까지 뜨거워져서, 고맙다고 말하며 몇 번이나 머리를 숙였다.

"자네, 그렇게 꾸벅거리다가 목 다쳐. 나도 월세 들어오고, 좋지." 진 할아버지가 미즈와리를 후루룩 삼켰다. "그렇지, 영수 군에게도 말해두게. 안영수 군. 있지?"

"있어요."

"그 애가 열쇠 가지러 오면 되겠네."

그 말을 남기고 진 할아버지가 돌아가자, 곧바로 영수 씨에게 전화를 걸었다. 하지만 신호가 몇 번 울려도 받지 않았고, 열두 번쯤 계속 걸어도 연결되지 않아 단념했고, 이튿날도 일어나자마자 또 걸어봤다. 결국 그날도 해 질 무렵까지 종일 연락이 닿지 않아 마음이 바작바작 타는 가운데 '레몬'에 출근해, 다 함께 도시락을 먹고 있을 때 마침내 영수 씨가 나타났다. 나는 전화 얘기가 나오기 전에 '쉿' 하는 것처럼 재빨리 눈짓하고 "영수씨, 잠깐 편의점에 같이 가요" 하면서 밖으로 데려갔다. 아직 확실한 것도 아닌데 어정쩡하게 얘기를 꺼냈다가 일이 틀어져 모두를 낙담시키긴 싫었고, 가능하면 느닷없이 집으로 데려가 "짜잔!" 하고 놀라게 해주고 싶었거니와, 기왕이면 "하나, 굉장하다!" 같은 말을 듣고 싶은 저의도 있었다. 우리는 건물을 나와 일단 편의점으로 향했다. 영수 씨는 궁금한 표정을 짓고 있었지만, 걸으면서 사정을 설명하자 호, 하며 눈을 크게 떴고, 잠시 후 약간 생각에 잠긴 듯 침묵했다.

"왜요, 뭐 잘못됐어요?"

"아니, 진노 씨라… 생각도 못 했다 싶어서. 그러고 보니 시간이 별로 없었구나." 영수 씨가 눈을 들어 흘금 허공을 올려다보았다. "나도 최근 이것저것 있어서 허둥대던 터라."

"아니, 나도 엄청 초조했거든요. 이젠 끝이다 했는데 진 할아버지가 마침. 영수 씨도 옛날부터 아는 분이죠? 열쇠 가지러 오랬어요. 여러모로 바쁘겠지만, 되도록 빨리 부탁 좀 할게요. 부탁합니다." 나는 손바닥을 맞대고 말했다.

"알았어. 집은 어디라고?"

"시모우마요. 세타가야 공원까지는 안 가지만 그쪽에 가깝다던데. 몇 년이나 비어 있던 오래된 집이래요. 아무리 그래도 단독주택이라니까 월세가 좀 걱정이지만, 방 세 개에 거실도 있어서 다 같이 사는 데 지장 없을 것 같아요. 단독주택이라니 굉장하죠? 한 번도 안 살아봐서 전혀 모르겠네. 집 안에 계단이 있는 건 어떤 느낌일까—" 흥분과 불안으로 평소보다 빠르게 말을 쏟아내고 있었다.

"집이 대강 어떤 느낌인지, 그리고 월세도 물어볼게."

"비싸면 곤란한데."

"뭐, 진노 씨라면 큰 걱정 안 해도 될걸. 돈도 있는 분이고 '레몬' 때도 이러니저러니 했어도 결국 이쪽 조건 다 들어주셨으니까."

"앗." 그 말을 들은 순간, 지금까지 줄곧—단속적이나마 어슴푸레 신경 쓰였던 사실이 머릿속에 떠올랐다.

"그렇구나—'레몬' 빌릴 때도, 영수 씨가 한 거죠?"

그게 뭐, 하는 표정으로 영수 씨가 나를 쳐다봤다.

"아니, 뭐 그렇다고요." 나는 신발 코를 내려다보면서 덧붙였다. "그야, 영수 씨가 했겠죠. 뭐 당연히 그랬겠지만."

영수 씨에게서 기미코 씨 얘기를 듣고 이것도 저것도 한순간에 납득할 수 있었던 그때의 감각이 훅 되살아났다. 기미코 씨와 '레몬'을 억척같이 청소하던 무렵에는 아무것도 몰랐었지. 히가시무라야마에서 같이 지내던 때도, 아니 바로 얼마 전까지도 기미코 씨에 대해 아무것도 알지 못했다—그러자 기미코 씨 오른손의 푸르스름한 상처가 눈앞에 떠올라 속이 쓰렸다.

사흘 뒤, 영수 씨가 집의 위치를 표시한 지도와 도면, 그리고 열쇠를 가져왔다. 나는 도면을 구멍이 뚫릴 정도로 들여다보면서 상상을 펼쳤다. 다다미방(6조)이라고 적힌 1층의 네모난 방은 기미코 씨 방, 2층 다다미방(6조)은 우리 셋이 지내는 방, 나란히 붙은 마루방(5조)은 서랍장이나 수납장을 두고 옷방처럼 쓰자. 우리의 소중한 '노란색 코너'는 그 방에서 제일 눈에 띄는 자리에 마련할지, 아니면 모두가 지낼 1층 거실(6조)로 할지. 부엌(4조)에는 그리 큰 식탁은 들이기 힘들 테지만 여기서 다 같이 밥을 먹고 싶은데, 그러자면 의자가 필요하다. 의자—나는 지금껏 한 번도 입식 생활을 해보지 못했다. 집 안에 의자가 있었던 일은 없었다. 그럼 우선 의자부터 살까. 사볼까. 내 첫 의자를. 그렇게 생각하니 몹시 기뻤다. 그리고 한참 고민한 끝에 나는 결심했다. 혼자 미리 가볼 게 아니라 처음부터 넷이 가자. 거기서 처음, 하나둘셋, 하고 다 함께 집을 보기로 하자.

오늘처럼 맑은 기분 좋은 일요일, 나는 세타가야 공원에 가자고 모두에게 제안했다.

평소에는 맥도널드 아니면 집, 혹은 집 근처에서 늘어져 보내기 일쑤였던지라 다들 뜬금없다는 눈치였지만, 편의점에서 산 주먹밥을 먹고 잔디에 앉아 수다를 떨자 제법 휴일다운 하루가 됐다. 해 질 무렵 돌아오면서 산책하는 척 주택가로 들어갔다. 잠시 후면 모두를 놀라게 만든다고 생각하니 흐뭇했지만, 대체 어떻게 생긴 집인지는 나도 몰랐고, 말 그대로 폐가는 아닐지, 그보다 애초에 집이 정말 있긴 할지, 불안 반 기대 반으로 몸이 오스스 떨리고 가슴이 쿵쾅거렸다. 이윽고 머릿속에 넣은 지도의 작은 주차장 옆, 이 근처다 싶은 장소에—한 채의 집이 나타났다.

"왜 그래, 하나?" 발을 멈추고 집을 쳐다보는 나에게 란이 말했다. "왜, 무슨 일이야?"

그것은 아무 특징도 없는, 어디에나 있는 오래된 단독주택이었다.

삼각 기와지붕을 인, 집이니까 당연하지만 전체적으로 네모난—나는 눈을 크게 뜨고 그 전부를 눈에 넣었다.

2층에 난 검은 창틀로 둘러싸인 작은 창이 이쪽을 물끄러미 내려다보는 것 같았다. 바로 아래 1층 차양 밑에 가루를 뿌린 판 초콜릿 같은 중후한 암갈색 문이 있었다. 문과 나 사이에 가슴 께까지 오는 작은 알루미늄 대문이 있고, 좌우로 콘크리트 담이 집을 빙 둘러싸고 있었다. 녹슨 신문 투입함이 삐딱하게 담 위에 올라앉아 있었다. 문패 자리였지 싶은 곳에 네모나고 작은 얼룩이 어슴푸레하게 보였다.

외벽 색은 내가 초등학생 때 내내 신고 다니던 운동화를 떠올리게 했다. 비와 진흙과 먼지에 부대껴 원래 무슨 색이었는지도 알 수 없게 얼룩덜룩한 잿빛이 됐던, 몇 번을 빨아 햇볕에 말려도 그림자처럼 칙칙하던 운동화.

지면에 가까워질수록 벽은 거무스름했고, 깊은지 얕은지 알수 없는 균열이 몇 줄 지나갔다. 시선을 아래로 옮기자 대문과 현관 사이에 마음껏 자란 잡초가 보였다. 납작돌에는 빗물에 녹은 전단이 달라붙어 있고, 옆에 말라 죽은 커다란 알로에 화분이 있었다. 그 옆에 어쩌선지 오래된 나무 배트가 뒹굴고 있었다. 그 오른쪽에서 안으로 들어간 너머에 분명 작은 정원이 있을 텐데, 하고 나는 글자와 선이 군데군데 지워진 흐릿한 도면을 떠올렸다.

집이었다. 어디에나 있는, 몇 번을 봐도 누구의 기억에도 남지 않을 듯한, 아무 특징도 없는 오래되고 평범한 집. 그렇지만 나의 새집이다. 나와 기미코 씨, 그리고 모두가 살 우리 집이다.

"하나?"

모모코가 다가왔다. 내가 여전히 아무 말도 없자 모모코는 의

아한 듯 집을 쳐다보았고, 좀 떨어져 있던 기미코 씨와 란도 곁으로 와서, 우리는 한 줄로 서서 집을 마주하게 되었다.

"다들 들어봐."

나는 집을 쳐다본 채 말했다.

"여기, 우리 집이야."

잠시 멍한 침묵이 흐른 뒤, 란이 내 얼굴을 엿보았다.

"무슨 소리야?"

"우리, 여기 살 거라고."

"뭐?" 3초쯤 지나 모모코가 소리쳤다. "잠깐, 잠깐만 하나, 집이라니, 뭐야, 그거였어?"

"그거야." 내가 고개를 끄덕였다.

"우와, 하나, 대체 어느새!"

"거짓말, 하나! 진짜야? 어, 기미코 씨! 기미코 씨는 알고 있었어요?" 란도 질세라 큰 소리를 냈다.

"아니."

기미코 씨는 그렇게 말하고 뭔지 궁금한, 그러면서도 딱히 신기할 것 없다는 표정으로 나를 바라보았다. 나는 기미코 씨를 향해 싱긋 웃고, 다시 집을 쳐다보았다.

란과 모모코가 서로 팔짱을 끼고 소란을 떨었지만, 조금 지나자 조용해졌다. 기미코 씨가 요란하게 재채기를 했고, 란과 모모코가 킥킥 웃었고, 나는 기미코 씨 오른손 소매를—기미코 씨가 늘 입고 다니는 점퍼 소매를 붙잡았다.

"우리 집이에요."

정신이 들고 보니 먼 하늘이 짙거나 옅은 남색으로 물들고, 그 너머 아득한 곳부터 조금씩 어둠 속으로 가라앉고 있었다. 어디선가 까마귀가 울었다. 소리는 길어졌다 짧아졌다 하면서 차츰 멀어졌다. 어째선지 희미한 바다 냄새가, 파도 냄새가 코를 파고들었다. 그러나 그것도 바로 사라졌다. 우리는 침묵 속에서 서로 조금씩 몸을 맞붙인 채 우리 집을 바라보았다.

2

 '레몬' 월세가 14만 엔, 광열비 이것저것, 술과 물수건, 그 밖의 재료 구입과 각종 경비, 각각 금액은 다르지만 란과 모모코에게 아르바이트비를 지급하면 다달이 대개 40만 엔 전후 남았다. 하루 매상은 최저 3만 엔을 총력 사수하기로 하고, 영업일이 26일이니까 총 70만 엔, 거기에 고토미 씨에게서 정기적이라고 할까 임시라고 할까 굵직한 입금이 있었으므로, '레몬'은 이런 작은 스낵바치고는 매우 잘 굴러가는 편이었다고 생각한다. 남은 돈에서 아파트 월세와 광열비, 그리고 우리 두 사람 생활비를 제외한 나머지를 나는 반드시 예의 골판지 상자에 저금했다.
 '레몬'을 시작한 지 1년 2개월. 차곡차곡 모은 보람이 있어 저금은 235만 엔에 이르렀다. 진 할아버지가 집을 빌려주는 것도 구두 약속으로 끝내고 보증금도 받지 않은 덕에 저금을 건드리지 않고 해결되어 정말 다행이었다. 새집 월세는 12만 엔. 기미코 씨와 내가 합쳐서 7만 엔, 란이 3만 엔, 모모코가 2만 엔을 내기로 되었다.

235만 엔은 내게 틀림없는 큰돈이었다.

나는 집에 보관하는 이 저금은 란과 모모코에게도 비밀로 했다. 두 사람을 못 믿어서가 아니라 일부러 말하는 것도 이상하거니와, 기미코 씨와 공동으로 모았다고는 해도 이건 역시 개인적인 일이라고 생각했기 때문이다. 게다가 란과 모모코에게 각자 저금이 있는지 없는지 아무튼 나로서는 아는 바 없고, 같이 살아도 그 부분은 따로여도 좋을 테다. 기미코 씨는 여전히 '레몬'의 매상에도 수입에도 우리의 저금 액수에도 딱히 관심이 없고, 이따금 단둘이 있을 때 운을 떼봐도 굉장하네, 정도의 반응이 돌아올 뿐이었다.

새집에 옮겨오고 한 달쯤 지난 12월 첫 일요일. 시부야에 새로 생긴 프랑스풍의 뭐라뭐라는, 이름이 몹시 긴 케이크 가게에 가보자는 얘기를 모모코가 꺼냈다. 모모코에게는 친한 친구는 없었지만, 에스컬레이터식으로 고스란히 진학하는 학교라 초등학교 때부터 몇 번이나 같은 반이었던, 학교와 거의 멀어진 지금도 가끔 가볍게 통화 정도는 하는 아이가 딱 한 명 있었는데, 그 애가 알려준 듯했다. 란은 흥미진진이었고, 나도 무척 가고 싶긴 한데 집 문제로 영수 씨와 상의할 게 있으니 일단 둘이 다녀와라, 그래서 좋으면 다음에 같이 가자고 말해보았다. 그날, 기미코 씨는 마침 고토미 씨와 미용실에 간다며 오전부터 외출한 터였다. 어— 괜찮아? 뭔지 우리만 미안, 하고는 화장을 해가며 수다가 끊이지 않는 란과, 이것도 아니고 저것도 아니라면서 하염없이 옷을 고르는 모모코를 속을 바작바작 태우며 겨우 배웅하고, 둘이 모퉁이를 도는 것을 틀림없이 확인한 후 집으로 돌아왔다. 그리고 집안 구석구석을 훑어 돈을 감출 만한 장소를 물색했다.

내가 살았던 문화주택이나 얼마 전까지 기미코 씨와 지냈던 아파트와는 달리, 단독주택은 여러 의미로 단순하지 않았다.

용도를 알 수 없는 공간이며 틈새며 선반이며 바닥 차이 같은 것이 많아서, 감출 장소는 바로 발견했다. 부엌과 현관과 창고에도 후보가 몇 개 있었지만, 등잔 밑이 어둡다고, 나는 우리가 자는 다다미방 벽장에 감추기로 했다.

그것이 단독주택의 특징인지 오래된 건물에서만 보이는 구조인지 모르겠지만, 벽장 자체가 기묘할 정도로 컸고, 안으로 올라가 천장을 힘껏 밀면 판자가 툭 소리를 내며 떨어져나갔다. 목을 뽑고 들여다보니 여기저기 지붕 들보가 드러난 꽤 번듯한 공간이 천장 위에 널찍하게 펼쳐져 있었다. 지금은 이불을 벽장 아랫단에 넣어두지만, 내일부터는 위쪽에 넣기로 하자. 그러면 낮 동안은 윗단이 이불로 메워지고 밤에는 다들 자니까, 란과 모모코가 여기까지 올라와 판자를 밀어내고 천장 너머를 들여다볼 가능성은 거의 없고, 애초에 이불이 있건 없건, 일부러 벽장에 들어가 일일이 천장을 만져볼 생각을 할 리 없었다.

옆방으로 가서 아직 정리가 덜 된 이런저런 짐 사이에 은근슬쩍, 그러나 주의 깊게 숨겨뒀던 예의 골판지 상자를 열고 살며시 돈을 꺼냈다. 현금 크기에 비해 골판지 상자가 커서, 종이봉투로 바꾸는 게 좋을까 싶었다. 이 돈을 지켜주었던 누름돌은 여기로 옮겨오기 전, 주웠던 장소에 감사를 담아 돌려두었다.

나는 따로 모아두었던 종이봉투 다발 속에서 방수 가공된 두툼한 것을 골라, 235만 엔을 조용히 바닥에 내려놓고 지그시 바라보았다. 그러고는 역시 마음을 바꾸고, 다시 옆방으로 가서 어릴 때부터 써온 남색 상자를 가져와, 그쪽에 보관하기로 했다. 나는 이 상자의 뚜껑을 여닫을 때의 감촉이 좋았다. 안에 든 봉투, 종이조각, 소품 따위를 걷어내고 제일 밑바닥에 소중한 내 돈을 눕혔다. 그리고 뚜껑이 잘 닫혔는지 확인한 후 천장 위에 넣고, 판자를 원래대로 돌려놓았다.

점심때가 지나 집을 나섰던 란과 모모코는 밤이 되기 전에 돌아왔다. 시부야는 사람들로 복작복작했고, 가게에 들어가는 데 30분쯤 줄을 섰지만 과연 인기인 만큼 분위기도 좋고 케이크도 꽤 맛있더란다. 우리는 1층 거실에서 고타쓰에 들어가 맥주와 카시스 오렌지를 마시면서 수다를 떨었다. 고타쓰 본체는 전에 살던 아파트에서 가져왔지만, 이불은 지난번에 세이유*에서 새로 산 것이라 어디를 만져도 새것 특유의 뽀송한 감촉이 기분 좋았다. 우리는 단골손님과 신규 손님을 화제로 수다를 떨고, 새 메뉴에 대해 의논하다가 다시 손님 얘기로 돌아갔다. 특히 란은 최근 동반 출근이 늘었는데, 그중 한 명이 휴일에 오다이바에 놀러 가자고 끈덕지게 졸라대는 모양으로, 그럴싸한 거절 방법에 대해 각자 아이디어를 내놓았다. 잠시 후 모모코가 생각

*   일본의 슈퍼마켓 체인.

난 것처럼 가방에서 작은 꾸러미를 꺼내 내게 건넸다. 몇 종류의 노란색 실로 짠 미산가*였다.

"선물. 노란색 물건만 보면 자동적으로 하나가 떠올라서."

"와— 고마워." 나는 들고 있던 맥주를 내려놓고 기쁘게 받았다. "그러고 보니 미산가는 처음인지도. 이거, 저절로 끊어질 때까지 차고 다니는 거지?"

"맞아, 손목이나 발목에 찰 때 소원 빌면, 끊어졌을 때 이루어진다는."

"그렇구나. 어디에 할까."

손목과 발목에 대보는 사이 그러고 보니, 하고 란이 말했다.

"아까 모모코 학교 친구 만났다?"

"시부야에서?"

내가 묻자, 란이 동의를 구하듯 모모코 쪽을 돌아보았다.

"케이크 가게에서. 맞지? 있었지?"

"호— 얘기했어?"

"아니, 저쪽은 알아차리지 못했을걸." 모모코가 카시스 오렌지 캔의 풀탭을 따면서 말했다. "근데 그거, 완벽하게 원조교제던데."

"뭐어!" 나도 모르게 큰 소리가 나왔다. "그런 거, 딱 보고 알아?"

"아니 일요일인데 굳이 교복이었고, 상대는 촌스러운 시궁쥐

---

*   본래 '좋은 결말'을 의미하는 포르투갈어로, 색실로 엮은 팔찌나 발찌.

색깔 스웨터 입은 음침한 아저씨였고, 애교 부리고 있었고. 답 나오잖아?"

"모모코, 여자학교였지…. 역시 다들 하는 거야?"

불현듯 야옹이 오빠가 떠올랐다. 야옹이 오빠는 그 뒤로 몇 번 '레몬'에 와서 매번 맥주를 마시며 실컷 떠들고 돌아갔는데, 어째 최근에는 볼 수 없었다.

"야옹이 오빠, 요즘 통 안 온다? 모모코, 연락해?"

"뭐 그렇지, 아주 멀어지지도 가까워지지도 않은 선이랄까. 근데 뭔지, 이제 다 귀찮네." 모모코는 진심으로 귀찮은 듯 말하고, 더욱 귀찮은 듯 카시스 오렌지 캔을 기울였다. "야옹이 오빠도 딱히 나쁜 사람 아니고 해 끼치는 것도 없고, 만나서 얘기하는 상대로는 괜찮지만 그것도 두 시간이 한계라고 할까…. 뭐랄까, 그, 어딘지 수상쩍은 느낌… 알아?"

"대충 알 것 같아." 내가 고개를 끄덕였다. "특별히 싫은 느낌은 아니지만."

"뭐 그렇지. 그래도 과장이 꽤 심하다고 할까, 자기 과시가 지나치다고 할까…. 그치만 이른바 거짓말쟁이는 아니지, 굳이 말하자면 허풍선이랄까. 예를 들면 어제 우연히 알게 된 걸 마치 10년 전부터 알고 있답니다 같은 얼굴로 얘기하니까 짜증 나. 그 책이 이렇다 저 영화가 저렇다, 누구랑 아는 사이다, 지난번에 어디어디서 무슨무슨 파티가 있었는데 거기서 누구랑 어쩌고저쩌고. 어정쩡하게 유명인 이름 내놓으면서 슬쩍슬쩍 나 꽹장하지, 같은 정보를 버무리거든? 그야 나도 이것저것 얻어들었고, 완전 거짓말은 아니지만…. 봐봐, 거짓말쟁이랑 허풍선이의 차이, 있잖아. 알아?"

"몰라." 란이 말했다.

"…있거든, 차이가."

"뭔데, 차이가?" 란이 맹한 얼굴로 물었다.

"…모르면 됐어." 모모코는 조금 차가운 눈빛으로 란을 보고 말했다. "…야옹이 오빠는 됐고, 아까 본 그 애 말이야, 그쪽이 진짜 끝났구나 싶어서. 요즘 세상에 원조교제라니, 죽을 만큼 촌스럽잖아."

"원조교제는 촌스러워?"

나는 원조교제에 대해서는 잘 몰랐지만, 더 야단스럽다고 할까 진입 장벽이 높은 무언가라는 느낌이 막연히 있어서, 모모코가 촌스럽다고 가볍게 일축하는 게 의외였다.

"촌스럽다고 할까 불쾌하다고 할까. 원교는 원래 내가 중2 때쯤, 두 학년 위 고등부 선배들이 했거든? 그 시기쯤 유행했다고. 그래서 그 선배들이란 아무튼 전원 귀엽고 멋있고 헤어스타일도 여신급으로 예쁘고 화장도 끝내주고, 한마디로 멋짐의 끝판왕 같은 존재였단 말이지. 어른들이 줄 서서 데이트 신청하고, 돈도 있고, 공주 대접 받고, 누구에게나 인기 있고, 시부야 센타가이 가면 꽤 유명인으로 지인도 친구도 많고, 하여간 엄청 근사했다고. 그 선배들과 비슷하게 외모가 받쳐주고 인정받는 레벨 아니면 창피해서 원교는 엄두도 못 냈다 그 말이야. 그니까 우리는 전부, 좀 동경하는 구석이 있었거든."

"호." 나는 감탄해서 말했다. "뭔지 이미지와 좀 다르네."

"그래?" 모모코는 아랫입술을 내밀어 훅 숨을 뱉었다. 앞머리가 폴짝 움직였다. "뭔가 어른스러운 비밀이라고 할까, 한 단계 위 그룹에 들어간다는 느낌이 있었다고. 그런 선배들만 드나드는 클럽 같은 것도 있었지. 거기서 아침까지 놀다가 그대로 학교 오는 거야."

"그래도 원조교제는 돈을 받기 위해 하는 거지?" 나는 맥주를 한 모금 마시고 물었다. "그 잘나간다는 선배들은 돈을 원해서랄까, 필요하니까 했던 거지?"

"그럴 리가." 모모코가 웃었다. "무슨 시대극도 아니고 딱히 돈 아니거든. 물론 돈은 있으면 있는 대로 좋긴 하지만, 우리 학교 애들은 다들 집에 돈 있고, 그쪽이 아니야. 시간 남아돌고, 재밌고, 즐거우니까 한다는 느낌?"

"그래?" 나는 놀라서 눈을 크게 떴다. "그러게 원교라고 하면 뭔가, 그… 참아야 하는 거잖아, 그, 엄청 참는다고 할까…. 그런 거지? 그, 모르는 남자라고 할까, 일단 저쪽이 이쪽을 산다고 할까 마음대로 한다고 할까, 그거 비교적 눈 꾹 감고 견뎌야 할 일이란 느낌인데."

"아니이." 모모코는 고개를 갸웃하고 말했다. "참는 건 아니지 않아? 그러게 '이 사람은 아닌데' 싶으면 패스하면 되는 거고, 골라잡을 수 있고, 누가 강제로 시키는 것도 아니고, 기본, 노는 일의 연장 아닌가?"

"나, 성매매는 한 적 없지만, 좀 알 것도 같아." 어느새 새로운 맥주를 꺼내 돌아온 란이 이야기에 끼어들었다. "그게 그렇잖아, 단순히 지긋지긋한데도 못 끊는 상대나, 헤어지기 귀찮아서 대충 만나는 남자친구라 해도, 한 번쯤 하는 거 솔직히 별것도 아니잖아? 더는 죽고 못 사는 사이도 아닌데 한가하니까 그냥 할 때도 있고 뭐 그런? 100퍼센트, 적당히 한 번 하는 거잖아? 겁나 성가시고 의미 없고, 하고 나서도 너 좀 꺼져주라 같은, 그런 느낌 되잖아? 어차피 그럴 거면 돈 받는 편이 훨씬 나을 것도 같아. 그건 알겠네."

"우리 학교 선배들은, 아마 그런 것도 아니었을걸." 모모코가 손끝으로 눈꼬리를 훑으면서 말했다. "즐겁고 신나 보였어."

"정말?"

"응⋯. 뭐, 선배들이 진짜로는 어떤 생각이었는진 몰라도 이쪽에서 보기엔 그런 느낌. 그런 식으로 보였어. 어른들이 공주 대접 해줬고."

"어, 그럼, 모모코도 해보고 싶었다는 거야?" 나는 조금 두근두근하면서 물어보았다.

"뭐 그렇지⋯. 전에도 얘기했겠지만, 난 한 덩치 하는 데다 얼굴도 못생겨서 브루세라 대기실에서 격침됐지만, 나도 선배들 같았으면 어땠을까, 생각할 때도 있어. 아마 다른 경치가 보였겠지. 그래서, 아까 본 그 애 얘긴데, 걔도 완벽히 나랑 비슷한 형편이었단 말이지! 나랑 똑같은 레벨이었다고! 그 말을 하고 싶었다 그거야. 내 별명 '고릴라 새턴'이었잖아, 근데 걔는 '지박령'이었다니까? 차라리 내가 훨씬 낫지 않아? 뭔지 지금 와서 원교 데뷔한 느낌이 완전 촌스러웠다고…. 성매매 같은 거 좀 친 게 언젠데…. 아니 그보다, 이건 좀 다른 얘긴데."

모모코가 앞머리 사이로 내 눈을 보고 히죽 웃었다. "하나 말이야."

"뭐?"

"이거 그냥 내 감인데…. 아직 한 적 없지, 아마도?"

"앗, 모모코 그걸 직격하네?"

란이 화살표처럼 세운 두 집게손가락을 모모코에게 향하며 냉큼 이어받았다.

"없어없어." 느닷없이 이야기가 그쪽으로 가서 놀랐지만, 놀란 김에 솔직히 대답했다. "없지, 누구랑 사귄 적이 없는걸."

"그런 거, 사귄 적 없어도, 딱히 할 수 있잖아." 모모코가 손에 든 카시스 오렌지 캔을 흔들면서 웃었다. "그렇잖아, 란?"

"그래도 맨 처음엔, 사귀는 애랑 하는 거 아닌가?" 란도 웃었다. "좋아한 애는 있었을 거 아냐, 걔하고는 잘 안 됐어?"

"좋아한 애." 나는 란의 말을 되풀이했다. "좋아한 애,라면…. 어떤?"

"뭐? 좋아한 애가 좋아한 애지 뭐야. 그 애랑 뽀뽀 같은 거 안 했어?"

"좋아한 애… 없었는데." 나는 진지한 얼굴로 말했다.

"우와— 대박이다, 하나." 둘은 얼굴을 마주 보고 희희낙락 웃었다. "하나 얘가 사실 뭔지 그런 구석 있다니까, 의미불명인 구석이! 아니, 아무리 그래도 한 명쯤은 있었을 거 아냐, 뭔가, 좀 괜찮다 싶은 사람."

"잠깐 있어봐, 생각해볼게."

고타쓰 밑에 밀어 넣은 무릎을 쓰다듬으면서 등을 똑바로 펴고, 지금까지 인생에서 그런 포인트가 없었는지 더듬어보았다. 그러나 아무리 머릿속을 뒤져봐도 떠오르는 것은 어렸을 때 살았던 문화주택의 거칠거칠한 모래벽의 감촉이며, 청풍장이라는 글자가 번진 간판이며, 엄마가 라면을 먹으면서 방 안에서 신고 있던 흰색 하이힐 같은 것뿐이고, 같은 반 남자애라든가 누구라든가, 도무지 얼굴이고 이름이고 떠오르는 것이라곤 없었다.

정말 없나보네—라고 생각한 순간 탁 떠오른 것이 있었으니, 초등학교 때 푹 빠졌던 만화 주인공, 이집트의 파라오였다. 그 흑발에 늠름한 눈빛을 지닌 강인한 파라오의 이름은 뭐였더라… 그렇다, 멤피스,《왕가의 문장》에 나오는, 분명 멤피스였는데, 지금 그런 말을 했다가는 진심으로 얼간이 취급을 받을 것 같았고, 애초에 멤피스는 현실에 존재하는 사람이 아니었다. 그렇지만 정말 없을까. 괜찮네 싶었던 사람, 좋아하는지도 모른다고 생각했던 사람, 지금껏 나는 정말, 남자에게 그런 생각을 품은 적이 없었을까—머릿속을 더듬으며 맥주를 마시려던 순간, 문득 한 사람 떠올랐다.

"패밀리 레스토랑 점장님이… 무척 좋은 사람이었어, 하지만."

"봐, 있었잖아." 둘은 실눈을 뜨고 말했다.

"하지만 좋아한다든가 그런 거 아니었어. 친절하게 해주셔서,

지금 떠올랐을 뿐이야."

"그래도 상냥했다는 건 저쪽은 하나를 노렸다는 말 아니야?" 모모코가 짓궂게 물었다.

"그럴 리 없어." 나는 부정했다.

"그럴 리 있지, 알면서 왜 이래."

모모코가 웃고, 란도 덩달아 웃었다.

"아니, 그런 거 아닐 텐데."

"저쪽은 노렸을 게 당연하잖아." 모모코는 히죽히죽 웃었다. "절대로 하나랑 하고 싶었을걸!"

그 말을 들은 순간, 방금 전까지 눈앞에서 즐겁게 웃던 사람이 돌연 사납게 노려보는 듯 당혹감이 전신을 훑고, 동시에 말할 수 없이—이루 말할 수 없이 불쾌한 기분이 들었다. 그것은 새하얀 장지문에 먹물 한 통을 통째로 쏟아붓는 것 같은 뚜렷한 혐오감이었다. 나는 가슴속에 쌓인 숨을 천천히 코로 뱉고, 고타쓰를 벗어나 "미, 미산가, 일단 여기 둘까"라고 중얼거리면서 노란색 코너 쪽으로 갔다.

무심한 척 노란색 코너의 소품을 이것저것 집어 들었다 제자리에 돌려놓고, 다시 집어 들었다 돌려놓기를 되풀이하면서 마음을 진정시키려고 애썼다. 오른쪽에서 왼쪽으로 한 번 세어보고, 다시 거꾸로 세어보거나 했다. 2단 선반에 가득한 노란색 소품은 전부 쉰세 개였다. 그리고 조금 전 얘기의 대체 무엇이 이 혐오감을 불러일으켰는지, 무엇이 내게 이런 타격을 줬는지 생각해봤다. 점장이 이렇다 저렇다는 것도 아니다. 모모코에게 짜증이 난 것도 아니다. 화났다거나, 그런 문제도 아니다. 그것은 뭐라고 할까, 마음이라고 할까 감정과 상관없는 일 같았다. 불쾌한 것이 몸에 직접 닿는 것 같은, 좀더 직접적인 감각이지 싶었다. 나는 부엌으로 가서 손을 씻었다. 거실에서는 어느새 텔레비전이 켜지고, 예능 프로그램의 소란스런 소리가 흘러나왔다. 아니, 텔레비전은 처음부터 켜져 있었는지도 모른다. 왁자한 웃음소리며 요란한 효과음에 섞여 들리는 어느 것이 탤런트나 연예인의 목소리고, 어느 것이 모모코와 란의 목소리인지 잘 구분되지 않았다. 싱크대 앞에서 몇 분 가만히 서서 마음을 가라앉히고, 컵라면 먹을 사람, 하고 말을 걸었다.

"지금부터 또 밖에 나가자니 춥고 귀찮네"라고 중얼거리며 란과 모모코도 부엌으로 와, 바구니에서 각자 좋아하는 컵라면을 골라, 뜨거운 물을 부어 다시 고타쓰로 돌아갔다. 부엌에는 아직 테이블도 의자도 들이지 못했다.

"기미코 씨 오늘 늦는대?" 불쑥 란이 물었다.

"고토미 씨 만난댔으니까, 뭔가 먹고 오지 않을까?" 모모코가 컵라면 뚜껑을 우지직 벗기면서 말했다. "두 사람, 사이좋지. 몇 살이지? 동갑이었던가?"

"좀 있으면 마흔 아닐까?" 내가 대답했다.

"그렇담 우리 엄마랑 서너 살 차이밖에 안 나네? 우와, 말도 안 돼." 모모코는 눈을 동그랗게 뜨고 말했다. "고토미 씨 엄청 동안이잖아. 언제 봐도 여신급으로 예쁘고 몸매도 좋고. 하나부터 열까지 너무 달라서 겁나는걸?"

"알아." 란도 웃었다. "벌써 한참 안 만났지만, 우리 엄마는 완전 시골 아줌마거든. 집에 있을 땐 눈에 익었다고 할까 익숙하니까 웬만한데, 밖에서 친구랑 놀다가 상점가에서 마주치거나 하면 흠칫한다니까. 옷 입은 것도 그렇고 노화 상태도 심각 그 자체야, 이게 네 엄마다, 너도 나중에 이렇게 돼,라고 누가 말하는 것 같아서 진짜 힘 빠져. 진심 무섭대도. 그래도 모모코네는 무지 부자잖아. 부자여도 그렇게 돼? 피부관리 같은 거 맘껏 받지 않아?"

"돈 있어도 기본적으로는 똑같아. 그래도 우리 엄마는 그 이전에 완전히 선 넘었단 말이지." 모모코는 얼굴을 한껏 찡그리고 나뭇젓가락 끝을 빙빙 돌리며 말했다. "나, 아무리 돈 있어도 엄마처럼은 되기 싫다고 맨날 생각하거든. 자의식 과잉에, 세상에서 자기 자신이 제일 좋은 사람. 딸들은 그냥 액세서리 같은 거고."

"무슨 말이야?" 내가 물었다.

"아무튼 죄다 엄마 자신을 위해서라고. 사람도 돈도 물건도 전부 엄마를 위해서 존재하는 줄 안다고. 오로지 과시하는 맛에 사는 사람. 멋진 집이네요, 훌륭한 가족이군요, 유복하시네요, 과연 남다르셔라, 부러워요, 이런 말 듣는 게 삶의 보람인 사람. 우린 꼬맹이 시절 벗어날 무렵부터 '너희는 특별한 재능을 타고났으니까 특별한 재능을 가진 인간답게 행동하렴' 같은 도통 의미불명 얘기를 귀가 아프게 들었거든. 이건 대체 뭔가 싶은 과외 죽을 만큼 시키고, 사방팔방 끌고 다니고, 왕재수 가정교사 붙여주고, 취향 진짜 이상한 고급 브랜드 옷 입혀서 키웠다고. 한심하지 않아?"

모모코는 컵라면을 휘저어 후루룩 한 입 빨아들였다.

"그래서, 예술의 예자도 모르면서 그저 차려입고 외출하는 맛에 미술관, 클래식 콘서트, 오페라, 제일 좋은 좌석 사서 달려가고, 돌아오는 길에 아사쿠사 어디어디, 오지게 비싼 레스토랑에서 가족끼리 외식하는, 그런 자랑질 진심으로 너무너무 좋아하는 속물이거든. 딱히 자기 능력으로 번 돈도 아니야. 엄마도 아빠도 부모님 돈. 그 나이 되고도 부모님 등에 업혀 살면서 창피하단 생각도 안 해. 그래서 자기 딸은 무슨 일이 있어도 명문 사립에 넣겠다고 아직 글자도 못 쓸 때부터 입시 학원에 처박았는데, 문제는 우리 둘 다 진짜 구제불능 돌머리라, 입학 가능한 학교가 당연히 없단 말이지? 연줄 더듬어서 간신히 들여보낸 학교에서도 따라가지를 못해 한 번 그만두고, 결국 하위 랭크 여자학교로 낙착. 남한테 내세울 학력이 아닌 걸 지금도 얼마나 추근추근 쪼아대는지. 왜 그런 것도 못 하니, 몇 번 말해야 알아들을래, 남의 집 애들은 잘만 하던데, 뭐 하나 빠지는 게 없는 환경에 엄마는 이렇게 열심이건만 애들은 어째 이 모양이람. 걸핏하면 히스테리 일으켜서 사람을 아주 잡아. 기껏 배 아파서 낳아주고 시간도 돈도 아낌없이 들이부어 밥상 다 차려주면 뭘 해, 머리 나쁜 못난이들 엄마밖에 못 된 나만 불쌍하지, 그저 사랑하는 딸들 꽃길 걷게 하려고 갖은 정성 바쳤건만 왜 보답을 못 받을까, 이러면서 진짜로 운다? 웃기지 않아?"

"웃겨." 란이 면을 빨아들이면서 웃었다.

"그리고 우린 둘 다 오십보백보로 머리가 나쁘긴 한데, 그나마 시즈카는—아, 동생, 걔는 전에도 말했는지 모르지만 미모가 받쳐준단 말이지, 아주 상당해. 그냥 지금부터라도 모델 해도 될 정도로 얼굴이 좋아."

"그렇게 예뻐?" 내가 물었다.

"아이돌급이야. 엄마도 뭐 옛날 사람치고는 미인 축에 속하니까 그것도 자기가 특별하다고 착각하게 만드는 요소이긴 해. 그니까 시즈카는 그쪽 닮은 거야, 가계로 보면 외가 쪽. 나는 물론 친가 쪽이라, 광대뼈 나오고 울퉁불퉁하고 바위 같은 친할머니 판박이." 모모코는 쓴웃음을 지었다. "엄마는 옛날부터 두 딸들볶는 게 특기였지만, 얼굴이 귀여워서 가는 데마다 공주 대접받는 시즈카 쪽을 더 심하게 대하는 일이 있었지. 못생긴 나한테는 눈곱만큼 더 상냥하다고 할까, 왜 저러나 하는 시기가 있었다고. 그거 아마 시즈카에 대한 질투일걸. 나한테는 동정이랄까. 근데 모르는 사이에 그것도 멋대로 변하더라? 뭔지 엄마 안에서 시즈카의 외모만이 최후의 희망이라는 결론이 났는지, 머리 나쁜 건 구제불능이고, 얼굴이라도 잘 살리면 장래에 돈 있고 집안 좋은 남자랑 결혼도 가능할지 모르니까 그쪽으로 태세 전환하고 필사적으로 이것저것 해봤지만, 보시다시피 나는 생긴 게 이렇잖아? 내 얼굴 보면 모처럼 열심히 해보려던 의욕도 싹 날아가고 현실 자각이 밀려오는지 '그래서 넌, 대체 인생 어떻게 살 셈이니?'라고 진지한 얼굴로 묻는단 말이지. 아니 그런 걸 새삼스럽게 왜 묻는데? 그보다, 난들 알겠냐고? 그리고 나 못생긴 게 뭐 어제오늘 일인가? 근데도 엄마는 자나 깨나 네 걱정인데 너는 참 태평이구나, 더 노력하지 않으면 너 좋다는 사람은 아무도 나타나지 않을 거다, 같은 말을 한단 말이지. 뭐 좀 총체적으로 머리 이상하잖아?"

"심각하네." 란이 말했다.

"그래서 우리가 들어간 학교, 하위권이다 보니 애들도 대체로 얼간이잖아? 돈만 있고 갈 곳 없는 얼간이들이 모여 있으니까, 죄다 맹렬한 스피드로 더더욱 맹렬한 얼간이가 되는 거야. 초등학교부터 대충 발동 걸다가 중학교쯤 올라가면 얼간이 완성도가 한층 높아져서 그야말로 확고한 얼간이로 거듭나는 거지. 시즈카만 해도 담배 배우고, 클럽 드나들면서 남자나 아저씨들하고 닥치는 대로 노니까, 엄마가 수시로 학교 불려갈 밖에. 엄마는 그때마다 반쯤 미치지. 그 결과 시즈카한테 미행 붙이고, 어울리는 남자들 알아내서 잠복하고 있다가 소리소리 지르고, 집에서 서로 치고받고 싸우고. 나는 나대로 빨리 감기 하는 수준으로 갈수록 뚱뚱해져, 못생겨져, 얼굴은 여드름 천국 되고, 학교에선 따돌림당해, 엄마 아빠 보기엔 저게 뭐래 싶은 괴상한 음악 듣고 으스스한 책 읽고 방에 처박혀서 무슨 말을 제대로 하길 하나, 뭐 무엇 하나 자기 마음대로 되는 일이 없어서 우리 엄마, 병 나버렸어."

"그래서 어떻게 됐어?" 내가 물었다.

"뭐래나, 카운슬링? 그런 거 받고 다니더라고. 하긴 말수도 줄고 걸핏하면 드러눕고 사람이 칙칙해지긴 했지. 근데 심지어 그런 자신에게도 취해 있더라니까? 엄마 상담해주는 카운슬러가

책도 몇 권이나 내고 강연도 많이 하는 유명한 사람이라고, 굉장하다고 어느새 자랑하고 있지 뭐야. 하여튼 중심축이 안 흔들리는 사람, 그거 위험하거든. 그래서 그 굉장한 선생님이 '우리 환자분, 지금껏 너무 열심히 해오셨네. 우리 환자분은 틀린 게 아무것도 없어요. 지금 우리 환자분이 괴로우신 건 엄마로서 딸에게 알짜배기 애정을 쏟아왔다는 증거거든요'라고 했다네? 그게 진짜진짜진짜진짜 기분 좋았고, 그것만이 엄마의 진실이래. 아빠는 아빠대로 밖에 줄곧 여자가 따로 있었는데, 글쎄 엄마랑 비슷한 아줌마라는 사실. 완전 평범하고 볼 것 없는 평퍼짐한 아줌마. 나 몇 번이나 봤어, 그 아줌마. 그래서 무슨 일 있을 때마다 이혼하고 싶어서 싸움은 싸움대로 하는데, 우리 엄마, 아빠한테 있는 정 없는 정 다 떨어졌는데도, 두 딸은 실패작에다 남편한테도 버림받은 마누라는 절대 될쏘냐 하고 변호사 사이에 넣어서 꽤 오래 옥신각신했단 말이지. 근데 옴진리교 있었잖아, 지하철 사린 사건. 그리고 지진도 있었잖아. 그로써 엄마, 단번에 터져버렸어."

"터지다니?" 란이 물었다.

"진짜로 터졌대도. 말 그대로. 느닷없이, 뭐 정말 헉 소리 나게 에너지 대폭발 아줌마로 변신. 뜬금없이 자원봉사에 눈 뜨더니 등산화에 폰초에 배낭에 호루라기까지 챙겨서 깔맞춤으로 차려입고 피해 지역 방문하고, 신들린 것처럼 의연금 모금하고, 그것도 모자라서 재해로 부모 잃은 아이 데려다 키우겠다는 둥 혼자 오만 요란 다 떨었잖아. 아니, 그걸 당신이 할 수 있겠냐고요, 뭐 이런 얘기지. 그러다가 다음엔 인생의 의미와 진정한 행복을 깨달았네, 생명과 자연의 조화가 이러쿵저러쿵, 온난화가 어쩌고 지구에 상냥한 삶이 저쩌고 하면서, 누가 소개했는지 어떤 무속인이 권했다면서 가루이자와에 땅 사서 집 지은 거야. 아버지를 도쿄에서 멀리 떼어놓을 심산도 있지 않았겠어? 협박하다시피 해서 데려갔어."

"우와." 우리는 신음을 흘렸다.

"우린 일단 학교가 있으니까 할머니가 아오바다이 맨션으로 와서 살게 됐고. 근데 할머니도 나이가 나이인지라 무슨 말 하는지 잘 모르겠고. 가끔 보면 치매 아닌가 싶어."

"그래도 동생도 심각한 거잖아?" 란이 웃었다.

"응, 심각하지, 시즈카. 개도 엄마랑 비슷하게 머리가 이상하니까 심각한데, 제일 심각한 건 더러운 거. 차원이 다르게 불결해. 그것 때문에 엄마하고도 줄곧 충돌했는데, 개가 절대 이를 안 닦아, 목욕도 최소한, 그리고 청소도 안 하고 하여간 방에 손을 못 대게 해. 시트도 생전 안 빨아. 굳이 불 안 켜도 누리끼리 변색한 거 딱 알겠는데 그 와중에 남자를 데려온다? 부르는 사람이나 오는 사람이나 그게 그거지만. 진짜 토 나와. 그리고 팬티도 며칠씩 입는다는 사실. 그러다 저도 못 참겠다 싶어지면 휙 벗어서 방 아무데나 던져놓는다?"

"왜?" 내가 흠칫해서 물었다.

"다 귀찮은 것도 있고." 모모코가 입술을 시옷 자로 만들고 히죽 웃었다. "엄마가 아주 질색하니까. 나도 개 싫고 개도 나 싫어하지만, 엄마가 질색하는 일이라면 무조건 한다는 거 하나는 의견이 일치하거든. 그것만큼은 둘이 한편이야. 일일이 얘기한 적은 없지만 알아. 사랑이니 뭐니 하지만 실은 전부 자신을 위해서, 허세를 위해서, 딸들을 마음대로 주무르다가 결국은 내팽개치고 혼자 도망간 엄마가 싫어할 일이면 뭐든 한다, 그게 우리 생각이야."

짧은 침묵이 흐르고, 컵라면 후루룩거리는 소리만 울렸다. 란이 국물을 들이켜고, 입을 우물우물 움직이면서 텔레비전을 향해 무언가 알아들을 수 없는 말을 하며 웃었고, 덩달아 나도 웃었다. 그때 현관문 열리는 소리가 났다. 기미코 씨가 돌아온 것 같았다.

우리는 고개만 움직여 어서 오세요, 하고 소리쳤다. 다녀왔어어, 하면서 기미코 씨도 거실로 들어와 애들아, 선물이다, 하고 고기만두가 든 상자를 고타쓰 탁자 위에 내려놓았다.

작은 환성을 올리며 상자를 만져보니 아직 따끈했다. 기미코 씨는 점퍼를 벗어 붙박이 행거에 걸고, 밖은 많이 추워졌다면서 난방 스위치를 넣었다. 넷이 고타쓰에 둘러앉아 고기만두를 쪼개어 아무것도 찍지 않고 먹었다. 네모난 탁자의 네 면에 상반신만 내놓고 둘러앉은 모습이 어딘지 묘하게 딱 들어맞아서, 가만히 보고 있으니 각자 자유 의지로 모인 게 아니라 실은 무언가의 일부인 듯한—이를테면 이 집의 일부이거나, 아니면 넷이 원래 한 덩어리가 아니였나 싶은, 기묘한 무언가를 보는 감각에 사로잡혔다. 말하자면 그것은 한 글자를 뚫어지게 들여다보면 글자의 의미며 형태가 뿔뿔이 흩어져 무언지 모를 것이 되는 느낌과 좀 비슷했는데, 내 몸뚱이나 팔다리의 감각처럼 평소에는 지극히 당연하게 존재하던 것이 갑자기 기우뚱해지는, 그런 느낌이었다. 나는 올바른 감각을 되찾기 위해 눈을 깜박깜박하고, 만두를 부지런히 입에 넣고 씹었다. 미용실에 다녀온 기미코 씨의 머리가 풍성하게 물결치는 것을 보고 그것에 의식을 집중하기로 했다. 이윽고 향긋한 트리트먼트 냄새가 희미하게 코에 닿은 순간, 고기만두 냄새와 뒤섞여 흩어졌다.

밤늦도록 넷이 텔레비전을 봤다. 화면 속은 크리스마스와 연말 분위기로 떠들썩했다. 나는 1년 전 이맘때를 떠올렸다. 산자로 옮겨와서 '레몬'을 시작한 지 어느덧 1년 이상 지났다. 텔레비전에서는 경찰 활동에 밀착한 다큐멘터리 방송이 흘러나왔는데, 얼굴에 모자이크 처리가 되고 목소리도 변조된 취객인지 건달인지 모를 사람들이 경찰관에게 심문을 받거나 호통을 듣거나, 변명하거나 도망가거나 소리치거나, 반성하거나 난동을 부렸다.

모모코와 란은 낄낄 웃으며 방송을 봤지만, 나는 좀처럼 내용이 머리에 들어오지 않았다. 기미코 씨를 흘금 보니, 턱받침을 하고 눈이 화면을 향하긴 했는데 뭔지 딴생각에 빠진 것도 같고 아무 생각 없는 것도 같았다. 목욕을 하고, 잘 자라고 말한 뒤 셋이 2층으로 올라왔다. 이불 속으로 들어가 불을 끄고, 한 번 더 잘 자라고 하고는 모모코가 말했다.

"있지, 다음에 우리 집에 와봐. 재밌는 게 꽤 있으니까."

"좋지. 모모코의 심각한 엄마도 만날 수 있는 거야?" 란이 말했다.

"설마. 정초에는 어쩜 돌아올지도 모르니까 연휴 끝나고 가자. 가져오고 싶은 것도 있고."

"오케이."

란과 모모코는 그 뒤에도 한동안 이야기했지만, 차츰 말수가 적어지더니 이윽고 고른 숨소리가 들렸다. 나는 모모코의 이야기를 떠올리면서, 젊을 때부터 미인에 부자에 딸 둘을 얻었고, 지금은 가루이자와에서 좋아하지도 않는 남편과 사는 모모코의 엄마가 어떤 얼굴을 하고 있을까 상상해봤다. 그러나 아무것도 떠오르지 않았다. 문득 엄마를 떠올렸다. 마지막으로 이야기한 게 언제였더라. 여름이지 싶은데, 올여름이 아니라 작년 여름이었나. 벌써 1년 이상 목소리도 듣지 않았다. 어떻게 지낼까. 젊을 때부터 스낵바에서 술꾼들을 상대하고, 허물어져가는 문화주택에서 호스티스 동료들과 더불어 웃고, 그게 세계의 전부였고 거기서 나를 기른 엄마. 딸이 가출한 거나 다름없는 상황은 엄마나 모모코 엄마나 매한가지였지만, 그래도 엄마에게는 돈도 없고, 가루이자와에 집도 없고, 콘서트를 가거나 맛있는 요리를 먹고 허세를 부리기는커녕 그런 일을 상상하는 것조차 불가능하고, 하나부터 열까지 달랐다. 그렇게 생각하자 왠지 가슴이 아렸다.

모모코 엄마는 두 딸이 마음대로 되지 않아 속이 썩고, 딸들에게 되레 미움을 받고, 그렇지만 돈 걱정은 일절 없는 유복한 생활을 하고 있다. 우리 엄마는 가난하고 집도 돈도 뭣도 없지만 마음 가는 대로, 기분 좋게 살고 있는지도 모른다. 거기다 나는 엄마에 대해 복잡한 심경은 있을지언정 모모코처럼 미워하거나 하진 않는다. 어느 쪽이 행복할까. 갑자기 콧속이 시큰했다. 어쩌면 나는 엄마가 보고 싶은지도 모른다는 생각이 들었다. 그리고 그 생각은 잠시 내 안에 머무르며 어린 시절의 여러 추억을 불러왔다.

　다음에, 그렇다, 새해 연휴가 끝나면—전화해볼까. 문득 그런 생각이 들었다. 내가 먼저 걸기는 좀 겸연쩍었지만, 딱히 다툰 것도 아니고 어쩌면 엄마도 걸기 난처한지도 모른다. 생각해 보니 이쪽으로 온 이후 어떻게 지내는지도 들려준 게 없고, '레몬'에서 성실하게 일한다고 하면 안심하고 기뻐할지도 모른다. 게다가 새해가 된 기념으로 엄마가 못 먹어본 스키야키나 초밥 같은 걸 내가 사줘도 좋으리라. 음, 그건 무척 좋은 일 아닐까, 둘이 지금껏 해본 적 없는 사치를 부리거나 맛있는 요리를 먹는 것은—그러자 뭔지 가슴이 뛰고 눈가가 뜨거워졌다. 이달 말까지 죽을 만큼 열심히 일하고, 해가 바뀌면 새로운 기분으로 전화해보자. 그렇게 하자—그런 생각을 하다가 잠들었다. 그러나 결국 내가 전화를 거는 일은 없었다. 엄마 쪽에서, 느닷없이 나를 찾아왔던 것이다.

3

"하나, 잘 지내는 것 같아서 다행이다아."

엄마는 그렇게 말하고, 입술 끝을 끌어올리며 웃어 보였다.

그러고는 나도 어렸을 때부터 아는 호스티스 친구의 남편이 근무하던 공장에서 사고로 죽었다, 역 앞 미용실을 경영하던 세 자매가 사이가 틀어져서 분열했다 등등 손짓을 섞어 한참 얘기하고, 한숨 돌리더니 아이스커피를 쪼르륵 빨아들였다. 1년 반 만에 만나는 엄마는 여전했지만, 조금 야윈 듯했다. 통통하던 아랫볼이 홀쭉해지고 눈가의 그늘이 짙어보였다.

우리는 산자의 패밀리 레스토랑, 주방에서 제일 가까운 자리에 마주 앉아 있었다.

식기 부딪히는 소리며 점원들끼리 주문을 전하는 소리가 쉴 새 없이 들려왔고, 그 사이를 메우듯 손님이 왔음을 알리는 벨이 딩동딩동 울렸다. 옆자리에서 야구 유니폼을 입은 중년 단체 손님이 불쾌한 얼굴로 떠들었는데, 테이블 위에 생맥주잔이 빈틈없이 놓여 있었다. 일요일의 패밀리 레스토랑은 아침부터 밤까지 손님이 끊이지 않는다. 하루의 대부분을 패밀리 레스토랑에서 일하는 데 쏟아부었던, 이렇게 보이는 것과 들리는 것과 냄새마저 몸의 일부 같았던 그 무렵으로부터 겨우 2년이 지났을 뿐인데, 뭔지 누군가의 흐릿한 기억이라도 바라보는 듯한 기분이었다.

"하나, 배 안고파아?"

"응, 안 고파. 아까 점심 먹었어."

"흐응."

엄마는 입술을 뾰족하게 내밀고 메뉴를 펼쳐, 나 역시 밥도 주문할래, 하고는 버튼을 눌렀다. 제복 입은 남자 종업원이 나타나, 오므라이스 주문을 받아 전표를 가지고 주방으로 들어갔다. 나는 드링크 바로 가서 우롱차를 더 따라서 자리로 돌아왔다. 엄마는 내 눈치를 보는지 아닌지 모를 미소를 떠올리고 잇따라 눈을 깜작였다.

"아까 같이 있던 애들은, 친구?"

"응."

란과 모모코다. 나는 모두 같이 살면서 일한다는 얘기는 덮어두고 고개만 까딱했다.

"다들 느낌 좋던데? 팔딱팔딱해."

"그래?"

"그렇대도오. 젊음이 눈부셔." 엄마가 명랑하게 말했다. "그나저나 새해 연휴도 순식간에 끝나버렸네에? 하나, 찹쌀떡 먹었어? 아 맞다, 기미코는 요리 안 하지?"

"딱히 아무것도 없이 그냥 지나갔어."

"그건 그래, 새해 연휴는 자다 보면 끝나잖아, 아무것도 안 하는 게 최고얏!"

엄마 말마따나 새해 연휴는 눈 깜짝할 새 지나갔고, 전부 평소 상태로 되돌아가 정신이 들고 보니 1월 중순이었다. 그런가, 그러고 보니 1999년이 왔네, 하고 나는 생각했다.

1999년. 저 옛날 대대적으로 유행했던 노스트라다무스의 대예언으로 익숙한, 어렸을 때 눈에도 머릿속에도 지겹도록 새겨졌던 숫자다. 이해에 세계는 파멸적인 무언가에 의해 멸망하니까 우리는 어른이 되기 전에 죽고 만다느니, 태양이 네모가 되고 지구가 빙하기로 돌아간다느니, 그건 결국 핵전쟁을 뜻한다느니 하는 화제가 나올 때마다 진심으로 무서웠다. 언젠가 누군가 "근데 그거 한참 한참 미래 애기잖아"라고 어른스럽게 한마디 해서 "그건 그래"라고 대답했던 것도 기억한다. 분명 소나기가 지나간 어느 여름날 해 질 무렵, 몇 명이 신사 경내의 젖지 않은 곳에 모여 앉아 애기하다가, 막다른 곳에 다다라 더 숨을 데가 없는 무서운 기분에 휩싸였던 것을, 바로 옆에 융단처럼 깔린 검은 이끼가 스르르 움직인 것처럼 보였던 것을 기억한다. 나는 소파 시트를 손끝으로 훑었다.

오므라이스를 기다리는 사이, 마치 혼잣말처럼 지칠 줄 모르고 쉴 새 없이 이야기하는 엄마에게 맞장구를 치면서, 나는 무슨 말을 해야 할지 몰라 안절부절못했다.

해가 바뀌면 내가 먼저 전화해보리라 생각은 했지만, 그래도 갑작스러워서 마음의 준비가 덜 됐는지도 몰랐다. 그러나 준비란 무엇일까. 내 마음을 잘 알 수 없었다. 사실은 만나고 싶지 않았는지 난처한지 긴장했는지, 무엇인지.

"친구랑 어디 가던 길이었지? 미안."

"나중에 따라가면 돼, 괜찮아."

혹시 연락이 왔나 휴대전화를 확인했지만, 착신도 메시지도 없었다. 아직 전철로 이동 중인지도 모른다. "얘들아, 다음 주에 우리 집 안 올래? 엄마 아빠는 가루이자와에 돌아갔고, 시즈카도 없거든." 모모코가 그렇게 말한 것은 지난주였다. "좋지, 구경 가고 싶어." 우리는 들떠서 날짜를 잡았고, 오늘, 바로 30분 전쯤 나란히 집을 나선 참이었다.

"기미코는 오늘, 뭐 해?"

"집 아닌가? 내가 나올 때, 집에 있었어."

"그렇구나."

그런 짧은 말을 나누면서, 아까 역 앞에서 엄마를 발견했을 때 받은 작은 충격을 떠올렸다. 돌아본 곳에 서 있는 여자가 엄마임을 나는 한눈에 알았다. 알았다고 할까, 알고 말았다. 내가 원하건 말건, 무조건 한순간에 자기 엄마라고 두말없이 **알고 만다**는 게 조금 놀라웠다. 눈이 마주친 순간, 우리 사이에는 도저히 없는 걸로 돌리지 못하는 무언가가 마치 어떤 비바람에도 꿈틀하지 않는 거대한 문진文鎭처럼 버티고 있는 것 같아서, 그 육중함과 묵직함 그리고—왠지 눈물을 핑 돌게 만드는 묘한 기분이 뒤죽박죽으로 끓어올라 나도 모르게 뒷걸음질 쳤다.

그때, 셋이 개찰구로 이어지는 계단을 막 내려가려는데 착신음이 부르르 울렸던 그때, 전화를 받지 않았더라면 좋았을까. 그러나 화면에 느닷없이 뜬 '엄마'라는 글자에 나는 반사적으로 통화 버튼을 누르고 말았다. 귀를 갖다대자 "뭐 하나 불쑥 궁금해서! 좀 볼 수 있을까 하고!" 마치 어제 하다 만 이야기라도 하듯 엄마는 말했다. 어리둥절한 얼굴로 이쪽을 쳐다보는 란과 모모코에게 손짓하고 전화로 돌아오자, 엄마는 지금 산겐자야역 앞에 와 있다고 했다. 어디냐고 묻자 맥도널드 앞이란다. 그것은 그때 우리가 서 있던 곳과 거의 같은 장소였다. 생각할 겨를도 없이 돌아본 곳에 엄마가 있었다.

오므라이스가 나오자 엄마는 종업원에게 케첩을 갖다 달라고 해, 빙글빙글 원을 그리며 케첩을 짜서 숟가락 등으로 노란색 달걀을 쓱쓱 뒤덮었다.

한가운데를 둘로 나누어 잘 섞으며 먹기 시작했다. 그사이 나는 전화를 만지작거리면서 이런저런 생각에 잠겼다. 한참 소식이 없던 부모가 훌쩍 자식을 보러 오는 건 이상한 일이 아니겠지, 잠시 후 우리는 어떤 얘기를 하게 될까, 머릿속에 떠오르는 생각을 따라갔다. 그러고 보니 엄마가 전화를 걸어온 일은 없었다. 영수 씨에게 이 전화를 받았을 때 일단 엄마 번호도 등록해뒀지만, 엄마가 내 번호를 알고 있는지 어떤지도 확실치 않았다. 그러나 전화를 걸어왔으니, 알고 있었단 소리다. 마지막에 기미코 씨 전화로 통화했을 때 내가 번호를 알려줬던가? 아니, 그때는 아직 내게 전화가 없었는데…

엄마는 순식간에 접시를 깨끗이 비우고 꿀꺽꿀꺽 물을 마시고는, 잘 먹었다아,라고 말했다. 갈색으로 염색한 머리는 뿌리 쪽 색소가 빠져서 희끄무레했지만, 화장은 딱히 이상하지 않았고, 그럼에도 거기 있는 무언가를 왠지 똑바로 볼 수 없어서 나는 엄마의 스웨터에 눈길을 떨어뜨렸다. 무슨 무늬인지 몰라도 전체적으로 꽃무늬인 헐렁한 스웨터로, 소매 끝에 보풀이 많이 일어났고, 거기서 뻗어나온 손은 앙상했으며 진분홍색 네일은 군데군데 벗겨져 있었다. 엄마는 또 이런저런 얘기를 하고 나서 내가 '레몬'에서 열심히 일하는 것을 흐뭇한 낯빛으로 칭찬했다. 지난번에 오랜만에 기미코와 통화했는데, 하나 엄청 믿음직하다더라고, 하면서 활짝 웃었다. 그때 엄마 얼굴에 미묘한 긴장이 스쳐 지나간 것 같았다. 그 순간 나는―물론 무언가 할 말이 있으니까 찾아왔겠지만, 어쩌면 엄마는 히가시무라야마를 떠나 이쪽에서 같이 살고 싶다든가, 나를 집으로 다시 불러들이려는 생각이 아닐까 싶었다. 사귀던 부동산중개업자와 어떻게 됐는지 몰라도 아무튼 무슨 변화가 있었거나, 혹은 불안해져서?―전처럼 둘이 살자는 말을 하러 온 게 아닐까.

"하나."

엄마가 입가를 쭉 끌어올려 웃는 얼굴을 만들더니 입술을 위아래로 핥고 잠시 침묵했다가, 약간 난처한 듯 미소 지었다. "실은 말이야…. 얘기가 좀 있어서."

"어, 뭔데."

왔다, 나는 긴장하고 천천히 숨을 들이쉬었다.

"아니 뭐랄까, 나, 좀 입원했었어."

"뭐?"

"걱정할까 봐 말 안 했는데. 뭐지, 자궁 있잖아, 뭐 자궁은 아니고 그 입구에 암이 생겼더랬어. 자궁경부암이라고 한다던데. 수술도 했어. 그래도 지금은 멀쩡해. 간단한 수술이었고, 암은, 그렇게 나쁜 것도 아니었으니까. 그래도 아팠지, 일주일쯤."

"자궁경부암이라니… 암이었다고? 엄마, 암 걸렸어?"

"응. 암 걸렸어. 일도 좀 쉬고 있어. 아직 검사 같은 게 있어서."

암,이라는 말에 동요해서 대답이 잘 나오지 않았다. 엄마가, 암에 걸렸다―새삼 머릿속에서 문장으로 만들고 보니 가슴이 덜거덕 소리를 냈다. 암이라는 말에는 독특한 두려움과 무게가 있었다. 얼마나 좋지 않은지, 심각한지, 암에 걸려 수술한 사람은 어떻게 되는지, 여러 의문이 달려들어서 무서워졌다. 그러나 동시에 엄마는 지금 이렇게 눈앞에서, 다소 야윈 감은 있지만 입이 쉴 새도 없이 수다를 떨 만큼 기운이 있고, 조금 전에도 오므라이스 한 그릇을 뚝딱 해치웠다. 그다지 걱정할 일은 아닌지도 모른다. 나는 애써 그렇게 생각하려고 했다. 그러나 어쩌면, 실은 전이가 됐다거나 해서 실제로는 그다지 낙관적인 상황이 아니고, 무언가 유언까지는 아닐지언정 인생을 총괄한다고 할까 작별을 준비하는 느낌으로 만나러 왔을 가능성은 없을까. 짧은 순간 그런 상상이 머릿속을 거칠게 휘저었다.

"그래서… 얘기라는 건 그, 말하기 어렵지만…. 그게 말야, 돈을, 좀 빌릴 수 없을까 싶어서."

"돈?"

나는 엄마를 쳐다봤다.

"응, 맞아. 진짜진짜 미안, 미안한데에."

잠시 침묵이 흘렀다. 자동문이 열릴 때마다 울리는 딩동딩동 소리만 우리 사이를 왔다갔다 했다.

그랬나, 돈 때문이구나. 나는 바닥에 남은 갈변한 우롱차를 지그시 바라보았다. 좀 웃긴 기분이 들었다. 같이 살자거나 돌아오라는 게 전혀 아니고, 병이 심각하다거나 중요한 얘기가 있는 것도 물론 아니고, 그건 그것대로 충분히 다행이지만, 그래도 그렇구나, 엄마는 돈 때문에 나를 만나러 왔구나.

그러나 평범하게 생각하면 그럴 만하다. 당연하지 않은가. 옛날부터 사는 게 늘 빠듯했다. 집에 저금 따위 있었던 적 없고, 엄마가 스낵바에서 버는 일당에 의지해 하루살이처럼 살았다. 말 그대로 구깃구깃한 1000엔짜리 지폐와 동전을 끌어모아 사는 생활인데, 그런 집의 인간이 병에 걸려 입원해서 일도 쉬어야 하면 당장 생활이 멈추고 마는 것은 지극히 당연했다. 그야 그럴밖에. 정신 차려라. 자신을 비웃고 싶어졌다. 졸졸거리며 흐르던 수도꼭지가 꽉 잠기는 장면이 눈앞에 나타나고, 뒤이어 우리가 살던 문화주택의 부엌이 떠올랐다. 습기로 우글쭈글해진 바닥, 물때가 달라붙은 작은 스테인리스 싱크대, 쥐어짠 모양 그대로 지점토처럼 굳어 구석에 나뒹구는 행주, 잡동사니가 아무렇게나 들어찬 플라스틱 수납함. 늦은 밤 가게에서 돌아온 엄마가 혼자 라면을 끓이는 뒷모습이 떠올랐다.

"저기, 그 사람은?" 잠시 후 내가 물어보았다. "있었잖아, 부동산 사무실 한다는 사람. 그 사람은, 뭐라고 할까…. 도와주거나 하지 않아?"

"틀렸지 뭐. 헤어졌고."

"일은? 그 사람 비서처럼 사무실에서 일한다고 했잖아, 그것도 끝났어?"

"끝났어."

"일인데?"

"무리, 무리." 엄마는 웃었다. "아니 뭐랄까, 일 얘기하자면 나, 가게로 돌아갔어, 준코 마마 가게. 지금은 좀 쉬고 있지만 다음 주부터 출근해. 그만둘 때 한 번 난리 치렀잖아? 그래도 사정 얘기했더니 괜찮다고 해서. 다행이지이."

몸 걱정은 제쳐두고, 일단 엄마가 앞으로 일할 곳은 있는 셈이다. 그렇다면 어찌어찌 생활할 순 있을 테지만, 그래도 쉬는 동안 벌이가 없었으니 집세나 광열비 같은 당면 생활비에 불안이 있다는 말이리라.

아무리 그래도, 나는 생각했다. 언제 헤어졌는지 실제로 어떤 사이였는지 자세히는 모르고 알고 싶지도 않지만, 예의 부동산 중개업자는 엄마를 도와주지 않았구나. 내가 기억하는 한 엄마와 스낵바에서 알게 됐으면서도 호스티스는 곤란하다며 자신의 사무실에 데려다 앉혀놓고는, 그마저 결국 유야무야로 끝난 것은 어느 쪽 탓인지 속사정은 몰라도 역시 석연찮았다. 그 남자와 사귀면서 엄마는 마침내 자신에게도 행복이 찾아왔다면서 무척 들떴고, 그 모습을 보고 나도 나름대로 기뻤으며, 엄마가 행복해지면 좋겠다고 생각했다.

그러나 역시 아니었다. 아무도 아무것도 믿을 수 없는 것이다. 돈 있는 남자와 같이 산들 돈이 제 것이 되진 않고, 넓은 집을 지닌 남자와 같이 산들 제 집은 아니다. 집도 돈도 뭣도 좋지만, 가령 누군가의 것을 마음대로 쓸 수 있는 상황이 됐다 해도 어디까지나 **써도 괜찮대서 쓰고 있을 뿐**이다.

아마 결혼이나 부모나 가족이라도 마찬가지로, 서로 어떤 관계건 돈을 번 인간은 그것이 제 돈이라는 사실을 절대 잊지 않고, 돈을 가진 자신이 저보다 못 가진 인간에게 제 돈을 쓰게 해줄 뿐이라고 내심 은근히 생각하고 있을 테다.

돈을 줄 수 있는 인간은 돈을 받아 쓰는 인간보다 강하다. 돈을 받아야 하는 인간은 돈을 내주는 인간보다 약하다. 돈을 주는 인간은 간섭하기 마련이고, 그게 통한다. 돈을 주는 쪽에는 의식하건 아니건 늘 우월감이 있고, 받는 쪽은 무의식중에 비굴해지고 눈치를 살피게 된다. 강한 인간은 약한 인간을, 제 마음대로 언제라도 **없는 것**으로 만들 수 있다. 실제로 스낵바를 그만두고 부동산 사무실에서 같이 일한다며 눈을 반짝였던 엄마는 2년도 못 채우고 이 꼴이 됐다. 헤어진 것이 병들기 전인지 후인지 몰라도, 결국 아무것도 되지 못했다. 언젠가 엔 씨가 했던 말도 떠오른다. 돈 가진 사내치고 괜찮은 놈 없다─물론 돈을 지닌 것은 남자 쪽이 많으니까 나름대로 맞는 말인지 모르지만, 그래도 중요한 것은 돈을 가진 것이 누구인가, 요컨대 **돈이 있는 곳** 아닐까. 차곡차곡 모으고 모아서 살짝 흘러넘치는 거 할짝할짝 핥으며 사는 정도가 딱 좋아, 엔 씨는 그렇게도 말했다. 제 손으로 번 돈만 제 것이고, 자신을 지켜주는 것은 누군가의 돈이 아니다. 자기가 번 자기 돈뿐이다.

나는 침실 벽장 천장 위의 남색 상자를 생각했다. 그 안에 내가 번 돈이 있었다. 235만 엔. 나와 기미코 씨가 '레몬'에서 열심히 일해 모은 돈이다. 나는 냉랭하고 옅은 어둠 속에서 숨죽이고 있는 돈다발을 응시했다. 돈이 줄어드는 것은 솔직히 기쁘지 않았다. 기쁘지 않다뿐인가, 확실한 타격을 내게 입혔다. 왜 내가,라는 기분도 없지 않았다. 그러나 지금의 나는 건실하게 일할 수 있고, 돈도 모았고, 엄마를 도와줄 수 있다. 이것은 내가 가진 힘이었다. 컴컴한 부엌에서 라면을 끓이는 엄마의 뒷모습이 머릿속에 되살아났다. 나는 돈에 살며시 손끝을 뻗어, 맨 위의 한 장을 조심스럽게 집었다. 같은 동작을 세 번 되풀이해 3만 엔을 집어 드는 광경을 상상했다. 그러자 만 엔짜리 지폐의 갈색은 눈에 익은 청풍장의 모래벽이 되었고, 거기 기대어 캔 맥주를 마시면서 멍하니 텔레비전을 보는 엄마가 눈앞에 떠올라 가슴이 욱신거렸다.

현실의, 진짜 엄마는 지금 눈앞에 앉아 있는데, 왠지 외톨이 엄마가, 더 예전의 엄마가, 지금의 엄마가 아닌 엄마가 차례차레 찾아왔다. 내가 아직 어렸을 때, 무엇을, 누구를 기다렸는지 몰라도 둘이 나란히 슈퍼마켓 앞 계단에 앉아, 엄마가 사준 과자에 따라온 부록을 가지고 놀면서 같이 웃었던 기억도 떠올랐다. 나는 2만 엔을 더 얹어 도합 5만 엔을 만들었다.

5만 엔을, 엄마에게 주자. 할 수 없다. 235만 엔 중 5만 엔이다. 괜찮아. 평균하면 '레몬'의 손님 8인분. 보틀을 넣으면 6인분쯤. 열심히 하면 한 사흘이면 따라잡는다. 그렇게 하자. 엄마도 나처럼 은행 계좌 같은 건 없을 테니, 한 번 더 만나서 직접 건네게 되리라. 엄마는 과연 눈치를 보는지, 쉴 새 없이 입술을 모으고 내 얼굴을 힐금거렸다. 나는 커다랗게 숨을 토하고 등을 폈다.

"좋아." 내가 기분 좋게 말했다. "돈."

"하나!" 엄마는 눈을 크게 뜨고, 한껏 명랑한 목소리를 냈다. "고마워!"

"됐어. 그래도 가게에 다시 나갈 수 있다니 다행이네."

그렇게 말해버리자 아랫볼이 흐르르 풀어지는 느낌이었다. 역시 오랜만에 엄마를 만나서 이상하게 긴장했던 모양이다. 갑자기 암에 걸렸단 말을 듣고 놀라기도 했고, 어깨와 턱에 힘이 들어갔던 것이다. 큰 숨을 한 번 뱉자, 드넓은 초원을 쓰다듬고 가는 상큼한 바람 속에 서 있는 듯 묘한 청량감이 들고, 이윽고 내가 마음이 넓은 인간이라고 할까 선량한 일을 했다는 달성감이 서서히 차올랐다. 내 힘으로 성실하게 살아온 결과 엄마를 도와줄 수 있다는 사실이 새로운 자신감으로 이어지는 기분, 무엇보다 딸을 의지하러 온 엄마를 빈손으로 돌려보내지 않아도 되는 나 자신이 대견해서 좀 낯간지러웠지만, 그게 또 뭐라 할 수 없이 상쾌했다.

"아니 뭐랄까—응, 안 갚아도 돼. 엄마도 고생 많았고. 그냥 받아도 돼." 그 상쾌함이 급기야 이런 말까지 하게 했고, 나는 스스로 입에 올린 대사가 만족스러워서 빙그레 웃었다. "그래도 지금은 수중에 없으니까, 다음에 만나서 주게 되겠지만."

"앗, 돈은 여기로 보내주면 좋겠어."

엄마가 옆에 놓여 있던 숄더백에서 재빨리 지갑을 꺼내, 안에서 카드를 꺼내 테이블에 올리더니 내 쪽으로 쭉 밀었다.

"아, 은행 계좌 만들었네?"

의외여서 나는 순순히 놀랐다.

"응! 만들었달까, 나왔지 뭐야. 옛날에 쓰던 파우치 속에 들어 있었어. 통장도 도장도 어디로 가버렸지만, 비밀번호는 생일일까 싶어서 눌러봤더니 맞더라고."

"그렇구나." 종업원에게 볼펜을 빌려, 종이 냅킨이 찢어지지 않게 조심하면서 은행 지점명과 계좌번호를 옮겨 썼다. "—그럼, 여기로 보낼게."

"하나, 진짜진짜 고마워!" 엄마가 코 앞에서 두 손을 모았다.

"됐어, 괜찮아."

엄마가 생긋 웃었고, 나도 따라 웃었다. 하지만 엄마는 웃음을 지은 채 좀처럼 눈을 돌리지 않았다. 1분쯤 흘렀다. 어, 이걸로 된 거지…? 하듯 내가 몇 번 고개를 끄덕이자, 엄마도 똑같이 웃으면서 고개를 끄덕였고, 그런데도 여전히 어딘지 진지한 눈빛으로 지그시 나를 건너다보았다. 그제야 정작 중요한 얘기를 빼먹었음을 깨닫고, 아 그렇지, 액수 말인데—하고 입을 떼려는데 엄마가 앞질러 말했다.

"그니까, 하나."

엄마는 여전히 웃음을 머금은 채 큼지막하게 브이 사인을 해 보였다. 단순히 "됐다아!" 하는 의미로 저러나 싶어 나도 무심코 브이 사인으로 화답했다. 그러나 그것은 그냥 브이가 아니라, 아무래도 액수를 가리키는 듯했다.

"…2라니, 2만 엔이면 돼?"

브이 사인을 한 채 내가 묻자, 엄마는 고개를 획획 내저었다.

"어? 20만?"

"그, 그게, 좀 다르거드은."

엄마가 웃는지 울기 직전인지 모를 구깃구깃한 얼굴을 하고, 브이를 만들지 않은 쪽 손등으로 코를 문지르고 몸을 비틀었다. "그게, 그러니까…"

"어, 뭐."

"그게… 갚을게, 꼭 갚을 거니까, 저." 엄마는 얼굴 앞에서 손을 맞비비면서 말했다. "2라는 건, 그니까, 큰맘 먹고 말한다? 말하겠는데, 2는 200만이얏, 200만."

"잇?"

한 번도 들어본 적 없는 소리가 목에서 흘러나왔고, 나는 깜박깜박깜박, 눈을 깜작였다. 엄마도 일순 움직임을 멈추어서 둘이 몇 초 동안 마주 보았다. 벌어진 입에서는 아무 말도 나오지 않았고, 나는 그저 눈만 깜작이며 엄마를 바라봤다. 이윽고 엄마가 제정신이 돌아온 것처럼 흠칫하더니, 테이블을 끌어안듯이 몸을 내밀고 말했다.

"아니, 그게 아니라, 하나, 여기엔 사정이 있어, 번듯한 사정이 있다고, 그걸 우선 하나가 들어줬음 좋겠는뎃."

"아니, 뭔데, 뭔데, 뭔데."

가까스로 목소리를 낼 수 있게 되자 나도 모르게 소파에서 몸을 젖히고 웃음을 터뜨렸다. "뭔데뭔데, 엄마, 뭐야 그거, 200만이?"

"그런 얼굴 하지 마, 사정이 있다니까앗."

"없다니까, 그런 거 없대도, 아하하하하."

"아니야, 부탁이야, 네가 안 빌려주면, 엄마 정말 큰일 난대도오."

"무리, 무리, 뭐, 대박이네, 아하하하하."

딱히 웃을 일은 아무것도 없었고, 슬픔인지 짜증인지 분노인지, 내가 지금 어떤 감정인지도 잘 알 수 없었지만, 나는 이상한 각도로 몸을 비틀고 소파에 기대어 헤실헤실 웃었다.

뭐라고 할까, 그렇게라도 하지 않으면 이대로 앉아 있을 수 없다고 할까 버티지 못한다고 할까, 그런 상태였으리라. 그러나 동시에 그런 식으로 의미도 없이 웃고만 있는 스스로에게도 조바심 비슷한 혐오를 느끼고, 왜 나는 지금 이렇게 헤실헤실하고 있을까, 무엇이 나를 이토록 헤실거리게 할까, 뭔지 200만 어쩌고 하는데 이거 나랑 무슨 관계가 있을까, 아니, 결국 나더러 어쩌라는 건지, 200만이라니, 황당하잖아, 아니 그보다 왜 액수가 내 저금액이랑 미묘하게 맞아떨어지는데? 애초에 엄마는 무슨 말을 하는 건지. 이상하지 않아? 심하게 이상한 거 맞지? 그보다 대체 무슨 일이 있었던 거야? 엄마 어떻게 된 거야? 왜 그런 큰돈이 필요해, 무슨 일이 있었냐고, 뭐가 큰일 난다는 거야, 엄마—헤실헤실은 안에서부터 번져 나온 불안으로 빈틈없이 칠해졌고, 그것을 더욱 짙게 덧칠하는 말, 말, 말로 목이 막혀서, 조금이라도 긴장을 풀면 그 순간 눈물이—무슨 눈물인지 알 수 없는 것이 왈칵 쏟아질 것 같았다.

"진짜진짜진짜 미안, 미안한데에."

나의 헤실헤실이 좀 진정되고 짧은 침묵이 흐른 뒤, 엄마는 왜 200만 엔이 필요하게 됐는지 이야기를 시작했다.

내가 집을 나왔던 재작년 여름이 끝날 무렵—당시는 이미 엄마와 부동산중개업자가 사귄 지 1년쯤 됐는데, 그 후로도 둘의 관계는 한동안 그럭저럭 순조로웠고 특별히 이렇다 할 문제는 없었단다. 엄마보다 스무 살 많은 그 남자가 부동산 사무실을 경영한다는 말은 사실이었고, 처음에도 얘기했듯이 스낵바를 관둔 후 엄마도 역 앞이나 사이타마에 있는 사무실로 출근해서 청소도 하고, 손님이 오면 차도 내가고, 물건 안내하는 현장에 차를 타고 동행하기도 하는 등 일 비스름한 것을 했나 보다. 우리가 살던 청풍장은 그대로 둔 채, 남자 소유라는 옆 동네 원룸 맨션으로 필요한 짐만 챙겨 옮겨가 한동안 거기서 사무실로 출퇴근했단다.

　남자는 장차 엄마를 정식 채용해 월급도 주마고 했지만, 석 달이 지나고 반년이 흘러도 구체적인 얘기는 없고, 신규 입주 계약이 성립했을 때나 사무실에 현금이 들어왔을 때, 혹은 경마 나 경륜 따위로 돈을 따거나 하면 적당히 얼마씩 건네주는 형편 이었다. 기분 좋을 때는 10만 엔쯤 턱 내놓는가 하면, 만 엔짜리 한 장도 아까운 얼굴을 할 때도 있고, 금액도 타이밍도 중구난 방이라 안정된 수입은 될 성싶지 않았다. 그렇지만 엄마는 맨션 도 공짜로 살고 있고, 외식할 때는 무조건 남자가 계산했고, 이 따금 차로 데리러 오기도 했으므로 뭐 대충 이런 것인가보다 했 다.

　그러던 어느 날, 무엇이 발단이었는지는 잊었지만 아무튼 남 자가 기분이 틀어졌는데, 거기서부터 맹렬히 화가 폭발해서는 당분간 사무실에 얼씬도 말라는 호령이 떨어졌다. 꼬박꼬박 출 근한들 타임카드를 찍는 것도 아니고 뭐 어떠랴 싶어 엄마는 맨 션에서 한동안 텔레비전이나 보면서 지냈다. 며칠 후, 궁금해서 전화해보니 저쪽은 화가 가라앉기는커녕 왠지 더 노발대발하 며 노도와 같은 설교를 늘어놓았는데, 엄마가 대꾸도 없이 그저 맞장구만 치자 더한층 분통을 터뜨리며 멍청이, 쓰레기, 천하에 무능한 여자,라고 폭언을 퍼붓고 전화를 끊었다. 엄마는 놀랐지 만, 이 또한 뭐 그럴 수도 있겠거니 하고 별로 심각하게 받아들 이지 않았다. 그도 그럴 것이 물장사를 하다 보면 별의별 손님 이 다 있었다. 어제까지 분명히 모범적이던 손님이 오늘은 딴사람처럼 억지를 쓰며 성가시게 군다거나, 지금껏 각별한 사이였던 손님이 이쪽은 전혀 모르는 이유로—애초에 이유가 있는지 어떤지 몰라도 아무튼 손바닥 뒤집듯 돌변해 황당하게 나오는 일도 빈번하진 않을지언정 뭐, 있기는 있었다.

그 남자에게도 하긴 처음 사귈 무렵에는 몰랐던 극단적으로 기분파인 구석이 있어서, 뜬금없는 장면에서 느닷없이 격노하는 일이 이따금 있었다. 스낵바에 오는 손님이라면 '앞으로 서로 보지 맙시다'라고 말할 수도 있고, 중간에 마마를 세워 여러모로 사태를 누그러뜨릴 수도 있지만, 남자는 이미 그런 식으로 다룰 수 있는 손님이 아니라 엄마의 생활에—더 말하자면 생활비에 직결된 상대였기에 엄마도 난감할 따름이었다.

사무실 출입 금지령이 떨어진 이래 한 달쯤, 엄마는 시키는 대로 얌전히 맨션에서 지냈다. 매사 그렇게 물에 물 탄 듯 술에 술 탄 듯이라고 저쪽에 또 꼬투리를 잡힐까 봐 일단 형식적으로라도 몇 번 전화는 걸었다. 그러나 남자는 번번이 전화를 받지 않고, 사무실에 있으면서도 없는 척하곤 했다. 이건 또 새로운 패턴이라 살짝 당황했지만, 무리해서 대화를 시도하다가 지난번처럼 불벼락을 맞기는 싫었다. 당분간은 이대로 가자고 생각하면서도, 손에 쥔 생활비가 차츰 간당간당해졌다. 조금이라도 돈을 불릴 요량으로 엄마는 역 앞 파친코에 가서 따기도 하고 잃기도 하면서 시간을 죽이게 됐다. 그리고 거기서 '원장님'이라는 여자를 만난 것이다.

"그때까지 몇 번 본 적 있는데, 좀 눈에 띄는 사람 있잖아 왜.

딱히 미인이거나 스타일이 좋은 건 아닌데 느낌이 좋았어. 어쩌다 옆자리가 돼서 같이 하다가, 얘기하게 됐거든? 나한테 자기 구슬 막 보태주고, 아무튼 친절해서 호감이 가더라고. 그래서 가끔 점심도 먹었지. 나이도 얼추 비슷하고, 뭔지 친구처럼 얘기가 통했어.

이름은 한 번 들었는데 잊어버렸어. 다들 원장님, 원장님, 한다더라고. 그래서 연락처 교환하고, 파친코 말고 선술집 같은 데서 마시기도 하고. 예전 친구와도 연락은 오갔지만, 내가 가게 그만둘 때 한 말썽 있었잖아? 그 후로 좀 서먹해져서 원장님 만나는 편이 여러모로 속이 편했어. 그이 일로 내가 고민 털어 놨더니, 당분간 조용히 놔두는 게 좋겠다, 일주일에 한 번쯤 사무실에 전화라도 해서 이쪽도 신경 쓰고 있다는 느낌은 보여줘라, 뭐 그런 충고도 해주더라고. 뭔지 그때, 원장님이 내 얘기 들어주는 것만으로도 마음이 가벼워졌다고 할까. 원장님이, 특별히 세련된 건 아닌데 포인트를 잘 안다고 할까, 비싸 보이는 반지나 샤넬 지갑이나 헤어 핀 같은 거 하고 다니거든? 내가 좋네요, 했더니, 자기 일 갖고 있다는 거야, 그래서 나는 또 굉장하다아, 감탄하고.

그래서, 그게 언제였더라⋯. 내가 반소매 입고 있었으니까 9월? 아니면 더 가을인가? 아무튼 땀 뻘뻘 흘리던 땐데. 하여튼 그 무렵, 그이한테 전화가 왔어. 연락 끊어지고 두 달쯤 됐을 때 일걸. 나도 수중에 돈이 없어서 일단 사정부터 얘기했더니, 지금 그게 문제가 아니라 부인한테 들켜서 노발대발, 고소하네 마네 사태가 심각하다는 거야."

"부인?" 내가 되물었다. "그 남자, 유부남이야?"

"그야 그렇지이." 엄마가 웃었다. "그러게 예순인가, 그럴걸?"

"아니…. 나이 문제가 아니라."

"부인은 사이타마에 있댔거든. 귀찮아서 이혼만 안 했지 서로 냉랭하댔어. 끝난 관계라고. 그냥 호적상으로만 부부라고."

내가 유리잔을 입으로 가져갔지만, 잔이 비어 있었다.

"하나, 그거 빈 잔이야—있지 우리, 뭐 더 시킬까? 우롱차만 계속 마시면 입속 텁텁하지 않아?"

엄마가 메뉴를 펼치고 내 얼굴을 엿보았지만, 나는 전혀 대답할 기분이 아니라 잠자코 있었다. 그럼, 같은 걸로 한다? 하고 엄마가 크림소다를 두 잔 주문했다.

"…아니 그보다, 좀 정리를 해봐." 나는 이마를 손끝으로 눌렀다. "아까 그 얘긴데, 누가 뭘 고소한다는 건데?"

"그니까 놀랠 노자 아냐?" 엄마가 눈을 둥그렇게 떴다. "저쪽 부인이 나랑 그이 고소한다고 난리라잖아. 무슨 소리냐고 했더니, 기혼자인 줄 알면서 사귄 경우, 부인이 고소하면 상대방도 위자료 왕창 뜯긴다는 거야. '재판으로 가면 나도 마누라한테 돈 줘야 하지만, 너는 그런 돈 없잖아', 글쎄 이런다? 그러니까 이쯤에서 그만하재. 변호사가 본격적으로 개입하기 전에 끝내는 게 좋대. 그러면서 자기 딸이 들어간다고 맨션도 다음 달까지 비우래."

"그래서?"

"응, 별수 없이 짐 챙겨서 집으로 갔지. 눈앞이 캄캄해서 원장님한테 의논했어. 그랬더니 격려도 해주고 술이랑 밥도 사주고, 원장님 일에 나도 넣어주겠다는 거야. 혼자서도 살아갈 수 있다고."

"원장님이라니, 무슨 원장인데? 학원?"

"아니이―, 학원이라기보다 비즈니스 팀 같은 거? 거기 리더야."

"비즈니스라니, 무슨?"

"속옷 판매. 보정속옷. 엄청 유행하는 굉장한 건데. 하나 알아?"

"몰라."

"보정속옷이라고 해서, 입고만 있어도 몸매가 보정돼서 스타일이 좋아져."

그때 크림소다가 나왔고, 엄마는 소다에 얹힌 아이스크림을 긴 숟가락 끝으로 재빨리 허물기 시작했다. 엄마가 숟가락을 갉작갉작 움직일 때마다 초록색 소다 안에서 둥근 아이스크림이 흔들거렸다. 그 동작은 문득 어렸을 때 엄마가 귀를 파주던 광경을 떠올리게 했다. 나는 작게 고개를 젓고, 눈앞의 유리잔 속에서 알알이 터지는 거품을 바라보았다.

"원장님은, 그 일의 창시자라고 하나? 말하자면 원조지, 그 시스템을 만든 사람. 보정속옷이라는 건 말이야, 하나, 시중에서 파는 브래지어나 팬티하고는 아예 달라, 보디 슈트거든. 그래서 말이야, 미국에서 특허를 딴 안전하고 과학적인 효과가 있는 와

이어와, 일부 파시미나라고 하는, 실크보다 다섯 배쯤 비싼 소재를 아낌없이 사용한 제품이라, 일상적으로 착용함으로써 옆구리 뱃살, 팔뚝 살, 등에 붙은 군살을 가슴이나 엉덩이 등 본래 있어야 할 장소로 돌려보내고, 그걸 똑똑히 기억시킬 수 있답니다. 척추뼈나 내장도 올바른 위치로 돌아가니까 어깨 결림도 없어지고 호흡도 편안해져서 취침 중에도 착장 가능하고요, 습관화함으로써 보디 메이크가 가능해져서—"

"잠깐만." 나는 암기한 문장을 그대로 읊는 듯한 엄마의 말을 가로막았다. "그걸, 엄마가 어떻게 했는데?"

"응, 그 보정속옷이 한 벌에 35만 엔에서 40만 엔쯤 하거든?" 엄마가 아이스크림을 떠먹으며 말했다. "한 벌 팔 때마다 우리한테 8만 엔에서 10만 엔쯤 떨어진대."

"팔아? 엄마가?" 나는 미간을 찡그렸다.

"좀 설명하기 어려운데…. 일단 원장님 맨션에 모여서 강습 받고… 응, 시스터에도 두 패턴이 있거든…. 아, 시스터는 원장님 브랜드 이름이야, '시에스타·시스터'라고 하는데 '낮잠 자는 자매들'이라는 뜻이래, 뭔지 느낌 괜찮더라고. 귀엽지 않아? 그리고 '낮잠 자면서 보디 메이크'라는 캐치 카피도 있는데… 그래서, 맞다, '시에스타·시스터' 속옷을 파는 사람도 고객도 모두 시스터라고 부르거든? 그니까 시스터가 '시에스타·보디'를 팔아서 점차 시스터를 늘려나가는 식이었어."

"그래서?"

"응, 말하자면 나는 시스터가 돼서, 시에스타·보디를 파는 일을 한 거지. 다 같이 원장님에게 강습 받고."

"그래서?"

"그니까 아까 패턴이 두 개랬잖아? 할부 끊는 형식으로 파는 전문 시스터랑, 자기가 먼저 사들인 다음에 파는 전문 시스터가 있는데, 먼저 매수해서 파는 쪽이 돌아오는 몫이 크거든? 나는 그쪽이 맞겠다고 원장님이 추천하시더라고."

"그래서?"

"시험 삼아 해봤는데 금방 팔렸지 뭐야. 원가 28만 엔, 판매가 38만 엔인 제품이 바로 두 벌 팔려서 단번에 20만 엔 들어왔지. 소질 있다는 말 들으니까 자신감도 붙어서, 매수 시스터로 계약하기로 했어. 일괄 매수하는 게 싸서 이득이라기에, 여덟 벌 '등록'했잖아."

"'등록'이라면… 샀다고?"

"응."

"엄마가 샀단 말이야?"

"응…. 내가 일단 재고 떠안는 방식으로… 한꺼번에 '등록'하면 그만큼 이득이 세다고 하니까."

"얼마에 샀는데?"

"일괄 매수면 한 벌당 3만 엔 할인돼서 25만 엔, 그니까 확실히 싸거든. 싼 거 맞잖아? 정가는 그대로니까 어차피 팔 거면 이쪽이 절대 이득이지."

"얼마에 샀냐니까?"

"응, 25만 엔 곱하기 여덟 벌이니까… 200만 엔."

나는 고개를 저었다.

"아니, 아니래도, 하나아!" 엄마가 숟가락을 쥔 채 몸을 내밀었다. "처음엔 시에스타·보디가 틀림없이 팔린 뒤에 입금하면 된다고 했단 말이야. 그래도 그게 기한이 있거든? 나 열심히 했지만, 처음엔 간단히 두 벌 팔았는데 그 뒤로 도통 못 팔아서 기한이 닥쳐버렸어. 하지만 나 그런 돈 없잖아? 쩔쩔매고 있었더니, 원장님이 돈 빌려줄 사람 소개해준대서, 그 사람한테 빌린 거야."

나는 다시 고개를 젓고, 땅이 꺼지게 한숨을 뱉었다.

"지금이라면 나도 시스터 같은 거 되지 않았을지 몰라. 그런데 나 그때, 그이한테 배반당하고 막막할 때였고, 돈도 없었고, 그 사람 부인이 난리 친다는 둥 재판 건다는 둥 하는 소리 절대 거짓말이고, 다른 여자 생겨서 나 떼어내려는 수작인 거 뻔했단 말이야? 그때 얘기 들어준 사람이 원장님이고, 강습도 재밌었고, 거기다 다른 시스터는 다들 야무지게 매상 올려서 수입 괜찮았고 진짜 느낌 좋았으니까, 내 능력이 안 따라준 탓이다 싶었어. 어차피 이것 말고는 먹고 살 방법도 없으니까 열심히 해볼 생각이었다고."

"엄마." 나는 양손 손끝으로 눈꺼풀을 눌렀다.

"그래서, 그 무렵 암이란 걸 알았는데, 수술해야 한다잖아? 결국 원장님이 그 돈도 빌려주고 자기 일처럼 신경 써주고, 역시 시스터로 밀고 나갈 수밖에 없구나 하고 소개받은 사람에게 돈 빌렸어. 그래도 원체 비싸니까 좀처럼 안 팔리고, 원장님 볼 낯도 없어지고. 자잘하게 빌린 돈도 못 갚고… 퇴원한 뒤 길에서 준코 마마랑 우연히 마주쳐서 그 얘기 하니까 가게 다시 나오라더라고. 하지만 그때는 벌써 200만 엔 빌려서 시에스타에 송금한 뒤니까, 회수가 시작되고 말았어. 그런데 이자가 의외로 세서 다달이 열심히 갚는다고 갚아봤자 이자만큼만 간신히 줄고. 마마에게 의논했더니 자기 그거, 사기당했다, 이러잖아. 아무튼 빚 청산하고 깨끗이 연 끊지 않으면 무서운 일 벌어진다잖아, 그래서.”

“엄마, 그거, 결국 사채업자에게 빌렸다는 거네?”

“아마, 응, 그럴걸.”

“도장도 찍고 계약서 같은 거 쓰고?”

“지, 지장 찍으래서, 찍었는데.”

나는 소파에 기대어 천천히 숨을 뱉었다. 무슨 말을 어떻게 해야 좋을지 알 수 없었다. 아니, 알고 있었는지도 모르지만 입을 뗄 기력이 없었다. 머릿속은 명료한데 팔다리가 나른하고, 내 몸 어디에 어떻게 의식을 집중하면 자세를 바로잡을 수 있을지 알 수 없었다.

엄마는 눈물이 그렁그렁 고인 채 잠자코 스푼을 만지작거렸다. 아이스크림은 다 녹고, 갈 곳 없는 초록색과 흰색 점점이 유리잔 속을 떠다녔다.

어느새 옆자리 야구팀은 사라지고, 아이들을 데려온 세 가족이 자리 잡고 메뉴를 펼쳐 이러니저러니 떠들고 있었다. 다 해서 셋인 아이들은 아직 어렸지만, 몇 살쯤인지 짐작도 할 수 없었다. 엄마들은 모두 비슷한 헤어스타일에 비슷한 얼굴을 하고, 비슷한 톤의 목소리로 비슷한 키의 아이들을 향해 웃거나 난처해하거나 하면서 부지런히 말을 걸었다.

"근데." 쉰 목소리로 내가 물었다. "어떻게⋯ 나한테 돈 얘기할 생각을 했어?"

"그야." 엄마가 간절한 눈빛으로 말했다. "나 그냥 눈앞이 깜깜해서 기미코에게 전화했거든? 하나도, 어떻게 지내나 궁금하고."

"그래서, 기미코 씨가⋯ 우리한테 모아둔 돈이 있다고, 엄마한테 얘기했다고?"

"아니 뭐랄까, 나 진짜 곤란했잖아, 그렇게 곤란하면 하나하고 의논해보라고, 기미코가 등 밀어줬어. 기미코, 착하잖아."

우리는 한동안 침묵했다.

엄마는 립스틱이 벗겨진 쪼글쪼글한 입술을 오므리고, 손톱을 쉴 새 없이 맞비벼댔다. 어렸을 때부터 익히 봐온, 초조하거나 곤혹스럽거나 궁지에 몰렸을 때 엄마가 무의식적으로 하는 동작이다. 뭔지 요 30분 사이 엄마가 한 뼘쯤 작아진 듯 했다. 사귀던 남자는 도망가고, 여자한테 속아 빚을 지고, 암에 걸리고, 앞으로 다시 쇠락한 동네 스낵바에서 술꾼들을 상대하며 살아가야 하는 엄마는 돈이 없어서, 세상천지에 의지할 사람 하나 없어서, 가출한 딸이 돈을 내줄지 어떨지 몰라 주뼛거리고 있었다. 딸인 나는 그런 엄마가 이제 정말 막다른 곳이고, 내가 돈을 내주어야만 엄마를 구할 수 있다는 걸 속수무책으로 알고 있고,

알고는 있는데, 이미 훤히 아는데, 그럼에도 온갖 곳이 아프다고 할까 쑤시고 아려서, 그저 뜻도 없이 고개를 절레절레 흔들 따름이었다.

"여기서, 기다려."

이윽고 내가 말했다. "지금, 가져올 테니까."

"하나⋯."

비슬비슬 걸어 패밀리 레스토랑을 나와, 집으로 향했다.

땅을 밟는 감촉이 몹시 생소하고 거리며 사람도 얄디얇게 느껴져서, 어릴 때 하던 종이 인형 놀이가 문득 떠올랐다. 옛날에, 있었지. 귀처럼 튀어나온 데를 접어 종이 인형에 걸쳐 옷도 입히고 구두도 신기고, 그 밖에도 여러 가지를 갈아입힐 수 있었지. 부록 같은 것도 잔뜩 모았는데. 봉투며 편지지며 스티커를, 아까워서 못 쓰고 고이 놔뒀는데, 꺼내볼 때마다 기뻤는데. 하나도 버린 기억이라고는 없는데 전부 어디로 가버렸을까. 그런 일을 멍하니 생각했다.

해 지난 잡지라도 들춰보듯 풍경은 따분하게 지나쳐 갔고, 정신이 들고 보니 집 앞에 있었다. 열쇠가 잠긴 걸로 보아 기미코 씨는 집에 없으리라. 문을 열고 들어가, 삐걱거리는 계단을 올라가 방으로 갔다. 이불을 꺼내고 벽장으로 들어가, 판자를 밀어내고 남색 상자를 꺼냈다. 돈다발에서 서른다섯 장을 헤아려 상자에 돌려놓았다. 양손에 들린 200만 엔. 한 장 한 장, 한 달 또 한 달 열심히 모아온, 그 돈은 나의 전부였다. 그게 곧 모조리 사라질 터인데도 왠지 현실감이 없었다.

부엌으로 가서 수납함에서 고무줄을 꺼내 지폐 다발을 단단히 묶어, 비스듬히 멘 가방 밑바닥에 넣고 신발을 신었다. 왔던 길을 되짚어 터벅터벅 패밀리 레스토랑으로 돌아갔다. 레스토랑 계단을 오르는데 일순 엄마가 사라지진 않았을까 하는 생각이 스쳤다. 딸에게 손을 벌리러 온 것을 후회하고, 볼 낯이 없어져서 그대로 돌아갔을지도 모른다, 어디론가 가버렸을지도 모른다—그렇게 생각하자 가슴이 술렁였다. 그러나 그런 일은 없었다. 딩동 소리를 내며 자동문이 열리고 안으로 들어가자, 엄마는 여전히 같은 자리에서 휴대전화를 만지작거리다가 나를 보고 고개를 쭈욱 뽑으며 엉거주춤 일어났다.

　소파에 앉아 가방에서 200만 엔을 꺼내 건네자, 엄마는 울면서 진짜 미안해, 하고 고개를 푹 숙였다. 테이블에 엄마의 머리카락이 마른 해초처럼 퍼졌고, 옆을 지나던 종업원이 흘금 쳐다봤다가 바로 눈을 돌렸다. 이걸로 원금부터 깨끗이 청산하고 이자도 다 갚으면, 하나에게도 꼭 갚을게. 기필코 기필코 갚을게. 정말 미안해. 엄마가 해진 인조가죽 지갑에서 패밀리 레스토랑의 대금을 꺼내려고 했지만, 됐다고 말하고 내가 냈다. 우리는 침묵한 채 역까지 걸어가, 개찰구로 내려가는 계단 앞에서 헤어졌다. 엄마는 보이지 않을 때까지 몇 번이고 이쪽을 돌아보고 손을 흔들었다.

　집으로 돌아와 머리부터 이불을 뒤집어쓰고 울었다. 울었다기보다 눈에서 멈추지 않고 물이 줄줄 흘러내렸다. 얼마나 그러고 있었는지 알 수 없다. 몸이 뜨거워졌다가 차가워졌다가 했다. 이윽고 1층에서 문소리가 들렸다. 기미코 씨가 온 듯했지만, 나는 이불 속에 웅크린 채 움직이지 않았다. 잠시 후 계단을 올라오는 발소리가 들렸다.

"하나."

기미코 씨가 내 이름을 불렀다. 잠자코 몸을 굼실굼실 움직여, 듣고 있지만 이불에서 나가고 싶지 않다는 신호를 보냈다. 기미코 씨가 곁으로 와서 몸을 내려놓는 기척이 있고, 이불 위, 내 골반뼈 언저리에 손이 얹혔다.

"하나."

"응." 코가 막혀 숨을 쉬기 힘들었다.

"아이 씨 만났어?"

"응."

"그랬구나."

"기미코 씨." 나는 이불을 뒤집어쓴 채 말했다. 기미코 씨가 기비코 씨로 들리는, 지독한 콧소리였다. "나요, 기미코 씨에게 사과해야 해요, 우리가 모은 돈, 아까 엄마한테 줘버렸어요."

"괜찮아, 완전."

"안 괜찮아요, 나는, 엄마니까, 내 부모니까 할 수 없지만, 기미코 씨는 관계없는데."

"거의 하나 돈이야, 신경 쓰지 마."

"그렇지 않아요, 관리만 내가 했을 뿐이지 둘이 열심히 모은 건데."

"그럴지도 모르지만, 나도 오케이했는걸 뭐, 아이 씨한테서 전화 왔었고."

"그래도 기미코 씨." 나는 베개에 얼굴을 묻고 오열하면서 말했다. "나요… 이제 뭔지 진짜, 힘들어서. 잘 모르겠어요. 돈이 없어진 게 힘든지, 엄마가 가여워서 힘든지, 기를 쓰고 악착같이 해도 해도 결국 또 이런 꼴 되는 게 힘든지, 뭐 전부, 감당도 할 수 없는 일이 너무 많아서."

"응."

"내딴엔 죽어라고 하는데."

"응."

"뭔가 늘 이 모양이 되니까."

"응."

"전에도, 도로, 도로스케가 훔쳐가고."

"응."

"이번엔 훔쳐간 건 아니고 내가 결정해서 내가 줬지만."

"응."

"그렇게 할 수밖에, 없었지만."

"응."

"그래도 뭔가, 뭐 어떻게 해야 할지, 모르겠어요."

"괜찮아. 돈이야 또 금방 모이는 거고. 다시 벌면 되잖아."

나는 이불 속에서 웅크린 채 소리 내어 울었다. 목 안쪽에서 나도 처음 들어보는, 겹겹이 꼬이고 비틀린 듯한 낮은 목소리가 밀려나와 가슴을 할퀴었다. 200만 엔의 가령 절반이 기미코 씨 몫이라 치면, 그 100만 엔은 기미코 씨에게도 거금이고 소중할 텐데, 그럼에도 나를 전혀 탓하지 않는 기미코 씨를 생각하면 더욱 슬프고 속이 아렸다. 대량의 눈물과 콧물과 땀이 범벅이 되어 베개를 적셨다. 기미코 씨는 아무 말도 하지 않고 이불 위에서 내 몸을 계속 쓰다듬었다.

그 뒤 까무룩 잠들었던 모양이다. 얼마나 잤는지, 휴대전화를 보니 4시가 다 되어간다. 엄마와 몇 시에 헤어져 몇 시에 돌아왔는지, 잘 기억나지 않았다. 휴대전화에는 란의 착신 기록과 모모코의 메시지가 남아 있었다. '하나, 어떡할래? 올 수 있겠어?' 나는 무거운 눈꺼풀에 힘을 주고 '오늘은 그냥 집에 있을게! 이것저것 있어서, 자세한 얘기는 나중에'라고 답을 보냈다. 2분 후쯤 'OK!'라는 답이 왔고, 나는 휴대전화를 방바닥에 팽개치고 눈을 감았다. 콧물을 빨아들이자 관자놀이가 욱신거렸다.

계단을 내려가 거실을 엿보니, 기미코 씨가 고타쓰에 몸을 절반 넣고 여느 때처럼 텔레비전을 보며 웃고 있었다. 나는 청풍장에서 처음 기미코 씨와 만났던 때를 떠올렸다. 여름이었고, 선풍기가 돌아갔고, 고타쓰는 아니었지만 꼭 저렇게 누워서 텔레비전을 보며 웃는 기미코 씨를, 지금과 똑같은 느낌으로 바라봤었다. 새까만 머리카락이 마치 살아 움직이는 것 같았고, 눈이 부리부리했고, 몇 번이나 둘이 편의점과 목욕탕과 밤 노점을 갔고, 닭튀김을 만들어 먹었다. 그 여름은 땀을 뻘뻘 흘리면서 여기저기를 쏘다녔다. 나는 부엌에서 컵에 물을 따라 한숨에 다 마시고, 거실로 가서 고타쓰로 파고들었다. 한동안 둘이 예능 프로그램을 보았다. 문득 루즈삭스 선배의 사과머리가 머릿속에 떠올라, 어떻게 지낼까 궁금해졌다.

"눈, 붓지 않았어요?"

통곡하는 꼴을 보이고 만 것이 부끄럽고 거북해서 짐짓 장난스럽게 물어보았다.

"부었지, 물렁물렁해졌어." 기미코 씨가 나를 보고 웃었다.

"물렁물렁? 진짜요?"

"응, 응, 이렇게 됐어."

기미코 씨가 손끝으로 작게 숫자 3을 그려 보여서 둘이 웃었다. 그러고는 다시 텔레비전으로 눈을 돌렸다. 화면이 요리 프로그램으로 바뀌고, 앞치마를 두른 진행자가 작은 유리 접시에 담긴 조미료를 설명하면서 고기와 채소를 볶았다.

"기미코 씨."

"왜?"

"나요, 얼마 전에—라고 해도 작년이지만, 영수 씨랑 이런저런 얘기 했더랬어요. 영수 씨 히스토리라고 할까, 대충 들었어요."

딱히 그 말을 하려던 건 아닌데, 왠지 기미코 씨 옆얼굴을 보고 있으니 신기하게 얘기가 절로 흘러나왔다. 마치 그러기 위해 오랫동안 때를 기다렸던 느낌이 들었다.

"이 얘기 저 얘기, 들었어요."

"그랬구나." 텔레비전에 눈길을 준 채 기미코 씨가 말했다.

"응. '레몬'에서 영수 씨가 야구 도박 하는데 맞닥뜨렸어요. 일요일이었던가. 내가 완전 패닉을 일으켜서. 그때 영수 씨가 이것저것 들려줬어요. 일 얘기랑—모두의 예전 이야기라든가."

그렇구나, 하듯 기미코 씨가 나를 건너다보았다.

"기미코 씨와 고토미 씨, 가부키초 시대 얘기도 들었고요."

"엄청 옛날얘긴데."

"줄곧 사이좋았군요, 세 사람."

"그러네."

긴 침묵이 흘렀다. 요 반년 새 일어났던 일, 막연한 불안과 이유를 알 수 없어 내쉬었던 숱한 한숨과 오늘, 모아둔 돈의 거의 전부가 날아간 일 따위가 가슴에 밀려들었고, 나는 그 파도에 휩쓸려 떠내려갈세라 눈꺼풀에 힘을 주고 텔레비전 화면을 응시했다. 그렇지만 엄마의 우는 얼굴과 웃는 얼굴이 번갈아 떠올랐고, 만난 적도 없는 영수 씨 어머니와 데키야 사람들, 아버지의 유골함을 안고 걷는 영수 씨 일행의 뒷모습이 떠올라서—안타까움인지 분노인지 모를, 그래도 뭔지 도저히 납득하기 힘든 갈 곳 없는 감정이 치밀어올라서, 생각도 정리되지 않은 채 그 헝클어진 생각을 나 자신에게 설명하듯 이야기를 시작했다.

"…영수 씨가 한다는 일 말이에요, 처음엔 너무 놀라서, 뭐가 뭔지 몰라서 화 났거든요. '레몬'을 멋대로 쓴 것도 싫었고. 무서웠고요. 뭔가 믿기지 않아서요. 그런데 영수 씨 얘기를 듣는 사이—잘 표현할 수 없지만 뭔가 이것저것, 생각이 많아졌어요."

"응."

"사실 나도 미성년자에, 가출한 거나 마찬가지고, 아직 술 마시면 안 될 나이인데 매일 마시면서 일하잖아요. 경찰이 왔을 때 흠칫했고. 지금도 나이 속이고 있고. 근데요, 내 입장에선 살기 위해선 이것뿐이라고 할까 이것 말고는 없었다고 할까, 그건 정말이거든요? 그러니까 영수 씨도, 그 점은 똑같죠."

"응."

"그렇다고 딱히 나나 영수 씨가 하는 일이 올바르다는 말은 아니고, 그렇게 말할 순 없지만, 자, 그럼 나는 틀렸나? 하면 뭔지 꼭 그렇진 않은 것 같아요."

나는 내 생각을 잘 설명할 수 없어서 관자놀이를 긁었다.

"올바르지 않죠, 그야 올바르진 않지만 그래도 틀린 건 아니다. 그렇게 느껴요. 미성년이니까, 따지고 보면 나쁜 일인데 자, 그럼 틀린 인생을 살고 있느냐? 아무래도 그건 또 아니다 싶거든요. 나요, 영수 씨 얘기 들은 뒤부터 때로 생각해요. 나이 속이니까 거짓말은 맞는데, 그래도—틀린 건 아니라는 생각요. 하지만 네 인생 뭐냐는 질문에는 뭐라고 대답할 수 있을까."

"인생?"

"아니 그러니까, 틀린 건 아닌지 몰라도 네 인생 어떠냐 하는."

"그건." 기미코 씨가 내 얼굴을 보고 말했다. "누가 물어보는데?"

"네?"

"누가, 그런 걸 물어?"

"누구라니."

나는 기미코 씨 얼굴을 지그시 바라보았다.

"아무도 그런 거, 안 물어보지 않나?"

"안 물어볼지도 모르지만."

"그럼, 됐잖아."

"어, 된 거예요?"

"그러게 그런 거, 아무도 안 물어봐."

"…내가 나에게, 물어보는지도 모르는데."

"그럼, 내가 나에게 물어보는 거, 그만두면 되잖아."

나는 기미코 씨 눈을 보았다. 내가 나에게 묻기를 그만둔
다—지금까지 생각한 적도 없던 발상이었다. 몇 초 동안 말이
막혔고, 기미코 씨는 그런 나를 신기한 듯 바라보았다.

"아니, 그래도, 그러면—"

"응?"

"난처하다고 할까, 아니, 난처하진 않지만."

"그럼, 됐잖아."

"그런지도, 모르지만…"

"뭔가, 어렵게 생각하는 거 하나답지만."

기미코 씨가 웃었다. 나는 뭐라고 대답해야 할지 몰라 입을
다물었다. 텔레비전 프로그램은 요리에서 통신판매로 바뀌고,
금가루가 들어간 크림이 화면을 가득 차지하고 있었다.

"그리고 보니 영수가 형 얘기도 했어?"

"응, 들었어요."

"그랬구나." 기미코 씨가 웃으면서 몇 번 끄덕였다. "형제가

둘 다 이름에 물이 들어가."

"우준 씨랬죠." 내가 중얼거렸다. "정말이네, 비〔雨〕야."

"영수는 물〔水〕."

"어릴 적 얘기도 들려줬어요. 노점 얘기, 아버지 얘기, 어머니 얘기, 집 얘기도."

"그랬구나."

"부모란. 뭘까, 싶어요."

"뭐 그렇지."

"짜증 나고, 왜 저러나 싶고, 그런데도 애잔해서 분하고 슬프고, 그래서 또 이게 대체 뭔가 싶어지고."

"뭐 그렇지."

"정말, 이게 다 뭔지 모르겠어요."

"으음 — 그래도 부모는, 할 수 없어."

"할 수 없어요?"

"응, 할 수 없어."

"그래요?"

"응. 나도 잘 모르지만, 아무튼 언젠가 다 끝날 때까지, 기다리는 수밖에 없어."

기미코 씨와 눈이 마주쳤고, 우리는 몇 초 동안 서로 바라보았다.

만난 적도 없는 기미코 씨 어머니, 교도소에 있다는 어머니가 머릿속을 스쳐서 나는 눈을 돌렸다. 약간 켕기는 데가 있어서, 괜히 커다랗게 기지개를 켜면서 장난스럽게 말했다.

"아니 뭐랄까 말이죠, 못 해 먹겠다, 아니에요?"

"뭐가?"

"전부, 저언부요, 기미코 씨. 뭐 진짜로 못 해 먹겠다고욧. 또 처음부터 새로 돈 모아야 하고! 뭐 부업이라도 찾지 않으면 무리인지도 몰라요. 원상회복 안 된다고요. 돈은 앞으로도 아직 아직 필요한데."

"괜찮아. '레몬' 있고."

"그야 그렇지만. 맞다, 기왕 이렇게 된 거, 나 영수 씨 일 도울까 보다." 나는 과장된 웃음을 지었다. "저쪽 세계에 부하로 들어가서, 죽어라 일해서, 팍팍 벌어 저금하는 거예요, 장래를 위해."

"그건 보통 일 아닐걸." 기미코 씨도 웃었다.

그런 농담을 하고 있자니 란과 모모코가 돌아왔다. 다녀왔습니다,라고 큰 소리로 말하면서 거실로 들어오더니 짜잔, 하고 희희낙락 양손을 펼쳐 커다란 그림 하나를 보여준다.

"이거! 들고 와버렸지 뭐야!"

그것은 전체가 푸르스름한, 그냥 봐서는 화려한지 어두운지 모를 좀 신기한 그림으로, 잘 보니 푸른 부분이 아마 바다인 듯했다. 한가운데 빛다발 같은 무지개를 등에 업은 통통한 돌고래가 찬란한 파도 거품에 감싸여 날아오르고 있었다.

"크리스찬 라센입니다아!" 모모코가 기운차게 말했다. "무거워서 혼났네! 길 가던 사람들이 전부 쳐다봐서 좀 위험했다고."

"응, 위험했지." 란도 웃었다.

"와, 뭔가 굉장한데." 나는 눈을 휘둥그렇게 뜨고 말했다.

"라센입니다아. 진품."

"진품이야?"

"그렇다니까. 완전 대박이지."

"굉장하다."

"그지그지? 팔아도 되고."

"어, 팔아도 돼? 이거 비싼가? 비싸게 팔려?" 내가 물었다.

"아마 상당한 가격일걸. 꽤 받을 수 있지 않나? 게다가 사인 들어간 거니까."

"그래도 부모님한테 들키면?"

"모를걸, 몇 장이나 있으니까."

"근데 나, 이 그림 맘에 들어."

아까부터 지그시 그림을 바라보던 란이 말했다.

"진짜?" 모모코가 웃었다.

"응, 진짜. 파는 건 언제라도 가능하니까, 이거 이왕이면 집이 나 '레몬'에 걸자. 아니 뭐랄까, 나 이 돌고래 완전 좋아. 맘에 쏙 들어. 모모코도 말했다시피 고생해서 가져왔고."

"뭐 그렇지…. 집에 있는 것 중에서 완성도가 제일 높은 것 같 긴 했어."

셋이 나란히 크리스찬 라센의 그림을 바라보았다. 이름은 들 어봤고, 포스터인지 굿즈인지도 어디선가 본 적 있지만, 실물을 보기는 물론 처음이었다. 섬세한지 거친지, 어두운지 밝은지 모 를 묘한 그림이었다. 빛은 있지만 밤처럼 보이고, 돌고래도 힘 차게 뛰어오르지만 쓸쓸하다고 할까, 왠지 보는 사람 기분에 살짝 그늘이 진다. 여기 그려진 것은 바다이고 파도이고 빛이고 돌고래인데, 나는 어째서인지 한밤의 산겐자야 뒷골목을 떠올렸다.

"있지, 팔기 아깝다." 란이 말했다.

"뭐, 하긴 서둘러 팔 필요는 없을지 몰라."

"그지? 뭔가 운명 느껴져. 돌고래 완전 웃상이고."

"잘 보면, 귀엽긴 하다."

나도 동의했다. 그리고 일단 다 같이 컵라면을 먹기로 하고, 수다를 떨면서 그림을 다시 감상하고, 이러쿵저러쿵 이야기한 결과 당분간 거실이나 방에 걸어두었다가 '레몬'에 가져가기로 했다. 진품 라센이 걸린 가게라고 단번에 주가가 치솟아 그에 걸맞게 손님도 비싼 보틀을 척척 따줄지 누가 아느냐며 란이 콧숨을 거세게 뿜었다.

"그러게… 실은 지금까지도 그랬지만 나한텐 이제 '레몬'뿐이거든. 다시 처음부터라는 기분으로, 진짜진짜 마음 더 굳세게 먹고, 전력으로 달릴 거야."

구체적인 금액은 덮어두었지만 어쨌거나 그것이 전 재산이었음은 밝히고—나는 오늘, 엄마가 찾아와서 벌어졌던 일을 모모코와 란에게 들려주었다. 그러자 란도, 사실은 창피해서 말 못 했는데 지난번 엄마가 전화를 걸어와서 돈을 보내준 참이라고 털어놓았다. 모모코는 "하나, 란, 너희들 진짜 갸륵해—"라고 말하고, 우는 시늉을 하며 어깨를 안고 토닥여주었다.

"우린 이제 라센 파워다! 라센 파워로 밀고 가는 수밖에! 가

보자고! 진품 라센이 걸린 가게! 충전 빵빵하게 해서 활활 가는 거야!" 예~이, 하고 짧게 외치며 모모코가 주먹을 치켜들었고, 우리도 소리를 모았다.

그러나 크리스찬 라센이 '레몬'에 걸리는 일은 없었다.

진 할아버지가 기미코 씨 휴대전화로 전화를 걸어온 것은 2월 말 일요일, 밤 10시를 조금 넘은 무렵이었다. 우리는 고타쓰에 들어가 여느 때처럼 텔레비전을 보고 있었다.

"하나, 하나!"

드물게 기미코 씨가 큰 소리로 나를 찾았다.

"왜요?"

"'레몬'이, 타고 있대."

우리는 입은 옷 위에 코트와 점퍼만 꿰어 입고 뛰어나갔다. 어두운 주택가를 미친 사람처럼 달려, 상점가에서 큰길로 나와 역이 보였을 때, 몇 대나 되는 소방차가 줄지어 도로를 메운 것이 눈에 들어왔다. 무수한 램프가 소리도 없이 주변의 밤을 새빨갛게 물들이고, 많은 사람이 멈춰 서서 고개를 빼고 현장을 구경하고 있었다. 우리는 미안합니다, 죄송합니다를 연발하며 사람들을 헤치고 나아갔다.

비닐이며 목재며 여러 가지가 타는 냄새가 떠다녔고, 아스팔트 바닥 여기저기에 소나기가 쏟아진 뒤처럼 물웅덩이가 있고, 호스들이 사방을 기어갔다. 가까스로 제일 앞줄까지 나오자, '레몬' 건물 몇 미터 앞 전신주와 전신주 사이에 출입 금지를 알리는 노란색 테이프가 둘러 있고―그 너머로 검게 타버린 '후쿠야'가 보였다. 유리문은 깨지고, 주렴도 문틀도 현관도 흡사 불에 타죽은 사람의 입속처럼 시커멨다.

불은 이미 진화된 듯했다. 악취만 날 뿐, 연기도 보이지 않았다. 창문과 에어컨 실외기와 간판 할 것 없이 건물의 온갖 곳에서 검은 물이 뚝뚝 떨어지고, 은색과 오렌지색 방화복을 입은 소방대원과 경찰관이 건물 앞을 오갔다. 위험하다고, 뒤로 더 물러서라고 누군가 내게 말했다. 아니요, 저기 '레몬'이 있다고요, 우리 가게가 있다고요! 부르짖고 싶은데 아무 말도 할 수 없었다. 우와, 심각하네, 전소全燒잖아, 사람도 죽었겠는데? 웅성거리는 통행인들에 섞여, 검게 탄 건물을 바라보는 것 말고 할 수 있는 일이 없었다.

몇 분쯤 그러고 있었을까, 한 시간쯤 지났을까, 사람들이 차츰 줄어들고 소방차도 차례로 물러날 때까지 우리는 그 자리에서 움직이지 않았다. 검은 물웅덩이 속에 새하얀 이온음료가 한 병 뒹구는 것이 보였다. 무선 연락을 주고받는 경찰관의 목소리가 들렸다. 내 왼쪽에는 기미코 씨가, 오른쪽에는 몸을 꼭 붙인 모모코와 란이 서 있었다. 강풍이 불어와 머리카락이 몇 번이나 얼굴을 덮었다. 아무도 입을 열지 않았다. 뻣뻣이 서서, 그저 눈만 깜작이면서 '레몬'을 바라보았다.

8장   착수

1

나와 영수 씨는 약속 장소에 20분 일찍 도착했다. 붐비는 신주쿠역 동쪽 개찰구를 나와, 계단을 올라가 큰길 두 개를 건너서 바로, 1층에 CD 숍이 입주한 건물 3층에 그 가게는 있었다.

밝은 데서 갑자기 건물 안으로 들어간 탓에 눈앞이 침침해졌다. 엘리베이터가 오자, 영수 씨는 내가 타기를 기다려 3층 버튼을 눌렀다. 붉은 기가 없는 형광등 불빛 아래서 보는 영수 씨 얼굴에는 평소에 몰랐던 우툴두툴함이며 주름이 생생히 드러나서, 나는 실제로는 본 적도 간 적도 없는 깎아지른 절벽을 떠올렸다. 영수 씨는 파우치를 옆구리에 끼고 팔짱을 지른 채 1, 2, 3, 하고 숫자 위를 천천히 이동하는 불빛을 지그시 바라보았다.

각 층에 가게는 하나뿐이었다. 짙은 색 나무 문에 걸린 타원형 간판을 잘 들여다보니 '회원제 클럽·나미(波)'라고 적혀 있었다. 영수 씨가 문을 열고 안으로 들어갔고, 나도 뒤를 따랐다.

카운터 안쪽에서 여자가 얼굴을 내밀었다. 커다란 빨간색과 흰색 도트 무늬 앞치마를 두르고 있었다. 대충 봐도 오십줄 이상으로, 뽀글뽀글한 파마머리를 땋아 늘어뜨렸다. 우리를 흘금보고는 심드렁하게 눈을 끔벅이고 "앉아 있어요" 하고 다시 안으로 사라졌다. 영수 씨가 제일 안쪽 박스석, 문을 등진 쪽 소파에 몸을 내려놓았고, 나도 옆에 앉았다. 주방에서 여자가 작업하는 소리가 들렸다. 플라스틱 휴지통을 벽에 탁탁 때려 비우는 소리, 적당히 찔러두었던 맥주병을 케이스로 옮기고 아랫배에 힘을 주어 들어올려 몇 번에 나눠 쌓아 올리는 소리, 냉장고 안을 확인하고 부족한 물품을 머릿속에 넣은 뒤 문을 탕 닫는 소리—하나같이 내게 익숙하달까 아니 고통스러운 그리움을 느끼게 하는 소리였다. 멀찌감치 앉아 있어도 마치 내가 지금 '레몬' 주방에 있고, 실제로 몸을 움직이는 듯한 감각이 선명히 되살아났다.

우리는 말없이 박스석에 앉아 있었다. 영수 씨는 때로 휴대전화를 들여다보고, 눈언저리를 긁거나 했다. 조금 전까지는 분명 쌀쌀했는데, 그리고 소파에 그저 가만히 앉아 있을 뿐인데, 나는 스웨터 밑에서 땀을 흘리기 시작했다. 오늘은 날이 쾌청했지만 아직 겨울 추위가 물러나지 않은 3월 중순으로, 가게 난방이 너무 센 것도 아니건만, 나는 계절과도 실내 온도와도 관계없는 땀을 등과 겨드랑이에 계속 흘렸다. 페트병 음료수라도 한 병들고 올 걸 그랬다고 생각했다. 그때 등 뒤에서 문 소리가 나고, 영수 씨가 일어섰다. 나도 반사적으로 엉거주춤하게 일어나 고개를 돌렸다.

여자가 들어왔다.

오셨습니까, 하고 들릴락 말락 짧은 소리를 내며 영수 씨가 머리를 숙였고, 나도 따라 했다.

여자는 내 뒤를 지나 박스석으로 들어와, 앉아,라고 말하고 조금 웃었다. 그러고는 소파에 몸을 깊이 묻고, 검은 코트를 벗어 둥글게 뭉쳐 옆에 놓았다. 영수 씨가 다시 짤막한 인사 같은 소리를 냈고, 우리는 마주 보고 앉았다.

전체적으로 나보다 몸이 작고, 어깨에 닿는 검은 머리에 화장기가 없는, 극히 평범한 느낌의 여자였다. 옷차림도 진회색 라운드넥 스웨터에 동색 계열 바지, 액세서리는 아무것도 하지 않았다.

"오랜만이네, 영수."

이 사람이 비비안 씨—나는 턱을 당기고 등을 펴면서 영수 씨에게 미리 들었던 이름을 머릿속에서 중얼거렸다.

"격조했습니다."

영수 씨가 말하자 비비안 씨는 입술 한쪽을 조금 끌어올려 끄덕이고, 양손으로 머리를 쓰다듬어 뒤에서 묶는 시늉을 했다. 영수 씨 이야기를 듣고 멋대로 상상했던 비비안 씨와 눈앞에 나타난 여자가 너무 달라서, 나는 조금 두근두근했다. 나이도 기미코 씨, 고토미 씨보다 많다고 했으니 마흔은 넘었을 텐데 더 젊어 보였고, 뭐라고 할까 사무직이거나 문구점 같은 데서 일한다고 하는 편이 딱 와닿을 듯한 분위기였다.

"마지막으로 봤던 게, 2년 전?"

"그렇죠."

"맞다." 비비안 씨가 실눈을 뜨고 말했다. "그, 무라마쓰 건 있고 나서."

"그렇죠." 영수 씨가 고개를 끄덕였다.

"곤노는, 만나나?"

"아뇨, 못 만났습니다. 그때 이후로."

"뭐 그렇게 되지."

그 뒤 비비안 씨와 영수 씨는 몇 명의 이름을 꼽아가며 때로 작게 웃으면서, 나는 알 수 없는, 짐작건대 일 이야기를 했다. 조금 전의 도트 무늬 앞치마 여자가 느린 걸음으로 맥주와 유리잔을 내왔다. 멀리서 봤을 때는 몰랐는데 여자는 땅딸막하고 체격이 바라져서, 엄지와 검지와 가운뎃손가락으로 집은 세 개의 유리잔이 좀 부자연스러울 정도로 작아 보였다. 큰 병과 유리잔을 탁자 위에 놓고 여자가 다시 안으로 사라졌다. 영수 씨에게 눈으로 허락을 구한 다음, 내가 유리잔에 각각 맥주를 채워나갔다. 유리잔 세 개가 채워지자 특별히 건배도 없이 비비안 씨가 꿀꺽 마셨고, 그다음에 영수 씨가 마셨고, 마지막으로 나도 입을 갖다댔다. 몹시 갈증이 났거니와 긴장했던지라 나는 첫입에 다 마시고 말았다.

"─내가 내리막이란 소문 듣고 새로운 시노기라도 물어 왔나 했더니, 그 반대일 줄이야?"

"아니, 반대라고 할까 손이 부족하다는 말도 들었습니다."

"말은 하기 나름이니까." 비비안 씨가 어딘지 기쁜 것처럼 웃었다. "부족한 게 아니라 없어졌어, 아무튼 내리막이니까."

"그건 어디나 마찬가집니다."

거기서 처음 비비안 씨가 내 얼굴을 보았다. 우리는 2초쯤 마주 보았다. 비비안 씨는 흠,인지 음,인지 모를 소리를 내고 천천히 몇 번 눈을 깜박였다.

"이름은?"

"하나입니다. 이토 하나라고 합니다."

"나이는?"

"곧 열아홉 살이 됩니다."

"도쿄 출신?"

"히가시무라야마입니다."

"지금 사는 곳은 어디?"

"산겐자야입니다."

"면허 있어?"

"없습니다."

비비안 씨가 몇 번 작게 고개를 끄덕이고, 다시 영수 씨에게 말을 붙였다. 이번에는 화제가 야구 도박인 것을 알 수 있었다.

팀명이며 금액, 뭘 가리키는지 모를 단어와 에두른 표현, 그리고 누군가의 별명들이 나오는 이야기에 무심코 귀를 기울이며 나는 맥주를 홀짝였다.

"그럼, 연락할게." 마침 큰 병이 비었을 때 비비안 씨가 말했다.

"넵."

"영수, 그러고 보니 가마자키가 네 이야기 엄청 떠들던데."

"아아, 무시해주세요." 영수 씨가 짧게 말했다.

"그래?" 비비안 씨가 싱긋 웃었다. "뭐, 서로 이것저것 있으니까, 한 바퀴 돌아서 닮은꼴 동지가 된 느낌?"

"농담 말아주세요, 저 같은 쓰레기랑 닮을 리 없잖아요."

"그래? 내가 보기엔 판박인데."

비비안 씨가 그렇게 말하고 소리 없이 활짝 웃었다. 화장기 없는 입술 사이로 치아가 드러났다. 두 개의 앞니 사이에 완벽한—마치 처음부터 누군가 의도해서 만든 것 같은 똑바른 틈새가 있었다. 어디 한 군데 비뚤어지지 않은, 아름답게 정렬한 다른 치아들 한복판의 그 틈새는 얼굴의 어느 부분보다 인상에 남았다. 주방 쪽에서 수도꼭지를 한껏 비틀었는지 거창하게 물 쏟아지는 소리가 들려왔다. 유리잔 세 개가 다 비고, 얘기가 끝났다는 분위기였다. 우리는 자리에서 일어나 인사하고, 가게를 나왔다.

영수 씨와 나는 역을 향해 한동안 말없이 걸었다. 첫 번째 큰길을 다 건넜을 때, 조금 앞서서 걷던 영수 씨를 불러세웠다.

"영수 씨, 잠깐만요."

영수 씨가 돌아보았다.

"엄청 긴장했는데. 뭐랄까, 비비안 씨요—생각했던 거랑 딴판이라서 놀랐어요."

"그래?"

"네. 좀더 위압적인, 굉장한 사람이 나타날 줄 알았거든요."

"위압적이라니 어떤? 여자라고 했잖아."

"아니, 여자라도요. 음, 뭐라고 하지, 잘 모르지만, 이글이글하고 무서운 느낌을 상상했으니까요."

영수 씨는 다시 앞을 보고 걸음을 옮겼다. 나는 잰걸음으로 바짝 따라붙었다.

"—그래서요, 나 합격일까요?"

"그럴걸."

"정말? 어떻게 알아요?"

"그냥."

"진짜?"

"감이지만."

"만일 합격이면, 이 뒤엔 어떻게 돼요?"

"일단 나한테 연락이 오고, 다음엔 너한테 전화가 갈 거야. 그거 기다리는 거지."

"앗, 나한테 직접 온다고요?"

"아마도. 비브는 옛날부터 사이에 사람 넣는 걸 싫어해. 전부 자기가 해. 기본적으로 '초면'도 기피하고."

"초면이 뭔데요?"

"신출내기라고 할까, 신참이랄까."

"그럼, 나, 아직 모르는 거네요." 나는 작게 한숨을 뱉었다.

"그래도 본인 말마따나 저쪽도 절박한 모양이니까. 다들 도망가서 손이 없어. 가망 없으면 처음부터 안 만나." 영수 씨가 콧소리를 냈다. "그렇긴 해도 비브는 조직도 영역도 겹치지 않게 단출한 살림으로 덩치 안 키우고 해왔고, 얼굴이 드러나는 소수 인원이란 원칙을 고수하니까. 뭐 어차피 누구나 할 수 있는 간단한 일만 떨어뜨려줄 테니 그렇게 분발할 것도 없어—하나, 난 들를 데가 있어서 이만. 또 연락할게."

봄이 끝나가는 일요일 오후, 신주쿠의 큰길은 사람들로 복작거렸다. 갈 곳 없는 사람도 갈 곳 있는 사람도, 웃는 사람도 심각한 사람도, 차려입은 사람도, 한눈에도 지친 사람도, 저마다 빠르거나 느린 걸음으로 이곳이 아닌 다른 장소로 이동하는 중이다.

전부 우연이고, 어쩌다 그렇게 된 광경일 터였다. 그러나 사람들 사이에 섞여 발을 옮기는 사이, 미리 결정된 어떤 움직임이며 방향 같은 것이 있어서, 그게 뭔지는 아무도 모르는 채 나른한 봄날의 이 햇살과 공기 속에서 그저 우수수 따라가는 건 아닌지, 누군가의 무언가를 덮어쓰듯 이곳에 있는 건 아닌지—마치 머나먼 곳의 무언가를 바라보는 듯 알 수 없는 기분이 들었다. 클랙슨이 날카롭게 울려 얼굴을 들자 신호등의 노란색이 눈에 들어왔다. 막 빨간색으로 바뀌려는 순간이었다. 자동차가 일제히 달릴 기미였다. 평소라면 발을 멈추고 기다렸으리라. 그러나 나는 얻어맞은 것처럼 달려 길을 건넜다.

2월 말에 '레몬'이 화재로 사라짐으로써 우리는 노동의 터전과 벌이를 잃었다. 실로 생각지도 않은 사건이었고, 그로부터 며칠을 우리는 뭐라 할 수 없이 기묘한 감각 속에서 보냈다. 일이 있고 나서—그야말로 화재 현장에서 돌아오는 길에도, 한밤중에도, 그다음 날도, 넷이 많은 얘기를 나눴을 터인데, 대체 무슨 얘기였는지 별로 기억이 없다. 식욕이 사라진 것도, 충격으로 드러누운 것도 아니지만, 불투명한 비닐 주머니를 겹겹이 머리에 뒤집어쓴 것처럼 그 며칠간은 지금도 기억이 잘 나지 않는다. 그러나 그저 '레몬'에 출근할 수 없어졌을 뿐, 여느 때와 마찬가지로 지냈는지도 모른다.

애초에 화재가 시작된 곳은 엔 씨의 '후쿠야'였던 것으로 드러났다. 일요일인데 엔 씨가 왜 가게에 있었으며 불을 사용했는지는 알 수 없다. 엔 씨는 연기를 마시고 쓰러져 화상을 입고, 그 길로 입원한 모양이었다. 다행히 생명에 지장은 없다고 했다.

다 함께 병실을 들여다보려고 진 할아버지에게 연락했더니, 엔 씨가 오지 말란다는 답이 돌아와 우리를 충격에 빠뜨렸다. 가게만 달랐지 말 그대로 한 지붕 밑에서 일했는데, 지금껏 엔 씨가 해주는 밥을 셀 수 없이 먹었고, 숱한 얘기를 나누고 농담을 주고받고 울고 웃고 노래도 부르면서 지냈는데, 우리 얼굴을 보고 싶지 않다는 엔 씨의 말을 대체 어떻게 받아들여야 하는 건지.

그런 식으로 현실의 이것저것이 묵직하게, 서서히 다가왔다. 그것은 생활 그 자체이기도 했다. '레몬'은 검게 타서 흔적도 없어졌고, 네 사람의 수입은 끊겼다. 마트나 편의점에서 지출하는 액수는 자잘했지만 그래도 돈은 나날이 줄어들었다. 장차 '레몬'을 재개할 전망은 있는지, 집세는 어떻게 할 것인지, 얼마나 유예를 얻을 수 있는지—진 할아버지는 재촉은 일절 하지 않았지만, 그쪽도 그쪽 나름대로 보통 일이 아니란 건 알 수 있었다.

어쨌거나 건물 한 채가 화재로 사라진 것이다. 소방 검사는 받았는지, 위반 사항은 없었는지, 건물주의 책임을 지금부터 여러모로 추궁당할 터였다. 우리도 남 일은 아니었다. 예를 들어 레이저 디스크는 렌트한 물건이었는데, 화재로 타버린 경우엔 어떻게 되는지, 변상해야 하는지. 그렇다면 그럴 돈이 어디 있는지. 아니, 렌트는 이전 가게가 했으니까 우리하고는 관계없다는 말이 성립하는지, 그걸로 괜찮은지. 그런 일 하나도 어디에 무슨 연락을 해야 하는지, 온통 모르는 일투성이였다. 아무튼 여기를 봐도 저기를 봐도 생각해야 할 일, 해야 할 일이 잔뜩 있었다. 첩첩이 쌓인 온갖 문제 앞에서, 나는 잘 돌아가지 않는 머리를 감싸안은 채 어쩔 줄 몰랐다.

실은 모두 힘을 모으고 지혜를 쥐어짜 조곤조곤 의논해 할 일을 나눠 하고 싶었지만, 그렇게는 되지 않았다.

내가 말을 꺼내지 않는 한 언제까지고 문제는 없는 상태 그대로였다. "어떻게 생각해?"라고 묻지 않으면 기미코 씨는 물론이고 란도 모모코도 이 상황이 자신들의 생활과 직결된다고는 인식하지 않는 눈치였다. 내가 운을 떼도 어떻게 되겠지, 모두 열심히 해서 '레몬' 부활시키자, 다음엔 더 널찍한 장소로 가자, 응, 그래야지! 같은 뜬구름 잡는 대화가 될 뿐, 마지막에는 이래도 그만 저래도 그만인 이야기로 흘러가고 구체적인 아이디어는 나오지 않았다. 그 무책임하고 낙관적인 태도가 잠시 모든 걸 마비시켜 내 기분을 밝게 해주는 일도 있었지만, 결국 최후에 남는 것은 이 사태를 타개할 사람은 나뿐이라는 어둡고 무거운 현실이었다.

그런 압박감 속에서 나는 필사적으로 여러 가지를 생각해보았다. 모모코와 란. 모모코에게는 집이 있다. 란도 거의 끝났다지만 아직 완전히 남남은 아닌 남자친구 집이 있고, 아르바이트 자리도 구하려 들면 구할 수 있을 테다. 문제는 나와 기미코 씨였다. 기미코 씨와 히가시무라야마에 돌아가 패밀리 레스토랑 같은 데서 아르바이트하는 생활로 돌아갈까도 상상해봤지만, 전혀 현실적이지 못했다. 하루 여덟 시간 일해서 몇천 엔 벌어 둘이 생활하기란 무리였다.

엄마와 다시 합치는 것도 그에 못지않게 무리였다. 엄마를 생각하면 속이 쓰렸다. 그날, 패밀리 레스토랑에서 건넨 200만 엔을 생각하면 구역질이 살짝 올라올 정도로 기분이 무거워졌고, 지금도 눈물이 핑 돌 만큼 분했으며, 큰돈을 잃은 일이 여전히 믿기지 않는 기분도 있다. 그러나 그보다도 엄마를 생각하면 속수무책으로 밀려드는 슬픔과 안타까움과 서러움 쪽이 더 힘들었다.

제대로 된 판단을 할 줄 모르는, 뭐든 적당적당에 구제 불능일 만큼 어리석은 엄마지만, 그래도 속았으면 속았지 남을 속이는 나쁜 사람은 아니라는 것도 나를 끊임없이 괴롭히는 원인 중 하나였다. 그리고 그것은 다른 미움으로 이어졌다. 엄마처럼 머리 나쁜 인간을 먹잇감으로 삼아 푼돈까지 뜯어가는 무언가를, 누군가를 향한 미움이었다. 엄마를 생각할 때마다 찾아오는, 특정한 대상이 없는 미움이며 분노며 여러 가지가 복잡하게 얽힌 감정 전부를 통틀어, 엄마와 가까운 곳에서 생활하기란 도저히 무리였다.

그렇다면 이 집을 해산하고 혼자 살아가는 것은? 금전 면에서는 가능할지도 몰랐다. 그러나 기미코 씨는 어떻게 될까? 아니, 기미코 씨는 어른이고, 나와 살기 전, '레몬'을 시작하기 전에는 어떻게든 살아왔거니와 딱히 내가 없다고 못 살 사람은 아니다. 영수 씨와 고토미 씨도 있고, 평범하게 생각하면 지금껏 그래왔듯 앞으로도 어찌어찌 살아갈 테다. 그러니까 기미코 씨도 큰일 날 일은 없다. 아무것도 무서울 것 없다. 만일 기미코 씨에게 '형편이 이렇게 됐으니 우리 이제 따로 살아요'라고 말하면, 기미코 씨는 평소처럼 무덤덤한 얼굴로 '알았어'라고 대답할 것이다. 그리고 갑자기 사라졌던 저 4년 전 여름날처럼, 두말없이 내 앞에서 모습을 감출 것이다. 그때처럼 나를 놔두고 갈 것이다. 그리고 나는 다시 저 적막한, 어둡고 습한 모래벽에 둘러싸인 집, 아무도 돌아오지 않는 집에서 외톨이로 보냈던 어린 날의 생활로 돌아가는 것이다. 나는 고개를 저었다.

내 집. 나는 내가 손에 넣은 이 집을 지켜야 한다. 기미코 씨와 나의, 그리고 우리 생활을 이어가야 한다.

구인 잡지를 사다가 밤일도 포함해 모든 페이지를 샅샅이 훑었다. 그러나 고등학교도 졸업하지 못한, 내세울 것이라곤 없는 내가 벌 수 있는 돈은 말 그대로 푼돈이었다.

다른 스낵바나 캬바쿠라 같은 데를 뚫어볼까도 진지하게 고민했다. 그러나 내가 그런 데서 통용하지 않으리란 것은 불을 보듯 빠했다. 이를테면 란. 란은 눈치가 빠르고 입담도 좋으며 얼굴도 예쁜 축에 속하고, 화장이나 패션에도 관심이 있으며 인기가 있어서 '레몬'에서는 제일 잘나갔지만, 바로 옆에 있던 캬바쿠라에서는 실적이 형편없는 호스티스로, 거의 해고된 거나 마찬가지 신세였다.

내가 '레몬'에서 그 나름대로 해올 수 있었던 것은 기미코 씨가 있었기에, 평소 생활하는 감각 그대로 무리하지 않아도 되는 가게였기 때문이다. 화장도 드레스도 필요 없고, 모르는 동료도 없고, 할당량도 경쟁도 없고, 같이 사는 친구들과 더불어 동네 단골손님을 상대하는, '레몬'이 그런 가게였기 때문이다. 청소도 돈 계산도 내 손으로 하고, 가게를 여는 것도 닫는 것도, 거기서 일어나는 일 전부를 내가 결정하고 챙길 수 있는, '레몬'이 그런 가게였기 때문이다. 게다가 무엇보다 고토미 씨가 매월 올려주는 매상이 정말 컸다. 모두가 같이 살 집을 지키기 위해, 살아가기 위해, 나는 어떻게든 '레몬'을 되찾아야 했다.

2

비비안 씨에게서 전화가 온 것은 한 달 후, 4월 말이었다. 집에는 아무도 없었다. 란은 아르바이트 면접을 보러 갔고, 모모코는 어쩔 수 없이 엄마를 만나야 하는 용건이 있었다. 기미코 씨는 드물게 아침 일찍 일어나 평소처럼 닦기 청소를 끝내고는, 특별히 어디 간다는 말도 없이 훌쩍 나갔다. 착신음이 울려서, 요 위에 드러누워 천장을 멀거니 바라보고 있던 나는 벌떡 몸을 일으켰다. 모르는 번호였다. 이 집의 세 사람과 영수 씨 외에 내게 전화를 걸어올 사람은 없다. 왔다, 나는 숨을 한 번 삼키고 전화를 받았다.

"여보세요."

조금 뜸을 두었다가 목소리가 들렸다.

"—이토 하나 전화?"

"네." 나는 말했다. 소리가 조금 멀어서 답답하게 들렸지만, 비비안 씨 목소리였다.

"영수한테 번호 받았어. 지금 산자?"

"집입니다."

"두 시간 뒤—2시 반에 나올 수 있나?"

"네, 갈 수 있습니다."

"그럼 시부야, 도큐 인 앞에 있을래? 미야마스자카 왼쪽."

"도큐 인." 나는 되풀이했다.

"호텔. 보면 바로 알 거야. 그 앞에 있어. 전화할 테니까."

비비안 씨가 전화를 끊자, 내내 조용했건만 방 안이 갑자기 조용해진 느낌이 들었다. 나는 양손으로 얼굴을 비비듯 감싸고 커다랗게 숨을 토했다. 그리고 어젯밤 목욕을 건너뛴 것을 떠올리고, 1층으로 내려가 샤워를 했다. 비비안 씨가 지정한 도큐 인이라는 호텔이 어디 있는지 몰라도 시부야에 도착해 역무원에게 물어보면 될 테고, 지도도 있고—그런 생각을 하면서 머리를 말리고, 밥 생각은 별로 없지만 달걀덮밥을 먹고 나서 여느 때처럼 폭신폭신한 먼지떨이로 노란색 코너에 놓인 소품을 한 번씩 털었다.

노란색 코너의 소품은 언제부턴가 수는 그다지 늘지 않았지만, 거실 텔레비전 바로 옆의 그 선반은 의식하건 말건 늘 눈에 들어왔고, 지금은 완전히 이 집, 그리고 나의 일부나 다름없었다. 그저 바라보기만 하는 것이 아니라 배치를 좀 바꿔보거나 손바닥에 올려보거나, 유리 제품은 세제로 깨끗하게 닦아주거나 하며 신경을 쓰고 하나하나를 소중히 했다. 엄마가 염치없이 돈을 요구한 건도 있었고, 화재로 '레몬'도 사라졌으니까 전멸이라면 전멸이었지만, 그래도 한때는 200만 엔 이상을 모았고, 드센 파도에 이리저리 떠밀리면서도 오늘날 이렇게 살고 있는 건 종합적으로 보건대 노란색의 영험일 테다. 그리고 그 노란색 코너를 바라보면서 내가 반드시 떠올리는 것은 1년도 더 전에 꿨던 저 강렬한 꿈이었다.

테니스 코트, 모래톱, 기미코 씨의 행주, 칼에 찔린 내 배에서 흘렀던 붉은 피의 감촉… 나는 꿈의 한 장면 한 장면, 꿈풀이 사전에 적혀 있던 한 줄 한 줄과 모든 표현을 생생히 떠올릴 수 있었다. 꿈속 영상과 책 속의 글은 기억 속에서 한 덩어리로 뒤엉켜 이미 확고부동한 사실이 되어 있었다. 나는 그 이후로 꿈다운 꿈을 한 번도 꾸지 않았다. 그것이 또한 그 꿈이 특별하다는 확신을 내게 주었다. 오늘 이렇게 비비안 씨에게서도 전화가 왔다. 우여곡절은 있었으나 꿈의 계시대로 착착 나아간다고밖에 생각되지 않았다. 괜찮아. 겁낼 건 아무것도 없어. 해야 해, 할 수밖에 없어. 부디 잘 되기를. 나는 눈을 감고 열심히 빌었다. 이윽고 헙, 소리를 내며 눈을 뜨고, 반들거리는 노란색 마네키네코 귀에 걸려 있던 노란색 머리 고무줄을 손목에 차고 집을 나섰다.

역으로 향하는 도중, 비비안 씨를 만나러 간다고 영수 씨에게 한마디 해두려고 전화해봤지만 받지 않았다.

시부야역에서 역무원에게 장소를 물어, 도큐 인 앞에 지정된 시각보다 25분 빨리 도착했다. 이럴 땐 뻣뻣이 서 있을 게 아니라 근처를 자연스럽게 어슬렁거리는 게 나을까, 어디 가게라도 들어가 물건 구경하는 시늉이라도 할까 망설이다가 결국 움직이지 않았다. 잠시 후면 비비안 씨와 단둘이 만나 구체적인 일 이야기를 한다고 생각하면 명치께가 쪼그라들고, 귓속에서 서 걱서걱 고동 소리가 들렸다. 한 10분은 지났겠지 싶어 휴대전화 를 확인하니 불과 5분 지났을 뿐이라, 서서히 밀려드는 긴장 속 에서 비스듬하게 멘 숄더백 끈을 움켜쥔 채 거리를 오가는 사람 들을 쳐다보면서 셀 수 없이 한숨을 뱉었다. 이윽고 2시 반. 비 비안 씨는 약속 시간에 딱 맞춰 내 전화를 울렸다.

"여기, 차 대고 있으니까 타."

얼굴을 들어 도로 쪽을 보니 검은 승용차가 정차 램프를 반짝 이며 서 있었다. 차에는 얼굴이 없는데 왠지 이쪽을 보고 있는 것처럼 느껴지는 게 신기했다. 가까이 가자, 차체에 옅은 먼지 가 쌓여 있고, 반달 같은 흠이 난 앞 유리창 너머로 비비안 씨가 여기야, 하는 것처럼 고개를 움직이는 것이 보였다. 뒷좌석 쪽 으로 가려고 하자 앞에 타라는 신호가 와서, 나는 고개를 숙이 면서 조수석에 올라탔다.

비비안 씨는 말없이 운전했고, 나도 침묵을 지켰다. 바닥에 영수증이며 빈 페트병, 편의점 비닐봉지가 흩어져 있었다. 먹 다 만 음식이나 부스러기 같은 것은 없었고, 담배 냄새도 나지 않았다. 그러고 보니 택시는 타봤어도 누군가 운전하는 자동차, 더욱이 조수석에 타기는 처음이었다. 전철이나 버스 맨 앞자리 와는 달리 시야가 낮고 진동도 소리도 몸에 직접 닿았으며, 다 가드는 풍경이 큼직큼직하고, 비비안 씨가 브레이크를 밟을 때 마다 내 허벅지에도 힘이 들어갔다. 차는 15분쯤 달린 뒤(잎이 무성한 큰 나무가 내내 오른편에 보였다) 넓고 텅 빈, 인적 없는 주차장으로 들어가 멈췄다.

"으음." 비비안 씨가 소리를 냈다. 조금 밝은 톤이어서 나는 살짝 안도했다. 비비안 씨는 백미러를 흘금 쳐다보고 좌우를 살핀 후 발밑에서 파우치를 꺼내 지퍼를 열어, 카드를 몇 장 꺼내 빠르게 체크하고, 그중 세 장만 남기고 나머지를 다시 넣었다.

"이걸로 돈을 꺼내와."

"네?"

너무 느닷없어서 큰 소리가 나왔다.

"영수한테 들었지?"

"앗, 네, 그래도 제대로 들은 건 아닙니다."

"뭐야, 못 들었어?"

"자세한 얘기는 못 들었는데요."

"어디까지 들었는데?"

"앞으로는 비비안 씨와 직접 연락을 주고받게 되리라는 거랑, 저도 할 수 있을 간단한 일을 주실지도 모른다는 말은 들었―"

"이거." 비비안 씨가 말허리를 자르고, 들고 있던 카드 한 장을 보였다. "오늘 건네는 건 이 세 장. 뒷면 구석에 번호 적혀 있지? 비밀번호 적은 카드가 따로 있으니까, 그거랑 맞춰서 번호 외워. 카드 한 장당 하루 상한 50만. 다음 카드까지는 사흘 띄울 것. 세 장이니까 다 해서 150. 회수는 대개 2주일 후."

"저기, 메모 좀 해도 될까요?" 나는 당황해서 가방을 뒤적거렸다. 갑자기 숫자가 나온 데다가 비비안 씨는 말이 빨랐다.

"메모?" 비비안 씨가 미간을 찡그렸다. "메모는 논외."

"근데요, 저기, 제가 오늘 느닷없이 현장 투입이라고 할까, 이런 전개를 상상하지 못해서." 나는 솔직하게 말했다. "처음이라, 죄송합니다."

비비안 씨는 작은 신음 같은 것을 흘리고 내 얼굴을 지그시 봤다.

"간단해. 중학생도 할 수 있어."

"틀리고 싶지, 않아서요." 내가 커다랗게 숨을 뱉었다. "─죄송합니다, 긴장해서."

"긴장은 괜찮은데, 기본적으로 이런 건 아무것도 안 남겨. 영수가 하는 야구, 봤을 거 아냐?"

"제대로 본 적 없습니다, 그냥 흘금."

"아, 그래?"

"네."

"그러니까, 기본적으로 전부 오블라투."

"오블라투요?"

"있잖아, 먹어도 되는 종이. 거기 적고, 끝나면 삼켜."

뭐라고 대답해야 할지 몰라 나는 몇 번 고개를 끄덕였다.

"종이는 안 써. 뭐 최근엔 가택 수색도 미리 알 수 있고 그나마 거의 없으니까, 예전처럼 신경 곤두세울 일은 없지만."

그때 비비안 씨 전화가 울렸다. 착신 멜로디가 자드ZARD의 〈지지 말아요〉였다. 엄청난 하이 텐션의 음색이 차 안에 왕왕 울려서 나도 모르게 허리가 똑바로 펴졌다. 비비안 씨는 주머니에서 꺼낸 전화기를 내려다보며 받을까 말까 고민하는 눈치였다. 옆얼굴을 흘금거리자니, 한낮의 빛 때문인지—눈 밑의 다크서클이며 주름이 또렷이 보이고, 기미도 있고, 지난번 '나미'에서 생각했던 것보다 제 나이로 보였다. 자동 응답은 설정해두지 않는지 〈지지 말아요〉가 좁은 차내에서 끝없이 울렸다. 이윽고 '아무리 떨어져 있어도'의 가장 고음인 '어'에서 착신음이 뚝 끊어지고 잠시 침묵이 깔렸다.

"—그래서, 어디까지 얘기했지?"

"오블라투로, 증거 인멸하는 대목요."

"인멸? 그런 말 안 했잖아."

비비안 씨가 입가만 움직여 싱긋 웃었다. 입술이 말려올라가 앞니의 반듯한 잇새가 보였다. 그것을 본 순간 왠지 긴장이 좀 풀렸다.

"네, 하지만… 오블라투가 의외였습니다."

"뭐 그렇지…. 삼키는 요령이 있어. 물이 없는 경우도 있고."

"비비안 씨도, 삼킨 적 있으세요?"

"있지. 야구 아니고, 다른 거였지만. 비브라고 불러도 돼. 비비안은 길잖아."

"비브 씨." 하긴 영수 씨도 그렇게 불렀던 것을 떠올렸다. "알겠습니다, 비브 씨라고 부르겠습니다."

"뭐 아무튼, 너는—하나였던가? 수금만 하면 돼."

나는 비브 씨가 들고 있는 카드를 지그시 바라보았다. 지금 여기서, 내가 쓸 만한 인간임을 보여주지 않으면 안 된다. 아무리 당황했다지만 조금 전 '메모 좀 해도 될까요'는 어리석었는 지도 모른다. 그나마 〈지지 말아요〉가 울린 덕에 분위기가 약간 가벼워졌고, 느낌상 심한 실수를 저지른 것도 아닌 듯했다. 그래도 알 수 없다.

대뜸 구체적인 이야기로 들어간 것도, 정보량도 가늠할 수 없을 만큼 말이 빨랐던 것도, 내 이해력이랄까 반사 신경이랄까 일머리 같은 걸 시험하는지도 몰랐다. 애는 틀렸다는 인상을 줘서는 안 된다. 의욕을 어필하고, 싹수 있다는 걸 보여줘야 한다. 나는 최대한 냉정을 가장하고 말했다.

"그 카드 말인데요."

"응."

"한 번… 제가, 하는 법을 말해봐도 될까요?"

"그러든지."

"제가 설명해보겠습니다. 혹시 틀리면, 가르쳐주세요."

나는 침을 삼키고 집중한 뒤, 조금 전 들은 이야기에서 기억하는 부분을 순서대로 읊었다.

"…우선, 제가 이 세 장의 카드를 받습니다. 비밀번호가 적힌 별도의 카드와 대조해서 그걸로 돈을 찾는다. 비밀번호는, 암기한다."

"응."

"한 장당 찾을 수 있는 한도는 50만 엔."

"그렇지."

"한 번 사용하면 다음 카드까지 최소한 사흘 쉰다. 50만 곱하기 3이니까 150만 엔. 회수는 2주일 후."

빠뜨린 것 없이 다 설명한 것 같아서 안도하고 비브 씨의 다음 말을 기다렸다. 그러나 비브 씨는 아무 말 없었고, 어딘지 안절부절못하는 미묘한 공기가 되는 바람에 별수 없이 내가 질문했다.

"그런데요… 돈은, 어디서 찾아요?"

"ATM이지."

"어디 ATM요?"

"경비원이 있는 은행의 대형 ATM 코너는 안 돼. ATM만 따로 설치된 곳 있잖아, 시부야나 신주쿠 같은 붐비는 곳, 기본적으로 사람들이 많이 드나드는 곳."

"사람이 있어도 괜찮아요?"

"카드에 따라 다른데, 이번 건 괜찮아. 평범하게 계좌에서 현금 인출하는 거니까. 사람들이 있으면 오히려 좋지."

"같은 ATM에서 해도 되나요?"

"한 장마다 장소는 바꿔. 일단 모자도 쓰고."

"장소는, 하나하나 떨어뜨리는 편이 좋은가요?"

"아니, 시부야나 신주쿠 사람 많은 데면 딱히 신경 안 써도 돼. 시간대도 언제라도 좋고."

"네."

"이번에 너한테 주는 건 세 장이잖아? 기본적으로 기간은 사흘 띄우고, 마감은 2주일에 한 번. 그때 다음 카드 줄게."

"네."

"그러니까 한 달 수금 300만이라는 계산."

300만—나는 무심결에 숨을 멈추고 고개만 끄덕였다.

"마감일마다 카드는 새로운 걸로 바꾸니까. 너는 약속 날짜에 수금한 돈과 카드를 가져와."

"네."

"대충 이런 느낌. 카드에 따라서 하는 일은 바뀌지만, 이번 달은 이걸로."

"저기요, 혹시."

"뭐?"

"—혹시, 붙들리면 어떻게 하면 될까요?"

나는 비브 씨 얼굴을 쳐다봤다. 의욕과 열의와는 별개로 이것만은 들어둬야 할 매우 중대한 일이라 딴에는 큰맘 먹고 질문했는데, 비브 씨는 의외로 심드렁한 얼굴로 말했다.

"경찰에 말이야?"

"네."

"그러면—가부키초에서, 모르는 외국인한테 받았다고 해."

"네엣?"

놀라서 커다란 소리가 튀어나갔고, 그 기세에 비브 씨가 흠칫하며 턱을 당겼다.

"어, 뭐?"

"아뇨, 저기, 그런 걸로 괜찮나 해서요."

"그런 거가 뭔데?"

"아뇨, 저, 뭐랄까 너무 심플한 느낌이랄까."

"괜찮아."

"그래도 그 정도로, 경찰에선 넘어가나요?"

"넘어가, 딱히."

"조, 조사 같은 걸로 번지면요?"

"그럴 일은 없어."

"그래도 만일 말이에요, 만일."

"그러면." 비브 씨가 눈을 조금 올리고 양손으로 머리를 한데 모으고 말했다. "—남자가 길에서 끈덕지게 말 걸어서, 귀찮아서 몇 마디 대꾸했더니 뭔지 잘 몰라도 돈 뽑을 수 있는 카드라면서 자랑하더라, 나한테도 한 장 주길래 설마 하면서 시험해봤는데 진짜 돈이 나왔다. 와, 대박, 하고 적당히 써버렸다고 말하면 돼. 횟수도 장소도 정직하게 말해도 괜찮고."

"어, 아니, 그렇게 가벼운, 아니, 거짓말이라고 할까… 그런 게 통한다고요?"

"딱히 거짓말 아니잖아? 상대가 외국인이냐 나냐 하는 차이뿐이야. 나머지는 가부키초냐 승용차냐의 차이."

이런 태세랄까 자세랄까 절차로 괜찮을까—가뜩이나 긴장하고 불안하던 차에, 비브 씨의 이 지극히 익숙한 느낌이랄까—그야 익숙할 테지만, 그래도 여유랄까 느슨함에 또 다른 종류의 불안이 엄습해, 나는 무의식적으로 위장 근처에 손을 갖다 대고 있었다. 이 느낌을 어떻게 수습해야 하는 건지, 수습하지 않아도 되는지, 말이 막힌 나는 아랑곳도 없이 비브 씨는 말을 이었다.

"그래도 붙들릴 일은 없어. 내 카드는 안심 안전, 신원도 탄탄하고 회전도 빠른 것만 들여오니까. 요번 세 장도 신용할 수 있는 우수한 물건이야. 꼬리 안 밟혀. 괜찮아."

나는 비브 씨 이야기에 온몸을 기울이면서, 더 확실히 확인해 둬야 할 사항, 지금 여기서 분명히 들어둬야 할 사항이 뭔가 있을 터라고 필사적으로 머리를 굴렸지만, 간신히 머릿속에 새긴 금액이며 순서를 까먹으면 안 된다는 초조함이 앞서서 그저 고개만 끄덕일 뿐이었다.

"오늘, 며칠이지?"

"4월—30일요. 30일."

"그럼 첫 회는 연휴 끝나고 15일쯤이네. 시간은, 전화할게."

"저기요, 모르는 게 있으면 비브 씨께 전화해도 될까요?"

"응. 내 번호는 등록하지 말고 외워서 걸어. 착신도 발신도 기본적으로 일단 지우고."

"네."

"뭐 걱정할 건 없지만, 들고 다니는 건 기본, 한 장으로 해두고."

"저기, 그 밖에 요령 같은 것은."

"음, 뭐 자기 돈 찾는 것처럼 당당히 하면 돼. 찾으면 바로 가방에 넣고 자연스럽게 밖으로 나온다. 괜히 두리번거리지 말고, 주위 의식하지 말고. 번호는 외운다."

"네."

"그리고 이 건에는 영수는 더 관여하지 않으니까, 지금부터는 전부 너랑 나 둘만의 얘기. 당연하지만 아무한테도 발설하지 않는다. 알았어?"

"네."

"오케이."

비브 씨가 내게 카드 세 장과 비밀번호가 적힌 카드를 한 장 건넸고, 내가 지갑 속에 그것을 넣는 것을 확인한 뒤 차를 출발시켰다. 몸이 기이할 만큼 가벼워져서, 창밖에 흘러가는 풍경 속을 마치 자동차 좌석에 앉은 채 붕 떠올라, 보이지 않는 레일에 얹혀 이동하는 것 같았다.

"어디 내려줘?"

정신을 차리고 보니 북적대는 시부야로 돌아와 있었다. 아무데나 괜찮습니다,라고 반사적으로 대답했다.

"그럼, 다음 달에 봐. 15일쯤. 전화할게."

타워레코드 앞에서 나를 내려놓은 비브 씨의 차는 소리를 내며 달려가 순식간에 다른 차와 섞여 시야에서 사라졌다.

몇 초인지, 몇 분인지―나는 한동안 그 자리에 서 있었다. 빵, 하고 클랙슨이 울려 갑자기 거리의 소란 속에 던져진 기분이 들었다. 얼굴을 들자 노란색 간판 옆에 이름을 모르는 여자 가수의 초대형 포스터가 붙어 있고, 확대된 눈동자 속에 하얀색 네모가 몇 개 떠올라 있었다. 나는 시부야역까지 걸어가 버스를 타고 산겐자야로 돌아왔다.

3

5월 3일 오전, 산자역 앞에서 버스를 타고 시부야로 향했다.

길을 걸을 때도 버스에서 흔들릴 때도, 긴장 탓인지 보고 듣는 것 전부가 어딘지 평소 같지 않았다. 나는 모자 날개를 몇 번이고 끌어당기고 양손으로 머리를 눌렀다. 그 버킷햇 잘 어울려요, 하고 말했던 점원의 높은 목소리가 떠올랐다. 산자역 앞 골목에 있는 구제 옷집에서 1000엔에 샀다. 눈에 띄지 않는, 좀 허름한 베이지색에 깊이 눌러쓸 수 있는 디자인이다. 비스듬히 멘 가방 속에 지갑이 들어 있고, 지갑 안에 비브 씨에게 받은 카드가 한 장 들어 있다. 나는 머릿속에서 비밀번호를 되풀이하면서 가슴 밑바닥의 숨을 뱉었다.

연휴의 시부야는 인파로 들끓었고, 버스에서 내려 몇 걸음 걷자마자 정신이 살짝 아득해졌다. 그게 바람직한 신호인지 아닌지도 잘 알 수 없었다. 그럼에도 지금 내 가슴속에 있는 무거운 것이, 여기서 왁실대는 사람들 머릿수로 나누어 차츰차츰 작고 가벼워진다고 상상하면서 어찌어찌 앞으로 나아갔다.

이틀 전, 시부야와 신주쿠에 가서 비브 씨가 알려준 조건에 맞는 ATM을 물색해 이미 답사를 마쳤다. 오늘은 거기로 가서 카드를 넣고 현금을 찾는다—그렇게 생각하는 것만으로 손끝이 떨렸다. 비브 씨가 준 카드. 발각되면 말할 것도 없고, 무사히 해낸다 해도 이 카드가 내 인생의 무언가를 결정하게 된다고 생각하면 뱃속이 졸아들었다.

지금껏 현금카드를 가져본 적도 써본 적도 없었으니 그 카드가 위조인지 진짜인지, 알 길은 없었다. 그러나 세 장 다 실제로 존재하는 은행 이름이 적혀 있고, 광택도 리얼하며 숫자와 이름도 각인되어 있었다. 뒷면에 인쇄된 작은 글자도 정밀해서 진짜라고 하면 믿을 수밖에 없는 분위기가 있었다.

이 카드는 뭘까. 주인은 있을까. 대체 어떤 식으로 짜여 있는 걸까. 위험한 카드임은 분명한데 얼마나 위험한 걸까. 카드를 받아온 이래 그런 생각을 하지 않은 날은 없었다. '내 카드는 안심 안전, 신원도 탄탄하고 회전도 빠른 것만 들여오니까. 요번 세 장도 신용할 수 있는 우수한 물건이야. 꼬리 안 밟혀. 괜찮아'—두려움이 밀려들 때마다 그 말을 머릿속에서 되풀이하고, 아무것도 상상하지 않으려고 고개를 저었다. 그렇지만 불안이 도돌이표처럼 찾아왔다. 가족끼리, 연인끼리, 여자들과 남자들이 온갖 방향에서 나타나 스쳐 지나고, 또 새로운 사람들이 다가왔다 멀어졌다. 흡사 내 몸뚱이만 한, 아니 그보다 더 큰 짐이라도 끌고 가듯 나아가는 사이 어느새 ATM 코너 앞에 있었다.

길고 가느다란 빌딩 1층. 밝은 은행 간판이 걸려 있고 똑같은 기계가 세 대 늘어선, 썩 크지 않은 출장소였다.

연휴 중에 다들 쇼핑이라도 할 셈인지 기계마다 남자, 여자, 연인임직한 이들이 둘셋 씩 줄을 서 있었다. 나는 제일 오른쪽 줄 맨 뒤에 서서 차례를 기다렸다. 긴장이 서서히 퍼져 심장이 뛸 때마다 온몸이 흔들리는 듯했다. 전신을 쿵쿵 울리는 이 소리가, 조금이라도 긴장을 풀면 주저앉을 것 같은 이 두려움이, 귓구멍과 눈과 살갗 밖으로 새지 않는 것이 신기할 정도였다. 주머니 속에서 손끝이 계속 떨려서 나는 주먹을 그러쥐었다.

차례가 왔다. 나는 화면 앞에 섰다.

작고 네모난 볼록 거울 같은 것에 내 얼굴이 비쳤다. 이게 사실은 감시 카메라라고, 지금 녹화되는 영상이 언젠가 뉴스에 나오게 될지도 몰라—불쑥 그런 생각이 들었다. 어쩌면 옆 사람도 뒷사람도, 숫자가 적힌 키보드도 나머지 두 기계에서 들리는 기계음도, 뒤에서 딩동딩동 울리는 자동문 소리까지 이곳에 있는 전부가 실은 나를 감시 중이고, 내가 카드를 집어넣는 순간 귀를 때리는 경보음이 울리며 남자들이 우르르 나타나 나를 제껍 잡아갈지도 몰라—그런 생생한 광경이 머릿속에 떠올랐다. 그러나 그만둘 순 없었다. 몸이 떠내려갈 듯한 두려움을 누르며 숨을 크게 들이쉬고, 몇 번이나 진지하게 시뮬레이션을 하며 집에서 연습한 대로 지갑에서 자연스럽게 카드를 꺼내 투입구에 넣었다. 일순 희미한 저항이 느껴졌지만 카드는 곧바로 기계 속으로 빨려들어갔다. 이대로 카드를 먹어버리거나, 카드가 들어간 순간 어딘가로 연락이 가서 경비원이 달려오거나 비상벨이 울린다면? 실은 조사관인 옆 사람이 내 손목을 붙들면? 눈물이 핑 돌고 두려움이 최대치에 달했다.

1초, 2초, 거의 신음을 흘릴 뻔한 순간, 다음 화면으로 넘어 갔다. 떨리는 손끝으로 '인출'을 선택하고 비밀번호를 입력했 다. 이윽고 금액 화면이 나오자 거의 반사적으로 숫자 5와 제로 를 다섯 개 눌렀다. 그리고—숨죽인 채 바라보던 화면에 '처리 중…'이라는 메시지가 뜨고, 몇 초 뒤 느닷없이 와다다다닥 하 는 요란한 소리가 나서 숨이 멎는 줄 알았다. 입을 벌린 회색 현 금 인출구 속에 만 엔짜리 지폐 다발이 보였다. 나는 손을 넣어 지폐를 꺼내 반으로 접어 가방에 넣고, 지퍼를 단단히 잠갔다. 다음 조작을 재촉하는 밝은 소리가 울리고, '카드를 잊지 않도 록 주의해주세요'라는 글자가 나타났다. 되돌아온 카드를 꺼내, 기계가 같이 뱉어낸 작은 명세표와 함께 지갑에 넣었다. '이용 해주셔서 감사합니다'라는 기계음을 들으면서 돌아섰다.

내 뒤에 서 있던 화려한 염색 머리의 젊은 남녀는 몸을 밀착 시킨 채 조잘거리며 애틋한 시선을 주고받느라 차례가 온 것도 모르는 눈치였다. 나를 보는 사람은 아무도 없었고, 그 누구도 아무것에도 관심이 없는 듯—묘하게도 자신들이 막 인출했거 나 지금부터 인출하려는 돈에도 흥미 없는 듯 보였다. 말하자면 이곳에서는 특별히 마음에 담아두어야 할, 무언가 기억에 걸릴 만한 일은 전혀 일어나지 않는 듯했다. 나는 숄더백 어깨끈을 양손으로 틀어쥐고 ATM 코너를 뒤로 했다.

비브 씨 지시대로 5월 7일과 11일, 틀림없이 사흘을 띄워, 두 번째는 신주쿠, 세 번째는 시부야의 다른 ATM 코너에 가서 같은 일을 되풀이해 전부 150만 엔을 뺐다.

첫날은 집에 어떻게 왔는지 띄엄띄엄한 기억밖에 없다. 누가 뒤를 밟지 않는지, 잠복 중은 아닌지, 손에 진땀이 배고 가슴이 쿵쿵거렸다.

식욕은 전혀 없었지만 아침부터 먹은 게 없어서 시큼한 냄새가 목을 타고 올라왔고, 그런 사소한 것 하나로도 머리가 이상해질 것 같았다. 산자에 돌아와 맨 처음 눈에 들어온 라면집으로 들어가 간장 라면을 주문했지만, 기다리는 사이에도 관자놀이가 욱신거리고 팔다리가 쑤시며 가슴이 뻐근하고 무거워서 제대로 앉아 있기도 힘들었다. 어지간히 컨디션이 안 좋아 보였는지 대각선 건너편에 앉은 여자가 내 쪽을 흘금거렸고, 그러자 더욱 앉은자리가 불편해져서 결국 면만 몇 번 후루룩 삼키고 거의 남긴 채 가게를 나왔다.

두 번째도 크게 다르지 않아, 제정신이 아니었다. 세 번째도 쓰러질 것 같은 심정으로 나갔다가 녹초가 되어 돌아와, 바로 뻗고 말았다. 눈곱만큼 뭐라도 나아진 느낌도 없진 않았지만, 대체 무엇이 나아졌는지는 알 수 없었다.

비브 씨가 준 일을 해내야 하는 연휴는 길었다.

연휴 첫날 아오바다이 자택으로 돌아갔던 모모코는 '엄마 아빠와 얘기가 틀어져서 연휴는 이쪽에서 지내야 함. 협상 확실히 매듭짓고 갈 예정'이라는 연락이 왔다. 란은 산자역 근처의 또 다른 캬바쿠라 면접에 합격해서 거기 다니기 시작했다. 기미코 씨는 영수 씨에게서 다달이 받는 예의 돈으로—교도소에 있는 기미코 씨 어머니에게 보내는 것이라고 들었지만, 때로 생각난 것처럼 나와 란을 고깃집에 데려갔다. 란은 새 아르바이트 가게 의 시스템이며 손님이며 여자애들 얘기를 들려주었고, 나와 기 미코 씨는 고기를 굽고 맥주를 마시면서(캔 맥주가 아닌 건 무척 오랜만이었다) 맞장구를 치거나 농담을 주고받으며 웃었다. 혼 자 있으면 카드와 돈 문제로 한없이 심란했지만, 두 사람과 함 께 있는 동안은 그런 생각을 잊을 수 있었으므로 눈물겹게 고마 운 시간이었다.

연휴도 끝나고 며칠 지나, 비브 씨가 전화를 걸어왔다. 오전 11시. 착신음이 울리자마자 잽싸게 통화 버튼을 눌렀다. 일순 저쪽에서 아무 소리도 들리지 않아 나는 휴대전화를 귀에 바짝 붙였다.

"여보세요, 여보세요."

"네, 들려—어때, 잘 됐어?"

"어찌어찌, 했습니다."

"오케이, 오케이."

비브 씨가 생긋 웃은 느낌이 들어서, 앞니 잇새가 눈앞에 떠 올랐다.

"오늘 이따가, 두 시간 뒤쯤 나올 수 있나?"

"나갈 수 있습니다."

"오케이. 그럼, 1시에."

나는 통화가 끝난 휴대전화를 움켜쥔 채 벽장을 바라보았다.

천장 위 남색 상자 속에 비브 씨 카드로 뺀 150만 엔이 들어 있다. 결국 쫓아온 사람은 아무도 없었고 붙들리는 일도 없었다. 보아하니 저 돈은 아무도 모르게 이쪽으로 이동하는 데 성공한 듯했다. 나는 벽장에서 이불을 꺼내고 안으로 들어가, 현금을 꺼내 고무줄로 묶었다. 조금 망설이다가 100엔숍에서 사둔 큼직한 봉투에 넣어, 늘 메고 다니는 숄더백 바닥에 넣었다.

약속은 전과 똑같았다.

지난번과 같은 장소에서 1시 정각—먼지가 엷게 앉은 검은 승용차가 다가왔다. 이번에는 저쪽에서 신호하기 전에 내가 먼저 달려가, 고개를 숙인 다음 조수석 도어를 열고 올라탔다. 차가 달리기 시작했고, 차창 너머로 2주일 전과 같은 풍경이 흘러갔다. 같은 길을 더듬어 가 같은 모퉁이를 몇 번 돌아 주차장으로 들어갔다. 끽 소리를 내며 비브 씨가 바를 끌어당기자 차 안이 조용해졌다. 하나부터 열까지 비브 씨와 처음 둘이 만났던 날과 똑같아서, 마치 되감기한 시간 속에서 같은 일을 한 번 더 되풀이하는 느낌이었다.

"저기, 가져왔습니다."

나는 조그맣게 말하고, 배 앞에 안고 있던 숄더백을 손끝으로 가리켰다.

"어때, 간단했지?"

"작업 자체는, 그렇지만요."

요 2주일 내내 느꼈던 침울함과 중압감이 새삼 복받치는 듯 해서 나는 어깨로 한숨을 내쉬었다.

"어디서 했어?"

"시부야랑 신주쿠요."

"오케이, 오케이."

비브 씨가 만족한 낯빛으로 고개를 끄덕였다. 그러고는 좌우를 한 번씩 확인하고 자, 하는 것처럼 턱을 까딱했다. 나는 가방을 열어 150만 엔이 담긴 봉투를 꺼냈다. 창밖에 인기척이 없는지 다시 살펴보고 양손으로 비브 씨에게 가만히 건넸다.

"봉투에 다 넣어오고, 야무지네?"

비브 씨가 놀리는 것처럼 씩 웃고, 안에서 지폐 다발을 꺼내 손끝으로 착착 튕겨나갔다. 손가락이 움직일 때마다 지폐는 물 흐르듯 매끄럽게 넘어갔다. 빈 봉투가 발밑에 떨어졌지만 비브 씨는 신경 쓰지 않았다. 조금 전까지 돈이 담겨 있던 봉투는 이제 여기 흩어진 영수증이며 껌 종이와 똑같은 쓰레기로구나, 하고 멍하니 생각했다. 비브 씨는 순식간에 150장을 다 헤아린 후, 이번에는 다발에서 지폐를 한 장씩 벗겨내듯 떼어내—내게 열다섯 장을 건넸다.

양손에 받아든 15만 엔을 나는 지그시 내려다보았다.

15만 엔. 만 엔짜리 열다섯 장. 이번 일로 내가 얻은 보수다. 피 말리는 저 세 번의 행위로 내게 주어진 돈. '레몬'에서 넷이 열심히 일하면 닷새, 만일 혼자라면 2주일은 걸릴 매상이다. 패밀리 레스토랑이라면 아침부터 밤까지 두 달 반 일해야 손에 넣을 돈이다. 15만 엔이, 단 세 번이라지만 그처럼 절박한 심경으로 보낸 2주일과 맞바꾸기에 적절한지, 아니면 많은지 적은지, 솔직히 알 수 없었다.

그럼에도 한 가지 분명한 사실은, 그것이 지금의 내가 무슨 수를 써도 사흘에 벌 수 있는 돈은 아니라는 것이었다.

"네가 가져가는 건 수금액의 1할. 인출책 기본급이야. 그러니까 이번엔 15. 오케이?"

"네."

"다음도 괜찮겠어?"

나는 고개를 끄덕였다. "⋯같은 ATM 코너, 또 가도 괜찮은가요?"

"지금 카드는 괜찮아. 그래도 몇 군데, 쓸 만한 곳 확보해두고 그때그때 돌리는 게 좋을 거야. 뭐 기분 전환도 되고." 비브 씨가 웃었다.

"맞다, 카드요."

나는 손에 든 15만 엔을 반으로 접고 비브 씨에게 작게 고개를 숙인 뒤, 지갑과는 따로 준비해 온 전용 수금 주머니―노란색 파우치에 넣었다. 그리고 갖고 있던 비밀번호 카드와 인출용 카드 세 장을 각각 명세표와 겹쳐 건넸다.

"지난번에 명세표 여쭤보는 걸 깜박해서, 어떻게 할까 하다가 일단 가져왔습니다."

"아아, 다음부턴 버려도 돼."

"어디다 버려요?"

"쓰레기통이지."

"보통 쓰레기통에 버려도 괜찮아요?"

"특별한 쓰레기통도 있나? 어디나 괜찮아." 비브 씨가 명세표를 손끝으로 집어 바라보고 어이없다는 듯 웃었다. "돈이 빠져나가도 눈치도 못 채는 인간이 있단 말이지."

나는 각 명세표에 적혔던 숫자를—한 번 보고 흠칫해서 숨을 삼키고 말았던 그 숫자를 확실히 기억했다. 보지 말라는 말은 없었으므로 구멍이 뚫릴 정도로 들여다보고 거의 외우다시피 한 각각의 잔고는 첫 카드가 1200만 남짓, 두 번째 카드가 3100만 남짓, 그리고 세 번째가 550만 남짓이었다. 세 장 다 명의가 남자 이름이고, 어느 것이나 몇 번을 봐도 제로의 숫자가 머릿속에 훅 들어오지 않을 만큼 금액이 컸다. 이 돈은 무엇이고, 이 사람들은 누구고, 이 카드는 무엇일까.

이 일이라고 할까 내가 관여하기 시작한 이것은 대체 어떤 식으로 짜여 있을까. 당연하지만, 그런 것을 내가 먼저 물을 수는 없는 노릇이다.

"그럼, 다음엔 이걸로 가지."

비브 씨가 발밑에 놓여 있던 작은 가방에서 지난번처럼 카드를 몇 장 꺼내 신속히 체크하고, 번호를 확인한 뒤 세 장을 골라, 비밀번호가 적힌 카드와 함께 내게 건넸다.

"절차는 같아. 이제 낙승이지?"

"낙승은, 아니고요." 나는 입술을 모았다. "두근두근합니다."

"좋잖아, 두근두근."

비브 씨가 내 얼굴을 지그시 바라보고 씩 웃었다.

"그래도 뭐, 곧 익숙해져."

비브 씨는 들를 곳이 있다면서 도중까지 타고 가라기에 나는 고개를 끄덕였다. 온 길을 되밟아 돌아가, 산자의 혼잡한 교차점을 빠져나가 세타가야 거리로 진입한 곳에서 나를 내려놓고, 비브 씨의 차는 똑바로 달려 사라졌다.

'레몬'이 화재로 없어진 지 꽉 채워 석 달이 되려 했다.

같이 일은 못 해도 표면상으로는 지금까지와 다름없는 생활이 이어지는 것처럼 보였다. 돈이 없어, 응, 없네, 이제 어떡하냐, 같은 말을 하면서 웃고, 한밤중에 라면을 먹거나 텔레비전을 보거나, 모모코가 동생 시즈카에게서 훔쳐 왔다는 '다마고치' 따위를 하면서 빈둥빈둥 지냈다.

진 할아버지에게서도 특별히 연락이 없었다. '레몬'은 어떻게 됐는지, 건물 자체는 어떻게 되는지, 이미 퇴원했을 엔 씨는 어떻게 지내는지—생각해야 할 일과 알아야 할 일이 분명 있었을 텐데, 그것들이 먼저 우리에게 정이 떨어져 도망가는 느낌마저 들었다. 한편, 암묵의 양해처럼 우리는 '이 집에서 이대로 산다'라는 근거 없는 모호함을 어딘지 모르게 공유하고 있었다.

'레몬'의 수입이 끊어진 후에도 각자 내놓는 월세나 광열비는 딱히 바뀌지 않았다. 란은 툴툴거리면서도 새 아르바이트를 계속 나갔고, 자신의 할당액을 꼬박꼬박 내놓았다. 부모님 돈인지 할머니 돈인지 몰라도 모모코도 제때 액수를 맞춰 가져왔다. 어디서 어떻게 마련해 오는지 기미코 씨는 요 석 달간 두 번, 7만 엔을 건네주어서, 나는 그것을 쪼개 집세로 돌렸다. 장보기나 자잘한 지출은 다 같이 마트에 가면 눈치껏 나눠 냈고, 나 혼자 일용품을 사러 갈 때는 내 저금을 허물어 썼다. 겉으로는 어찌어찌 생활이 유지된다고도 생각할 수 있었다. 그러나 이런 것은 오래가지 않는다. 기미코 씨가 불쑥 가져오는 돈은 불안정했고, 모모코나 란도 비슷한 처지였다. 우리는 반드시 나이를 먹고, 나이를 먹는 데도 돈이 필요하며, 몸이 고장나면 끝이고, 도와줄 사람은 아무도 없다. 기본적으로 아무 보증도 없는 비참한 인생임에는 변함없다—조금이라도 긴장이 풀리려 하면 예전에 엔 씨가 한 말이 되살아나 나를 불안의 밑바닥으로 떨어뜨렸다. 그때마다 '레몬'을 떠올렸고, 속이 쓰라렸다.

그런 나날을 보내고 슬슬 6월도 끝나가는 어느 밤, 다 함께 텔레비전을 보다 말고 모모코가 말했다.

"엄마 아빠 땜에 진짜 성가셔 미치겠다."

모모코는 마지막 1년을 제대로 등교하지 않고서도 고등학교 졸업이 인정되어, 앞으로의 일을 놓고 봄부터 줄곧 엄마와 옥신각신하는 눈치였다. 모모코가 다닌 학교에는 단대*도 병설되어 있는데, 자기도 모르는 새 거기 재학 중인 걸로 되어 있더란다. 정신적으로 살짝 불안정한 시기가 계속되어 카운슬러와 상담해가며 기본적으로 자택 학습을 하는 걸로 해두고, 필요한 리포

---

*   수업 기한 3년 이내의 단기 대학.

트도 꼬박꼬박 학교에 제출했다는 것이다. 카운슬러는 물론 엄마가 고용했고, 리포트도 연줄로 알게 된 대학생에게 돈을 주고 쓰게 했더란다. 모모코로서는 해도 너무한 사태로, 철저 항전할 작정이라고 말했다.

"그래도 단대라면, 입학금도 상당하잖아. 아깝지 않아?" 란이 물었다.

"멍청이들 모이는 학교잖아. 돈이라도 왕창 내야 자존심 유지하지. 그리고 딸이 백수 돼서 빈둥거리는 건 못 견디고."

"어, 백수가 왜? 딱히 모모코더러 일해서 돈 벌어오라는 얘기도 아니잖아. 오히려 단대 보내는 게 돈이 들면 들었지."

"아니, 돈이 아니거든." 모모코가 미간을 찡그렸다. "전에도 얘기했지만 우리 집 문제는 돈이 아닌 쪽."

"그래도 부모가 열심히 뒤를 봐주면 나쁠 것 없지 않나? 편하다고 할까."

"뭐?" 모모코가 좀 짜증 난 눈빛으로 란을 쳐다봤다. "아니아니, 절대 아니거든. 자식들 뒤 봐주는 게 아니라 우리 엄마는 본인을 위해서라니까. '따님은 어떻게 지내요?'라는 질문에 할 말이 없는 걸 못 참는다고."

"씩씩하게 잘 지낸답니다아,는 안 되는구나." 란이 웃었다.

"뭐? 당연하잖아. 씩씩이고 건강이고 다 필요 없고. 어머나, 근사해라 하고 실눈 뜰 수 있는 일 아니면 안 된다고. 의미 없다고. 하여간 남의 눈에 목숨 거는 사람이니까. 가루이자와 멍청이 커뮤니티의 멍청이 친구들에겐 도쿄 시부야에서 할머니와 지내는 당신 딸은 예술가 기질에 워낙 섬세하다 보니 평범한 급우들과 잘 어울리지 못해 특별히 선생님 초빙해서 자택 학습으로 바꿨고, 적당한 시기에 해외라도 내보낼 예정이랍니다, 쯤으로 말해놨어. 그리고 둘째는 미모가 미모인지라 길 다니면 유명 연예 기획사가 앞다투어 스카우트를 해오는데, 물론 연예계라니, 절대 허락하지 않을 거지만요, 같은 상태고. 그래서 우리, 가루이자와에는 절대 안 불러. 한 방에 다 들통나니까."

"그렇구나…. 그것도 보통 일 아니네."

"그래, 보통 일 아니라고—아니 근데, 이런 얘기 하면, 란하고는 뭔지 어긋난다고 할까 어째 잘 전달되지 않는 느낌?"

그렇게 말하고 모모코는 피식 웃고, 동의를 구하는 것처럼 내 쪽을 흘금 봤다. 나는 반사적으로 적당히 눈을 끔벅였지만, 뒷말을 이어받는다고 할까 순조로이 대화에 끼어들 수 없었다. 그도 그럴 것이 두 사람 얘기는 귓등으로 흘려들으며 머릿속에서 내내 돈 계산을 하고 있었기 때문이다.

7월이 코앞에 닥친 무렵, 비브 씨가 주는 일은 4회차를 마쳤고, 내일부터 마침 5회차로 들어갈 참이었다. 한 회당 15만 엔. 그것이 한 달에 두 번, 30만 엔이라는 계산. 지금까지 비브 씨에게서 보수로 60만 엔을 받고, 기미코 씨가 불쑥 내놓은 돈도 있어서 생활비를 제외하고도 30만 엔을 저금했다. 거기다 저금액 19만 엔(엄마에게 건네고 남은 돈은 35만 엔이지만 생활비로 헐어 써서 이 금액이었다)을 더해 49만 엔. 이것이 내 전 재산이다.

비브 씨 일은 란이나 모모코는 물론이고 기미코 씨에게도 말하지 않았다.

미심쩍은 눈으로 보거나, 아르바이트라도 하느냐, 뭘 하고 다 니느냐 물어오면 뭐라고 대답할지 걱정했지만, 아무도 아무것도 묻지 않았다. 관심이 없는지 질문하는 일 자체에 생각이 가닿지 않는지, 어쨌거나 문제라고는 없어 보였다. 영수 씨와는 처음 비 브 씨를 만나러 간 날 전화하고, 그 며칠 뒤 조금 얘기하고 끝이 었다. 앞으로는 나와 너뿐. 영수는 더는 관계없어―영수 씨에게 는 일단 전부 말하고 싶었지만, 비브 씨 말이 떠올라 상세한 내용 은 덮어두고, 아직 테스트 중인지 몰라도 일을 얻게 됐다고만 보 고했다. 그것이 이 업계라고 할까 이런 세계에선 규칙인지, 영수 씨도 '그래?'라고만 하고 더 묻지 않았다.

한 달에 온전히 30만 엔의 수입은 '레몬'을 하던 시절에 비하 면 미흡한 감도 있었지만, 그건 착각이다. 아무튼 경비가 일절 들지 않는 것이다. 다 함께 '레몬'에서 일하는 것은 즐겁고 보람 도 있었으나 심술궂고 성가신 손님을 상대하는 일도 없진 않았 고, 패밀리 레스토랑과는 급여도 매이는 시간도 노동 강도도 달 랐으며, 체질적으로 술이 세다고는 해도 독특한 피로도 있었다. 게다가 고토미 씨가 긴자의 손님을 데려와준 덕에 매상도 큰 도 움을 받았지만, 그것도 언제 어떻게 될지 모르는 살얼음판 걷는 듯한 구석도 꽤 있었다.

손님에게 심한 말을 듣고 분해서 화장실에서 운 적도 있다. 그렇지만 이 카드 일은―이것을 일이라고 할 수 있는지 어떤지 는 제쳐두고, 비브 씨가 주는 일은 그런 것을 죄다 날려버리는 강함이라고 할까 기세가 있었다. 내일부터 다시 사흘 간격으로 시작한다고 생각하면 어깨가 움츠러들고 긴장되지만, 그래도 처음 느꼈던 두려움은 지금 확실히 질이 바뀐 느낌이었다. 주머니에 넣은 손이 떨리지 않는다는 것도 지난번에 깨달았다. 무엇보다 내게는 목적이랄까 목표가 있었다. 그저 전망도 없이 돈을 위해서, 편하자고 이런 일을 하는 게 아니라는 명분이 있었다. 돈을 벌어 내 집을 지킨다. 그리고—그렇다, 돈을 모아 우리의 '레몬'을 되찾는다. 그것을 위해 나는 이 일을 시작한 것이다.

스낵바를 할 만한 가게를 빌리려면 아무리 협소한 곳이라도 자금이 최소 300만 엔, 좀더 괜찮은 자리를 원하면 족히 500만 엔 이상 든다. 너무 당연해서 웃음이 나오지만, 중졸에 신분증도 없는 내게 그런 큰돈을 빌려줄 사람은 아무도 없다. 온 세계를 뒤진들 내 손 닿는 곳에는 없다. 단골손님은 뿔뿔이 흩어졌고, 영업을 하려 해도 연락처를 비롯해 모든 것이 '레몬'과 함께 소멸해버렸다. 제로는커녕 압도적인 마이너스에서부터 재기해야 하는 것이다. 돈이 필요하다. 어떻게든 자금을 마련하지 않으면 나는 기미코 씨와 살아갈 수 없다.

그러나 비브 씨 일을 언제까지고 계속할 수 있는 것도 아니다. 그건 무리다. 목적과 기한이 있기에 할 수 있는 일이다. 나도 잘 안다. 그러니까 '레몬'을 재개할 자금이 모이면 바로 그만두고, 원래 생활로 돌아가 예전처럼 살면 된다. 이런 일이 줄곧 이어질 리 없다. 나는 정말로 그렇게 생각했고 그러기를 원했다. 그러나 그렇게는 되지 않았다.

9장

천객만래

千客万來

1

"—국수, 식빵 테두리, 다음엔 뭐지, 감자가. 삶은 거. 삶은 감자."

비브 씨가 말하고, 마치 눈에 보이는 듯 선명한 소리를 내며 구워지는 고기를 금색 집게로 뒤집어 내 앞접시에 놓아주었다. "—너는 뭐야?"

"저도, 국순지도 몰라요."

우리는 고기를 먹고 있었다. 그리고 무슨 얘기 끝에 흘러갔는지—딱히 싫진 않아도 지금까지 인생에서 평생분 먹어서 이 이상은 먹기 싫은 음식을 꼽고 있었다.

"국수. 죽도록 먹었다." 비브 씨가 웃었다. "양념 장국 없이. 간장 있으면 가끔 뿌려서. 너는?"

"양념 장국은 있었어요. 편의점에서 파는 건, 들어 있어요."

"나이스한 시대에 태어났구나—아, 먹어."

"네."

이 가게에 비브 씨가 나를 데려온 것은 두 번째였다. 여기가 무슨 가게인고 하면 '고깃집'이라고 해야 할 텐데, 내가 아는 고깃집과는 하나부터 열까지 달라도 너무 달랐다. 고기도 채소도 소스도, 같은 이름이 붙은 음식이라고는 도저히 생각할 수 없게 영롱히 빛났고, 입에 넣는 순간 절로 미간이 찡그려질 만큼 맛있었다. 고기만이 아니라 어째선지 성게와 연어알, 트러플 달걀 덮밥 같은 것도 나왔으며, 개인실이고, 조용하고, 선반에 몹시 섬세한 무늬가 새겨진 항아리인지 꽃병인지 몰라도 아무튼 비싸 보이는 도예품이 스포트라이트를 받으며 놓여 있다. 이야기하는 동안은 들리지 않지만 침묵이 깔리면 귀에 사르르 들어오는 음량으로 클래식 음악이 흐르고, 바닥도 테이블도 식기도 조명도, 그리고 고기 구워지는 소리와 희미하게 떠다니는 연기마저 차분하기 그지없는 고급스러움을 내뿜었다.

비브 씨는 레드 와인을 마시고 나는 맥주를 마셨다. 전에 왔을 때도 봤던 검은 슈트 차림 남자가 두툼한 고기를 가지고 들어와 불판에 올리려 했지만, 비브 씨는 자신이 알아서 하겠다며 웃었다. 그리고 사장이 이렇다는 등 무슨무슨 가게가 저렇다는 등 이야기하는 비브 씨를 향해 남자는 싱긋 웃고, 한없이 우아하게 허리를 굽혀 인사하고 나갔다.

봄이 완전히 물러나고 여름이 올 무렵—수금 횟수로 말하면 5회차인지 6회차인지부터, 비브 씨가 때로 나를 식사에 데려갔다. 처음 같이 밥을 먹은 것도 이 가게였다. 너 시간 되면 밥 먹고 가, 하면서 차를 달려 도착한 곳이 마치 궁전 같은 외관의 이 가게였다.

비브 씨가 주차장에 차를 세우자, 어디선가 종업원이 재빨리 나타나 인사하고 안내해줘서 놀랐다. 평소 느낌으로는─그야 돈은 가졌을지 몰라도 늘 먼지가 앉은 자동차나 한없이 수수한 옷차림으로 상상하건대, 비브 씨가 극히 당연하다는 듯 이런 데 서 밥을 먹는 것도 의외였거니와, 애초에 내가 이런 식당에 들 어간다는 사실이 믿기지 않았다.

비브 씨 뒤를 따라가면서 생각해 보니 이렇게 같이 걷는 것은 처음이었다. 늘 차 안에서 볼일이 끝났고, 처음 '나미'에서 만났 을 때도 소파에 앉은 채였다. 얼굴도 작고 체격도 아담한 줄은 알았지만, 걸으면서 본 비브 씨는 훨씬 왜소했다. 회색 청바지 를 입은 다리는 가냘프고, 뒤에서 보는 단발머리도 어딘지 등하 굣길 아이들을 떠올리게 했다.

가뜩이나 고급 가게라 익숙하지 않은 데다, 지금껏 몇 번이나 만났지만 비브 씨와 단둘이 마주 앉아 있다는 것에 바싹 긴장했 다. 비브 씨는 때로 휴대전화를 만지작거리면서, 종업원이 내온 모조품처럼 빛깔이 예쁜 고기를 구워서는 먹어, 하며 내 쪽으로 밀어주었다. 네, 하고 짧게 대답하고 고기를 입에 넣자, 그것은 내가 살면서 먹은 것 중에 단연코 최고의 맛이었다. 실로 충격 적인 맛이라고 할까 체험이어서 나는 눈을 커다랗게 뜨고, 말을 잃은 채 고기를 씹었다.

첫 몇 초는 순수한 충격이랄까 그저 놀라움과 감탄이었을 테다. 그러나 이내 눈앞에 낡고 두툼한 커튼이 드르륵 처지듯 마음속이 어둑해졌다. 그것은 스스로도 이해할 수 없는 감정의 흐름으로, 왜 이런 기분이 됐을까 더듬고 있자니 문득 엄마의 웃는 얼굴이 떠올랐다. 그 순간 가슴이 지르르 아프고, 엄마는 이런 고기를 먹은 적 없고 앞으로도 먹을 일이 없으며, 세상에 이런 것이 있다는 것조차 모른다는 생각이 들었다. 그리고 기미코 씨 얼굴도 떠올랐다. 서글픈지 속상한지 모를 심정이 되면서, 눈가가 따끈해졌다. 눈물이 가랑가랑 차올라서 초조해졌다. 잠깐, 여긴, 지금은, 그럴 때가 아니야. 그런 분위기 아니라고. 진정하자, 난 그저 고기를 먹고 있을 뿐이야. 기분을 쇄신해 '와, 맛있다!' 정도로 생각하면 돼. 아니, '와, 맛있다!'도 필요 없어. 그저 기계적으로 턱만 움직이는 데 집중하자. 아니, 집중할 필요도 없어. 무無라는 느낌이면 돼. 그러나 무리였다. 딴에는 얼마간 익숙해졌다고 생각했지만, 이 일을 시작한 이래 줄곧 팽팽했던 긴장감과 누적됐던 불안이 봇물 터지듯 가슴을 안에서부터 부슬부슬 허물어뜨려, 눈물이 뺨을 타고 내려왔다.

"엇, 뭐야."

고기를 먹다 말고 느닷없이 우는 나를 보고 비브 씨가 기겁했다. 그야 그럴 테다. 아무것도 아니에요, 죄송합니다,라고 말하면서 나는 기이하리만치 냄새가 좋은 물수건으로 눈을 누르고, 몇 번이고 고개를 흔들며 사과했다. 비브 씨는 아무것도 아니지 않은데? 하고 놀리는 것처럼 웃었다.

"저기, 그냥, 고기가 하도 맛있어서요."

"뭐?" 비브 씨가 소리 내어 웃었다. "아니 너, 엄청 울잖아. 위험하다. 뭔데 그렇게 울어?"

"고기가, 고기가, 맛있어서요."

"고기가 맛있다고 우는 사람도 있어?" 비브 씨가 웃으면서 자신의 물수건을 건네주었다. "—뭐, 맥주 마시고 진정해라."

"네, 죄송합니다."

"내가 놀라잖아, 얼른 마셔."

"죄송합니다."

비브 씨가 계속 웃는 바람에 나도 울면서 웃고 말았다. 한동안 둘이 웃은 뒤, 나는 얼굴 앞에서 양손으로 부채질해 기분을 가라앉혔다. 정말 죄송합니다, 하고 고개를 숙이자, 비브 씨는 진짜 놀라잖아, 하고 고개를 설레설레 흔들었다. 작게 노크하는 소리가 들리고 조금 전의 남자가 조금 전과 똑같은 웃음을 떠올리고 들어왔다. 테이블 위를 재빨리 훑어 빈 식기를 집어 들고, 비브 씨에게 와인을 따르고 재차 허리를 굽히고 나갔다.

한동안 묵묵히 고기를 먹다가 비브 씨가 왜 아까 갑자기 울었는지 물었다. 지금껏 몇 번이나 얼굴을 마주했고 때로 가벼운 농담을 주고받기도 했지만, 서로 자기 얘기는 한 번도 꺼낸 적도 물어본 적도 없었다. 내가 비브 씨에 대해 아는 것은 아마 영수 씨와 같은 업계 사람이란 것, 그리고 나이가 기미코 씨보다 많다는 것뿐. 본명도 몰랐다.

나는 가출하다시피 히가시무라야마를 떠나와 기미코 씨와 친구 둘 이렇게 넷이 살고 있다, 다 같이 스낵바를 운영했는데 엄마를 도와주느라 애써 모았던 돈이 전부 없어졌다, 그 직후 '레몬'에 불이 나버렸다고 띄엄띄엄 들려주었다. 비브 씨는 잠자코 와인을 마시면서 이야기에 귀기울였다. '레몬'을 다시 열고 싶고 그러기 위해 돈이 필요하다, 영수 씨에게 의논하자 비브 씨를 소개해줬고 그 덕에 일을 얻어서 지금이 있다, 그리고 이 고기가 어찌나 맛있던지 그만 엄마가 떠올랐으며, 영문은 몰라도 아무튼 눈물이 나오고 말았다고 설명했다.

"그래? 넌 머리가 이상한 데가 있구나." 비브 씨가 유쾌하게 웃었다.

"이상한가요?"

"응, 이상해. 나도 머리가 이상한 데가 있어서, 알아. 영수는 말 안 했는데, 그렇구나, 너 기미코랑 사는구나."

"비브 씨, 기미코 씨 아세요?"

"알지. 기미코와 영수라면, 혹시 고토미도 아직 같이 있나?"

"네. 고토미 씨에게는, 신세를 엄청 많이 졌습니다."

"그 애들, 몇 살 됐지?"

"고토미 씨도 기미코 씨도 서른아홉인가, 그럴걸요."

"빠르네에." 비브 씨가 머리를 뒤에서 하나로 합치면서 웃었다. "그럼, 영수도 벌써 삼십 후반? 완전 아저씨군."

"그럴지도 몰라요."

"기미코는 뭐 해?"

"가게가 불탄 뒤로는, 잘 모릅니다."

가끔 외출하지만 집에선 주로 행주질을 해요,라고 말해보는 걸 상상하자 기미코 씨 얼굴이 떠올라서 가슴이 시큰했다.

"고토미는 물장사? 자기 가게 하나?"

"아뇨, 긴자의 가게 같은데, 저희 가게에도 곧잘 손님을 데리고 와줬어요."

"그래? 걔도 오래 하네."

"비브 씨는, 세 사람과 동료라고 할까 친구셨나요?"

"같이 했다기보다 그냥 각자 자기 일 하다 보면 마주치는 거지, 그 시절엔. 바닥이 좁았으니까. 제일 자주 본 게, 그게 몇 년 전이냐, 85년인가 86년이니까⋯. 벌써 10년 이상 됐나? 바카라 시대다."

"바카라 시대."

"바카라. 해봤어?"

"아뇨." 내가 고개를 저었다.

"뭐, 안 할 거면 안 해도 좋지만." 비브 씨가 실눈을 떴다. "바카라는 강하니까."

"강해요?"

"한 번 했다 하면 경마니 파친코니 주사위니 야구니, 자잘한 것들은 싱거워서 안 쳐다보게 돼. 뱅커가 따냐 플레이어가 따냐, 바카라는 그것밖에 없으니까, 좋지."

"뱅커가 따냐, 플레이어가 따냐."

나는 비브 씨 말을 되풀이했다.

"그래. 도박장에 가잖아? 뭐 별별 인간이 다 있거든. 낮의 인간, 밤의 인간, 야쿠자, 자영업자, 회사원, 호스티스, 토건업자,

업소 여자애, 뭐 하는지 모를 사람, 아무튼 우글우글하지. 기미코 무리와도 거기서 만났을걸."

"바카라라면, 그건가요? 영수 씨가 하는 것 같은."

"아니, 훨씬 불꽃 튀는 도박." 비브 씨가 웃었다. "그래서 훨씬 빠르지. 도박장에서 칩을 왕창 사잖아? 그걸 뱅커나 플레이어 둘 중 하나에 걸어. 카드 뒤집어서 9에 가까운 쪽이 이겨. 그게 다야. 이기면 건 돈이 두 배로 돌아와. 바카라의 요령은 하나뿐이야. 뱅커도 좋고 플레이어도 좋고, 그날 처음 딴 쪽에 좌우지간 계속 거는 것. 그럼, 너, 두 배가 뭐야, 네 배, 여섯 배, 열 배도 흔하거든. 자기가 생각한 대로 돼. 천재가 된 기분이 된다고."

"천재." 나는 무심코 중얼거렸다. 잘 모르겠지만, 천재란 음악이나 예술 방면에 쓰는 말 같아서 약간 의외였다. "생각한 대로 되는 기분이라는 게, 천재인가요?"

"응, 천재."

"뭔지, 신이 된 기분이라든가, 그런 느낌 아니고요?"

"신이라든가 그런 **단작스러운** 거 말고, 이… 인간계의 최고라는 느낌이 된다고. 인간인 채로, 인간 세계를 전부 번쩍, 하고 아는 느낌. 한눈에 다 보이는 느낌. 자기 눈에 보인 현실을, 현실이—그대로 이쪽으로 다가오는 느낌이라고 할까. 그런 '인간계 최고'가 곧 천재 아닌가? 제법 승부가 커지면 갤러리도 수십 명씩 모여들지. 그래서 천재가 되면 뭐, 보이는 거야, 선부. 아니, 평범하게 생각하면 뱅커가 따냐 플레이어가 따냐 확률은 반반이니까 똑같잖아, 이기느냐 지느냐, 내가 털리느냐 저쪽이 털리느냐는 2분의 1. 하지만 그게 1이 된단 말이야. 천재가 되지? 그럼 어디서 봐도 길은 하나가 돼. 그것밖에 없게 돼. 이해돼?"

나는 모호하게 고개를 끄덕였다.

"하룻밤에 500만, 1000만 따기도 하고, 그게 며칠씩 계속될 때도 있지. 뭐 잠을 안 자. 하하, 어떻게 잠을 자? 그런 천재 기분 맛볼 정도로 놀기엔 최고지. 용돈벌이도 되고. 너, 다음에 가볼래?"

"앗, 저는."

"농담." 비브 씨가 웃었다. "그래도 그건 아마추어 얘기. 우리 얘기가 아니야. 우리가 걸었던 건, 거기 있었던 건, 돈이 아니야."

"돈을 거는데 돈이 아니라니, 무슨 뜻인데요?"

"그러니까 돈은 돈인데, 거기서 정말로 일어났던 건, 뭐라고 할까." 비브 씨는 조금 생각하는 것처럼 눈을 깜박였다. "응, 돈의 깊숙한 안쪽에 있는 것이라고 할까."

"돈의 깊숙한 안쪽?"

"나 스물여덟 때, 일대일로 마주 앉아 1억 건 적 있거든. 전 재산 끌어모아서, 당길 수 있는 데서 모조리 당겨다 1억. 바카라에."

"1억?"

"한 번 승부에. 그래서, 내가 땄어."

나는 눈이 휘둥그레져서 비브 씨를 쳐다봤다.

"그때 일은 지금도 생생해. 주위를 둘러쌌던 수십 명의 갤러리가 어떤 표정을 짓고 어떤 옷을 입었는지, 어떤 남자 어떤 여자가 있었는지. 승부가 난 순간 어떤 소리를 흘렸는지, 하나도 놓치지 않고 다 기억해. 그때 일어났던 일, 그게 아마도 돈의 깊숙한 안쪽이야."

"그건, 승부에서 이겼다는 것이,라는 의미인가요?"

"아니." 비브 씨는 무언가 떠올리는 듯 자신의 손끝을 흘금 쳐다보았다. "하긴 도박은 이기느냐 지느냐지. 그게 전부야. 지면 돈이 없어지고 이기면 돈이 들어와. 단순해. 그래도 그거랑 똑같이, 뭐라고 할까 그 순간, 거기서는, 돈은 무의미해지거든. 그것도 단순한 무의미가 아니라 압도적인 무의미. 그 순간만은 돈이 세상에서 가장 무의미한 게 된다고. 웃기지? 그러게 돈이 전부잖아. 그건 틀림없어. 돈이 전부인데 동시에 돈이 무의미해져. 돈 이상의 무언가가 있을 리 없는데, 그런 건 다 아는 사실인데, 그런데도 지금 여기엔 돈 이상의 것만 있어. 그것밖에 없다고. 손에 움켜쥔 지폐 다발에서 그것이 흘러넘치지. 오직 그것만 쿵쾅쿵쾅 느껴지는 거야 — 잘 설명할 수 없지만, 그런 감각이지.

물론 빚 얻어다 쓰고 담가진 인간도 있나 하면, 실제로 목매서 목숨 끊은 인간도, 골로 보내진 인간도 있지. 모두 돈 때문에 차례로 퍽퍽 죽어가. 그런데 말이야, 죽는 거 하나만 해도 돈이 진짜 이유라고 할까 사인이 아니거든. 바카라로 돈 잃고 그거 토해내지 못해 죽는 게 아니야. 그게 다가 아니라고."

비브 씨는 등받이에 기대어 팔짱을 끼고 조금 침묵했다. 나는 비브 씨의 다음 이야기를 기다렸다.

"용돈벌이나 하려고 노는 사람들은 다르지, 하지만 진심으로 도박을, 바카라를 하는 인간이 있거든? 이 인간들은 처음부터 조금씩 죽어 있어."

"조금씩 죽어 있어요?"

"죽어 있다고 할까 스스로를 서서히 죽인다고 할까. 겉으로는 옷 입고 밥 먹고 멀쩡히 잘 살아. 그냥 봐선 극히 보통. 근데 조금씩 자신을 죽이고 있다고. 야금야금 죽어가는 중이라고…. 그런 인간이 진심으로 바카라를 하러 오는 거야. 그래서 돈의 깊숙한 안쪽으로 가려 하지."

나는 비브 씨가 하는 이야기를 이해하려고, 그 말을 머릿속에서 되풀이했다.

"하하, 뭔 소리래 싶지? 나도 몰라."

"아뇨." 나는 의자에서 고쳐 앉고 비브 씨를 쳐다봤다. "그, 돈의 깊숙한 안쪽에 가려고 한다는 건."

"응."

"거기 가면, 그, 야금야금 죽어가는 게 좀 나아진다고 할까 죽지 않을 수도 있기 때문인가요?"

"아니, 반대. 죽어가면서 살아 있는 게 힘드니까. 확 흑백을 가려버리고 싶은지도. 진심으로 바카라 하는 인간은 어차피 누구나 제대로 죽을 수 있으니까."

"비브 씨는, 그래도—"

"나?" 비브 씨가 웃었다. "네가 보기엔 어떤데? 살아 있는 것처럼 보여?"

"살아 있는 걸로 보여요."

"흐응." 비브 씨는 생긋 웃었다. "—그래서 뭐, 시시한 얘기 주절주절 떠들었지만, 바카라를 하건 안 하건 어차피 우린 다 죽으니까. 사고로 죽고 병으로 죽고 수명 다해서 죽고. 불려가는 방법이 다를 뿐, 언젠가 무언가에 살해당하는 것과 마찬가지야. 그렇잖아?"

그때 또 노크 소리가 들리고, 흰 제복을 입은 남자가 새 불판을 들고 들어왔다.

고깃집에서 불판을 바꿔주는 광경은 몇 번이나 본 적 있지만, 이번 것은 도저히 같은 목적을 지닌 같은 행위로 보이지 않았다. 남자가 손에 든 검은 철판은 무언가의 기념으로 하사받은 방패 같았고, 번쩍번쩍 닦인 쇠 장식을 오목한 부분에 걸쳐 바꿔 끼우는 동작은 경건한 의식 같았다. 그와 교대하듯 완벽한 인사가 몸에 밴 예의 남자가 들어와, 비브 씨에게 와인을 따르고 내게 맥주를 더 마실 것인지 물었다. 부탁합니다, 하고 나는 고개를 숙이고, 앞접시에 놓여 있던 고기 한 점을 입에 넣고 천천히 씹어 삼켰다. 몇 분 후, 빛나는 황갈색 맥주가 나왔다. 맥주를 한 모금 마시고, 내가 물었다.

"비브 씨는, 바카라는 이제 안 하세요?"

"그러네, 관뒀어. 관뒀다고 할까 아무것도 못 느끼게 됐어. 심드렁해졌어."

"갑자기요?"

"어땠더라—아까 말한 승부 뒤에, 좀 지나서부터였나."

"그 뒤 비브 씨는, 어떻게 되셨어요?"

"어떻게 되긴, 이렇게 됐지." 비브 씨가 웃었다. "현장도 시노기도 끊겨서 졸아붙은 조림 국물 꼴이지. 돈 회전도 세대도 사람도 세력권도 송두리째 물갈이돼서, 쩨쩨하게 위조 카드 만들어, 발품 팔아 푼돈 버는 할머니잖아."

"하지만 그때 땄던 1억 엔은."

"아하하, 그런 거 한 달도 안 가거든. 도박장에서 번 돈이 도박장 밖으로 나오는 일은 없어. 뱅커에게 먹히고 끝. 최후엔 반드시 뱅커가 이겨. 플레이어는 반드시 지게 돼 있어."

나는 잠자코 맥주를 마셨다.

"네가 아까 말했던 가게 말인데." 잠시 후 비브 씨가 말했다. "그 돈은, 너 혼자 준비해?"

"네."

"왜?"

"왜,라뇨." 반사적으로 소리가 나왔다.

"기미코랑, 또 같이 사는 친구도 있다면서?"

나는 뭐라고 대답해야 할지 몰라 가만히 있었다.

그러고 보니 왜일까. 왜, 다 같이 일할 '레몬'의 자금을 나 혼자 마련하려는 걸까. 생각해 보면 란이나 모모코나 기미코 씨가 그렇게 해달라고 부탁한 적도 없고, 의논해서 결정한 일도 아니다. 그저 기미코 씨와 살아가는 것, 우리 집을 지키는 것, 그게 내가 원하는 일이고 그러니까 내가 해야 한다고 생각해서, 그게 당연한 줄 알았으니까—다 아는 사실인데 왠지 불안해져서 살짝 당황했다.

"아— 별로 깊이 생각할 것 없어." 비브 씨가 흐흥 하고 웃었다. "세상이란 게, 원래 할 수 있는 사람이 전부 하게 돼 있으니까, 생각한들 별수 없어. 무리, 무리. 머리 쓸 줄 아는 인간이 고생하게 돼 있다고. 뭐 그걸로 됐잖아?"

"고생하는 것은, 좋은 일인가요?"

"좋은 일이라곤 안 했어. 별수 없다고 했지. 그래도 고생도 못하는 멍청이보다는 낫잖아? 걔들은 행복할지 몰라도 멍청이거든. 너, 행복 같은 거 원해?"

"모르겠어요, 행복하다는 게 어떤 느낌인지."

"행복한 인간이란 게, 하긴 없진 않아. 하지만 그건 돈이 있고 일이 있어서 행복한 게 아니야. 걔들은 생각할 줄 모르니까 행복한 거야. 넌 머리를 쓸 줄 알잖아? 그럼 됐잖아, 머리 써서 돈 벌면. 도박에 손 안 대고 평범하게 살아가는 정도라면, 돈은 알기 쉬운 힘이지. 그건 그것대로 꽤 재밌어. 지혜 쥐어짜고 몸 움직여서 제 손으로 번 돈을 지니면 말이지, 처음부터 고생 모르고 돈 가지고 있는 인간들의 추악함을 잘 알 수 있어. 열심히 해라."

나는 조금 전 눈을 눌렀던 곳이 푹 꺼진 물수건을 바라보았다.

"기미코한테, 나하고 일하는 거 얘기했나?"

비브 씨가 내 얼굴을 똑바로 건너다보았다.

"아뇨, 아무한테도 얘기 안 했어요."

"행복하고 넉살 좋은 네 친구들한테도?"

"네, 아무한테도요."

내 눈을 지그시 바라본 채 비브 씨는 유리잔을 입으로 가져가 와인 한 모금을 머금었다. 우리는 그대로 마주 보고 잠시 침묵했다. 그 침묵 위로, 나도 들어본 적 있는 피아노곡이 희미하게 흘러갔다.

"—한 달 30만 언저리로는 어림도 없겠네."

나는 잠자코 고개를 끄덕였다.

"더 벌어라."

비브 씨가 만족한 표정을 짓고 활짝 웃었다. 빛 때문인지 벌어진 잇새가 여느 때보다 조금 넓어 보였다.

2

  꼭 수금 때가 아니어도 나와 비브 씨는 이따금 만났고, 그럴 때면 비브 씨가 일 얘기를 이것저것 들려주었다. 입버릇처럼 말하던 내리막이란 것이 어떤 상태인지, 지금까지 함께 일했던 동료와 후배가 어떻게 '튀었는지'(이건 배신하고 잠적했다는 의미인 모양이다) 우스갯소리를 섞어 재미나게 들려줬지만, 나로서는 웃어도 되나 싶달까 차마 웃지 못할 이야기의 연속이었다.

  비브 씨는 여러 가지에 손대고 있었다.

  실체가 있는지 없는지, 무슨 가게인지 확실히 몰라도 경영 비슷한 것도 몇 건 하고 있어서, 때로 점장이라 부르는 상대와 전화로 돈 얘기를 하기도 했다.

  열쇠쟁이니 지붕쟁이니 하는 단어도 자주 귀에 들어왔다. 직감적으로 어둠의 세계랄까 밤의 세계 누군가에게 장소를 제공하거나, 무언가 물건을 취급하는구나 싶었는데, 비브 씨가 제일 상세히 들려준 것은 주로 카드 얘기였다. 요컨대 내 일과 관련된 이야기이기도 했다.

　내가 비브 씨에게 받아 현금을 빼는 데 사용했던 것은 위조 현금카드였다. 그러나 역시 짐작대로 어디로 보나 한없이 진짜에 가까운—아니 진짜로밖에 보이지 않는, 위조 카드 등급으로 말해도 최상품인 듯했다.

　"뭐든 그렇지만 위조 카드도 물론 급이 천차만별이야. 너한테 가는 건 그야말로 최상품. 장소와 인출책은 만일에 대비해 바꾸지만, 재이용해도 끄떡없는, 내구성 있는 강한 거."

　"강한 거."

　"그래."

　"그럼 약한 거는, 어떤 건데요?"

　"최근 중국계가 사용하는 건 대개 그렇지. 적당한 '생카'에 정보 넣어서 한 번 쓰고 버려."

　"생카가 뭔데요?"

　"가공 안 한 날것의 카드. 빈 자기 테이프만 붙은, 아무 정보도 담기지 않은 새 플라스틱 카드. 거기다 훔쳐 온 데이터를 넣는 건데, 그 데이터의 출처가 싸구려. 요컨대 어디 사는 누군지 모를 정보를 대량으로 빼다가 눌러 담았으니 허술하다고. 사고 카드도—말하자면 도난 신고나 분실 신고가 돼 있는 것도 섞여 들어오니까. 최근엔 생카 자체도 값이 꽤 나가는 추세라, 노래방 회원증이나 대형 병원 진찰권 있지? 크기랑 강도만 똑같으면 된다고 그걸 갖다 쓰는 간 큰 녀석들도 있지."

　"노래방 회원증."

"심지어 고깃집 카드도 봤다. 데이터 넣은 자기 테이프를 붙이지? 그럼 노래방 회원증이 어딘가의 누군가의 현금카드나 신용카드로 화려하게 변신하는 거야."

"현금카드랑 신용카드는, 어떻게 다른데요?"

"앗, 너 그것도 몰랐어?" 비브 씨가 턱을 당겼다.

"아뇨, 어렴풋하게는 알겠는데 그 두 가지, 서로 관계있나요?"

"현금카드는 은행에 넣어둔 돈에 접근하기 위한 카드잖아. 뭐 저금통 열쇠 같은 거지. 신용카드는 현금 없이도 쇼핑하거나, 계약에 따라서는 현금서비스도─다시 말해 돈도 빌릴 수 있어. 그래서, 쓰거나 빌리거나 한 만큼 청구서가 한 달 뒤에 오고, 주인이 납부하지."

"얼마든지 쓸 수 있어요?"

"사람마다 달라. 아니 뭐랄까, 애초에 신용카드는 아무나 만들 수 있는 게 아니야. 그 사람이 어디서 몇 년 근무했고, 저금이나 수입이 얼마나 있고, 집세 얼마짜리 집에 몇 년째 살고 있는지, 자가라면 대출 유무, 심지어 가족 구성까지 카드 회사가 면밀하게 조사해. 그 결과 이 녀석은 꾸준히 지불할 능력이 있다고 판단하면 만들어주지."

"수입마다 다르군요."

"그럼. 보통 처음엔 30만 정도에서 시작해서, 체납 없이 성실하게 야금야금 쓰고 납부하고가 되풀이되면 카드 회사 쪽에서 한도액 올려줄 테니 더 많이 써주렴, 하고 부탁하지. 50만, 100만, 상한은 뭐 300만쯤일까? 이 녀석은 믿을 만하다 싶으면 가족 카드도 만드시지 그래요, 하고 권유하고. 카드 회사는 고객을 늘리는 게 목표니까."

"카드 회사는, 뭘로 돈을 벌어요?"

"뭐? 그야 수수료지." 비브 씨가 고개를 갸웃했다. "너, 신용카드에 대해서 기본적으로 아는 게 없구나?"

"죄송합니다."

"오케이." 비브 씨는 고개를 끄덕였다. "자, 예를 들어 네가 신용카드를 갖고 있고, 그걸로 가게에서 물건을 산다고 쳐."

"네."

"네가 가게에서 카드를 그어. 결제한 금액이 카드 회사로 전달돼. 그럼 카드 회사가 먼저 가게에 돈을 줘. 금액에서 수수료 제한 만큼. 그리고 너는 나중에 카드 회사에 돈을 내. 가게와 너 사이에 카드 회사가 들어가는 거야—너 스낵바 할 때, 카드 결제 안 해봤어?"

"앗." 나는 눈을 깜박였다. "있었다, 있었어요."

"그럼 알 거 아냐?"

"어, 아뇨."

하긴 '레몬'에서도 간혹 신용카드로 술값을 치르는 손님이 있었다. 그러고 보니 단골손님이었던 땅 부자 할아버지도 가족이 신용카드를 들고 다니게 한다고 말했던 것 같다. 며느리가 깐깐해서 시아비가 언제 어디서 얼마 썼는지 일일이 체크할 심산인 게지—그렇게 말하고 쓴웃음을 지었다. 그리고 고토미 씨가 데려오는 씀씀이 좋은 손님도 신용카드가 많았던 느낌이다. 그러나 손님에게 카드를 받아 기계에 넣는 것은 늘 기미코 씨 역할이었다. 처음부터 그랬기에 내가 익힐 필요는 특별히 없었고, 애초에 카드 결제는 그리 많진 않았다. 손님이 카드로 계산하겠다고 하면 카드를 받아 기미코 씨에게 건넨다. 기미코 씨가 계산기 옆 선반에서 네모난 기계를 꺼내, 분명 거기에 카드를 넣고 이것저것 했던 것 같다. 그러고는 손님이 전표에 서명하고, 영수증과 카드를 돌려주면 끝이다…. 그런데 생각해 보니, 카드 대금과 관련해 인상에 남는 사실은 고토미 씨 손님의 대금이 액수가 컸던 것인데, 매번 시간이 좀 지난 후에 영수 씨가 직접 현금을 건네주어 매상에 합치고는 했다. 은행에 환금하러 가서 이러쿵저러쿵, 하는 얘기도 가끔 들었던 기억이 있다.

"저희 가게도 신용카드는 쓸 수 있었는데, 제가 기계를 사용한 적은 없어서요. 쓸 때마다 덜커덕하고 큰 소리가 나니까, 그 기계나 카드로 지불하는 걸 우리끼리 '덜커덕'이라고 불렀어요."

"응, 임프린터."

"사용 방법은, 저는 모르지만요."

"지금은 홈에 넣어 훑기만 하는 게 대부분이지만, 뭐 기본 구조는 같아. 지금까지는 여러모로 편해서 좋았지. 하지만 앞으로는 음, 몇 년만 지나면 어느 가게에나 **고양이**가 붙을 테고, 신용카드와 현금카드가 합체해 한 장이 되고, 애초에 데이터 읽는 데도 품이 들게 돼. 그뿐인가, 그러는 사이 컴퓨터 있지? 모두 그걸 쓰게 돼서 정보는 전부 그걸로 주고받게 된다잖아. 그런 데 빠삭한 젊은 애들이 죄다 쓸어가서, 우린 보기 좋게 종 치는 거야, 아하하."

"비브 씨, 고양이가 뭔데요?"

"고양이? 캣* 시스템. 캣이니까 고양이. 신용카드를 사용할 수 있는 가게는 두 종류 있어. 고양이 있는 가게냐, 없는 가게냐. 고양이 있는 가게에서 카드 긋잖아? 그럼 카드 회사로 그 자리에서 정보가 가. 카드 회사와 직접 연결된 가게가 고양이 있는 가게. 당연히 사고 카드라면 바로 들통나지. 하지만 고양이 없는 가게는 카드 회사와 연결되어 있지 않아. 그래서 가게가 카드 회사와 정보를 주고받는 데 대개 한 달쯤 걸리거든. 전표를 한꺼번에 우송하니까. 이 말은 뭐야? 사고 카드가 정식으로 사고 카드가 될 때까지 약 한 달 뜬다는 거지. 그 사이에 잘만 하면 뭐 적당히 벌 수 있지."

나는 비브 씨의 설명을 머릿속에서 정리하면서 고개를 끄덕였다.

"뭐, 나는 기본적으로 사고 카드는 안 쓰니까 고양이가 있고 없고는 그리 중요하진 않지만…. 그래도 지금도 고양이 없이 영업하는 가게는 귀중해, 특히 백화점. 사고 카드건 위조 카드건, 인원수 확보해서 발품 팔면 옹골지게 벌 수 있어. 대신 그건 체력이 필요하지. 좌우지간 달려야 하니까. 지금은 '발'이 없어서 접은 상태지만. 〈어택 넘버 원〉 같은 거야."

---

*   신용 조회 단말기(CAT, Credit Authorization Terminal).

"〈어택 넘버 원〉."

"알아? 애니메이션."

"본 적은 없지만 대강 알아요. 배구 만화, 맞죠?"

"맞아맞아. 자, 내가 코치야. 돈이 필요한, 젊고 튼튼한 애들이 부원. 부지런히들 달려서 땀 흘려 벌었다. 뭐든 팀워크가 중요하거든."

"팀으로 하는 경우도 있어요?"

"있지, 물론."

어택 넘버 원, 팀워크… 나는 머릿속에서 되풀이했다.

"지금은 단독으로 움직이지만. 팀으로 움직이는 게 잘되는 경우도 있어…. 뭐 어쨌든 카드는 정말 편리해. 쓰임새가 다양하니까. 위조 전화카드로도 어이없을 만큼 벌었고, 파친코 선불카드도 쏠쏠했다. 구슬과 코인 얼마든지 빼내서 고스란히 환금할 수 있으니까 고맙지. 그게, 인출책이랑 손잡으면 파친코 가게 따위는 바로 탈탈 털 수 있거든. 그리고 얼마 전에 한창 유행했던 건 제법 탄탄한 데 다니는 직장 여성 덫에 빠뜨려 신용카드 몇 장씩 만들게 해서, 현금서비스부터 쇼핑까지 아무튼 극한까지 내둘려 현금화한 뒤 적당할 때 자기 파산시키는 거. 그 밖에 분실 신고나 도난 신고 내게 하고 카드는 이쪽에서 회수해서, 이용 정지될 때까지 최대한 써젖히기. 이것도 한 달쯤 시간유예가 있으니까."

"본인은, 정말로 지불하지 않아도 돼요?"

"물론. 번듯이 신고한 상태고, 본인이 썼다는 증거는 안 나오고. 게다가 부정이건 뭐건 속은 가게는 어디까지나 피해자니까 카드 회사에서 제대로 돈을 받을 수 있어. 전액. 그 카드 회사도 당연히 보험에 들어 있으니까 동전 한 닢 손해 볼 일 없고. 애초에 보험회사는 선량한 시민을 죽네, 다치네, 암 걸리네, 수시로 겁주고 위협해서 보험금 갈퀴질하니까 비긴 셈이잖아? 돈만 빙글빙글 돌고, 너도 좋고 나도 좋은 거지."

"저기… 제가 쓰는 건 같은 위조 카드라도 현금카드였죠? 신용카드가 아니라."

"응, 게다가 최상품."

"그건, 어떤 의미로 최상품…."

"거의 진짜라는 의미로 최상품이지. 물론 위조지만, 뭐랄까 똑같다고. 클론이라고 할까. 알아? 클론."

"클론."

"요컨대 은행 계좌에 돈을 넣어둔 그 현금카드 주인 아재도 자기 카드를 틀림없이 갖고 있어. 아재 손에서 카드가 없어진 게 아니야. 훔쳐 온 건 정보뿐. 그 훔친 정보를 넣어 만든 것이 클론 카드. 한 장이던 카드가 두 장으로 늘어났다는 이미지일까. 전화기로 말하면 무선 전화기와 본체? 아, 그건 좀 다른가, 대충 뭐 비슷해. 카드 외관도 그럴싸하게 만들지. 물론 잘 들여다보면 더러 조잡한 구석이 있지만. 그래도 ATM에서 누가 흘금 쳐다보는 정도라면 수상하게 여겨질 일은 없고, 감시 카메라로 봐도 절대 몰라."

"저는, 진짜인지도 모른다고 생각했어요."

"그래도 표면과 알맹이가 다른 경우도 있어. 이름이나 번호 같은 거. 네가 쓰는 건 거의 같아. 알파벳 이름, 각인돼 있지? 현실에 있는 아재야. 나머지는 매수책이나 인출책 본인 이름을 새기는 게 신용카드 바닥에선 약간 유행 중. 만에 하나 무슨 일 있어도 신분증과 일치하잖아? 그럼 대개는 오케이. 기본, 카드 사기는 현행범이니까 그 자리를 넘기는 게 중요해."

나는 감탄해서 고개를 끄덕였다.

"좌우지간 신용카드건 현금카드건, **거죽**은 가짜라도 데이터는 진짜. 네 경우도, 정보상으로는 본인이 자기 돈 찾는 거랑 똑같아. 말하자면 저금에 빨대 꽂아 쪽쪽 빨아들이는 거지. 내가 제일 좋아하는 거."

"그런데요, 그러면⋯." 나는 잠시 생각하고 말했다. "계좌에서 돈이 점점 빠져나가는 거잖아요. 그럼, 결국 알아차리지 않나요?"

"그러니까 최상품이라 함은 바로 그 대목이야. 데이터가 비싸."

"데이터가 비싸요?"

"그래. 요컨대 계좌 같은 거 딱히 들여다보지 않는 부자, 자기가 어디에 얼마 넣어놨는지 기억도 못 하는, 엄선하고 엄선한 재산가 치매 노인들의 데이터라고. 얼굴이 보이는 데이터라고 할까. 그런 걸 훔쳐다가 만들어."

"그 사람들은, 곤란하지 않나요?"

"뭐가?"

"돈이 없어져서, 곤란하지 않나요?"

"안 곤란해." 비브 씨가 바로 대답했다. "왜 곤란해?"

"⋯잘 모르지만, 그 사람들도 시간을 들여서⋯ 그, 모은 것인 지도 모른다는, 생각도 좀 들어서."

"그럴 리 있니?" 비브 씨가 소리 내어 웃었다. "봐봐, 계좌에 얼마 있는지 몰라도 되는 부자들, 누가 빼간 줄도 모르고 마냥 태평한 얼간이 부자들께선 아무 노력도 안 했거든? 노력 따위 필요 없고, 그들이 부자인 데 이유 같은 건 없어."

"그런가요?"

"그래. 자기 머리랑 몸 써서 벌어본 사람은 돈에 제대로 집착 할 줄 아니까. 가난한 사람과 마찬가지로 돈에 대해 진지하게 생각한 적 있는 인간이지. 하지만 집안 돈, 부모 돈, 선조 대대로 내려온 큰돈에 보호받는 인간들? 그네들이 그 돈 갖고 있는 데 는 아무 이유도 없어. 본인들 노력 따위 일절 없다고. 너, 어렸을 때부터 돈 없어서 고달팠지? 네가 가난했던 것, 너한테 돈이 없 었던 것에 뭔가 이유 있니? 이유가 있었어?"

나는 뭐라고 대답해야 할지 몰라 잠자코 있었다.

"없거든. 네가 태어날 때부터 가난했던 데 이유 같은 건. 똑같 아. 어떤 부류의 부자가 부자인 건 처음부터 그랬기 때문이야. 그 래서, 이런 무신경한 부자는, 무신경한 부자 신분 유지하기 위해 자기들한테 유리한 제도 만들어서 그 안에서 등 따숩게 살아. 대 대로 절대 손해 볼 일 없게, 위태로울 일 없게, 서늘한 얼굴로 단 물 계속 빨려고, 튼튼한 얼개를 만들고 부지런히 보강한다고. 너,

부자가 돈 가진 거랑 너 사이에 아무 관계도 없는 것 같지?" 비브 씨가 내 눈을 들여다보았다. "그런데 말이야, 돈의 총량은 정해져 있거든? 부자한테 돈이 있으니까 너한테는 돈이 안 와. 절대 안 와. 아주 심플한 얘기야. 부자가 죽어서도 부자고 가난뱅이가 죽어서도 가난뱅이인 건, 부자가 그걸 원해서야. 돈 가진 놈이, 돈 가진 놈을 위한 규칙을 만들어서, 그 속에서 가난뱅이를 기름 짜듯 짜낸다고. 그리고 찌꺼기가 된 인간에게는 그럴 만한 이유가 있었다고 세뇌시켜. 마치 찌꺼기에도 찌꺼기가 되지 않을 기회가 있었던 양 태연하게. 까불지 말라 그래, 니들이 다 짜내니까 찌꺼기 됐고, 평생 찌꺼기로 사는 거 아니냐고."

나는 모호한 소리를 냈다.

"돈은 권력이고, 가난은 폭력이야." 비브 씨가 말했다. "가난뱅이는 처음부터 흠씬 두들겨 맞으니까, 두들겨 맞는 게 뭔지 몰라. 먼지 나게 얻어맞고 또 맞고, 머리도 몸도 바보가 된다고. 그게 당연한 줄 알고 자란다고. 그래서 모르는 게 많아. 하지만 몰라도 배는 고프잖아? 배고프면 먹어야지? 먹을 걸 손에 넣으려면 돈이 필요하고. 돈을 손에 넣으려면 어떻게 해야 해? 일하면 되나? 어디서? 어떻게?"

비브 씨가 앞니를 보이고 웃었다.

"그건 저들을 위한 규칙이야. 그런 규칙, 난 몰라. 너도 몰라도 돼. 그러니까 부자들 돈에 대해서는 이러니저러니 상상할 필요 없어. 그들이 얼마나 무신경하고 추한지만 생각하면 돼. 속속 빼내오면 돼. 그 사람들 돈은 우리 돈과는 달라. 데이터라고 생각하면 돼. 아니 뭐랄까, 데이터지 뭐."

"…부자의 데이터는, 어떻게 찾아내나요?"

"협동해서." 비브 씨가 생긋 웃었다. "전직 보험회사원, 전직 은행원, 전직 부동산 중개업자, 증권회사 출신, 세무사, 회계사, 카드 회사에서 심사 업무 담당했던 인간도 있어. 거기다 물론 꽃뱀, 호스티스, 애인, 때때로 가족이나 친척도… 집에도 고급 실버타운에도 골프 클럽에도 긴자에도, 어디나 그런 돈 많은 치매 노인 품을 파고드는 애들, 정보 흘려주는 애들이 있으니까 그쪽 통해서 데이터를 사는 거야. 가족 구성은 물론이고 취미, 성격, 대강의 자산액, 그리고 그 노인네가 얼마나 얼간이인지도 포함한—개인정보와 비밀번호 몽땅. 그러니까 비싸."

"자기 테이프에 들어가는 정보는, 어떻게 훔쳐요?"

"스키머 써서. 외관은 진짜 결제 단말기와 똑같아. 홈이 있으니까 거기 착 훑기만 하면 돼. 3초도 안 걸려. 그렇게 해서 스키머에 정보가 쌓이면 스키머째 업자에게 넘겨. 해외 업자. 돈 내고 좀 기다리면, 클론으로 새로 태어나서 돌아와."

"비밀번호는, 알아요?"

"물론이지. 한 번이라도 같이 현금 찾으러 가면 낙승이고, 뭐 열에 아홉은 생일이야. 아니면 수첩이나 눈에 바로 들어오는 데 메모해두거나. 심지어 같이 창구로 만들러 가는 용감한 인간도 있다는 거. 아무도 상대해주지 않는 고독한 노인네들은 사람을 간단히 신용하고, 딴에는 이악하다는 인간도 현금카드와 통장과 인감만 제 손에 있으면 의심 안 해. 그리고 의외로 남한테 돈

심부름 시키는 데 쾌감 느끼는 할아버지들, 많거든. 타인에게 지갑 맡길 수 있는 이 몸, 좀 멋지지, 같은 느낌일 테지? 그런 얼간이는 지방 가면 많아, 아주 널렸어." 비브 씨가 웃었다. "그런 연유로 카드에도 여러 부류가 있다 그 말이지. 그래도 클론을 못 쓰게 되는 것도 시간문제일걸. 아까도 말했지만 우선 현장이 컴퓨터가 되니까. 집에서 한 발짝도 안 나가고 물건 사는 시대가 온다는 건데. 믿겨? 카드 정보는 전부 컴퓨터 안에서 주고받게 된다잖아. 하하, 어쩌라는 건지. 난 상상도 안 된다. 그 밖에 폭대법이 생기는 바람에 질 낮은 놈들이 몇 년 새 확 늘어서 무서운 기세로 풍경이 바뀌고 있고."

"폭대법요?"

"폭력단 대처 뭐라나 하는 법률—있어, 그런 거. 아무튼 야쿠자 죄어치는 법률이 생겼거든. 재개발지 땅 투기, 후무리기, 금품 착취, 기업 먹튀… 야쿠자가 야쿠자의 힘을 써서 야쿠자 활동을 하기 힘들게 만드는 법률."

"그건, 좋지 않은 일인가요?"

"글쎄에…. 시민 여러분이야 안심일지도 모르지만, 길게 보면 제 목 조르기지 싶은데." 비브 씨가 벌어진 앞니 사이로 춧, 하고 혀를 찼다. "물론 야쿠자가 정상 집단이 아닌 건 틀림없고, 나도 야쿠자는 싫어. 아무튼 걔들 상종해서 좋을 일이라고는 없고, 우선 목소리가 크니까. 실제로 엄청 시끄럽거든. 걔들 하는 말도 하는 짓도 하나하나 시끄럽다고. 그래도 뭐, 일단 야쿠자라는 것만으로도 걔들은 얼굴이 보인단 말이지. 경찰이 봐도 세상 사람들이 봐도. 일가가 있잖아—말하자면 마지막엔 책임지는 두목이 있다고. 술잔 받고 자기네 문장 몸에 새기면 그 순간부터 두목에게 절대복종. 그러면 거기엔 규칙이 있고 실체가 있는 거야. 아무리 가문이 커져도 질서가 있고 브레이크가 있어서, 그걸 누가 밟는지 안팎에서 다 알았다 그 말이야. 하지만 폭대법 생기고 나서 갈수록 시노기가 여의찮으니까, 법이니 단속이니 걸리고 옥죄어져서, 돈줄도 초라해지고 사람도 줄어서 세력이 약해졌단 말이지. 그 결과 어떻게 돼? 폭주족에서 올라온 애들이나 딱 바라진 중국계가 이때다 하고 흥하는 거야—응, 그쪽 애들은 닥치는 대로 하거든. 젊고 피가 뜨거우니까, 지켜야할 게 아무것도 없으니까. 뭐든 한다고. 야쿠자가 세로라면 그쪽은 가로로 연결돼서 갈수록 영역과 시노기를 늘려가. 눈덩이처럼. 야쿠자는 강도 절도 짓을 해도, 적을 습격해도, 삐끗 실수해도 어디의 누구 짓인지 알지만, 저놈들은 누가 누구한테 명령했는지, 아니 애초에 명령 따위 있는지 없는지, 아무튼 안 보여, 오리무중이라고. 누굴누글해서 이어졌는지 끊겼는지 모른다고. 실체가 없어. 얼굴이 안 보이는 건 성가신 일이지.

그러니까 내가 내리막, 내리막이라고 하는 건 바로 이런 거야. 내가 좋아하는—응, 네가 지금 쓰는 신원 확실한 최상품, 안심 안전 현금카드도 슬슬 한계가 되리란 거. 뭐든 유행이 있으니까. 컴퓨터도 그렇고 그쪽 전문직 헤드헌팅도 늘었다는 얘기가 있고. 앞으로는 이름 없는 놈, 얼굴 안 보이는 놈이 대활약하는 시대가 돼. 이를테면 야쿠자가 하는 사채업은 이자가 터무니

없네 회수가 악랄하네 말이 많지만, 표면상 일단 돈은 빌려주잖아? 그런데 머지않아 빌려주지도 않은 돈을, 빌려준 적도 없는 데서 쥐어짜 가로채는 놈들이 우글우글 나올걸. 일일이 카드 위조 같은 거 안 하고 아마 훨씬 직접적으로, 간단히." 비브 씨가 생긋 웃었다. "그러니까 지금 확실히 벌어둬야지. 시대가 순식간에 바뀌니까."

어느덧 8월이 끝나가고 있었다. 분명 매일 더웠고, 어디를 봐도 여름이라고밖에 말할 수 없는 것들로 넘쳤지만, 그해 여름에는 내가 아는 여름의 실감 같은 것이 없었다. 새파란 하늘에는 사진 같은 소나기구름이 달라붙어 있고, 매미가 일대를 빈틈없이 뒤덮을 기세로 줄기차게 울고, 때로 후끈한 바람이 천천히 지나갔다. 나는 여러 곳에서 계속 땀을 흘렸다. 그러나 내가 여기 있는 것과 지금이 여름이란 사실 사이에는 어둡고 깊은 도랑 같은 것이 가로놓여 있고, 소리도 내지 않고, 그럼에도 격렬히 무언가가 흘러가는 기척이 있었다. 그곳에 대체 무엇이 흐르고 있는지, 들여다보고 확인할 길은 없었다.

비브 씨는 내게 건네는 카드 수를 늘려갔다.

한 달에 30만 엔이던 수입은 바로 두 배로 뛰었다. 나는 모자 몇 개를 바꿔가며 눌러쓰고, 손목에 늘 부적처럼 노란색 고무줄을 차고(남의 눈에 띄지 않게 손목을 덮는 긴팔 후드를 입었다), ATM을 훑고 다녔다. 전철을 타고 모르는 동네까지 가서 새 ATM을 개척했다. 어느 동네에나 반드시 은행이 있고 ATM이 있었다. 자동판매기나 집이나 주차장과 마찬가지로, 당연한 듯 ATM이 있었다.

ATM 안에는 많은 돈이 들어 있을 테다. 한 대당 대체 얼마쯤 들어 있을까. 상상도 되지 않았다. 저 ATM 안에 현금이 들어차 있다고 생각하면 뭔지 신기했다. 온갖 사람이 끊임없이 나타나 거기서 쉴 새 없이 돈을 빼가는 것도 무언지 기묘했다. 돈은 ATM 안에 있는 동안은 누구 것도 아니지만, 빼낸 순간 그 사람 것이 된다. 아니, 글쎄다. 빼서 지갑에 넣었다 한들 돈은 이내 또 다른 곳으로 가버린다.

돈이 누군가의, 혹은 자기 것이 된다는 건 뭘까. 무언가를 사서 가졌다 한들 물건이 제 것이 될 뿐, 돈이 제 것이 되는 것과는 다르지 싶다. 돈은 늘 이동하고 있을 뿐이다. 저쪽에서 이쪽으로, 누군가에게서 누군가에게로, 어딘가에서 어딘가로. 이동하는 것, 그것이 돈의 정체일까. 돈이 필요할 때, 돈을 원할 때, 그 마음과 돈의 정체에는 대체 어떤 관계가 있을까—그런 부질없는 생각을 하면서 ATM 인출구에서 현금을 꺼내 가방에 넣고, 여름 막바지의 이글거리는 열기 속을 걷고 또 걸었다.

다달이 거의 변동 없는 생활비를 제한 나머지를 천장 아래 남색 상자에 저금했다. 옅은 어둠 속에서 돈은 늘 숨죽이고 있었다. 아무도 없을 때 양손으로 살며시 들어보는 돈은 감촉으로, 무게로, 그리고 눈에 보이지 않을 때는 숫자의 형태로 내 안에 숨죽이고 있었다. 어디서부터 어떻게 바라봐도 돈은 꿈틀도 하지 않았다. 그 부동성이 나를 안심시켰다. 줄지도 않고 움직이지도 않고, 그 존재를 아무에게도 알리지 않은 채 이대로 고요히 목표를 향해 나아간다고 생각하면 내 안의 무언가가 살짝 느슨해졌다. 이렇게 착실히 계속하면—그렇다, 이런 식으로 다달이 40만 엔 페이스로 저금하면 1년 후에는 어느 정도 여유롭게 '레몬'의 재개를 시동할 수 있으리라. 나는 매일 아침, 노란색 코너의 소품을 손에 들고 헝겊으로 정성껏 닦으면서 제발 이대로, 전부 순조롭게 되어주기를 빌었다.

어느 날, 비브 씨와 수금을 마치고 돌아왔는데 현관에서 기미코 씨와 맞닥뜨렸다. 같은 집에 사니까 맞닥뜨린다는 말은 이상할지 몰라도, 그래도 그건 맞닥뜨린다는 표현이 딱 맞았다. 숱이 많은 검은 머리가 좌우로 불룩 솟고 특별히 화장도 하지 않아 평소와 다름없는 모습이었지만, 기미코 씨가 당황했다는 것은 바로 알았다.

"기미코 씨, 무슨 일이에요?"

"하나."

기미코 씨는 왠지 놀란 사람처럼 몇 번 눈을 깜박였다. 그리고 문을 밀고 계단을 내려와, 내 눈을 보면서 작게 숨을 뱉었다.

"고토미가 다쳤어."

"네?"

"잠깐, 다녀올게."

"기미코 씨, 잠깐만요."

"왜." 서둘러 발을 떼다 말고 기미코 씨는 무척 초조한 와중에도 어딘지 멍한 표정으로 돌아보았다.

"기미코 씨, 기다려봐요." 나는 기미코 씨에게 달려갔다. "잠깐만요, 무슨 일이에요? 고토미 씨가 다치다니, 사고? 누구한테 연락 받았어요?"

"고토미가 전화했어."

"무슨 일인데요, 어떻게 된 건데요?"

"맞았어, 오늘에야 간신히 혼자가 돼서, 전화할 수 있었대."

"맞아요?" 나는 놀라서 큰 소리를 냈다. "누구한테?"

"아저씨지, 이거." 기미코 씨가 엄지를 곧게 세워 보였다.

"네? 아저씨가 누군데요? 그 엄지는 또 뭐고요?"

"이거래도."

"아니, 그러니까 그 엄지, 뭐냐니까요?"

"아저씨는, 아저씨지. 아무튼 다녀올게."

기미코 씨는 그 말을 남기고 잰걸음으로 역 쪽으로 향했다. 나는 "무슨 일 있으면 전화해요!"라고 기미코 씨의 등에 대고 외쳤다. 기미코 씨는 머리를 조금 움직여 보이고 모퉁이를 돌아 사라졌다.

나는 잠시 그 자리에 선 채 움직이지 않았다. 2분인지 3분인지, 얼마나 그러고 있었을까. 정신이 들고 보니 길 저쪽에서 경쾌하게 총총거리며 다가오는 개를 물끄러미 보고 있었다. 크지도 작지도 않은 갈색 개였다. 제 털보다 훨씬 짙은 갈색 목걸이를 한 그 개와, 끈을 쥐고 나란히 걷는 아주머니가 집 앞을 지나 사라지자, 나는 가볍게 고개를 흔들고 현관문을 열고 안으로 들어갔다.

고토미 씨가 다쳤다, 간신히 혼자가 돼서 기미코 씨에게 전화를 걸어왔다, 그 부상은 아저씨에게 당했다—현관에서 스니커즈를 벗으면서 기미코 씨가 한 말을 머릿속에서 몇 번이고 되풀이했다. 아저씨는 누구고, 왜 고토미 씨가 그 아저씨에게 맞았으며, 애초에 고토미 씨는 얼마나 다쳤는지, 괜찮은지, 아저씨란 고토미 씨 남자친구라고 할까 애인일까. 아니면—야쿠자라든가. 그도 아니면 손님일까. 만일 그렇다면 그 사람도 '레몬'에 온 적 있을까—고토미 씨가 이사하고 얼마 되지 않아 다 같이 놀러 갔을 때 봤던 넥타이와 가죽 구두가 눈앞에 떠올랐다. 앞볼이 거무스름하고 전체가 물에 젖은 듯 광택이 나던, 딱딱해 보이는 구두. 진청색 넥타이. 그런 기억과 더불어 갖가지 의문과 걱정과 불안이 일제히 머릿속을 휘저었다.

영수 씨는 알까. 연락하는 게 좋지 않을까. 그러고 보니 영수 씨를 만난 지도 꽤 오래됐다. 내가 비브 씨 일을 시작한 후로는 딱 한 번, 우리가 다 같이 저녁을 먹던 선술집으로 찾아와서 시시한 잡담을 한 것이 마지막이다. 영수 씨는 좀 지쳐 보였고, 그래서 나는 그게 신경 쓰였지만, 하고 싶은 말도 있었지만, 모두 있는 자리여서 일 얘기는 꺼내지 못했고 변변히 대화도 나누지 못했다. 영수 씨는 기미코 씨에게 예의 봉투를 건네러 왔는지, 20분도 안 되어 자리를 떠났다.

조금 있자, 문득 집 안에서 인기척이 느껴져서 나는 고개를 들었다. 란일까, 모모코일까. 노란색 코너의 탁상시계를 보니 오후 4시가 조금 지나 있었다. 모모코는 오늘 시부야에서 오랜만에 야옹이 오빠를 만난다고 했다. 자세히는 듣지 못했지만 야옹이 오빠가 주최하는 파티인지 이벤트인지가 있다면서, 성가시지만 다녀오겠다고 말했던 것을 떠올렸다.

계단을 올라가니, 침실로 쓰는 다다미방이 아니라 거의 창고가 되다시피 한 마루방에 란의 모습이 보였다.

서랍이 군데군데 튀어나온 공간 박스며 잡지며 빨래 건조대에서 걷어 방치한 배스타월이며 벗어둔 옷 사이에, 란이 이쪽을 등지고 누워 있었다. 강한 서향빛이 방을 가득 채웠다. 대형 마트에서 산 크림색 커튼은 빛을 흠뻑 빨아들여 마치 저녁 해처럼 빛났다. 란의 발밑에 유달리 짙은 빛이 덩어리를 이루고 있었다. 희미하게 음악이 흘렀다. X JAPAN의 〈ENDLESS RAIN〉이다. 그 순간, 그리움보다 먼저 '레몬'이며 그 밖의 여러 가지가 파도처럼 밀려들어 가슴이 살짝 쑤셨다. 란, 하고 란의 등을 향해 불렀다.

"하나?"

란이 천천히 이쪽으로 돌아누웠다. 역광 때문에 표정은 잘 알 수 없었지만 목소리가 조금 콧소리 같았다.

"잤어?"

"아니, 그냥, 멍하니 있었어."

"아까 기미코 씨 나가던데, 고토미 씨가 다친 모양이야."

"어, 진짜?" 란은 멀리서도 알 수 있게 또렷이 미간을 찡그리고, 몸을 일으켰다. "언제?"

"전화 왔던가 봐. 자세한 사정은 기미코 씨가 돌아와봐야 알겠지만."

우리는 한동안 잠자코 있었다. 〈ENDLESS RAIN〉이 끝나고 다음 곡이 되자 란이 정지 버튼을 눌러 방 안이 조용해졌다.

"그래도 아마 괜찮을 거야, 잘 모르겠지만, 통화도 한 모양이고, 기미코 씨가 갔으니까." 내가 말하자 란은 고개를 몇 번 끄덕이고 다시 드러누웠다.

"란, 몸 안 좋아? 힘들어?"

"아니, 괜찮아. 힘들다고 할까, 뭔가… 이것저것 다."

란이 팔을 접어 팔베개를 하고 내 쪽으로 고개를 돌렸다. 나는 방으로 들어가 몸을 내려놓고, 공간 박스에 기댔다.

"무슨 일 있었어?"

"있다면 있고 없다면 없지 뭐. 몰라. 아무 일도 없어서 기분이 이런지도 모르고. 그래도 뭔지 최근 엄청 피곤할 때가 많아. 하나는 어때? 둘이 얘기하는 거 오랜만인데?"

그러고 보니 그랬다. 요 몇 달, 낮에는 비브 씨 일로 부지런히 쏘다녔고, 수금 뒤에 비브 씨와 시간을 보내는 일도 잦아졌다. 집에 돌아오면 란은 이미 가게에 나갔고, 란이 돌아오면 나는 자고 있고, 거꾸로 내가 일어나는 오전 중에는 란이 내내 잤다.

"—모모코도 노래방 아르바이트 열심히 하는 모양이야. 하나는 어때? 컨디션 좋아?"

"뭐…. 보통이랄까. 매일 똑같아."

"그렇구나."

나는 카드 일은 아무에게도 이야기하지 않고 일주일에 사흘,

등록제로 고탄다에 있는 공장에서 포장 아르바이트를 한다고 해두었다. 이것저것 물어올 경우에 대비해 구인 잡지에서 본 내용을 암기해(실제로 현장 답사까지 해서 가는 길과 분위기도 확인했다) 좀 두근거리면서 이야기했지만, 아무도 특별히 관심이 없는지 그 이상은 묻지 않았다. 나는 최소한의 거짓말로 끝난 것에 안도하는 한편, 그 후에도 가능한 한 일 얘기가 나오지 않게 주의했다.

"뭔지… 앞으로도 계속 이렇게 하루하루 살아야 한다고 생각하면 음, 무리 아닌가 싶단 말이지."

"어, 무리라니?"

"응…. 그러게 하나, 앞일 생각하면 힘 빠지지 않아? 사는 게 뭐 있나 싶고 여러모로 너무 무리 아닌가?" 란이 작게 미소 지었다. "캬바도 언제까지 계속할 수 있을지 모르고, 그래도 달리 할 줄 아는 것도 없고. 돈도 없고. 물장사도 진짜 한계. 뭔지 덜컥 무서워져서 몸이 안 움직일 때가 있어. 돌아갈 집도 없지, 곤란해도 도와줄 사람도 없지. 그 와중에 본가에서는 돈 보내달라고 전화 오지. 도쿄에 있으니까 잘나가는 줄 아나 봐. 하하, 뭘 너무 모른다니까. 그래도 실제로 우리 집 빈털터리니까. 내가 어떻게든 해야지 생각은 하는데, 무슨 재주로? 지난번에도 가게에서 담당한테 한 소리 듣고. 나, 한심하지만 역시 할당량 전혀 못 채워서 다른 애들한테 가볍게 왕따당하는 느낌이고. 옷도 웃음거리야. 어디 가건 똑같다? 얘는 레벨이 낮으니까 막 취급해도 되겠다 싶으면 모두 달려들어 주물러서 딱 그렇게 몰아가.

하지만 이 근처엔 이제 캬바는 거기뿐이고."

나는 뭐라고 말해야 할지 몰라 잠자코 있었다.

"'레몬'이 있었을 땐 좋았지. 물론 그때도 앞일 따위 몰랐지
만—실제로 화재로 없어져버렸지만, 그래도 다 함께였고, 즐거
웠어."

"즐거웠지."

"응, 좋았지. 그래도 나, 뭔가 이제, 이대로 살아봤자—라면
오버하는 느낌이지만, 뭐랄까 앞으로 나이 들어도 좋은 일이라
곤 하나도 없을 것 같아."

"그렇지 않아."

"그럴까?" 란이 힘없이 웃었다. "맞다, 남자친구 있었잖아. 같
이 살았던."

"응."

"보니까 최근 여자친구 생긴 모양이더라. 뭐, 내가 먼저 집 나
왔지만. 같이 살 때 엄청 성가시고 힘들긴 했어. 그래도 확실히
헤어졌단 느낌은 아니었고, 가끔 만나기도 했고, 이러니저러니
하면서도 계속됐거든? 근데 요즘 전화를 피하더라? 물어봤더
니 좋아하는 애 생겼대." 란은 작게 한숨을 쉬었다. "생각보다
쇼크였어. 그래서 쇼크였던 게 또 좀 쇼크였고. 자그락대면서도
오래 사귀었고, 그냥 이렇게 아웅다웅하면서 계속 가나 보다 생
각한 적도 있으니까. 근데 아주 딴사람 됐어. 기억상실 걸렸냐
할 정도로 싹 변했어. 새 여자친구한테 폭 빠져서, 진짜, 생판 모
르는 사람이라니까."

"그랬구나."

"응. 그래서 나 내일 전화 해약하고 다른 통신사로 갈아탈 거야. 번호도 바꾸고, 인터넷 되는 걸로 하려고."

"진짜? 나도 따라갈까?"

"진짜? 신난다. 오랜만이잖아, 같이 어디 가는 거."

란과 나는 '레몬' 시대의 일을 이것저것 이야기했다. 그때 그 손님이 이랬다, 모두 취했을 때 모모코가 저랬다, 그런 두서없는 얘기였다. 조금 전까지 황금색 석양이 흘러넘치던 방은 어느새 연푸른색에 잠겨 있었고, 아까보다 여러 가지의 윤곽이 짙게 보였다.

"있지, 엔 씨 있었잖아. 어떻게 지낼까? 몸은 괜찮아졌을까?" 란이 말했다.

"문병 가려고 했는데. 오지 말란다는 말 듣고 그걸로 끝이네. 진 할아버지한테서도 연락 없는 모양이고. 집세는 꼬박꼬박 내고 있지만."

"건물은 있지, 그대로더라. 불탄 그대로. 나 가끔 일 나가기 전에 보러 가거든. 아무것도 안 변했어."

"'후쿠야'랑 입구에 커다란 판자가 박혀 있는 정도지? 나도 가끔 보러 가."

"어, 그렇구나." 란이 조금 놀라서 말했다.

"응."

"그지? 발이 저절로 향한다니까…. 뭔가, 나 있지, 요즘 엔 씨 생각을 곧잘 해."

"나도 가끔 생각해, 어떻게 지내는지. 분명 욧시라는 손님 죽었을 때 천애고독이라던가 친척도 없다고 그랬는데, 지금 어디서 지낼까, 괜찮을까 그런 거."

"있잖아…. 엔 씨가 우리 보고 싶지 않다고 한 거, 충격이었지?"

"응, 충격이었지."

"그거, 나 처음엔 어쩌면 엔 씨 가게에서 화재가 시작돼서 미안한 마음에, 뭐라고 하지? 볼 낯이 없다고 하나? 그런 뜻으로 한 말인가 싶었는데."

"응."

"사실은 그게 아니라, 우리가—싫었던 거 아닐까."

"어?"

"음… 엔 씨 말이야, 실은 우리 싫었던 거라고." 그렇게 말하고 란은 내 눈을 가만히 바라보았다. "아마 그럴걸."

"엔 씨가?"

"불쑥 그런 생각 들어. 신물 났던 거 아닐까, 전부. '후쿠야'도, 술 취한 손님도, 술도, 까까 떠들어대는 우리도, 뭐 이도저도 죄다 지긋지긋했겠지. 나 그 기분 좀 알 것 같거든. 그러니까 이거 만일인데, 그게 보통 화재가 아니라 엔 씨 스스로 불 질렀다면, 무섭지, 상당히 무서운데, 가령 그랬다면—잘됐다 뭐 그런 생각 들지 뭐야."

"엔 씨가 자기 손으로?"

"응. 엔 씨가 다 불살라버리려고 그랬다면, 표현은 잘 못하겠는데, 그럼 차라리 좋겠다는 생각도 든다니까. 그냥 불 나서 사라진 게 아니라 엔 씨 손으로 한 일이면, 그걸 원했던 거면, 그건 그것대로 잘됐다 싶어."

나는 눈을 깜박이면서 란을 바라보았다.

"뭔지 미묘한 얘기 해버렸다—미안, 화났어?"

"아니. 그런 거 생각도 안 해봐서 좀 놀라서."

"그지. 나도 즉흥적이라고 할까 아무 말이나 해버렸네. 괜히 미안. 그래도 그런 생각이 들어."

우리는 어쩐지 말이 없어졌다. 창밖에서 희미한 종소리가 들려왔다. 해 질 무렵 때로 들리는 소리다. 절에서 울리는 낮고 똑바로 뻗어나가는 종소리가 아니라 높이가 제각각 다른 음색이 뒤섞여 뎅그렁거리는 소리로, 어쩌면 근처에 교회가 있는지도 몰랐지만 그게 얼마나 먼 곳의 어디쯤인지는 짐작할 수 없었다.

"나 있지, 하나 말이야."

한동안 침묵이 흐른 뒤, 란이 무언가 떨쳐내려는 것처럼 생긋 웃고 나를 보았다. "하나는 내가 지금까지 만났던 사람 중에서 제일 굉장한 것 같아."

"어, 왜 이래, 갑자기."

생각지도 못한 란의 말에 나는 당황했다.

"하나, 너무 놀란다?"

"아니, 그러게."

"하나는, 굉장해."

"안 굉장해." 내가 고개를 저었다. "그보다 느닷없이 뭔 일이야, 란."

"아니, 맨날 하는 생각이니까. 한 번쯤 제대로 말해두려고."
란이 웃었다. "늘 열심이고, 굉장하잖아."

"전혀 아니거든."

"아니, 굉장한 거 맞아. 너 보고 있으면 나도 기운 나는걸. 가게에서 싫은 일 있어도 하나가 있잖아, 하고 생각할 때 있어. '레몬'은 없어졌지만, 그래도 혼자 집 나와서 그런 가게 야무지게 해내고, 모두를 통솔해서 끌어나가고, 이 집도 하나가 찾아냈잖아. 나, 남자친구와 헤어져서 집도 없는데, 너 아니었으면 진짜 어쩔 뻔했냐." 란은 말을 이었다. "기미코 씨하고도 이런 얘기 한 적 있어. 그랬더니 기미코 씨도 그러더라, 하나 굉장하다고."

"기미코 씨가?"

"응. 세상 야무지고 착하다고. 요즘 뭔가 인생 살아봤자 뭐 있나 싶을 때 많은데, 너 보고 있으면 괜찮다는 기분 들어. 하나, 똑소리 나고, 무슨 일이 닥쳐도 반드시 어떻게든 한다고 할까. 엄마 일도 그렇고 별별 일 다 겪었는데 꺾이지 않았잖아. 굉장해. 사람이 어쩜 그렇게 단단해? 나이는 내가 한 살 많은데, 네가 오히려 믿음직한 언니 같아. 응, 언니가 있으면 이런 느낌일까 싶다니까. 너랑 같이 있으면 괜찮다는 생각이 든다고."

나는 아무 말도 할 수 없었지만, 란의 말에 가슴이 찡했다. 가슴에서 소리가 들릴 정도로 찡했다. 하긴 돌이켜보면 억울한 일도 많았고, 지금도 초조함과 불안을 누구와도 공유할 수 없어 쓸쓸하고 안타까울 때가 있었다. 그렇지만 제대로 봐주고 있었구나. 내 고생이랄까 노력이랄까 이런 것 저런 것을 몰라주지 않았구나. 란만이 아니다. 기미코 씨도 마찬가지다. 그렇게 생각하자 가슴이 빨리 뛰고 눈가가 뜨거워졌다.

"뭐야, 감동하잖아."

"응. 그래도 딱히 감동시키려고 한 말 아니야, 진짜 그렇게 생각하는 거지." 란이 웃었다. "그래도 감동했다고 말해줘서 기뻐."

"나야말로." 나는 낯간지러워져서 손끝으로 코 옆을 긁었다. "모두가 있으니까 열심히 할 수 있는 부분도 있어. 계속 이렇게 해나갈 생각이고, 목표도 있고."

"목표가, 뭔데?"

"그야—물론 '레몬' 재개해서 다 같이 일하는 거지. 넷이, 다시 '레몬' 하자."

"하나 너…. 역시 굉장하다." 란이 눈을 빛냈다. "네가 말하면 현실감이 확 올라간달까 정말 실현될 것 같아. 우리, 가끔 얘기하잖아, 다시 다 같이 했음 좋겠다고. 근데 그날그날 사느라 힘에 부치고, 뭘 어떻게 해야 새로 시작할 수 있는지도 모르고, 내심 역시 무리겠다 생각하는 부분도 있는데, 네 얘기 들으면 진짜 가능할 것 같거든. 네가 그렇게 생각하게 만들어, 정말 굉장해. 굉장하다고."

"안 굉장해, 안 굉장하지만—" 나는 콧구멍을 벌름거리며 말했다. "그래도… 자신은 있어. 열심히 할 자신. 응, 지금까지도 해왔고 앞으로도 해나갈 거야. 괜찮아. 나한테 맡겨."

"하나…"

우리는 발을 뻗고 바닥에 마주 앉아 매우 가까운 거리에서 서로를 보고 있었다. 갑자기 멋쩍어서 둘이 웃었다. 배 안 고파? 고파, 하면서 부엌으로 내려갔지만, 냉장고에 바로 먹을 만한 것은 없었고 과자나 라면을 넣어두는 바구니도 비어 있었다.

둘이 편의점에 가서 닭튀김과 샐러드, 주먹밥, 도시락, 컵라면, 그리고 맥주와 안줏거리를 사왔다. 느긋하게 수다를 떨며 이것저것 먹고 텔레비전을 봤지만 차츰 지루해졌다. 텔레비전 선반 옆에 있던 비디오 대여점의 파란색 봉지를 란이 발견했다. 나와 란은 책에도 영화에도 관심 없었지만, 모모코는 역 앞 쓰타야에서 곧잘 CD나 영화를 빌려다 한밤중에 혼자 보거나 듣거나 했다. 2층 마루방 한구석에도 모모코가 집에서 가져온 잡지와 책이 쌓여 있었다. 주로 소설, 만화, 잡지였는데, 그중에는 《완전 자살 매뉴얼》 같은 흠칫한 제목도 있었다.

파란색 봉지 속에 비디오 테이프가 세 개 들어 있었다. 제목이 각각 〈카비리아의 밤〉, 〈저수지의 개들〉, 〈브레이킹 더 웨이브〉인데, 플라스틱 케이스에 알맹이만 덜렁 들었을 뿐 사진도 없어서 이미지가 떠오르지 않았고, "굳이 하나 고르자면 브레이킹 어쩌고 하는 게 뭔가 슬픈 영화 같지 않아?"라고 란이 말해서 〈브레이킹 더 웨이브〉를 보기로 했다. 처음에는 이러쿵저러쿵 수다를 떨며 맥주를 마시고 안주도 집어 먹으며 웃으면서 봤지만, 갈수록 말수가 줄었다. 무슨 장르의 영화인지 몰라도 화면부터 흔들흔들 불안정하고, 등장인물도 죄다—특히 점점 막다른 곳으로 내몰리는 주인공 여자가 정말 괜찮겠나 이쪽이 불안해질 정도로 무서워서, 나는 무의식적으로 미간을 잔뜩 찡그리고 얼굴을 비딱하게 기울인 채 화면을 쳐다보고 있었다. 도중에 묵직한 한숨이 터지고, 이게 뭐지 싶어 짜증이 나더니, 아무려면 너무 이상하다며 헛웃음이 나고, 몇 번이나 불쾌감이 치밀었다. 게다가 길기는 뭐 그리 긴지. 영화가 끝난 뒤 부글거리는 기분을, 찝찝한 뒷맛을 어떻게 표현해야 할지 몰라 둘 다 칙칙한 표정으로 한참이나 입을 다물고 있었다.

테이프가 자동으로 되감겨 철커덕 소리를 내자, 란이 말없이 테이프를 케이스에 넣고 최악인데? 하고 쓴웃음을 지었다.

얼마 후 기미코 씨가 돌아왔다. 우리는 현관까지 나가 대뜸 어떻게 됐느냐고 제각기 물었다. 기미코 씨는 왠지 별로 심각한 분위기가 아니었고, 나는 살짝 안도하는 동시에 뭔가 미미하게 마음에 걸렸다. 기미코 씨는 땀을 많이 흘렸다며 샤워부터 한다고 욕실로 향했다. 우리는 거실에서 안절부절못하면서 기미코 씨가 나오기를 기다렸다.

배스타월로 머리를 감싼 기미코 씨가 맥주를 마시면서 고토미 씨에게 일어난 일을 들려주었다. 영 두서없는 설명은 아니었지만 군데군데 앞뒤가 잘 맞지 않아서, 도중에 몇 번이나 확인하고 질문을 해가며 이해할 필요가 있었다. 이야기를 내 나름대로 정리하면 이러하다―우선 고토미 씨에게는 현재 아이카와라는 남자친구라고 할까, 경제적으로도 시간적으로도 깊숙한 관계인 남자가 있고(기미코 씨가 엄지를 세워 말했던 **아저씨**란 생활비를 대주는 남자친구를 말했다), 이 남자는 폭력단의 일원, 다시 말해 야쿠자였다.

나이는 마흔 남짓. 5년 전 고토미 씨 가게에 손님으로 왔다가 곧바로 고토미 씨에게 반해서, 매일 출근하다시피 하며 어마어마한 매상을 올려줌으로써 고토미 씨를 가게 넘버 원 호스티스로 등극시켰고, 이윽고 둘은 그런 관계가 됐다. 아이카와는 야쿠자라지만 케케묵은 옛날 스타일이 아니라 주로 부동산 사기로 거액의 자금을 움직이는 타입으로, 표면상으로는 선박과 보트 판매, 해외 연예인 공연을 맡는 회사를 여럿 경영했다. 기미코 씨에 따르면 '귀티 나고 달콤한 마스크'에 씀씀이도 시원시원하고 말재주도 있어서 고토미 씨도 아이카와를 좋아했으며, 성격도 맞아서 한 몇 년은 티격태격하면서도 잘 지냈다.

그러나 아이카와가 약물을 사용하는 빈도가 늘면서 이상 행동을 하는 일이 많아졌다. 그러자 당연하지만 일이나 인간관계에도 악영향을 불러와, 매사 의심병에 걸려 여기저기서 문제를 일으키게 됐다. 그때까지도 고토미 씨와 과격하게 싸우는 일은 있었고, 고토미 씨도 기가 센 구석이 있어 당한 만큼 맞받아치는 정도는 했지만, 최근 1, 2년 사이 상황이 갈수록 악화됐다. 조직도 주위 인간도 모두 나를 노려, 나를 덫에 빠뜨릴 밑그림이 다 그려진 상태라고, 무슨 요일 몇 시에 누구누구가 나를 죽이러 올 거야, 하면서 혼자 분노하고 약을 더 늘리고 술을 마시고 벌벌 떨고 난동을 부렸다.

아이카와가 믿을 수 있는 사람은 오직 고토미 씨뿐이었고, 제정신일 때는 네가 있어서 그나마 내가 산다, 재산은 다 너 줄 거야, 약도 끊고 처음부터 새로 시작하자, 깨끗이 발 씻고 손 털고 '일반인'이 되겠다 같은 소리를 하며 눈물을 흘렸지만, 그것도 잠시, 사소한 일로 표변해서는 고토미 씨를 상대로 피해망상을 폭발시키고 물건을 부수고 악을 썼다.

그리고 사흘 전, 고토미 씨가 적이나 조직과 내통하며 정보를 건네주지 않는지, 아이카와 형님뻘인 누구누구와 뒤에서 사귀는 게 아닌지, 실은 고토미 씨와의 만남조차 '너희들이 짜고 장치한 덫' 아니냐며 망상에 사로잡혀 발작을 일으켰다. 전화를 빼앗긴 고토미 씨가 가게에 연락하기 위해 전화를 되찾으려다 몸싸움으로 번졌고, 그 와중에 고토미 씨 팔꿈치가 아이카와의 눈을 쳤다. 그 순간 아이카와는 머리가 완전히 돌아버려서 고토미 씨 배를 걷어차고 얼굴에 마구 주먹을 휘둘렀고, 그로부터 이틀 꼬박 고토미 씨에게서 절대 눈을 떼지 않고 감시했다. 그 뒤 제정신이 돌아온 아이카와는 일이 있어서 교토에 갔다. 전부터 예정됐던 일로, 이틀은 돌아오지 않을 터였다. 그리하여 간신히 혼자가 된 고토미 씨가 전화를 걸어왔다는 것이다.

"도망치지 않아도 돼요?" 내 목소리가 희미하게 떨렸다. "고토미 씨, 그 집에서 나오지 않아도 되냐고요? 얼마나 다쳤는데요?"

"입가가 찢어지고 얼굴이랑 눈이 부었더라. 뭐 대단치 않아서 다행이지만."

"대단치 않아서?" 내가 기미코 씨 말을 그대로 되풀이했다. "지금, 대단치 않다고 했어요?"

"응."

"아니, 잠깐만요…. 아뇨, 이거 대단한 일 맞잖아요, 기미코 씨… 무슨 소릴 하는 거예요?"

"어? 다친 게 대단치 않아서 다행이라고."

기미코 씨는 뭐가 문제냐는 얼굴이었다.

"아니, 다친 게 이렇다 저렇다가 아니라요." 나는 기미코 씨 반응에 놀라서 따지듯 말했다. "그런 문제가 아니잖아요? 심각한 일이잖아요? 아니, 왜… 그러니까 고토미 씨는 지금 거기 그대로 있어요? 그 아이카와라는 인간이 돌아와서 또 똑같은 짓 하면 어쩌게요? 기미코 씨가 여기로 데려왔어야 하는 거 아닌가요? 기미코 씨, 왜 혼자 왔어요?"

"하."

기미코 씨는 한참이나 내 얼굴을 쳐다본 뒤, 마치 눈앞에 적힌 글자라도 발음하듯 툭 내뱉었다. 그것은 아무 감정도 담기지 않은 무기질의 소리였지만, 그럼에도 그 시선에는 내 몸을 꿰뚫는 듯한 묘한 위압감이 있었다. 나는 무의식적으로 앉은 채 뒤로 물러났고, 뭐라고 말을 이어야 할지 몰라 입을 다물고 말았다.

기미코 씨는 여전히 내 얼굴을 쳐다보고 있었다. 나는 내 무릎으로 시선을 떨어뜨리고 입술을 몇 번이고 깨물었다. 화난 건지, 기분이 상한 건지, 내가 무슨 틀린 말이나 쓸데없는 말을 한 건지, 기미코 씨의 이런 느낌, 한없이 낯선 이 긴장감은 무엇일까. 어느새 나는 두 주먹을 그러쥐고 있었다.

마침내 기미코 씨가 일어나 세면대로 갔고, 이내 드라이어 소리가 들려왔다. 웅웅 울리는 기계음이 보이지 않는 원을 그리면서 폭을 좁혀 차츰 나를 압박해오는 듯했다. 나와 란은 침묵했다. 천천히 가슴속의 숨을 토해내자, 숨마저 떨리는 기분이 들었다.

"너희, 밥은?"

거실로 돌아온 기미코 씨가 평소처럼 물었다. 나는 아직 가슴이 떨리는 데다가 고토미 씨 일이 머릿속에 가득해서 대답하지 못했다. 란을 흘금 보자 눈이 마주쳤다. 란은 거북한 것도 같고 겁먹은 것도 같은 불안한 눈빛이었다.

"고깃집 갈래?"

"아뇨, 괜찮아요. 그지, 하나? 우리, 적당히 먹었으니까 됐어요."

"그래?"

그러고는 아무 말 없이 셋이 텔레비전을 봤다. 예능 프로그램은 무슨 내용인지 머릿속에 전혀 들어오지 않았다. 나는 란에게 슬슬 잘까, 혹은 그만 올라갈까, 하고 무심한 척 말을 걸어 자리를 벗어나고 싶었다. 그러나 어째선지 그럴 수 없는 분위기였다. 잠시 후 기미코 씨가 화면을 향해 웃음을 터뜨렸다. 한동안 큰 소리로 웃은 뒤, 기미코 씨가 내게 생긋 웃어 보였다. 여느 때의 기미코 씨였다. 어깨에서 풀쩍 힘이 빠져서 나는 조용히 한숨을 뱉었다. 란 쪽을 흘금 보니 란도 의미심장한 표정으로 고개를 작게 끄덕였다. 텔레비전 화면이 일기예보로 바뀌자 기미코 씨가 리모컨으로 채널을 착착 바꾸며 말했다.

"고토미가 너희들 보고 싶댔어."

"나도 보고 싶어요." 내가 말했다. "만난 지 꽤 오래됐잖아요."

"그러게." 기미코 씨가 말했다.

"예전에 다 같이 패밀리 레스토랑 갔던 시절 있었는데."

"가라오케도 했잖아요." 란이 말을 맞추었다. "고토미 씨, 뭐 불렀더라?"

"고토미 씨는 안 부르지 않았어?" 내가 말했다. "노래 잘 못한 다고, 안 불렀어."

"그랬나? 그래도 뭐 가라오케 하면 모모코지. 아르바이트 쉬 는 시간에도 부른다더라. 그 실력이면 그럴 만도 하지."

"모모코는 어디 갔어?" 기미코 씨가 물었다.

"오늘은, 무슨 파티에 간다던데요."

이윽고 우리는 평소처럼 돌아와 웃고 떠들고 먹고 마셨다. 시 계를 보니 어느새 11시가 넘어서 슬슬 자는 분위기가 됐다. 기 미코 씨가 하품하며 작게 신음을 흘리고, 기분 좋게 기지개를 켰다. 나는 한참 망설인 끝에 마음에 걸렸던 얘기를 꺼냈다.

"기미코 씨."

"왜." 기미코 씨가 눈가를 비비면서 대답했다.

"고토미 씨 일 말인데요…. 경찰에… 신고하지 않아도 될까 요?"

"경찰? 뭘?"

"그러니까, 고토미 씨 일요."

기미코 씨가 미간을 살짝 좁히고 나를 가만히 바라보았다.

"고토미가 당한 걸, 경찰에 가서 말한다고?"

"네, 그렇죠." 내가 고개를 끄덕거렸다.

"왜애?" 기미코 씨가 피식 웃고 고개를 저었다. "경찰 가서 어쩌는데?"

"아니, 저도 잘 모르지만."

"경찰은, 아니야. 우린 됐어."

"그래도 무섭잖아요. 고토미 씨가 또 똑같은 일 당하면. 잘 모르겠지만, 그 아이카와란 남자가 또 손대지 못하게, 뭔가 그런—"

"나도 고토미도, 경찰은 됐다고."

"그래도."

끈덕지게 구는 나를 가로막듯 기미코 씨가 말했다.

"우린 경찰한테 볼일 없어. 하지만 하나가 그러고 싶으면 그러든지." 기미코 씨는 말을 이었다. "근데, 그러면 이것저것 걸리니까 고토미도 무사할 순 없어. 그래도 좋으면 그러면 되잖아."

나는 눈을 크게 뜨고 기미코 씨를 쳐다봤다.

"…고토미 씨도 잡혀갈 가능성이 있다는 거예요?"

"그야 그렇지."

"왜요?"

"왜라니, 아저씨가 그러면, 그런 거잖아? 같이 살았으니, 그러니까 경찰은 아냐. 그보다—하나는 괜찮아? 경찰서 같은 데 가도."

기미코 씨 말에 심장이 쿵 울렸다. 비브 씨 얼굴이 머릿속에

혹 떠오르며 눈앞의 기미코 씨 얼굴과 포개졌다.

괜찮아? 경찰서 같은 데 가도. 무슨 뜻으로 한 말일까—나는 눈을 돌려 노란색 코너를 바라보고, 쿵쾅거리는 가슴을 진정시키며 재빨리 생각했다. 기미코 씨는 내가 하는 일을 알고 있을까? 하지만 비브 씨와 기미코 씨는 이어져 있지 않을 터다. 혹시 영수 씨? 영수 씨도 자세한 내용은 모를 텐데—그래도 어쩌면 나를 비브 씨와 연결해준 것은 말했는지도 모른다. 그러니까 내가 공장에서 아르바이트한다고 해놓고 비브 씨와 손잡고 일하는 걸 알고 있나? 기미코 씨는 다 알면서 지금껏 아무 말 없었다고? 왜? 관심이 없는지, 관계없다고 생각하는지. 내가 이야기하기를 기다리는지. 아니면 잠자코 있는 데는 달리 의미가 있는지. 그도 아니면 의미고 뭐고 없고 단순히, 내가 가출한 미성년자임을 상기시키려 했는지도 모른다. 불온한 추측들이 꼬리를 물고 찾아와 나는 무의식적으로 목에 손을 갖다댔다.

"나 잔다—" 기미코 씨가 방 한 귀퉁이에 단정하게 개어둔 이불을 펴고 안으로 들어갔다. 그리고는 팔꿈치를 베고 커다랗게 하품을 한 뒤, 졸리는 목소리로 말했다. "너희도 그만 자."

그해 가을이 시작될 무렵에는 이런저런 일이 있었다.

우선, 모모코의 동생 시즈카가 찾아왔다. 9월 중순. 해 질 무렵, 여간해서는 울리지 않는—정말이지 울린 적이라곤 없던 현관 초인종이 울려서, 일순 뭔가 했다. 모모코는 2층에서 자고, 1층에는 나와 출근 전의 란이 있었다.

문을 열자, 교복 입은 갈색 머리 여자 고등학생과, 남자 고등학생 둘이 서 있었다.

"우리 언니, 있어요?"

얘가 모모코 동생—그렇게 생각하는 동시에 눈앞의 그 조화로운 얼굴에 가벼운 충격을 받았다. 한복판에서 깔끔하게 가르마를 탄 앞머리 사이로 반듯하고 매끈한 이마가 보이고, 과장이 아니라 얼굴 절반은 차지할 만큼 눈이 컸다. 얼굴의 아래 절반에 눈코입이 알차게 모였는데, 미끈한 콧날과 짙은 쌍꺼풀에 길고 풍성한 속눈썹, 게다가 얼굴은 또 얼마나 작은지, 나는 몇 번이나 눈을 깜박였다. 그러나 몇 초 후, 어떤 위화감을 느꼈다. 목 위로는 모모코에게 질리도록 듣고 상상했던 것 이상으로 미인인데, 그 주먹만 한 얼굴에 비하면 몸이 너무 거대했다. 어깨도 팔도 목도 튼실하고, 교복은 전체적으로 꽉 끼었으며, 풀썩 밖으로 꺼내 입은 블라우스 위에서도 가슴과 뱃살이 층을 이룬 것이 보이고, 미니스커트 아래로 뻗은 다리는 몹시 짧고 울퉁불퉁한 근육질이었다. 좌우에 거느린 남학생도 언뜻 키가 큰가 했는데, 시즈카가 워낙 작은 탓이지 실제로는 나와 별반 다르지 않은 듯했다. 둘 다 교복을 독자적으로 고쳐 입었는데, 한쪽은 굵은 검은색 링 피어스가, 또 한쪽은 지푸라기색으로 염색한 쇄수세미처럼 뽀글뽀글한 헤어스타일이 인상적이었다. 시즈카라면 모모코 얘기를 듣고 팔다리가 길쭉길쭉한 모델 체형의 미인을 상상했기에, 의외였다.

"아, 모모코 씨,요?"

"네." 시즈카가 한쪽 다리로 중심을 잡고 삐딱하게 서서, 턱을 치켜들며 까딱했다.

"잠깐만 기다려요."

일단 문을 닫고, 란과 함께 2층으로 올라가 모모코를 깨웠다. 모모코는 좀처럼 눈을 뜨지 못한 채 무어라 꿍얼거리고 얇은 이불을 뒤집어쓰며 돌아눕다가 "동생 왔어, 불러달라는데"라는 말에 얼굴을 홱 돌리고 눈을 부라리면서 용수철처럼 일어났다.

"뭐? 하나, 나 절대 없다고 해줘."

"앗, 미안, 있다고 해버렸는데." 내가 당황해서 사과했다.

모모코가 신음을 흘리고 얼굴을 감쌌다. "우와, 뭐 하러 왔지. 뭘까."

"몰라, 어떡해?" 란이 말했다. "역시 없다고 해?"

"어쩜담."

이러니저러니 하는 사이 다시 초인종이 울렸고, 그대로 두자 이내 연타로 바뀌었다. 딩동, 하는 굳이 말하자면 귀여운 느낌의 소리인데 쉴 새 없이 울리면 기이한 압박감이랄까 광기 비슷한 것이 느껴졌다. 모모코가 땅이 꺼지게 한숨을 쉬었고, 다 같이 아래로 내려갔다. 나와 란은 모모코를 내보내고, 현관문을 조금 열어둔 채 바깥 동정을 살폈다.

"고리, 너 진짜 뭐 하는 거냐?"

시즈카의 호통이 들렸다.

"시짱, 뭐, 뭔데. 갑자기 놀라잖아."

"그니까 전화는 왜 안 받아? 뭐 하냐니까!"

"아무것도 안 하는데…."

시즈카의 입장이 명백히 위다. 모모코는 완전히 압도당해 떨고 있었다.

"뭐? 아무것도 안 하는 게 아니잖아! 네가 멋대로 구니까 데쓰가 나를 찾아와 들볶는 거 아니냐고! 어디 가기만 하면 걸고 넘어져서 내가 아주, 아니 하여튼 고리 너 진짜 속공으로 데쓰한테 연락해라, 당장. 하라고. 너 땜에 시~가 귀찮아 미치겠거든? 완전 민폐. 그냥 죽어!"

시즈카는 모모코를 '고리'라고, 자신을 '시~'라고 불렀다. 아무래도 모모코 탓으로 누군가가 시즈카를 계속 찾아와 성가신 눈치였다.

시즈카는 점점 더 과격하게 모모코를 다조졌고 때로 남학생의 웃음소리가 들렸지만, 모모코의 목소리는 거의 들리지 않았다. 나는 걱정돼서 문을 열고 얼굴을 내밀었다. 모모코의 등 너머로 시즈카와 눈이 마주쳤다. 시즈카가 큰 눈을 날카롭게 뜨고 나를 노려보며 뭔데요, 하고는 웃는지 위협하는지 모를 표정으로 쯧, 혀를 찼다. 모양 좋은 입술이 말려 올라가 그 사이로 치아가 보였다. 멀리서 봐도 앞니 끝부분이 거무스름했고, 충치 탓인지 원래 그런지 몰라도 변색한 잇새가 눈에 띄었다. 란도 옆에서 얼굴을 내밀었다. 돌아본 모모코는 한 번도 본 적 없는 처연한 표정을 짓고 있었다.

"미안한데, 우리 지금부터 볼일이 있거든요. 그지, 모모코? 나중에 전화하기로 하면 되잖아?"

나는 내심 약간 떨면서 시즈카에게 말하고 모모코를 재촉했다. 검은색 피어스와 쇠수세미 머리가 좀 떨어진 곳에서 히죽히죽 웃고 있었다.

"…고리, 전화 꼭 해라. 그리고 즛키도 너 어딨냐면서 연락시키랬거든? 진짜 대충 넘기지 말아라?"

그 말을 남기고 시즈카는 남학생 둘을 거느리고 나른한 듯 몸을 좌우로 흔들면서 돌아갔다.

란은 그날, 가게를 당일 결근하고(최근 그런 일이 잦았다), 둘이 모모코의 사정을 듣기로 했다. 모모코는 완전히 풀이 죽어 키가 한 뼘쯤 줄어든 것처럼 보였다.

결론부터 말하자면 모모코는 궁지에 몰려 있었다. 고등학교 때 같은 반이었던, 이따금 얼굴을 보며 지내는 아이가 대학생이 되면서 요 1년쯤 부쩍 클럽을 드나드는데, 모모코도 몇 번 따라갔다. 그러는 사이 '입장권'이라 불리는 티켓을 파는 수상쩍은 무리와 얽히고 말았다. 자세한 사정을 묻자 모모코는 좀 말하기 거북한 것처럼, 이벤트를 기획한다는 팀을 소개받았는데 그중 한 사람―우노라는 남자가 어찌나 곰살궂게 구는지 조금, 아니 상당히 좋아지고 말았단다.

나이는 스물여섯 살, 미나토구 거주. 죄다 미인들 틈에서 남자한테 그런 다정한 대접을 받는 게 난생처음이라 그만 들뜨고 말았다. 처음엔 참석하건 말건 이벤트가 있을 때마다 사기 몫한 장만 구입했다. 그러는 사이 우노가 종종 전화를 걸어와, 고등학교나 단대 친구도 데려와라, 놀러와라, 하는데 차마 친구가 없단 말을 할 수 없어 세 장, 다섯 장, 할머니 돈으로 사게 됐다. "역시 모모코, 인기 많구나"라는 칭찬에 가슴이 설렜고, 어느새 "내 일 좀 가볍게 도와줄 수 있겠어?"라는 말에 고개를 꾸벅했고, 다양한 파티를 개최한다는 우노의 동료까지 소개받아 정기적으로 입장권을 할당받기에 이르렀다. 그러나 지인도 친구도 없는 모모코가 그것을 처리할 수 있을 리 없었고, 우노에게 칭찬받고 잘 보이고 싶은 욕심에 할머니 계좌에서 돈을 후무리며 버텼다. 그것이 약 두 달 전 얘기였다. 그러나 열 장이 열다섯 장이 되고, 스무 장이 서른 장, 오십 장으로 늘어나는 와중에 할머니 건강이 악화해 입원하네 마네 하는 사태가 됐고, 할머니의 재정 상태를 점검한 부모님께 모모코의 유용이 깨끗이 들통나고 말았다. 당연히 통장도 카드도 몰수당하고, 모모코에게는 최소한의 생활비만 입금되는 신세가 됐다. 그럼에도 우노를 보고 싶은 마음, 더 친해지고 싶은 마음을 접지 못한 모모코는 할머니를 직접 졸라 돈을 타내면서까지 애썼다. 이윽고 지난달. 우노 무리가 이른바 자신들의 집대성이라는 대형 클럽 이벤트를 열게 됐고, 모모코에게 백 장의 의뢰가 들어왔다. 장소는 롯폰기. 일반권이 한 장에 5000엔, 다 해서 50만 엔이다. 그만한 매수를 소화하기는 불가능한 줄 알면서도, 다정한 우노 앞에서 도저히 입이 떨어지지 않았다. 모모코는 여유로운 웃음을 지으며 백 장을 받아들었고, 쩔쩔매다가 결국 전부 공원 쓰레기통에 처박았던 것이다.

이야기를 마친 모모코가 나와 란의 얼굴을 번갈아 흘금거리고 깊은 한숨을 뱉었다.

　조금 뜸을 두었다가 내가 물었다.

　"아까 모모코 동생이 말했던 건, 그 클럽 사람들이야?"

　"응…. 우노 동료들. 학교도 그렇고 지척에서 이어져 있으니까. 인간관계가 의외로 좁아서, 나랑 시즈카가 자매인 것도 다 알고. 시즈카는 시즈카대로 서클 비슷한 데 드나드는데, 거기가 화려하기로 꽤 유명하거든. 내가 약속 깼으니까 시즈카한테 갔을 거야."

　"이대로 계속 버티면 어떻게 되는데?" 란이 물었다.

　"몰라."

　"입장권은, 이미 없지? 쓰레기통."

　"없어."

　"그 말은, 그 우노 일당에게 백 장분… 50만 엔? 그 돈을 모모코가 토해내야 한다는 말? 입장권이란 그런 거지?"

　"응, 맞아, 그럴걸. 그러니까 계속 찾아오겠지."

　우리는 일제히 커다란 콧숨을 뱉었다.

　"…할머니나 부모님한테 사정해보는 건?" 내가 물어보았다.

　"그건 무리. 절대 말 못 해."

　"그래도 어떻게든 해주시지 않을…"

　내가 말을 마치기도 전에 모모코가 괴성을 질렀다. 흠칫해서 모모코를 보니, 얼굴이 새빨개지고 눈도 입술도 파들파들 떨리더니 이내 그득 고였던 눈물이 뚝뚝 떨어졌다. 그러고는 글쎄 무리래도, 하나, 하고 쉰 목소리가 흘러나왔다. 그야 늘 웃는 얼굴이었다고는 못 해도 그런 표정은 처음 보는지라, 나는 아무 말도 할 수 없었다. 란도 잠자코 있었다.

"그런데 집은 어떻게 알았을까?"

조금 차분해진 후 내가 묻자, 책과 옷 따위를 몇 번 택배로 보낸 적 있으니 그 전표라도 본 게 아니겠냐고 작은 목소리로 대답했다. 아니면 미행했거나.

정확한 사정은 알 수 없지만 아무튼 이로써 모모코가 여기 있다는 건 탄로났고, 시즈카라면 그나마 낫지만 우노 일당이 들이닥치기라도 하면. 생각만 해도 마음이 어둑해졌다. 어쨌거나 돈을 갚지 않는 한 수습되지 않을 일이다. 이야기를 더 들어보니, 모모코는 노래방 아르바이트도 지난달부터 그만뒀단다. 아르바이트 간다고 나가서 뭘 했냐고 란이 묻자, 시부야나 공원이나 쓰타야나 이런저런 가게를 어슬렁거리고 가끔 혼자 노래방도 갔다면서 어깨를 움츠렸다.

아무리 그래도, 나는 생각했다. 최근엔 시간이 서로 엇갈리는 일이 많았다지만, 한집에 살면서 모모코가 이런 처지인 걸 전혀 몰랐다. 한방에서 자고 일어나도 정작 중요한 것은 아무것도 모르는구나. 그렇게 생각하니 속이 복잡해졌다. 그래도 그것은 나도 마찬가지였다. 기미코 씨가 무엇을 어디까지 아는지 몰라도, 적어도 모모코와 란은 내가 공장에서 아르바이트하는 줄만 알았지 설마 위조 카드를 들고 뛰어다니며 돈을 버는 줄은 꿈에도 모를 터였다. 문득 가슴속에 그늘이 드리워졌지만, 어떻게도 할수 없었다. 모모코가 먼저 씻으러 갔고, 나와 란은 잠자코 세찬

물소리를 듣고 있었다. 잠시 후 란이 말했다.

"시즈카였나, 동생?"

"응."

"엄청 미인이던데."

"응."

"이가 겁나 더럽지 않았어?"

"더러웠어⋯."

"그거였지, 방도 팬티도 엉망진창이랬지. 저만큼 미모가 돼도, 집에 돈이 있어도, 전체적으로 어지간히 위험한 느낌이잖아? 곯았다고 할까."

"응."

"남자애들도, 완전 그렇고."

"응."

"그러고 보니 미묘하게 도리카무* 상태였네⋯. 〈미래 예상도 Ⅱ〉지옥 버전인데?" 그렇게 말하면서 란이 재밌는 표정을 지어서 분위기가 살짝 누그러졌다.

모모코의 입장권에 대해 구체적인 해결책을 찾지 못한 채 우리는 어딘지 움찔움찔하며 지냈다. 그러나 어째선지 시즈카도 우노 일당도 찾아오지 않았고, 전화도 걸려오지 않았다.

모모코가 고스란히 쓰레기통에 버렸다는 입장권의 이벤트

---

*　일본의 보컬 그룹 드림스 컴 트루Dreams Come True가 활동 초기에 남자 둘, 여자 하나로 구성된 데서 남자 둘과 여자 한 사람 관계를 일컫는 말.

개최일은 3주일 후였다. 어쩌면 모모코가 저지른 일은 생각보다 대단치 않은지도, 입장권 백 장쯤은 저들에게는 문제도 안 되는 숫자였는지도 모른다고 어떻게든 낙관적으로 사태를 바라보려 했지만, 이미 독촉을 당한 시즈카가 집까지 찾아왔으니 이대로 잠잠해질 리 없다, 어쨌거나 입장권은 곧 돈이니까, 같은 가지가지 생각이 꼬리를 물어 이래저래 한숨만 늘어갔다.

이러니저러니 하는 사이, 영수 씨와 연락이 닿지 않게 되었다.

시간대를 바꿔 여러 번 전화했지만, 몇 번 신호가 가다가 번번이 자동응답으로 바뀌었다. 메시지도 보내봤지만 읽었는지 어떤지도 알 수 없다. 기미코 씨는 전에도 그런 일이 있었다며 대수롭지 않게 말했지만, 나는 몹시 불안했다. 그러나 속수무책이었다.

예의 돈 봉투도—지금 기미코 씨가 얼마나 받는지 몰라도, 그나마 끊어진 눈치였다. 애초에 그것은 교도소에 있는 기미코 씨 어머니에게 필요한 돈이라고 영수 씨는 말했었다. 그러자 지금껏 깊이 생각하지 않았던 이것저것이 신경 쓰이기 시작했다.

기미코 씨가 요 몇 달, 5만 엔도 좋고 10만 엔도 좋고 때로 생각난 것처럼 내놓았던 돈은 대체 어디서 났을까. 고토미 씨에게 곧잘 가곤 했으니 거기서 어찌어찌 마련했는지도 모른다고 막연하게 짐작은 했었다. 그렇지만 예의 아이카와 사건 이래 고토미 씨를 만나는 횟수도 줄었고, 기미코 씨는 두문불출, 일주일쯤 현관 밖으로 나가지 않는 일도 흔했다. 거실에서 텔레비전을 보거나 여기저기 행주질을 하며 지내는 느낌인데, 두 달 전 5만 엔을 내놓은 것이 마지막이었다.

기미코 씨는 자기 얘기를 하지 않고 남의 일도 꼬치꼬치 캐묻는 법이 없으며, 무엇을 어떻게 생각하는지 모르는 거야 늘 그랬지만, 그럼에도 여느 때와 분위기가 조금 다르긴 했다. 요컨대 **기미코 씨도 알아차릴 정도로** 이 집에는 돈이 없고, 앞으로 들어올 가망도 없으며, 그리하여 그 사실에 어쩌면 다소나마 불안을 느끼고 있는 것이리라.

영수 씨와 연락이 끊기고 한 달쯤 지나, 란이 가게를 그만두고 왔다. 원인은 여럿이었다. 할당량을 채우지 못해 담당 스태프에게 바짝 다조져진 것, 지명이 없으니 잘나가는 동료 자리에 합석한 건 그렇다 쳐도 손님도 포함해 전원에게 놀림감이 되어 벌주를 연속으로 마신 결과 가벼운 급성 알코올 중독 문턱까지 갔던 것(란은 술이 무척 세니까 예삿일은 아니었으리라), 한 동료의 화장품 파우치에서 3만 엔짜리 끌레드뽀 파운데이션이 없어졌는데, 란이 범인 아니냐고 은근히 의심받은 일 따위가 겹쳐서 분노와 함께 마음이 꺾이고 말았던 것이다.

우리는, 막다른 골목이었다.

가동 중인 것은 나뿐이고, 모모코도 란도 기미코 씨도 집에서 텔레비전을 보거나, 어디 외출할 것도 아니면서 불쑥 화장을 해보거나, 비디오를 보거나, 잠을 자며 지냈다.

이 집에 왔을 당시, 아니 '레몬'이 불타버린 후에도 한동안은 있었던 느긋함이며 활기며 명랑함은 완전히 자취를 감추고, 텔레비전 화면을 쳐다보는 란과 모모코의 눈은 먹구름이 드리운 듯 칙칙했다. 기미코 씨는 여전히 구석구석 손을 뻗어 정리하거나 벽을 닦곤 했지만, 이전에 비하면 움직임이 둔해 보였다. 앞일, 돈, 집세, 의논해야 할 일은 많았고 그 하나하나가 절박했는데, 그럼에도 그것을 입에 담는 순간, 지금 모두가 이렇게 침묵함으로써 간신히 유지되는 모든 것이 정말 끝날 것 같은 아슬아슬함이 있었다.

그런 세 사람의 모습을 보고 있으면 속이 끓었다.

거기에는 여러 감정이 뒤섞여 있었다. 딱히 내가 사치를 부리는 것도 아니고 '레몬'의 재개를 위해서라지만, 포장 아르바이트라고 해놓고 실은 위조 카드로 ATM에서 남의 돈을 내 돈처럼 빼내어 비브 씨에게 갖다주고, 내가 챙긴 몫에서 저금하고 있었다. 셋은 무직, 표면상 그나마 아르바이트라도 하는 것은 나뿐이라 그것이 이 집의 유일한 수입이라는 암묵의 양해하에, 마트나 편의점에 가도 란과 모모코는 동전이나 내놓을 뿐이지 돈은 으레 내 지갑에서 나가니까, 비록 거짓말한다는 양심의 가책은 있지만 그런 상태에 대해서도 기분이 복잡했다. 셋다 위기감이라고는 없고 지금 당장 뾰족한 수도 없다는 건 알지만, 앞으로 대체 어쩔 작정인지. 모두 풀죽어 있는지라 돈 얘기는 꺼내기 어려웠지만, 현실적으로 집세나 광열비 문제도 있었다. 내려고 들면 비밀리에 모으는 돈을 허물어 내가 낼 수 있지만, 출처는 밝힐 수는 없다.

다들 내심으로는 초조해하는지 몰라도 아무튼 아무도 집세를 입에 올리지 않는다. 며칠을 기다리다가 별수 없이 "이달은 내가 대신 낼게"라고만 말하고 더 자세한 얘기는 하지 않았다. "어— 미안해서 어쩐대" "하나도 힘들 텐데" 하고 미간을 찡그리고 고개를 흔들어 신경 쓰는 시늉은 하지만, 돈을 어떻게 마련했는지 따위는 일절 묻지 않고, 마지막에는 "고마워"라며 내 제안을 받아들였다.

그런 복잡한 생각과 이대로는 안 된다는 마음, 앞일에 대한 불안 속에서 차츰 갈 곳이 사라지는 듯한 감각에 사로잡혔다. 이를테면 넷이 뼈대뿐인 고타쓰에 발을 넣고 텔레비전을 보고 있을 때. 누가 뭐라 하는 것도 아니고 겉으로는 평소와 똑같다. 아무것도 하지 않는 시간, 할 수 없는 시간을 적당히 집에서 흘려보내고 있을 뿐이다. 그러나 나는 차츰 가슴이 답답해지고, 앉아 있기도 힘들 만큼 무서워져서 겨드랑이에 땀이 축축히 밴다. 모두가—그렇다, 란과 모모코가, 기미코 씨가 나를 원망하는 것만 같다.

"하나라면 어떻게든 해줄 줄 알았는데" "하나만 믿고 있었더니만" "굉장하다고 생각했는데" "기대가 어긋났어" "아아" "자신 있다길래 믿어버렸네" "하나도 역시 별수 없구나" "하나는 착하고 똑똑해서 못 하는 게 없는 줄 알았더니"—실제로는 아무도 하지 않는 말이 세 사람 입에서 쉴 새 없이 흘러나오는 것 같아 진땀이 흘렀다.

어떻게든 해야 한다. 내가 어떻게든. 나는 하루 종일 그 생각에 사로잡혀 지냈다.

모자를 눌러쓰고 아는 동네 모르는 동네의 ATM을 훑으면서 무언가 좋은 방법이 없는지 필사적으로 생각했다.

　란과 모모코는 충전 기간이라고 할까, 입장권이며 캬바쿠라에서의 일이 진정되면 다른 아르바이트를 찾아내 얼마나마 돈을 가져오게 될 것이다. 그러나 그것도 언제까지 지속될지 모른다. 란도 모모코도 무른 구석이 있다. 위태로운 구석이 있다. 모모코는 때로 골똘한 얼굴을 할 때가 있고, 란은 한밤중에 몰래 소리 죽여 울 때가 있다.

　그러나 제일 큰 문제는 기미코 씨였다. 영수 씨와도 연락이 끊어진 기미코 씨, 엄마가 교도소에 있는 기미코 씨, 제대로 일하는 요령을 모르는 기미코 씨, 보통 어른처럼 행동할 수 없는 기미코 씨. 거기서 기미코 씨 오른손의 흉터가 눈에 떠오른다. 그 오른손으로 행주를 틀어쥐고, 텅 빈 눈빛으로 사뭇 진지하게 벽이며 공간 박스를 닦는, 어린아이인 그리고 어른인 기미코 씨가 눈앞에 떠올라 가슴이 멘다. 나는 몇 번이고 고개를 흔든다. 차라리, 차라리 다 같이 정말로 공장에라도 취직해 제로 상태에서 처음부터 일하면 어떨까. 그런 생각도 해봤다. 하지만 무리였다. 시급 몇백 엔 벌이로는 한두 달은 몰라도 계속 살아가기란 무리다. 나는 비브 씨 일을 놓을 수 없다. 그만둘 순 없다. 그리고 그 일도, 나의, 우리의 생명줄인 그것도 머지않아 분명히 없어진다. 무슨 일이 있어도 지금, 이 일이 있는 지금, 최대한 벌어두지 않으면 안 된다―문득 엔 씨도 떠오른다. 돈 없는 인생이 얼마나 쓰라린지, 비참한지. 식당에 가면 늘 웃으며 맞아주고 거의 거저나 다름없는 가격에 밥을 먹여줬던 엔 씨. 상냥했다. 노래도 불렀고, 많이 웃었고, 나는 엔 씨가 좋았다. 그러나 엔 씨는 내가 싫었는지도 모른다.

엔 씨는 이것도 저것도 지긋지긋해져서, 어쩌면 내내 지긋지긋했기에 자신도 포함한 전부를 없앨 작정으로 불을 질렀는지도 모른다. 지금 와서는 알 수 없다. 내가 아는 사실은 '레몬'도 '후쿠야'도 불타서 사라졌고, 엔 씨는 아마 두 번 다시 만날 수 없으리란 것이었다. 그렇게 생각하니 서글펐다. 만일 내게 돈이 있으면 '레몬'도 '후쿠야'도 불탈 일은 없지 않았을까, 그런 생각마저 들 정도로 서글펐다.

모두, 어떻게 살아가는 걸까. 길에서 스쳐 지나는 사람, 찻집에서 신문을 읽는 사람, 선술집에서 술 마시거나, 라면을 먹거나, 친구들과 놀러가서 추억을 만들거나, 어디선가 와서 어디론가 가는 사람들, 평범하게 웃거나 화내거나 울거나 하는, 요컨대 오늘을 살고 내일도 그다음 날도 계속 살 수 있는 사람들은, 어떻게 생활하는 걸까. 그들이 건실하게 일해 건실하게 돈을 번다는 것은 나도 안다. 그러나 내가 알 수 없었던 것은, 그들이 대체 어떻게 해서 그 건실한 세계에서 건실하게 살아갈 자격 같은 것을 손에 넣었냐다. 어떻게 그쪽 세계의 인간이 되었냐다. 나는 누군가 알려주기를 바랐다. 불안과 압박감과 흥분으로 잠들지 못하는 밤이 이어져서, 사고 회로가 이상해져서 엄마에게 전화를 걸 뻔한 적도 있었다. 여보세요, 엄마? 엄마, 나 큰일 났어, 어떻게 해야 할지 모르겠어, 꿈과 현실의 경계에서 나는 엄마에게 말했다. 있잖아, 엄마, 엄마는 어떻게, 대체 어떻게 지금까지 살아왔어? 내가 어렸을 때, 아직 한참 어린애였을 때, 돈도 없는데 어떻게, 무슨 수로 살았어? 다들 매일 어떻게 살아가는지 모르겠어, 모르겠어, 엄마. 있잖아, 엄마 지금 어떻게 지내? 엄마지금껏 괴롭지 않았어? 무섭지 않았어? 있지, 엄마, 사는 거 고되지 않아? 무지무지 고되지 않아? 돈 버는 거, 계속 벌어야 한다는 거, 돈이 없으면 밥도 못 먹고 집세도 못 내고 병원도 못 가고 물도 못 마시는 거, 진짜 너무 고단하지 않아? 있지, 엄마, 나모르겠어, 어떻게 해야 할지 모르겠다고, 지금 엄청 힘들어, 힘들다고, 어떻게 해야 할지 모르겠다고, 엄마, 듣고 있어? 응? 엄마―그러자 엄마는 인스턴트 라면을 먹던 손을 멈추고 나를 향해 생긋 웃는다, 언젠가 여름날, 역시 여름날, 새로 산 하얀 하이힐이 얼마나 좋았으면 벗지도 않고 방바닥에 앉아 있는 엄마가 나를 향해 생긋 웃는다, 아니 하나, 왜 울어, 울지 마, 울지 마, 울어봤자 좋은 일 아무것도 없거든, 그렇게 말하고 엄마가 생긋 웃는다, 어렸을 때, 그걸 보면 기뻐서, 그걸 떠올리면 학교에서 돌아오는 길에 절로 발걸음이 빨라졌던 웃는 얼굴이다, 봐봐 하나, 울지 마, 하나는 늘 웃어야지, 괜찮아, 하나라면, 총명하고 뭐든지 잘하잖아, 하나라면 괜찮아, 난 이런 엉터리 엄마지만, 믿을 구석도 없고 민폐만 끼치는 낙제점 엄마지만, 하나는 전혀다른걸, 나하고는 비교도 안 되게 굉장해, 엄마는 하나가 굉장하다고 생각해, 자랑스러운 내 딸, 하나라면 절대 괜찮아, 고맙고 또 고맙다고 만날 만날 생각하거든, 엄마, 하나에게 빌린 돈도 갚을 거야, 꼭 갚을 거야, 지금 정말 열심히 하고 있거든? 진짜진짜 미안하고 미안한데, 절대로 전부 잘될 거니까 하나, 그렇게 울지 마, 하나라면 무슨 일이 있어도 괜찮아, 무슨 일이 있어도 하나라면 괜찮대도, 전부전부 괜찮아—나는 베개에 얼굴을 묻고, 끊임없이 흘러넘치는 눈물을 멈추려고 아프도록 눈을 질끈 감고, 오열이 새지 않게, 란과 모모코가 알아챌세라, 목에 있는 대로 힘을 주고 엄마의 말을 수없이 되뇌었다.

괜찮다, 나는 괜찮다, 열심히 할 수 있어, 나는 절대 괜찮아, 반드시 열심히 할 수 있어—그러자 머릿속에 동그랗고 희미한 빛이 떠올랐다. 언젠가의 냉장고, 잊지 못할 어느 여름, 나를 위해 기미코 씨가 먹을 것을 가득 채워줬던 냉장고 틈새에서 새어 나오던 저 따뜻한 빛, 기미코 씨를 떠올린다, 좁은 부엌, 손끝에 밴 마늘 냄새, 밤 노점에서 먹었던 빙수, 오징어를 굽는 아이들, 매콤달콤한 냄새와 밤하늘에 올라가는 연기, 눈물이 나오도록 깔깔 웃었고, 땀 흘리며 동네를 걸었고, 나란히 이불을 펴고 잤다. 패밀리 레스토랑에 제복을 돌려주러 갔고, 후끈한 바람이 지나가고, 그 안에 기미코 씨가 서 있었고, 기미코 씨가 내 이름을 불렀다, 둘이 같이 '레몬'을 구석구석 쓸고 털고 닦았다, 레몬의 간판, 괜찮아, 나는 절대 괜찮아, 나는 할 수 있어 열심히 할 수 있어, 괜찮아, 기미코 씨는 내가 지킬 거야—머릿속에서 거듭 되뇌면서, 울다 지쳐 어느새 잠들었다.

이튿날 아침, 오랜만에 모두 일어나는 시간이 같아서, 편의점에서 아침을 사다가 다 함께 먹었다. 오후가 되기를 기다려, 나는 비브 씨에게 전화를 걸었다.

3

우리의 '어택 넘버 원'은 놀랄 만큼 순조로이 나아갔다. 란도 모모코도 이해가 몹시 빨랐다. 첫날이야 긴장으로 얼굴이 굳어지고 말이 없어지며 식욕도 잃었지만, 현금 55만 엔을 손에 넣은 그날 해 질 녘에는 우리를 뒤덮고 있던 불안과 긴장은 흥분과 달성감으로 바뀌었다.

"대박, 엄청난걸." 모모코가 콧구멍을 부풀리며 감개무량한 듯 고개를 저었다. "이거, 완전 심각하게 굉장해."

"아니…. 다 해서 세 시간도 안 걸렸잖아? 그걸로 55만이라니 좀 위험한데. 여러모로 위험해." 란도 상기된 표정으로 한숨을 쉬었다.

우리는 시부야에서 첫 어택을 무사히 마치고 산자로 돌아와, 역 앞 맥도널드에서 한숨 돌렸다. 흥분을 가라앉히려고 저마다 콜라를 단숨에 들이켜고, 오늘 일을 되돌아보는 듯 잠시 침묵했다. 현금은 모모코가 가지고 있었다. 모모코는 무릎 위에 올린 가방을 한 손으로 잘 틀어쥐고, 우리가 있는 2층으로 손님이 올라올 때마다 흘금거리면서 경계했다. 괜찮다고 내가 말하자, 모모코와 란은 마음이 놓이는지 고개를 몇 번 작게 끄덕이고, 거의 다 마신 콜라에 꽂힌 빨대로 다시 입을 가져갔다.

"근데." 모모코가 말했다. "몰랐어, 나 꿈에도 몰랐잖아, 하나가 이런 굉장한 일을 하고 있는 줄."

"나도. 새까맣게 몰랐어."

"응…. 그래도 거짓말하거나 숨긴 게 아니라, 일 자체가 극비여서 말할 수 없었어."

"알아, 그야 그렇지!"

두 사람은 흥분한 기미로 목소리를 모았다. 음료수가 바닥나자 란이 세 사람분 콜라를 사러 내려갔다. 모모코는 무릎 위의 현금이 든 가방을 소중한 누군가의 손이라도 되는 양 꼭 쥐고 있었다. 잠시 후 란이 눈치껏 햄버거와 너겟과 프렌치프라이도 사서 돌아왔다. 돈을 꺼내려 하자 오늘은 내가 살게, 하고 생긋 웃었다.

"하나, 혼자 줄곧 이거 해왔던 거야?" 햄버거를 크게 한 입 베어 물며 모모코가 감탄조로 말했다.

"음… 정확히 말하면 종류가 좀 다르지만, 비슷하다고 할까 뭐, 카드는 카드야."

"그렇구나…. 뭔지 몰라도 굉장하다."

"그, 하나가 하는 일의 보스라는 사람은, 누군지 실제로는 하나도 모르는 거지?" 어딘지 내 얼굴색을 살피면서 란이 물었다.

"응, 몰라. 지정된 장소에 매번 다른 사람이 나와서, 주고받을 뿐이니까."

"남잔지 여잔지도 몰라?" 모모코가 즉각 물었다.

"응, 몰라."

"몇 살이고, 어떤 사람인지, 만난 적도 없구나?"

"응. 기본, 전화로만 이어져 있으니까. 만에 하나 무슨 일이 있어도, 뭐라고 할까 되짚어갈 수 없게끔, 그런 이유일 테지만."

"호… 그렇게 해서 비밀이랄까 서로의 안전을 지키는 거네." 란이 납득한 것처럼 고개를 끄덕였다.

"뭔가 이거, 스파이 영화 같달까 미스터리가 느껴져서 심하게 멋진걸? 위험하지만 오싹오싹이랄까…. 우리 신천지에 온 느낌 아냐? 대박. 이렇게 벌다니 굉장해. 아니 그보다, 이거 애초에 어떻게 하나랑 연결됐어? 영수 씨가 얽혔나?"

모모코가 신나게 말하며 계속 캐물을 태세여서, 나는 이 정도에서 덮어두자는 표정을 넌지시 내비쳤다. 란이 눈치채고 슬며시 분위기를 바꿨지만, 모모코는 흥분이 영 가라앉지 않는지 오물오물 입을 움직이면서 몸까지 앞으로 내밀고 떠들었다. 그러나 모모코도 이 일의 진짜 **실체**를 알고 싶다기보다는, 단 몇 시간 만에 몇 십만 엔이 손에 들어온 사실이 그저 놀랍고 기뻐서 들떴을 뿐, 얼마나 위험한 일인지, 반대로 얼마나 안전한 일인지 알고 싶은 생각은 없어 보였다. 란은 그 부분은 모모코와 조금 달라서, 각오가 섰다고 할까 굳이 소상히 알아야 할 일은 아니라고 느낀 눈치였다. 모모코가 지치지도 않고 온갖 질문을 던지며 수다를 떨고, 내가 적당히 맞장구치며 흘려듣고, 란이 눈치를 보고, 그런 뭔지 모를 분위기 속에서 몇 시간이 흘러갔다.

"그럼, 다음은 언제야? 언제 또 해?"

가게를 나와 걷기 시작할 때 모모코가 검은자를 번쩍이며 조르는듯 물었다.

"연락 기다려야지. 또 지시가 올 거니까, 그때."

"하나, 근데 이 55만 엔이 전부 우리 것은 아니지? 보스가 얼마 떼는데?"

"그건." 설마 이 타이밍에 구체적인 금액을 물어오다니. 나도 모르게 우물거렸다. "아직 확실히 결정되지 않았어."

"흐응." 모모코가 미간에 힘을 주고 신음을 흘렸다. "그럼, 더 바싹 달려야겠네."

"어?"

"그렇잖아, 우리 손에 얼마 남을지 모르지만, 조금이라도 많이 벌려면 한 번이라도 더 뛰어야지. 반대로 말하면 한 번이라도 더 뛰면 그만큼 우리 몫이 커진다는 소리고. 그렇담 열심히 하자 그 말이지. 솔직히 처음엔 와, 이걸 진짜로 한다고? 싶어서 떨었는데, 뭐야, 가뿐하네. 오늘만 같으면 뭐 낙승. 나 완전완전완전 열심히 할 수 있어. 그지? 란도 그렇지? 우리 열심히 하자."

"응, 그러자."

모모코가 힘차게 팔짱을 꼈고, 란은 조금 비틀거리며 내 눈을 보고 약간 소심하게 고개를 끄덕였다.

오늘 처음 해본 일임에도 마치 제 공로인 양 의욕 만만한 모모코의 해맑은 소란에 마음이 좀 복잡해지긴 했어도, 첫 어택이 성공해서 나도 안도한 것은 사실이었다. 평소와 다른 방법, 처음 해보는 방식이라 하루 종일 긴장했지만, 잘 넘겼다는 달성감 비슷한 것이 서서히 치밀었다. 그리고 어떤 진보라고 할까—비브 씨가 나를 믿고 새 일을 준 것에 묘하지만 확실한 기쁨을 느꼈다.

우리는 어둠이 깔려 좀 쌀쌀해진 밤거리 속에서 몸을 붙이고, 여느 밤보다 한층 밝아 보이는 신호등 불빛이 바뀌기를 기다렸다. 여러 가지가 내뿜는 빛이 눈을 깜박일 때마다 작아지거나 커졌다. 그것을 멍하니 바라보면서, 이 도로를 건너 저 안쪽 깊숙한 곳에 우리가 일했던 '레몬'이 있어, 있었지—나는 생각했다. 어쩌면 란과 모모코의 가슴에도 그런 생각이 스쳤는지 모르지만, 아무도 입에 올리지 않았다.

"당연하지만 내 이름은 안 내봐. 관여 안 해. 어디까지나 총괄은 너야. 난 책임 안 져. 그게 된다면, 해봐."

지금부터 2주일 전, 긴히 의논할 게 있다며 찾아온 나의 이야기를 마지막까지 듣고 비브 씨는 말했다.

"그건, 카드 수를 늘려주시겠다는 건가요?"

"전에도 말했지만 너한테 늘 가는 카드는 극상 클래스의 최상품이야. 너의 그 멍청한 친구들을 돕기 위해 쓸 순 없어." 비브 씨가 웃었다. "레벨이 더 낮은 하급품 카드라면, 뭐 못 대줄 것도 없지. 당연히 평소 카드보다 리스크는 올라가. 그래도 넌 지금 하는 일만으로는 이러지도 저러지도 못하게 돼서 찾아온 거잖아."

"네."

"그럼 된 거 아냐? 대신 평소의 시노기와는 완전히 따로 생각해라. 그건 그것대로 변함없이 완수할 것. 이번에 너한테 새로 돌리는 일은 별개."

"알겠습니다."

"뭐 젊으니까. 전에도 말했나? 그거래도, '어택 넘버 원'. 네가 코치 겸 주장 돼서 결속시켜. 좌우지간 팀워크가 생명이야."

나는 힘차게 고개를 끄덕였다. 그렇다, 어택 넘버 원—비브 씨가 들려준 과거의 여러 일 중에서도 젊었을 때 팀을 짜 힘을 합쳐 시노기를 했다던 얘기를 나는 또렷이 기억하고 있었다. 구체적으로 어떤 일이었는지는 몰라도, 우리가 살아남으려면 그것뿐이라고 직감하고 비브 씨에게 의논하기로 결정했던 것이다.

그러나 그것은 용기가 필요한 일이었다. 일의 내용은 물론이고 우리 관계도 일절 발설하지 말라고 분명히 못을 박았건만, 얼굴도 모르는 친구들에게도 일을 주십사,라니 뭘 어쩌자는 걸까, 애는 가망이 없다고 밉보여 지금껏 쌓아온 신용도 잃고 관계도 싹둑 잘려, 내 벌이마저 잃을 위험도 얼마든지 있었다. 그럼에도 이것 말고는 방법이 없었다. 비브 씨에게 솔직히 말해보고 안 되면, 그때는 정말로 별수 없다고 단념할 수 있을 것 같았다.

"카드는 다음 주까지 준비할게. 요령과 조건도, 그때 설명하고."

"비브 씨. 죄송합니다. 그리고 정말 감사합니다."

"오케이." 비브 씨가 잇새가 벌어진 앞니를 보이며 웃었다. "아니, 뭐 일이니까. 내가 자선 사업해서 네가 은혜 입는 것도 아니고, 고개 숙일 필요 없어. 그보다 네 친구들 실수하는 일 없게 잘 지도해서, 발이랑 머리 써서 실컷 벌럼."

"네."

"그나저나 너도 참." 비브 씨가 어이없는 듯 즐거운 듯 소리 내어 웃었다. "—뭐 됐다, 잘하면 돈은 들어와. 열심히 해봐."

다음 주, 비브 씨에게서 이른바 하급품이라는 카드 다섯 장을 받았다. 평소 내가 ATM에서 사용하는 것과는 다른, 카드 회사에서 신고가 처리될 때까지 한 달쯤 유예가 있는 도난 카드나 분실 카드, 빚으로 꼼짝할 수 없어진 카드 소유주가 직접 판 것 등 종류는 몇 가지 됐지만 뭉뚱그려 '사고 카드'라고 부르는 물건이었다.

나는 사고 카드에 대한 설명과 구체적인 사용법, 주의 사항, 지금까지와 어디가 같고 어디가 다른지, 긴급 시 대처법 등을 모르는 점이 없어질 때까지—거의 한나절을 들여 비브 씨에게 묻고 또 물었다. 그렇게 걱정이면 관두든지, 너 눈에 핏발 서서 위험하거든? 하고 비브 씨가 질려버릴 정도로 확실히 집요하긴 했지만, 내 딴에는 필사적이었다. 그리고 설령 이 일이 한동안 순조롭다 한들 비브 씨가 지금껏 입이 닳도록 말했듯이, 시대가 변해서 이것도 통용되지 않을 날이 금방 닥친다. 지금 여기서,

가능한 한 한계까지 벌어둬야 한다. 그러지 않으면 나도 기미코 씨도, 아무도 살아갈 수 없다. 이번에도 물론 메모는 논외였으므로, 나는 비브 씨의 한마디 한마디를, 모든 순서와 절차를 머릿속에 완벽히 집어넣었다.

우리가 뛸 현장은 ATM이 아니라 주로 백화점이었다.

고양이가 없는—요컨대 카드 사용과 동시에 정보가 카드 회사에 공유되는 시스템이 없는 백화점에서 각종 상품권을 사들여 거리의 금권숍에 가져가 현금화하는 방법이었다. 다만, 아무리 고양이가 없다 해도 상품권류는 다른 물건과 달리 거래액이 2만 엔 이상일 경우 점원이 신용회사에 전화를 걸어 확인해야한다는 규정이 있었다.

그러므로 한 번당 구입액 상한을 1만 5000엔으로 해서 백화점 여러 매장에서 취급하는 갖가지 상품권을 사들였다. 맥주 상품권, 도서 상품권, 백화점 공통 상품권, 계열 기업에서 쓸 수 있는 레스토랑 상품권, 쌀 교환권… 셋이 각자 카드를 가지고 모든 매장에 온몸으로 부딪치고, 한 백화점이 끝나면 비브 씨가 알려준, 고양이가 없는 다른 백화점으로 이동해 같은 일을 되풀이했다. 카드를 그을 때 수상하게 볼까 봐 마음 졸였는데, 소액인 탓인지, 아니면 전표에 적는 알파벳풍의 적당한 사인을 카드를 보며 셋이 필사적으로 연습한 보람이 있었는지, 아무도 우리에게 관심이 없었다. 관심은커녕 얼굴도 보지 않고 사무적으로, 문제 없이 상품권을 내주었다.

비브 씨가 건네준 사고 카드는 소비 기한이 짧았다. 사흘 이내에 다 쓸 것, 쓰고 난 카드는 두 번 다시 사용하지 말고 만일에 대비해 보관할 것. 나는 첫 어택을 끝내고 그다음 카드를 받으러 갈 때, 환금한 55만 엔을 고스란히 가져갔다. 비브 씨는 잠시 생각하는 것처럼 내 손 안의 지폐를 바라보고, 당분간은 매상고를 다 가져가도 된다면서 자신의 몫을 떼지 않았다. 그 뒤 한동안 현금화한 돈은 온전히 우리 것이 되었다. 지금까지 해왔던 위조 현금카드 쪽도 나는 성실하게 계속했고, 그쪽 몫은 비브 씨도 확실히 떼어갔다. 어택은 순조로웠다. 고양이가 없는 백화점은 아직 많았고, 우리는 좀 먼 도시까지 원정 가서 같은 일을 끝없이 되풀이했다. 거기에는 실로 어택 넘버 원이라고 할까, 만화 같은, 혹은 방과 후 특별 활동 같은 체력 소모와 규칙성, 그리고 미미하지만 어딘가 발랄한 개방감이 있었다.

겨울이 시작될 무렵에는 사고 카드뿐 아니라 고양이가 있고 없고를 신경 쓰지 않아도 되는, 안전도가 높은 위조 신용카드도 취급하게 됐다. 요령은 위조 현금카드를 다룰 때와 거의 동일해서, 사용 장소가 ATM이냐 가게냐의 차이 정도밖에 없다. 이쪽도 백화점에서 상품권을 구입하는 경우 상한은 2만 엔이지만, 사고 카드처럼 사흘이라는 제약은 없었기에 목표와 여유를 지니고 움직일 수 있었다.

비브 씨가 대주는 카드는 점차 사고 카드에서 위조 신용카드로 바뀌었다. 이때부터는 수입을 비브 씨와 반반씩 나누었다. 이런 경우 우리에게 돌아오는 몫은 대개 1할이 시세인 듯했으니, 내 상황을 특별히 배려해준 것이리라. 5할의 보수는 파격이었다. 현장은 백화점 상품권 외에도 1회당 금액이 매우 큰 신칸센 회수권이 중심이 되어갔다.

비브 씨의 조언대로 우리는 흰 셔츠와 수수한 재킷에 검은색이나 남색 스커트를 입고 머리를 뒤에서 하나로 묶었다. 딱 봐도 어딘가의 젊고 평범한 사무원이었다. 우리는 이것을 유니폼이라고 부르며 서로의 모습을 보고 배를 잡고 웃었다. 모모코와 란은 드럭 스토어에서 염색약을 사다가 자연스러운 밤색으로 염색하고, 화장도 최대한 옅게 했다. 그러고는 여행사 창구로 가서 신오사카-도쿄 신칸센 티켓 오십 장 세트를 구입한다. 가격은 분명 60만 엔이 좀 안 되는 정도였다. 이용 상한액이 100만 엔인 카드라면 문제없지만, 가끔 50만 엔이나 30만 엔짜리도 섞여 있었으므로, 그때는 카드로 결제 가능한 액수만 주의 깊게 결제하고 나머지는 현금으로 치렀다. 만에 하나 승인이 떨어지지 않을 경우 반드시 미련 없이 철수한다. 60만 엔 가까운 신칸센 티켓 세트는 금권숍에서 2, 3만 엔 정도 깎이기는 해도 거의 온전한 금액으로 넘길 수 있었다.

신칸센 티켓을 취급하는 여행사는 널려 있었다. 셋이 각자 개별 행동에 나서기도 했는데, 그런 때는 150만 엔 이상을 하루에 손에 넣었다. 도시 곳곳에 있는 금권숍은 고객이 한 장이라도 많은 금권을 팔러 오기를 기다리고 있었다. 엄연히 눈앞에 서 있건만, 손에서 손으로 이렇듯 확실히 돈이 움직이건만, 말 그대로 잠잘 시간도 아껴 무아지경으로 어택을 계속해 돈을 챙겨가는 우리 모습은 어째선지 누구 눈에도 비치지 않는 듯했다.

돈은 조용히 쌓여갔다. 우리 집 벽장 안에서, 돈은 착실히 몸집을 불려갔다.

"오랜만에 쉬는 느낌⋯."

모모코가 좋다는 건지 싫다는 건지 모를 표정으로 말했다. 우리는 거실 고타쓰 밑에 몸을 누이고 종합 정보 쇼를 보고 있었다.

"다음번 카드, 어째 늦어지네⋯. 뭐 안 좋은 일이라도 있었을까?" 란이 화면에 눈길을 준 채 조심스럽게 물었다.

"아니, 그런 건 아니랬어. 이런 일도 있는 거지 뭐."

"그렇구나. 그렇담 다행이지만."

정신이 들고 보니 12월 중순이었다. 1999년은 얼마 후면 끝나고, 2000년이 코앞에 다가와 있었다. 텔레비전에서는 2000년 문제에 대해—숫자가 변하는 타이밍에 시스템 장애나 뭔가 심각한 오류가 세계 규모로 일어날지 모른다는 이야기로 시끌시끌했다. 우리는 말없이 화면을 쳐다봤다. 세기말, 신세기, 새 시대, 향후 백 년 과학의 진보 따위 어휘가 날아다녔지만 하나도 머리에 들어오지 않았다.

패널들이 신나서 웃고 떠드는 광경을 보면서, 결국 올해—1999년에 세계가 멸망하긴커녕 아무 일도 일어나지 않았네, 하고 생각했다.

비브 씨에게 카드를 받아오는 일은 리듬 좋게 이어지나 하면 일주일쯤 간격이 뜨기도 했다. 그때마다 불길한 예감으로 얼굴이 누렇게 뜨고 몸이 오그라졌지만, 새 카드가 오면 불안은 한 순간에 날아가고 텐션이 급상승해, 더한층 패기 있게 일에 달려들었다. 밸런스를 고려해 여행사나 백화점을 개척해가면서 골고루, 신중하게 어택을 계속했다. 많을 때는 우리 몫만으로 300만을 넘는 달도 있었다. 거리는 세기말과 크리스마스로 기이할 만큼 들떠 있었지만, 어디서 오는지 알 수 없는 열기 속에서 우리는 쫓기는 사람처럼, 무언가에 홀린 사람처럼 어택 횟수를 늘려갔다.

돈은 기본적으로 나와 기미코 씨가 관리했다.

비브 씨에게 의논하러 갔을 때 내걸린 몇 가지 조건 속에 "기미코를 넣어도 좋지만 현장에는 절대 보내지 말 것"이라는 항목이 있었다. 왜요, 라고 되물을 필요도 없는 일이었지만, 잠자코 있는 나에게 비브 씨는 "알잖아, 기미코는 투미해"라며 웃었다. "뭐 금고지기나 시켜두든지. 앉아만 있으면 되니까."

나는 그 말대로 어느 날, 기미코 씨에게 우리가 처한 상황과 우리의 새 일에 대해 설명했다. 란과 모모코는 외출하고, 집에는 기미코 씨밖에 없었다. 기미코 씨는 고타쓰에 들어가 등을 구부리고 텔레비전을 보고 있었다. 나도 발을 넣고 화면을 바라봤다. 고타쓰 위에 먹다 만 쌀과자와 행주가 놓여 있었다. 기미코 씨는 묵묵히 내 이야기를 들었다.

"…그래서요, 보스가 누군지는 밝힐 수 없지만, 다 잘될 거예요."

"그렇구나."

기미코 씨는 조금 생각하는 듯한 표정을 지었지만, 그 이상은 초들어 묻지 않았다.

"이것저것 있지만, 우리가 전부 잘 돌리고 있어요. 돈도 순조로이 모이고. 월세도, 휴대전화도, 앞으로 먹고살 일 걱정 안 해도 되게, 지금 벌 수 있는 만큼 확실히 벌어둘 거예요. 그러니까 당연하지만, 기미코 씨는 이 얘기 아무한테도 하지 말고 우리가 가져오는 돈을—음, 재무 대신? 네, 재무 대신이라고 생각하고 딱 버티고 감시해요. 그게 기미코 씨 일이니까."

"응, 알았어."

"기미코 씨?"

"응?

"괜찮아요?"

"뭐가."

"아니, 어째 기운 없어 보인달까."

"아닌데? 보통인데." 기미코 씨가 머리로 손을 가져가 머릿속을 북북 긁었다. 그 동작이 유난히 굼떠 보였다. 그러고 보니 전에는 주기적으로 미용실에 가서 손질하던 머리도 최근에는 내내 그대로여서 윤기가 없고, 예전에 느꼈던 기미코 씨다움이랄까 생명력 같은 것이 왠지 사라진 듯했다.

"그렇다면 다행이지만."

"영수랑 연락이 안 되네." 텔레비전에 눈을 향한 채 기미코 씨가 중얼거렸다.

"그러게요."

침묵이 깔렸다. 영수 씨가 모습을 감춘 지 석 달이 되려 한다.

처음에는 수시로 연락했지만, 어택을 시작한 후로 이쪽에 매달리느라 최근에는 전화도 걸어보지 못했다. 영수 씨. 기미코 씨 말로는 전에도 이런 일이 더러 있었고, 영수 씨는 어른 남자이거니와, 이 바닥 생리로 보건대 내가 걱정해도 별수 없으리라 체념한 구석도 있지만, 아무려면 석 달이나 무소식이라니 예사롭진 않다. 연락하고 싶어도 할 수 없는, 무슨 사건이나 좋지 않은 일에 휘말렸을 가능성도 있지 않을까.

"그래도 내 휴대전화, 계속 쓰고 있잖아요?" 나는 짐짓 밝게 말했다.

"이거, 영수 씨가 빌려주는 건데, 그러니까 요금 연체 없다는 말이고, 그건 곧 영수 씨, 연락은 없지만 어디선가 탈 없이 지낸다는 뜻 아닐까요?"

"휴대전화?" 기미코 씨가 내 얼굴을 쳐다봤다. "아아… 그래도 그거 요금을 영수가 내는지 어떤지는 몰라. 안 내는 거 아닌가? 애당초 누구 전화인지도, 모르니까."

"그래요?" 나는 조금 놀라서 말했다.

"응, 그런 거, 빙글빙글 도는 물건이니까, 대충이니까."

이야기가 끊어졌다. 잠시 침묵이 흘렀다. 나는 흐응, 하고 콧소리를 한 번 울리고 말을 이었다.

"…있죠, 고토미 씨는 어떻게 지내요? 잘 지내요? 통 못 만나서, 보고 싶다."

"응, 나도 보고 싶다." 기미코 씨가 혼잣말처럼 중얼거렸다.

"요새 안 만나요? 그 아저씨―그 나쁜 놈하고는 어떻게 됐어요, 아직 같이 사는 거죠? 혹시 그 인간이 지키고 있어서 못 만난다거나, 그런 건가요?"

그렇게 말한 순간, 고토미 씨의 작은 얼굴 속 검푸르게 멍들고 부어오른 눈두덩, 찢어져 피가 맺힌 입술이 눈앞에 떠올라 마음이 어둑해졌다. 쓸데없는 말을 해버렸는지도 모른다. 나는 기분을 새로이 하려고 자세를 고쳐 앉고, 기미코 씨를 향해 웃음 지었다.

"뭐, 그건 그거고 기미코 씨에게 이달분, 건네둘게요. 재무 대신이라지만 특별히 할 일은 없고, 맞다, 집에 있을 때 도둑 들지 않나 봐주는 정도? 하하. 앞으로도 기미코 씨 급료 계속 나갈 거니까 안심하고, 쓰고 싶은 데 쓰세요. 나머지는 내가 차곡차곡 모아서—"

거기서 문득 말이 막혔다.

나머지는 내가 차곡차곡 모아서—그렇다, '레몬'을 재개하기 위해 돈을 모으고 있으니까, 다 모으면 다 같이 또 '레몬'을 할 거니까—나는 진심으로 그렇게 생각했고 그것이 이 일을 시작한 가장 큰 이유인데, 그러니까 그렇게 말하면 될 뿐인데, 어째선지 그 말을 할 수 없었다.

왜일까. 나는 왜, 그 말을 할 수 없었을까. '레몬'에 대한 마음이 사라진 것도 아니고, 나와 기미코 씨에게 '레몬'이 소중하다는 사실은 변함없다. 그렇다, 지금 일에는 한계가 있고, 그러기에 더욱 우리가 살기 위해서는 '레몬'을 재개하는 것이 제일 중요한데, 그건 아는데, 그럼에도 왠지 그 말이 나오지 않았다.

"있죠, 기미코 씨."

"응."

"우리가 일 나가면, 평소에 집에서 뭐 해요?

나는 분위기를 바꿀 요량으로 별것 아닌 화제를 꺼냈다.

"평소에?"

"응, 뭐 하나 싶어서요."

"아무것도 안 해."

"아무것도 안 해요?"

"응, 아무것도."

"텔레비전 보다거나… 청소하다거나?"

"응, 그 정도."

"그렇구나…. 아, 기미코 씨, 기미코 씨 월급도 틀림없이 있으
니까 마음대로 써도 돼요. 고토미 씨한테도 연락해서 좀 만나는
게 좋지 않나? 나도 보고 싶다. 걱정도 되고. 영수 씨 일도, 다음
에 날 잡아서 천천히 얘기해요."

"응."

나는 기미코 씨를 바라보면서 고토미 씨를 생각하고, 영수 씨
를 생각하고, 그리고 교도소에 있다는 어머니에게 보내는 돈에
대해 물어보는 게 좋을지도 모른다고 생각했다. 그렇지만 좀 망
설인 끝에 그건 건드리지 않기로 했다. 애초에 영수 씨에게 들
은 얘기지, 기미코 씨가 직접 들려준 것도 아니다. 기미코 씨라
면 신경 쓰지 않을 수도 있지만, 무엇을 어떻게 느끼는지는 말
해보지 않으면 모르는 일도 있다.

그렇다, 그때—아저씨한테 맞은 고토미 씨를 만나고 온 직후의 대화. 기미코 씨가 내뿜던 그 기이한 위압감. 나를 뚫어져라 쳐다보던 뭐라 말할 수 없는 눈빛. 그 뒤에 감돌던 숨 막히는 긴장감과 두려움 비슷한 것을 나는 또렷이 기억하고 있었다. 그것은 내가 썩 떠올리고 싶지 않은, 가능하면 잊고 싶은 장면이었다.

"…맞다, 기미코 씨, 이런저런 걱정거리는 제쳐두고, 최근 얘기도 제대로 못 했으니까 다음에 둘이 밥 먹으러 가요. 같이 머리도 자르러 갈까요? 고깃집도 좋고, 둘이 어디 가요."

"응."

"듣고 있어요? 기미코 씨."

"응."

기미코 씨가 고타쓰 속에서 꾸물꾸물 몸을 움직이고, 갑자기 생각난 것처럼 행주를 들고 팔을 뻗어 원을 그리듯 고타쓰 탁자 위를 훔쳤다.

"아, 맞다, 기미코 씨. 있죠, 우리 그거 해요, 옛날에 몇 번 했잖아요, 이불 동굴."

"이불 동굴?"

"응, 왜 있잖아요, 이불, 활짝 덮는 거."

나는 매우 좋은 일을 생각해냈다 싶어 웃음 지었다. 우리가 같이 살기 시작했던 첫 겨울, 기미코 씨가 따뜻한 고타쓰 이불로 나를 폭 감싸주었고, 그것이 무척 기분 좋아서, 그 뒤로도 몇 번 해달라고 했었다.

"…뭐였더라."

"어, 기미코 씨, 기억 안 나요? 이렇게, 활짝 폈다가 푹."

기미코 씨가 모호한 소리를 내고 고개를 조금 갸웃했다. 나는 입을 다물고 고타쓰 이불로 눈길을 떨어뜨렸다. 그러고는 다시 화제를 바꾸려고 적당히 얘기했고, 대화가 이어지지 않자 기미코 씨는 일어나서 어딘지 멍한 발걸음으로 화장실에 갔다. 딱히 야위진 않았지만 그 뒷모습이 무언가가 닳았다고 할까, 어딘지 내 마음을 불안하게 하는 **모자람**이 있는 것처럼 보였다. 나는 갑자기 의지할 데 없는 심정이 되어 2층으로 올라가, 침실 기둥에 기댄 채 벽장을 바라보았다.

저 안에, 돈이 있다.

불쑥 생각했다.

그것도 많은 돈이, 꾸준히 증식하는 돈이.

그러자 조금 전까지 내 안에서 뚜렷이 느껴졌던 불안, 슬픔, 안타까움—그 모두를 뒤섞은 감정이 쓱 걷혔다. 그것은 마치 손가락을 한 번 울려 눈앞의 것을 송두리째 사라지게 하는 마술처럼 간단하고, 강력했다.

나는 란과 모모코의 집세를 면제하고, 급료로 다달이 15만 엔을 건네고 있었다. 기미코 씨에게는 20만 엔. 나머지는 장래를 위해, 앞날을 위해 최대한 저금하자고만 말해두었고, 지금으로서는 란도 모모코도 별말 없었다.

어택으로 번 돈은 벽장 골판지 상자에 보관했다. 1000엔 지폐는 만 엔씩, 만 엔짜리는 10만 엔씩, 잘 구별되게 다발 지어 모두가 보는 앞에서 상자에 넣고 뚜껑을 닫았다. 그것은 그날의

성과를 함께 확인하는 의식儀式인 동시에 어딘지 세계에서 가장
큰—가능성 그 자체라도 직접 만지는 듯한 특별한 흥분으로 충
만한 시간이었다. 골판지 상자는 전원 모였을 때 말고는 손대지
않는다는 암묵의 규칙도 자연스레 정착했다. 그렇지만 나는 기
미코 씨에게, 우리가 일을 나가고 나면 하루에 한 번은 반드시,
거기 있어야 할 액수와 실제 액수가 일치하는지 확인하라고 말
해두었다. 딱히 모모코와 란을 믿지 않는 건 아니지만, 무언가
를 관리한다는 건 그런 것이고, 당연한 일이라고 생각했다.

　세상은 세기말을 향해 가속하고, 과열하고, 쉴 새 없이 부풀
어갔다. 열기는 술렁거리면서 몇 개의 소용돌이가 되어 거리의
온갖 곳에 가 부딪쳤고, 그것이 또 새로운 광란을 낳았다. 우리
는 그런 거리와 사람들의 고삐 풀린 흥분과 환성과 욕망의 흐름
에 함께 실려가는지, 아니면 역행하는지도 모를 만큼 무아지경
으로 어택을 계속했다.

10장

경계선

1

새해가 됐다. 우리는 어딘지 마음이 붕 뜬 채 고타쓰에 발을 집어넣고 텔레비전을 보며 바작바작 애타는 며칠을 보냈다. 뭐라도 정초 기분을 내볼 셈으로 12월 31일에 마트에 가서 2단짜리 오세치*도 사고, 평소보다 거하게 술도 마셨다. 그러나 오세치는 뭘 집어먹어도 맛이 비슷하고, 전체적으로 차가워서 애초에 맛있는지 아닌지도 알 수 없었다. 모모코와 란은 아침부터 화려한 색깔의 칵테일이며 일본주를 마시고 취하는 날도 있었지만, 나는 뭘 아무리 마셔도 멀쩡했다.

이 집에 와서 다 같이 맞는 두 번째 새해. 기미코 씨를 만난 뒤로는 몇 번째일까. 4년, 아니면 5년? 헤아려보면 바로 알 일인데, 몇 년이 됐건 잘 와닿지 않았다. 그 숫자 뒤에 오기 마련일 '벌써 그렇게'나 '에계 고작' 같은 감상은 그새 흘러간 나날을 나타내는

---

* 일본에서 설날에 먹는 음식.

데 충분하지 않거니와, 어떤 숫자도 우리의 무엇과도 맺어지지 않는 느낌이었다.

"하나, 자?"

어느 밤, 방의 불을 끄고 조금 지나 란이 말을 걸어왔다. 모모코는 코를 골며 자고 있었다.

"안 자."

"그냥, 잠이 안 와서." 옅은 어둠 속에서 란이 자세를 바꾸는 것을 알 수 있었다. "새해 연휴, 길지 않아?"

"길어."

"길지."

"남들은, 언제까지 연휴지?"

"모르겠는데, 이번 주말부터 또 연휴잖아. 가게들은 뭐 완전히 정상 영업이지만."

"그런가?" 란이 조금 웃었다. "뭔지 옛날에도 똑같은 얘기 하지 않았나? '그쪽 가게는 언제부터야—?' 하고. 길에서. 엄청 추웠던 거 기억나."

"아, 맞다. 그랬지. 란, 언제 봐도 흰 블루종 입고."

"응, 밖에서 전단 나눠주는 거 맨날 내 담당이었어. 젊었다."

잠시 침묵이 흘렀다.

"빨리 연휴 끝나면 좋겠다." 밤의 푸르스름함에 눈이 익숙해지자, 란이 이쪽으로 얼굴을 향하고 눈을 깜박이는 것을 알 수 있었다. "뭔지 이러고 있는 사이에도 손해 보는 기분이야."

"어택?"

"응."

"그러게, 그런지도 몰라—" 나도 동의했다. "사흘이면 한 이 정도 했을 텐데, 같은 생각 들지. 연휴 끝나면 다시 열심히 해야지, 뭐."

"제법… 모였지? 돈."

"응, 순조롭다고 생각해."

"그거 말이야." 란이 뒤에서 자는 모모코를 신경 쓰는 듯 뜸을 둔 뒤, 목소리를 조금 낮춰 물었다. "…예정 같은 거, 생각하는 게 있어? 계획이랄까 절차랄까."

"돈에 관해서?"

공기가 조금 딱딱해지는 걸 느꼈다.

"응…. 전에 하나가 그랬잖아? '레몬' 부활시킨다고. 또 한 번 뭉쳐서 일하자고. 지금까지 모은 돈, 거기다 쓰는 거지?"

"응, 그럴 작정인데."

"그지…. '레몬' 다시 하려면, 얼마 정도 드는 거더라?"

"상당히, 들걸."

생각보다 낮은 목소리가 나와서, 나는 헛기침을 한 번 했다.

"'레몬' 때는 애초에 운이 좋았다고 할까, 전에 영업하던 사람한테 물려받아 비교적 수월하게 시작했지만, 이번엔 처음부터 우리 손으로 다 해야 하니까. 점포 빌리려면 진짜 신분증도 필요하고. 우리가 늘상 가게에서 보여주는 가짜 보험증 같은 걸로는 턱도 없어. 번듯한 보증인도 필요하고. 현실적으로 장벽이 무척 높으니까, 준비가 필요해."

"그렇지?"

"그러니까 지금 할 수 있는 일은 전부 해두려고…. 일단 어택으로 자금 모으면서, 한편으로 나 이따금 부동산 안내도 훑어보고 있거든. 서점 가서 점포 빌리는 절차나 스낵바 운영하기 위한 자격 같은 것도 알아보거나."

나는 늘 생각만 하고 아직 실행에 옮기지 못한 일을, 마치 일상적으로 하는 양 란에게 설명했다.

"그렇구나, 역시 장벽이 높구나." 란이 감탄과 낙담이 뒤섞인 듯한 한숨을 쉬고, 어딘지 눈치 보는 것 같은 목소리로 물었다. "그 말은, 아직아직, 저금이 모자라는 느낌…?"

"금액 말이야?"

"응."

"…가게라는 게, 8백만이나, 장소에 따라 다르지만 천만 엔까지 드는 경우도 있으니까. 계약금도 필요하고. 동네에 널린 아파트 빌리는 것과는 전혀 달라."

"어, 그렇게 들어?"

"들지. 거기다 개업하면 끝이 아니잖아. 란도 알겠지만, 궤도에 오를 때까지는 내내 적자고, 그래도 경비는 계속 들어가니까 그 부분도 확보해야 하고. 가게 한다는 게 결코 간단하지 않거든. 돈이 무한정으로 들어가. 게다가 우리, 손님 연락처 같은 것도 다 없어졌잖아. 정말 하나부터 아니, 마이너스부터 시작하는 셈이야."

그런가, 그렇구나, 그렇겠지…. 납득했는지 아닌지 잘 알 수 없는 란의 반응에 나는 왠지 가슴이 술렁였다.

란은 대체 무얼 알고 싶은 걸까. 평소에도 그렇지만, 지금의 느낌으로 보건대 특별히 '레몬'의 재개가 진심으로 궁금한 것은 아닐 테다. 란은 단순히 돈에 관심이 있을 뿐 아닐까. 그런 기분이 들었다. '레몬'이 부활한다면 그건 그것대로 좋지만, 거기 들어간 비용을 제하고 얼마가 남는지, 요컨대 지금 있는 돈 중에 자신의 몫이 얼마인지 알고 싶은 눈치였다.

혹시 란이 그런 생각을 한다면 그것도 뭐 모르는 바는 아니다. 어택을 시작하고 두 달이 지났다. 매번 저금으로 돌리는 액수에 비해 자신이 받는 급료가 적다고 느끼거나, 자기 몫이 앞으로 어떻게 될지 궁금하고, 이 계획이 어디로 나아가는지 파악해두고 싶은 마음이 왜 없으랴.

그래도 앞일은 나도 모른다. 내가 아는 건 아무튼 벌 수 있을 때 벌어야 한다는 것, '레몬'을 재개하건 아니건 좌우지간 한 푼이라도 더 모아서 만일에 대비하는 것, 그게 다였다. 장차 돈을 어떻게 나누고 어디에 쓰건, 그런 것은 일단 나누든 쓰든 할 만큼의 돈이 있을 때 얘기다. 벌써 돈 이야기를 꺼내는 건 빠르지 않나?—그렇게 생각하면 살짝 짜증이 났다.

란도 모모코도 물론 열심히는 하고 있지만, 애초에 어택이라는, 모두에게 돈이 돌아가는 시스템을 이 집에 들여온 것은 나였고, 어떻게 그게 가능했냐 하면 내가 비브 씨에게 머리 숙여 부탁했기 때문이다. 왜 비브 씨가 내 부탁을 들어줬냐 하면 내가 신용이 있었기 때문이고, 그 신용은 어디서 왔냐 하면 지난

1년간, 내가 비브 씨가 주는 일을 완벽히 해냈고, 때로는 기대를 넘어서는 결과를 내온 덕분이다.

나는 비브 씨에게 받은 카드를 들고 처음 ATM 기계 앞에 섰을 때의 두려움과 긴장을 생생히 떠올릴 수 있었다. 생각하면 지금도 심장 박동이 빨라질 정도로 무서웠고, 정말 힘들었다. 나는 나 혼자, 그 두려움을 견뎠던 것이다.

내가 그런 말 못할 공포에 직면해 있던 그때 란과 모모코가 대체 무얼 했냐 하면, 란은 뭐 캬바쿠라를 나갔다곤 하지만 걸핏하면 이유를 붙여 쉬면서 편히 지냈고, 모모코로 말하자면 하는 일 없이 본가의 돈을 갖다 쓰면서 노는 것도 모자라서, 뭐 하는 인간인지 모를 남자에게 빠져 입장권을 떠안고 쫓기는 형국이었다. 그럼에도 둘이 이 집에서 태평하게 지낼 수 있었던 건 내가 아슬아슬한 선에서 홀로 버틴 덕이다. 그렇다, 두 사람이 살고 있는 이 집도 내가 진 할아버지와 필사적으로 담판해 마련했다. 이 집에서 둘이 아무것도 모르는 채 웃을 수 있었던 건 그 둘이 모르고 지나가는 그 모든 것을, 언제나 나만 피부로 느꼈던 덕이다.

어택에는 만만치 않은 위험이 따른다. 카드 조달과 지시, 단서를 남기지 않기 위한 장소 물색과 계획, 비브 씨에게 받은 위조 신분증의 관리와 정리, 로테이션 일체는 내가 도맡아 주의 깊게 처리했고, 둘은 감시 카메라 각도나 조금 신경 쓰고(그마저 내가 정확히 지시했다) 유니폼을 입고 창구에 서는 것만으로 한 달에 알토란 같은 15만 엔을 손에 넣는다. 월세도 광열비도 없이, 전액 마음대로 쓸 수 있는 수입이다. 그 정도면 차고 넘치지 않는가. 모모코는 금전 감각이 좀 다르달까 기본적으로 세상 물정 모르는 구석이 있으니 그렇다 쳐도, 란은 한 달에 15만 엔 벌기가 얼마나 고달픈지 잘 알 텐데.

혹시 평소에도 애들이 내가 없는 곳에서 어택이나 저금의 행방에 대해 왈가왈부할까. 조금 전의 대화는 그걸 토대로 란이 나를 떠본 걸까. 그렇다면 모모코도 자는 척할 뿐, 실은 깨어 있다든가? 맥도널드인지 이 집 거실에서인지 몰라도 둘이 히히거리며 숙덕이는 장면이 머릿속에 떠올라 뺨이 뜨거워졌다.

새해가 밝은 이 시점에 저금액은(이튿날, 둘이 없을 때 세봤으니 정확하다) 575만 3000엔이었다. 두 달 남짓, 내가 계획을 세우고 둘에게 지시하여, 달리고 또 달려 전력으로 모은 돈이다. 이것이 만에 하나, 아니 억에 하나라도 저 둘이 손잡고 상자 속 돈을 송두리째 챙겨 갑자기 사라지거나 하는 일이, 있을까—문득 그런 무서운 생각이 떠올라 심장이 툭 소리를 냈다.

그런 가능성이, 있을까. 아니, 아무려면 그럴 리가, 없어, 없다, 없을 테다, 그런 일은 절대 없다, 그렇지만…. 나는 무의식적으로 목에 손을 갖다 대고 있었다. 심호흡을 몇 번 해봐도 소용없었다—틀렸다. 이런 때는 생각이 나쁜 쪽으로 더 나쁜 쪽으로 걷잡을 수 없이 흘러가고 만다. 나는 고개를 젓는 대신, 몇 번이고 눈을 끔벅여 몸 구석구석까지 빠르게 번지는 불안을 흩어버리려 했다. 괜찮아. 나쁜 일은 아무것도 일어나지 않았어. 아직 평화야. 완전히 평화롭다고. 그냥 생각이 너무 나갔어. 돈은 틀림없이 여기 있어. 긍정적으로 생각하자. 나는 자신을 타이르고, 어깨에서 힘을 빼려고 심호흡을 되풀이했다. 란도 모모코도 친구라고 할까 친구 이상이라고 할까, 같은 편 아닌가. 그럼에도 고약한 상상이 차례차례 밀려들고 불안이 연기를 솔솔 피웠다. 그러는 사이 관자놀이가 지끈대기 시작했고, 더 늦기 전에 둘의 본가 주소를 은근슬쩍 알아두는 게 좋지 않을까, 지금은 모두 공평하다는 의미도 담아 돈을 골판지 상자에 보관하지만, 구실을 붙여 금고 같은 걸 마련해야 하려나, 같은 생각이 꼬리를 물고 찾아왔다. 그런 식으로 이것도 아니고 저것도 아니라고 자문자답하는 사이 몇 분쯤 지났는지, 퍼뜩 생각나서 란을 불러보았다. 있잖아, 란…. 대답이 없었다. 그새 잠들었는지, 귀를 기울이자 희미한 콧숨 소리가 들려왔다.

2

마침내 새해 연휴가 끝나고 일상이 돌아왔다. 그러나 돌아왔다고 생각하고 싶었을 뿐이지 무언가가 좀 달라졌다는 걸, 상태가 이상하다는 걸 바로 피부로 느꼈다. 우선 비브 씨와 연락이 닿지 않았다. 몇 번을 전화해도 받지 않는다. 저쪽도 걸어오지 않는다. 연말에 만났을 때 확인한 대충의 예정으로는 연휴가 끝나면 서로 연락해 카드를 교체하기로 했었다.

어택은 지금까지도 요일이나 간격이 일정하진 않았고, 카드 매수나 빈도에도 그 나름대로 고르지 못한 면이 있었다. 그러나 비브 씨 본인과 연락이 닿지 않기는 처음이었다. 달리 연락할 수단은 없었고, 의지할 것이라고는 내 머릿속에 저장된 전화번호뿐이었다.

모모코와 란은 시부야로 쇼핑하러 가고 없었다. 기미코 씨도 아버지 성묘를 다녀온다며 아침에 나갔다. 란도 모모코도 무언가 사다줬으면 하는 것은 없느냐, 누구누구의 신곡이 이렇다 저

렇다 하면서 화장을 해가며 즐겁게 말을 붙였지만, 나는 그런
게 문제가 아니었다. 혼자 남은 집 안은 구석구석까지 무음으로
충만했고, 그 적막이 온몸의 모공으로 스며들어 점점 팽창해,
나를 내 몸 밖으로 밀어낼 것 같았다.

비브 씨는 입원이라도 한 걸까. 그렇다 해도 전화 한 통쯤 걸
수 있을 테다. 혹시 큰 사고에 휘말려 연락하고 말고 할 틈도 없
이 죽고 말았다든가? 그런 생각을 하면 속이 울렁거렸지만, 직
감적으로 제일 있을 법한 것은 비브 씨가 경찰에 붙들렸을 가능
성이었다. 그러자 가벼운 구역질이 올라왔다. 발을 집어넣고 있
던 고타쓰의 온기가 갑자기 불쾌해져서, 부엌으로 가서 찬물을
마셨다.

비브 씨 전화를 기다리는 것은 최악을 넘어 컨디션이 망가
질 정도로 힘든 일이었다. 평소 거의 울릴 일 없는 전화가 지금
도 울리지 않는 게 뭐 그리 특별한 일이랴만, 그 당연한 일에 이
토록 괴로움을 맛보고 있다는 사실이 나를 더 큰 괴로움에 빠뜨
렸다. 비브 씨, 뭔데요. 무슨 일인데요. 꿈틀도 하지 않는 두꺼운
문을 계속 두드려대듯, 머릿속에서 몇 번이고 비브 씨에게 호소
했다.

비브 씨와 연락이 끊김으로써 나는 본격적으로 궁지에 빠졌
다. 식욕이 거짓말처럼 사라져 거의 아무것도 입에 대지 않고
2층 침실에 틀어박혔다. 아무래도 몸살감기 같다고 말하자, 란
과 모모코는 "아 그래? 혼자 편히 쉬게 우린 밑에서 잘까?" 하고
과자를 먹으면서 말했고, 기미코 씨는 편의점에서 사온 죽을 데

위주었다.

나는 냉골인 2층 방에서 얼굴만 이불 밖으로 내놓고, 눈도 깜박이지 않고 벽장 장지문 귀퉁이를 노려보았다. 지금이 최악의 상황이라고 가정하고, 여러 가능성을 꼽아봤다.

첫째. 비브 씨가 다른 건으로 단독으로 붙잡혔을 가능성. 자세히는 몰라도 평소 누군가와 통화하는 느낌으로 봐서 비브 씨는 카드뿐 아니라 비슷한, 더욱이 매우 다양한 시노기를 여럿 병행하는 눈치였다. 우리에게 대주는 카드와는 별도의 시노기가 발각돼서 체포됐다.

둘째. 우리가 모르는 사이 무언가 중대한 실수를 저질렀고, 그 사실을 알아차린 비브 씨가 자신에게 위험이 미치지 않도록 우리와의 관계를 잘랐다—이 가능성이 가장 농후하고 가장 그럴싸하게 느껴져서 온몸이 부르르 떨렸다.

그러나 우리가 만일 실수를 저질렀다면, 뭘까. 비브 씨가 조달해주는 보험증은 주의 깊게 교체했고, 이용하는 가게도 장소와 기간이 겹치지 않게 순서를 잘 지켰다. 게다가 금권숍을 관찰한바, 평소 대체 무슨 일을 하는지 가늠도 안 되는 사람이 신칸센 티켓이며 상품권을 무더기로 가져와 파는 것은 드문 일도, 이목을 끄는 일도 아니었다. 사는 쪽도 파는 쪽도 서로 무관심하다고 할까, 분명 사람이 하는 일인데 어딘지 기계적으로 흘러가는 작업이었다. 그러므로 유니폼 외에도 금권숍의 그런 공기에 녹아들기 적당한 옷도 준비해 두루두루 신경 썼다. 감시 카메라만 해도—그렇다, 이건 처음 착수할 당시 비브 씨가 해준 말인데, 설령 설치됐다 한들 기본적으로 화질이 거칠고, 고성능 제품은 고액인지라 평범한 동네 가게에서는 거의 볼 수 없으며, 만일 하루 종일 찍기라도 하면 녹화 테이프가 감당하지 못하니까 대개는 '가짜'다. ATM이라면 모자는 필수지만, 금권숍 정도라면 거기까지 신경 쓰지 않아도 된다. 또한 비브 씨에 따르면 금권숍은 애초에 손님과 가게 사이에 암묵의 양해가 성립한다고 봐도 무방하다. 요컨대 가게 측에서는 오로지 손님이 가져오는 금권이 장사 밑천이고, 그게 없으면 장사도 손들 수밖에 없다. 손님에게서 금권을 한 장이라도 더 사들이는 것이 그들의 목적이고, 진짜 금권이기만 하면 극단적으로 말해서 누가 가져오건, 어디서 어떤 경로로 입수한 물건이건 알 바 아닌 것이다. 가령 '얘는 확실히 좀 수상한걸' 싶어도 일부러 귀찮은 일을 만들 필요가 없다. 신고 따위 할 시간이 있으면 한 장이라도 더 사들여 한 장이라도 더 판다, 그뿐이다.

게다가, 나는 생각했다. 이건 중요한 대목인데, 우리가 하는 일로 만일 붙들리는 경우가 생긴다면 반드시 **현행범**이라는 것이다. 그러므로 만에 하나, 좌우지간 전부 떼치고 달리고 달려서 현장에서 도망치는 것이 유일하고 절대적인 대처법임을 비브 씨는 내게 거듭 주입시켰다(망보기 담당은 시치미를 뗄 수 있으므로 조급하게 굴지 않아도 오케이). 다시 말해 우리가 어딘가에서 치명적 실수를 저질렀다면 그 자리에서 붙들렸을 테다. 그러나 우리는 붙들리지 않았다. 그 말은 붙들릴 만한 실수를 저지르지 않았다는 뜻이다.

그렇다고는 해도, 일부러 풀어두고 감시할 가능성도 없진 않았다. 그러나 그에 대해서도 비브 씨는 말한 바 있다. 기본적으로 경찰이 인력과 시간을 들여 잠복하거나 풀어두거나 하는 안건은 적어도 그만한 이유와 준비가 필요해서, 몇 가지 범죄—이를테면 대규모 부동산 사기와 얽혔거나, 전부터 주목했던 야쿠자나 뒷골목 조직이 연관됐다는 '단서'가 없는 한 원칙적으로는 움직이지 않는다. 예를 들어 각성제만 해도, 수사의 궁극적인 목적은 개인이 아니라 배후에 있는 밀수 혹은 매매 조직을 고구마 캐듯 때려잡는 것이기에 계획적으로 진행하는 것이고, 개인이 단독으로 붙들리는 경우는 어쩌다 거동이 심히 수상했거나, 불심검문 따위에서 이상이 있었다든지 하는, 열에 아홉은 우연한 현행범 체포다. 그러므로 비브 씨 말로는, 한 번에 움직이는 금액이 몇 만에서 몇십 만, 게다가 이런 소수 인원의 조촐한 카드 관련은 누가 봐도 하찮은 애들 놀이다. 예를 들어 지금 이 순간에도 파친코 가게의 말단 '인출책'이 움직이는 금액만도 우리가 움직이는 금액의 몇 배나 되는 고로, 냉정히 생각하면 세상에는 훨씬 확실하고 선명한 범죄, 검거하는 쪽도 쏠쏠한 사건이 허다하므로 경찰도 이런 쩨쩨한 시노기에 일일이 신경 쓸 정도로 한가하지 않다. 방심은 금물이지만, 내가 말하는 기본 사항만 잘 지키면 괜히 떨 필요 없어. 잘 자고 잘 먹고, 체력 길러서 자연체로 어택만 해—그것이 비브 씨의 가르침이었다.

　그랬다, 카드 실수는 오로지 현행범—그렇게 생각하자 조금 마음이 놓이고 차츰 용기가 솟구쳤다. 그렇다, 현실만 봐도 나는 지금 이렇게 이불 속에 있고, 자유의 몸이며, 나쁜 일은 아무것도 일어나지 않았다. 그저 비브 씨에게서 연락이 없을 뿐, 내가 걸어도 받지 않을 뿐, 구체적으로 무슨 일이 터졌다고 결론이 난 것도 전혀 아니다. 내가 괜히 불안해서 멋대로 불길한 상상을 부풀리며 스스로를 들볶을 뿐이다. 다시 말해 나 자신의 부정적인 상상력이 빚어내는 무의미한 고통으로, 아무 근거도 없다. 아니, 근거라고 하면 바로 이것이다. 나는 현행범으로 체포되지 않았다. 이것이야말로 나쁜 일은 아무것도 일어나지 않았다고 단언할 수 있는 유일하고 훌륭한 근거 아닌가—그렇게 생각하자 벽장 한 귀퉁이를 바라보던 눈에, 눈꺼풀에, 조금씩 힘이 되돌아와 나는 몸을 벌떡 일으켰다.

이불에서 나와 1층으로 내려가자, 모모코와 란과 기미코 씨는 고타쓰에 들어가 누운 채 예능 프로그램을 보며 웃고 있었다. 뭐가 재밌는지 셋 다 입을 반쯤 벌리고, 화면 속 개그맨과 텔런트 들과 하나가 되어 아하하, 아하하 소리 내어 웃고 있다. 최근 몸살감기로 기운이 없다는 말도 했었고, 오늘도 몇 시간 만에 이불에서 나와 아래층으로 내려왔건만 "몸은 어때?"라든가 "배 안 고파?"라는 염려의 말 한마디 없이 셋은 헤실헤실 웃고 있었다.

나는 말없이 거실을 빠져나가 부엌으로 가서, 물을 한 잔 따라 단번에 들이켰다. 갑자기 맹렬한 시장기를 느끼고 라면이라도 먹으려고 바구니를 들여다봤지만 하나도 남아 있지 않았다. 일전에 장 보러 가서 사다 둔 내 미역 라면이 사라진 것이다.

먹을 것에 관해서는 명확한 규칙은 없었지만, 누가 무엇을 사다두었고 그게 누구 것인지는 서로 대충 알았고, 제 것이 아닌 걸 먹을 때는 "이거 먹어도 돼?" "응" 하고 몇 마디 오가는 것이 보통이다. 그런데 내 미역 라면이 없다. 누가 먹었는지 몰라도 아무도 내게 물어보지 않았다. 울컥 화가 치밀었지만, 꾹 참고 냉장고를 열었다. 간장, 불고기 소스, 맥주와 칵테일 캔 몇 개. 냉장고가 빈 거야 뭐 그러려니 했다. 늘 있는 일이다. 별수 없이 아이스크림이라도 먹기로 했다. 내가 사둔 피노가 있을 터였다. 사실은 라면을 먹고 나서 먹으려 했는데, 지금부터 편의점에 갈 기분은 아니었다. 피노만으로는 미흡하지만 할 수 없다고 생각하면서 냉동고를 열었는데, 글쎄 피노도 사라진 것이다.

"피노는?"

나는 반사적으로 거실로 얼굴을 돌리고 물었다. 그러나 마침 텔레비전의 폭소 타이밍인 데다 그에 합세한 세 사람의 웃음소리에 묻혀 아무도 듣지 못한 듯했다. 나도 모르게 냉동고를 닫는 손에 힘이 들어가, 생각보다 큰 소리가 났다. 세 사람은 그 또한 알아차리지 못했다. 나는 잠시 냉장고 앞에 가만히 서 있었다. 누구 하나쯤 내가 어두운 데 서 있는 것을 눈치채고 말을 걸어주기를 기다렸지만, 1분 지나고, 3분 지나고, 5분이 지나도 여전히 아무래도 좋은 웃음소리와 텔레비전의 멍청한 소음만 흘러나올 따름이었다.

참다못해 거실로 가보니, 셋 다 조금 전과 다름없는 맹한 표정으로 텔레비전만 보고 있었다. 잠시 후에야 란이 벽 쪽에 뻣뻣이 서 있는 나를 알아차렸다.

"아, 하나. 이거 완전 웃겨, 봐봐―"

"뭐? 안 봐." 내가 내뱉었다.

란이 놀라서 나를 쳐다보고, 천천히 허리를 펴 고쳐 앉았다. 모모코는 아직 웃고 있었지만, 뭔가 이상하다고 낌새챘는지 얼굴을 이쪽으로 향했다.

"내 피노가 없어."

"어, 피노?"

"미역 라면도."

일순 침묵이 깔리고 어, 모모코, 알아? 하는 표정으로 란이 모모코를 봤고, 모모코도 멀뚱하게 란을 쳐다보며 눈을 깜박깜박했다.

"뭐, 둘 다 아니라는 거야?"

"아니, 기억이 잘 안 난다고 할까." 란이 다시 고쳐 앉으면서 나를 보았다. "어, 미안, 라면을 좀…."

"라면만이 아니야. 피노도."

"피노…." 모모코도 란과 마찬가지로 고쳐 앉고, 미간을 찡그리며 기억을 더듬는 시늉을 했다. "언제 적, 어떤 피노였더라…."

"내가 사놓은, 내 피노."

"다른 거랑 섞여서, 누군가… 먹어버린 걸까아."

"누구라니, 둘밖에 더 있어?"

"아니, 기미코 씨도 있잖아…." 모모코가 작은 소리로 말했다.

"기미코 씨, 먹었어요?"

내가 기미코 씨에게 물었다. 기미코 씨는 소리 없이 웃으면서 텔레비전을 보고 있었고, 한 번 더 문자 화면에서 눈을 떼지 않은 채 음냐, 하고 모호한 소리를 냈다.

"들었어? 기미코 씨는 아니래. 기미코 씨 원래 아이스크림 안 먹잖아. 둘 중 하나겠지. 왜 남 탓으로 돌려?"

"아니, 그게… 기미코 씨 탓을 하는 게 아니라 어땠더라, 그, 잊어버렸을 뿐인데."

나는 아무 말도 하지 않고 둘을 내려다보았다. 미역 라면과 피노를 무단으로 먹어치운 것도 아닌 게 아니라 화났다. 그러나 그보다 더 큰 불쾌감과 짜증이—요 몇 달, 아니 어쩌면 몇 년에 걸쳐 내 안에 쌓여온 가지가지 나쁜 감정이, 어디서부터랄 것 없이 서서히 치밀었다.

"하나, 그럼 내가 가서 사 올게. 하나는 지금 꼭 먹고 싶은 거지? 잠깐만 기다려, 내가 뛰어갔다 올 테니까."

란이 팽팽한 공기를 누그러뜨리려는 것처럼 웃고, 재빨리 몸을 일으키려 했다.

"잠깐, 그건 아니지 않아?"

"어?"

"란, 방금 그 말은, 내가 아무래도 당장 먹어야겠으니까 사 오라는 것처럼 들리는데, 그거 아니잖아? 원래 있어야 할 내 것을, 말도 없이 너희 둘 중 하나가 먹어버린 게 문제고, 난 그 얘길 하는 거잖아. 내가 먹고 싶고 말고는 관계없지 않아?"

"아아, 응, 관계없지….” 란은 엉거주춤하게 서서 몇 번이나 고개를 끄덕였다.

"그래도 기억은 안 나지만, 둘 중 하나가 먹었을 테니까… 우리가 얼른 다녀올게."

모모코도 억지로 웃음 지으며 말했다. 나는 그 말에는 대답하지 않고, 팔짱을 낀 채 진지한 얼굴로 두 사람을 내려다보았다. 둘 다 조금 긴장한 표정으로 내 얼굴을 흘금흘금 올려다봤지만, 이윽고 시선을 내리깔고 움직이지 않았다.

"…뭐, 이번엔 됐어. 진짜 조심해라."

나로서는 당연하고 모모코와 란에게는 거북한 몇 초의 두꺼운 침묵이 흐른 뒤, 다시 뭐라도 먹을 것을 찾아보려고 부엌으로 돌아가려던 그때—텔레비전 옆 노란색 코너로 눈이 갔다. 어라, 싶어 선반으로 다가가 잘 들여다본 순간 앗, 하고 큰 소리가 튀어나왔다.

"와, 뭐냐, 엄청 더러운데!"

나는 고개를 홱 돌렸다.

"봐봐, 먼지가 아주 뿌옇네, 아니 왜, 여기 아무도 청소 안 해?"

"어." 둘은 동시에 일어나 내 뒤에서 선반을 엿보았다.

"보래도, 여기, 노란색 코너! 왜… 아무도 제대로 안 봐?"

정말이네, 아아, 먼지 봐… 하며 둘이 내 등 뒤에서 갈팡질팡하고 어쩌지, 그러게, 어떡해? 같은 말을 초조하게 주거니 받거니 했다. 노란색 코너의 모든 노란색 소품에 먼지가 앉아 있다. 조금 전 꾹 참았던 잡다한 것들이 급격히 북받쳤다. 마치 체온계인지 온도계인지의 수은이 급상승해, 눈금이랄까 틀 자체를 꿰뚫어버릴 듯한 기세였다. 뭐냐고, 나는 생각했다. 진짜, 뭐냐고. 애네 둘은 대체 뭘 하는 거냐고. 조금 전만 해도 그렇다, 내가 혼자 컨디션이 나빠질 정도로 돈이며 일이며 장래에 대해 이 것저것, 정말이지 한계까지 고민 또 고민하는데 둘은 아무 생각도 없이 텔레비전이나 보면서 헤실헤실 웃고, 적당히, 죄다 나 몰라라 하고, 그 와중에도 먹을 것은 멋대로 먹고, 늘 그 지경이면서 눈앞에 있는 노란색 코너에 먼지가 뽀얀 것도 알아차리지 못한다. 뭐냐고. 나는 눈을 감고 주먹을 꽉 그러쥐었다.

"하, 하나…?"

나는 심호흡을 한 뒤 천천히 얼굴을 들었다.

"…이거, 심하게 이상하잖아? 멍하니 텔레비전 볼 시간은 있으면서 왜 노란색 코너는 이 모양인데? 노란색 코너의 의미, 누누이 말했잖아, 우리한테 얼마나 중요한지. 이런… 이런, 이렇게 먼지 뒤집어쓰게 놔두면 안 된다는 거, 보통은 알지 않나? 몰라? 어떻게 생각하니?"

"어떻게 생각하냐니…."

"어떻게 생각하냐고 묻잖아. 왜 그걸 모르냐고."

"근데…." 모모코가 내 얼굴빛을 살피며 작은 목소리로 말했다. "아니… 청소는 기미코 씨가 해준다고 할까…. 맨날 여기저기 닦으니까."

"와, 그러니까, 기미코 씨가 안 했을 뿐이다? 그래? 그 말이 하고 싶은 거야?" 나는 모모코를 노려보았다.

"아니, 그런 건 아닌데, 별로, 잘 몰라서."

"몰라? 모르면, 보통은 알려고 하지 않나? 이런 걸 바로 적반하장이라고—"

"하나, 이거지? 이걸로 닦는 거지이?"

어느새 부엌으로 갔던 란이 봉지를 든 손을 번쩍 치켜들고 휙휙 혼들었다. "이거, 응, 이 '삭삭'으로 닦는 거 맞지, 응?"

란은 봉지를 들고 잰걸음으로 돌아와, 속에서 삭삭을 두 장 재빨리 꺼내 한 장을 모모코 손에 슬며시 쥐여주었다.

"모모코, 됐으니까 하나씩 닦자."

"…대충 닦지 말고 뒤랑 옆구리도 잘 닦아."

"알았어."

"'삭삭' 아까우니까, 앞면 뒷면 다 써서 꼼꼼히."

"알았어."

기미코 씨는 내내 적당한 행주 하나로 너덜너덜해지거나 말거나 벽이며 선반이며 고타쓰 상판을 닦곤 했지만, 얼마 전 내가 드럭 스토어에서 '긴초'라는 회사의 '삭삭'이라는 일회용 만능 행주를 발견한 이래 행주는 이걸로 통일하게 됐다. 물도 필요 없고 아무리 작은 먼지도 놓치지 않으며 광택도 내주는 효과가 있다. 양면 사용이 가능하거니와 집안 곳곳을 전부, 먹을 것 외에는 온갖 것과 온갖 장소에 쓸 수 있어 편리하기 그지없다. 물론 여러 번 쓸 수 있는 100엔숍 행주가 싸게 먹혔고 일회용은 사치품이기는 했다. 그러나 이 '삭삭'으로 말하자면 보기에도 선명한, 드럭 스토어에서도 눈에 확 뛰어들 만큼 압도적인 노란색이었고, 그것이 구입과 지속적인 사용을 결정지은 요인이었다.

란과 모모코가 소품을 하나하나 집어 들고 '삭삭'으로 머리며 등이며 엉덩이까지 정성껏 털고 닦는 것을 보고 있으니, 비브 씨와 연락이 안 되는 것도 혹시 이 탓 아닌가 하는 생각이 문득 들었다.

다시 말해 우리가 소중한 노란색 코너를 등한시해서, 초심을 잃고 관리를 허술히 해 먼지가 쌓이게 둔 탓에, 운기가 달아났다고 할까 정체돼서 이런 사태를 불렀는지도 모른다.

그렇다, 노란색은 금운. 금운이란 자신에게 돈이 들어오는 흐름을 말한다. 우리가 이나마 여기 살 곳을 발견하고 그럭저럭 돈을 벌 수 있는 것은 물론 그때그때 노력의 결과도 있을 테지만, 기본적으로는 노란색의 운기 덕분이라는 강한 믿음이 내게는 있었다.

그도 그럴 것이 애초 시작이 그랬다. 이름에 노란색이 들어간 기미코 씨와 만나서, 노란색이 지닌다는 금운 얘기를 듣게 됐고, 그래서 나는 히가시무라야마를 떠나 내 생활을 손에 넣을 수 있었다. 그리고 물론 '레몬'이다. 레몬은 노란색이고, 비록 그 '레몬'은 화재로 사라졌고 저금도 거의 엄마에게 내주는 등 그야말로 우여곡절은 있었지만, 그럼에도, 그런데도 이렇게 집을 구하고 생계 수단도 어찌어찌 얻어내 생활의 기틀을 잡을 수 있었던 지금까지의 경과에 노란색 운기가 관여하지 않는다고는 생각하기 힘들었다. 물론 증명할 길은 없다. 증명은 못 하지만, 노란색이 무관하다는 것 또한 증명하기 불가능하다. 그렇다면 누가, 무엇이라 단정할 수 있을까. 내게 중요한 것은 내 마음이 결정할 수밖에 없고, 그것을 믿고 여기까지 온 것은 사실이다. 그리고 노란색 코너를 소홀히 함과 동시에 비브 씨와 연락이 끊어져서, 다시 말해 금운이 끊겨 이 사달이 났다.

그렇다, 노란색, 노란색이다, 노란색을 바로잡아야 한다—그렇게 절실히 생각한 순간, 눈앞에서 크게 손뼉을 친 것처럼 정신이 확 깼다. 이런, 내가 왜 그랬담, 오랫동안 서점에도 발길을 끊었지 뭔가.

그렇다, 요 몇 년 사이 내가 확실하고 선명하게 꾼 유일한 꿈, 강렬하고 극적이며 그 뒤 내 인생의 모든 것이 그대로 실현되고 있는, 저 예지몽이 틀림없는 꿈, 지금도 구석구석까지 생생히 기억하는 운명적인 꿈, 그리고 그 꿈의 의미를 내게 알려준 벽돌만큼 두껍고 몹시 비쌌던《꿈풀이 대사전》을, 이렇게 오래도록 들쳐보지 않다니.

그렇다, '레몬'이 있었을 무렵엔 가게 나가는 길에 종종 들러 펼쳐보고, 거의 외우다시피 한 문장들을 새삼 눈으로 훑으며 스스로를 격려한 후 출근하는, 이른바 노란색과 꿈풀이의 합작에 의해 나는 보호받고 있으며 만사 순조롭다는 확신을 품을 수 있었고, 그 덕에 어찌어찌 헤치고 왔건만. 노란색 코너는 말할 것도 없고 소중한《꿈풀이 대사전》마저 까맣게 잊고 있었다. 노란색 코너의 운기만 달아난 것이 아니다, 갑절이다, 갑절의 마이너스 상태. 얻어맞은 것처럼 시계를 보니 7시 10분—갈 수 있다, 아직 시간에 댈 수 있다.

"좀 나갔다 올게, 전부 잘 닦고 있어."

말을 마치자마자 숄더백을 메고 집을 나와, 역 앞 서점까지 전력으로 달렸다. 헉헉대면서 안으로 들어가 통로를 지나 책장 앞으로 직행해, 행여 누가 사갈세라 책장 맨 오른쪽 구석에 옮겨뒀던 꿈 사전이 있어야 할 자리를 올려다보니―없다. 두툼해서 한눈에 알아볼 꿈 사전이, 보이지 않는다. 위아래를 재빨리 훑었지만 어디에도 없다. 내 꿈 사전이, 내 운명을 기록한 책이, 어디에도 없다. 몇 걸음 물러나 책장 전체를 보니, 이 또한 눈에 익었던 '당신의 마음을 사랑해주세요 ~ 치유의 시대 특집'이라고 적힌, 그토록 반짝거리던 광고판도 완전히 빛바래어 외톨이 신세로, 삐딱하게 기울어 있었다.

눈앞이 캄캄했다. 너무 캄캄해서 나는 책장에 몸을 기댔다. 틀렸어, 끝났어. 어쩌지. 어쩌면 좋을까. 양팔로 배를 감싸고 허리를 구부린 채 가만히 견뎠다. 운이 다하여 버림받고, 만사가 나쁜 쪽으로 방향을 틀어 상상도 못 할 거센 불행에 휩쓸려 지옥으로 떨어지는 지금 이 순간이, 내 앞날의 모든 것의 분기점은 아닐까―그렇게 생각하자 털썩 주저앉을 것 같았다. 건너편에서 터질 것처럼 빵빵한 슈퍼마켓 봉지를 든 아주머니가 걸어오며 나를 계속 흘금거렸지만, 나는 차례차례 닥치는 무서운 광경에 떠밀려가지 않으려고 어깨에 있는 대로 힘을 주고 버텼다. 그사이 기억 속의 여러 가지가―기분이며 풍경이며 냄새며 소소한 대화가 일제히 치밀어 다발이 되고 소용돌이가 되어, 텅 비어버린 나의 내부를 흘러가 사라졌다. 나 자신이 등신대의 토관이라도 된―그렇다, 흡사 거대한 화장실 휴지의 우그러진 심이라도 된 듯했고, 그 막막한 감각이 내 마음을 더욱더 약하게 만들었다. 눈물이 가득 고이고 콧속이 매웠다. 그러나 고개를 크게 가로젓고, 애써 그 감각을 털어냈다. 안 돼, 생각을 해. 뭔가 있을 거야, 그러니까 제대로 생각하라고, 이 사태를 타개할 노란색의 무언가를, 운기를 다시 불러올 노란색의 무언가를, 정신 똑바로 차리고 떠올리라고, 그럴듯한 걸 떠올리라고―나는 자신을 북돋웠다. 무언가 있어, 뭐라도 있을 터야, 지금까지도 해왔으니까 이번에도 뭔가 있을 거야, 노란색, 노란색, 금운, 노란색… 뇌세포를 행주 짜듯 쥐어짜, 퍼석퍼석해진 그것들을 하나, 둘 하고 쌓아 올리면서 필사적으로 생각했다.

그러나 생각이 그다음 무언가와 연결될 듯할 때마다 번번이 커다란 철판이 천장에서 내려와 나를 납작하게 찌부러뜨리려 했고, 간발의 차이로 데구루루 몸을 굴려 옆으로 도망치면 이내 육중한 벽이 다가왔다. 도망칠 곳이 없다, 더는 도망칠 곳이―라고 생각한 순간, 이마 안쪽 어딘가를 세차게 때리는 것이 있어서 나는 눈을, 이렇게 부릅뜬 적은 없을 정도로 부릅떴다. 그렇다, 벽이다, 벽이라고, 봐, 있었잖아, 그게 있었어―나는 뒤도 안 돌아보고 뛰어 서점을 벗어나, 횡단보도를 건너, 세타가야 대로를 서쪽으로 향해 달렸다.

목표는 '레몬' 개업 준비를 할 때 몇 번 갔던 공구점이었다. 칸나나 거리 못미처에 자리 잡은, 프로들이 드나든다는 그 유명 공구점으로 말하자면, 과거에 '레몬'의 한 단골손님이 아무튼 팔지 않는 물건이 없고 구하지 못할 물건은 없노라 절찬한

바 있다. 나는 5, 6분쯤 전력 질주한 끝에 가게로 뛰어들어, 맨 처음 눈이 마주친 다부진 체격의 작업복 차림 아저씨를 붙들고, 노란색 페인트요! 하고 쓰러지다시피 하며 외쳤다. 있어요, 하고 아저씨가 나를 안쪽 선반으로 데려갔는데, 잘 보니 그 사람은 가게 점원이 아니고 손님이었다. 나는 숨을 헐떡이며, 그 많은 종류 중에 무엇을 골라야 할지 몰라 아무튼 제일 쨍한 노란색으로, '초스피드 건조·경이로운 내구력!'이라고 굵은 글씨로 번쩍번쩍 적혀 있는 것을 있는 대로(같은 종류로 네 통 있었다) 끌어안고, 옆에 걸려 있던 붓도 세 개 움켜쥐고 계산대로 가져가, 8300엔이라는 거금을 치르고 가게를 나왔다. 갈 때보다 속도는 떨어졌지만, 이번에도 달려서 돌아왔다.

"다녀왔어!"

발끝에 걸린 신발을 힘차게 털어내고 들어가, 거실에 뛰어들다가 휘청하고 무릎이 꺾여 고꾸라지며 턱을 찧고 말았다.

"으악!"

"하나, 괜찮아?"

모모코와 란이 얼른 다가와 바닥에 뒹구는 페인트 통과 붓을 집어 들었다.

"괜찮아, 괜찮아."

"하나, 이게 다 뭐야…? 미역 라면은?"

란이 한 손에 페인트를 들고, 다른 손으로 내 어깨를 안고 말했다.

"미역 라면은 됐고, 그보다 이거, 이것 좀."

"이건….."

"페인트. 노란색으로 칠할 거야." 나는 어깨를 들썩이며 말했다.

"어? 뭘?"

"집."

"집?"

"우리 집, 노랗게 칠한다고." 나는 둘의 얼굴을 번갈아 똑바로 쳐다보며 말했다. "먼저 방부터 시작하자. 서향의—저쪽, 저 벽부터 노란색으로, 너희들도 붓 쥐어. 얼른."

"알았어." 둘은 입을 반쯤 벌린 채 고개를 끄덕였다.

"—기미코 씨, 기미코 씨는 2층에 가 있어요, 끝나면 부를 테니까, 란, 뭐 해, 텔레비전이랑 선반 움직여 틈을 띄워, 저쪽, 끝에서부터 칠해— 아이, 참, 기미코 씨, 텔레비전 그만 끄고 2층으로 가든지 목욕하든지 하래도요."

"네네." 기미코 씨가 머리를 긁으면서 느릿느릿 거실에서 나갔다.

우리는 쓰레기 봉지를 펼쳐 페인트 통을 놓고 붓을 적셔, 사방 바닥에 뚝뚝 떨어뜨리고 흘리면서 벽을 노란색으로 칠하고, 칠하고, 또 칠했다. 그러나 세 사람 다 붓질이라고는 기껏 물감이나 매니큐어 정도밖에 경험이 없는지라 여기저기 얼룩지고, 밑으로 흐른 채 굳어버리거나, 흐릿하게 붓만 지나가거나, 아무튼 작업 과정도 마무리도 형편없었다. 더욱이 페인트가 용도에 따라 종류가 나뉘는 걸 알 리 없는 나는 유성, 다시 말해 옥외용

페인트를 사 왔고, 만일 실내에서 사용할 경우에는 환기에 유의해야 한다는 것도 물론 몰랐다.

춥다고 창을 닫은 채 일심불란하게 칠한 결과, 당연하지만 도중에 속이 메스꺼워지고 구역질이 올라오더니 결국 두통이 찾아왔다. 그런데도 위험해, 위험해, 하고 되뇌면서 한시라도 빨리 운기를 되찾아야 한다는 일념으로, 두 사람을 다그치며 작업을 계속했다.

이윽고 새벽 2시가 지났을 무렵, 이번에는 무슨 영문인지 한껏 유쾌해져서, 누가 무슨 말만 하면 걷잡을 수 없이 웃음이 터지고 또 터지는 상태가 됐다. 취한 것은 아닌데 그렇다고 맨정신은 절대 아닌 실로 기묘한 느낌으로, 서로 내뱉는 의미 없는 말에 몸을 비틀며 웃어젖혔다. 누군가가 툭 뱉은 '안메르츠 요코요코'*라는 말에 우리는 숨이 막힐 정도로, 정말이지 데굴데굴 구를 기세로 눈물을 흘리며 웃었다. '머슬 도킹'**에도 '오우동'***에도 미친 듯이 웃었다. 붓을 틀어쥔 채 셋이 배를 잡고 웃을 때마다 쨍한 노란색이 사방으로 튀어 흩어졌다. 노란색은 생물처럼 커졌다 작아졌다 하면서 튀고, 띠처럼 길게 뻗고, 나선을 그렸다. 슬로모션이 걸린 란과 모모코 사이를 통과해 노란색이 별똥별처럼 빛을 내며 내게로 날아왔다. 나는 가슴을 내밀어 그것을 받아내고, 소리 높여 웃었다. 우리는 무아지경으로

---

*　어깨 결림, 근육통에 바르는 물약.
**　만화 〈근육 맨〉에 나오는 가공의 인물이 구사한 기술.
***　'우동'에 정중한 의미로 쓰이는 접두사 '오'를 붙인 것.

붓을 휘둘렀고, 페인트가 되튀어 얼굴과 머리에 붙으면 폭소를
터뜨렸으며, 노란색 얼룩투성이 몸을 맞붙이고 허리를 비틀며
웃고 또 웃었다.

커튼이 겨울 아침의 진남색으로 물들 무렵, 모모코와 란은 지
쳐 고타쓰에 들어간 채 잠들었다. 졸음과 페인트 냄새 때문에
의식이 몽롱했지만, 나는 어찌어찌 노란색으로 탈바꿈한 벽을
바라보면서 달성감과 약간의 안도감을 맛보았다. 얼룩졌거나
페인트가 모자라서 칠하지 못한 곳도 있지만, 어쨌든 할 일은
했다. 피곤했다. 내일 일은 내일 생각하자—그렇게 잠시 눈을
감고 있자니 멀리서 무언가가 울리는 것 같더니 소리가 점점 가
까워졌다. 무겁게 내려앉는 눈꺼풀을 비비고 얼굴을 들자 두 눈
가득 노란색이 뛰어들어 일순 여기가 어딘가 했다.
아 그렇다, 이건 아까 우리가 칠한 노란색 벽이고 이곳은 거실,
우리 집이지…. 하나하나 손가락을 꼽듯 떠올리는 데 몇 초 걸렸
다. 머리에도 얼굴에도 번들거리는 노란 페인트를 묻힌 모모코
와 란은 꿈틀도 하지 않고 잠든 채고, 방은 완연히 아침 햇살에
잠겨 있었다. 잠깐 눈을 붙인 줄 알았는데 나도 모르게 꽤 오래
잠들었던 모양이다. 그때 휴대전화가 계속 울리는 것을 알아차
리고, 무거운 팔을 뻗어 숄더백을 끌어당겨 전화를 꺼냈다. 화면
에 비브 씨 번호가 떠 있었다. 늘어선 그 숫자를 본 순간 피로도
졸음도 싹 날아가서, 나는 휴대전화를 귀에 바짝 갖다 댔다.
"비브 씨!"

"하나?"

"넷, 아니 비브 씨, 어딘데욧? 대체 뭐 하는 거예욧?"

"뭐 하긴, 어제 돌아왔지."

"어디서요?"

"한국― 아니, 들었을 거 아냐, 도가시한테."

"네? 뭘요? 도가시?"

"급히 떠나게 돼서 도가시한테 연락하랬는데? 전화 받았을 거 아냐, 도가시한테. 우리 스태프."

"아니거든요, 아무 연락 못 받았거든요."

"진짜? 걔도 막 나가네."

"그래도 다행이에요, 대체 무슨 일인가 했단 말이에요."

"무슨 일은. 아무 일도 없지만, 이번엔 워낙 서둘러 가는 바람에."

"여행 같은 건, 아니죠?" 나는 혹시나 해서 물어보았다.

"당연히 일 때문이지. 젊은 애들이 하나같이 졸아서 뒤로 빼니까 일손이 없어서, 스키머 주고받는 잔일까지 내가 나서야 한단 말이지. 뭐 새 단말기도 입수했고 그 밖에 이것저것. 생카도 잔뜩 챙겨왔겠다." 비브 씨가 웃었다. "이걸로 또 철퍽철퍽 수입 올리는 거지. 자기 테이프도 기술이 몰라보게 발전했더라고. 데이터도 원격이라고 하나, 날려 보내는 것도 있어. 그걸 쓰면 일일이 스키머 회수하거나 한국까지 물건 옮기는 수고도 안 해도 돼."

네, 하고 나는 맞장구를 쳤다.

"뭐, 억 소리 나게 비쌀 테고 다룰 줄 아는 인간도 필요하니까, 나 같은 내리막하고는 관계없는 얘기겠지만." 비브 씨는 웃었다. "그러고 보니 그쪽, 이제 카드 없지?"

"네, 일단 지금 갖고 있는 걸로 한 바퀴 돌았어요. 새것 기다리는 중이에요."

"그렇지?"

"네, 해 바뀌면 만나기로 해놓고 갑자기 연락이 안 돼서 얼마나 걱정했다고요, 혹시 나쁜 일이라도 생겼나 싶어서, 저요…"

"나쁜 일?"

"그, 예를 들면―" 나는 말이 막혔다. "아뇨, 그래도 아무 일 없어서 다행이에요."

"흐응." 비브 씨가 모호한 소리를 냈다. "이번 주 금요일로 하자. 목요일에 새 보험증 오니까 그 뒤에. 평소 카드와는 별도로 너희가 맡아뒀으면 하는 것도 있으니까 그것도 가져가고."

"우리가요? 그럼 뭔가 담을 것, 가져가는 게 좋을까요?"

"음, 뭐 좀 큼직한 가방이면 돼. 물건이라 해도 사용 끝난 카드나, 자기 테이프가 잘 듣지 않게 된 것들이니까 장소를 많이 차지하진 않아. 이미 사용한 너희 카드랑 같이 보관하기만 하면 돼."

"알겠습니다."

"오케이. 그럼, 다시 연락할게."

"아, 참, 비브 씨." 나는 전화를 끊으려는 비브 씨를 불렀다. "저기요, 실은 영수 씨랑, 한참이나 연락이 안 되거든요."

"영수랑?"

"네. 처음엔 기미코 씨도 대수롭지 않게 여겼는데요, 가을 무렵부터 계속요. 뭔지 이상한 느낌이에요. 혹시 비브 씨, 뭐 아시는 거 있나 해서요."

"영수—" 비브 씨는 생각하는 듯한 소리를 냈다. "그러고 보니 최근에 전혀 모르는데. 그래도 경찰에 붙들렸다거나 잠수 탔다는 얘기도 없으니까, 적당히 지내는 거 아닌가?"

"…그렇다면 다행이지만요." 나는 작게 한숨을 쉬었다. "안 돌아오는 거 아닐까, 좀 걱정돼서요."

"하하, 살아 있으면 돌아올 테지. 죽었으면 몰라도. 그럼, 다시 연락할게. 새해를 맞이해서 또 한바탕 무지하게 바빠진다. 야무지게 벌어라."

통화가 끝난 뒤에도 왠지 나는 한동안 전화기를 쥔 채 멍하니 있었다. 어디선가 춧춧, 하고 새가 울었고, 아이들이 떠들면서 어딘가에서 어딘가로 달려가는 소리가 들렸다. 갑자기 페인트 냄새로 숨이 막혀서, 나는 코를 세게 문질렀다.

11장

전후불각
前後不覺

1

비브 씨 말대로 해가 바뀐 뒤의 시노기는 다시없이 호조였다. 하루가, 일주일이, 한 달이 노도처럼 흘러갔고, 그것은 ATM이 와다다다닥 지폐를 뱉어낼 때의 저 가차 없는, 누구 마음속에도 스며들 여지가 없는 기세 그 자체였다. 겨우내 밖을 누비고 다녔고 날은 추웠으련만, 딱히 추웠다는 기억은 없다. 봄이 와서 나는 스무 살이 됐지만 감회 같은 것도 없었다. 어택이 끝나면 집에 돌아와 자고, 다음날 다시 나간다, 오로지 그 되풀이였다.

전원이 참가하는 어택을 시작한 지 몇 달. 아주 작은 불안 요소라도 있으면 두려움과 사명감의 거센 파도에 삼켜져 위아래도 모를 지경이 됐지만, 초여름 무렵에는 마음이 요동치는 일도 점차 줄어들었다.

물론 긴장은 했다. 더 많은 것에 눈이 닿게 됐고, 순서를 짜는 방식이나 금권숍에서의 행동, 위조 카드 취급도 더욱 신중해졌다. 그러나 그런 기술과는 별도의 부분이 무덤덤해진 기분이 들었다. 이를테면 대야. 예전의 나는 물이 가득 담긴 대야를 팔로 안고, 자칫 비끗해서 넘치거나 흘릴세라 늘 필사적이었다. 그러나 지금은 그런 걱정을 하지 않게 됐다. 흘러넘치면 흘러넘친 대로 괜찮다고 생각하는 건지, 흘러넘칠 일은 절대 없다고 장담하는 건지, 아니면 물은 벌써 오래전에 없어졌는데 모르는 건지, 그도 아니면 모르는 척하는 건지—어쨌거나 내가 무덤덤해질수록 돈은 착착 늘어갔다.

모모코의 빚도 내가 갚아줬다. 에누리 없이 50만 엔. 2000년 5월 초 연휴가 시작되기 직전, 한참이나 무소식이던 모모코의 동생 시즈카가 집으로 찾아왔다. 모모코와 란은 시부야로 놀러 가고, 집에는 기미코 씨와 나뿐이었다. 현관문을 열자 시즈카가 있었다. 처음 봤을 때와 마찬가지로 흠칫할 만큼 미인이었지만, 이번에는 혼자였고 사복 차림이었다. 미니스커트 아래로 드러난, 도무지 균형이 맞지 않는 듬직한 하반신은 여전히 당당했고, 눈 밑에 다크서클이 심상치 않았다. 눈빛은 이글거렸지만 탁해서 확실히 상태가 좋아 보이진 않았다.

시즈카는 아무리 연락해도 모모코가 무시한다며, 요 몇 달 예의 우노 패거리에게 잊어버릴 만하면 한 번씩 거의 협박에 가까운 괴롭힘을 당했는데 더는 못 참겠다, 고리(모모코를 말한다)가 저지른 짓인데 왜 가족이란 이유만으로 자신이 시달리고 피해를 입어야 하느냐고 말했다. 그리고 몇 마디 더 한 후에, 경찰에 갈 생각이라고 선언했다.

"그러게 이쪽은 피해자거든요? 우노, 진짜 위험하고, 내 주위

애들도 납치되거나 성매매 강요받거나 해서 한계고, 나도 이제 위태롭고. 그래서, 내가 이 꼴 난 건 순전히 고리 탓이고, 그니까 고리가 이대로 살살 빠져나간다면, 귀찮지만 엄마 아빠한테 다 이르고 수색 신청? 그거 내려고요. 그리고 다 데리고 여기로 오는 수밖에. 엄마 아빠는 나랑 고리가 할머니 집에서 적당히 지내는 줄 아는데, 실은 여기서 당신들이랑 살고 있으니까."

그만한 일로 경찰이 움직일 것 같진 않았지만, 그래도 불온한 공기가 감지됐다. 나는 스무 살이 됐다지만 모모코는 아직 미성년이고, 분명 부모가 나서면 일이 성가셔질지 모른다. 만에 하나 경찰이 찾아오면 수상한 냄새를 맡고 이것저것 쑤셔볼 가능성도 있다. 그런 생각을 하고 있는데 등 뒤에서 인기척이 나서 돌아보니, 기미코 씨가 서 있었다. 말소리가 들려서 살펴보러 온 눈치였는데, 이 타이밍에 기미코 씨가 시즈카에게 노출된 데 나는 심히 동요하고 말았다. 흐릿한 얼룩이 묻은 허름한 티셔츠에 반바지, 머리는 자랄 대로 자란 그 모습은 노란색을 얼룩얼룩 칠한 집 안에서는 위화감이 없었지만, 현관 앞이라고는 해도 바깥의 밝은 볕 아래서는 기이함을 내뿜었다. 기미코 씨는 들고 있던 샛노란 삭삭으로 마치 컨베이어 시스템의 한 공정처럼 문을 한 번 닦고는 집 안으로 돌아갔다.

"헤엣… 당신들만 사는 거 아니구나, 어른이랄까 아줌마도 있네."

시즈카의 말에 나는 서둘러 얘기를 끝내고 쫓아내다시피 돌려보내고 문을 닫았다. 그렇지만 좋은 걸 발견했다는 양 득의의

미소를 지었던 시즈카의 마지막 얼굴이 머릿속을 내내 떠나지 않았다. 다음날 밤, 모모코에게 50만 엔을 내주며, 시즈카에게 갖다주고 두 번 다시 집으로 찾아오지 않겠다는 다짐을 받아 오라고 했다.

어택만 놓고 보면 예전에 비해 불안이나 공포에서 꽤 해방된 감이 있지만, 그 외의 장면에서 모모코와 란에게 짜증 나는 일이 늘었다.

둔감하고 세상 물정 모르는 모모코도 빚을 갚아준 이래 제법 내 안색을 살피게는 됐지만, 신경을 건드리는 일은 여전히 많았다. 꼭 무슨 일이 터져서가 아니라, 둘의 근본적 사고방식이랄까 무사태평이 번번이 내 속을 뒤틀리게 했다. 예를 들면 '레몬'. 이 무렵에는 나도 '레몬'을 재개하기는 불가능하다는 걸 알고 있었다. 신분을 증명할 수단도 없고 은행 계좌도 없으며 남에게 결코 말할 수 없는 벌이로 살아가는 내가 가게를 여는 게 가능할 리 없다. 이미 무리라는 사실은 누구보다 내가 잘 알았다. 그것은 나로서는 속이 쓰라리고 더 생각하기도 싫을 만큼 충격적인 일이어서, 란과 모모코와 새삼 왈가왈부하고 싶은 마음도 없었다. 그러나, 그렇긴 해도, 두 사람이 먼저 '레몬'에 대해 무엇 하나 묻지 않는 것, '레몬' 따위 신경도 쓰지 않는 그 무책임함에 몹시 화나는 순간이 있었다.

한편 기분이 한껏 좋은 때도 있어서, 그럴 때는 예전처럼 모두를 데리고 맥도널드에 가거나 요시노야에 소고기덮밥을 먹으러 가거나, 역 앞을 어슬렁거리기도 했다. 모모코와 란은 시부야나 신주쿠에 가는 것을 좋아했지만, 나는 산자를 벗어나고 싶은 기분은 들지 않았다. 큰 동네는 어택을 위해 가는 것만으로 충분했다. 산자를 걷고 있으면 주택가에서도 상점가에서도 친구나 가족, 그리고 연인처럼 보이는 누군가와 즐겁게 거니는 여자애들을 반드시 볼 수 있었다. 내 또래임 직한 그 애들은 너나없이 볼이 미어질 듯 구김살 없이 웃었고, 너나없이 행복해 보였다. 그 행복은 아마도 부모인지 가족인지 남자친구인지 몰라도 아무튼 자신보다 강한 누군가에게 보호받는다는 자신감과 안심에서 배어나는 무언가인 듯했다. 그런 광경을 본 뒤에는 가슴께에 시커먼 소용돌이가 일어나곤 했다.

모두 비슷비슷한 맹한 얼굴을 하고, 어차피 부모가 대주는 돈으로 학교 가고 쇼핑하고 밥도 사 먹고, 그리고 자기들 못지않게 애지중지 자란 촐랑이 남자애들이나 친구들과 놀면서 하루하루 흘려보낼 테지, 하고 나는 속으로 빈정거렸다. 그러고 나면 어김없이 골판지 상자 속 돈을 떠올렸다. 됐어. 나한텐 돈이 있으니까. 늘 누군가의 보호를 받으며 태평하게 사는, 여기 있는 너희들 누구보다 나는 돈을 갖고 있어. 내 손으로 벌어 차곡차곡 모은 내 돈을—그렇게 생각하면 기분이 조금 갰다.

돈은 여러 가지를 늦추거나 미룰 수 있는 유예를 준다. 생각할 유예, 편히 잠들 유예, 아프지 않을 유예, 무언가를 기다릴 유예. 세상의 많은 사람은 그 유예를 제 손으로 마련할 필요가 없는지 모른다. 대다수 인간에게는 처음부터 어느 정도 주어지는지 모른다. 그러나 나와 기미코 씨는 그렇지 못했다. 물론 내가 하는 일은 남에게 떳떳이 말할 수 없는 일이다. 그러기에 걸핏하면 두려움에 떨고 잠들지 못하는 밤을 보내왔다. 발각되는 날엔 경찰에 잡혀 뉴스에 나올 테고, 세상 사람들은 입을 모아 나를 손가락질하고 욕할 것이다. 누구는 돈이 필요 없나? 그러니까 다들 땀 흘려 일하는 거잖아? 그러나 나는 가볍게 웃으며 말해주고 싶었다. 나도 땀 흘린다고. 누구 땀은 좋은 땀이고 누구 땀은 나쁜 땀이라고 단정할 수 있는 당신은 대체 어디서 그 땀을 흘리고 계신지? 아마 대단히 근사한 장소일 테죠, 괜찮으시면 다음에 가는 법을 좀 알려주시죠.

그런 식으로 5월이 가고 6월로 접어든 무렵, 영수 씨에게서 전화가 왔다. 연락이 끊어진 이래 너무 긴 시간이 흐른 터라, 번호를 본 순간 몸이 굳었다. 오랜만에 들려온 목소리는 영수 씨 목소리가 틀림없었다. 머리가 띵한 와중에도 몇 년 전 처음 그 목소리를 듣고 몹시 감탄했던 기억을 떠올렸다. 우리는 역시 몇 년 전인가 둘이 긴 얘기를 나누었던 레게풍 선술집에서 만나기로 했다.

영수 씨는 먼저 와서 맥주를 마시고 있었다. 조금 야윈 듯했지만 건강해 보여서 안도하면서도, 자리에 앉자마자 대뜸 얼마나 걱정했는지 아느냐고 따졌다. 영수 씨는 자, 진정하고 맥주 마셔, 하고 내 몫을 주문했다. 나는 거의 단숨에 다 들이켜고 한 잔 더 부탁했다. 여전히 술술 들어가네, 하고 영수 씨가 쓴웃음을 지었다.

"그래서, 왜 사라진 건데요?"

"그거지 뭐, 야구 관계."

"붙잡혔더랬어요?"

"아니, 그것도 위험했지만, 너 전에 가게에서 우리 야구 했을 때 보러 온 적 있잖아?"

"보러 간 거 아니고요, 보고 싶지 않은데 봐버린 거죠."

"그랬나, 그, 우리가 한 야구, '몰래 치기'였거든. 그래서 골치 아픈 사태가 돼서."

"몰래 치기?"

"보스 손님 빼내서 멋대로 했다고. 경찰보다 보스에게 단단히 걸려서, 잔열 식을 때까지 납작 엎드려 있느라. 일 무마시키는 데 시간이 걸렸어."

그래도 연락쯤은 할 수 있었을 터라고 내가 항의하고, 영수 씨가 다른 시노기도 정리할 게 있었다고 변명했다. 나는 요 몇 달 동안 있었던 일을 생각나는 대로 이야기했다. 주로 비브 씨와 나의 일에 대해서였다. 비브 씨와도 한동안 연락이 닿지 않아 무서웠던 일이며, 비브 씨와 지금까지 얘기했던 여러 가지를. 셋이 시작한 어택에 대해 말할까 잠시 망설였지만, 사업 확대로 인해 비브 씨 허가를 얻어 모모코와 란도 같이 움직이고 있다고만 설명했다. 영수 씨는 "기미코는 현장 일은 안 하겠지?"라고만 확인하고, 그 밖에는 특별히 묻지 않았다.

"그리고 돌아오는 게 늦어진 이유가 하나 더 있어."

한 시간쯤 지나 이럭저럭 이야기가 일단락됐을 때쯤 영수 씨가 말했다. 우리는 세 잔째 맥주를 시작하려는 참이었다.

"지훈 형이라고, 있었지."

나는 눈을 깜박이고 영수 씨 얼굴을 쳐다봤다. 내가 대답하기
전에 영수 씨가 말했다.

"왜 그, 행방불명됐던 지훈 형."

"영수 씨, 형?"

"형은 죽었고. 그 지훈 형이 살아 있었어."

나는 눈을 크게 떴다.

"있었어, 오사카에."

"거짓말, 진짜요?" 큰 소리가 나와서 나는 어깨를 움찔했다.
"미안해요."

"아니, 오랫동안 소식이 일절 안 들어왔는데, 선 치고 기다리
면 이런 일이 있단 말이지. 점과 점이 잘 이어져서, 저기 저 사람
지훈이 아니냐, 하는 얘기가 들어와서."

"만났어요?"

"아니. 정보가 왔을 때, '일반인' 돼서 살고 있다는 말은 들었
고. 그래도 정말 지훈 형인지 어떤지는 확인하고 싶어서, 뭐 가
서, 보기만 하고 왔지만." 영수 씨가 어깨를 긁었다. "히가시오
사카라고, 동네 공장이 많은 지역인데 거기서 일하고 있었어.
애도 있더라."

"아이요?"

"초등학생쯤일까. 빡빡머리 사내아이."

"지훈 씨, 결혼 같은 거 해서, 지금은 평범하게 살고 있구나."

나는 조금 흥분해서 말했다. "굉장하다…. 다행이랄까, 살아 있었달까, 뭐랄까."

"알아봤더니 상대는 병으로 죽은 모양이야, 아이 엄마."

"앗."

"3년 전이라든가, 대충."

"그럼, 지훈 씨 혼자 살아요?"

"뭐 그렇지. 내가 본 느낌으로는, 그랬어." 영수 씨가 테이블로 시선을 떨어뜨리고 보일락 말락 웃었다. "아무리 그래도 나이 들어 애까지 딸려서, 허름한 작업복 입고, 이것도 저것도 변했는데 눈 보니까 단번에 지훈 형이란 거 알겠더군, 인간이란 참 대단하지."

"저기요, 저기, 이번엔 확인만 했지만, 다음엔 만날 거죠?"

"아니, 몰라."

"어, 그래요? 왜요?"

영수 씨는 조금 생각하는 것 같은 표정을 지었지만, 나는 왠지 마음이 앞서 나가서 말을 계속했다.

"그야 물론 놀라겠지만, 지훈 씨 분명 기뻐할걸요, 영수 씨가 얼마나 보고 싶겠어요. 만나야죠, 꼭 만나러 가라고요."

영수 씨는 내 얼굴을 보지 않은 채 뭐 그렇지,라고 말했지만, 어째 뭐 그렇지,라고는 전혀 생각하지 않는 사람처럼 보였다. 혹시 내가 틀린 말이라도 했나 싶었지만, 내가 한 말의 무엇이 얼마나 틀렸는지 알 수 없었다. 미묘한 침묵 속에서 우리는 가게 안에 흐르는 레게 음악을 무심코 듣고 있었다.

"맞다, 영수 씨." 내가 짐짓 쾌활하게 물었다. "그러고 보니 나한테 제일 먼저 연락한 건, 왜요? 나부터 만나고 기미코 씨에게 전화한대서, 나 아직 아무 말 안 했거든요?"

"딱히 이거다 하는 이유는 없는데—잘 모르겠지만, 기미코와 고토미 보기 전에 너한테 일단 다 얘기해두는 게 좋겠다, 뭐 그런 느낌."

"그럼 오늘 만난 것도 덮어둘까요?"

"뭐 그렇게 되나."

"아무튼 두 사람도 보통 걱정하지 않으니까, 이따가 바로 전화해요—앗, 맞다."

나는 고토미 씨가 아이카와에게 맞은 사건이 떠올라 그 얘기를 들려주었다. 영수 씨는 잠자코 들은 뒤 "그 양아치 약쟁이가"라고만 내뱉고 씁쓸한 표정을 지었다.

"고토미 씨는 그 뒤로도 기미코 씨와 가끔 만나고, 가게는 나가는 모양이에요. 그래도 기미코 씨도 최근 멍해져서 전보다 이상한 느낌이고."

"돈은, 너희끼리 돌리는 거지?"

"기미코 씨에게도 꼬박꼬박 건네요. 그러니까 그걸로 아마 어머니한테도 돈 보내고 있을걸요."

그렇구나, 하는 것처럼 영수 씨는 몇 번 고개를 끄덕이고 손목시계를 흘금 봤다.

"시간이 벌써 이렇게 됐나. 슬슬 가야겠다. 두 사람에게도 나중에 전화할게. 그래서, 지훈 형 얘긴데, 기미코에게는—다시 말해 고토미에게도 아무 말 하지 마. 계속 입 닫고 있을 순 없지만, 말할 타이밍 재볼 테니까."

"알았어요."

"너 시간 있으면 더 마시고 가라. 또 연락할게."

그렇게 말하고 영수 씨는 자리에서 일어났다. 나는 테이블 모서리를 바라보면서 지훈 씨를 생각했다. 만난 적도 본 적도 없는데, 왠지 지훈 씨라는 사람을 떠올릴 수 있는 감각이 신기했다. 지훈 씨는 고토미 씨의 연인이었다. 20년 넘게 이미 이 세상 사람이 아닌 줄 알았던 연인이 실은 살아 있었다면 대체 어떤 기분일까. 같은 상황이라도 가족이나 친구에 대한 감정과는 다를까. 남자를 좋아해본 적 없는 나로서는 상상이 되지 않았지만, 놀라거나 복잡한 심경은 될지언정 기쁜 소식임에는 틀림없을 것이다. 고토미 씨를 생각하면 왠지 번번이 그리운지 안타까운지 모를 기분이 됐지만, 오늘은 특히 울컥한 것이 있었다. 나는 남은 맥주를 마저 마시고 가게를 나왔다. 맥줏값은 영수 씨가 치르고 갔다.

집에 돌아오자, 영수한테서 연락 왔어, 하면서 모처럼 몹시 환한 얼굴로 기미코 씨가 현관까지 달려나왔다. "진짜요?" 나는 짐짓 놀란 시늉을 하며 거실로 들어갔고, 거기서 숨이 멎을 뻔했다. 텔레비전을 보고 있는 모모코 옆에 한 사람, 모르는 여자가 같이 뒹굴며 웃고 있었다.

경악하는 나를 아랑곳하지 않고, 모모코는 고등학교 친구 누구누구라고 소개했다. 이름 따위 머릿속에 들어올 턱이 없고,

정신이 들고 보니 나는 모모코 뒤로 돌아가 어깻죽지를 와락 움켜쥐어 일으키고, 동시에 친구라는 여자에게 이 집에서 나가라고 소리치고 있었다.

나의 서슬에 친구는 있는 대로 얼빠진 얼굴로 가방을 껴안고 도망치듯 나갔다. 친구를 쫓아가려는 모모코를 붙잡아 집 안으로 끌고 들어왔다.

"너 생각이 있어, 없어?"

"뭐, 뭔데, 친구랑 놀고 있었을 뿐인데." 모모코는 영문을 모르겠다는 양 손사래를 쳤다.

"너 이 집에 뭐가 있다고 생각하는 거야, 진짜 머릿속에 뭐가 들었냐곳!" 나는 큰 소리로 몰아쳤다. "기미코 씨! 기미코 씨도 대체 뭐 하는 거예욧, 란은 어디야!"

둘의 대답을 기다리지 않고 2층으로 뛰어올라가, 마루방 손잡이를 잡아 뽑을 기세로 돌려 열었다. 이쪽에 등을 보인 채 헤드폰을 쓰고 누워 있는 란이 보였다. 나는 뒤에서 헤드폰을 잡아채 바닥에 내동댕이쳤고, 놀란 나머지 비명을 지르며 튀어오른 란에게 부르짖었다.

"란! 너 밑에 모르는 인간이 들어온 거 알아, 몰라? 너는 집에 있으면서 대체 뭘 하냐곳!"

"어, 뭐, 뭔데."

"뭔데가 아니얏! 내려와!"

계단을 뛰어내려가 거실로 돌아가, 모모코와 기미코 씨를 노려보았다. 믿기지 않는다. 있을 수 없다. 분노로 손이 떨리고, 가슴 밑바닥을 찢고 절규가 터져나올 것 같았다. 란이 뒤따라 내려왔다. 나는 세 사람을 그 자리에 앉히고, 왜 모르는 인간을 집에 들였는지, 무슨 일인지 설명하라고 다그쳤다. 몇 번 서로 눈을 맞추는 모모코와 란에게, 그쪽을 보지 말고 나를 보라고 소리치자, 둘은 알았다는 듯 고개를 끄덕이고 무릎을 꿇으며 고쳐 앉았다. 모모코가 먼저 입을 열어, 오랜만에 동급생에게 연락이 와서 만났는데, 특별히 갈 곳도 마땅치 않아 어쩌다 보니 집에 오게 됐다고 횡설수설 설명했다. 란은, 오늘은 아래층에서 모모코와 점심을 먹은 다음 줄곧 혼자 위층에서 음악도 듣고 잡지도 보느라 아무것도 몰랐다, 알았으면 말렸을 거라고 말했다.

기미코 씨는, 모모코 친구라기에 셋이 맥주를 마시고 텔레비전을 봤다고 말했다. 그 내용, 말투, 눈의 움직임, 세 사람의 모든 것이 너무나 얼간이 같아서, 너무나 한심해서 현기증이 나는 동시에 치가 떨리도록 화가 나서 당장이라도 몸이 폭발해 날아가 버릴 것 같았다. 세 사람에게 꼼짝도 말라고 한 뒤 다시 2층으로 뛰어올라가, 골판지 상자의 내용물을 점검했다. 누가 손댄 흔적은 없었고, 비브 씨에게 받아 보관 중인 카드 다발을 넣은 상자에도 이번은 없었다. 나는 몇 번이나 커다랗게 어깻숨을 내쉬고, 주먹을 부르쥐고, 이번에는 천천히 계단을 내려갔다.

2

"그렇지만 저는 기계는 전혀 모르고, 긴자에는 가본 적도 없고, 모모코도 란도 어택 외에는 쓸만한 구석이라곤 없어요. 게다가—"

"게다가?" 비브 씨는 거기서부터 말을 잇지 못하는 나에게 말했다. "왜 그렇게 깊이 생각할 필요가 있는데? 평소의 ATM이랑 뭐가 달라? 어려울 거 하나도 없어, 왜 이래, 하나?"

웬일로 산자까지 찾아와 상점가의 오래된 찻집으로 나를 불러낸 비브 씨는 자리에 앉기가 무섭게 새 일 이야기를 시작했다. 이날은 처음부터 뭔가 좀 달랐다. 말은 여느 때와 마찬가지로 빨랐고 겉으로도 달라진 건 없었지만, 비브 씨는 어딘가 차분하지 못했고, 그런 눈으로 봐서 그런지 좀 초조해하는 기색이었다.

지금까지는 현금카드건 신용카드건 이미 정보가 들어간 물건을 사용했다. 그러나 앞으로는 정보를 빼내어 그것을 파는 쪽으로 전환한다고 비브 씨는 말했다. 그러기 위해서는 결제 단말기에 스키머를 장착해 정보를 빨아올리는 동시에 비밀번호도 입수할 필요가 있다. 카드는 물론 품질이 좋은 것이 바람직하다. 요컨대 나더러 그걸 하라는 말이다. 더욱이 고토미 씨가 일하는 긴자의 클럽에서.

"스키머는 단말기에 갖다 붙이기만 하면 돼. 어느 쪽이나 검은색이니까 전혀 몰라. 다음엔 손끝이 잡히는 각도로 천장에 초소형 카메라만 설치하면 끝. 기계 지식 같은 거 하나도 필요 없어. 너는 일주일에 한 번씩 스키머 회수하고 교체만 해. 카메라 영상은 우리 스태프가 그때그때 전파로 건져나갈 거고. 말하자면 연락책 같은 거야. 가게 쪽은 고토미가 어떻게든 할 거고."

"저기, 고토미 씨에게는 얘기하는 거죠?"

"너 재밌는 소리 한다?" 비브 씨가 나를 똑바로 건너다보았다. "고토미한테 말 안 하고 어떻게 할 건데?"

"만일… 고토미 씨가 거절하면 어떻게 되는데요?"

"어떻게 되고 말고도 없어. 네가 책임지고 고토미를 구워삶아서 하게 만들어." 비브 씨는 크게 숨을 뱉고, 의자 위에서 몇 번 고쳐 앉았다. "먼저 열쇠를 준비시킨다, 낮에 가게로 가서 장치한다, 계산대 담당에게 돈을 쥐여준다, 이상. 그걸로 끝. 말해두지만 이건 의논 같은 게 아니야. 늘 쓰던 카드는 이미 한계점이 코앞이야. 너나 나나 이쪽으로 키 트는 것 말고 더는 없다는 말."

요 몇 주 동안, 비브 씨가 건네주는 카드의 매수와 횟수가 눈에 띄게 감소하긴 했다. ATM도 어택도 줄어들어서 나는 나대로 꽤 초조했다. 지금까지 모은 돈은 있다. 그러나 앞으로 그것을 허물어 쓸 수밖에 없게 되면 금세 사라지고 만다. 그 고생을 해서 번 돈이, 사람이 넷이나 되면 단 몇 년 생활로 바닥나는 것이다. 벌이는 반드시 확보해둘 필요가 있다. 어떤 인간이건 마찬가지다. 그러나 나는 고토미 씨를 끌어들이고 싶지 않았다. 어쩌면 고토미 씨도 기미코 씨에게 이미 이것저것 들어 알고 있을지 모르지만, 가능하면 내 입으로 이 일을 말하긴 싫었다.

"너 말이야, 하나. 네가 어딜 향하고 있는지 몰라도, 길은 하나뿐이야." 비브 씨가 넓은 잇새를 보이며 짜증을 섞어 말했다. "카메라 설치가 좀 그러면 영수 넣든지. 걔도 완전히 끝난 모양이니까 고마운 권유일걸. 고토미도 그래, 기미코와 영수, 친구들 생활이 걸렸으니까 아마 할 테지. 고토미도 털면 먼지가 꽤 나오거든. 고토미한테는 내 이름 내놔도 돼. 각자 몫에 관해서는 다음에 얘기하고. 카메라랑 스키머는 이쪽에서 준비해서 그때 같이 주는 걸로. 됐어? 맹하게 굴지 말고, 하나. 내 얘기 잘 들어. 아무튼 둘이 토대 닦아서, 이쪽이 준비 끝나면 바로 움직일 수 있게 알맹이 굳혀놔."

단번에 이야기하고 잠시 침묵한 뒤, 비브 씨는 갑자기 일어나 계산대로 향했다. 당연히 화장실이라도 가는 줄 알았던 나는 당황해서 뒤따라 가게를 나왔다. 큰길로 나오는 도중에 비브 씨의 전화가 울렸지만, 일순 멈춰서 번호를 확인하고는 무시했다. 택시를 잡아 올라타자 큰 소리를 내며 도어가 닫혔고, 비브 씨는 내 쪽을 한 번도 보지 않고 떠났다. 지금 이 느낌이며 찻집에서 비브 씨의 바작바작하던 분위기는 딱히 나에 대해서라기보다 다른 무언가에 쫓겨서 여유가 없는 느낌이었다. 내가 생각하는 것보다 우리의 어택이며 ATM, 그리고 비브 씨 자신의 시노기도 상당히 위험한 상태인지 모른다. 그리고 조금 전의 비브 씨. 그런 식으로 헤어진 적은 지금껏 없었다. 그것이 내 기분을 어둡게 했다.

집에 도착하니, 란과 모모코가 뼈대만 있는 고타쓰 밑에 다리를 넣고 드러누워 텔레비전을 보고 있었다. 내가 거실로 들어가자 움찔하고, 순식간에 분위기가 경직되는 것이 느껴졌다.

"회의하자."

내가 말하자 둘은 몸을 일으키고, 고타쓰 상판 위로 눈길을 떨어뜨렸다. 6월 하순. 장마철의 눅눅하고 묵직한 공기가 방 안에 충만했다. 얼룩진 채 그대로 마른 벽의 노란색이 여느 때 없이 탁해 보였다. 나는 진절머리를 내며 한숨을 쉬고, 요 2주일간 딱히 어택이 없는 것에 대해 얘기를 시작했다.

'회의'란 소동이 있던 그날을 계기로 내가 만든 시간이었다. 하루 한 번, 일과 현 상태에 대해, 그리고 일상에서 눈에 들어온 일을 내가 이야기하고 두 사람이 듣는 시간이다. 그날, 하필이면 타인을 집에 들이는 짓을 한 데—이 일을 계속할 마음이 있다면 최소한 알고 있어야 할 일을 두 사람이 전혀 이해하지 못한다는 데 그때 나는 온몸이 떨릴 정도로 충격을 받고 분노했다. 둘의 생각이 얼마나 모자라고 얼마나 안이한지, 그것을 염두에 두고 앞으로 어떻게 처신해야 하는지를 지속적이고 철저

하게 깨우쳐줄 필요가 있다. '회의'에서는 둘은 자연스럽게 존댓말이 됐다.

"―그런 연유로, 너희 둘은 이번 시노기에는 관여하지 않아. 그러니까 이대로 어택이 재개되기를 기다려. 나중에 영수 씨와 얘기해서 내가 이것저것 결정할 거고. 모모코, 다음 외출은 언제?"

"나, 딱히 예정 없는데요." 모모코가 말했다.

"그래. 란은."

"나도 특별히 없어요."

"알았어. 장보기는 평소처럼 토요일 낮. 넷이 갈 거야. 그밖에 외출할 거면 내용 정확히 적어. 알고 있겠지만 귀가 시간 지키고. 그리고 노란색 코너도. 삭삭 아직 남았지?"

"남았어요."

'회의'는 10분 만에 간결히 끝나는 일도 있나 하면, 밤새 계속될 때도 있었다. 이야기하는 사이 마치 병이 도지듯 새삼 기억이 떠올라 폭발하는 나의 분노와 서슬에 둘은 늘 말 그대로 몸을 오그리고 무릎까지 꿇어가며 사과했다. 그러나 나는 그 태도야말로 아무것도 모른다는 증거라고 더 격하게 몰아세웠다. 사과한다고 생활이 어떻게 돼? 사과한다고 돈이 들어와? 이 생활이 무엇으로 유지되고, 그게 발각되면 어떻게 되는지 알아? 지금 있는 모든 것과 앞날이 너희들의 작은 방심으로 무너지고 마는데, 만일 그렇게 되면 대체 어떻게 책임질 작정이냐고.

몇 분 후면 어차피 전부 잊어버릴 거면서 무작정 사과하는 게 무슨 의미가 있어, 머리가 있으면 생각을 하래도—둘은 내가 쏟아내는 말에 고개를 떨구고 점점 움츠러들었다. 그렇지만 움츠러드는 것만으로는 아무것도 해결되지 않는다. 누가 뭐라 해도 이 집에는 공개할 수 없는 돈이 있고, 우리 운명은 그 돈에 달렸으며, 그리고 이 둘은 그 비밀을 알고 있거니와 더욱이 그 돈의 소유자이기도 하다.

란은 둘째 치고 모모코가 걱정이었다. 별 볼일 없는 남자에게 넘어가 파티 입장권에 수십만 엔을 퍼다 붓는 얼간이다. 그리고 같이 살면서도 그 사실을 전혀 알아차리지 못한 나에게도 반성할 점이 있었다. 어택이 없어서 자유 시간이 늘어난 지금, 또 묘한 교우관계가 부활해 빚을 지지 않는다고 장담할 수 없고, 더 말하자면 여기 있는 돈이 위험에 노출될 가능성도 있다. 무슨 일이 있을지 모른다. 그러므로 나는 둘이 외출할 때 언제 어디서 누구를 왜 만나고 몇 시에 돌아올지, 거실에 비치한 공책에 기록하고 내게 보고하라는 의무를 지웠다. 늦어질 때도 연락은 필수. 설령 본인들에게 잘못이 없어도, 나쁜 뜻이 없어도, 누군가 눈치채고 무언가 일을 꾸미거나 덫을 칠 가능성도 있다, 비밀을 엄수해야 할 이 일과 돈을 지키기 위해 꼭 필요한 규칙이라고 설명하자, 처음에는 좀 놀라서 우물쭈물하던 두 사람도 알았다는 듯 고개를 끄덕였다. 당연한 일이었다. 그것이 곧 자신들의 생활을 지키는 길이고, 란은 여기 말고는 살 곳도 없으며, 모모코도 지금은 비슷한 처지였다. 게다가 어택은 심신 더불어 독특한 고충은 있다지만 내 지시를 따르는 것만으로 다달이 15만 엔이 꼬박꼬박 들어오고, 일이 없는 지금은 집에서 무위도식할 뿐인데도 그 수입이 보장된다는 믿기지 않는 높은 처우였다. 불평 따위가 나올 수 없다. 생활과 돈을 철저히 지키기 위해, 나는 매일 저녁 둘의 휴대전화도 체크했다.

"—이걸로 오늘 회의는 끝. 기미코 씨는?"

"2층에 있을걸."

새삼스러운 일도 아니지만 기미코 씨에게는 내 말은 통하지 않았다. 그날도, 집에 들어온 누군지도 모르는 인간을 앉히고 같이 맥주를 마신 것에 내가 왜 그토록 격노하는지, 화낸다는 사실은 이해해도 그 일 자체에 관심을 가지는 것은 불가능해 보였다. 기미코 씨가 그런 사람이란 사실은 알고 있었지만, 그날은 나도 감정이 격해져서 모모코와 란에게 하듯 몰아세웠다. 그러자 기미코 씨는 조금 난처한 것처럼, 그리고 역시 남 일처럼 "그런 거, 나는 몰라"라고 조그맣게 대답했다. 언젠가 아파트를 비워줘야 했을 때, 돈 문제로 의논했을 때 돌아왔던 반응과 같았다. "그럼 대체 기미코 씨는 뭘 아는데욧! 뭔가 하나라도, 아는 게 있냐고!"라고, 흥분 상태였던 나는 소리를 높였다. 기미코 씨는 입을 다물고 말았지만, 이틀 후, 내가 2층 침실에서 골판지 상자 속 돈을 정리하고 있을 때 올라와서, 옆에 책상다리로 앉았다.

잠시 묵묵히 내 작업을 지켜본 뒤, 배는 고프지 않은지 내게 물었다. 안 고파요, 하고 아직 화가 풀리지 않았던 내가 내뱉자, 기미코 씨는 "나는, 그런 것밖에 몰라"라고 말했다.

돈을 세던 손이 멈칫하고, 나는 기미코 씨 얼굴을 보았다.

이렇게 가까이서 이 얼굴을 똑바로 바라보는 것은 얼마 만일까, 처음 만났을 때의 저 힘 있는 눈의 인상이며, 내 안에 줄곧 있다고 생각했던 기미코 씨라는 존재의 커다란 이미지 대부분이 사라졌음을 나는 흡사 얻어맞은 것처럼 깨달았다.

"하나, 하나. 나는, 배고프지 않을까, 아니면 울고 있네, 그런 거. 그런 거라면, 뭘 하면 될지 조금 알아."

생각하는 일이 서툰 기미코 씨가, 그럼에도 자기 나름대로 생각해서, 이틀 전 내가 화를 폭발시킨 것에 대해 지금 이렇게 열심히 설명하러 왔다고 생각하니 가슴이 쓰렸다. 며칠 동안 응어리져 있던 분노가 천천히 풀어지고, 아직 그럴 나이도 아닌데 왜 이렇게 늙어버렸을까, 왜 이렇게 흐릿한 눈빛이 됐을까, 어쩌면 내가 알아차리지 못했을 뿐이지 처음부터 기미코 씨는 이랬던 게 아닐까, 아니 그럴 리 없잖아, 기미코 씨는 더—그런 두서없는 생각이 소용돌이쳤다. 그리고 거기에 기미코 씨의, 배고프지 않을까, 울고 있네, 같은 말이 빙글빙글 돌며 그 여름, 내가 열다섯 살이던 여름, 가득 채워주었던 냉장고가 눈앞에 떠올라 슬픔인지 안타까움인지 모를, 어찌할 수 없는 기분이 됐다.

"하나."

"응, 알아요, 기미코 씨는, 그렇죠. 그건 모모코 잘못이에요. 모모코가 데려왔으니까 기미코 씨는 그야 친구인가 보다 하죠. 목마르다니까 맥주 내준 거고. 그렇지만요, 다음부턴 누구 친구라고 해도 절대, 아무도 집에 들이면 안 돼요. 기미코 씨도 알고 있겠지만 이 집엔 남이 알면 안 되는 중요한 것이 있으니까요."

"알았어."

"기미코 씨는, 내 말 들어줄 거죠?"

"응, 들을 거야."

"기미코 씨는 청소가 특기고, 기미코 씨 덕분에 전부 잘되고 있어요."

"그런가? 나, 특기가 아무것도 없는데." 그렇게 말하고 기미코 씨는 웃었다.

그런 3주일쯤 전의 대화를 떠올리면서 계단을 올라가 2층으로 가자, 어둑한 방에서 기미코 씨가 벽장 앞에 무릎을 세우고 앉아 금고지기가 되어 있었다. 그날 이래, 집안 분위기가 바뀌고 늘 어렴풋한 긴장이 감도는 것을 기미코 씨 나름대로 느끼는 눈치였다. 지금까지처럼 누워서 텔레비전을 보는 일도 있었지만, 기미코 씨에게도 독자의 책임감이 싹텄는지 삭삭으로 청소한 뒤 몇 시간은 금고지기로서 보낼 생각인 모양이었다. 나는 옆에 몸을 내려놓고 말했다.

"기미코 씨, 비브 씨 알아요?"

"비브?"

"비비안 씨라고 있어요. 성은 모르고요. 우리가 하는 어택, 보스가 그 비브 씨라는 사람이에요. 기미코 씨랑 고토미 씨도 안다던데요. 옛날에 카지노에선가 같이 일했다고."

"비비안…. 누구지, 번뜻 기억이 안 나는데," 기미코 씨가 머리카락 속에 손을 넣어 긁으면서 고개를 갸웃했다. "일은, 영수가 하나 데려간 거지? 그럼, 나도 옛날에 어디선가 만난 사람인지도 모르지."

나는 비브 씨가 거의 명령하다시피 한 예의 새로운 일에 대해 들려주었다. 영수 씨도 관여한다는 것, 그리고 실은 고토미 씨에게도 부탁할 수밖에 없다는 것.

"그렇구나…. 저번에 만났을 때 고토미, 가게도 아저씨도 신물 난다고 했어. 웃으면서 말했지만. 그 새로운 일, 잘 되면 좋을 텐데."

고토미 씨를 끌어들이는 데 기미코 씨가 어떤 반응을 보일지 몰라 좀 두근두근했는데, 이전 같은, 그렇다, 아이카와 사건 때 보였던 그 무서운 눈빛을 짓는 일도 없이 넘어가서 안도했다. 그러자 긴장이 풀렸는지, 정신이 들고 보니 '회의' 때 모모코나 란 앞에서는 꺼내지 않는 이야기를 하고 있었다. 이를테면 이번 일로 말하자면 비브 씨는 지금까지와 달라질 게 아무것도 없다고 주장하지만 솔직히 마음이 무겁다는 것, 그래도 우리가 살아가기 위해 할 수 있는 일은 이것뿐이라는 것, 어택만 해도 비브 씨가 그런 파격적인 대우를 해준 것은 나를 위해서가 아니라 장차 무슨 일이 있어도 거절할 수 없게 하려는 밑밥이었는지도 모른다는 것—누구에게도 말할 수 없는 불안에 대해. 기미코 씨는 무릎을 세우고 앉은 채 잠자코 이야기를 들었고, 둘이 얘기한 것도 오랜만이라고 생각하고 있자니 기미코 씨 나름대로 정해 둔 금고지기 시간이 끝났는지, 시계를 보더니 벌떡 일어나 아래층으로 내려가버렸다.

밤, 영수 씨에게 전화해 사정을 말하자 그 자리에서—정말 2초도 뜸 들이지 않고 승낙해서 나는 무서워졌다. 아직 각자의 몫도 결정되지 않았는데 이런 기세인 걸로 보아 영수 씨도 정말 막다른 골목인지 모른다. 거기에 낮에 찻집에서 비브 씨가 보였던 초조한 모습이 떠올라 전화를 쥔 손에서 갑자기 힘이 빠졌다. 해가 바뀐 직후, 저 노도처럼 흘러가던 시기로부터 채 반년도 지나지 않았는데, 뭔지 풍경이 확 변해버린 느낌이었다. 고토미 씨에게는 영수 씨가 운을 떼보겠다고 해서 고맙다고 말하고 전화를 끊었다. 이틀 후 영수 씨에게서 전화가 왔다. 비브 씨와도 직접 얘기했는지, 스키머와 카메라 수령도 일정이 잡혔다고 했다. 그리하여 그다음 주 수요일 오후, 고토미 씨와 나와 기미코 씨와 영수 씨, 넷이 만나게 됐다.

　"계산대 언니, 최 씨라고 하는데 나하고도 아주 오래전부터 알아."

　고토미 씨는 천천히 담배 연기를 내뿜고, 퍼지는 연기보다 더 느리게 말을 이었다. "손자가 무려 셋인데, 이혼하고 돌아온 딸이 다른 남자 만들어 집 나가는 바람에 최 씨가 다 떠안았거든. 젊어서부터 고생했는데 여태 그러고 사네. 그래도 최 씨…. 말귀 밝고, 무척 좋은 사람."

　"이쪽도 당길 만큼 당길 생각인데, 비브가 아직 구체적인 금액을 제시 안 하네. 어쨌든 그 계산대 아줌마는 넣을 수 있겠어?"

　"응." 고토미 씨가 고개를 끄덕였다. "아마 할 거야."

"열쇠도 그 아줌마 것으로 가고?"

"글쎄… 만일에 대비해 여벌 하나 떠달래야지."

오케이, 하는 것처럼 고개를 끄덕이고 영수 씨는 맥주잔을 비웠다. 우리는 시부야역에서 조금 안으로 들어간 곳에 있는 작은 바에 있었다. 영수 씨가 옛날부터 아는 가게인 눈치로, 다른 손님은 없었다. 고토미 씨를 만나는 것은 얼마 만일까. '레몬'에 화재가 난 후 통화는 했지만 얼굴을 보는 건 무척 오랜만이니까, 어쩌면 1년 이상 됐는지도 모른다. 가뜩이나 가냘픈 고토미 씨는 그새 더 야위어, 어둑한 조명이 만든 그늘 속에서 전체적으로 한 뼘쯤 더 작아 보였다.

"번호 녹화랑 카드 정보 대조는 비브 쪽에서 할 거야. 도가시라고, 있어. 열쇠 입수하면 걔하고 내가 일요일 낮에라도 한 번 가게 점검하고 카메라 장소 잡아야지. 그저께 건물 답사 때 보니까 가게 입구엔 감시 카메라가 없고, 도가시 말로는 비상구 쪽에서 전파 잡힐 것 같다더라고."

"괜찮지 않겠어? 최근엔 청구서보다 카드로 마시는 사람이 많으니까." 고토미 씨가 웃었다. "그나저나 지금 와서 비브 이름을 듣게 될 줄이야. 후후, 살아 있었네, 하는 느낌? 뭐, 저쪽도 마찬가지겠지만."

"영수 씨, 비브 씨요, 상황이 안 좋아요?" 비브 씨보다 상황이 안 좋을 가능성이 있는 영수 씨에게 물어서 어쩌겠다는 건지 알 수 없지만, 나는 마음에 걸렸던 것을 솔직하게 물어보았다. "뭔지 무척 초조해하던데요."

"비브는 자릿세* 때문에 사면초가야. 야쿠자랑 얽힌 쪽에서도 닦달당하고. 거기다 야쿠자 쪽 말고도, 얼굴 안 보이는 젊은 애들이 사방에서 치고 올라와 구역이고 사람이고 싹 쓸어가서 '상납금'이 없는 거지. 동료도 일가도 뒤 봐주는 두목도 없으니, 저쪽이 별짓 다 해도 담판할 도리가 없어. 속수무책 당하는 판국이라 초조할 거다."

"그럼, 어떻게 되는데요?"

"이미 거스를 수 없는 대세야. 이번 시노기도 어차피 잠깐 연명하는 정도고, 빠르면 내년에라도 카드에 까다로운 시스템이 도입되니까. 그래도 매일 수입은 들어와야 하잖아. 그러니까 할 수밖에." 영수 씨가 손바닥으로 머리를 북북 문지르고 말했다. "아무튼 비브 말로는, 정보를 삼킨 스키머와 비밀번호가 찍힌 비디오는 세트로 아직 한국과 중국에서 고액이 되거든. 단가는 싸지만 말레이시아에도 제법 흘릴 수 있고. 영상 찍을 카메라는 나랑 도가시가 가게에 장치할 거야. 최 씨 아줌마가 스키머에 정보 모으고. 새 스키머는 도가시에게 들려 보내고. 하나, 가게 입구엔 감시 카메라가 없지만 건물 1층엔 달려 있으니까, 우린 뒤로 들어간다. 고토미 가게는 3층 '세라비'. 2층에 이발소가 있으니까 거기 가는 척 들어가서, 요일 정해서 아줌마한테서 스키머 받아오는 흐름이야. 아무려면 고토미가 가게에서 직접 받는

---

* 폭력단이 자신들의 세력권 내에 있는 영업장에서 보호료 명목으로 받아내는 돈.

건 위험하니까. 고토미, 이걸로 되겠어? 아줌마는 괜찮겠나?"

"계산은 최 씨 전담이니까. 부장도 사장도 여자애들도 술 먹고 손님 상대만 해. 매일 마지막에 가게 닫는 건 막내 스태프. 가게 여는 것도 그 막내랑 사무실에서 직접 오는 최 씨가 반반. 아마 문제없을 거야." 고토미 씨가 웃었다. "대신 최 씨한텐 제대로 사례해야 해. 얼마가 있어도 모자란 사람이니까."

"착수금으로 10만—하나, 10만 있어?"

"어, 있지만, 지금 수중엔 없는데요."

"지금 아니어도 돼. 처음 만날 때 착수금으로 건네고, 앞으로는 성과급으로 고토미가 매번 줄 거라고 말해놔, 손해 볼 일은 없을 거라고."

그 10만 엔은 장차 어떤 식으로 돌아오는지 돌아오지 않는지, 일순 여러 생각이 스쳤지만 지금은 그런 걸 따질 때가 아니고, 무엇보다 정말 이제 이거라도 잡아야 한다는 영수 씨의 기백이 심상치 않았다. 그러는 한편, 나는 고토미 씨의 눈빛이며 분위기가 어딘지 어둑한 것이 신경 쓰였다. 딱히 컨디션이 나빠 보이진 않지만 많이 야윈 것도 마음에 걸렸다. 이 절차를 논의하는 내내 기미코 씨는 한마디도 의견을 말하지 않고 모두의 맥주잔을 채웠다. 그러나 고토미 씨와 함께여서인지 몹시 편안해 보여서, 비록 일 얘기를 하는 자리라고는 해도 나 또한 오랜만에 다 같이 시간을 보내는 것이 기뻤다.

우리의 새 시노기—통칭 '세라비'는 내 걱정과는 달리 순항했다. 계산대 최 씨는 눈이 몹시 처진 것 말고는 특징이 없는 평범하고 수수한 아주머니로, 이웃에게 선물이라도 건네듯 편의점 봉지에 넣은 스키머를 내게 쥐여주었다.

고토미 씨 클럽은 상상했던 것보다 카드 결제 건수가 많아서, 일주일에 두 번 물건을 주고받는 리듬으로 계속됐다. 그것은 마치 한 줄로 서서 양동이 물을 나르는 것처럼 속 시원한 기세와 상쾌함마저 느껴지는 작업이었다. 혹은 이미 수취인이 적힌 엽서에 우표를 붙여 우체통에 넣기만 하면 되는 단순함이. ATM이나 어택에 따라다니던 긴장이나 피로가 거의 없었다. 아마 나 말고도 비브 씨를 비롯해 영수 씨, 그리고 그저 끌어들였을 뿐이나마 고토미 씨라는 책임자 비슷한 존재가 있기 때문일 테다. 나머지는, 현금을 만지지 않아도 된다는 점이 크지 싶었다. 물론 비브 씨에게서 우리 몫을 받거나 하는 일은 있지만, 현장에서 내가 다루는 것은 모르는 사람이 보면 정말 뭔지 모를, 손바닥만 한 검고 네모난 플라스틱뿐이었다.

세라비가 안정되자 비브 씨는 기분이 좋아져서 다시 유쾌한 얼굴을 보였다. 영수 씨도 손에 넣은 데이터로 이익을 최대한 얻을 수 있게끔 비브 씨 쪽과 한껏 밀고 당기는 눈치였다. 비브 씨는 예전처럼 나를 식사에 데려갔고, 매수는 줄었지만 어택용 카드를 건네주기도 했다. 다만, 지금까지는 반반이었던 몫이 2할로 떨어졌다. 카드의 안전성 일신을 앞두고 막판 수요가 늘어나서 단가가 올랐다는 얘기였다. 모모코와 란과 나는 이전처럼 어택에 나섰다. 그렇지만 무언가가 미묘하게 달랐다. 지금껏 두 사람이 보여줬던 패기라고 할까 끈덕지게 달려드는 맛이 없는데, 그렇다고 몸 컨디션이 나쁘거나 기운이 없는 것도 아니다—'회의' 시간도 아니건만 어째 서먹하다고 할까 거리를 두고 나를 대하는 것이 느껴졌다.

이유는 바로 밝혀졌다. 썩 고조되지 않았던 어택이 끝나고, 오랜만에 술이나 마시자는 분위기가 되어 거실에서 늘어져 있을 때 란과 모모코가 돈 얘기를 꺼낸 것이다.

'회의' 때는 내가 의장 같은 역할이고, 일상생활에서도 기본적으로 내가 야무지지 못한 두 사람 때문에 속을 끓인다고는 해도, 평소에는 같이 사는 친구니까 이런저런 대화가 적당히 오간다. 그날 밤은 란이 휴대전화 새 기종 이야기를, 모모코가 최근 본 만화 이야기를 하고, 나는 대충 흘려들었다. 그런 긴 서두 같은 수다 끝에, 란이 좀 머뭇거리는 표정으로 "우리가 모은 돈 말인데, 그거 앞으로 어떻게 되는 느낌일까?" 하고 물어온 것이다.

"그건 일 얘기니까, 회의 때 해야 하지 않아?" 돈에 대해 물을 줄은 생각도 못 했기에 나는 일순 뜨끔했지만, 냉정을 가장하고 말했다. "어택도 재개했고."

"전에는 얼마 모았다라든가 그런 얘기도 공유했잖아? 최근엔 그것도 없어지고 뭔지 회의만 하네."

그렇지? 하는 것처럼 란이 모모코를 쳐다봤다.

"그니까. 전부터 물어봐야지 했는데, 하나, 이제 '레몬'은 안 한다는 방향인 거지? 최근 얘기도 전혀 안 나오고."

"최근 얘기도 전혀 안 나와?" 나는 미간을 찡그렸다. "얘기도 안 나온다니, 그거, 너희야말로 둘 다 '레몬'은 전혀 신경도 안

써놓고. 그 말은 이상하지 않아?"

"아니, 우리 신경 쓰고 있었거든?" 모모코가 말했다. "중요한 결정은 뭐든 하나가 내리니까…. 우리가 할 수 있는 건 얼마 없고. 지금도 무한정 대기 상태고."

"어, 이 집 규칙 얘기야?" 나는 눈을 치떴다. "그렇게 누누이 얘기했으니 설마 알아들었겠지 했는데? 모모코, 네가 한 일 알고 있지? 우리를 얼마나 큰 위험에 노출시켰는지."

"아니… 지금 회의 아니고, 술도 마시는 김에 말 좀 하겠는데…. 한 번 실수한 걸 갖고 두고두고 뭐라 하는 거, 솔직히 피곤하거든." 모모코가 말했다. "네 말대로 내 생각이 안이했고, 미안했다고 생각해. 근데 몇 번이나 사과했고, 그것 말고는 딱히 크게 실수한 것도 없잖아? 어택은 네가 리더지만, 그래도 기본적으로 우리 평등한 거 아냐? 휴대전화 체크당하고, 행선지 적어내고, 너 열 받으면 위험하니까 네네, 하면서 시키는 대로 했는데, 좀 정상은 아니라고 생각하거든, 솔직히."

나는 생각도 못 했던 모모코의 주장에 동요해서 눈이 동그래졌다. 자신의 행동을 반성하고 심기일전, 집과 돈을 지키기 위해 내가 고안한 규칙을 받아들였던 게 아니었나. 그냥 네네 했다고? 열 받으면 위험해? 대체 애는 무슨 소릴 하는 걸까.

"아니, 잠깐…. 너 뭔가 착각하고 있는 거 아니야?" 나는 최대한 감정을 억누르고 말했다. "모모코, 너 파티 입장권 빚 내가 갚아줬다. 그거 충분히 큰 거 아니니? 네 동생이랑 그 패거리도 이 집 알거든? 이깟 집, 마음만 먹으면 현관문도 창문도 속공으로 돌파할 수 있어, 돈 상자 송두리째 들고 가면 어쩔 건데? 저쪽이 냄새 맡고 협박할 가능성도 있거든? 그러니까 신중하자는 얘기잖아."

"아니, 착각은 그쪽이 하셨지. 파티 입장권도 대체 몇 번을 우려먹어? 그니까 지금까지 모은 돈, 정산하자는 거잖아. 내 몫에서 50만 엔 제해도 남는 거 얼마냐고. 50만 엔쯤은 여유잖아? 이제 그만 셋이 공평하게 나누고 해산하면 될 일이잖아. 그럼 협박이니 강탈이니, 그런 걱정도 자동으로 없어지잖아, 해산하면."

"해산? 해산이 뭔데?"

"뭐긴? 각자 자기 돈 챙겨 제 갈 길 가면 된단 얘기지."

나는 침을 한 번 삼키고, 란을 쳐다봤다.

"란, 이거… 지금 얘가 한 말, 너도 같이 결정한 거야?"

"아니… 해산이라든가, 구체적인 말은 없었지만." 란은 나와 모모코를 번갈아 쳐다보면서 말했다. "뭐랄까— 슬슬 돈 얘기는 해야 되지 않나, 하는 건 있었지."

"이건 또 무슨 말이래?" 내 목소리가 희미하게 떨렸다. "돈 얘기? 슬슬 해야 되지 않나? 해산? 너희 무슨 소리냐, 그게? 해산? 그런 게 가능할 리 없을 텐데?"

모모코와 란이 내 얼굴을 쳐다봤다. 나는 어깨가 들썩일 정도로 숨을 크게 뱉고 뱃속에서 치밀어오르는 것을 애써 억눌렀다.

"내가 대체, 어떤 생각으로 여기까지 왔는지 알아? 거기다 뭐? 돈은 충분히 쌓였으니 이쯤에서 나눠 갖고 전부 없었던 일로 하자니, 모모코, 너 그런 얘기가 통할 줄 알았어?"

"그럼 묻겠는데." 모모코는 일순 주눅 든 것처럼 보였지만, 다시 태세를 가다듬고 나를 노려보았다. "우리도 일했잖아, 그건 어떻게 되는데?"

"급료 나갔을 텐데?"

"그게 총액 중 얼마냐, 그런 거 우린 여전히 모르거든. 이상하지 않아?"

"이상한 건 네 머리일걸."

"뭐? 이상한 건 아무리 생각해도 그쪽이거든? 아니 말투부터 이상하다니까." 모모코가 코웃음쳤다. "아무튼 지금 있는 금액 다 같이 똑똑히 확인하고 공평하게 나눠. 그리고 해산하면 되잖아."

"그러니까… 해산 같은 거, 무리래도?"

"왜? 어차피 '레몬'도 물 건너갔잖아. 그럼 굳이 같이 사는 의미가 뭔데? 없지 않아? 우리 언제까지 이거 계속하는데? 언제까지 이 집에 있는데? 언제 그만두는데?"

"모모코." 나는 모모코를 똑바로 보고 말했다. "너는, 네가 언제까지 살지, 언제 죽을지, 알아?"

"뭐?"

"너, 네가 몇 살까지 살지, 죽을 때까지 돈이 얼마나 필요할지, 아냐고. 네가 그걸 아냐고."

"와, 그 얘기가 지금 왜 나오는데? 전혀 관계없지 않아?"

"관계없지 않지. 너는 나한테 똑같은 거 물어보는 거거든. 언제까지 이거 계속할 거냐며? 그거랑 이거는 같은 거거든. 대답해봐, 모모코, 너, 네가 몇 살까지 살지, 죽을 때까지 돈이 얼마나 필요할지 아냐고, 말할 수 있냐고, 너 나한테 그거랑 똑같은 거 물어보는 거래도?"

"심각하네, 완전 의미불명." 모모코가 표정을 딱딱하게 굳히며 말했다.

"란." 나는 란을 보았다. "너는 내 말 무슨 뜻인지 알지? 내가 하는 말의 의미."

"나는." 란이 말했다. "알 것 같은 부분도 있어요."

"존댓말 좀 집어치울래?" 모모코가 쏘아붙였다. "알긴 뭘 안다는 거야, 이런 얘기! 뭐 진짜 니네 의미불명이 선 넘어서 무섭거든! 란, 우린 애 부하도 노예도 아니거든? 이상하다고 이런 거. 하나 애가 무슨 생각하는지 몰라도, 이제 다 끝이라고! 좌우지간 위층에 있는 돈 세자니까? 일단 그게 먼저야."

그렇게 말하고 모모코는 거실을 나가 계단을 뛰어올라갔다.

"어디 가는데!"

나는 부르짖으며 뒤쫓았다. 침실로 뛰어들어, 막 벽장 장지문을 열려는 모모코의 어깨를 뒤에서 움켜잡았다. 모모코는 균형을 잃으면서도 몸을 좌우로 붕붕 흔들어 나를 뿌리치려 했다.

"멋대로 손대지 마!"

"아팟! 그거 다 네 것 아니잖아!"

모모코의 기세에 밀려 손을 놔버린 나는 보기 좋게 방바닥에 엉덩방아를 찧고 말았다. 일대일로는 진다─충격이 미골에서 머리로 내달리는 것을 느끼면서 나는 순식간에 깨달았다. 모모코는 하반신이 튼실하고 체격이 투박해서 나보다 힘이 있다. 지금 여기서 돈 상자 쟁탈전이라도 됐다가는 내가 완패한다. 그리고 만일 모모코가 돈을 들고 밖으로 나가버리면 되찾을 수단이 없다. 이 돈은, 우리가 필사적으로 그러모은 이 돈은, 분명 골판지 상자 안에 존재하고는 있지만, 동시에 어디에도 존재하지 않는 돈이다.

"…모모코." 나는 엉덩방아를 찧은 채 숨을 고르고, 차분한 말투를 되찾고 말했다. "그래서, 거기 있는 돈 가져가려고?"

"뭐? 난 그냥 정산하려고…."

그렇게 말하면서도 모모코는 내 말 속에서, 자신이 여기서 돈을 전부 들고 도망칠 수도 있다는 가능성을 알아차렸는지 표정이 조금 바뀌었다.

"가져갈 거면 가져가" 내가 조용히 말했다. "그런데 모모코, 그러면 결국, 반드시, 무슨 일이 있어도 너는 궁지에 몰리게 돼. 네가 생각하는 이상으로 우린 이미 최악의 장소에 와 있어. 위험한 장소에 있다고. 우리가 썼던 카드, 그게 어떤 물건인지 조금이라도 생각해봤어? 그거 그냥 평범한 거 아니거든. 야쿠자라든가 어둠의 세계 같은 것에 칭칭 얽혀 있어서, 그런 장벽을 하나하나 걷어내지 않으면 안 될 돈이라고. 그러지 않으면 못 쓰는 돈이라고. 그래도 뭐 괜찮아, 네가 가져가겠다면. 하지만 그 돈은 아직 조직의 것이기도 하니까. 야쿠자라고. 너희가 상상하는 것보다 확실히 위험한, 무서운 세계라고. 두목은—이 세계에선 윗사람을 그렇게 부르는데, 나는 물론이고 모모코와 란,

너희가 어떤 인간인지 다 파악하고 있어. 여기 얼마 있는지도 훤히 안다고. 만일 네가 돈을 갖고 어딘가로 가려고 해도, 절대 끝까지 도망 못 가. 파티 입장권 독촉 같은 수준이 아니라고."

모모코는 어느새 2층으로 올라온 란과 나란히 얼굴을 딱딱하게 굳히고 나를 내려다보고 있었다.

"정산은 할 거야. 하지만 시간을 좀 달라는 얘기야. 이 집을 해산하자? 그래, 좋아, 그것도 시간이 필요하단 말."

한동안 침묵이 흐른 후, 모모코가 들어본 적 없는 낮은 목소리로 물었다.

"…돈은, 다 해서 지금 얼마 있는데?"

"2165만 9000엔."

내가 정직하게 대답했다. 둘이 숨을 삼켰다. 우리가 아침부터 저녁까지 일심불란하게 어택해서 번 돈이다.

"다 같이 어택 시작하기 전, 내가 개인적으로 번 돈도 거기 합쳤어. 전부 '레몬'을 위해서였으니까. 하지만 돈이 이렇다 저렇다가 아니라 현실적으로 '레몬'은 무리지. 그러니까 우리가 애써서 모든 돈을, 마지막에 모두가 납득하고 제대로 나눌 수 있도록 하자."

"그래, 그러는 게 좋아." 란이 짬을 두지 않고 동조했다. "싸워봤자 뭐 해, 응? 모모코."

"너희가 이제 어택을 관두겠다면 그래, 그러든지. 일단 여기까지인 걸로 하자. 두목이랑 담판 짓고 올 테니까 좀 기다려. 그래도 정산 끝날 때까지 규칙은 지키자. 해산할 때까지는 집 관

리, 느슨해지지 말고. 맞다, 다음 회의 때 말하려고 했는데, 노란
색 코너는 잘 닦는데 화장실하고 현관, 최근 게으름피우는 기미
더라. 노란색도 중요하지만 풍수적으로는 그 둘을 번쩍번쩍 닦
아둬야 한다고 누누이 얘기했잖아? 그리고 신발은 한 사람에
두 켤레까지로 지난번 회의 때 결정했는데, 누구 건지 몰라도
한 켤레 더 나와 있어. 뮬이니까 란 아니야? 아무튼 집 관리는
똑바로 해. 정산은 할 거니까."

　모모코와 란은 아무 말도 하지 않고 한동안 내 얼굴을 바라보
았다.

3

어지간히 익숙해졌을 법도 하건만, 긴자에 가는 날은 모든 것이 무겁다. 날이 아무리 맑아도 전철 안은 어둑하고, 내 발로 움직이는데도 눈가림을 당한 채 어디 멀고 낯선 장소에라도 끌려가는 기분이다. 밤의 긴자가 어떤지는 모르겠으나 한낮의 긴자는 살풍경하고, 곳곳이 지저분하고 사방에 쓰레기가 뒹굴어서 마치 거대한 찌꺼기 속을 걷는 듯했다.

'세라비' 플로어에서 늘 과장된 웃음을 지어 보이는 최 씨와 접촉하는 건 불과 몇 초였지만, 왠지 그것도 내 우울의 일부 아닌가 싶었다. 7월도 막바지로 접어들었는데 진짜 여름은 지금부터 시작이라니 어이없었다. 그러나 계절이 대체 무슨 상관일까. 상관없다. 계절 따위 나와 아무 관계도 없다.

그 뒤 란과 모모코는 내가 정한 규칙을 지켰고, 외출 빈도도 확연히 줄었다. 정산이니 해산이니 시건방진 소릴 할 땐 언제고, 거실에서 늘어져 텔레비전을 보며 시간을 보내는 건 여전했다. 그러나 방심은 금물이다. 나는 기미코 씨에게 지난번 우리 사이에 있었던 일을 들려주고, 절대 집을 비우지 말고 둘의 움직임을 감시하라고 일러두었다.

정산. 나는 정산에 대해 생각해야 했다. 현재 총액 2165만 9000엔. 이걸 머릿수 넷으로 나누고 자, 끝이다는 될 수 없을 테다. 그래서야 얘기가 이상하다. 나 혼자 번 돈도 들어 있고, 일에 대한 책임감과 중압감도 전혀 달랐다. 그러나 돈의 배분을 열심히 생각해도, 어째 꼭 생각해야 할 일을 생각한다는 손맛이 없었다. 그게 아닌 무언가를, 우리에 대한 별도의 무언가를 생각해야 한다는 사실이 나를 압박했지만, 어떻게 해야 그걸 생각할 수 있는지 알 수 없었다. 모모코에게 한 말은 거의 되는 대로 지껄인 얘기였다. 야쿠자도 어둠의 세계도 거짓말은 아니고 비브 씨가 그 바닥 사람임은 틀림없지만, 여태껏 몫은 확실히 떼어갔으니 지금 있는 돈은 전부 우리 것이다. 란과 모모코는 무얼 바라는 걸까. 집을 나가 대체 어디로 간다는 건지. 우리 집인데. 아니면 둘이 원하는 건 돈 자체일까. 아니면 돈을 버는 걸까. 돈이 있다, 돈을 쓴다, 돈을 번다, 이것들은 비슷하긴 해도 다른 일이건만.

돈을 원하는 건 좋다, 그러나 둘은 대체 돈의, 어떤 것을, 무엇을 원하는가? 그럼 나는? 내가 바라는 건 돈의 무엇인가. 아니 그게 아니다, 돈이 아니다, 집, 나는 집을—그런 두서없는 생각으로 이러지도 저러지도 못할 때면 늘 기미코 씨 얼굴이 눈앞에 나타났다. 때로 그것이 무겁고 어둡게 느껴졌다. 동시에 그것은 혼란한 생각 속에서도 분명한 사실 하나를 내게 상기시켰으니, 그렇다, 기미코 씨는 혼자 살아갈 수 없다—기미코 씨에게는, 내가 필요했다.

긴자에서 돌아오는 길, 환승하려고 시부야에서 내렸는데 전화가 울렸다. 고토미 씨였다. 전철 소음이 너무 커서 일단 지상으로 나와 내가 다시 걸었다. 마침 고토미 씨도 시부야라기에 20분 뒤 마크시티라는 건물에 있는 호텔의 카페 라운지에서 만나기로 했다.

"하나."

고토미 씨가 나를 발견하고 손을 들었다. 멀리서도 미인인 걸 한눈에 알 수 있는 고토미 씨에게 묘하게 가슴이 콩닥거려서 나는 빠른 걸음으로 실내를 가로질렀다. 그리고 고토미 씨와 마주 앉았다. 고토미 씨가 맥주를 마시고 있어서, 나도 같은 것을 주문했다.

"하나, 좋아 보인다."

"네, 고토미 씨도요."

"타이밍이 잘 맞았네. 기미코도 부르려고 전화했는데, 한동안은 집을 비울 수 없다네? 무슨 일 있었나."

"글쎄요…. 집에 가면 물어볼게요. 그래도 잘 지내고 있어요, 기미코 씨."

고토미 씨는 지난주부터 이 호텔에 묵고 있다는데, 애써 웃고 있지만 표정이 어딘가 그늘져서, 아이카와에게 또 뭔가 몹쓸 짓을 당하는 건 아닌지 걱정됐다. 고토미 씨는 '세라비' 이야기는 꺼내지 않고, 내게 최근의 집 소식을 듣고 싶어 했다. 뭐 여전해요, 복닥복닥 오순도순, 웃음이 끊이질 않아요. 역시 여럿이 사니까 재밌네요. 그러고는 '레몬' 얘기로 이어졌다.

처음 만났을 때 고토미 씨가 입고 있던 옷, 세상에 이런 예쁜 사람이 다 있다니 하고 탄복했던 것, 레몬에 올려주는 매상이 고액이라 놀랐던 것, 배웅할 때 본 검게 선팅한 대형 외제차가 꼭 찬란한 밤바다의 생물 같아서, 모모코가 집에 가져온 크리스찬 라센의 그림을 볼 때마다 지금도 떠올린다는 것을 차례차례 이야기했다. 나는 고토미 씨와 마주하고 시간을 보내는 것이 기뻐서, 그래도 조금 긴장한 탓에 여느 때의 갑절쯤 되는 페이스로 맥주를 콸콸 들이켰다. 손짓발짓하며 떠드는 나에게 고토미 씨는 즐거운 듯 웃어주었다.

그 가게에서 두 시간 남짓 보냈을까. 내가 몹시 취했다는 걸 자각했지만, 더할 나위 없이 기분 좋았다. 평소와 달리 고토미 씨도 꽤 마셨고, 그 결과 나와 비슷하게 취한 것도 이 시간을 즐겨준 것 같아서 기뻤다. 고토미 씨는 몇 년 사이 많이 야위었지만 여전히 눈도 잘 마주칠 수 없을 만큼 아름다웠다. 어디선가 피아노 음악이 들렸고, 여름 석양은 푸르스름한 시간을 엷게 펼치듯 천천히 밤을 향해 나아갔다. 어쩐지 파장 분위기가 되어 자리에서 일어났다.

그대로 헤어지나 했는데, 고토미 씨가 약국에 간다며 따라나섰다. 엘리베이터를 탈 때 고토미 씨가 비틀대서 내가 껴안았고, 완전히 취한 우리는 소리 내어 웃었다. 안약을 사겠다는 고

토미 씨를 내가 약국까지 따라가자, 이번에는 고토미 씨가 전철
역까지 나를 배웅하겠다고 나섰다. 나는 고토미 씨와 헤어지기
싫었고, 어쩌면 고토미 씨도 나와 헤어지기 싫은지 몰랐다. 서
로 몸을 붙인 채 웃으면서 인파를 헤치며 걷고 있으니 노래방이
눈에 들어왔다. 고토미 씨가 번쩍이는 거대한 전구를 가리키며
노래 부르고 가자고 말했다. 물론 대찬성이었다.

노래방에서도 맥주를 또 마셨다. 무슨 말을 하건 고토미 씨가
깔깔 웃어줬으므로 나는 으쓱해서 계속 떠들었다. 기미코 씨를
처음 만났던 여름날. 갑자기 사라져서 속이 탔던 것. 우연히 다
시 만났던 것. 영수 씨는 목소리가 그렇게 좋건만 어째 노래 한
번을 못 들어봤다는 것. 고토미 씨는, 그러는 하나 노래도 못 들
어봤는걸, 하고 웃었다. 나는 음치라고 적당히 둘러대고 맥주를
한 모금 삼키고, 고토미 씨, 한 곡 불러주세요, 하고 화제를 돌
렸다. 어쩌다 가라오케를 해도 마이크는 늘 모모코와 란 차지였
지, 고토미 씨 노래는 들은 적 없었다.

"노래는 진짜 못 하지만."

고토미 씨는 소파에 기대어 두툼한 노래책을 넘겨나갔다. 뭐
든 좋아요, 못 부르면 어때요, 아무거나 좋아하는 곡 불러봐요.
나는 신나서 떠들며 고토미 씨에게 바짝 붙어 노래책을 엿보았
다. 즐거웠다. 이렇게 웃고 떠드는 게 얼마 만일까. 더욱이 내가
정말 좋아하는 고토미 씨와. 지금 이 시간만은 다 잊고 즐겨도
될 것 같았다. 나는 맥주를 꿀꺽꿀꺽 마셨다. "하나, 잘 마시네."
고토미 씨가 웃고 그럼 이거, 하면서 곡 번호를 입력했다. 우리

는 활짝 웃으며 화면을 응시했다. 잠시 후 영롱한 느낌의 정겨운 전주가 흘러나오고, 고토미 씨가 마이크를 쥐고 일어나 장난스럽게 내게 인사했다. 그 모습이 어찌나 예쁜지, 나는 두 손으로 입을 틀어막고 말았다.

처음 듣는 고토미 씨의 노랫소리는 가늘지만 맑았다. 흘러나오는 가사 한 구절 한 구절, 멜로디 하나하나에 눈을 맞추고 고개를 끄덕이는 듯한, 그런 목소리였다. 나는 가사를 일일이 눈으로 좇으면서, 간주가 나오는 내내 고토미 씨의 옆얼굴을 뚫어져라 바라보았다. 고토미 씨의 뺨과 이마에 빗살 같은 미러볼 불빛이 쏟아졌고, 젖은 눈동자가 흔들릴 때마다 하얗고 작은 빛이 깜박였다.

시간은 무한히 이어져
끝날 생각도 않고
손에 닿는 우주는 한없이 맑아서
너를 감싸고 있었지

어른의 계단을 오르는 너는 아직 신데렐라
행복은 분명 누군가가
가져다주리라 믿고 있지
소녀였다고, 언젠가
그리워할 날이 올 거야

노래를 마친 고토미 씨가 쑥스러운지 예이, 하고 몸을 작게 비틀고 손뼉을 쳤다. 고토미 씨 목소리 때문인지 가사 때문인지, 여기 이렇게 둘이 있는 게 좋아선지, 아니면 그 전부 때문인지 몰라도 나는 거의 울고 싶어져서, 무슨 곡이냐고 간신히 물었다. "네, 이건 '추억이 가득'이라는 곡입니다아." 고토미 씨가 마이크에 대고 말하고 하나아, 하고 웃으며 내 이름을 부르고 두 팔을 뻗었다. 그때 고토미 씨 스커트가 펄럭여 드러난 허벅지에 검푸른 멍이 언뜻 보였다. 뭐가 잘못된 게 아닌가 싶게, 대체 어떻게 하면 저런 색깔이 되나 싶게 크고 섬뜩한 멍이었다. 고토미 씨가 재빨리 가렸지만 나는 숨을 삼켰다.

고토미 씨는 짐짓 장난을 치며 분위기를 바꾸려 했지만, 나는 좀처럼 호응할 수 없었다. 내가 침묵을 지키자, 고토미 씨가 "아까 그 노래는 내가 지금 하나 나이 때쯤 유행했어"라고 말하고, 젊었을 때 얘기를 띄엄띄엄 들려주었다. 나는 몹시 취해 있었다. 여러 생각과 장면이 빙글빙글 돌고 눈꺼풀이 뜨겁고 고토미 씨 목소리가 멀어졌다가 가까워졌다. 기미코 씨와는 말다툼 한번 한 적 없다는 것, 둘이 살던 시절의 이모저모, 유일하게 가봤던 바다. 고토미 씨는 잔잔히 말을 이었다.

"모두 옛날부터 사이좋았다면서요, 몇 년 전 영수 씨한테 들었어요."

"맞아, 영수는 동생 같은 데가 있어, 말도 없이 사라지거나 해서 걱정시키곤 했지만."

"지난번엔 저도 많이 걱정했어요."

"그지···. 그래도 늘 어김없이 돌아오니까."

잠시 침묵이 깔렸다. 다른 방들에서 흘러나오는 노랫소리가 에코와 하나가 되어 왕왕 울렸다.

"있죠 고토미 씨, 아저씨 말이에요, 아이카와라는 사람요, 그 사람 우리가 다 같이 어떻게 해봐요." 나는 맨정신으로는 할 수 없는 말을 입에 담았다. 조금 전에 봤던 섬뜩한 멍이 머릿속에서 떠나지 않았다. "네? 어떻게 해봐요, 고토미 씨, 이런 거 이상하다고요, 영수 씨도 있고 우리도 있고, 뭐든 할 수 있어요."

고토미 씨는 난처한 것처럼 미소 짓고, 맥주를 한 모금 마셨다.

"나 진심으로 하는 말이거든요." 아이카와를 향한 분노인지 억울함인지, 눈물이 가득 고였다. "이런 거 이상하다고요."

"고마워, 하나, 그렇지만 무리야." 고토미 씨는 웃었다. "무리라고."

"무리 아니에요. 영수 씨한테 들었겠지만, 지훈 씨도 찾았잖아요, 그거 모두가 포기하지 않았기 때문이에요, 다들 오래된 진짜 친구잖아요, 힘 모아서 열심히 하면, 못할 것도 없어요, 모두 고토미 씨 좋아하니까, 소중히 생각하니까, 그러니까."

"지훈?" 고토미 씨가 미소 지은 채 되물었다.

"지훈이라니."

"지훈 씨요, 지훈 씨 말이에요, 오사카에 있다면서요, 영수 씨가 봤다잖아요."

"아아― 그랬지." 고토미 씨는 웃음을 떠올린 채 몇 초쯤 나를 지그시 바라보고, 고개를 몇 번 끄덕였다. "그 얘기구나···. 나

아직, 자세히 듣지 못했어."

"그럼 영수 씨한테 제대로 들어봐요, 네? 다 같이 해봐요, 기미코 씨도 있잖아요, 나도 있고요, 그러니까 고토미 씨, 무리라는 말 하지 말고요, 무리 아니에요, 그런 말 하지 말라고요." 감정이 북받쳐 울면서 일방적으로 말을 쏟아내는 나를 고토미 씨가 안고 토닥였다.

"고토미 씨, 진짜요, 진짜."

"그러네, 하나 말이 맞아, 못할 것도 없지."

우리는 소파에 드러눕다시피 한 채 맥주를 마시며 수다를 떨었다. 고토미 씨랑 또 패밀리 레스토랑 가고 싶다, 또 다 같이 놀면 좋겠어요. 내가 말했다. 응, 좋지. 고토미 씨가 웃었다. 그러고는 기미코, 고마워, 하고 불쑥 말했다. 나 그 애가 좋아. 나도요, 나도 기미코 씨 좋아해요, 착하잖아요, 나한테 잘해줬어요, 그래서 이렇게 고토미 씨도 만났고요. 그러네. 응, 있지 하나. 왜요? 봐봐, 미러볼, 예쁘다. 아…. 정말, 예쁘네요.

가게를 나온 것은 밤 10시가 넘어서였다. 다음엔 기미코도 같이 만나자. 그렇게 말하고 고토미 씨가 내 손끝을 꼭 쥐었다 놓았다. 나는 역을 향해 걸으면서 몇 번이나 돌아보고 손을 흔들었다. 인파에 묻혀 보이지 않을 때까지, 고토미 씨도 자꾸자꾸 손을 흔들었다. 다음엔 다 함께. 그러나 그것이 내가 본 고토미 씨의 마지막 모습이 되었다.

고토미 씨가 불렀던 '추억이 가득'의 기억나는 가사와 멜로디를 취한 머릿속에서 몇 번이고 재생하면서, 버스에 흔들리며 집으로 돌아갔다. 상쾌한 여름 밤길을 고토미 씨를 생각하며 걸었다. 고토미 씨를 떠올리면 누구를 떠올릴 때와도 다른 불가해한 기분이 되었다. 처음부터 그랬다. 처음부터 슬프고 안타깝고 쓸쓸해 보였고, 만나지 않을 때도 소중하게 느껴지는 사람이었다. 어째선지는 모른다. 나는 고토미 씨가 행복하기를 바랐다. 행복이 무언지는 몰랐지만, 아무튼 행복하기를. 괜찮아, 영수 씨도 있고 기미코 씨도 있고, 지훈 씨도 찾았잖아, 일로 만나는 사이라지만 비브 씨도 한편이야. 모두 있는걸. 나는 감상에 흠뻑 젖어, 동료와 친구가 있다는 데, 그들의 존재 자체에 뭔지 무한정 감사하고 싶어졌다. 집. 우리 집. 지금은 다소 삐걱거리지만, 속 끓일 때도 화날 때도 있지만, 한 번 더 새로 시작할 수 있지 않을까. 뭐니 뭐니 해도 란과 모모코만큼 깊이 사귄 친구는 없다. 두 사람은, 내 친구다. 어떻게든 잘 의논해서, 반듯하게, 전부 좋은 방향으로—밤길을 비슬비슬 걸어 당도한 현관 앞에서 그 바람은 박살났다. 돈을 챙겨 도망치려는 모모코와 맞닥뜨린 것이다.

12장   파산

1

모모코는 커다란 배낭을 메고 한 손에 종이 가방을 들고 있었다. 일순 얘가 여기서 뭘 하나 했다. 이크, 하는 얼굴로 모모코가 부리나케 집 안으로 사라졌다가, 이내 얻어맞은 것처럼 되돌아와 나를 밀치고 현관을 돌파하려고 했다. 돈이다―그렇게 직감하기 전에 몸이 먼저 움직였다. 으르렁거리면서 무릎걸음으로 나가려는 모모코를 나는 필사적으로 저지했다. 침묵 속에서 몸싸움을 하면서 빈틈을 타 뒤로 돌아가 배낭 어깨끈을 힘껏 잡아당겼다. 모모코가 균형을 잃고 뒤로 넘어지면서 쿵 소리를 냈다. 귀틀 모서리에 머리를 찧은 것 같았다. 한동안 몸을 비틀고 있더니, 갑자기 짧게 부르짖고 종이 가방을 끌어안고는 방향을 틀어 집 안으로 기어가 계단을 오르기 시작했다.

"모모코!" 나도 뒤를 쫓았다. "너 뭐 하는 거얏!"

"아무것도 안 햇!"

"그 가방, 줘봐!"

"시끄럿!"

서로 팔을 붙잡은 채 침실로 뛰어들어, 종이 가방을 밀고 당겼다. 장지문에 부딪혀 발이 미끄러진 모모코가 기둥에 귀를 세게 박았다. 모모코가 비명을 지르며 손을 뗀 틈에 내가 가방을 낚아채 품에 안았다. 죽는시늉을 하며 몸을 웅크리는 모모코를 내려다보면서 씩씩거리고 있으니, 머리가 흠뻑 젖은 채 란이 쿵쾅쿵쾅 계단을 올라왔다. 그 뒤를 쫓듯, 한눈에도 자다 일어난 기미코 씨도 나타났다.

"뭐야, 둘이 뭐 하는 건데!" 란이, 귀를 누르고 있는 모모코에게 뛰어갔다. "찢어졌어! 피 난다고!."

"시끄러워, 기미코 씨! 모모코가 지금, 돈 갖고 도망가려고 했다고욧! 기미코 씨 뭐 하는 거예요, 감시하랬잖아욧!"

"미안, 깜박 잠들었어."

기미코 씨가 드물게 허둥대며 제자리에서 발을 구르고 빙그르르 한 바퀴 돌았다. 란이 "하나, 너무 했잖아!" 하고 새된 소리를 냈다. 란의 기세에 일순 주눅이 들 뻔했지만, 나는 종이 가방을 안은 팔에 힘을 주었다. 아닌 게 아니라 피는 나지만 병아리 눈물만큼이라 소란 떨 정도는 아니었다. 모모코가 돈을 챙겨 도망가려 했는데 란은 대체 누굴 걱정한담. 무슨 일이 벌어지고 있는지 알기나 할까. 나는 숨을 고르면서 종이 가방의 내용물을 확인했다. 정확한 액수는 알 수 없지만 수건에 감싸인 그것은 평소 내가 골판지 상자 속에서 헤아렸던 분량, 다시 말해 전액과 엇비슷했다. 이럴 수가. 이럴 수가. 그만큼 야쿠자다 어둠의 세계다 누누이 말했건만, 섣불리 욕심냈다가는 큰일 난다고 충고했건만, 모모코는 결행하려 한 것이다. 대체 뭘 어떻게 생각하면 이런 일이 가능할까.

"하나, 듣고 있어? 이런."

"시끄러워!" 꽥꽥 떠드는 란에게 내가 고함쳤다. "얘가 우리 돈 전부 들고 튀려다 걸렸대도? 그걸 막은 게 뭐가 나빠? 당연하잖아! 내가 그렇게, 내가 그렇게…"

방바닥에서 몸을 둥글게 말고 신음을 흘리는 모모코, 곁에 쭈그려 앉아 나를 차갑게 쏘아보는 란, 그리고 그 옆에 뻣뻣이 서 있는 기미코 씨를 보고 있으니 머릿속이 왕왕 울렸다. 나는 앞머리를 벅벅 긁었다. 뭐냐고, 이게, 대체 무슨 일이냐고. 고토미 씨를 떠올리고, 친구들을 떠올리고, 마음이 한껏 몽글몽글해졌던 조금 전의 그건 뭐였냐고. 머릿속의 왕왕과 포개지듯 심장이 쿵쿵거렸고, 나는 애써 머리를 세차게 흔들고 소리쳤다.

"모모코! 너 내가, 이 돈은 들고 도망칠 수 없다고 했잖아, 말귀 못 알아들어?"

"뭐어어? 그 말을 대체 누가 믿는데? 야쿠잔지 뭔지 빤한 거짓말인 거 코흘리개도 알거든? 이런 초라한 팀 상대로 뒷골목 세계가 쫓아온다? 누구 바보로 알아? 네가 맨날 써먹는 협박인 거 진작에 들통났거든!" 모모코는 귀를 누른 채 소리질렀다. "네가 돈 독차지할 속셈인 것도 다 들켰어! 그런 짓 하게 놔두지 않아, 일한 만큼은 받아야지, 내 돈은 내가 챙긴다고!"

"되지도 않는 억지 적당히 부려라, 내가 그런 짓을 왜 해! 이

건 다 같이 모은 모두의 돈이고, 그런 거—"

"됐어, 아무 말 대잔치는 그만해, 됐으니까 내 몫 내놓으라고!"

"모모코 너, 너는, 돈이 그렇게 중요하냣!"

"뭐래, 누가 할 소린데!"

"나는, 돈이 아니야— 아니 돈 맞는데, 그래도 그런 말이 아니야, 나는."

"웃기지 마셔, 네가 해온 짓을 한번 돌아보라고! 맘대로 우릴 지배해서 저한테 유리하게 부려먹어놓고! 우리 이용해서 실컷 돈 번 주제에! 지금 와서 무슨 소릴 하는 건데!"

나는 말문이 막혔다.

"…진짜 너랑 똑같이 취급하지 말아줄래?" 모모코가 숨을 크게 내뱉고 나를 노려보았다. "우릴 돈으로 칭칭 얽어매서 꼼짝 못하게 하고, 그러면서 뭐 친구? 야, 너 착각하고 있거든?"

"…뭘 착각해 내가? 너희야말로 갈 곳도 없고 돈도 없고, 내가 필사적으로 일거리 찾아와서 그걸로 생활했잖아, 대체 내가 누굴 위해서—"

"아무도 너한테 부탁 안 했거든!" 모모코가 부르짖었다. "혹시 너, 모두를 위해서였다 같은 생각하나 본데, 아니거든 그거. 완전, 전혀, 말짱 틀린 거거든? 전부 너 혼자, 네 맘대로 결정하고 네 맘대로 시작한 일이라고. 이만하면, 내가 너라면, 착착 각자 몫 나눠서 해산하고 깨끗하게 끝낸다, 너도 그러면 되잖아, 왜 그걸 안 하냐고."

나는 잠자코 있었다.

"하하, 안 하는 게 아니라 못 하는 거지. 왜 못 하는지, 알려줘?" 모모코가 뜸을 들였다. "돈 문제도 있지만 기본, 네가 혼자서는 살아갈 수 없는 인간이라서야. 너는 혼자서는 아무것도 아니고, 그래서 돈으로 남을 지배해서 옆에 붙들어 앉혀놓으려는 거야. 이제 적당히 좀 하고 자신의 심각성을 깨닫는 게 어떠니?"

"내가." 나는 침을 한 번 삼키고 말했다. "혼자서는 살아갈 수 없다니, 무슨 뜻인데?"

"말 그대론데?"

"웃기지 마. 혼자서 살아갈 수 없는 게 누군데? 모모코, 너 내가 지금껏 뭘 어떻게 해왔는지 알기나 해? 세상 물정 모르고 부모 돈, 할머니 돈 갚아먹으면서, 얼굴 예쁜 동생한테 열등감 작렬해서 불평불만 늘어놓는 네가 등 따숩게, 태평하게 놀며 지낼 때, 나는 악바리처럼 일했어, 매번 한계 직전까지. 이 집도 내가 찾았고, 써먹을 데라고는 없는 너희를 위해 일도 내가 물어왔어. 그 덕에 생활해놓고 무슨 소릴 하는 거야? 내 맘대로 시작한 일? 다시 말하는데, 웃기지 마, 이때다 하고 공짜로 남의 등에 업혀 지낸 건 어디 사는 누군데? 혼자서는 살아갈 수 없는 건 그쪽일걸? 잘난 척하지 마."

"하하, 네가 웃긴 건 바로 그런 점이거든." 모모코가 나를 쓱 훑어봤다. "혼자만 고생한 척하는 거. 야, 사람은 어떤 식으로든 각자 고생이 있는 법이야. 그런 간단한 사실도 모를 거면 넌 대체 뭘 위해서 이날 이때껏 고생했니? 의미 없지 않아? 너 훈장처럼 달고 다니는 그 고생이 서운해서 울겠다, 네네네, 네에, 부모님에게 빈대 붙어서 죄송했어요, 미인 동생 콤플렉스가 있어서 미안하네요. 그래도 너는 미안하단 말보다 이런 말이 듣고 싶지? 하나는 정말 굉장해애,라는 말. 야무지고 싹싹하고 위기를 기회로 바꿀 줄 아는, 언제나 열심히 하고 결과를 남기는, 굉장한 사람이라는 말."

목이 메고 뺨이 뜨거워졌다.

"얼마든지 말해줄게, 너만큼 고생한 사람이 어디 있겠어, 굉장하잖아, 너에 비하면 우린 죄다 흐리멍덩한 얼간이에 온실에서 자란 화초라 죄송해요오. 아하하하핫, 근데 있지, 넌 사실은 딱히 굉장한 것도 뭣도 아니거든? 넌 그냥 지지리 운 없는 인간, 그냥 불쌍한 인간, 풍수네 점술이네 하는 것밖에 매달릴 게 없는, 그런 인간. 알겠어? 친구입네 하면서 지배하고, 다 쓰러져가는 집에서 카드 사기로 더러운 돈 끌어모아 사는, 그러다 이러지도 저러지도 못하게 된 최종학력 중졸의 별 볼일 없는 물장사, 남을 위해 열심히 하는 척하면서 실은 자기만족만 찾는 인간, 아시겠어요? 으스댈 수 있는 누군가, 지배할 수 있는 누군가가 없으면 살아가지 못하는, 너는 그런 인간이야, 그거 잊지 마시라고."

시야의 일부가 타닥타닥 깜박이고 몸이 휘청하면서, 다음 순간 내가 모모코에게 달려들었다. 그만둬! 란이 외치며 끼어들어 제지할 때, 웬 괴이한 고함이 들려서—셋이 뒤엉킨 채 소리 나는 쪽을 돌아보았다.

기미코 씨였다. 기미코 씨가 어느새 벽에 세워뒀던 크리스찬 라센 그림을 양손으로 쥐고 머리 위로 치켜들고 있었고, 다음 순간 벽장 장지문에 그것을 힘껏 내리꽂았다. 대량의 장지문 문살이 우두둑 소리를 내며 부러졌고, 우리는 움찔했다. 기미코 씨는 라센을 되뽑아 번쩍 쳐들어 또 세차게 내리치기를 반복하며 장지문을 파괴해갔다. 우리는 미동도 하지 않은 채, 탁한 황금색 액자 속 라센의 반짝이는 푸른 바다가 사정없이 장지문에 내리꽂히는 광경을 바라보았다. 그것은 무언가의 발작 같기도 했고, 뚜렷한 의지가 개입한 행동 같기도 했다. 사태를 잘 이해할 수 없었다. 나는 아연한 와중에도 기미코 씨를 말리려고, 아무튼 진정시키려고 뒤에서 겨드랑이 밑에 양손을 넣어 꽉 안았다. 치켜든 라센의 액자가 몇 번 내 머리를 때렸지만 어찌어찌 버티는 틈을 타 모모코가 돌진해 와서, 옆구리에 끼고 있던 종이 가방을 떨어뜨리고 말았다.

　가방을 움켜쥐고 뛰어나가는 모모코의 티셔츠 자락을 아슬아슬하게 붙잡은 채 나는 복도로 끌려가다시피 나갔고, 란이 합세하고, 덩달아 기미코 씨까지 나와서 아야, 아팟, 둘 다 그만두래도, 어딜 도망가, 이거 놔, 고함이 난무하는 가운데 계단 앞 손바닥만 한 공간에서 넷이 몸싸움을 벌였다. 누가 누구를 붙들고 있는지, 찍어누르는지, 잡아당기는지, 여하간 닥치는 대로 여기저기를 움켜잡고서 엎치락뒤치락했다. 모모코를 놓치면 안 된다, 밖으로 내보내선 안 된다, 어떻게든 방으로 다시 끌고 가야 한다, 그리고 돈 가방을 되찾아야 한다. 손발을 쉴 새 없이 움직이며 꽥꽥거리는 란의 목소리, 입을 앙다물고 모모코를 놔주지 않으려고 필사적인 기미코 씨의 우툴두툴한 뺨, 여러 가지에 담긴 모든 힘이 최고조에 달한 때, 문득 무언가가 느린 영상으로 변하고—다음 순간, 모모코가 계단으로 떨어지는 것이 보였다. 얼굴을 이쪽으로 향한 모모코는 일순 붕 떠오르더니, 두 팔을 앞으로 뻗은 채, 계단을 굴러 내려간다기보다 말 그대로 낙하하는 느낌이었고, 정신이 들고 보니 몸을 이상한 각도로 틀고 계단 밑에 널브러져 있었다. 우리는 숨을 삼킨 채 그 광경을 내려다보았다. 잠시 후 누가 먼저랄 것 없이 한 명씩 계단을 내려가, 쓰러진 몸뚱이를 건너뛰어 에워싸고 모모코, 모모코, 하고 외쳤다. 몇 초 후, 모모코가 얼굴을 한껏 찡그리고 신음을 내며 고개를 흔들었다. 그러고는 발, 발이 심각해,라면서 눈물이 가득 괸 눈으로 나를 노려보았다.

"니네, 단체로 머리 이상해." 모모코가 발목을 누르면서 말했다. "아니, 나 이제 이거 부모님한테 말할래, 전부 이상해."

"부모님?"

"그래, 엄마한테 다 말할 거야, 경찰에도 말하고."

"경찰?" 묘하게 침착성 없는 목소리가 튀어나와 나는 침을 삼켰다.

"그래, 난 말려들어서 한 거거든? 명령 받고 했을 뿐이라고. 좋잖아, 숨김없이 솔직하게 다 털어놓으면 경찰이 판단하겠지. 돈? 됐다 그래, 이제 그따위 것 필요 없어, 니네 전원 머리 이상하다고. 나 진짜 발 너무 아프거든? 사실을 다 얘기할 거야."

"그런 거, 무리야."

"무리 아니거든, 죄다 말할 거라고."

"근데, 그러면." 숨을 뱉으면서 말했다. "넌 지금부터 어쩔 건데?"

"너랑 똑같이 취급하지 말아줄래? 그야 집에 가야지, 엄마한 테 말할 거야, 의논한다고, 불안한 건 너잖아, 너야말로 뭐 해서 살아갈 건데? 장래 있어? 없을걸. 미래? 그런 거 완전 없을걸. 그보다 전부터 궁금했는데 기미코 씨는 대체 뭐야? 전체적으로 뭐 좀 으스스하지 않아? 위험하다 위험하다 생각은 했지만, 느 닷없이 발작하는 거 보니까 진짠데? 하나부터 열까지 맛이 갔다고. 아니, 그보다 내 발 심각하네? 겁나 욱신욱신해. 이거 병 원행이거든. 어떻게 할 건데?" 모모코는 눈을 부라리며 따졌다. "아아아, 맞다, 집에 가면 이거 야옹이 오빠한테 얘기해야지. 하 나도 빼지 말고 기사로 써달래야겠다. 풀 버전으로. 아니지, 그 냥 이따 바로 전화하지 뭐, 야옹이 오빠, 이런 거 딱 취향 저격이 거든? 꽤 시끄러워질걸? 10대가 카드 사기로 ATM에서 돈 쓸어 담았다? 원조교제 같은 거랑은 상대도 안 되는 얘기잖아―알았 으면 비켜줄래? 나 집에 가게."

나는 눈을 부릅뜨고 모모코를 응시했다. 애는 어디까지 진심 일까. 무슨 작전이라도 되는지, 뒤에 누가 있는지, 아무렇게나 지껄이는 말인지, 아니면 전부 진지한지. 모르겠다, 알고 싶지 도 않다―긴장을 늦추면 비명이 나오든지 주저앉든지 할 것 같 았다. 어떡한다, 무슨 말을 하면 좋을까. 생각해, 생각하라고, 지 금 이 상황에서 뭘 알고 있는지, 뭐가 올바른지 정리를 하라고,

그렇다, 알고 있는 것이 최소한 하나는 있다, 모모코가 하는 말이 사실이건 허세건, 얘를 집 밖으로 내보내서는 안 된다는 것. 그것만은 무슨 일이 있어도 저지해야 한다, 그것만은 지금 반드시 해야 할 일이다, 그렇다면 알고 있는 일을 너는 하라고, 해야 할 일을 하란 말이야—.

"기미코 씨, 모모코 잘 보고 있어요, 란, 잠깐 나 좀 봐."

"뭔데, 방해하시겠다? 그런 짓 하면—"

"됐으니까 거기 가만있어, 기미코 씨, 잘 감시해요."

나는 반쯤 울고 있는 란을 부엌으로 데려가, 걱정할 것 없다고 진정시켰다.

"하나, 어떡해, 응? 우리 잡혀가?"

"안 잡혀가, 괜찮아."

"돈 같은 거, 이제 됐어, 그만하자."

"그럼 붙들려, 그건 아니야."

"그럼 어떡하는데?"

"모모코가 생각을 바꾸게 해야지. 쟤 지금 흥분해서 저러니까, 냉정 되찾고 돈 공평하게 나눈다고 하면 받아들일 거야."

"그래도 쟤 이제 집에 가겠다잖아. 어떡해?" 란은 울고 있었다.

"어떡하긴. 눌러앉혀야지, 말귀 알아들을 때까지. 란, 이건 우리의 전부가 걸려 있어. 정신 똑바로 차려. 괜찮아, 내 말 잘 듣고 그대로 해."

돌아오니, 기미코 씨 감시하에서 모모코는 발목이 아프네, 부러졌는지도 모르네 하며 얼굴을 찡그리고 있었다. 이마에 진땀이 배어 있었지만, 염좌인지 골절인지는 판단할 길이 없었다. 큰소리로 떠드는 모모코의 몸을 기미코 씨와 란에게 누르게 하고, 현관에 굴러다니던 짐과 휴대전화를 압수했다. 모모코는 더욱 소란을 떨면서 지금부터 2층에서 다 같이 회의하자고 해도 듣지 않았다. 한밤중이었다. 수상하게 생각하고 누가 신고라도 하면. 초조해진 나는 기미코 씨에게 테이프를 가져오게 해, 진정될 때까지 좀 조용히 있으라며 모모코의 입에 붙였다. 그러고는 셋이 팔을 붙들고 양 옆구리를 안아, 20분쯤 들여 간신히 2층으로 데려가 마루방 안쪽에 앉혔다. 기미코 씨가 내내 뒤에서 팔을 붙들고 있었지만, 모모코가 테이프를 떼려고 날뛰어서 어쩔 수 없이 나일론 끈을 가져다 손목을 단단히 묶었다.

모모코는 눈에 핏발을 세우고 테이프 밑에서 끙끙거리고 상반신을 흔들어댔다. 착착 지시를 내리고 행동하는 한편으로 머릿속은 새하얘져서, 나도 내가 무슨 짓을 하고 있는지, 몇 초 후에는 무슨 일을 해야 하는지 도무지 알지 못한 채, 후들거리는 손을 필사적으로 틀어쥐었다. 내가 시킨 일이건만, 입에 테이프가 붙고 팔을 묶여 눈물 흘리는 모모코의 모습이 무서웠다.

나는 심호흡을 몇 번 해 마음을 진정시키고 모모코 앞에 무릎 꿇고 앉아, 최대한 냉정한 말투로 설득했다. 경찰 운운은 접어두고, 원만한 마무리를 위해 의논하자. 모모코는 전혀 듣지 않았고, 다치지 않은 발을 마구 버둥거리다가 내 턱을 세차게 가격하고 말았다. 억, 하고 외마디 소리를 지르며 나는 뒤로 나동

그러졌다. 내가 걷어차인 줄 알았는지 기미코 씨가 달려와— 대뜸 모모코의 뺨을 후려쳤다. 안 돼요, 기미코 씨잇! 나와 란이 놀라서 기미코 씨 손을 누르고, 방금 그건 어쩌다 닿았을 뿐이지 결코 고의가 아니라고 모모코에게 사과했다. 모모코는 눈물을 뚝뚝 흘리며 몸을 이리저리 비틀었다. 어떡해야 할지 알 수 없었다. 모모코의 발목은 아까보다 더 부은 것 같았다. 어쩌면 진짜 뼈가 부러졌는지도 모른다. 어떻게 해야 할까. 대체, 이걸 어쩐다.

노란색 코너의 탁상시계가 새벽 3시 반을 가리키고 있었다. 모모코를 2층 마루방으로 데려온 지 몇 시간이 흘렀다—그 뒤 모모코가 자꾸 방을 기어나가려 해서, 별수 없이 종아리와 무릎을 테이프로 칭칭 감았다. 그리고 정중하게 설명했다. 저 돈의 4분의 1을 주겠다, 대신 경찰에 가지 않고 아무에게도 발설하지 않겠다고 맹세하기 전엔 풀어줄 수 없다. 모모코는 끝내 고개를 끄덕이지 않았다. 한참 동안 서로 바라보기만 하다가 모모코가 몸을 털썩 옆으로 쓰러뜨리고 눈을 감았다.

냉장고에 파스가 있었던 것이 떠올라, 모모코의 부은 발에 붙였다. 또 걷어차일까 봐 걱정했는데 모모코는 얌전했고, 이윽고 잠든 것 같았다.

거실로 내려온 우리는 아무 말도 하지 않았다. 란은 무릎을 세우고 앉아 얼굴을 묻은 채 꼼짝하지 않았고, 기미코 씨는 멍하니 한 곳만 바라보았다. 아까 왜 라센의 그림으로 장지문을 박살냈는지 물어보려다 말았다. 나도 기력이 없었다. 벽의 얼룩얼룩한 노란색이 눈 속에서 짙어졌다 옅어졌다 했다. 이제 어쩐다. 모모 코도 화장실은 가야 하고, 물도 음식도 먹어야 한다. 경찰서에 가서 카드 건을 죄다 까밝히겠다고 선언한 저 애를 상대로 대체 무슨 짓을 하고 있는지, 이 모든 상황이 믿기지 않았다.

란과 기미코 씨는 고타쓰에 엎어져 잠들었고, 나는 결국 뜬눈으로 아침을 맞았다. 물을 한 컵 따라서 2층으로 올라가자, 모모코가 깨어 있어서 눈이 마주쳤다. 큰 소리 내지 않고 얘기할 수 있느냐고 묻자, 내 얼굴을 잠시 노려본 뒤 작게 고개를 끄덕였다.

입에 붙인 테이프를 떼자, 모모코는 숨을 크게 뱉고 화장실, 이라고 짧게 말했다. 종아리의 테이프를 떼어 세우고, 가위를 가져와 손목의 끈도 잘랐다. 발목이 붓고 발을 끌긴 했지만 골절까지는 아닌 듯했다. 통증 탓인지는 모르지만 적어도 현재로서는 모모코에게도 도망갈 생각은 없어 보였다. 모모코는 얌전히 방으로 돌아와, 시간을 들여 천천히 물을 마셨다.

"…모모코, 너 별별 소리 다 했지만, 사실은 너도 알 거야. 만일 전부 까발리면 너도 무사할 수 없다는 거. 파티 입장권 대금도 여기서 갖다 썼고, 다달이 급료 명목으로 받아간 것도 있고, 너도 신났었잖아? 내가 억지로 시켰다는 말은 안 통해. 그건 알지? 나한테도 할 말 있거든. 게다가 너는 집에 돌아가겠다고 했지만, 너한테도 집 같은 건 없어. 있으면 왜 여기서 살았는데?"

모모코는 아무 말도 하지 않았다.

"500만 엔. 정확히 계산해봐야 알겠지만, 대충 나누면 네 몫은 얼추 그 정도야. 전에도 말했잖아, 두목한테 보고해서 허락도 얻어야 하고, 너희 둘이 빠지겠다면 앞으로 어떻게 할지도 생각해야 해. 이제 아무것도 안 해도 되니까 아무튼 얘기가 마무리될 때까지, 란과 기미코 씨랑 같이 당분간 이대로 여기 있어. 오늘도 난 일 나가야 해. 책임이 있다고. 그만 관둘래요, 하면 아, 그러신가로 끝이 아니라고, 일이니까. 돈이지만, 돈만이 아니라고, 여러 사람이 걸려 있다고. 저 혼자 기분으로는 이미 어떻게도 안 돼. 나도 모르겠지만, 이미."

모모코는 나를 한참 노려본 뒤, 한숨을 뱉고 눈을 돌렸다. 그것이 내 제안을 받아들였다는 의미인지 어떤지는 알 수 없었지만, 이윽고 발을 끌면서 침실로 가서, 요를 펼치고 눕더니 이불을 뒤집어썼다.

"미안하지만 휴대전화는 내가 맡아둔다. 그리고 집 밖으로 나가지 마. 기미코 씨와 란에게 지키라고 할 거야. 정산할 때까진 참아."

모모코는 등을 돌린 채 대답하지 않았다.

그로부터 우리는 기묘한 몇 주간을 보냈다.

말이 그렇지 24시간 내내 감시할 수 있는 것도 아니고, 도망치려고 들면 얼마든지 가능한 상황인데, 모모코는 집에 머물렀다. 경찰에 신고하는 것이 현실적인 해결책이 아님을 깨달았거니와 역시 돈이 아깝기도 했으리라. 서로 필요 최소한의 얘기만 했고, 우리 사이에 남은 것은 내가 정한 이 집의 규칙뿐인 듯했다. 모든 것에 지쳐 있었다. 세라비 건은 컨디션이 좋지 않아 두 번 연달아 쉰 이래 연락이 오지 않았다. 나를 빼고 돌아가는 중

일 수도 있지만, 모를 일이다. 각자 몫은 어떻게 되는지, 앞으로는 어떻게 해야 하는지. 불안했지만 내가 먼저 물을 기분도 아니었다.

아무튼 피곤했다. 그렇지만 집세와 광열비를 내고, 모모코와 란과 기미코 씨에게 급료를 줘야 한다. 내가 해야 할 일이다. 수중의 돈에서 야금야금 허물기를 모모코는 원치 않으리라. 모모코는, 그리고 짐작건대 란도 정산과 해산을 원한다. 기다리다 지쳐 또 그날 밤 같은 일이라도 터진다면. 생각만 해도 토할 것 같았다. 전부 최악이었다.

어느덧 8월이었다. 날은 지독히 더웠고, 무차별하게 쏟아지는 한낮의 볕에서는 노여움마저 느껴졌다. 모모코는 마루방에 틀어박혔고, 란과 기미코 씨는 거실에서 텔레비전을 멍하니 보고 있었다. 나는 부서진 장지문을 열어 돈을 확인하고, 그다음엔 카드 묶음을 집어 들었다. 고무줄로 묶은 몇 다발의 위조 신용카드와 현금카드가 상자 속에 놓여 있었다. 그것들을 꺼내 방바닥에 차곡차곡 쌓았다. 비브 씨가 맡긴 것과 우리가 사용한 것이 뒤섞여 매수가 상당했다. 종이 가방에서 돈을 전부 꺼내 카드 더미 옆에 똑같이 쌓아보았다. 2165만 9000엔—그것은 돈이라고 생각하지 않으면 그저 종이 다발이었고, 그렇지만 역시 돈이었고, 그럼에도 아무리 봐도 두 손으로 움켜쥐려 들면 움켜쥘 수 있을 크기밖에 되지 않는, 그저 물건이기도 했다. 내가 대체 무엇을 보고 있는지 알 수 없었다. 그러나 나는, 우리는, 지난 몇 년을 들여 눈앞의 이것을 끌어모으고자 필사적이었다.

우리는 무엇을 끌어모았던가. 돈이다. 돈을 모았다. 누군가가 원하는 물건으로 재빨리 모양을 바꾸는 것. 자기 자신과 소중한 사람을 지키고 충족시키며, 시간과 가능성 그 자체가 되는 것. 미래, 안심, 강함, 두려움, 힘―지금까지 돈을 손에 쥘 때마다 생각했던 여러 가지가, 이렇게 한 덩어리가 된 돈을 바라보면서 머릿속에 떠오르는 어휘 전부가 진실인 것 같기도 하고, 전부가 거짓인 것 같기도 하다. 모르겠다. 내가 지금 바라보는 이것이 대체 무언지.

벽장 앞에서 그런 생각을 하는데 전화가 울렸다.

영수 씨였지만 받을 기분이 아니라 그냥 두었다. 아래층으로 내려가니 기미코 씨와 란이 머리를 서로 반대로 두고 낮잠을 자고 있었다. 그것은 잠들었어도 전혀 잠든 게 아닌, 내게도 기억이 있는 괴로운 낮잠인 듯했다. 할 일도 갈 곳도 없는 사람이 하릴없이 의식을 중단시키기 위한 낮잠. 나는 숄더백에 전화를 넣고 밖으로 나왔다.

산자역이 보이기 시작할 즈음 영수 씨에게 전화를 걸었다. 신호음도 가기 전에 전화를 받은 영수 씨가, 바로 다른 전화로 다시 걸겠다고 말했다.

"하나. 비브가 잠수 탔다."

일순 햇볕이 모든 소음을 삼킨 것처럼 주위가 조용해졌다.

"하나, 듣고 있어? 비브가 잠수 탔다고."

거리의 소음이 되돌아왔다.

"비브 씨가."

"사방에서 있는 대로 돈 끌어가고, 뒷갈망은 이쪽—제일 큰 게 스키머 고객 선불. 지금 아는 것만 얼추 800만 엔. 다 챙겨서 튀었어."

나는 몇 번 눈을 깜박였다.

"이봐, 하나, 듣고 있어?"

"듣고 있어요."

"하나, 혹시라도 비브한테 전화 오면 모르는 체하고 뭐든 좋으니까 얘기 끌어내. 이 번호는 알려준 사람이 거의 없으니까, 평소 쓰던 전화가 연결 안 되면 이쪽으로 전화하고. 모르는 번호는 받지 마. 나중에 걸게."

그렇게 말하고 영수 씨는 전화를 끊었다.

나는 휴대전화를 손에 든 채 한동안 길 한복판에 뻣뻣이 서 있었다. 이마에서 관자놀이, 등과 허리와 겨드랑이 밑을 흘러가는 땀 소리가 들릴 것 같았다. 갑자기 뒤에서 클랙슨이 울려서 비틀거렸고, 이내 자동차가 맹렬한 기세로 달려 사라졌다. 나는 그 뒤를 쫓는 것처럼 열기를 헤치고 걸어갔다.

비브 씨. 비브 씨가 잠수를 탔다. 사라졌다. 잠수 탄다는 것은 사라진다는 것, 그러나 대체 어디로 간단 말인가? 그야 아무도 쫓아올 수 없는 곳으로. 비브 씨의 목소리가 그렇게 말하는 것 같았지만, 아니다, 그것은 고토미 씨가 한 말이었다. 오래전, 처음 만났던 밤, 고토미 씨가 해준 말이다. 고깃집. 비브 씨가 웃으면 드러나는 앞니의 잇새. 고깃집. 그런가, 넌 머리가 이상한 데가 있구나. 고기가 너무 맛있어서 엄마를 떠올리고 울었더니 비

브 씨는 그렇게 말하고, 많이 먹어, 라며 웃었다─'나도 머리가 이상한 데가 있어서, 알아.'

역 앞 큰 교차로에서 오른쪽으로 꺾어 수도 고속도로의 검푸른 그늘 속을 걸어갔다. 딱히 갈 곳도 없었지만 그저 가만히 서 있기가 더 힘들었다. 미슈쿠 교차로를 지나 이케지리 대교를 넘어 이윽고 시부야로 나왔다. 역이 보이자 갑자기 사람과 소리가 흘러넘쳐서, 나는 절로 몸을 움츠렸다. 어택으로 몇 번이나 지났던 길을 빠져나가, 모퉁이를 돌고 또 돌기를 반복하자 모르는 장소로 나왔다. 눈에 들어온 주차장 자동판매기에서 생수를 사서, 옆 빌딩의 그늘진 낮은 콘크리트 담장에 걸터앉아 물을 마셨다.

좁은 일방통행로를 사이에 두고 건너편에 잡거빌딩이 늘어서 있었다. 1층에 휴대전화 가게, 잡화점, 옷집이 다닥다닥 붙어 있고, 그 앞을 여자애들이 큰 소리로 웃으면서 지나가고, 바이크가 달려가고, 트럭이 와서 작업원이 재빨리 짐을 내려놓고 떠났다. 키 작은 남자가 전화기를 귀에 대고 전신주 언저리를 어슬렁거리는 것이 보였다. 영수 씨는 괜찮을까. 비브 씨는 이대로 모습을 감추고 마는 걸까. 두 번 다시 만날 수 없다는 말일까. 돈은 어떻게 될까. 위험해지는 걸까. 무언가 이유가 있어서 지금은 연락할 수 없을 뿐, 어쩌면 비브 씨도 어디선가 험한 꼴을 당하고 있을 가능성은 없을까. 뭔가 큰일이 일어나서. 그렇게 생각하면 속이 울렁거렸다. 그러나 영수 씨는 잠수라고 말했다. 영수 씨 나름대로 근거가 있는지도 모른다. 비브 씨 ─나는 흐르는 땀을 손등으로 계속 닦았다.

몇 분이나 그러고 있었는지, 문득 아까부터 길 건너편에서 전화하는 남자의 얼굴이 눈에 머물렀다. 그 순간 아는 얼굴이라고 직감했다. 이 얼굴, 안다. 누구더라? 곧바로 떠올리진 못했지만 나는 이 남자를 알고 있다.

왜소한 몸, 작은 키, 여기서 봐도 알 정도로 구겨진 티셔츠에 청바지를 입은, 한눈에도 지쳐 빠진 중년 남자. '레몬'에 왔던 손님일까. 나는 눈을 크게 뜨고 남자의 얼굴이 내 기억의 어디에 있는지 더듬었다. 아니, 손님은 아니다. 그럼 누구인가, 이 남자는 누구였지? 아는 사람이다, 내가 아는 남자다, 이 느낌—다음 순간, 머릿속에서 철컥 소리가 나고 몸이 휘청할 정도로 맥박이 뛰었다. 그자다—도로스케.

왜 도로스케가 여기 있는지, 잘못 본 게 아닌지, 어떻게 해야 하는지—그런 걸 생각할 여유도 없이 나는 도로를 건넜다. 고민하고 말고 할 것도 없다. 여긴 시부야, 누가 있어도 이상할 게 없다, 나도 있는데 도로스케가 있는 것이 뭐 신기하랴. 내가 여기, 도로스케가 저기 있다. 그때처럼. 이것도 저것도 다 당연하게 느껴지기 시작해서 눈을 부릅뜨고 남자 쪽으로 걸어갔다. 남자는 빌딩 벽에 기대어 작은 등을 이쪽으로 향하고, 몸을 흔들대면서 통화하고 있었다. 나는 좀 떨어진 곳에 서서 남자를 봤다. 이 목소리. 이 몸집, 그때와 똑같이 뒷머리만 긴 헤어스타일, 그리고 발밑. 그것은 내 쿠션을 밟고 있던 발이다. 틀림없다. 도로스케다.

"당신."

심장이 튀어나올 것처럼 뛰고, 손끝도 목소리도 뚜렷이 떨렸다. 그렇지만 그와는 별개로 나의 일부는 냉정했고, 나는 거기서부터 소리를 끌어냈다.

"당신."

"네?" 도로스케가 전화를 귀에 댄 채 돌아섰다. 얼빠진 표정으로 나를 바라본다. "뭐?"

"당신 도로스케지."

"어, 누구?"

마지막에 봤을 때보다 살이 빠져서 키도 한 뼘쯤 줄어들고, 뺨에 절벽 같은 그늘이 깃들여 있었다.

기묘한 헤어스타일은 그대로인 채 전체적으로 숱이 적어진 갈색 머리 아래로 두피가 훤히 들여다보이고, 피부가 울퉁불퉁했다. 도로스케가 씩 웃고, 이내 진지한 낯빛으로 전화에 대고 몇마디 웅얼거리고 전화를 끊더니 주머니에 넣었다. "—어, 누구?"

"나야, 당신이 내 돈 훔쳤잖아."

"어?"

"어,가 아니야. 내가 아르바이트해서 모은 돈 훔쳤잖아. 내놔. 당신이 사귀었던 여자 딸이야. 내 돈 훔쳤잖아. 5년 전, 히가시무라야마 집에서."

도로스케는 미간에 주름을 모으고 나를 지긋이 바라보았다. 그리고 천천히 고개를 갸웃했다. "아니, 너 아닐걸?"

"무슨 소리야! 나야. 당신 내 상자에서 현금 훔쳤잖아. 72만

6000엔. 집에 왔었잖아. 시치미 떼지 마."

"아니⋯. 돈 같은 거 안 가져갔고, 뭔가 희미하게⋯ 딸이 있었는지 몰라도, 얼굴이 다른데?"

"무슨 소리야, 그럼 내가 어떻게 당신 이름을 아는데?"

"알 게 뭐야, 좌우지간 나 아니라니까."

"거짓말 마."

"거짓말 아니야."

"됐고, 돈 내놔." 나는 왼손으로 숄더백 끈을 틀어쥐고, 페트병을 쥔 오른손에 힘을 넣었다. "내놔."

"나 아니라니까?"

"내놔, 전부 내놔, 내놔!"

"끈덕지네, 나 아니라잖아! 너 죽고 싶냐?" 도로스케가 눈을 부라렸다.

나는 흠칫해서 뒷걸음질 쳤다. 어금니를 꽉 물고 침을 삼켰다. 아니, 기죽지 마, 이런 놈한테 떨 것 없어, 지금 당장 저 인간에게 쩌렁쩌렁 호통을 쳐줘, 하고 나 자신에게 명령했다. 그렇지만 소리가 나오지 않았다. 페트병을 쥔 손에 힘을 넣으면 넣을수록 목 안쪽이 덜덜 떨리고, 그 진동이 온몸을 흔들어 다리가 오그라들었다.

이따위 비겁한 놈, 인생 종 친 놈, 나보다 한 뼘은 작은 비칠비칠한 놈, 진심으로 치고받으면 아무래도 내가 이길 것 같은 놈, 고등학생이던 내 돈을 훔쳐 간 쓰레기 같은 놈에게 나는 공포를 느꼈다. 만일 도로스케를 찾는다면, 그때로 돌아간다면, 상상

속에서 얼마나 숱한 후회와 분노를 쏟아냈던가. 그것은 제 몸을 계속 때리는 것과 다름없는 격렬하고 고통스러운 감정이었고, 몇 번이고 되살아나는 광경 속에서 나는 도로스케를 욕하고, 걷어차고, 누름돌로 내리찍고, 무릎 꿇려 눈물로 용서를 빌게 했다. 그러나 지금 이렇게 눈앞에 나타난 도로스케가, 이 하찮은 인간이 눈 한번 부라린 것만으로 현실의 나는 꼼짝도 못하고 입이 얼어붙었다. 뭐 해, 때려, 겁먹지 말고 되받아치래도—나는 주위에 뭔가 무기가 될 만한 게 없는지 눈으로 찾았다. 그럴싸한 것은 아무것도 없었고, 설령 있었다 한들 소용 없었으리라. 분해서, 두려워서 눈물이 쏟아졌다. 저런 놈이 내뱉은 한마디에 내 몸은 불문곡직 굳어버렸고, 손에 들어쥔 이 미지근하고 울룩불룩한 페트병 하나 던지지 못한다. 그 사실에 무릎이 꺾여 주저앉고 말 것 같았다.

"야, 대강 하고, 너 조심해라." 도로스케가 말했다.

"내놔… 됐으니까 내놓으라고." 나는 쥐어짜듯 말했다.

"거 끈덕지네! 그깟 푼돈으로 시끄럽게 굴지 마!" 도로스케가 생각난 것처럼 목을 칵 울려 길바닥에 가래를 뱉었다. "그나저나 얼굴이 너무 변했잖아. 옛날엔 좀더 이… 평범한 얼굴이었는데."

이기죽거리며 그렇게 내뱉고, 도로스케는 역 반대쪽으로 사라졌다.

도로스케의 뒷모습이 시야에서 지워진 후에도 나는 한동안 그 자리를 떠나지 못했다. 흥분과 공포가 비틀린 채 맞물려 몸속에서 부풀어올라, 몇 번이고 심호흡을 되풀이해 뱉어내야 했다.

몸이 땀에 흠뻑 젖어 생수를 새로 사려고 했지만, 손이 떨려서 자판기에서 좀처럼 꺼내지 못했다. 그럼에도 어찌어찌 지금 내게 일어난 일, 내가 맞닥뜨렸던 일을 정리해 마음을 가라앉혀야 한다고, 냉정해져야 한다고 되뇌며 페트병을 이마에 갖다 대고 숨을 고르고 있으니, 웬 남자가 다가와 유들유들하게 말을 붙였다. 와 뭐 이리 덥냐? 덥다 더워, 서늘한 데 가서 뭐라도 마실까? 징그러운 웃음을 떠올린 얼굴이 훅 다가왔고, 나는 흠칫 비켜서다가 페트병을 떨어뜨리고 말았다. 주울 여유도 없이 나는 달렸다. 사람 많은 곳까지 나와서 돌아보고, 남자가 따라오지 않았음을 확인했다. 숄더백 끈을 두 손으로 단단히 쥐었다. 더이상 단단히 쥘 수 없을 만큼 힘을 넣어, 마치 생명줄인 양 어깨끈을 틀어쥐고 나는 인파 속에 서 있었다. 어디로 가야 할지 알 수 없다. 그러나 여기 서 있는 것이 더 무섭다. 인파를 거스르지 않으며 한 걸음씩, 교대로 발을 내딛었다. 시부야역을 지나 국도를 따라 걸어, 모르는 모퉁이를 몇 번이나 돌았다. 입속에서 시큼한 냄새가 올라왔다. 그러고 보니 아침부터 내내 빈속이었다. 편의점에 들어가 주먹밥을 사서 선 채 먹고, 다시 걸었다. 어디서 어떻게 모퉁이를 돌아도 지면은 이어져 있었다. 나는 그 위를 계속 걸었다.

하늘 저편, 겹겹의 얇은 구름이 짙거나 옅은 푸른 빛에 잠기기 시작할 무렵, 작은 공원에 다다라 돌 벤치에 몸을 내려놓았다. 대체 얼마나 걸었을까. 다리가 돌덩이처럼 무겁고 저렸으며, 전신에 미열이 느껴졌다. 초등학생쯤 되는 아이들이 놀이기구를 타며 놀고, 유아를 데리고 나온 엄마들이 슬슬 돌아가려고 웃으면서 혹은 난처해하면서 아이들 이름을 거듭 불렀다. 가방 속에서 휴대전화가 울렸다. 영수 씨였다. 비브 씨 일로 무언가 알아낸 게 있을까. 어딘가에 연락이 닿은 걸까. 그러나 왠지 바로 받지 못하고 어둡게 빛나는 액정화면만 바라보았다. 착신음은 끊어졌나 싶더니 이내 다시 울렸다. 나는 숨을 크게 한 번 뱉은 뒤 통화 버튼을 누르고 전화를 귀에 갖다댔다.

고토미가 죽었어, 영수 씨가 말했다.

2

　돌아오니 기미코 씨는 집에 없었다. 거실에서 모모코와 란이 편의점 도시락을 펼쳐놓고 텔레비전을 보고 있었다. 텔레비전에서 커다란 웃음소리와 잡다한 효과음이 흘러나왔다. 모모코가 나를 흘금 보고 시선을 바로 화면으로 돌렸다. 란이 조그맣게 "어서 와"라고 말했다. 나는 2층으로 올라가 어두운 침실로 들어가, 오른손을 배에 얹고 왼손으로 휴대전화를 움켜쥔 채 드러누워 눈을 감았다. 더운데 몸속 깊숙이 덩어리 같은 한기가 도사리고 있어, 그것이 자꾸 소름을 돋게 했다. 가만히 있어도 머리가 달달 떨려서 나는 중얼중얼 그 횟수를 헤아렸다.

　고토미 씨가 죽었다. 영수 씨는 그렇게 말했다. 그럼에도 고토미 씨가 죽었다는 문장이 누구의 목소리도 아니라 그저 하나의 의미로 머릿속에 떠오를 뿐, 거기서 한 발짝도 움직이지 않았다. 고토미 씨가 죽었다. 소리 내어 말해보려 했다. 그러나 도저히 입에서 나오지 않았다. 고토미 씨가 죽었다. 죽었다는 건—나는 옅은 어둠 속에서 눈을 깜박였다, 그렇다, 죽었다는 것이다. 죽음의 의미는 내 안에서 꿈틀도 하지 않고 어디로도 이어지지 않았다. 고토미 씨는 죽었다는데, 그래서, 어디 있는가? 나는 아무것도 본 것이 없다. 그저 영수 씨가 아까 짧은 통화 속에서 그렇게 말했을 뿐이다. 영수 씨에게 틀린 정보가 들어왔고 어쩌면 다른 사람일 가능성도 없진 않은데, 믿기엔 아직 빠른지도 모르는데—그럼에도 어째선지 나는 그게 사실임을 직감했다. 영수 씨 말대로 고토미 씨는 죽고 말았다. 죽어서, 고토미 씨는 지금 어디 있을까.

잠시 후 계단 밑에서 소리가 나고, 누군가가 찾아온 기척이 있었다. 이윽고 삐걱삐걱 계단 밟는 소리가 들리고, 얼굴을 돌리니 영수 씨가 서 있었다. 그 뒤에 기미코 씨가 있었다. 두 사람은 각자 제 몸뚱이만 한 짐이라도 끌듯 천천히 방으로 들어와, 내 앞에 앉았다. 몇 개의 그림자가 포개져 떨어졌고, 둘의 눈는 검게 그늘져 있었다.

"불 켠다." 영수 씨가 말했다. 나는 천천히 몸을 일으켰고, 셋이 둘러앉아 한동안 아무 말도 없었다. 영수 씨는 눈에 핏발이 서고 얼굴이 푸르죽죽해서 마지막으로 만났을 때보다 열 살 스무 살은 나이 들어 보였다. 지칠 대로 지쳐 보였다. 머리가 군데군데 엉키고 뺨에 깊은 주름이 팬 기미코 씨는 울어서 눈이 퉁퉁 부어 있었다. 밤 9시가 지나 있었다. 나는 이 방에서 얼마나 가만히 있었던 걸까. 간단한 계산조차 할 수 없었다.

"전화로도 말했지만."

나와 기미코 씨는 운을 떼는 영수 씨에게 맞장구조차 칠 수 없었다. 그리하여 우리는 다시 침묵에 빠졌다. 바깥에서 자동차 달려가는 소리가 나고, 창문이 일순 어둡게 번득였다.

"…고토미가 죽은 건 일주일 전인데, 집에서, 아이카와와 같이 죽어 있었어."

나는 얼굴을 들었다.

"세라비 건은 관계없다고 생각해. 어떻게 된 건지 정확히 모르지만, 아무튼 아이카와는 '약'을 하고 목을 맸다는군. 고토미도 약을 한 뒤 목이 막혀서. 자기 토사물로 질식했어."

"고토미 씨가."

"솔직히 고토미의 최근 생활에 대해선 나도 모르는 부분이 있어. 같이 일하는 건 오랜만이고, 아이카와와 결혼한 것도 몰랐고. 그래도 고토미가 약이라니, 좀 생각할 수 없어. 뭔가 딱 와닿지 않아."

나는 두 팔꿈치를 붙든 손에 힘을 넣었다.

"며칠 전부터 아이카와가 죽었다는 말이 돌았는데, 여자도 같이 죽었다는 거야. 그래서 알아봤더니 고토미였어. 뒤처리는 아이카와 측에서 했으니까, 고토미와 관련해서는 지금 어디서 뭐가 어떻게 됐는지도 몰라."

"고토미를 보지 못했어." 기미코 씨가 작은 목소리로 말했다.

"난, 고토미 죽인 건 아이카와라고 생각해."

"무슨 말이에요?"

"자세한 건 알 길 없고, 이 이상은 정보도 아마 들어오지 않을 테니까 대부분 덮인 채 끝나겠지만." 영수 씨는 숨을 크게 토하고, 양손으로 얼굴을 거세게 문질렀다. "아이카와는 완전히 약에 절어 있었고, 잡혀가든지 화려하게 저지르든지 시간문제라는 말은 계속 나돌았어. 썩은 얼간이 약쟁이. 고토미는 그걸 직접 다 겪었던 거고."

"고토미 씨를 때렸어요." 나는 쥐어짜듯 말했다. "영수 씨, 만난 적 있어요?"

"옛날에. 아이카와가 돈깨나 가졌던, 야쿠자 돈줄이던 무렵. 하지만 순식간에 약이다 뭐다 손대는 바람에 요 몇 년, 사면초가였던 건 사실이야. 아무도 진지하게 상대해주지 않았지. 본인도 울분 쌓이니까, 도박장에서 난동 피워서 출금 당했다는 말은 들었어. 그래서 최근엔 두문불출했고."

"왜, 안 붙잡혀간 건데요?" 내 목소리가 떨렸다. 영수 씨는 그 말에는 대답하지 않았다.

"…아이카와와 교류가 있던 인간 말로는, 집에서도 비슷한 상태였을 거라고. 평소처럼 약 하고 맛이 가서 난장판 만들고, 고토미 때려 억지로 약 시켰겠지. 그러다 양을 틀렸거나 해서 고토미가 입에 거품 물었고, 하지만 구급차는 못 부르잖아. 우왕좌왕하다 본인도 제정신 아니니까 그냥 목맨 거지." 영수 씨가 잠시 뜸을 두었다. "고토미까지 억지로 끌고 간 셈이야."

기미코 씨는 눈을 감고, 흘러내리는 눈물을 손으로 누르며 오열했다. 영수 씨는 말을 마치고 두 손으로 이마를 짚고 미동도 없었다. 아무도 입을 열지 않았다. 잠시 후 영수 씨 휴대전화가 울렸다. 착신음은 우리의 침묵을 진동시키며 계속 울렸다. 영수 씨는 받지 않는데, 전화는 한 번 끊어지더니 바로 다시 걸려오기를 몇 번이고 반복했다. 끝내 받지 않을 생각일까, 혹시 고토미 씨일지도 모르는데─나는 진지하게 그런 생각을 하다 말고 고개를 흔들었다.

"일단 돌아간다." 전화가 멈추고 조금 지나 영수 씨가 말했다. "하나, 비브는 연락 없지? 아무데서도 연락은?"

없어요, 하는 것처럼 나는 고개를 움직였다.

"스키머 회수금은, 어차피 저쪽이 쫓아올 수 있는 건 나까지니까, 네가 어떻게 될 일은 없어. 그래도 일단 조심해라. 낮에도 말했지만 모르는 번호는 받지 마."

그렇게 말하고 영수 씨는 기미코 씨 얼굴을 지그시 바라봤고, 무언가 말하려다 생각을 바꾼 듯 입을 꾹 다물고 방을 나갔다.

잠시 후, 또 계단을 울리는 소리가 들렸다. 모모코와 란이었다. 둘은 천천히 방으로 들어와, 신묘한 표정으로 기미코 씨와 나의 얼굴을 엿보았다.

"하나, 약간 들렸는데, 무슨 일 있었어…?" 란이 물었다.

나는 간신히 고개만 저었다.

"왜… 무슨 일인데?" 란이 또 물었다.

"고토미 씨가."

"고토미 씨가 어쨌는데."

"죽었어, 지금 그래서."

"뭐?" 모모코가 소리를 높였다. "설마, 뭐, 그런… 왜?"

"자세한 건 모르지만, 아직."

"아니 그보다, 진짜 죽었어?"

"좀 뭐랄까…."

둘은 얼굴을 마주 봤다가 고개를 숙였고, 잠시 후 모모코가 미간을 찡그리고 물었다.

"그거, 그러니까 그거… 저기, 우리 어택이라든가 시노기라든가, 관계없는 거지?"

"몰라, 하지만."

"…하지만?"

"하지만, 그건, 그건 아니라고 생각해."

큰 숨을 뱉은 뒤, 모모코가 안도한 듯 고개를 끄덕였다. 기미코 씨는 멍하니 벽에 기댄 채 때로 생각난 것처럼 눈을 비볐다. 모모코와 란은 거북함과 염려가 뒤섞인 표정으로 우리를 번갈아 바라봤다.

"…우린 오늘은 밑에서 잘 테니까, 둘이 여기서 자."

모모코가 말하고 방을 나갔다. 란도 이쪽을 흘금거리면서 조금 뒤에 사라졌다.

나와 기미코 씨는 불을 켠 채 밤새도록 멍하니 있었다. 때로 자세를 바꾸었고, 때로 기미코 씨가 우는 소리가 들렸지만, 서로 아무 말도 하지 않았다. 마치 심장이 그리로 옮겨간 것처럼 발바닥이 욱신거리고 오늘 하루 사방을 걸었던 것이 떠올랐다. 그렇다, 비브 씨가 사라졌고, 시부야 잡거빌딩 앞에서 도로스케를 발견했고—흘러내리는 땀의 감촉, 온몸을 뻣뻣하게 만들던 공포, 어느 장면이나 이토록 선명한데, 그럼에도 생판 남에게 일어난 일인 듯 기묘하리만치 실감이 없다. 기미코 씨는 몸을 눕혔다가, 벌떡 일어났다가, 다시 드러누웠다. 날이 밝을 무렵에야 조금 눈을 붙인 것 같았다.

그날부터, 나와 기미코씨는 2층 다다미방에서 지냈다.

눈이 떠지면 이불 속에서 멀거니 천장을 바라보고, 배가 고프면 누가 먼저랄 것 없이 일어나, 비슬거리며 편의점에 가서 대충 사다 먹었다. 우리가 아래층으로 내려가면 란과 모모코가 2층으로 올라가고, 우리가 올라오면 두 사람이 내려갔다. 가능한 한 얼굴을 피하는 눈치였다. 나와 기미코 씨가 드러누워 있으면 이따금 복도에서 안을 엿보는 기척이 느껴졌다. 내가 얼굴을 돌리면 재빨리 사라지곤 했는데, 이제 그런 것도 아무래도 좋았다.

한밤중에 기미코 씨와 나란히 이불 속에서 누워 있으면 히가시무라야마의 문화주택이 떠올랐다. 이불 방. 어느 아침, 잠에서 깨니 기미코 씨가 있었다. 어질러진 방 한 귀퉁이, 반듯하게 갠 이불과 단정히 접힌 파자마가 마냥 신선해서, 한참이나 바라봤다. 기미코 씨가 끓여준 라면을 먹고, 땀을 흘리며 함께 여기저기를 걸었다. 여름이었다. 벌써 몇 년 전일까, 그때 나는 아직 중학생이었다. 그로부터 여러 해가 흘러 나는 스무 살이 됐다. 5년. 5년이 흘렀고, 나는 5년을, 그사이 나는—그때의 무언가에 생각이 닿으려 해서 무서워졌다. 5년이나, 5년 동안, 나는—기미코 씨, 하고 나도 모르게 이름을 불렀다. 한동안 대답이 없더니 기미코 씨가 천천히 이쪽으로 돌아누워 내 얼굴을 지그시 바라보았다. 집 앞을 바이크가 요란하게 달려갔다. 옅은 어둠 속, 기미코 씨의 푹 꺼진 눈꺼풀에 드리운 짙은 그늘이 눈을 깜박일 때마다 검게 번지는 듯했다.

"하나."

줄곧 곁에 있는데 오랫동안 기미코 씨를 만나지 못한 것 같았다. 기미코 씨가 쉰 목소리로 하나, 하고 한 번 더 내 이름을 불렀다.

"왜요." 내 목소리도 쉬어 있었다.

"영수는 이제 돌아오지 않을 거야."

나는 기미코 씨 눈을 바라보았다.

"영수는 이제 안 와. 못 올 거야."

우리는 침묵한 채 움직이지 않았다.

"그리고 맘에 걸리는 게 있는데." 기미코 씨가 말했다. "고토미랑 마지막으로 얘기했을 때, 고토미, 오사카에 갈 거라고 했어."

"오사카요?"

"지훈이 만나러 간댔어. 살아 있더라면서. 찾아가서, 먼발치에서라도 좋으니까 얼굴 보겠다고. 하지만 영수한테는 말하지 말랬어. 말하면 절대 못 가게 할 거라면서. 나더러 약속하랬어."

"그건."

심장이 쿵 소리를 냈다.

"아마 누군가 지훈이를 찾아냈고, 그걸 고토미한테 알려준 것 같아."

"…영수 씨가 아니라?"

"영수한테는 절대 말하지 말랬으니까, 아닐걸."

지훈 씨를 찾아낸 것은 영수 씨일 터였다. 그런데 고토미 씨에게 말하지 않았다고? 노래방에서 내가 지훈 씨 얘기를 했을 때 고토미 씨는 특별히 놀라지도 않았고, 가만히 듣고 고개를 끄덕였고, 그렇다, 이미 알고 있는 느낌이었는데. 아니, 어땠더라? 모르겠다, 그때 나는 몹시 취했고, 고토미 씨도 당연히 알겠거니 하고 꺼낸 말인데, 이런 중요한 사실을 아직 모를 리 없다고 멋대로 생각했는데, 그러고 보니 영수 씨는 나에게, 그렇다, 때를 봐서 얘기할 테니 덮어두라고 했었다. 그러니까 영수 씨는 아직 말하지 않았다? 고토미 씨는 내게 처음 들었고, 그래서 혼자 알아봤고, 얼굴을 보러 가려고 했다고? 만나러 가려 했다고? 내가 고토미 씨에게 말했기 때문에? 그래서—.

"하나."

나는 눈을 부릅뜨고 천장을 바라보았다.

"하나."

대답을 할 수 없었다.

"고토미가 절대 말하지 말래서 영수한테는 말 안 했어. 하지만 지훈을 만나러 가기 전에, 아저씨한테 당한 모양이야."

차츰 잠을 잘 수 없어졌다. 식욕도 사라졌고, 하루의 대부분을 이불 속에서 보냈다. 조금씩 잠은 잤을 테지만, 토막토막 의식이 파고들어 낮에도 밤에도 꿈인지 현실인지 기억인지 모를 영상이 차례차례 찾아왔고, 정신이 들고 보면 나는 이곳저곳에 있었다. 엄마도 나왔고, 이름이 기억나지 않는 호스티스도 많이 나왔다.

담배 연기 속에서 누군가가 웃는 소리, 청풍장이라는 흐릿한 글씨, 패밀리 레스토랑 점장과 이야기했고, 야구 유니폼을 입은 남자들이 댕그랑 하고 맥주잔을 부딪치는 소리를 들으면서 제복의 얼룩을 내려다보았다. 밤색 머리칼, 나를 향해 생긋 웃는 고토미 씨는 예뻤다. 미러볼의 작은 빛이 모양 좋은 이마와 뺨에 떨어졌고, 눈앞에 있는 이 사람이 몇 주 후에 죽는다니 믿기지 않았다. 있죠 고토미 씨, 고토미 씨, 지훈 씨 일 몰랐던 거죠, 내 얘기 듣고 그때 처음 알았던 거죠, 나, 영수 씨가 말하지 말랬는데, 때 봐서 얘기할 거라고 했는데, 난 멍청이고, 고토미 씨 기운 냈으면 하고 생각 없이 앞질러 얘기하고 말았어요, 내 딴에는 잘한다고 한 짓인데, 고토미 씨는 필경 그 때문에 아저씨한테 죽임을 당한 거죠, 오사카 가려던 게 들통나서, 가겠다고 했다가, 분명 그래서 당한 거죠, 머리가 이상해져 있던 아저씨한테, 그건 내 탓이잖아요, 약속도 다 잊고 좋은 일이랍시고 말하는 바람에, 그러니까 내가 고토미 씨 죽인 거나 다름없어요. 마이크를 쥔 고토미 씨는 웃기만 할 뿐 아무 말도 없고, 화면 위에 흘러가는 가사가 고토미 씨 목소리에 맞춰 천천히 색깔이 바뀌는 것을 바라보면서, 모모코와 란, 그리고 기미코 씨와 나는 '레몬'을 향해 밤길을 걸었다. 엔 씨가 주렴 너머에서 손을 흔들자 '레몬'이 활활 타올랐고, 도로스케가 불길 속에서 몸부림치는 것이 보였다. 네 얼굴, 네 얼굴, 하고 손가락질하며 킬킬대는 도로스케의 목소리에 거울을 들여다본 나는 짧게 부르짖고 눈을 돌린다, 내가 아냐, 이게 아냐, 기미코 씨, 기미코 씨가 사라지기 전 냉장고를 가득 채워줬잖아요, 그거 나 얼마나 기뻤던지, 얼마나얼마나 기뻤던지, 햄과 소시지, 멜론 빵, 내가 배고플 일 없게—냉장고 문을 열어보니 돈이 꽉 차 있고, 안쪽이 보이지 않을 만큼 돈이 그득하고, 미어지게 들어찬 지폐 다발이 마침내 와르르 쏟아지고, 문을 아무리 닫아도 돈은 자꾸만 불어나고, 나는 돈에 밀려나듯 도망친다, 얼굴에 달려드는 바람을 뿌리치며 문을 향해 달린다, 문을 벗어나 뒤돌아보니 그것은 비브 씨 앞니의 잇새였다, 하나, 영수는 이제 돌아오지 않아, 못 돌아와, 왠지 알아? 몰라요, 비브 씨, 왜 갑자기 사라졌어요, 비브 씨는 내가 싫었어요? 비브 씨는 나를, 네? 비브 씨, 왜 갑자기 사라졌냐고요, 이봐 하나, 죽고 싶은 건 언제나 가난뱅이들이야, 돈을 가지면 목숨이 아까워지는 거야, 하지만 돈은 어떤 인간보다 장수하지, 네? 비브 씨, 네? 기미코 씨, 노란색은 금운, 행운의 색, 기미코 씨 이름에도 노란색, 그래요, 서쪽엔 노란색, 우릴 지켜주죠, 노란색은 행복을 가져오는 색—그때 눈이 떠지고 나는 땀에 젖은 몸을 일으킨다. 한밤중이다. 기미코 씨는 내게 등을 돌린 채 미동도 없이 잠들어 있지만, 나를 빤히 들여다보고 있는 걸 알 수 있다. 전부 네 탓이야, 전부 네가 한 짓이야, 고토미가 죽은 건 네 탓, 누구 것인지 모를, 그러나 똑바로 내 귀에 도달하는 목소리가 나를 놓아주지 않는다, 나는 베갯머리에 놓인 커터 나이프를 손에 쥐고 계단을 내려간다, 멀리서, 가까이서, 얼룩얼룩 퍼진 노란색이 말한다, 전부 너 때문, 전부 네가— "하나."

돌아보니, 조금 멀찍이 모모코와 란이 서 있었다.

"하나…. 그거." 란이 조용히 말했다. "이제 그만하는 게 좋겠어."

나는 손에 든 커터 나이프를 잠시 내려다보고, 엄지에 힘을 넣어 칼날을 집어넣었다. 다르륵 소리가 나고, 모모코가 조금 뒷걸음질 쳤다.

"하나." 란이 말했다. "…하나, 알아들었어?"

나는 고개를 끄덕였다.

"하나, 낮밤이 뒤바뀐 건 할 수 없다 쳐도 한밤중에 으드득으드득하니까 우리까지 머리가 이상해지거든. 벌써 일주일째? 한 열흘쯤 이러잖아, 이제 그만하자."

나는 모호한 소리를 냈다.

"아니 벽 그거, 최종적으로 어떻게 할 생각인데?" 모모코가 물었다.

"모, 모르겠어." 나는 커터 나이프를 틀어쥔 채 말했다. "모르겠는데, 이 노란색, 이거."

"뭐, 글자라도 새기게?"

"아, 아니,야."

"그럼 뭐 하는 건데?"

"노란색을, 지우려고."

"뭐?"

"노, 노란색."

"그니까 여기 칠한 페인트, 전부 지우겠다는 거야?" 모모코가 눈썹을 찡그렸다. "심각하네, 뭐래. 커터로 그게 가능하겠냐? 한계가 있잖아."

나는 고개를 끄덕였다.

"뭔데? 하나, 어쩌겠다는 건데?"

"나는."

"하나, 잠도 통 못 자지? 밤에도 어슬렁거리고, 내려왔나 싶으면 밥도 먹는 둥 마는 둥, 내내 벽만 긁고 있잖아. 말 걸어도 잘 모르고, 좀 위험한 거 아니니? 지금 아침 7시야. 알아? 2층도, 쓰레기 제대로 치우는 거야? 내놔, 쓰레기. 페트병 겁나 쌓였던데. 어제 사다 준 도시락은, 먹었어? 기미코 씨는?"

"조금, 먹었어."

"기미코 씨, 잠은 자는 거지? 둘 다 목욕하는 기척도 없고, 그것도 괜찮은 거야?" 모모코가 물었다.

"몰, 몰라, 누워 있어, 계속."

모모코와 란은 어이없는 건지 화내는 건지, 아니면 무언가 진지하게 생각하는지 망설이는지 모를 얼굴로 나를 바라보았다. 나는 둘의 시선을 피하듯 벽을 향해 돌아서서 커터 나이프 날을 꺼내, 다시 눈앞의 노란색을 긁어나갔다. 노란색은 칼끝에서 가루가 되어 한들한들 떨어졌고, 나는 그것을 들이마시지 않으려고 숨을 참았다. 그러나 보이지 않는 노란색 입자는 전부 살아 있었고, 내 살갗에 내려앉아 무수한 모공 속으로 스르르 가라앉아서는 나를 책망했다. 나는 짧게 뭐라고 부르짖으며 주저앉아 중얼거렸다.

"…나 때문이야."

"있지 하나, 그거 고토미 씨 얘기지?" 란이 말했다. "고토미 씨 죽고 나서부터 너 이상해졌잖아. 근데 그거 딱히 너랑 관계없지 않아? 우리 일은 관계없다고 하지 않았어?"

"그니까, 하나 얘 심각하다니까."

"고토, 고토미 씨, 일만이 아니라."

나는 양손으로 얼굴을 감싸고 말했다. 얼굴과 손바닥 사이가 젖어 있었고, 그것을 깨달을 때마다 나는 목이 메어 울었다. 울고 싶진 않은데, 모모코와 란이 하는 말은 들리는데, 그럼에도 거대한 파도가 내 안에 쉼 없이 밀려와, 거기 몸을 던질 수도 버디딜 수도 없었다.

환한 대낮에도 어두운 밤에도 파도는 쉬지 않고 달려들었다. 고토미 씨에게 말해버린 것, 이제 아무것도 확인할 길 없다는 것, 누군가가 없어지는 것, 사라지는 것, 지금까지의 일이, 이 집에서 해왔던 모든 것이 무서워서 아무 생각도 할 수 없었다.

"나, 나 무서워."

"뭐가."

"전부, 내가 해온 일 전부."

"네가, 뭘 했는데?"

"뭐라니."

"하나, 네가 뭘 했다고 생각하는데?"

"그건."

"그건?"

"…전에 모모코가, 모모코가 말한 것처럼, 내가 모두를."

"모두를?" 모모코가 되풀이했다.

"끌어들였어."

모모코는 나를 지그시 바라본 다음, 벽을 바라보았다. 그리고 부엌에서 쓰레기 봉지를 가져와 내 앞에 주둥이를 커다랗게 펼쳤다.

"하나, 노란색 코너의 이것들, 전부 버려."

나는 눈물을 뚝뚝 흘리면서 노란색 코너를 바라보고, 이윽고 모모코의 말대로 했다. 키홀더, 저금통, 기린 장식품, 필통, 털실과 매니큐어, 고개를 떨구고 몸을 기대다시피 한 채 먼지 쌓인 소품들을 하나씩 집어 봉지에 넣었다.

"하나는, 나쁘지 않아." 란이 상냥하게 말했다. "넌 이용당한 거야. 나도, 모모코도."

"이용?"

란의 말에 나는 얼굴을 들었다.

"그래, 너는 머리가 이상해질 때까지 이용당한 거야, 영문을 알 수 없는 사람들한테. 우리 모두, 당한 거라고."

"기미코 씨, 컨디션 안 좋지? 지금 자지?" 모모코가 재촉하듯 말했다. "하나, 지금밖에 없어. 다 끝내려면 지금뿐이라고. 우리가 여기 있었던 건 아무도 몰라. 아무 증거도 없어. 있는 건 돈뿐이야. 그니까 예정대로 우리끼리 돈 나누고 해산하자. 그걸로 끝. 깨끗이 잊고 적당히 새로 시작하면 돼."

"새로 시작해?"

"어, 전부 없었던 일로 하면 된대도." 모모코가 말했다. "아무도 모르니까, 여기서 나가면 끝이야."

"그래도."

"그래도 뭐?"

"기미코 씨는."

"기미코 씨는 아무래도 좋잖아." 란이 내뱉었다. "나 저 사람 처음부터 어딘가 이상했어. 내가 보기엔 두 사람 다―영수 씨도 기미코 씨도 완전 이상했다고. 하나 너는 뭔지 만날 만날 좋은 추억인 양 말했지만, 여기 끌려왔을 때 고등학생인가 그랬잖아? 나 그거, 아무리 생각해도 위험하다 싶었다고. 그러고는 카드 사기, 스낵바, 이런 거 시키고, 죽도록 술 마시게 하고, 교묘하게 구슬려 줄곧 너 이용한 거야, 결국 우리 셋 다. 아니야?"

"계단에서 나 밀어 떨어뜨린 것도 기미코 씨." 모모코가 나와 란을 차례로 흘금 보고 말했다. "맞지? 그랬잖아. 내 손목 묶으라고 한 것도, 그거 기미코 씨 명령이었어. 그러고는 폭발해서 장지문 다 때려 부수고 내 얼굴 때렸지."

"맞아." 란이 말했다. "기미코 씨가 한 일이야. 그게 팩트. 하나, 잘 들어, 우리의 팩트는 이거야. 이 집에 대해선 아무도 모르고 알려질 일도 없지만, 팩트는 이거라고. 앞으로 만에 하나 누가 뭘 묻든, 이게 사실이니까. 잘 기억해놔. 우린 아무것도 안 했어. 전부, 전부 시키는 대로 했을 뿐. 저 사람들 다 어른이니까,

반항하면 무슨 일 당할지 몰랐다고. 알았어? 이게 팩트야."

"나." 나는 고개를 떨구고 이마를 바닥에 댄 채 오열했다. "란, 란, 나, 나는, 잘하는 건 줄 알고, 그렇게 할 수밖에 없다고 생각하고, 지금까지 전부, 해왔는데, 그런데."

"안다니까."

"나, 모두 같이 살아갔으면 하고, 그래서 이것밖에 없는 줄 알고, 늘 필사적으로."

"그만 됐다니까, 그니까 하나, 이거—" 그렇게 말하고 란이 모모코에게 눈짓했다. 모모코가 종이 가방을 우리 사이에 내려놓고 안에서 돈을 꺼냈다. 100만 엔씩 묶은 덩어리를 각자의 앞에 쌓아나갔다.

"자, 빨리 하자—하나, 예정대로 사등분. 나중에 시끄럽게 굴면 성가시니까 기미코 씨 몫도 일단 놔두고 가자. 그니까 1인당 대충 500만 엔. 틀림없이 나눈다? 한 다발에 100이니까 다섯 개씩. 됐어? 됐지? 우린 벌써 짐 챙겼으니까 바로 나갈 거야, 하나도 그렇게 해. 별일 없긴 하겠지만, 너한테 연결될지도 모르는 건 갖고 나가. 맞다, 그리고 우리가 돈 나눠 가진 거는 우리만 아는 비밀로. 돈 같은 거 처음부터 없었어, 알았지? 하나, 말해봐."

"돈, 돈은."

"돈은 처음부터, 없었다."

"도, 돈은, 처음부터, 없었다."

"그래. 돈은 벌라는 대로 벌었지만 우린 용돈이나 받는 정도였고 나머진 여기 드나들던 어른들이 컨트롤했다. 어른들이 한 일이다. 그니까 큰돈 같은 건 없었어. 알았지? 하나, 괜찮아?"

"응." 나는 울면서 고개를 끄덕였다.

"제발 그만 좀 울어." 모모코가 나를 쿡 찌르며 말했다. "—하나, 기미코 씨랑 맞닥뜨리면 어떻게 될지 몰라, 우리 기다릴 테니까 지갑이랑 전화 챙겨서 내려와. 지금 당장. 빨리. 소리 내지 말고 살며시 가는 거야, 살며시."

나는 뺨에 흘러내리는 눈물도 닦지 않고, 모모코가 시키는 대로 비슬비슬 계단을 올라갔다. 커튼이 아침 빛깔로 물들고, 기미코 씨는 이쪽에 등을 보이고 잠들어 있었다. 아니, 잠들었는지 어떤지도 알 수 없었다. 어쨌거나 미동도 하지 않았다. 나는 모모코 말대로 숄더백에 지갑과 전화를 넣었다. 장지문이 떨어져 훤히 드러난 벽장에 뚜껑이 삐딱하게 열린 남색 신발 상자가 있었다. 빨려들어가듯 다가가 그것을 집어 들었다. 문턱에서 천천히 고개를 돌려, 모로 누운 기미코 씨의 등을 바라보았다. 나는 벽을 손으로 짚으면서 계단을 내려가 거실로 돌아갔다.

"기미코 씨, 자?"

"응." 더는 누구의 무슨 말에 대답하고 있는지 알 수 없었다. 그저 머리가 깨질 듯이 아팠고, 희미한 구역질이 자꾸 올라왔고, 눈물이 멈추지 않고 흘렀다.

"그럼 우린 간다." 모모코가 작은 소리로 말했다. "하나도, 10분 내로 나가."

그 말을 남기고 모모코와 란은 소리 내지 않고 현관을 빠져나갔다. 나는 거실 한복판에서, 남색 신발 상자를 옆구리에 끼고 숄더백 끈을 양손으로 틀어쥐고 있었다. 발밑에 돈이 나뒹굴었다. 불안정하게 쌓인 작은 돈다발을 울면서 내려다보았다. 이윽고 몸을 숙여 천천히 손을 뻗어 지폐 다발 하나를 집어 가방에 넣었다. 너덜너덜해진 종이 가방이 살짝 흔들린 것 같았다.

나는 기미코 씨를 남기고 집을 나왔다.

13장　　　황
　　　　　　락　黃
　　　　　　　　落

"이토 씨, 수고하셨어요―참, 점장님이 퇴근 전에 사무실 들러달라고 하셨어요."

"아, 네."

"거기 두부 햄버그스테이크, 곧 폐기 시간 닥치니까 가져가셔도 돼요."

"감사합니다."

나는 고무장갑과 앞치마를 벗고, 탈의실로 가서 퇴근 준비를 했다. 타임카드가 커다랗게 철컥 소리를 내고, 푸른 잉크로 밤 8시 15분을 새겼다. 걸어서 2분. 오래된 잡거빌딩 2층에 있는 사무실로 가서 문을 노크했다.

"아, 이토 씨, 미안해요, 퇴근길에."

서류를 들여다보던 점장이 얼굴을 들었다. 사방에 골판지 상자가 쌓여 있고 작은 냉장고와 조립식 선반, 작업대로 쓰는 테이블에 의자 두 개뿐인, 네 명 들어가면 꽉 차는 방. 점장이 희끗

희끗한 머리를 쓸어 넘기며 앉으세요, 하는 것처럼 의자를 가리켰다. 나는 고개를 꾸벅하고, 좀 떨어진 자리에 점장과 마주 앉았다.

"음, 영업 말인데요." 점장이 피곤한 표정으로 말했다. "열심히 해봤지만, 코로나로 더는 어쩔 수 없는 상태라. 다음 주부터 임시휴업에 들어가서 상황을 좀 보자는 흐름이네요."

"네."

"갑작스러워서 죄송한데요, 일단 전원 휴가를 쓰시는 걸로 방향이 결정됐어요. 위로금이랄까, 그런 것도 차후에 형편 봐서 지급하자는 쪽으로 얘기가 진행되고 있고요. 아직 보상금 신청 절차나 금액도 구체적으로 알려진 게 없어서 잘 모르지만요. 이런저런 전망이 서면 연락하는 걸로. 그사이 다른 일자리 찾으시면 그쪽을 우선해주셔도 상관없습니다. 죄송하게 됐네요."

"아닙니다. 저야말로, 죄송합니다."

"왜 이토 씨가 사과하세요? 한심한 건 이쪽인걸. 정말 면목없습니다."

다음 주부터 휴업이라 함은 내 근무는 오늘로 마지막이라는 말이다. 이번 연휴도 사실상 개점휴무나 매한가지였고 상품은 거의 폐기됐으니 이런 사태도 각오했던 터라 그다지 충격은 없었다. 점장은 용건을 다 전하자 어딘지 홀가분한 기색이었다. 우리는 조금 더 잡담을 주고받았다. 점장은 50대 중반 남자로, 대학생 딸이 있는데 코로나로 온 가족이 비좁은 집에서 오글대다 보니 싸울 일만 는다고 짐짓 탄식했다. 대화가 어쩐지 끊어진 틈에 그럼 상황 좋아지면 연락 주세요, 그동안 감사했습니다,라고 작은 목소리로 말하고 사무실을 나왔다.

5월도 벌써 중순이었다. 언제 끝날지, 얼마나 무서운지 모를 감염증으로 세상은 긴장하고 분노하고 갈팡질팡하고, 무언가 흥분한 것처럼도 보였다. 텔레비전에도 인터넷에도 코로나라는 글자가 넘치고, 사람들은 불안에 휩싸인 채 지냈다. 그러나 봄이 시작될 무렵 기미코 씨 기사를 발견한 이후 나는 이런 현실 전부를 잘 실감하지 못했다. 감각이 어딘지 붕 떠 있고, 뉴스를 보고 들어도 이해는 하는데 머릿속에서 정리되기 전에 뿔뿔이 흩어졌다. 그러므로 3년 일했던, 유일한 수입원이기도 한 반찬가게에서 실질적으로 해고된 셈인데도 사태를 어떻게 받아들여야 할지 좀 얼떨떨했다.

그 집을 나온 뒤, 나는 그길로 히가시무라야마 본가로 돌아갔다. 청풍장. 도착한 것은 분명 점심때가 지나서였는데, 땀을 몹시 흘렸던 걸로 기억한다. 이불 방은 잠겨 있지 않았고, 현관에서 안을 들여다보니 엄마가 자고 있는 것이 보였다. 조금 망설이다 방으로 들어가, 선반 위에 남색 신발 상자를 놓고 한동안 부엌과 방의 경계선에 서 있었다. 기척을 느꼈는지 몇 분 후 실눈을 뜨고 돌아본 엄마는 놀라지도 않고 "아, 하나"라고 한마디 하고는 그대로 다시 잠들었다.

그 뒤로도 같은 분위기였다. 변한 것이라면 내가 10대가 아니고, 호스티스 동료들이 더는 드나들지 않는 것뿐이었다. 엄마는 해 질 무렵 느지막이 자전거를 타고 한 정거장 떨어진 역 근처의 스낵바로 출근했다가 날짜가 바뀔 때쯤 돌아와, 한낮까지 잤다. 마치 내가 이 집을 나간 이래 몇 년 따위는 존재하지 않았던 것처럼, 원래 생활로 돌아간 듯 보였다.

그러나 히가시무라야마에 돌아온 뒤 한동안은, 그렇다, 그 집에서의 마지막 나날처럼—일주일이었는지 이주일이었는지 몰라도 고토미 씨의 죽음을 알게 된 후와 마찬가지로, 나는 정상이 아니었지 싶다.

자려고 누우면 기미코 씨나 영수 씨가 나를 비난하는 소리가 들리고, 얼굴에 토사물이 덮인 채 침대에서 죽어 있는 고토미 씨 모습이 눈앞에 나타났다. 깨어 있을 때는 내가 한 짓을 알아낸 경찰이 잡으러 오진 않을까, 시노기 건으로 뒷골목 세계의 누군가가 들이닥치지 않을까 안절부절못했고, 혹은 전화가 느닷없이 폭발해 몸이 날아가거나, 사람이 확 바뀐 기미코 씨가 돌연 내게 달려드는 악몽도 셀 수 없이 꿨다. 그저 가만히 있어도 눈물이 멈출 줄 모르고 흘렀다.

그런 식으로 논리적으로 생각하는 일이 불가능한 상태였음에도, 모모코와 란이 그날 아침 거실에서 내게 했던 말은 뇌리에 또렷이 새겨져 있었다.

우리는 이용당한 거라고 두 사람은 말했다. 하나가 여기 끌려왔을 때 아직 10대였잖아,라고. 그렇다, 란은, 내가 기미코 씨에게 **끌려왔다**고 말했다. 나는 기미코 씨가 나를 구해줬다고 줄곧 생각했었다. 그리고 기미코 씨를 알면 알수록, 기미코 씨 또한

나 없이는 살아가지 못할 사람이라고 믿게 됐다. 그러기에 나는 필사적이었다. 그러나 그것이야말로 착각이었다고, 모모코와 란은 나를 내려다보며 말했다.

시노기도 '레몬'도, 그리고 고토미 씨의 죽음도, 전부 그때 거기 있었던 머리가 이상한 어른들이 자기들을 위해 저지른 짓이었다고. 우리는 판단력이 없는 어린애들이었고, 술을 마시라니까 마시고, 일하라니까 일하고, 이용당했을 뿐이다. 생활을 지배했던 어른들의 의도를 힘없는 우리가 어떻게 해보기란 불가능했다고. 이 집에서 일어났던 일은 누구에게도 알려지지 않을 테지만, 어쨌거나 이것이 단 하나의 '사실'이라고.

정말은 어땠을까. 그러나 그때는 두 사람 말에 매달릴 수밖에 없었다. 나를 나 자신에게 비끄러매두려면 그 수밖에 없었다. 불면의 나날 속에서, 모모코와 란의 얘기가 사실이라고 믿으려 애썼다. 그렇다, 처음엔 믿으려 애썼을 뿐이다. 그러나 계속 생각하는 사이, 억지로 믿지 않아도 그 애들 말이 진실이라고 밖에 생각되지 않는 순간이 몇 번이고 찾아왔다. 나는 모은 돈 대부분을 놓고 나왔고, 그것은 기미코 씨와 영수 씨 것이 됐을 터였다. 돈을 두고 온 것은 두 사람이 두려워서다. 나는 기미코 씨가 무서웠다. 아니, 그렇지 않다. 나는 고개를 젓는다. 무섭지 않았다. 내 마음에, 사실에 정직해져야 한다. 그러나 내가 인식한 것이, 인식할 수 있는 것이 진실이라고 말할 수 있을까. 기미코 씨를 무섭다고 생각한 일은 없었을까? 있었을 것이다. 자각하지 못했을 뿐, 나는 줄곧 기미코 씨가 두려웠고, 어쩌면 기미코 씨와 영수 씨가 내 마음을 이용하려고 그때그때 이야기를 꾸며내 나를 교묘히 지배하진 않았을까—아니, 전부 스스로 결정한 일이었다. 돈도 내 의지로 두고 나왔다. 이제 돈이 두려워서 어떻게도 할 수 없어서, 그 모든 것에서 도망치기 위해서. 아니, 그건 영수 씨와 기미코 씨를 위해 한 일 아니었던가? 혼자서는 살아갈 수 없는 기미코 씨를 위해서, 우리가 살아가기 위해서, 나는 비브 씨 밑에서 뛰어다니지 않았던가. 아니, 나 자신을 위해서다, 내게 다정하게 대해줬던 기미코 씨를, 모모코와 란이 말하는 대로 그렇게 두고 나오는 것이 뒤가 켕겨서, 그래서 돈을 두고 나왔다, 아니, 그게 아니다, 모르겠다—.

이런 식으로 평생, 흠칫흠칫하면서, 그 집과 기미코 씨와 영수 씨 그리고 고토미 씨를 고통스럽게 떠올리며 살 줄 알았다. 잊지 못할 줄 알았다. 아닌 게 아니라 몇 달 동안은 그랬다. 아무것도 아닐 때, 모모코와 란, 다 같이 보냈던 그 집에서의 나날, 즐거웠던 일, 웃었던 일, 그리고 그 모두가 사라졌던 순간 따위가 뒤죽박죽으로 되살아나 꼼짝할 수 없을 때도 있었다. 그렇지만 그것도 차츰 옅어졌다. 가을이 오고 겨울이 되고, 이듬해 봄이 끝날 무렵에는 기억을 떠올리는 간격이 길어졌다. 생생했던 감정에도 조금씩 막이 덮이고, 이윽고 자전거로 30분 걸리는 공장에서 아침부터 저녁까지 일하게 됐으며, 지쳐서 진흙처럼 잠드는 나날을 보내는 사이 마치 떠올리는 일 자체가 떠오르지 않게 된 것처럼 전부 잊어갔다.

내가 히가시무라야마로 돌아오고 2년 뒤, 엄마는 스낵바에 드나들던 손님과 의기투합해 규슈로 떠났다. 나는 한동안 청풍장에서 혼자 살았지만, 다니던 공장이 문을 닫고 이전하는 것을 계기로 히가시무라야마를 떠나기로 했다.

구인 공고는 많이 있었다. 어느 것이나 1000엔이 아슬아슬하게 안 되는 시급이었지만, 혼자 조촐하게 살아갈 뿐이면 어찌어찌 될 듯 싶었다. 나는 한 번도 간 적 없던 가나가와현 유가와라에 있는 대형 호텔에서 청소원으로 일하게 됐다. 초기 비용이 들지 않는 직원용 원룸 숙사가 있고, 광열비는 무료였다. 기숙사와 호텔만 오가며 산 지 6년째로 접어들 즈음, 새로 들어온 여자와 친해졌다.

나보다 두 살 많은, 고치현 출신의 명랑하고 잘 웃는 여자였다. 1년 후, 여자의 성화로 가까운 아파트를 얻어 같이 살기 시작했다. 우리 사이에 있었던 것이 우정이었는지 연애였는지는 알 수 없다. 즐거운 시간도 있었지만, 차츰 그녀가 일을 나가지 않게 되어 싸움이 잦아졌고, 결국 그녀가 집을 나감으로써 2년에 걸친 동거는 끝났다.

얼마 지나서 서랍에 넣어놨던 3만 엔이 없어진 것을 알았다. 쓸쓸하고 허탈했지만, 그보다 홀가분한 마음이 더 컸다. 나는 유가와라에서 하코네 호텔로 옮겨 역시 청소원으로 일하면서 직원 숙사에서 생활했다. 겨울, 스키 시즌에는 계열사가 운영하는 나가노현 호텔로 원정을 가기도 했다.

내가 서른여섯 살 때 엄마가 죽었다. 쉰아홉 살로 막 접어든 겨울로, 서로 얼굴을 안 보고 지낸 지 이미 몇 년째였다. 규슈에서 남자와 잘 사는 줄 알았는데, 어디서 어떻게 된 건지 도내의 작은 아파트에 혼자 살았던 모양이었다.

사인은 심장 질환에 따른 돌연사. 특별히 통원 치료를 한 일도 없고, 때로 같이 술을 마셨다는 집주인 말로는 전날 밤도 세탁 공장 파트타임 동료 몇 명과 선술집에서 술을 마셨다는데, 평소와 다른 점은 없었다고 했다. 장례 절차는 관청 직원이 꼼꼼히 알려주었고, 이 사람 저 사람이 도와준 덕에 어찌어찌 해냈을 터인데, 자세한 것은 기억에 없다. 집주인에게서 열쇠를 받아 엄마가 살던 집에 들어가 유품을 정리할 때도 실감이 나지 않았다.

다다미 여섯 장짜리 원룸. 옷 몇 벌과 작은 상자에 담긴 쓰다 만 화장품, 텔레비전과 공간 박스가 나란히 놓여 있고, 펼쳐진 요 옆에 이불이 걷힌 채 그대로 남아 있었다.

공간 박스 위, 100엔숍에서 팔 법한 플라스틱 액자에 타탄체크 원피스를 입은 어린 내가, 활짝 웃는 엄마의 무릎에 앉아 브이 사인을 하며 웃는 사진이 들어 있었다. 그 옆 작은 종이 서랍을 열자 흰 봉투가 보였다. '하나에게 갚을 돈'이라고 연필로 작고 흐릿하게 적혀 있고, 안에 대부분 구깃구깃한 1000엔짜리 지폐로 다 해서 7만 3000엔이 들어 있었다. 나는 눈을 질끈 감았다.

마지막으로 만난 것은 언제였던가. 무슨 얘기를 했던가. 엄마는 어떤 얼굴을 하고 있었던가. 몇 번 착신이 있었는데 일부러

받지 않은 적도 있다. 내게 무언가 하고 싶은 말이 있었는지도 모르는데. 목소리를 듣고 싶었는지도 모르는데. 그때도 또 저 때도, 시간은 얼마든지 있었는데. 웃는 얼굴만 자꾸 떠올라 나는 무릎을 안고 울었다.

나는 하코네 호텔을 그만두고, 엄마가 살던 아파트로 옮기기로 했다. 집주인이 거절하지 않을까 했는데, 솔직히 집에서 사람이 죽으면 그다음 세입자를 구할 때까지 여러모로 성가신 일이 많은데, 일단 따님이 그대로 들어와주면 이쪽도 고맙죠,라는 답이 돌아왔다. 나는 엄마가 입던 파자마를 입고, 엄마가 잠들던 이불로 들어가, 밤에는 잠들지 못하고 눈물을 흘렸다.

차츰 컨디션이 무너지기 시작해 집 안에 틀어박히게 됐다. 일주일에 한 번, 몸을 끌다시피 해 가까운 상점가에 가서 먹을 것을 사 오는 것이 고작이었으니 지금 생각하면 우울증인데, 당시는 그런 생각도 하지 못했다. 샤워도 못 할 정도로 몸이 처지고 무거웠지만 딱히 신경도 쓰이지 않았다. 잠을 통 못 자고, 눈만 멀거니 뜨고 드러누워 시간을 흘려보냈다. 때로 이대로 죽어버리면 어떻게 될까 생각했지만, 그것도 그저 생각뿐이었다.

만날 사람도 없고, 집세와 식비와 광열비 말고 돈 쓸 일도 없었으므로, 이런 식이라면 앞으로 몇 년은 버틸 것 같았다. 그러나 어느 날, 상점가를 비칠비칠 걷고 있자니 반찬가게 유리문에 붙은 구인 공고가 눈에 들어왔다. 글자를 읽는 것이 오랜만이라 입구에서 멍하니 바라보는데, 마침 반찬을 사서 나오던 아주머니와 눈이 마주치자 생긋 웃어주지 않는가.

그 순간 영문 모를 눈물이 왈칵 솟구쳤다. 하나도 대단할 게 없는, 어디서라도 주고받는 단순한 인사였을 뿐인데. 나는 잰걸음으로 집으로 돌아와, 슬픔과 기쁨과 회한에 싸여 눈물을 흘리고 또 흘렸다. 실컷 울고 나니 몸은 녹초였고 눈도 머리도 아팠지만, 그것은 실로 오랜만에 느끼는 생생한 아픔이었다.

그 뒤로 종종 그 반찬가게 앞을 의식해서 지나게 됐고, 그러는 사이 조금씩이긴 해도 예전의 자신으로 돌아가는 듯한 변화가 느껴졌다. 샤워하는 횟수가 차츰 늘고, 몇 년 만에 속옷을 새로 사고, 길 대로 긴 머리를 자르러 가까운 미용실에도 갔다. 그리하여 반찬가게 판매원으로 일하기 시작한 지 3년째 봄, 인터넷 기사에서 기미코 씨 이름을 발견하고—나는 기미코 씨를 떠올렸다. 그리고 기미코 씨와 보냈던 그 집에서의 나날을 까맣게 잊고 살았던 것을 깨달았다.

고토미 씨가 죽었다는 말을 듣고 그 집을 나왔을 무렵처럼, 그리고 엄마가 죽은 뒤처럼, 불면의 밤이 이어졌다. 아침에도 밤에도 정신이 들고 보면 휴대전화 카메라롤에 보존한 기미코 씨 사건 기사를 들여다보고 있었고, 하루의 대부분을 기미코 씨와 지난날을 떠올리며 보냈다.

언제나 흰 블루종 차림에 맨발에 샌들을 신고 전단을 나눠주던 란, 처음엔 낯을 가렸지만 목소리가 낭랑하고 노래가 수준급이라 어느새 단짝이 됐던 모모코. 웃고, 울고, 밤새워 이야기했다. 나는 한숨을 쉬고 다시 화면으로 눈을 떨어뜨린다. 기사에는 기미코 씨가 20대 여성을 감금, 폭행해 부상을 입혔다고 적혀 있다. 기미코 씨가 말로 지배하며 교묘히 조종했고, 탈출한 여성의 신고로 사건이 드러나 체포됐다고.

기사를 처음 발견했을 때, 나는 내내 기미코 씨를 잊고 있었다는 데 충격을 받았고, 혹시라도 그 집에서 내가 했던 일이 드러나지 않을까 두려웠다. 그 두려움을 도저히 혼자 삭이지 못해 어쩔 수 없이 란을 만나러 갔다. 란은 그 집 거실에서 마지막으로 했던 말을 똑같이 되풀이했다.

그럼에도 그 몇 주 동안 그 집을, 그 집에서 살았던 우리를, 고토미 씨에게 일어난 일을, 그리고 기미코 씨를 매일매일 떠올리고 생각하는 사이, 이 기사에 적힌 일이 고스란히 사실이리라고는 아무래도 생각할 수 없게 됐다.

물론 실제로 무슨 일이 있었는지는 모른다. 그러나 여기 적힌 것과는 다른 사정이, 다른 일이 있었던 게 아닐까 하는 생각이 머릿속을 떠나지 않았다. 밖에서 보면 하긴 이 기사처럼 보이리라. 피해자는 젊은 여성이고 그가 하는 말은 많은 사람이 이해할 수 있지만, 기미코 씨는 잠자코 있는 일밖에 하지 못한다. 제대로 설명 같은 걸 할 줄 모른다. 그렇다, 내가 아는 기미코 씨가 그랬듯이. 그리고 그 집을 나온 우리 셋이, 우리를 위한 사실을 만들어냈듯이. 열 몇 줄로 적힌 이 사건의 기사 뒤에 있는 것, 있었을지도 모르는 것과, 20년 전 우리가 보낸 나날을 차츰 구별할 수 없게 됐다.

기미코 씨는 지금, 어떻게 지낼까.

5월이 가고 6월이 되고도 나는 기미코 씨를 생각했다. 새 아르바이트를 찾을 기분도 일지 않았다. 사건이 일어난 것이 작년 5월, 재판이 열린 것이 올해 1월. 인터넷에는 이 사건에 대해 그 이상의 정보는 눈에 띄지 않았다. 유죄인지 무죄인지, 교도소에 있는지 아닌지조차 알 수 없다. 그런 것을 문의하기 위한 창구나 연락처가 있을까. 나는 개인이 재판 결과를 알기 위한 방법이 혹시 있는지 인터넷을 뒤졌다.

알아낸바 이 정도 사건의 재판은 판례 검색 데이터베이스에는 기록이 남지 않고, 일반인이 인터넷을 사용해 검색하는 것도 무리였다. 어느 블로그에 따르면, 재판에 관여됐던 사람의 그후, 요컨대 개인정보는 공개되지 않으며, 일례로 과거에 검찰에 개시開示 청구를 해 어렵사리 입수한 정보는 거의 검게 칠해져 있었단다. 남은 가능성은 사건을 담당했던 변호사를 자력으로 알아내 찾아가는 것인데, 설령 변호사를 만나 직접 묻는다 해도 관계없는 인간에게는 아무것도 가르쳐주지 않을 것이라고 적혀 있었다.

지금껏 그랬듯이 그리고 란이 말했듯이, 이대로 기미코 씨를 잊어야 할까. 전부 덮어야 할까. 가령 기미코 씨가 있는 곳을 알아낸들 대체 어쩔 작정일까. 내가 무엇을 하고 싶은지, 무엇이 이렇게 나를 다그치는지, 스스로도 설명할 수 없었다. 유일하게 아는 건 이대로는 있을 수 없다는 것이었다.

어느 날 오후, 오래된 전화의 주소록을 열어, 이름 하나를 지그시 바라보다가 번호를 옮겨 적었다. 20년 동안 한 번도 걸지 않았던 번호가 과연 아직 살아 있을까.

만에 하나 연결된다 한들 무슨 말을 할 것인가. 그럼에도 전화를 걸 수밖에 없었다.

한동안 신호음이 울린 다음, 자동 응답으로 바뀌었다.

심호흡을 하고, 내 이름을 말했다. 이 메시지를 듣거든, 혹시 괜찮으면, 전화해주세요. 이미 주인이 바뀌었는지도 모른다. 나는 생판 모르는 사람의 전화에 뜻도 모를 메시지를 남겼는지도 모른다. 평범하게 생각하면 그랬다. 어쨌거나 20년은 긴 세월이다. 나는 고개를 젓고 한숨을 뱉었다.

출구가 보이지 않는 6월의 무겁고 축축한 공기가 온갖 틈새에서 흘러들어 방 안을 가득 채웠다. 나는 도망이라도 치듯 이불을 뒤집어쓰고 몸을 동그랗게 말았다. 한낮의 볕이 눈앞에서 빨갛게 어른거렸고, 그 무늬를 좇는 사이 까무룩 잠들었다. 멀리서 전화가 울리나 싶더니 소리가 차츰 가까워져서—눈을 뜨는 것과 동시에 전화기로 손을 뻗었다. 재빨리 몸을 일으키며 통화 버튼을 눌렀다.

"여보세요. 여보세요."

"오랜만이다."

소리가 좀 잠기고 멀게 느껴졌지만, 영수 씨였다.

나는 전화를 든 손에 힘을 넣었다.

"영수 씨, 하나예요. 갑자기—갑자기 전화해서 미안해요."

"번호를, 아직 갖고 있었네."

목소리는 여전했지만, 확실히 심이 가늘어지고 군데군데 바람처럼 떨리는 것이 느껴졌다.

"설마 연결될 줄 모르고, 이것저것 떠올리다가, 아무한테도 가르쳐주지 않았다던, 영수 씨가 마지막에 알려줬던 이 번호가 있기에 혹시나 하고."

침묵이 흘렀다. 나는 침을 삼켰다.

"실은 얼마 전 인터넷에서 기미코 씨 재판 기사를 보고, 그때부터 줄곧 생각나서, 그래서 나요, 기미코 씨가 걱정돼서, 지금, 어떻게 지내나 하고."

"기미코 재판." 영수 씨가 혼잣말처럼 말했다. "아아… 기사가 나왔나."

"네, 나 그거 읽고, 어떡하면 좋을지 몰라서."

나는 긴장했다. 영수 씨에게 연락할 생각을 한 건 나 자신인데, 지금 이렇게, 20년 만에 그 영수 씨와 이야기하고 있다는 사실이 잘 믿기지 않았다. 내가 말을 제대로 하고 있는지 어떤지도 알 수 없었다. 영수 씨는 맞장구 같은 모호한 소리를 내고, 몇 번 커다랗게 기침을 했다.

그 뒤 비브 씨는 어떻게 됐는지, 내가 두고 온 돈으로 지불은 무사히 청산했는지, 우리가 집을 나온 뒤 문제는 일어나지 않았는지, 요 20년 어떻게 지냈는지, 기미코 씨 사건은 정말은 어떻게 된 것인지—해야 할 말, 묻고 싶은 말은 많은데 그것을 꺼내지 못하게 하는 무언가가 우리 사이에 가로놓여 있었다. 나는 몇 번이나 입술을 핥았다.

"—영수 씨, 기미코 씨요, 기미코 씨 지금 어떻게 지내는지." 나는 전화를 귀에 갖다댔다. "나 알고 싶어서요, 하지만 찾아봐도 안 나와서."

"기미코는…. 집행유예 받았으니까, 감옥에는, 안 갔어." 영수 씨는 시간을 들여 또박또박 말했다. "기미코는 그 사람들에게… 딱히 아무것도 하지 않았고."

"아무것도, 하지 않았어요?"

"어."

"기사에 난 것 같은 일은, 아무것도?"

전화 건너편에서 영수 씨가 숨을 뱉었다.

"영수 씨, 저기, 기미코 씨 어디 있는지, 나한테."

"어디면… 만나러 가려고?"

"몰라요, 하지만."

"만나도, 이미, 별수 없을 텐데."

"나도 내가 뭘 하고 싶은지 모르겠어요, 이 전화도, 걸기 잘했는지 어떤지도 모르겠고요. 하지만 나요…" 나는 전화를 왼손으로 바꿔 들고 말했다. "만일 영수 씨와 통화가 되면 꼭 할 말이 있는데, 해야 하는 말이 있는데, 그렇다고 내내 그 생각을 하며 살았다곤 말하지 않겠고, 말할 수 없지만, 나요, 전부 잊었더랬어요, 떠올리지도 않았다고요, 나한테 유리하게 생각하고, 그렇게 믿고, 죄다 없었던 일로 돌리고 지금껏 살아왔다고요, 영수 씨 분명 화났을 거예요, 나 이것저것 도중에 팽개치고 사라졌잖아요. 비브 씨 일도 그대로 두고, 무서워져서, 기미코 씨와 줄곧 같이 살 생각이었는데, 어디로 가버리지 말라고 내가 먼저 다짐받아놓고, 내가 말해놓고, 그런데 내가 다 팽개치고."

"하나."

영수 씨가 쉰 목소리로 웃었다. 영수 씨 얼굴이 눈앞에 떠올라 가슴이 쓰라렸다.

"너는, 변한 게 없구나."

"나 틀렸어요, 전부, 마음속에서 기미코 씨에게 떠넘겼어요, 기미코 씨는 아무 잘못도 없는데, 다 내 손으로 한 일인데, 시켜서 한 일이라고 믿고, 나한테 유리하게끔, 그래서 기미코 씨를, 놔두고 도망갔어요."

"아니. 그게 보통이지."

"그래도, 그래도 나는."

"아무도, 뭐라 하는 사람은 없어."

"그래도."

"기미코는….." 영수 씨가 천천히 숨을 뱉으면서 말했다. "거기야, 히가시무라야마에 스낵바 있었잖아, 거기 살아."

"히가시무라야마?"

"갈 곳이 없어서, 거기 마마한테 2층을 빌려서 살고 있어." 영수 씨는 어렵게 말을 이었다. "나는 이제, 기미코한테, 갈 수가 없고, 기미코는 전화도 없고."

"영수 씨, 어디 있어요?"

"뭐 적당히. 여기저기 고장난 거지. 신장에서 림프선 거쳐서 간까지 … 배에 복수도 찼고."

"아파요? 병이에요?"

"뭐 그렇지, 슬슬 갈 때야."

나는 숨을 삼켰다.

"뭐, 그런 느낌." 영수 씨는 잠시 침묵했다. "…통화, 그만 됐어?"

"잠깐만요, 영수 씨 잠깐만. 돈, 영수 씨, 나 그때 이후로 줄곧 일했어요, 입주해서 아침부터 밤까지 일했다고요, 그래서 조금이지만 저금이 있어요, 영수 씨 다만 얼마라도 필요하면 나, 지금부터, 영수 씨, 거기 어디—"

아아, 하고 짧은 소리를 내고, 그런 건 널 위해서 써라, 하며 영수 씨가 조그맣게 웃었다.

"영수 씨, 저기, 저기요, 진짜 할 말 있어요, 나 영수 씨에게 꼭 사과해야 할 일이 있어요." 마치 눈앞에서 사라지려는 영수 씨 팔을 붙잡듯 나는 말했다. "고토미 씨요, 고토미 씨 일인데요, 지금 할 얘긴 아닌지도 모르지만, 영수 씨에게 사과할 게 있어요, 꼭 말해야 할 게 있다고요, 나 영수 씨가 말하지 말랬는데, 좋겠거니 생각하고, 고토미 씨가 기운 냈으면 하고, 마지막에 만났을 때 노래방에서 고토미 씨에게 말해버렸어요, 멋대로, 지훈 씨 얘기를 했고, 그래서 고토미 씨 오사카 가려고 했대요, 그 뒤 고토미 씨가 그렇게 돼서, 나 그거 영수 씨에게 결국 말도 못 한채, 고토미 씨는 나 때문에, 만일 내가 그 약속 지켰더라면, 고토미 씨는—"

눈물이 흘러넘치고 목이 메었다. 나는 말을 잇지 못했다.

영수 씨는 오랫동안 아무 말도 하지 않았다.

이윽고 그런 일도 있었네, 하고는 웃었다.

"더 신경 쓰지 마, 전부 끝난 일이야."

전화가 끊어지고 난 후에도 나는 감싸안은 무릎에 얼굴을 묻은 채 움직일 수 없었다.

역에 내린 것은 나뿐이었다.

마지막에 온 게 벌써 15년 이상 전이고, 철 들 무렵부터 내내 여기 살았는데, 어린 시절 내 기억은 전부 이 동네와 맺어져 있을 텐데, 오래된 개찰구에도, 사방이 벗겨지고 변색한 회색 계단에도, 바람 냄새에도, 딱히 정겨움 같은 건 느껴지지 않았다.

늘 집에서 혼자 엄마를 기다리거나, 잠든 엄마를 방해하지 않으려고 밖을 걸어다녔을 뿐, 전철을 타고 나들이하는 일이 없었던 탓인지도 모른다.

역 앞 상점가는 한산했다. 큼직한 바구니가 앞뒤에 달린 자전거를 탄 아주머니와 스쳐 지나고, 개를 데리고 가는 노인이 저쪽에서 걸어와 지나가자, 요란한 매미 소리가 귀에 들어왔다. 상점가는 절반쯤 셔터가 내려졌고, 영업 중인 가게도 있으련만 인기척은 없었다. 옛날에 몇 번 갔던 꼬치구이집 문 앞에 맥주 케이스가 쌓여 있고, 흰 먼지가 앉은 병이 몇 개 보였다. 그 옆은 처음 보는 접골원인데, 작은 전광게시판에 글자가 적혀 있었다. 빛이 번들거려서 한참 눈을 부라리고 봐도 글자는 알아볼 수 없었다.

8월의 끝, 태양은 지상의 사람들에게 무언가를 깨닫게 하려는 것처럼 미동도 없이 열기를 뿜었다. 울퉁불퉁한 아스팔트에도, 전신주에도, 삐딱하게 기울어진 간판에도, 건물 차양에도 저마다 색깔이 있건만, 가차 없이 수직으로 떨어지는 볕 때문인지 왠지 전부 같은 색으로 보이는 게 신기했다. 숨 쉴 때마다 눈 안쪽이 무거워지고, 가슴과 배에 땀이 뱄다.

옛날에 일했던 패밀리 레스토랑 건물은 통째로 없어지고, 자동차가 거의 서 있지 않은 주차장으로 바뀌어 있었다. 학교 가는 날도 가지 않는 날도, 하루도 빠짐없이, 자전거로 오고 가며 여기서 아침부터 저녁까지 일했다. 아재 개그가 특기인 점장님도 있었다. 이른 근무 때도 심야 근무 때도 한결같이 리젠트 머리를 고수했던 점장님. 친절한 분이었는데 마지막에 인사도 못 했다. 어디선가 잘 지내고 있을까 생각하면서, 나는 쉴 새 없이 흐르는 땀을 닦았다.

여기까지 와서도 내가 뭘 어쩔 셈인지 알 수 없었다.

기미코 씨는 그 스낵바에―엄마가 일했던 가게 2층에 살고 있다고 영수 씨는 말했다.

만일 기미코 씨가 있다면, 기미코 씨를 만난다면, 나는 어떻게 할 작정일까. 뭐라고 변명이라도 하고 싶은지, 사과하고 싶은지, 아니면 무언가 묻고 싶은지, 무언가를, 떠올리고 싶은지. 모르겠다. 게다가 설령 기미코 씨가 있다 해도 만날 수 있을지 어떨지. 지금 기미코 씨가 어떤 마음이고 어떤 상황인지도 알 수 없었다. 몇 초마다 기온이 쑥쑥 올라가고 귓가에서 지글지글 소리가 나서, 가슴속에 쌓인 것을 풀어놓듯 몇 번이고 몇 번이고 숨을 뱉었다. 그렇지만 마음을 진정시키려고 하면 할수록 맥박이 빨라졌고, 일단 걸음을 멈추고 머릿속을 정리하고 싶은데도 발이 멋대로 나아갔다.

그러자 오른쪽에, 오래된 나무 문이 보였다.

여기다. 나는 숨을 삼켰다. 몇 걸음 뒤로 물러서서 건물 전체를 눈에 넣었다.

건물은 내 기억보다 훨씬 작았고, 외벽 여기저기 균열이 지나가고 도색이 벗겨져 있었다. 문과 나란히 자리 잡은 작은 스테인드글라스 창의 네 귀퉁이는 끈끈한 먼지가 앉고 검게 변색했으며, 더러 금이 가 있었다. 문 오른쪽 기둥에 작은 초인종이 보였다. 나는 심호흡을 한 뒤, 버튼에 손가락을 갖다대고 천천히 힘을 주었다. 울리는지 아닌지도 알 수 없었다.

꽤 기다려도 반응이 없었다. 2층에도 작은 창문이 있었지만, 커튼이 드리워져 꿈틀도 하지 않았다. 아무래도 사람이 사는 기미는 없었다. 다시 초인종을 누르고 기다렸다. 역시 조용하다.

몇 분 동안 문 앞에 뻣뻣이 서서 고민하다가, 큰맘 먹고 문을 두드려봤다. 크게 세 번. 몇 초 기다렸다가 다시, 이번에는 더 크게 두드렸다. 아무 반응도 없다.

태양은 아직 높다랗게 걸려 있고 햇볕은 누그러질 기미가 없었다. 나는 땀을 계속 흘렸다. 생각해보니 수분을 섭취하지 않았다. 희미하게 이명이 울렸다.

그대로 몇 분이 지났을까. 1분쯤인지도 모르고, 5분쯤인지도 모른다. 기미코 씨는 이미 이곳에 없는지도 모른다. 나는 2층 창문을 올려다보고, 스테인드글라스 창문의 균열을 바라보고, 마지막으로 문을 바라보았다. 숨을 크게 뱉고, 돌아서서 한두 걸음 뗐을 때 등 뒤에서 문 열리는 소리가 들렸다. 나는 얻어맞은 것처럼 돌아봤다.

기미코 씨였다.

기미코 씨와 눈이 마주친 순간 우리 사이를 후끈한 바람 한 자락이 지나가, 그날, 그 여름날, 기미코 씨를 바로 여기서 발견했던 그날처럼, 그 순간처럼, 기미코 씨의 검고 숱 많은 머리가 훅 부푼 듯했다—그렇지만 그것은 내 기억이 불러온 착각이고, 눈앞의 기미코 씨는 짧게 쳐올린 희끗희끗한 머리에, 구겨진 티셔츠와 색 바랜 반바지를 입고 맨발로 서 있었다.

"기미코 씨." 내가 중얼거렸다. 기미코 씨는 문고리를 잡은 채 나를 가만히 바라보았다.

"기미코 씨." 내가 한 번 더 이름을 불렀다.

"하나, 하나예요, 기미코 씨."

"하나."

기미코 씨가 푹 꺼진 눈을 천천히 깜박이고, 귀밑을 북북 긁고는 신기한 듯 나를 보았다.

기미코 씨는 몰라보게 달라져 있었다.

볼은 홀쭉하고 기미가 잔뜩 앉은 피부에는 잔주름이 새겨지고 팔다리는 야위어, 기사에 적혀 있던 60세라는 연령보다 훨씬 나이 들어 보였다. 영락없는 노파였다. 나는 기미코 씨 오른손을 보았다. 여전히 같은 자리에 푸르스름한 자국이 있었다.

그것을 본 순간—무언가 생각하기도 전에 눈물이 먼저 쏟아
져 멈출 수 없었다. 무슨 눈물인지 알 수 없지만, 후회인지 두려
움인지 슬픔인지 모를 감정이 눈물을 쏟게 만들어, 그걸 손바닥
으로 훔칠 수조차 없었다. 기미코 씨 여기 혼자 살아요? 밥은 어
떻게 해요? 아픈 데는 없어요? 머릿속에 떠오르는 말들이 입 밖
으로 나오지 않았다.

"기미코 씨, 미, 미안해요. 느닷없이 찾아와 이렇게 울어서."

"괜찮아." 기미코 씨는 잘 모르겠다는 표정으로 말했다.

"기미코 씨, 여기 혼자 살아요?"

"응."

"마마는? 여기 마마요."

"마마는, 시설에 있어."

"그럼, 여, 여기 혼자 있어요?"

"응."

"전화, 전화도 없는 거죠?"

"응."

"밥은 어떻게 해요? 돈은 있어요?"

"받은 게 있어, 친구한테."

"여, 영수 씨? 영수 씨일까, 여기 기미코 씨가 있다는 거 영수
씨가 알려줘서, 그래서—"

"하나는, 영수를 알아?"

나는 눈을 크게 뜨고 기미코 씨를 보았다.

기미코 씨도 나를 보고 있었다. 쉴 새 없이 흘러내리는 눈물

로 시야가 부옇게 번졌고, 나는 몇 번이나 눈을 비비고 코를 훌쩍였다.

"응, 맞아요, 영수 씨 알아요, 나 옛날에 기미코 씨랑 같이 살았어요, 아주 아주 옛날, 내가 처음 기미코 씨를 만난 건 열다섯 살 때고, 이 동네에서요."

"응."

"기미코 씨, 나한테 친절하게 해줘서."

"응."

"닭튀김도 만들어주고, 밤 노점도 같이 가고, 냉장고 가득 채워주고, 나를 많이 도와줬어요, 엄마가 없을 때도, 항상."

"엄마?"

"응, 기미코 씨는 우리 엄마 친구고, 그래도 나와 몇 년이나 같이 살았어요, 같이."

"그렇구나." 기미코 씨가 기미투성이 얼굴로 웃었다. "엄마는 잘 지내?"

"엄마는, 엄마는요, 죽었어요."

"그래서 그렇게, 우는구나." 기미코 씨가 실눈을 떴다. "나도 엄마가 죽었을 때, 울었어."

"기미코 씨 엄마도, 죽었어요?"

"응, 교도소에서."

"그랬구나." 나는 울면서 몇 번이고 고개를 끄덕였다. "있죠 기미코 씨, 나 기미코 씨에게 몹쓸 짓 했어요, 잘 말할 수 없지만, 기미코 씨에게도 영수 씨에게도 그리고 고토미 씨에게도 몹쓸 짓 했어요, 열심히 한다고 했는데, 결국 다 팽개치고 나만 도 망쳤어요, 약속했었는데, 기미코 씨와도 영수 씨와도 약속했었 는데."

"응."

"그런데 나요, 내내 잊고 있었고, 기미코 씨는 어쩌면 그 탓으로 이런저런 일에 말려들었을지도 몰라요, 기미코 씨는 아무것도 안 했는데, 나중에 다들 멋대로 말하는 바람에 힘든 일 겪었는지도 몰라요, 나도, 사실은 어떤지 몰라요, 하지만 지금, 지금 이렇게 돼서."

기미코 씨는 아무 말도 하지 않고 나를 멍하니 바라보았다. 속눈썹이 드문드문 빠진 눈꺼풀은 푹 꺼지고, 반쯤 열린 입가에는 빗살 같은 주름이 지고, 짧게 쳐올린 머리에서 흰머리며 곱슬머리가 여기저기 튀어나와 있었다.

"있죠 기, 기미코 씨, 나하고."

나는 양손으로 얼굴을 누르고 말했다.

"나하고 같이 가요."

내가 대체 무슨 말을 꺼낸 건지, 그런 일이 가능하기는 한지 알 수 없었다. 그러나 그렇게 말하지 않고는 견딜 수 없었다. 일도 없고, 좁은 집에서 나 한 몸 살기도 아슬아슬한 나날, 여기서 기미코 씨를 빼내 데려간들 이런 내가 도대체 뭘 할 수 있다는 건지. 그러나 그날, 기미코 씨가 나를 데려가줬다, 외톨이였던 나를, 긴 시간이 지나 우리는 이렇게 됐지만, 이런 꼴이 되고 말았지만, 그래도 함께 살았던 나날은 그것만은 아니었다, 괴로움

뿐인 나날은 아니었다.

기미코 씨는 '레몬'에서, 그 집에서, 밥을 먹으면서, 길을 걸으면서, 진심으로 웃는 게 뭔지 가르쳐줬다, 나를 행복하게 해줬다, 기꺼이 품어줬다, 내가 지금 기미코 씨에게 해줄 수 있는 일은 이것뿐이고, 돌이킬 수 없는 일만 남은 지금 기미코 씨는 외톨이고, 연약하고, 이렇게 의지가지없는 기미코 씨를 지탱해줄 수 있는 것은 비록 이런 나일망정, 이제 나뿐이다, 한 번 더 기미코 씨와 새로 시작할 수 있다면, 그럴 수 있다면, 기미코 씨를 구할 수 있다면―나는 흐느껴 울면서 말했다.

"기미코 씨, 나랑 가요."

기미코 씨는 입을 반쯤 벌린 채 나를 바라보았다.

"기미코 씨, 같이 가요." 나는 말했다. "기미코 씨."

"그렇게, 울지 마."

"기미코 씨, 같이, 가요."

"나는, 안 가."

기미코 씨가 천천히 말했다.

"기미코 씨."

"여기 있을 거야."

우리는, 그대로 오랫동안, 서로의 눈을 들여다보았다.

"하나, 듣고 있어?"

"듣고 있어요."

나는 눈도 깜박이지 않고 기미코 씨 얼굴을 바라보았다. 기미코 씨는 귀 위를 몇 번 긁고, 커다랗게 콧소리를 한 번 냈다.

"여기 있으니까, 만날 수 있어."

"만날 수 있어요?"

"응. 엄마와 고토미도 만날 수 있어. 영수도, 만날 수 있어."

"만날 수 있어요?"

"응."

"기미코 씨, 나요."

"응."

"만나러 올게요."

"응."

"만나러 올게요."

기미코 씨가 웃었다. 그리고 천천히 문을 닫고 안으로 들어갔다.

왔던 길을 되짚어가 상점가를 빠져나가 역을 지나쳐, 모르는 길을 하염없이 걸었다. 길은 완만하게 꺾어지거나 교차하거나 막다른 곳이 됐지만, 조금 되돌아오면 어딘가로 이어져 있어서 계속 걸을 수 있었다. 도중에 공원을 발견하고 벤치에 앉아, 눈물이 마를 때까지 거기 있었다. 한여름 해 질 녘의 그리운 냄새가 줄곧 감돌았다.

이윽고 작은 역에 닿아, 맨 처음 들어온 전철에 무작정 올라탔다. 서쪽을 향해 달리는 전철에 빗살 같은 빛이 쏟아져들어와 바닥과 좌석과 문과 승객의 옷 위에 갖가지 무늬를 만들었다.

정신을 차려 보니, 깜박 잠들어 짧은 꿈을 꾼 듯했다. 얼굴은 뚜렷이 보이지 않지만 누군가가 소리 내어 웃고 있었다. 우리는 달렸고, 땀을 흘렸고, 몹시 즐거웠고, 그에 버금가게 불안했고, 서글펐고, 그리고 역시 웃고 있었다. 하나, 하나, 있잖아 하나, 하나—멀리서 누가 불러서 얼굴을 들자, 얼마나 잠들었던 건지 창밖 가득 저녁놀이 펼쳐져 있었다. 저녁놀은 내 가슴속으로 똑바로 흘러들어와, 더는 떠올리지 못했을, 떠올릴 일도 없었을 그리운 빛깔이 되고 모양이 되고 소리가 되었다. 나는 그것을 두 눈에 가득히 담고, 숨을 멈추고, 다시 눈을 감고 잠깐의 잠에 빠졌다.

주요 참고문헌

* 후지무라 마사유키藤村昌之,《시노기의 철인―멋진 카드 사기 편シノギの鐵人―素敵なカ-ド詐欺の券》, 다카라지마샤宝島社, 1995.

* 아쓰 가나에厚香苗,《데키야 가업 포크로어テキヤ稼業のフォ-クロァ》, 세이큐샤青弓社, 2012.

노란 집

초판 1쇄 발행   2024년 10월 15일
초판 2쇄 발행   2024년 12월 20일

지은이   가와카미 미에코
옮긴이   홍은주

펴낸이   김준성
펴낸곳   책세상
등록   1975년 5월 21일 제2017-000226호
주소   서울시 마포구 동교로23길 27, 3층(03992)
전화   02-704-1251
팩스   02-719-1258
이메일   editor@chaeksesang.com
광고·제휴 문의   creator@chaeksesang.com
홈페이지   chaeksesang.com
페이스북   /chaeksesang   **트위터**   @chaeksesang
인스타그램   @chaeksesang   **네이버포스트**   bkworldpub

ISBN 979-11-7131-142-2 03830